부덴브로크가의 사람들 2

Buddenbrooks: Verfall einer Familie

세계문학전집 57

부덴브로크가의 사람들 2

Buddenbrooks: Verfall einer Familie

토마스 만

홍성광 옮김

민음사

일러두기

1 이 책은 Thomas Mann, *Buddenbrooks*(S. Fischer, 1986)를 저본으로 번역했다.
2 모든 주석은 옮긴이주이다.

차례

7부

1

세례다! 세례식이 있다!

모든 것이 준비되어 있다. 페르마네더 부인이 희망을 품고 살던 시절에 꿈꾸던 모든 것이 준비되어 있다. 식당의 식탁에서는 하녀가 건너편 방에서 벌어지는 예식에 방해가 될까 봐 김이 나는 뜨거운 초콜릿과 거품 낸 크림을 잔에 조심조심 소리 안 나게 담고 있다. 조개 모양의 도금 손잡이가 있는 둥그런 쟁반 위에 잔들이 빽빽이 늘어서 있다. 하인 안톤은 뾰족탑 모양의 케이크를 자르고 있고 융만은 머리를 비스듬히 기울이고 두 손의 새끼손가락을 벌린 상태로 후식용 은그릇에 캔디와 싱싱한 꽃 들을 신중하게 배열하고 있다.

얼마 안 있어 손님들이 거실과 응접실에 자리를 잡고 나면 이 모든 진수성찬을 대접할 것이다. 아마 그것이면 충분할 것이다. 가장 넓은 의미에서는 아니라 하더라도 넓은 의미에서 온 가족이 모였기 때문이다. 외버디크가로 인해 키스텐마커가도 어느 정도 친척이라 할 수 있으며, 키스텐마커가로 인해 묄렌도르프가도 어느 정도 친척이라 할 수 있다. 이렇게 치자면 한이 없게 된다. 확연히 선을 긋는다는 것이 불가능할지도 모른다. 하지만 외버디크가가 대표 격이다. 그것도 여든이 넘은 현직 시장인 카스파르 외버디크 박사가 수장인 셈이다.

그는 마차를 타고 왔다. T 자형 지팡이를 짚고 토마스 부덴브로크의 부축을 받으며 그는 계단을 올라왔다. 그가 참석함으로써 잔치의 품격이 한결 높아졌다. 의심의 여지 없이 이 잔치의 품격은 이루 말할 수 없이 높았던 것이다!

저 응접실에서는 꽃으로 장식된 소형 책상이 제단으로 탈바꿈해 있었다. 그 뒤에서 검은 예복을 입은 젊은 목사가 맷돌 모양의 눈처럼 희고 빳빳한 목 칼라를 하고 말을 하고 있다. 그의 앞에는 적색과 황금색의 옷을 입은 건장한 여인이 레이스와 공단으로 감싼 부품한 물체를 팔에 안고 있다. 키가 큰 그녀는 영양 상태가 아주 양호해 보였다. 아기였다! 종손이었다! 또 하나의 부덴브로크였다! 이러한 사실이 무엇을 의미하는지 알겠는가?

이러한 소식이 넓은 거리에서 멩가로 전해졌을 때의 숨막히는 긴장을 누가 실감할 수 있겠는가? 페르마네더 부인이 이러한 소식을 듣고 어머니며 오빠며 (좀 더 조심스럽게) 올케를 끌어안았을 때의 말없는 홍분을 누가 알겠는가? 그리고 이제 봄이 왔다. 1861년의 봄이었다. 이제 사내아이가 태어나 성스러운 세례 성사를 받고 있다. 오래전부터 이제나저제나 하고 학수고대한 아기였다. 아기를 내려보내 달라고 하느님께 기도도 많이 했으며 그라보 박사를 들들 볶기도 했다. 마침내 아기가 태어났는데 몸이 아주 약해 보인다.

아기는 조그만 두 손으로 유모의 허리에 달린 금실을 가지고 논다. 머리에 담청색 리본으로 장식된 레이스 달린 모자를 쓰고 있는 아기는 베개 위에 약간 비스듬히 누워 있다. 아기는 목사의 말에는 아랑곳하지 않고 고개를 다른 데로 돌리고 마치 조숙한 아이처럼 눈을 깜박거리며 응접실과 친척들을 바라본다. 눈꺼풀에는 긴 속눈썹이 달려 있다. 아기 눈의 홍채는 부모를 닮아 담청색과 갈색이 섞여서 빛에 따라 변하는 어슴푸레한 금갈색이었다. 그런데 콧잔등과 눈두덩이 접한 부분은 움푹 들어가 푸르스름하게 그늘져 있다. 이러한 점이 아직 온전한 얼굴이라 할 수 없는 이 얼굴에 미리 어떤 특징을 부여해서 이제 사 주일이 된 아이의 외모와 별로 어울리지 않았다. 하지만 그렇다고 해서 그게 불길한 징조는 아닐 것이다. 그와 똑같은 어머니도 건강하게 잘 지내고 있지 않은가! 하여튼 그 아이는 살아 있다. 이제 사 주일이 된 지금 이 순간 무엇보다 아기가 사내아이라는 점이 기뻤다.

아기는 살아 있다. 하마터면 그러지 못할 수도 있었는데. 영사는 사람 좋은 그라보 박사가 사 주 전에 자신의 손을 잡으면서 어머니와 아기를 잃을 수도 있었다고 한 말을 결코 잊지 못할 것이다. "감사하게 생각하세요, 하마터면……." 영사는 그게 무슨 말이냐고 감히 물어보지 못했다. 오랫동안 애타게 기다려 온 이 조그만 피조물이 태어나서 울음을 터뜨리지도 못하고 토니의 둘째 아이처럼 저세상으로 가 버렸을지도 모른다고 생각하면 몸서리쳐지는 일이었다. 하지만 사 주 전에 모자에게 절망적인 순간이 있었다는 것을 그는 알고 있다. 그는 행복하고 부드러운 표정을 지으며 허리를 굽혀 게르다를 내려다보고 있다. 그 앞에 있는 게르다는 에나멜 가죽 구두를 우단 쿠션 위에 포개 얹은 채 시어머니 옆의 안락의자에 몸을 기대고 있다.

게르다는 아직 얼마나 창백하던가! 그리고 그 창백한 외모가 얼마나 이상하리만치 아름다운가! 숱이 많은 진홍색 머리카락을 지닌 그녀는 신비스러운 눈매로 어슴푸레한 조소의 빛을 띠며 목사를 바라보고 있었다. 마리아 교회의 안드레아스 프링스하임 목사는 노령인 쾰링 목사가 급작스레 사망하는 바람에 젊은 나이에 주임 목사의 자리에 오르게 되었다. 그는 턱을 쳐들고 두 손을 그 아래로 바짝 모아 기도하는 자세를 취하고 있었다. 금발의 짧은 고수머리에 광대뼈가 튀어나온 그의 얼굴은 매끈하게 면도되어 있었다. 그는 광적으로 진지한 표정을 짓다가 돌연 그리스도처럼 밝게 빛나는 모습을 띠기도 했다. 다소 작위적이고 연극적인 표정의 변화였다. 프랑켄 출신인 그는 가톨릭이 판을 치는 고향에서 몇 년 동안 조그마한 루터파 교구를 지켜 왔다. 사람의 심금을 울리는 청아한 발음을 하려고 노력하다가 그의 사투리는 완전히 독특한 말투로 변해 버렸다. 그는 모음을 길고 모호하게 발음하거나 급작스럽게 강세를 주었고 또 'r' 발음은 이 사이에서 굴리면서 발음하게 되었다.

그는 낮고 부드러운 목소리와 크고 강한 목소리를 교묘하게 뒤섞으며 하느님을 찬양한다. 가족은 그의 말에 귀를 기울인다. 페르마네더 부인은 진지하고 품위 있는 표정을 지으며 환희와 자부심을 숨기고 있다. 벌써 열다섯 살이 다 된 에리카 그륀리히는 이제 어엿한 숙녀가 되어 있다. 길게 땋아올린 머리에다 아버지를 닮아 혈색이 장밋빛이다. 오늘 아침에 함부르크에서 도착한 크리스티안은 움푹 들어간 두 눈으로 사방을 두리번거리고 있다. 티부르치우스 부부는 먼 길을 무릅쓰고 리가에서 달려와 잔치에 참석했다. 지베르트 티부르치우스의 숱이 적은 구레나룻의 긴 끝은 양 어깨에까지 내려와 있었다. 그리고 조그만 그의 회색 눈은 가끔씩 예기치 않게 점점 더 커지면서 툭 불거져 나와 거의 튀어나올 것처럼 보였다. 어두운 표정을 지은 클라라는 진지하고도 엄격하게 사물을 주시하면서 가끔씩 손을 머리에 갖다 대곤 한다. 거기가 아프기 때문이다. 또한 그들은 부덴브로크 부부한테 값진 선물을 가져왔다. 그것은 아가리를 벌리고 반듯이 서 있는 박제된 갈색 곰이었다. 목사의 어떤 친척이 러시아 내륙에서 총으로 잡은 것이었다. 그런데 그 곰이 지금은 앞발 사이에 명함통을 들고 앞뜰에 서 있는 것이다.

크뢰거가에서는 우체국 직원인 위르겐이 로스토크에서 왔다. 그는 수수하게 차려입은 조용한 사람이다. 야코브가 어디에 있는지는 외버디크가 출신인 그의 어머니밖에 모른다. 마음이 약한 그 여인은 남몰래 은그릇을 팔아서 상속권을 박탈당한 아들에게 돈을 보내 주고 있다. 부덴브로크 여인들도 잔치에 참석하고 있다. 그녀들은 가족의 경사를 진심으로 기뻐하고 있다. 하지만 피피는 아기가 별로 건강해 보이지 않는다는 말을 빠뜨리지 않았다. 그래서 슈튀빙가 출신인 영사 부인뿐만 아니라 프리데리케나 헨리에테도 어쩔 수 없이 그 말을 수긍할 수밖에 없었다. 음울한 표정에 바싹 마른, 참을성 있는 불쌍한 클로틸데는 여전히 배가 고프다. 그녀는 프링스하임 목사의 설교를 듣고 나서 초콜릿이 든 뽀족탑 모양의 케이크를 먹을 수 있다는 기대감으로 감격해 있다. 가족 구성원이 아닌 사람들로는 프리드리히 빌헬름 마르쿠스와 세세미 바이히브로트가 참석하고 있다.

이제 목사는 아기의 대부들 쪽으로 돌아서서 그들의 의무에 대해 이야기한다. 유스투스 크뢰거가 대부의 한 사람이다. 부덴브로크 영사는 처음에는 그에게 부탁하지 않으려고 했다. “나이 드신 분한테 어리석게 그런 일을 맡기지 말자!”라고 그는 말했다. “그는 날이면 날마다 자식 문제로 부인과 티격태격하며 지내지. 얼마 안 되는 재산도 다 떨어져 가고 있어. 근심 걱정으로 말미암아 그의 외모도 벌써 볼품없게 변하기 시작하고! 그런데 너희 생각은 어떠니? 그런 그분한테 대부가 되어 달라고 하면 아기한테 무거운 금을 선물하려 하면서 반면에 아무런 보답도 안 받으려고 할 텐데!” 그런데 외삼촌 유스투스는 자기 말고 영사의 친구인 슈테판 키스텐마커를 대부로 삼으려 한다는 소문을 어디선가 듣고 단단히 심기가 틀어졌다. 그래서 할 수 없이 그를 대부로 모시게 된 것이었다. 그가 선물한 금 술잔이 과히 무겁지 않아서 토마스 부덴브로크의 마음이 한결 가벼웠다.

그럼 또 한 사람의 대부는 누구였던가?

그는 백발이 성성한 품위 있는 노신사였다. 부드러운 검은색 상의를 입고 넥타이를 높게 맨 그의 뒷주머니에는 늘 붉은 손수건의 끝이 살짝 보인다. T 자형 지팡이를 짚고서 매우 편안한 안락의자에 몸을 기대고 있는 그는 시장인 외버디크 박사이다. 그것은 하나의 사건이며 승리라 할 수 있다! 어떻게 그런 일이 일어나게 되었는지 모르는 사람들이 많다. 그는 거의 친척이라고 할 수 없는 사람이 아닌가! 부덴브로크 식구들이 그를 막무가내로 끌고 온 셈이었다. 사실상 그것은 영사가 페르마네더 부인과 함께 꾸민 기발한 장난이며 음모라 할 수 있다. 애당초에는 모자가 겨우 목숨을 건지자 너무 기쁜 나머지 그가 그냥 농담으로 해 본 말이었다. "사내아이다, 토니! 시장을 대부로 삼아야겠다!"라고 영사가 외쳤던 것이다. 하지만 토니는 그 말을 듣고 나서 진지하게 그 문제를 거론했다. 그러자 영사도 그 문제를 심사숙고하다가 결국 한번 시도해 보자고 결정을 내렸다. 그래서 토니는 유스투스 삼촌을 배후에서 조종했다. 그 삼촌은 아내를 올케인, 목재상을 하는 외버디크의 아내한테 보냈다. 그녀 쪽에서는 백발이 된 시아버지한테 귀띔을 해 주었다. 그런 다음 토마스 부덴브로크가 시장 댁에 찾아가서 정중하게 예의를 갖추었다.

이제 유모가 아기의 두건을 벗기는 동안 목사는 자기 앞의 금도금된 은그릇에 든 물을 머리숱이 성긴 어린 부덴브로크의 머리에 두세 방울 조심스럽게 뿌린다. 그러면서 천천히 그리고 힘찬 어조로 유스투스 요한 카스파르라는 이름으로 세례를 준다. 그에 이어서 짧은 기도가 뒤따른다. 친척들은 옆을 지나가면서 아무 영문도 모르는 채 조용히 누워 있는 아기의 이마에 축복의 입맞춤을 한다. 테레제 바이히브로트가 마지막으로 나온다. 유모는 그녀를 위해서 아기를 약간 밑으로 낮추어 준다. 하지만 세세미는 나지막한 소리가 나게 두 번 입맞춤을 하면서 이렇게 말한다. "아이고, 착하지!"

삼 분 후에 사람들은 응접실과 거실에 끼리끼리 모였다. 달콤한 과자류가 나온다. 왁스 칠로 반짝이는 넓은 장화가 기다란 예복 밑에 드러난 프링스하임 목사도 주름이 있는 옷깃 장식을 하고 거기에 앉아 뜨거운 초콜릿 위에 거품을 낸 차가운 크림을 맛있게 먹고 있다. 연극조로 독특한 효과를 내며 말하던 아까와는 달리 그는 그리스도처럼 변용된 얼굴로 아주 홀가분한 마음으로 잡담을 하고 있다. 그의 행동 하나하나에는 이런 뜻이 담겨 있는 것 같다. "보라, 나도 목사의 탈을 내던지고 마냥 즐겁게 현세주의자처럼 행동할 수 있지 않으냐!" 그는 말하기 좋아하는 나긋나긋한 남자이다. 그는 늙은 영사 부인과는 자못 감동한 듯이 대화를 나누고 토마스와 게르다하고는 세속인처럼 매끄러운 태도로 이야기를 한다. 또 페르마네더 부인과는 아주 명랑한 어조로 익살맞게 대화를 나눈다. 이따금 무엇을 골똘히 생각할 때면 그는 두 손을 무릎에 포개고 고개를 갸우뚱 뒤로 젖힌 채 눈썹을 찡그리면서 침울한 표정을 짓는다. 그는 웃을 때는 꽉 다문 이 사이로 쉭쉭 소리를 내면서 간헐적으로 공기를 빨아들인다.

갑자기 바깥 복도에서 떠들썩한 소동이 일어난다. 하인들이 웃는 소리가 들린다. 문에 기묘한 축하객이 나타나서였다. 그롭레벤이 온 것이다. 그의 빈약한 코에는 언제나 기다란 콧물이 대롱대롱 달려 있다. 그롭레벤은 영사의 창고 인부이다. 그의 고용주는 그에게 부업으로 구두 닦는 일을 맡겼다. 이른 아침이면 그는 넓은 거리에 나타나 문 앞에 놓인 신발을 들고 가서 아래 현관에서 닦는다. 그렇지만 잔치가 있을 때면 그는 멋지게 옷을 차려입고 꽃을 들고 나타난다. 그러고는 콧물을 대롱대롱 달고 우는 듯 감동한 듯한 목소리로 인사말을 하고는 답례로 팁을 받는다. 하지만 그가 팁을 바라고 그러는 것은 절대 아니다!

그는 검은색 상의를 입고 있었다. 그것은 영사가 입다가 물려준 옷이다. 하지만 가죽 장화에는 기름을 발랐고 목에는 푸른색 양모 목도리를 두르고 있다. 그는 살이 없는 붉은 손에 시들시들해진 커다란 장미 꽃다발을 들고 있다. 꽃이 활짝 피고 한참 지나서인지 양탄자 위에 하나 둘씩 꽃잎이 떨어졌다. 그는 이글거리는 조그만 눈으로 주위를 두리번거렸지만 딱히 무엇을 보고 있는 것 같지는 않았다. 그는 꽃다발을 든 채 혼자 문지방에 서서 즉석연설을 시작한다. 그러면 늙은 영사 부인은 그가 말을 할 때마다 격려하듯 고개를 끄덕이며 사이사이에 힘을 북돋우는 말을 던진다. 영사는 한쪽 눈썹을 찡그리며 그를 관찰한다. 페르마네더 부인 같은 몇몇 사람은 손수건으로 입을 가린다.

"저는 불쌍한 사나이올시다, 여러분. 하지만 저에게는 느낄 수 있는 가슴이 있습니다. 그래서 주인의 행복과 기쁨에 동참하기 위해서 여기에 온 것입니다. 부덴브로크 영사님은 늘 저한테 잘해 주십니다. 신사 숙녀 여러분, 저는 영사님과 영사 부인을 진심으로 축하하려고 여기에 왔습니다. 그분들은 존경할 만한 분들이십니다. 또 아기가 잘 자라도록 해 달라고 빌려고요. 마땅히 그래야 합니다. 왜냐하면 부덴브로크 영사님 같은 분은 그리 흔치 않으니까요. 그분은 고귀한 분이십니다. 주 예수님도 그에게 은총을 내리실 겁니다."

"훌륭해, 그롭레벤! 아주 멋진 연설이었어. 대단히 고맙네, 그롭레벤! 대체 장미로는 뭘 할 작정인가?"

하지만 그롭레벤의 연설은 아직 끝난 게 아니었다. 그는 우는 듯한 목소리를 더 크게 내면서 영사의 말을 덮어 버린다.

"……주 예수님은 그뿐만 아니라 모든 가족에게 은총을 내리실 겁니다. 면류관을 쓰고 그분이 우리 앞에 나타나실 때 부자든 가난한 자든 우리 모두 그분 앞에 서야 합니다. 그게 하느님의 뜻입니다. 어떤 사람은 빛나는 단단한 나무 관을 얻을 것이요, 또 어떤 자는 낡은 상자를 얻을 것입니다. 하여튼 우린 언젠가는 썩고 부패하기 마련입니다. 썩고 부패하기 마련…… 썩고 부패하기……!"

"아니, 이봐 그롭레벤! 지금은 장례를 치르는 게 아니라 세례를 하는 거야! 썩고 부패한다는 말은 어울리지 않아."

"에, 또 여기에 꽃이 몇 송이 있습니다." 그롭레벤이 말을 맺는다.

"고맙네, 그롭레벤! 칭찬이 너무 과한 것 같은걸! 수고비를 많이 줘야 되겠어. 이렇게 긴 연설은 처음 듣겠네! 자, 이거 받게! 오늘 잘 놀다 가게나!" 영사가 그의 어깨를 손으로 짚으며 그에게 1탈러를 준다.

"자, 수고했구려!" 늙은 영사 부인이 말한다. "주 예수님도 사랑하지요?"

"진심으로 사랑합니다, 영사 부인. 정말이고말고요!" 그롭레벤은 그녀한테서도 1탈러를 받는다. 그리고 페르마네더 부인한테서 세 번째로 받는다. 그런 다음 그는 오른발을 땅에 스치며 뒤로 빼는 인사를 한 뒤 이미 땅에 떨어진 장미는 그대로 두고 경황 중에 손에 쥔 장미는 그냥 가지고 간다.

이제 시장이 자리를 털고 일어섰다. 영사가 그를 마차 있는 데까지 바래다주었다. 그것이 다른 손님들도 해산하는 계기가 되었다. 게르다는 아직 몸조리를 해야 하기 때문이다. 방마다 정적이 감돈다. 토니, 에리카, 융만과 늙은 영사 부인만이 마지막까지 남아 있다.

"그래, 이다." 영사가 말문을 연다. "내 생각해 보았는데, 어머니도 동의하신 일이야. 이다가 우리 모두를 길러 주었어. 그리고 요한이 좀 더 자라면…… 지금은 유모가 있으니까 괜찮지만. 얼마 안 있어 보모가 필요할 것 같아. 그렇게 되면 우리 집에 와 줄 생각이 있는지?"

"네, 네, 영사님. 마님이 괜찮으시다면……."

게르다도 이러한 계획에 만족해한다. 그래서 그 제안은 이미 결정이 나게 된 셈이다.

문을 나서면서 페르마네더 부인은 또 한 번 돌아선다. 그녀는 오빠한테 되돌아가 두 뺨에 입맞춤을 하면서 이렇게 말한다. "멋진 하루였어, 톰. 몇 년 만에 처음으로 행복한 날이었어! 우리 부덴브로크가의 대가 끊어지지 않아서 참 다행이지 뭐야. 그렇게 생각한 사람은 최고로 잘못 생각한 사람이었어. 이제 이렇게 요한이 태어났으니. 그 아기가 다시 요한이라는 세례명을 받은 게 너무 좋아. 또다시 이렇게 새로운 날이 올 것만 같아!"

2

뮌헨에 소재하는 'H. C. F. 부르메스터 상사'의 대표인 크리스티안 부덴브로크는 최신 유행인 회색 모자를 쓰고 수녀의 흉상이 달린 노란 지팡이를 손에 쥔 채 형의 거실로 들어왔다. 그는 게르다와 함께 앉아서 책을 읽고 있었다. 세례식이 열린 날 밤 아홉 시 반이었다.

"안녕." 크리스티안이 말했다. "아, 토마스, 급히 할 말이 있어서…… 미안해요, 형수님. 급한 일이야, 토마스."

그들은 어두컴컴한 식당으로 건너갔다. 거기서 영사는 벽가의 가스등을 켜고 동생을 바라보았다. 그의 예감이 좋지 않았다. 그는 크리스티안이 왔을 때 간단한 인사말을 한 것 말고는 아직 동생과 대화할 기회를 갖지 못했다. 하지만 그는 오늘 잔치가 벌어졌을 때 동생을 면밀히 관찰했다. 동생은 보통 때와 달리 심각하고 불안해 보였다. 그는 심지어 프링스하임 목사가 연설하는 동안 어떤 이유에서인지 몇 분간 응접실에서 나가 있기도 했다. 토마스는 크리스티안이 빚을 청산하기 위해 유산 상속분에서 미리 1만 마르크를 수령한 날부터 동생에게 편지를 한 줄도 쓰지 않았다. "마음대로 해 봐!" 영사가 말했다. "그러다간 네 돈이 얼마 못 가 바닥이 날 거다. 나로서는 네가 앞으로 내 길을 가로막지 않기를 바랄 뿐이다. 넌 요 몇 년 동안 내 사랑을 가혹하게 시험해 왔다." 그가 무엇 때문에 왔던가? 어떤 절박한 사정이 있어서 온 게 틀림없었다.

"말해 봐." 영사가 말했다.

"난 이제 도저히 안 되겠어." 크리스티안이 바싹 마른 무릎 사이에 지팡이와 모자를 놓고 식탁 주위에 놓인 팔걸이가 높은 의자들 중 하나에 비스듬히 주저앉으면서 대답했다.

"무엇을 도저히 할 수 없다는 거야? 나한테 온 이유가 뭐야?" 영사가 선 채로 말했다.

"난 이제 도저히 안 되겠어." 크리스티안은 같은 말을 되풀이하면서 말할 수 없이 불안하고도 심각한 표정으로 머리를 이리저리 돌렸다. 그러고는 움푹 들어간 작고 둥근 눈을 두리번거렸다. 그는 이제 서른셋밖에 되지 않았지만 실제 나이보다 훨씬 더 늙어 보였다. 그의 불그스름한 금발은 머리카락이 거의 다 빠져 속이 훤히 드러날 정도였다. 움푹 들어간 뺨에는 광대뼈가 툭 불거져 있었다. 그리고 그 사이에 콧수염이 없는 거대한 코는 살점 하나 없이 바싹 마른 채 휘어져 있었다.

"이런 일만 없다면……." 그가 말을 이었다. 그러면서 그는 손으로 몸 왼쪽을 쓰다듬었지만 몸에 직접 닿지는 않았다. "이건 아프다기보다는 하나의 고통이야. 형도 알고 있잖아. 어딘지 모르게 계속 고통스러운 거야. 함부르크의 드뢰게뮐러 박사의 말에 따르면 이쪽 부위의 모든 신경이 너무 짧다는 거야. 나의 왼쪽 부위의 모든 신경이 너무 짧다고 한번 생각해 봐! 너무 이상한 일이야. 어떤 때는 이 부위에 경련이 일어나거나 마비가 일어날지도 모른다는 생각이 들어. 영원한 마비 말이야. 형은 모를 거야. 하루라도 제대로 잠을 자는 적이 없어. 갑자기 심장이 고동치지 않는 바람에 소스라치게 놀라 벌떡 일어나는 거야. 잠들기 전에 그런 일이 한두 번 일어나는 게 아니야. 형은 그런 사정을 아는지 모르겠어. 아주 자세히 말해 줄게. 그건……."

"관둬." 영사가 냉담하게 말했다. "그런 말 하려고 여기 온 것 같지는 않은데?"

"아니야, 토마스, 이런 일만 없다면. 하지만 그것뿐이 아니란 말이야! 사업 말이야. 이젠 도저히 안 되겠어."

"또 문제가 생겼니?" 영사는 놀라지도 않았다. 언성을 높이지도 않았다. 피로한 그는 옆에서 차가운 표정으로 동생을 쳐다보며 아주 차분하게 말했다.

"아니야, 토마스. 사실을 말하자면(지금도 마찬가지야.) 일이 한 번도 제대로 해결된 적이 없었어. 형이 알다시피 수없이 일을 벌였는데도 말이야. 겨우 문을 닫는 일만은 모면했어. 더군다나 커피 거래를 하다가 손해를 봤어. 안트베르펜에서 파산이 일어날 적에…… 그건 정말이야. 하지만 난 아무 조처도 취하지 않고 그냥 잠자코 있었어. 하지만 나도 살아야지 않겠어. 어음과 부채를 합해 5000탈러에 달해. 내 심정이 얼마나 비참한지 형은 모를 거야! 게다가 몸이 이렇게 고통스러우니……."

"그럼 넌 가만히 있었니!" 영사가 이성을 잃고 고함쳤다. 이 순간 그는 자제력을 잃어버렸다. "넌 수레를 진창에 처박아 놓고 다른 데로 놀러 다녔지! 네가 어떻게 생활하는지 내가 모르고 있는 줄 아니? 극장이며 서커스며 클럽에 드나들고 또 값싼 계집들하고……."

"알리네를 두고 하는 말인 모양인데, 그래, 이 일은 형이 잘 모를 거야. 거기에 너무 많은 의미를 부여한 것이 아마 나의 불행인지도 모르겠어. 내가 돈을 너무 많이 썼고 앞으로도 제법 많은 돈을 쓸 거라는 지적은 맞는 말이야. 솔직히 말하자면 형제끼리니까 하는 말인데…… 셋째 딸이 생겼는데 한 반년 정도 되었어. 걔는 내 딸이야."

"머저리같이."

"그런 말 마, 토마스. 화가 나더라도 그녀에 대한 판단은 공정해야 돼. 걔가 내 딸이라 해서 뭐 나쁠 게 있다고. 하지만 알리네로 말한다면 그녀는 결코 값싼 여자가 아니야. 그런 말 하지 마. 그녀가 누구와 살든 그녀로서는 하등 상관없는 일이야. 그녀는 나 때문에 홀름 영사와의 관계가 깨졌어. 그는 돈도 나보다 훨씬 많은 남자인데. 그 정도로 심성이 착한 여자야. 형은 그녀가 얼마나 훌륭한 여자인지 몰라! 그녀는 그토록 생각이 건전한 여자야. 생각이 건전해!" 그는 '이것이 마리아이다'나 영국의 '악덕'을 이야기할 때처럼 손가락을 구부려 얼굴 앞에 갖다 대면서 같은 말을 되풀이했다. "그녀가 웃을 때 치아를 한번 봐! 난 런던에서도 발파라이소에서도 이 세상 어디에서도 그런 치아는 본 적이 없었어. 그녀를 알게 된 첫날 밤을 잊을 수 없어. 울리히의 집에서였어. 그때는 홀름 영사와 살던 때였지. 하지만 그녀와 이런저런 이야기를 나누다가 약간 가까워졌어. 그러다가 내가 그녀를 얻게 되었는데…… 정말이지 토마스, 그건 장사에서 돈을 많이 벌었을 때와는 전혀 다른 느낌이었어. 하지만 형은 이런 이야기 듣는 걸 좋아하지 않아. 지금도 보니 그런 것 같아. 하지만 지금은 그것도 끝장이야. 물론 아이 때문에 완전히 관계를 끊지는 못하겠지만 이제 그녀와 헤어질 거야. 난 함부르크에서 진 빚을 몽땅 청산하려고 해. 물론 그래야겠지. 그러고는 문을 닫을 거야. 난 도저히 안 되겠어. 어머니와 그런 이야기를 했어. 어머니는 5000탈러를 미리 주시겠대. 내가 정리할 수 있도록 말이야. 그 점에 대해서는 형도 동의하겠지. 그게 훨씬 더 좋을 것 같아. 그러면 사람들이 '크리스티안 부덴브로크는 홀홀 털고 해외로 간다.'라고들 말할 테니까. 내가 파산했다고 생각하기보다는 말이야. 형도 그렇게 생각지 않아? 말하자면 다시 런던으로 갈 거야, 토마스. 런던에서 일자리를 구할 거야. 자립은 안 되겠어. 그 점은 분명해. 이 무거운 책임이란……. 사원은 저녁이면 아무 걱정 없이 집으로 가면 돼. 그리고 런던에 있을 때가 좋았어. 형은 내 생각에 반대해?"

영사는 동생이 이야기하는 내내 등을 돌리고 손을 바지 주머니에 꽂은 채 발로 땅바닥에 무슨 그림을 그리고 있었다.

"좋아, 그럼 런던에 가라." 그가 아주 짤막하게 말했다. 그러고는 뒤도 돌아보지 않고 크리스티안한테서 떠나 거실 쪽으로 되돌아갔다.

하지만 크리스티안은 형을 따라갔다. 그는 거기서 혼자 독서를 하고 있던 게르다한테 가서 손을 내밀었다.

"안녕히 주무세요, 형수님. 전 곧바로 다시 런던에 갈 겁니다. 이리저리 떠돌아다닐 팔자인가 봅니다. 이제 다시 미지의 대도시로 가게 됩니다. 세 발짝만 움직여도 모험이 뒤따르고 많은 것을 체험할 수 있는 도시로요. 이상한 느낌입니다. 그런 감정을 느껴 본 적이 있으세요? 아마 이 위 속에 그런 감정이 들어 있는 모양입니다. 아주 이상한 느낌입니다."

3

상인 제임스 묄렌도르프, 가장 나이가 많은 시의원이 이상하고 끔찍하게 죽었다. 당뇨병을 앓던 이 노인은 차차 자제력을 잃고 만년에 가서는 케이크와 과자를 너무 밝히게 되었다. 묄렌도르프가의 가정의이기도 했던 그라보 박사는 있는 힘을 다해 그러지 못하게 말렸다. 간병하는 가족은 부드럽게 타일러서 가장이 단것을 못 먹게 했다. 그런데 시의원은 어떤 짓을 했던가? 약간 돌아 버린 그는 그뢰펠 골목이나 성벽이나 엥겔스비슈 같은 곳으로 이리저리 돌아다니며 소굴 같은 작은 방을 하나 얻어서는 과자를 몰래 먹었다. 그는 거기서 죽은 채 발견되었다. 입에는 반쯤 씹던 과자가 가득 차고 그 나머지는 옷에 묻거나 볼품없는 책상에 흩어져 있었다. 그는 서서히 죽어 가지 않고 치명적인 발작으로 급사했던 것이다.

가족들은 말하기 거북한 이런 세세한 사실들을 가급적 은폐하며 쉬쉬했다. 하지만 이러한 사실은 금방 도시에 파다하게 퍼져 증권거래소, 클럽, '조화' 모임, 사무실, 시의회, 무도회, 만찬회, 야회에서 좋은 이야깃거리가 되었다. 이때만 해도 사교 생활이 한창이던 1862년 이월이었기 때문이다. 영사 부인의 여자 친구들도 예루살렘의 밤 모임에서 레아 게르하르트가 성경 낭송을 잠깐 중지하자 시의원 묄렌도르프의 죽음에 관해 이야기들을 나누었다. 주일 학교 여학생들도 부덴브로크가의 커다란 현관을 지나가면서 그에 관해 소곤소곤 이야기를 나누었다. 종 만드는 사람들의 거리에 사는 슈투트는 상류 계층과 교제하는 그의 아내와 함께 그에 관해 시시콜콜한 대화를 나누었다.

하지만 언제까지나 죽은 사람한테만 관심이 쏠린 것은 아니었다. 늙은 시의원이 사망했다는 소문이 나자 즉시 커다란 문제가 대두되었다. 그가 땅에 묻힌 뒤 모든 사람들의 관심은 오로지 누가 후임자가 될지에 집중되었다.

얼마나 흥미진진한 일이며 물밑에서 얼마나 많은 지하 공작이 있었던가? 중세의 관광 명소와 도시의 우아한 분위기를 맛보려고 온 외지인은 그에 대해 아무것도 모른다. 하지만 눈에 보이지 않는 데서 얼마나 많은 공작과 선동이 있었던가! 건전하고 존중받을 만한 견해들과 추호도 의심의 여지가 없는 견해들이 불쑥 튀어나와 떠들썩한 가운데 납득되고 서로 검증되어 서서히 양해가 이루어진다. 욕심들이 마구 요동친다. 명예심과 허영심이 은밀히 마구 날뛴다. 터무니없는 희망에 들떠 마구 날뛰다가 환멸을 맛보게 된다. 선거할 때마다 서너 표를 얻는 빵집 골목의 늙은 상인 쿠르츠는 이번에도 집에 앉아 애를 태우며 자기 이름이 불리길 학수고대할 것이다. 하지만 이번에도 그는 선출되지 않을 것이다. 그는 우직하고 자족하는 듯한 표정을 지으며 지팡이를 짚고 거리를 다닐 것이다. 그는 시의원이 되지 못한 원한을 무덤 속에까지 안고 갈 것이다.

목요일에 부덴브로크 가족이 점심 식사를 하는 자리에서 묄렌도르프의 죽음이 화제에 오르자 페르마네더 부인은 안됐다는 표정을 짓고 나서 혀끝으로 윗입술을 문지르며 교활하게 오빠를 흘끗 쳐다보기 시작했다. 그러자 부덴브로크의 딸들은 서로 아주 냉소적인 시선을 교환하더니 마치 무슨 지시라도 받은 듯 일 초 동안 일제히 눈과 입술을 꽉 다물었다. 영사는 잠시 여동생의 교활한 미소에 대응하고 나서 화제를 딴 데로 옮겼다. 그는 토니가 득의만면하게 감추고 있는 생각이 시내에 나돌고 있다는 것을 알고 있었다.

이름들이 거명됐다가 나가떨어졌다. 다른 이름들이 떠올랐다가 걸러졌다. 빵집 골목의 헨닝 쿠르츠는 나이가 너무 많았다. 싱싱한 힘이 절실히 필요했다. 백만장자인 목재상 후노이스 영사도 거론됐지만 이미 그의 형이 시의원으로 있기 때문에 법적으로 불가능했다. 양조장을 하는 에두아르트 키스텐마커 영사와 헤르만 하겐슈트룀 영사도 명단에 오른 사람들이었다. 하지만 처음부터 시종일관 물망에 오른 사람은 토마스 부덴브로크였다. 선거일이 다가올수록 그와 헤르만 하겐슈트룀이 가장 유력한 후보로 떠올랐다.

헤르만 하겐슈트룀을 추종하는 사람들이 많다는 것은 의심의 여지가 없는 일이었다. 공적인 일에 보이는 그의 열성, '슈트룅크 하겐슈트룀 상사'를 설립해서 금방 본궤도에 올려놓은 수완, 영사로서의 호화로운 생활 양식, 그가 가진 집이며 아침 식사에 거위 간 요리가 빠지지 않는다는 사실이 사람들에게 감명을 주었다. 온 턱과 뺨에 불그스름한 짧은 수염이 잔뜩 난 약간 비대한 이 남자는 윗입술 위의 코가 약간 납작했다. 그의 할아버지가 누구인지 아는 사람은 아무도 없었다. 그 자신도 그에 대해 아는 바가 없었다. 그의 아버지는 부잣집 딸과 미심쩍은 결혼을 하는 바람에 사회적으로 거의 매장을 당했다. 하지만 그의 아버지는 후노이스가뿐만 아니라 묄렌도르프가와 동서가 되어 시내에서 대여섯밖에 안 되는 명문가와 어깨를 나란히 하게 되었다. 시내에서 그는 존중받는 이상한 존재임이 분명했다. 그를 두드러지게 만들고 지도적인 자리에 서게 만든 신기하고 매력적인 개성이야말로 자유롭고 관용적인 그의 인간 됨됨이의 특징이었다. 자유분방하고 통 크게 돈을 벌고 쓰는 그의 방식은 동료 상인들이 엄격하게 물려받은 원칙인 강인하고 끈질긴 방식과는 판이했다. 그는 혼자 힘으로 전통과 경건함이라는 족쇄에서 벗어나 있었다. 그리고 그에게는 고풍스러운 면모가 하나도 없었다. 그는 쓸데없이 자리를 많이 차지하여 지은 오래된 명문가의 집에서 살지 않았다. 그런 집의 어마어마한 현관에는 돌에다 흰 래커칠을 하여 쭉 깔아 놓게 마련이었다. 그의 집은 넓은 거리의 남쪽 방향에 있는 모래 거리에 있었다. 그 집의 전면은 수수하게 페인트로 칠해져 있었다. 실용적으로 공간 배치가 된 그 집은 부잣집답게 우아하고 편리한 시설을 갖춘 신식 주택이었으며 딱딱한 구석은 하나도 없었다. 게다가 그는 얼마 전에 커다란 야회를 베푸는 자리에 시립 극장에 고용되어 있는 어떤 여가수를 초대했다. 그는 식사 후에 손님들 앞에서 그녀가 노래 부르게 하고 그녀를 극진히 모셨다. 그 손님들 중에는 문예를 애호하는 법학자인 그의 동생도 있었다. 그는 시의회에서 중세의 기념 건축물을 복구하고 보존하는 데 많은 돈을 들이는 것을 찬성하는 사람이 아니었다. 하지만 그가 시내에서 누구보다도 제일 앞장선 일은 그의 집과 사무실에 가스등을 설치하는 일이었다. 하겐슈트룀 영사가 어떤 전통을 지켰다면 그것은 필시 그의 아버지 힌리히 하겐슈트룀한테서 물려받은 아무 구속 없고, 진보적이고, 참을성 있고, 편견 없는 사고방식이었을 것이다. 또 그가 남들한테서 받는 찬탄도 이런 데서 기인하는 것이었다.

토마스 부덴브로크의 위신은 그와는 다른 종류의 것이었다. 그는 자신에 한정되는 인물이 아니었다. 사람들은 그에게서 그의 아버지, 할아버지, 증조할아버지의 존경할 만한 인물됨됨이를 보았다. 그 자신의 사업적·공적인 성공은 차치하고도 그는 백 년 정도 된 시민적 명예의 대변자였다. 물론 그가 활용하는 경쾌하고, 고상하고, 매력적인 방법이 그가 성공하는 데 가장 중요한 역할을 했을 것이다. 그를 두드러지게 만드는 요소는 학식을 갖춘 동료 시민들 중에서 그가 상당히 높은 정도의 교양을 갖추었다는 점에 있었다. 그래서 그는 가는 곳마다 놀라움과 아울러 존경심을 불러일으켰다.

목요일이 되어 선거일이 박두하자 부덴브로크 가족은 영사가 있는 데서는 그에 대해 거의 무관심한 듯 그냥 의례적으로 이야기했다. 이때 늙은 영사 부인은 신중하게 밝은 눈으로 옆을 흘끗 쳐다보았다. 그렇지만 이따금 페르마네더 부인은 헌법에 대한 자신의 놀랄 만한 지식을 과시하지 않을 수 없었다. 그녀는 수년 전에 이혼 조항을 철저하게 연구한 것처럼 시의원 선거에 대해서도 마찬가지로 철저하게 연구했다. 그런 다음 그녀는 투표소, 투표자 그리고 투표 용지에 관해 이야기했다. 그녀는 만에 하나 일어날 수 있는 모든 일을 헤아렸고, 투표자들이 행하는 엄숙한 선서의 단어 하나하나를 막힘 없이 인용했다. 그녀는 후보자 명단에 오른 모든 사람들에 대해 헌법상의 규정에 따라 '공명정대한 토론'을 해야 한다고 말했다. 또 그녀는 헤르만 하겐슈트룀이라는 인물이 '공명정대한 토론'을 하는 자리에 꼭 참석했으면 한다는 소망을 개진했다. 잠시 후에 그녀는 몸을 구부리고 오빠의 디저트용 과일 접시에 담긴 자두씨를 헤아리기 시작했다. "귀족—수족—박사—목사—시의원!" 그녀가 말했다. 그러면서 그녀는 접시에 놓인 자두씨를 칼끝으로 탁 퉁겼다. 하지만 식후에 그녀는 더 참을 수 없었던지 영사의 팔을 끌고 창가로 갔다.

"오, 제발, 톰! 오빠가 당선된다면…… 우리 가문의 문장(紋章)이 시청 회의실에 붙는다면…… 난 좋아 죽을 거야! 난 쓰러져 죽을지도 몰라, 두고 봐!"

"자, 토니! 체통과 품위를 좀 지켰으면 좋겠구나! 또 네 버릇이 나오려는 거니? 내가 헨닝 쿠르츠처럼 싸돌아다녀서야 되겠니? 우리 집에 '시의원'이 없어도 이렇게 잘 살고 있지 않니. 그리고 결과가 어떻게 되더라도 네가 죽지 않았으면 좋겠구나."

그리고 선동, 상의, 설전이 계속되었다. 사업이 거의 쫄딱 망하다시피 한 난봉꾼 페터 될만 영사는 겨우 이름만으로 명맥을 유지하고 있었다. 스물여섯 살이 된 딸의 유산을 야금야금 파먹으며 살아가는 그는 토마스 부덴브로크가 개최한 만찬회와 헤르만 하겐슈트룀이 개최한 만찬회에 참석해서 그때마다 각각의 주인을 우렁차고도 시끄러운 목소리로 '시의원님'이라고 불렀다. 하지만 늙은 중개인인 지기스문트 고슈는 성난 사자처럼 돌아다니며 부덴브로크 영사한테 투표하지 않는 사람은 누구든 목을 졸라 죽이겠다고 설쳐 댔다.

"여러분, 부덴브로크 영사입니다. 아! 그분이 어떤 분인지 아십니까? 1848년에 민중의 분노가 극에 달했을 때 그의 아버지는 단 한마디로 그것을 제압했습니다. 난 그때 그분 곁에 있었습니다. 이 지상에 정의가 있다면 그의 아버지, 아니 그의 아버지의 아버지가 벌써 시의원이 되어야 했을 겁니다."

하지만 무엇보다도 중개인 고슈의 마음에 불을 댕긴 것은 부덴브로크 영사 자신의 인격이었다기보다는 오히려 처녀 때

성이 아놀트선인 그의 젊은 부인이었다. 그는 일찍이 그녀와 말을 나누어 본 적은 없었다. 그는 부유한 상인의 부류에 속하지 않는지라 그들 집에 식사 초대를 받거나 명함을 교환하는 일도 없었다. 하지만 이미 앞에서도 언급했듯이 게르다 부덴브로크가 시내에 나타나자마자 늘 유별난 것을 동경하는 중개인의 음울한 눈초리는 호시탐탐 그녀도 노리게 되었다. 본능적 감각으로 그는 이 여자가 자신의 불만족스러운 현상에 좀 더 많은 내실을 부여해 줄 적당한 존재라는 것을 즉각 알아채게 되었다. 그는 자신의 이름만 겨우 알고 있을 뿐인 그녀에게 몸과 마음을 다해 노예처럼 헌신했다. 이때부터 그는 남의 눈에 띄기를 극도로 싫어하는 이 신경질적인 여인을 마음속으로 그려 왔다. 그렇지만 호랑이가 맹수 조련사를 소개하지 않듯이 아무도 그에게 그녀를 소개해 주지 않았다. 어쩌다가 그가 거리에서 그녀와 마주치게 되면 그는 예기치 않게 예수회 모자를 벗어 들고 예의 뚱한 표정을 지으며 음험하고 비굴한 태도를 취했다. 평범한 이 세상은 그로 하여금 이 여인한테 추악한 일을 저지르도록 하지 않았다. 만일 그런 일이 가능하다면 그는 음울하고 차가운 표정을 지으며 외투 속에 웅크린 채 악마처럼 태연하게 대응했을 텐데! 세상의 지루한 습관은 그로 하여금 살인, 범죄, 피비린내 나는 흉계를 통해서 그녀를 황제의 자리에 올리는 것을 허락하지 않았다. 그가 할 수 있는 일이라곤 자신이 열렬히 존경하는 '그녀'의 남편이 시의원에 당선되도록 하는 일과 언젠가 로페 데베가의 전집을 번역해서 그녀에게 바치는 일밖에 없었다.

4

헌법에 따르면 시의원에 결원이 생길 때마다 사 주 이내에 보충을 해야 한다. 제임스 묄렌도르프가 사망한 지 삼 주일이 흘렀다. 이제 선거일이 다가왔다. 눈이 녹기 시작하는 이월 말의 어느 날이었다.

넓은 거리의 시청 정면은 체눈 세공 되어 에나멜 칠을 한 벽돌로 축조되어 있다. 또 뾰족뾰족한 탑들은 하늘을 찌를 듯이 솟아 있다. 위에 지붕이 있는 계단들이 불쑥 튀어나온 주랑과 뾰족한 아치들을 떠받치고 있다. 거기에서 내려다보면 광장과 분수가 보인다. 한 시 정각이 되자 시청 앞에 사람들이 몰려든다. 그들은 발밑에 눈이 녹아 질척거리는 거리에 의연히 서 있다. 그들은 서로의 얼굴을 들여다보다가 다시 정면을 바라보면서 목을 쑥 잡아 뺀다. 저기 정문 뒤 회의실에는 반원형태로 열네 개의 안락의자가 놓여 있는데 이 시각에 시의원과 참사원으로 구성된 시의회는 투표소에서 제안이 들어오기를 기다리고 있다.

일은 쉽게 결말이 나지 않았다. 투표실에 있는 토론자들의 마음이 진정되지 않고 싸움이 격화되는 모양이다. 그래서 회의실에서는 여태껏 어떤 한 사람을 후보자로 내세우기로 합의가 되지 않는 듯하다. 합의가 되었다면 시의원이 선출되었음을 시장이 즉각 선포했을 것이기 때문이다. 이상한 일이다! 하지만 어떻게 해서 그런 소문이 나오게 됐는지는 몰라도 소문이 정문을 빠져나와 거리에 나돈다. 두 명의 시청 하급 관리

중의 하나인 카스페르젠이 저 안에 서 있다. 그는 늘 자신을 '국가의 공복'이라고 일컫는 사람이다. 입을 다물고 눈은 다른 곳을 보면서 입언저리의 표정으로 그가 들은 것을 바깥으로 흘려 보내는가? 그것은 지금 회의실에서 여러 가지 제안이 나왔다는 뜻이다. 그것도 세 개의 회의실에서 각기 다른 후보자를 제안했다는 것이다. 그들은 하겐슈트룀, 부덴브로크, 키스텐마커라는 것이다! 이제 투표지에 비밀 투표를 해서 절대 다수의 표를 획득한 자가 시의원으로 선출된다는 것이다! 따뜻한 덧신을 신지 않은 사람들은 떨면서 발을 동동 구르기 시작한다. 발이 시려 참을 수 없기 때문이다.

여기에 서서 기다리는 사람들은 각계각층의 사람들이다. 목에 문신을 한 선원들은 넓고 낮은 바지 뒷주머니에 손을 넣고 있다. 곡물 운반인들은 윤이 나는 검은색 리넨 상의와 반바지를 입고 그들 특유의 우직하기 짝이 없는 표정으로 서 있다. 손에 채찍을 든 마부들은 잔뜩 쌓아 둔 곡물 부대 위에 올라가 선거 결과를 기다리고 있다. 머플러와 앞치마를 두른 하녀들은 두꺼운 줄무늬 치마를 입고 조그만 흰 모자를 뒷머리에 쓴 채 맨 팔뚝에 손잡이 있는 바구니를 걸고 서 있다. 생선이나 채소 장수 아주머니들은 밀짚모자를 쓰고 있다. 심지어 농장에서 일하는 몇몇 예쁜 소녀들까지도 네덜란드식 모자를 쓰고 짧은 치마를 입고 있다. 그들의 몸통을 죄고 있는 색색으로 수놓은 코르셋 바깥으로 비죽 나온 주름진 소매는 길고 희다. 그 외에 인근에 사는 시민들과 가게 주인들이 모자도 쓰지 않고 나와서 서로 의견을 나누고 있다. 잘 차려입은 젊은 상인들과 자기 아버지나 친구의 사무실에서 삼사 년쯤 수습을 한 젊은이들 그리고 배낭과 책가방을 멘 학생들이 있다.

뻣뻣한 선원 수염을 달고 담배를 씹고 있는 두 명의 노동자 뒤에 어떤 숙녀가 서 있다. 그녀는 너무 긴장되는지 머리를 이리저리 움직이며 두 억센 남자 어깨 사이로 시청 쪽을 보려고 한다. 갈색 모피가 달린 기다란 밤외투를 입고 있는 그녀는 외투 안쪽을 두 손으로 꼭 붙잡고 있다. 그리고 그녀의 얼굴은 온통 갈색의 촘촘한 베일로 뒤덮여 있다. 덧신을 신은 그녀의 발은 눈이 녹아 질척거리는 땅 위에서 끊임없이 동동거리고 있다.

"그것 참, 쿠르츠 씨가 이번에도 안 됐다지." 어떤 노동자가 다른 노동자한테 말한다.

"그래, 이 얼간아. 그 사람은 거론조차 되지 않았어. 하겐슈트룀, 키스텐마커, 부덴브로크를 두고 투표하는 거야."

"세 명 중에서 누가 최다 득표를 하느냐가 문제야."

"그래, 그래, 그들이 그렇게 말하고 있어."

"그런데 난 하겐슈트룀이 뽑힐 것 같아."

"어리석은 소리 작작 해. 말도 안 되는 소리야."

그런 다음 그는 씹고 있던 담배를 자기 발밑에다 뱉는다. 사람들이 빽빽하게 들어차 있어서 멀리 뱉을 수 없기 때문이다. 그가 양손으로 바지를 거머쥐고 허리띠 아래로 끌어당기며 말을 계속한다. "하겐슈트룀은 돼지 같아. 코로 숨을 쉴 수 없을 정도로 살이 쪘어. 쿠르츠 씨가 이번에도 안 된다면 차라리 난 부덴브로크 편을 들 거야. 그는 기민한 사람이야."

"그래, 그럴지도 몰라. 하지만 하겐슈트룀이 훨씬 더 부자야."

"그게 중요한 문제는 아니야. 그건 아무 문제가 되지 않아."

"그런데 이 부덴브로크는 아주 고상한 사람이야. 소맷부리 장식이며 실크 넥타이며 콧수염이며…… 그가 걷는 걸 본 적이 있어? 걷는 건 꼭 새가 깡충거리는 것 같아."

"에이, 이 사람아. 그건 문제가 되지 않아."

"그의 여동생이 벌써 두 남자를 버렸다는 거야."

밤외투를 입은 그 숙녀는 벌벌 떨고 있다.

"에이, 우리가 그런 자세한 내막을 어떻게 알겠어? 영사도 어쩔 수 없었을 거야."

'그래, 그렇지 않아?!' 베일을 덮어쓴 숙녀가 속으로 그렇게 생각한다. 그러면서 그녀는 속에서 외투를 바짝 당기고 있다. 그렇지 않아? 아, 고맙게도!

"그런데." 부덴브로크 편을 드는 남자가 덧붙인다. "그런데 시장 외버디크가 영사 아들의 대부가 되었다지. 그게 무엇을 의미하는지 모르겠어?"

'그렇지?' 그 숙녀가 그렇게 생각한다. 그래, 고맙게도 그게 효력을 발휘했구나! 그녀는 몸을 움칠한다. 새로운 소문이 나돌았다. 이리저리 군중 속을 돌아다니다가 그녀한테 도달한 것이다. 선거 결과 아직 아무도 당선되지 못했다. 최저 득표를 한 키스텐마커는 일단 탈락했다. 하겐슈트룀과 부덴브로크 간의 대결은 아직 진행 중이다. 어떤 시민이 알은체하는 표정을 지으며 만약 동수가 나오면 다수결로 다섯 사람의 '중재자'를 뽑는 게 필요하다고 지적한다.

갑자기 정문 앞쪽에서 누가 이렇게 외친다. "하이네 제하스가 뽑혔어!"

그런데 이 제하스는 늘 취해 있는 사람이다. 그는 찐빵을 손수레에 싣고 거리를 누비는 사람이다. 모두들 와자지껄 웃으며 누가 그런 농담을 했는지 보려고 발끝을 곤추세운다. 베일을 쓴 숙녀도 일순간 어깨를 들썩거리면서 초조한 기색으로 웃음을 터뜨린다. 하지만 그녀의 동작으로 보아 "지금이 농담할 땐가?" 하는 것 같다. 그녀는 조바심을 내면서 정신을 가다듬는다. 그러고는 다시 두 노동자의 어깨 사이로 시청 쪽을 건너다보려고 애쓴다. 하지만 그와 동시에 두 손을 아래로 내리자 밤외투의 앞쪽이 열린다. 그러고는 어깨를 축 늘어뜨린 채 망연자실한 표정으로 서 있다.

하겐슈트룀이다! 소식이 나왔다. 어디서 나왔는지는 아무도 모른다. 땅 밑에서 솟아올랐는지 하늘에서 떨어졌는지 몰라도 하여튼 그런 소식이 도처에서 동시에 나돈다. 아무런 이의가 없다. 결정된 것이다. 하겐슈트룀으로! 그렇다, 그러므로 그가 이제 시의원이 된 것이다. 더 이상 기다릴 필요가 없다. 베일을 쓴 숙녀는 진작에 알았는지도 모른다. 인생은 늘 그 모양 그 꼴이다. 이제 그냥 집에 돌아가도 된다. 그녀의 가슴속에서 눈물이 왈칵 터질 것 같은 느낌이 든다.

그런데 이러한 상태가 채 일 초도 지속되지 못하고 갑자기 군중 사이에서 다른 움직임이 생긴다. 앞에서 뒤로 무어라고 외치는 소리가 계속된다. 앞사람이 뒷사람 귀에다 대고 뭐라고 속삭인다. 반면 같은 시각에 저 뒤 정문에서는 무슨 연분홍 색깔이 번쩍거린다. 시청 하급 관리인인 카스페르젠과 울레펠트의 붉은 상의가 보인다. 예복 차림에 흰 승마용 바지를 입은 그들은 삼각모를 쓰고 노란 장갑에 호위용 칼을 차고 나란히 모습을 드러낸다. 그들은 비켜서 군중들 사이로 갈 길을 간다.

그들은 운명처럼 이동한다. 심각하고 무정한 얼굴로 말없이 시선을 내리깔고 앞만 바라보면서 이동한다. 그들은 한 점 흐트러짐이 없이 선거 결과가 그들에게 명한 방향으로 접어든다. 그런데 그것은 모래 거리로 통하는 방향이 아니라 오른쪽의 넓은 거리 방향이 아닌가!

베일을 쓴 숙녀는 자신의 눈을 믿지 않는다. 그녀 주위에 서 있는 사람들도 그녀와 마찬가지인 모양이다. 그들은 두 관리가 가는 방향으로 따라가면서 이렇게 말한다. "아니, 부덴브로크잖아! 하겐슈트룀이 아닌데!" 각양각색의 신사들이 열띤 대화를 나누면서 정문에서 나온다. 그들은 방향을 틀어 총총걸음으로 넓은 거리 쪽으로 내려간다. 맨 먼저 축하 인사를 전하기 위해서이다.

그러자 그 숙녀는 밤외투를 거머쥐고 내달린다. 숙녀가 그렇게 빨리 달릴 수 있으리라고는 아무도 생각지 않으리라. 베일이 바람에 날려 올라가자 열에 들뜬 그녀의 얼굴이 드러난다. 하지만 그런 건 아무래도 상관없다. 모피로 가장자리를 장식한 그녀의 덧신 중에 하나가 질척거리는 땅에 자꾸 빠지는 바람에 달리는 게 퍽이나 어려웠지만 그녀는 모든 사람들을 따라잡고 추월했다. 그녀는 빵집 골목의 모서리에 있는 집에 맨 먼저 도달한다. 그녀는 현관문에 있는 경보 초인종을 누른다. 그것은 불이 났거나 도둑이 들었거나 살인이 일어났을 때 누르는 "사람 살려!" 하는 식의 벨이다. 그녀는 문을 열어 주는 하녀한테 이렇게 외친다. "카트린, 그들이 몰려온다, 몰려와!" 그녀는 득달같이 계단을 올라가 거실로 후닥닥 뛰어든다. 거기에 앉아 있던 그녀의 오빠가 창백한 얼굴로 읽고 있던 신문을 옆으로 치우며 그녀를 손으로 제지하는 동작을 한다. 그녀는 오빠를 끌어안으며 좀 전에 했던 말을 되풀이한다. "톰, 그들이 몰려온다, 몰려와! 오빠가 됐어. 헤르만 하겐슈트룀은 떨어졌어!"

때는 금요일이었다. 다음 날 부덴브로크 시의원은 회의실에 가서 고인이 된 제임스 묄렌도르프의 의자 앞에 서 있었다. 그리고 그는 시의원들과 시의 원로들이 모인 자리에서 선서를 했다. "나는 나의 직무를 양심적으로 수행하겠다. 나의 모든 힘을 다해 국가의 안녕을 위해서 노력하고 헌법을 충실히 준수하며 성실히 공공의 선을 추구하겠다. 직무를 수행함에 있어서나 모든 선거를 함에 있어서 나 자신의 이익이나 친척 및 친구를 고려하지 않겠다. 나는 국법을 다스리며 빈부를 가리지 않고 정의를 실천하겠다. 나는 비밀을 요하는 경우 누구에게도 비밀을 지키겠다. 특히 비밀을 지킬 것을 명령받은 경우 그것을 폭로하지 않겠다. 이러한 일을 함에 있어서 신의 가호가 있기를!"

5

우리의 소망과 계획은 우리의 신경이 그것을 어느 정도 필요로 함으로써 비롯된다. 이러한 현상을 말로 규정하기는 매우 곤란하다. 사람들이 토마스 부덴브로크의 '허영심'이라고 일컫는 것, 그의 사치스러운 몸단장은 사실 근본적으로 다른 성질의 것이었다. 그것은 원래 활동하는 한 인간의 노력 이외에 아무것도 아니었다. 그가 머리끝에서 발끝까지 청렴결백을 의식하고 있어서 그런 행동이 나오는 것이다. 하지만 그 자신이나 다른 사람들이 그의 재능이나 힘에 제기하는 요구 사항들은 점점 더 증가했다. 사적·공적인 의무가 산더미처럼 쌓였다. 시의원들에게 배분되는 직무 중 조세 업무가 그의 소관 사항이 되었다. 하지만 철도 업무, 관세 업무 및 다른 국가 업무들도 그의 도움을 필요로 했다. 그는 시의원이 되면서부터 행정위원회와 감사위원회에서 수많은 회의를 주재하며 능력을 발휘했다. 그는 연장자들의 기분을 상하게 하지 않으려고 조심스럽고 공손하게 행동하면서 융통성을 보였다. 연장자들의 경험을 존중해 주는 척하면서 실제로 결정권은 자기 수중에 쥐고 있었다. 동시에 소위 허영심이 눈에 띄게 증가하면서, 다시 말해 심신을 맑게 하고 쇄신할 필요성과 하루에 여러 번 옷을 갈아입을 필요성이 점점 더 증가하게 되면서, 이것은 부덴브로크가 비록 서른일곱 살밖에 되지 않았지만 그의 몸이 탄력을 잃고 체력이 급격히 소모되고 있음을 의미했다.

사람 좋은 그라보 박사가 휴식을 좀 취하라고 부탁하면 그는 이렇게 대답했다. "아, 박사님, 난 아직 그 정도는 아닙니다." 그 말은 그에게 아직 할 일이 많다는 뜻이었다. 나중에 가서 일을 완수하고 목표를 달성하고 나서야 마음 편히 쉴 수 있다는 뜻이었다. 사실은 그런 날이 오리라고 거의 믿지 않았다. 그런 생각에 사로잡힌 그는 마음의 평화를 얻을 수 없었다. 식사 후에 신문을 뒤적이며 쉬는 것처럼 보일 때도 그의 머릿속에는 오만가지 생각이 뒤섞여 있었다. 그럴 적에 길게 뻗은 콧수염의 뾰족한 끝을 하염없이 돌리고 있는 그의 핼쑥한 관자놀이에는 핏줄이 선연히 드러나 보였다. 그리고 사업 구상을 할 때나 공적인 연설을 할 때 그는 말할 수 없이 진지했다. 모든 속옷을 속히 새로 갈아 치우겠다는 생각을 품을 때도 마찬가지였다. 적어도 이런 문제만은 퍼뜩 해결하기 위해서였다!

그렇게 새로운 것으로 갈아 치워서 잠시라도 기분이 좋아지고 마음이 가라앉는다면 그는 그런 데 돈 쓰는 것을 주저하지 않았다. 근래 들어 그의 사업은 할아버지 때처럼 아주 잘되었기 때문이다. 시내에서뿐만 아니라 외지에서도 회사의 명성이 자자했다. 공동체 내에서의 그의 위신은 더욱더 높아 갔다. 모든 사람이 그의 능력과 수완을 부러워하고 감탄했다. 반면에 그 자신은 일의 순서와 방법을 정하려고 끊임없이 쩔쩔맸다. 자신이 계획하고 있는 구상에 비해 자신의 현 상태는 늘 너무 뒤처져 있다고 생각했기 때문이다.

따라서 부덴브로크 시의원이 1863년 여름에 여기저기를 돌아보면서 새로 큰 집을 사려 한 계획은 무모하다고 할 수 없었다. 운이 있는 사람에게는 길이 트이는 법이다. 이는 그의 활동력 덕택이었다. 동료들은 이러한 생각을 그의 '허영심' 탓으로 돌릴 수도 있었을 것이다. 그러한 지적도 일리가 있는 말이었다. 새로운 집, 외적인 생활의 근본적인 변화, 소제, 이사, 묵은 것과 불필요한 모든 것을 치우고 새로 가구를 장만하는 일, 과거의 모든 것을 제거하는 일과 같은 생각들은 그에게 청결감, 신선감, 상쾌감 및 순결한 느낌을 주었고 그의 힘을 북돋워 주었다. 그에게는 이 모든 것이 꼭 필요했을 것이다. 그는 열성적으로 돌아다니면서 이미 어떤 자리를 점찍어 두었기 때문이다.

그것은 저 아래 어부 골목에 있는 상당히 널찍한 대지였다. 팔려고 내놓은 그 오래된 집은 제대로 관리되어 있지 않았다. 고령의 노파가 그곳에서 가족 하나 없이 독신으로 혼자 살다가 최근에 죽었다. 시의원은 이곳에다 집을 지으려고 했다. 항구로 가는 길에 이곳을 지나치면서 종종 그는 찬찬히 살펴보았다. 부근의 집들도 마음에 들었다. 박공지붕을 한 훌륭한 시민의 집들이었다. 바로 맞은편에 있는 집이 가장 수수했다. 그것은 1층에 꽃가게가 있는 조그만 집이었다.

그는 이 계획에 열성적으로 매달렸다. 대략 비용이 얼마쯤 들지 뽑아 보았다. 그가 잠정적으로 책정한 액수만 해도 상당한 금액이었지만 별 무리 없이 해낼 수 있다고 생각했다. 그렇지만 이 모든 게 다 쓸데없는 짓이 아닌가 하는 생각에 그의 얼굴이 창백해졌다. 그는 지금 살고 있는 집이 자기 가족과 하인들이 살기에 충분하다는 것을 인정했다. 하지만 무언지 알 수 없는 욕망이 더 컸다. 남한테 자신의 계획을 알려 힘과 정당성을 얻을 생각으로 그는 그러한 생각을 먼저 여동생한테 털어놓았다.

"토니, 이런 생각은 어떻니? 욕실로 통하는 나선형 계단이 너무 우습지 않나? 하지만 전체적으로 볼 때 집이 너무 성냥갑 같아. 집이 너무 초라한 것 같지 않니? 그리고 네가 나를 시의원으로 만들어 준 지금 말이야. 한마디로 말하면 이 일은 내가 처리해야 되지 않겠니?"

아니 대관절, 페르마네더 부인이 볼 때 그가 처리할 일이 아닌 게 어디 있었던가! 그녀는 완전히 감격했다. 팔짱을 긴 그녀는 어깨를 약간 추켜올리고 머리를 뒤로 젖힌 채 방 안을 이리저리 거닐었다.

"그래, 오빠 말이 맞아! 아니, 맞고말고! 그에 대해서 아무런 이의가 없어. 여분으로 아놀트선이 10만 탈러나 갖고 있으니…… 게다가 오빠가 나한테 처음으로 그 말을 꺼낸 데 대해 가슴 뿌듯하게 생각해. 정말 고마워! 그리고 오빠가 그 일을 일단 시작하면 아주 잘할 거야. 내가 하고 싶은 말은 그거야!"

"그래, 나도 같은 생각이야. 난 그 일에 열과 성을 다할 거야. 포크트한테 그 일을 맡길 거야. 빨리 너와 같이 설계 도면을 보고 싶어. 포크트는 취미가 다양한 사람이거든."

토마스가 두 번째로 동의를 얻어 낸 사람은 게르다였다. 그녀는 그 계획에 전적으로 찬성했다. 번거롭게 이사 가는 것은 마음에 들지 않았지만 음향 효과가 좋은 커다란 음악실을 가질 수 있다는 기대감에 그녀는 무척 행복한 기분인 것 같았다. 그리고 늙은 영사 부인으로 말하자면 그녀는 새 집을 건축하는 문제를 즉각 일련의 축복스러운 일들의 논리적인 결과로 간주하려는 자세를 보였다. 그녀는 그러한 일들을 신에 대해 감사하는 마음으로 흐뭇하게 체험했다. 종손이 태어나고 영사가 시의원이 된 이후로 그의 어머니는 자랑스러운 마음을 예전보다 더 노골적으로 털어놓았다. 그녀가 '우리 아들, 시의원' 하는 식으로 말하면 넓은 거리에 사는 부덴브로크 딸들은 바짝바짝 약이 올랐다.

늙어 가는 그녀들은 토마스의 외적 삶이 비약적으로 발전하는 것을 보고 심통이 났다. 목요일에 불쌍한 클로틸데를 놀리는 일로는 별로 만족스럽지가 못했다. 그리고 옛 주인이었던 리처드슨의 주선으로 런던에서 일자리를 얻게 된 크리스티안이 얼마 전에 푸보겔 양을 아내로 맞이하겠다는 어리석은 소망을 전보로 알려 왔다. 물론 그에 대해 어머니는 일언지하에 거절했다. 야코브 크뢰거와 같은 부류로 취급되는 크리스티안은 이제 끝난 것으로 간주되었다. 그래서 사람들은 이를테면 영사 부인과 페르마네더 부인의 헤어스타일을 들먹이고 그들의 사소한 약점을 들추어냄으로써 스스로 어느 정도 위안했다. 영사 부인은 아주 부드러운 표정을 지으면서 자신의 머리 모양이 수수하다고 말하기 때문이었다. 하지만 신으로부터 이성을 부여받은 모든 인간들, 무엇보다도 부덴브로크 딸들은 늙은 영사 부인의 모자 밑에 있는 머리카락이 변함없이 불그스름한 것을 보고 그것이 벌써 오래전부터 '그녀의' 머리카락이 아닐지도 모른다는 생각을 말하지 않을 수 없었다. 하지만 더 깨가 쏟아지는 재미는 여태껏 살아오면서 토니가 싫어한 인물들에 대한 이야기를 그녀가 끄집어내도록 하는 데 있었다. 울보 트리슈케! 그륀리히! 페르마네더! 하겐슈트룀! 토니는 이러한 이름들을 듣고 약이 오를 때마다 지긋지긋한 조그만 트럼펫 소리를 들을 때처럼 어깨를 추켜올리고 그 이름들이 공중으로 날아가게 했다. 큰아버지 고트홀트의 딸들에게는 이 이름들이 달콤한 속삭임처럼 귓속으로 흘러 들어갔다.

게다가 그들은 어린 요한이 걸음마와 말을 매우 느리게 배운다는 사실을 숨기지 못했으며 그럴 책임감을 전혀 느끼지 못했다. 그들의 말은 사실이었다. 부덴브로크 시의원 부인은 자기 아들을 하노라고 불렀다. 하노가 자기의 모든 가족을 제법 또박또박 부를 수 있었던 때에도 프리데리케, 헨리에테와 피피의 이름은 여전히 제대로 알아들을 수 없게 발음한다는 것은 정말이었다. 그리고 그는 십오 개월이 되었는데도 제대로 걷지 못했다. 부덴브로크 여인들이 도저히 안 되겠다는 듯 머리를 절레절레 흔들면서 이 아이는 평생 동안 제대로 말을 못하고 다리를 절지도 모른다고 선언한 때가 이 무렵이었다.

그들은 나중에 가서 자기들의 음울한 예언이 잘못되었다는 것을 인정했다. 하지만 하노의 발육이 남보다 다소 뒤처진다는 사실은 아무도 부인하지 못했다. 그의 갓난아기 시절은 삶과의 처절한 투쟁의 연속이어서 주위의 가족은 늘 불안감을 떨쳐 버릴 수 없었다. 그는 조용하고 연약한 아이로 이 세상에 태어났다. 그가 세례를 받은 직후에 삼 일 동안 지속된 구토와 설사만으로도, 근근이 목숨을 부지해 가던 그의 조그만 심장이 결정적으로 멎어 버리기에 충분했다. 하지만 그는 살아남았다. 이제 사람 좋은 그라보 박사가 이루 말할 수 없이 주도면밀하게 섭생을 시키고 보살펴 줌으로써 치아로 인해 초래될지도 모르는 심각한 위기에 대한 예방책을 강구했다. 그러나 처음 나온 하얀 송곳니가 잇몸을 파고 들어가려 하자 하노는 바로 발작을 일으켰고 그러다가 점점 더 심하게 몇 번씩이나 그런 끔찍한 일을 되풀이하게 되었다. 그러다가 다시 늙은 의사가 아무 말 없이 가족들의 손만 꼭 붙잡게 되는 지경까지 이르는 일도 있었다. 아이는 그야말로 기진맥진해 있었다. 그리고 깊게 그늘진 눈으로 무표정하게 곁눈질하는 모습은 뇌질환을 암시했다. 차라리 목숨을 잃는 게 더 바람직하다고 생각될 정도였다.

그렇지만 하노는 다시 다소나마 기력을 회복하게 되었고 그의 시선은 사물들을 파악하기 시작했다. 이러한 고초를 겪느라 아이의 걸음마와 말이 늦어지기는 했지만 그래도 이제 직접적인 위험은 존재하지 않았다.

하노는 몸이 호리호리하고 나이에 비해 키가 꽤 큰 편이었다. 약간 곱슬에 아주 부드러운 그의 머리카락은 무척 빠른 속도로 자라기 시작하여, 얼마 안 있어 앞치마처럼 주름진 옷의 어깨 위로 드리웠다. 벌써 그에게서 가족의 특징이 뚜렷하게 드러나기 시작했다. 처음부터 그의 손은 누가 보더라도 부덴브로크가의 손이었다. 그의 손은 넓고 다소 짧지만 손마디가 섬세했다. 그의 콧날개는 좀 더 섬세하기는 했지만 바로 그의 아버지와 증조할아버지의 코와 꼭 같았다. 그렇지만 얼굴

아랫부분은 전체적으로 길쭉하고 좁은 게, 부덴브로크가나 크뢰거가가 아니라 모계 쪽을 닮았다. 무엇보다도 그의 입은 갓난아기일 때뿐만 아니라 지금도 우울하고 불안한 모습으로 꼭 닫혀 있었다. 이러한 표정은 푸르스름한 그림자를 지닌 그의 독특한 금갈색 눈의 시선과 점점 더 잘 어울렸다.

아버지한테서 조심성과 부드러움을 물려받은 그는 어머니의 극진한 보살핌을 받으며 정갈한 옷을 입고 자랐다. 그의 고모인 안토니는 그를 위해 간절히 기도했다. 늙은 영사 부인과 유스투스 할아버지는 그에게 장난감 말과 팽이를 선물했다. 그는 이렇게 살기 시작했다. 그가 탄 작고 귀여운 마차가 거리에 나타나면 사람들은 관심과 기대를 가지고 그를 바라보았다. 여태껏 아이를 돌봐 온 훌륭한 보모인 데코 부인은 새 집으로 들어가지 않기로 했다. 그 대신에 이다 융만이 들어가기로 되어 늙은 영사 부인은 다른 사람을 구해야 할 입장이었다.

부덴브로크 시의원은 자신의 계획을 실현시켰다. 어부 골목의 땅을 구입하는 데는 별 어려움이 없었다. 넓은 거리의 집은 중개인 고슈가 즉각 처분해 주겠다고 극적으로 선언해 슈테판 키스텐마커한테 넘어갔다. 그의 아우와 함께 로트스폰에서 돈을 많이 번 그는 가족이 늘어나 당장에 그 집을 매입했다. 포크트가 건축 일을 맡았다. 그래서 얼마 안 가 목요일에 가족이 모인 자리에서 그는 말끔한 설계도를 펴 보이며 미리 그 정면을 볼 수 있게 했다. 사암으로 된 여신상들이 돌출 창을 떠받치고 있는 벽돌 정면은 웅장했다. 클로틸데는 편편한 지붕 위에서 오후에 커피를 마실 수 있겠다고 길게 말을 빼며 친절하게 지적했다. 부덴브로크 시의원은 사무실도 어부 골목으로 이전할 생각이어서 멩가의 1층 공간도 이제 텅텅 비게 될 터였다. 그래서 거기를 당장 말끔히 정돈했다. 시의 화재 보험 회사가 그 방들을 임차해 사무실로 이용하려고 했기 때문이다.

가을이 왔다. 회색 담벼락이 헐려 파편 더미가 되었다. 겨울이 왔다가 서서히 물러가는 동안에 토마스 부덴브로크의 새 집이 지하실 위에 모습을 드러냈다. 시내에 이보다 더 매력적인 화젯거리가 어디에 있겠는가! 그것은 '극상'이었으며 거기에는 아름답기 그지없는 널찍한 거실이 있었다. 가령 함부르크에 이보다 더 아름다운 집이 있었던가? 물론 거기에 무척 많은 돈이 들었음에 틀림없었다. 시의원의 아버지 같았으면 확실히 그런 무모한 일을 하지 않았을 것이다. 박공지붕을 한 집에서 살아가는 이웃의 보통 시민들은 창틀 바깥으로 인부들이 일하는 것을 지켜보면서 건물이 쑥쑥 솟아오르는 데 대해 기뻐했다. 그리고 건물이 준공될 날짜를 꼽아 보았다.

마침내 그날이 왔다. 모든 형식과 절차를 갖춰 준공식이 거행되었다. 저 위 편편한 지붕 위에서 미장공의 십장이 연설을 마치면서 샴페인을 자기 어깨에다 끼얹었다. 그리고 장미며 푸른 잎사귀며 알록달록한 띠로 꾸며진 거대한 축하 화환이 깃발들 사이에서 바람에 묵직하게 흔들리고 있었다. 그런 다음에는 인근에 있는 주점의 긴 의자에서 베풀어진 축하연에서 모든 일꾼들한테 맥주며 샌드위치며 담배가 제공되었다. 그리고 부덴브로크 시의원과 그의 부인은 하노를 팔에 안은 데코 부인과 함께 탁자 사이의 좁은 공간을 걸어다니며 인부들이 외치는 환호성에 감사의 뜻을 나타냈다.

그들은 바깥에 나와서 하노를 그의 마차에 앉혔다. 토마스는 흰 여신상이 있는 붉은 정면을 멀찍이서 올려다보려고 게르다와 함께 길을 건넜다. 맞은편의 보잘것없는 쇼윈도와 좁은 문이 있는 조그만 꽃가게 앞에는 가게 주인인 이버젠이 서 있었다. 쇼윈도 안에는 알뿌리 식물들이 담긴 몇몇 화분들이 녹색 유리판 위에 진열되어 있었다. 모직 재킷을 입고 있는 가게 주인은 금발의 거대한 남자였다. 그의 옆에는 무척 야윈 부인이 있었는데 그녀는 표정이 어두운 게 남쪽 지방 사람 같았다. 그녀는 한 손으로는 네댓 살 된 소년을 안고 다른 손으로는 작은 유모차를 이리저리 천천히 밀고 있었는데 그 안에는 더 어린 아이가 자고 있었다. 분명 그녀는 잔뜩 기대하고 있는 모양이었다.

그녀가 계속 유모차를 이리저리 밀고 있는 동안 이버젠은 어색하게 잔뜩 몸을 굽히면서 남편의 팔에 끌려 그들 쪽으로 오고 있는 시의원 부인을 길쭉하고 검은 눈으로 차분하고 주의 깊게 관찰했다.

토마스는 걸음을 멈추고 지팡이를 들어 축하 화환이 있는 쪽을 가리켰다.

"멋있게 만들어 줬군요, 이버젠!"

"그건 제가 한 게 아닌걸요, 시의원님. 제 아내가 한 일입니다."

"아, 그래요!" 시의원이 짧게 말했다. 그러면서 그는 돌연 얼굴을 들더니 일 초가량 환하고 친절한 얼굴로 이버첸 부인의 얼굴을 쳐다보았다. 그러고는 더 아무 말도 하지 않고 정중하게 손을 흔들면서 그들과 헤어졌다.

6

칠월 초 어느 날 일요일 저녁에 페르마네더 부인이 오빠 집에 나타났다. 부덴브로크 시의원은 대략 사 주 전에 새 집으로 이사했다. 그녀는 돌로 된 서늘한 현관을 지나서 대문의 초인종을 눌렀다. 토르발센의 부조가 장식된 현관의 오른쪽에는 사무실로 통하는 문이 있었다. 그리고 부엌에서 고무공을 눌러 현관문을 열 수 있었다. 주계단의 아래쪽에 티부르치우스가 선물한 곰이 서 있는 널찍한 로비에서 그녀는 하인인 안톤한테서 시의원이 아직 일을 보고 있다는 말을 들었다.

"좋아요." 그녀가 말했다. "고마워요, 안톤. 오빠한테 가 보겠어요."

하지만 그녀는 당장 사무실에 들어가지 않고 그곳으로 통하는 문을 통과해 약간 오른쪽으로 가서 거대한 계단실 아래에 섰다. 그 계단실은 2층까지 주철제 난간으로 연결되어 있었지만 저 높은 3층은 흰색과 금색의 넓은 원주형 회랑으로 되어 있었다. 반면에 아찔할 정도로 높은 채광창에는 금박의 거대한 샹들리에가 매달려 있었다. "너무 멋있는데!" 페르마네더 부인이 만족하여 나지막이 말했다. 그러면서 그녀는 부덴브로크 시의원의 권세와 영화와 승리를 의미하는 이런 화려한 장관을 바라보았다. 하지만 그녀는 불현듯 자기가 좋지 않은 소식을 가지고 왔다는 데 생각이 미쳤다. 그래서 그녀는 천천히 사무실 입구 쪽으로 방향을 틀었다.

토마스는 사무실에 혼자 있었다. 그는 창가 자리에 앉아 편지를 쓰고 있었다. 그는 밝은 한쪽 눈썹을 치켜올리면서 그녀를 쳐다보았다. 그리고 여동생을 향해 손을 뻗었다.

"안녕, 토니. 무슨 좋은 소식이라도?"

"아, 별로 좋은 소식이 없어, 톰! 그래, 계단이 아주 멋있던데! 게다가 오빠는 여기 으스름한 분위기에서 편지를 쓰고 있고."

"그래. 급한 편지야. 그럼 좋은 소식이 없단 말이지? 어쨌든 정원을 거닐면서 얘기하자꾸나. 그게 더 좋겠지? 따라와."

그들이 입구로 나가자 2층에서 바이올린 아다지오가 떨리는 소리로 울려왔다.

"들어 봐!" 페르마네더 부인은 이렇게 말하고 잠깐 발걸음을 멈추었다. "게르다가 연주하고 있구나. 천국의 소리인걸! 아니, 저 여자는 요정 같아! 하노는 어때, 톰?"

"그 애는 지금 이다와 저녁을 먹고 있을 거야. 아직도 걸음마에 별로 진척이 없어서 고민이야."

"좋아지겠지, 톰, 곧 좋아질 거야! 이다한테는 만족해?"

"우리가 어떻게 만족을 안 할 수 있겠니."

그들은 부엌 오른쪽을 지나면서 뒤쪽의 석조 현관을 통과했다. 그리고 유리문을 통과하고 두 계단을 지나 예쁘게 꾸민 향기 나는 화원에 도달했다.

"자, 그런데?" 시의원이 물었다.

날씨는 따뜻하고 사위는 조용했다. 잘 손질한 화단에서 나는 향기가 저녁 하늘에 퍼져 있었다. 담자색의 높은 아이리스[1]로 둘러싸인 분수는 반짝반짝 빛나는 부드러운 물방울을 어두운 하늘에 튀기고 있었다. 하늘에는 초저녁 별들이 반짝이기 시작했다. 뒤에는 조그만 계단 측면에 나지막한 방첨탑이 두 개 있고 자갈이 깔린 조금 높은 테라스로 통하고 있었다. 거기에는 목조 정자가 있었는데 몇 개의 의자에 해가 비치지 못하도록 사방이 막혀 있었다. 왼쪽에는 담이 가로막고 있어서 이웃집 정원과 차단되어 있었다. 하지만 오른쪽으로 부속 건물의 측면 벽에는 점차 덩굴 식물로 뒤덮일 나무 울타리가 높이 서 있었다. 계단과 테라스의 양쪽에는 서너 그루의 까치밥나무와 구스베리가 서 있었고, 담벼락 왼쪽에는 마디가 굵은 커다란 호두나무가 한 그루 서 있었다.

"사실은……." 페르마네더 부인이 머뭇거리며 입을 뗐다. 두 남매는 정원 앞쪽의 자갈길을 걷기 시작했다. "티부르치우스한테서 편지가 왔는데……."

"클라라?" 토마스가 물었다. "그렇게 뜸 들이지 말고 간단히 말해 봐!"

"그래, 톰, 그 애가 누워 있어. 사정이 안 좋은 모양이야. 의사는 결핵이 아닌가 한대. 뇌결핵 말이야. 나로서는 이 말을

---

1) 붓꽃의 일종.

하기가 무척 힘들어. 자, 여기에 그 애 남편이 쓴 편지가 있어. 어머니한테 온 편지야. 그 편지를 어머니한테 전해 주기 전에 마음의 준비를 시키라고 씌어 있어. 여기 두 번째 편지도 어머니한테 온 거야. 그런데 그건 클라라가 직접 연필로 쓴 흐릿한 편지야. 티부르치우스가 이야기하기를 그 애가 이게 마지막 편지라고 말했다는 거야. 왜냐하면 슬프게도 그 애는 더 이상 살려는 의욕이 없다는 거지. 그 애는 항상 하늘나라를 동경해 왔어."

시의원은 뒷짐을 지고 머리를 푹 숙인 채 그녀 옆에서 아무 말 없이 걸었다.

"왜 아무 말이 없어, 톰? 오빠 생각이 옳아. 무슨 말을 하겠어? 게다가 크리스티안도 아파서 함부르크에 누워 있는 지금 말이야."

사정이 그렇게 되었다. 최근 런던에 있으면서 크리스티안의 '고통'이 더 심해져서 진짜 통증으로 변모했던 것이다. 그래서 그는 좀 더 사소한 모든 근심 걱정은 깡그리 잊어버리게 될 정도였다. 그는 더 이상 어떻게 할 도리가 없으니 다시 집으로 돌아가서 어머니한테 간호를 받아야겠다고 그녀한테 보내는 편지에 썼다. 그래서 런던에서 얻은 일자리를 팽개치고 귀환길에 올랐다. 그런데 함부르크에 도착하자마자 병상에 누워야 했다. 의사는 류머티스 관절염이라고 진단하고 호텔에 묵고 있는 크리스티안을 입원시켰다. 지금 상태로는 계속 여행하는 게 불가능하다는 것이다. 이제 그는 거기에 누워서 그의 간병인으로 하여금 슬프디슬픈 편지를 받아쓰게 했다.

"그래." 시의원이 나지막이 말했다. "엎친 데 덮친 격이구나."

그녀는 잠시 팔을 오빠의 어깨에 올려놓았다.

"하지만 너무 의기소침해할 필요는 없어, 톰! 지금은 그럴 때가 아니야! 용기를 잃지 말아야 돼."

"그건 그래, 어쨌든 용기가 필요할 텐데……."

"왜 그랬어, 톰? 좀 말해 봐. 그저께 목요일 오후 내내 왜 그렇게 말 한마디 없었어?"

"아, 사업이, 토니. 난 적지 않은 양의 호밀을 아주 불리한 가격에 팔아야 했어. 간단히 말하자면 많은 양의 호밀을 큰 손해를 보고 팔아야 했어."

"아, 그런 일이 있었구나, 톰! 오늘은 손해를 봤지만 내일 다시 만회하면 되잖아. 그렇다고 해서 기분 상할 필요는 없잖아."

"그래서가 아니야, 토니." 그가 고개를 흔들면서 말했다. "내가 실패해서 기분이 우울한 게 아니야. 그와 반대야. 난 그렇다고 생각해. 일어나는 일들을 보면 알게 될 거야."

"대체 무슨 일이야?" 그녀는 깜짝 놀라 물었다. "누구든 오빠가 행복할 거라고 생각해! 클라라는 살아 있어. 하느님의 가호로 모든 일이 잘될 거야! 게다가 우리는 여기서 오빠의 정원을 거닐고 있지. 얼마나 향기가 좋아. 저기에는 오빠의 꿈 같은 집이 있어. 헤르만 하겐슈트룀은 그에 비하면 오두막 같은 집에서 살고 있어! 이 모든 일을 오빠가 해낸 거야."

"그래, 아주 멋진 집이지, 토니. 말하자면 너무 새 집이야. 그게 좀 마음에 걸려. 아마 모든 문제가 그 때문에 온 것 같아. 난 이 모든 것을 너무너무 손꼽아 기다려 왔어. 하지만 늘 그렇듯이 즐거운 일을 기다릴 때가 최고 좋은 거야. 왜냐하면 좋은 일이란 항상 너무 늦게 오는 법이거든. 그래서 일이 이루어질 때쯤 되면 더 이상 아무런 기쁨을 느낄 수 없게 되는 거지."

"더 이상 기쁘지 않다니, 톰! 오빠처럼 젊은 사람이!"

"사람이 젊고 늙은 것은 어떻게 느끼느냐에 달려 있어. 바라던 좋은 일은 힘들게 늦게서야 찾아오는 거야. 그런데 모든 성가시고 자질구레하고 화가 나는 부산물과 현실의 먼지를 가지고 오거든. 꿈에도 생각지 못했던 것들을 데리고 말이야. 그게 사람을 성질나게 하는 거야. 성질나게⋯⋯."

"그래, 그래. 그래서 젊고 늙은 것은 어떻게 느끼느냐에 달려 있다는 거야, 톰?"

"그래, 토니. 이건 확실히 일시적인 기분일지도 몰라. 하지만 근래 들어 실제보다 더 늙었다는 생각이 들어. 사업이 잘 안돼. 어제 뷔헨 철도의 감사위원회에서 하겐슈트룀 영사가 나를 깔아뭉개고 반박하면서 거의 우스갯감으로 만들어 버렸어. 옛날 같으면 그런 일은 생각할 수도 없었어. 무언가가 나한테서 빠져나가는 것 같은 생각이 들어. 이젠 옛날처럼 그런 일을 확고하게 장악할 수 없을 것 같아. 성공이란 게 뭐야? 말로 표현할 수 없는 은밀한 힘이며 통찰력이며 준비 태세야. 단지 내가 참석함으로 해서 내 주위에 일어나는 일들에 압력을 행사할 수 있다는 의식이야. 일들을 나한테 유리하게 처리할 수 있다는 믿음이야. 행복과 성공이란 마음속에 있는 거야. 우리는 그러한 생각을 우리 마음속에 확고하고 깊이 간직해야 해. 마음이 느슨해지고 피곤해지기 시작하면 바로 우리를 둘러싸고 있는 모든 것이 반발하고 반항하면서 우리의 영향력에서 벗어나고 마는 거야. 그렇게 되면 사건에 사건이 꼬리를 물며, 실패에 실패를 거듭하게 되는 거야. 그렇게 되면 망하고 마는 거지. 난 요즘 들어 종종 이런 터키 속담을 생각하곤 해. '집안 이 망하면 죽음이 온다.' 그렇다고 해서 지금 당장 죽음이 뒤 따른다는 것은 아니야. 하지만 퇴보하고 있어. 하강 국면이야. 종말의 시작이야. 알겠니, 토니?" 그는 여동생과 팔짱을 끼면 서 말을 계속했다. 그의 음성은 더 작아졌다. "우리가 하노한 테 세례 주던 날 생각나니? 그때 넌 나한테 이렇게 말했지. '이 제 또 새로운 시대가 시작되어야 할 것 같아!' 그 말이 지금도 생생히 기억나. 그때는 네 말이 옳은 것 같았어. 시의원 선거 가 있었기 때문이지. 난 행운을 잡았어. 여기에서 집이 솟아 올랐지. 하지만 '시의원'과 집은 피상적인 것일 뿐이야. 그리고 난 네가 여태껏 생각지 못한 무언가를 알고 있어. 삶과 역사에 서 알게 된 거지. 종종 행복이며 번성이라는 피상적이고, 가시 적이고, 구체적인 징조와 상징은 사실 만사가 이미 하강 국면 에 들어설 때 비로소 나타난다는 것을 난 알고 있어. 이러한 외적인 징조가 내부에 도달하기까지는 시간이 필요한 거야. 저 하늘의 별이 가장 밝게 빛날 때는 그게 벌써 꺼지기 시작 하는 것인지 아니면 이미 꺼진 것인지 알 수 없는 것과 마찬 가지야."

그는 말을 멈추었다. 그들은 한동안 아무 말 없이 거닐었다. 사위가 조용한 가운데 분수에서는 졸졸거리는 물소리가 들렸 고 호두나무 꼭대기에서는 바람이 살랑거리는 소리가 들렸다.

그런 다음 페르마네더 부인이 무겁게 한숨을 쉬었는데 그것은 마치 흐느끼는 소리로 들렸다.

"너무 슬프게 말하네, 톰! 여태껏 그렇게 슬프게 말한 적이 없었어! 하지만 솔직히 마음을 털어놓아서 좋아. 그렇게 죄다 쏟아부었으니 이제 한결 마음이 홀가분해질 거야."

"그래, 토니. 될 수 있는 한 마음을 털어놓으려고 노력해야지. 그럼 클라라와 목사한테서 온 편지를 보여 줘. 내가 사정을 알고서 내일 오전에 어머니와 이야기를 나누려면 그게 좋겠어. 착한 우리 어머니! 정말 결핵에 걸렸다면 희망을 버려야지 어쩌겠어."

7

"그런데 나한테 물어보지도 않은 거예요? 날 무시하는 거예요?"

"난 해야 할 일을 했을 뿐이란다!"

"어머니는 어처구니없는 비이성적인 일을 했어요!"

"이 세상에서 이성만이 최고는 아니란다!"

"그런 소리 마세요! 문제의 관건은 가장 상식적인 정당성이에요. 어머니는 그걸 마구 무시해 버리고 말았단 말이에요!"

"얘야, 너는 그런 식으로 어머니에 대한 존경심을 무시해 버리고 있구나!"

"어머니, 난 어머니에 대한 존경심을 한 번도 잊은 적이 없어요. 하지만 회사와 가문의 문제에서 아버지 대신에 남자 가장으로 어머니를 대할 때는 아들이라는 입장은 도외시하는 거예요!"

"지금은 네가 모르는 체했으면 한다, 토마스!"

"아, 안 돼요! 어머니가 자신의 무분별한 어리석음과 약함을 인식할 때까지는 모르는 체할 수 없어요!"

"난 내 마음대로 내 재산을 처분하련다!"

"그렇더라도 정당성과 이성의 한계 내에서 해야죠!"

"네가 내 마음을 이렇게 상하게 할 줄은 꿈에도 몰랐다!"

"어머니가 내 얼굴을 이렇게 뭉개 버릴 줄은 꿈에도 몰랐어요!"

"톰! 하지만 톰!" 페르마네더 부인의 걱정스러운 듯한 목소리가 들렸다. 그녀는 풍경실의 창가에서 어쩔 줄 몰라 두 손을 비비며 앉아 있었다. 반면에 그녀의 오빠는 무척 흥분한 나머지 방 안을 왔다 갔다 했고 영사 부인은 분노와 고통으로 얼굴이 일그러진 채 소파에 앉아 있었다. 그녀는 한 손으로는 쿠션을 짚고 다른 손으로는 자신의 말을 강조하기 위해 탁자를 내려쳤다. 세 사람 모두는 이제 더 이상 이 세상 사람이 아닌 클라라를 애도하고 있었다. 세 명 모두는 얼굴이 창백하고 제정신이 아니었다.

무슨 일이 생겼던가? 끔찍하고 무시무시한 일이었다. 당사자들조차 믿을 수 없다고 여긴 꼴사나운 사건이었다. 모자가 열을 내면서 대결한 싸움이었던 것이다!

때는 팔월의 어느 후텁지근한 오후였다. 시의원이 클라라와 티부르치우스한테서 온 두 통의 편지를 아주 조심스럽게 어머니한테 전달한 지 어언 열흘이 지난 시점에 시의원으로서는 클라라가 죽었다는 소식을 늙은 어머니한테 알린다는 것이 무척 괴로운 일이었다. 그런 다음 그는 장례식에 참석하려고 리가로 갔다가 매부 티부르치우스와 함께 돌아왔다. 티부르치우스는 며칠 동안 장모님 집에 묵었고 함부르크의 병원에 있는 크리스티안도 찾아보았다. 목사가 고향에 돌아간 지 이틀이 된 지금, 영사 부인은 주저주저하면서 아들에게 모종의 사실을 털어놓았다.

"12만하고 7500마르크라고!" 그는 깍지 낀 손을 얼굴 앞에 흔들면서 소리쳤다. "그게 지참금이라고 하더라도 그렇지! 아이도 없는데 8만 마르크면 충분했을 것을! 그런데 그게 유산이라니! 클라라의 유산을 그에게 넘겨주기로 했다니! 나한테 물어보지도 않고! 이렇게 나를 무시하다니!"

"토마스, 그게 무슨 말이니, 정당한 일이지 않고 뭐니! 달리 어떻게 할 수 있었겠니? 그럼 도대체 어쩌란 말이니? 우리를 떠나 지금은 하늘나라에 가 있는 클라라가 임종의 자리에서 떨리는 손으로…… 연필로…… 나에게 썼다. '어머니, 우린 이 세상에서는 결코 다시 만나지 못할 거예요. 내 생각으로는 이게 마지막 글인 것 같아요. 오락가락하는 의식으로 내 남편에 관한 글을 쓰겠어요. 우리 사이에는 자식이 없어요. 내가 어머니보다 더 오래 살았더라면 나의 몫이 되었을 돈을 어머니가 언젠가 내 뒤를 따르게 될 때 그이에게 물려주세요. 그이가 평생 동안 잘 살도록 말이에요! 어머니, 이게 내 마지막 부탁이에요. 죽어 가는 사람의 부탁 말이에요. 어머니는 내 말을 물리치지 않겠지요.' 안 돼, 토마스! 난 그 애의 마지막 소원을 물리치지 않았어. 그럴 수 없었어. 난 그 애한테 전보를 쳤어. 그래서 그 애는 평화로운 마음으로 저세상으로 갔다." 영사 부인은 격렬하게 흐느꼈다.

"그런데 나한테는 한마디도 안 했어요! 나한테는 죄다 비밀로 했어요! 나를 무시했어요!" 시의원은 같은 말을 되풀이했다.

"그래, 난 아무 말도 하지 않았다, 토마스. 죽어 가는 내 자식의 마지막 부탁을 꼭 들어줘야 한다고 느꼈기 때문이야. 그런데 난 네가 못 하게 할 줄 이미 알고 있었다!"

"그래요! 맹세코! 그랬을 거예요!"

"그런데 너에게는 그럴 권리가 없어. 내 자식 중의 셋은 나와 같은 의견이니까!"

"아, 내 생각으로는 두 여자와 타락한 멍청이 한 명보다 내 견해가 더 낫습니다."

"넌 나한테 가혹한 말을 하듯이 네 동생들한테도 무정하게 말하는구나!"

"어머니, 클라라는 신심이 깊지만 세상 물정을 모르는 여자예요! 토니는 어린애에 불과하고요. 게다가 지금 이 순간까지도 아무것도 모르는 아이예요. 걔는 눈치 코치도 없이 마구 지껄이는 아이잖아요? 그리고 크리스티안은 어때요? 그래요, 이 티부르치우스는 크리스티안한테서 동의를 얻어 냈어요. 그가 그럴 줄 누가 상상이나 했겠어요? 이 간교한 목사가 어떤 인물인지 아직 모르겠어요? 그는 아주 못된 인간이에요! 유산을 노리는 못된 사기꾼이란 말입니다!"

"사위란 놈들이 모조리 사기꾼들이었어요." 페르마네더 부인이 둔탁한 목소리로 말했다.

"유산 사기꾼이라니까요! 그가 무얼 어쨌냐고요? 그는 함부르크로 가서 크리스티안의 병상에 앉아 그를 구슬렸어요.

'좋아!' 크리스티안이 말했죠. '좋아, 티부르치우스. 잘 와 줬어. 내 왼쪽 부위의 고통을 이해해 주겠어?' 아, 우둔함과 사악함이 작당해서 나한테 반란을 일으켰어!" 완전히 이성을 잃고 난로의 단철 격자 칸막이에 몸을 기댄 시의원은 깍지를 긴 두 손으로 이마를 짚었다.

이러한 분노는 상황에 맞지 않게 도를 넘는 것이었다! 그렇다, 그를 여태껏 아무도 보지 못한 광분 상태로 몰아넣은 것은 12만 7500마르크라는 돈만은 아니었다! 그러지 않아도 이미 약이 올라 있는데 이번 사건이 일련의 패배감과 굴욕감에 불을 지폈기 때문이다. 그는 지난 수 개월 동안 사업과 시의회에서 그런 불쾌한 일들을 겪었다. 아무 일도 제대로 되지 않았다! 어떤 일도 그가 원한 대로 진행되지 않았다! 그런데 부모 집에서 이토록 중요한 일을 처리하면서 '자기를 무시하는' 지경에 이르지 않았던가? 리가의 목사가 자기 뒤에서 사기를 치다니! 알았다면 분명 저지할 수 있었겠지만 손도 써 보지 못하고 당한 꼴이라니! 예전 같으면 그런 일이 일어났겠는가! 예전 같으면 감히 생각이나 할 수 있는 일이던가! 자기의 운이며 힘이며 미래를 믿었던 그에게 그것은 새로운 충격이었다. 그래서 이러한 사건을 기화로 그가 자신의 내적인 약함과 절망을 바로 어머니와 여동생 앞에서 터뜨린 것에 지나지 않았다.

페르마네더 부인은 일어서서 그를 끌어안았다.

"톰." 그녀가 말했다. "제발 진정해! 좀 이성을 차려! 일들이 그렇게 안 풀려? 그러다 병이 나겠어! 티부르치우스는 그리 오래 살지 않을 거야. 그가 죽고 나면 유산이 다시 우리 수중에 돌아오잖아! 그리고 오빠가 원한다면 다시 고쳐야지! 그렇지 않겠어요, 엄마?"

영사 부인은 말은 하지 않고 다만 흐느낌으로 대답을 대신했다.

"안 돼. 그건 안 돼!" 시의원이 몸에 힘을 잔뜩 주면서 말했다. 그러면서 그는 손으로 약하게 거부하는 자세를 보였다. "이미 엎질러진 물이야. 내가 법에 호소해서 어머니를 고소해야겠어? 그러다간 가정의 추문이 세인의 입방아에 오르내리지 않겠니? 될 대로 되라지." 시의원은 말을 끝내고 맥이 풀린 동작으로 유리문 쪽으로 가서 다시 한번 발걸음을 멈추었다.

"우리가 최상의 상태에 있다고는 생각지 말아라." 그는 목소리를 낮추어 말했다. "너는 8만 마르크를 날렸어. 그리고 크리스티안은 5만 마르크를 탕진한 것도 모자라 3만 마르크를 앞당겨 썼어. 걔는 벌이도 없이 외인하우젠에서 요양을 해야 할 처지인 만큼 앞으로 많은 돈이 나갈 것이다. 이제 와서 클라라의 지참금은 영원히 잃게 되었을 뿐만 아니라 그 애한테 배당될 유산도 언젠가는 날아갈 것이다. 그런데 사업은 제대로 되지 않고 있다. 집을 짓는 데 10만 마르크 이상 들인 이후로 맞은 절망적인 상황이야. 게다가 가족 관계도 말이 아니야. 오늘과 같은 이런 일이 벌어지게 되었으니 말이야. 한 가지만은 말해 두겠다. 만약 아버지가 살아 계셔서 우리 곁에 계신다면 아버지는 두 손을 맞잡고 우리 모두에게 하느님의 은총을 간구하실 것이다."

8

전쟁과 함성, 군대의 진주와 번잡! 프로이센 장교들이 부덴브로크 시의원의 새 집 2층의 널마루가 깔린 방들에서 설치고 있다. 그들은 여주인의 손에 입맞춤을 하고 외인하우젠에서 돌아온 크리스티안에 이끌려 클럽에 소개된다. 반면에 맹 가에서는 새로 온 리크헨 제버린이 군인들로 가득 찬 낡은 뒤채로 많은 양의 담요를 끌고 간다.

도처에서 혼란과 무질서와 긴장이 넘쳤다! 부대는 성문 쪽으로 이동하고 새 부대가 들어온다. 시내는 군인들로 버글버글하다. 그들은 먹고 잔다. 시민들의 귀에는 온통 북소리, 나팔 소리며 호령 소리만 들려온다. 그들은 다시 행진한다. 왕자들이 환영받는다. 통과하는 군대가 잇따른다. 그런 다음 정적이 감돌고 사람들은 조마조마하게 기다린다.

늦가을과 겨울에 군대가 승리를 거두고 귀환한다. 다시 군대가 민가에 주둔하고 한숨을 돌린 시민들은 환호성을 지르며 집으로 돌아간다. 평화가 왔다. 폭풍 전야처럼 1865년의 일시적인 평화였다.

그런데 그 두 전쟁 사이에 부드러운 고수머리를 한 어린 하노는 앞치마처럼 주름진 옷을 입고 정원의 분수가나 '발코니' 위에서 아무것도 모르는 채 평화스럽게 놀고 있다. 그를 위해서 조그만 기둥 난간이 세워진 그 발코니는 3층의 층계참과 차단되어 있다. 그는 네 살 반짜리가 하는 놀이를 하면서 논다. 어른들은 이제 더 이상 그런 놀이에 담긴 깊은 뜻과 재미를 이해할 줄 모른다. 그리고 그런 놀이를 하는 데는 단지 자갈 세 개나 나무 한 개만 있으면 족하다. 민들레를 그 나무에 씌워 아마 헬멧으로 이용할지도 모른다. 그런데 마냥 행복한 이 어린 시절에는 순수하고, 강력하고, 열렬하고, 때묻지 않고, 또 위축됨이 없는 자유분방한 상상력이 있다. 그 시절에는 아직 인생으로부터 시련을 겪지 않는다. 의무도 책임도 감히 우리한테 손을 벌리지 않는다. 우리는 보고, 듣고, 웃고, 놀라고, 꿈꿀 수 있다. 세상은 아직 우리한테 손톱만치도 무언가를 요구하지 않는다. 우리가 사랑하고자 하는 사람들이 참을성을 견지하기 때문에 우리가 일을 유능하게 해서 능력을 처음으로 드러내 보이려고 고민하지 않아도 된다. 아, 하지만 언제까지나 이런 시절이 계속되지는 않는다. 모든 것이 우리를 무겁게 짓누름으로써 우리를 억압하고, 훈련시키고, 늘이고 줄이고 하다가 망치게 한다.

　어린 하노가 아무것도 모르고 노는 동안 커다란 일들이 일어났다. 전쟁이 발발했다. 어느 쪽이 승리를 거둘지 알 수 없었다. 그런데 현명하게도 프로이센 편에 가담한 하노 부덴브로크의 고향 도시는 흡족한 기분으로 부유한 프랑크푸르트를 바라보았다. 오스트리아가 이길 것으로 보았던 프랑크푸르트는 그 대가로 자유 도시가 되는 것을 포기해야 했다.

하지만 프랑크푸르트의 어떤 커다란 회사가 파산할 적에, 그러니까 휴전이 시작되기 직전인 칠월에 '요한 부덴브로크' 회사는 단번에 2만 탈러라는 거금을 손해 보게 되었다.

8부

1

얼마 전에 시 화재 보험 회사의 사장으로 취임한 후고 바인 셴크는 상의 단추를 채우고 다녔다. 남성적이고 근엄하게 기른 그의 짧고 검은 콧수염은 입가에 몰려 있었으며 아랫입술은 밑으로 약간 처져 있었다. 의젓하게 몸을 흔들며 자신만만한 발걸음으로 그는 커다란 현관을 지나 앞 사무실에서 뒤편 사무실로 갔다. 그러면서 두 주먹을 앞으로 내밀고 팔꿈치를 편하게 옆으로 벌리는 모습은 지위가 높고 위풍당당한 남자의 활동적인 인상을 주었다.

한편 에리카 그륀리히는 이제 갓 스무 살이 되었다. 키가 크고 활짝 핀 처녀로, 건강하고 힘차서 혈색이 좋고 아리따웠다. 어쩌다가 계단을 내려가거나 위쪽 난간으로 가다가 그녀는 바인셴크와 맞닥뜨리게 되는 일이 드물지 않았다. 머리끝이 벌써 희끗희끗해지기 시작한 그 사장은 짧고 검은 머리에 쓴 실크해트를 벗어 들고 프록코트의 허리 부분을 세차게 흔들면서 젊은 처녀한테 인사했다. 그는 갈색 눈으로 놀라워하고 감탄하면서 뻔뻔스럽게 그녀를 요모조모 뜯어보았다. 그러면 혼비백산한 에리카는 도망을 쳐서 창가의 의자에 앉아 어쩔 줄 몰라 당황해하면서 한 시간 동안 눈물을 흘렸다.

에리카 그륀리히는 테레제 바이히브로트의 기숙사에서 정숙한 교육을 받으며 자랐다. 그래서 그녀의 생각은 상궤를 벗어나지 않았다. 그녀는 그가 자기를 바라보면서 눈썹을 치켜올렸다가 다시 내리는 모습이나 아주 위풍당당한 태도며 주먹을 균형 있게 흔드는 것을 보고도 울었다. 반면에 그녀의 어머니 페르마네더 부인은 그 이상의 것을 보았다.

그녀는 딸의 장래 문제 때문에 여러 해 전부터 걱정해 왔다. 에리카는 결혼 연령에 도달한 다른 처녀들과 비교해 볼 때 결점을 안고 있었기 때문이다. 페르마네더 부인은 사교 모임에 참석하지 않을 뿐만 아니라 그것에 대해 적대적인 태도를 보이며 살았다. 자기는 두 번이나 이혼한 여자니까 상류계에서 자기를 멸시할 거라는 생각이 그녀에게 어느 정도 강박 관념으로 자리 잡았다. 분명히 남들은 아무렇지도 않은 태도를 취하는데도 그녀는 그것을 경멸과 증오라고 보았다. 가령 부자가 되자 명랑하고 친절해진 헤르만 하겐슈트룀 영사, 단순하고 자유분방한 이 남자는 거리에서 그녀를 보면 반갑게 인사를 했다. 그럴 때면 그녀는 머리를 뒤로 젖힌 채 이 '거위 간을 먹는 얼굴', 그녀가 늘상 쓰는 표현을 사용하자면 '페스트처럼 증오하는' 이 남자 옆을 지나가면서 그를 단호히 외면했다. 에리카도 외삼촌인 시의원의 사회적 영역과는 담을 쌓고 지냈다. 그녀는 무도회에 가는 일도 없었고 그럴듯한 남자들을 사귈 기회도 거의 갖지 못했다.

그렇지만 직접 자기 입으로 '파산'했다고 말한 이후로 안토니 부인의 열렬한 소망은 자기가 이루지 못한 꿈을 딸이 이룩해 주었으면 하는 것이었다. 즉, 그것은 가문의 명예에 걸맞고 어머니의 불행을 망각시켜 줄 행복하고 복된 결혼을 하는 것이었다. 무엇보다도 최근 들어 부쩍 의기소침해진 오빠한테 토니는 아직 가문의 운이 다하지 않았으며 자기가 아직 결코 끝장나지 않았다는 것을 증명해 보이고 싶었다. 페르마네더가 경우 바르게도 반환해 준 두 번째 지참금 1만 7000탈러는 에리카를 위해 준비해 두고 있었다. 눈치가 비상한 안토니 부인은 자기 딸과 사장 사이에 모종의 미묘한 관계가 있다는 것을 눈치채자마자 바인셴크가 방문해 주기를 하늘에 기도하기 시작했다.

실제로 그런 일이 일어났다. 그는 2층에 나타나서 할머니, 딸 그리고 손녀의 영접을 받으며 십 분쯤 잡담을 나누었다. 그러다가 오후의 커피 마실 시간에 다시 찾아와서 아무런 부담이 없는 환담을 나누겠다고 약속했다.

오후에 그가 찾아왔을 때는 서로 어느 정도 알게 되었다. 사장은 슐레지엔 태생이었다. 나이 든 그의 아버지는 아직도 거기서 살고 있었다. 그의 가문은 별로 대단치 않은 것 같았으며 따라서 바인셴크는 오히려 자수성가한 사람 같았다. 그는 그런 사람들이 갖는 자의식을 갖고 있었다. 그것은 선천적인 확실한 자의식이 아니라서 다소 남을 신뢰하지 않는 과장된 종류의 것이었다. 그의 문법은 완전하지 않았고 그의 대화는 미숙한 점이 눈에 띄었다. 게다가 소시민풍으로 재단한 프록코트는 번들거리는 부분이 여러 군데 있었고, 커다란 흑옥색 단추가 달린 소맷부리는 아주 깨끗한 편은 아니었다. 어떤 불행한 사고를 당한 까닭에 그의 왼손 중지 손톱은 완전히 뭉그러져서 시커멓게 변색되어 있었다. 이처럼 그는 별로 호감이 가는 외모는 아니었지만 일 년에 1만 2000마르크를 버는 부지런하고 정력적이며 아주 존경할 만한 남자라는 사실은 분명했다. 심지어 에리카 그륀리히의 눈에는 그가 멋진 남자로 보일 정도였다.

페르마네더 부인은 이러한 상황을 재빨리 간파하고 평가했다. 그녀는 영사 부인이나 시의원하고 그 문제에 대해 솔직한 대화를 나누었다. 그녀가 보기에는 둘이 관심을 가지면서 서로를 보충해 주고 있음이 명백했다. 바인셴크 사장은 에리카처럼 아무런 사교적 모임에도 드나들지 않았다. 둘은 서로에게 의지하고 있었으며 천생 하늘이 마련해 준 배필 같았다. 사십 줄에 가까워지고 머리카락이 희끗희끗해지기 시작하는 그 사장이 자신의 지위와 형편에 걸맞은 가정을 꾸리려고 한다면 에리카와의 결혼이야말로 그로 하여금 도시의 일류 가문들 중 하나에 소속되는 계기를 마련해 주며, 직업에서의 승진을 촉진하고 그의 위치를 공고히 하는 데 적합한 것이었다. 에리카의 행복에 관해서 말하자면 적어도 그녀의 운명은 의문의 여지가 없다는 것을 페르마네더 부인은 확신할 수 있었다. 후고 바인센크는 페르마네더와 닮은 점이라곤 털끝만치도 없었다. 그리고 고정된 봉급을 받는 탄탄한 직위를 가진 그의 특성에 비추어 볼 때 그는 벤딕스 그륀리히와도 구별되었다. 물론 앞으로 발전할 가능성도 배제할 수 없었다.

요컨대 양쪽에서 상당한 호의를 보였다. 오후에 바인센크가 방문하는 일이 점점 더 잦아졌다. 1867년 일월에 그는 남자답게 단도직입적으로 에리카 그륀리히한테 청혼을 했다.

이제부터 그는 가족의 일원으로 목요일의 어린이날 행사에 참가하기 시작했다. 그리고 그는 신부의 식구들한테서 융숭한 대접을 받았다. 물론 그는 이런 자리가 자기한테 어울리지 않는다는 것을 즉각 알아챘지만 그럴수록 더욱더 뻔뻔스럽게 그러한 감정을 숨겼다. 넓은 거리에 사는 부덴브로크 여인들은 그러지 못했다 하더라도 영사 부인이며 유스투스 삼촌이며 부덴브로크 시의원은, 일만 하는 바람에 사교적인 일에 미숙하지만 사무적인 일에는 유능한 이 남자를 친절하게 대하며 관대히 보아 넘겼다.

그럴 필요가 있었다. 가족들이 모여 식사하는 자리에서 바인센크 사장은 가끔 대화의 맥을 끊는 발언을 했기 때문이다. 가령 그는 대화 중에 '오렌지 잼'이 푸딩인지 물었으며 『로미오와 줄리엣』이 실러의 작품이라는 견해를 드러내기도 했다. 또 그는 에리카의 뺨과 팔에 너무 짓궂게 접촉하기도 했다. 그는 아무 걱정이 없는 사람처럼 손을 비비며 상체를 비스듬히 등받이에 기댄 채 솔직하고 유쾌하게 자신의 견해를 피력했다.

이로써 잠시 대화가 끊길 때마다 누군가가 활기찬 어조로 화제를 다른 데로 돌리며 정적을 깨뜨릴 필요가 있었다.

그와 대화가 제일 잘 통하는 사람은 시의원이었다. 시의원은 정치며 사업상의 일에 대해 아무 문제 없이 그와 대화를 이어 가는 법을 터득하고 있었다. 하지만 게르다 부덴브로크와 그의 관계는 도무지 절망적이었다. 이 여자의 개성이 너무 독특해서 그는 그녀와 어떤 화제에 대해 채 이 분 동안도 대화를 나눌 수 없을 정도였다. 그는 그녀가 바이올린을 연주한다는 것을 알고 있었다. 이러한 사실이 그에게 아주 강한 인상을 심어 줬기 때문에 그는 목요일에 만날 때마다 매번 그녀에게 익살스러운 질문을 던지곤 했다. "바이올린은 잘 지내는지요?" 하지만 이런 질문을 세 번째 들은 이후로 시의원 부인은 대답하는 것을 포기하게 되었다.

크리스티안은 크리스티안대로 이 새로운 친척을 코를 찡그린 채 관찰하곤 했다. 그리고 바로 다음 날에는 그의 거동과 말투를 그대로 흉내 내곤 했다. 고인이 된 요한 부덴브로크 영사의 둘째 아들인 그는 외인하우젠에서 류머티스 관절염이 완쾌되었다. 하지만 사지가 다소 뻣뻣한 현상은 그대로였다. 그리고 그의 왼쪽 부위에 주기적으로 찾아오는 '통증'('모든 신경들이 너무 짧았던' 부위에서 생기는 통증)뿐만 아니라 그 밖의 증상들에 대해서는 속수무책이었다. 호흡 곤란과 음식물을 제대로 삼키지 못하는 증상, 불규칙적인 심장 박동, 몸이 마비되는 현상이나 그에 대한 두려움은 결코 사라지지 않았다. 그의 외모도 삼십 대 말의 남자 얼굴이 아니었다. 그는 거의 완전히 대머리가 되어 있었다. 그나마 뒷머리와 관자놀이에만 불그스름한 머리카락이 드문드문 나 있었다. 진지한 표정으로 불안하게 주위를 두리번거리는 작고 둥근 두 눈은 예전보다 더 움푹 들어가 있었다. 하지만 뼈만 앙상하게 불쑥 솟은 커다란 코는 바싹 마른 창백한 두 뺨 사이에서 예전보다 더 덩그렇게 솟아 있었다. 입 위에는 적갈색의 콧수염이 짙게 나 있었다. 내구성이 강하고 우아한 영국제 옷감으로 만든 바지는 바싹 마르고 구부러진 그의 다리를 헐렁하게 감싸고 있었다.

그는 집에 돌아온 이후로 예전처럼 어머니 집의 2층 복도 옆방에서 살았다. 하지만 그는 멩가보다 클럽에 있는 때가 더 많았다. 집에 있는 게 별로 재미가 없어서였다. 이제 이다 융만의 후임으로 온 리크헨 제버린이 하인들을 지휘하며 살림을 꾸려 가고 있었다. 시골에서 온 그녀는 스물일곱 살의 땅딸막한 여자로, 뺨은 붉고 통통했으며 입술은 끝이 올라가 있었다. 그녀는 시골적인 감각으로, 번갈아 가며 어리석었다가 아팠다가 하는 이 게으른 이야기꾼을 위해서 무리하게 일할 필요가 없다는 것을 즉각 알아챘다. 그리고 존경할 만한 인물인 그의 형, 눈썹을 치켜올리고 대충 보아 넘기는 시의원에 대해서도 별로 신경을 쓸 필요가 없다는 것도 알아챘다. 그래서 그녀는 크리스티안의 욕구들을 아주 간단히 무시해 버렸다. "네, 부덴브로크 님!" 그녀는 말했다. "지금 시간이 없는데요!" 그러면 크리스티안이 코를 찡그리고 그녀를 바라보는 게 마치 이렇게 말하려는 것 같았다. "넌 부끄러워할 줄도 모르니?" 그러고는 뻣뻣한 다리를 끌고 발걸음을 옮겼다.

"누나는 나한테 항상 초가 있다고 생각하는 거야?" 그가 토니한테 말했다. "아주 드문 일이야! 대체로 난 잠자리에 들 때 성냥을 이용해야 해." 또는 그의 어머니가 그에게 줄 수 있는 용돈이 아주 적었기 때문에 그는 이런 말을 하기도 했다. "견디기 어려운 시절이야! 그래, 옛날에는 이렇지 않았는데! 누나는 어떻게 생각하는데? 이제는 가루 치약을 살 5실링도 없어서 가끔 빌려야 할 처지니!"

"크리스티안!" 페르마네더 부인이 소리쳤다. "그게 뭐야, 체통 없이! 성냥을 이용하다니! 5실링도 없다니! 제발 그런 말 좀 하지 마!" 그녀는 충격을 받고 격분했다. 마음 깊은 곳에서 그녀는 상처를 입었다. 하지만 그렇다고 해도 크리스티안의 사정은 아무것도 달라지지 않았다.

가루 치약을 살 5실링을 크리스티안은 옛 친구인 안드레아스 기세케, 그 민사법과 형사법 박사한테서 빌렸다. 이러한 친구를 가진 것이 그로서는 다행이었다. 이러한 우정이 그에게는 무척 자랑스러웠는데, 난봉꾼인 이 기세케 변호사는 품위를 지킬 줄 알았기 때문이다. 그는 늙은 카스파르 외버디크가 편안히 숨을 거두고 랑할스 박사가 그의 자리를 승계한 지난겨울에 시의원으로 선출되었다. 그렇지만 그의 생활 방식은 달라지지 않았다. 후노이스 양과 결혼한 후부터 시내 한복판에 널찍한 집을 가지고 있었던 그가 교외인 장크트게르트루트에도 푸른 숲으로 뒤덮인 곳에 조그맣고 안락한 별장을 소유하고 있다는 것을 누구나 알고 있었다. 거기에는 어디 출신인지 모호한 젊고 아주 예쁜 여자가 혼자 살고 있었다. 대문 위에는 아기자기하게 금박을 입힌 '크비시사나'라는 글자가 번쩍거리고 있었다. 시내에서 그 평화로운 조그만 집의 이름을 모르는 사람이 없었다. 사람들은 그 집 이름을 말할 때 'ㅅ'은 부드럽게, 'ㅏ'는 슬프게 발음했다. 기세케 시의원과 절친한 관계인 크리스티안은 그 크비시사나에 출입하는 것이 허용되었다. 그는 함부르크에서 알리네 푸보겔한테 써먹었던 것과 같은 방식으로 거기서도 성공을 거두었다. 런던이나 발파라이소나 그 밖의 지구 어디에서도 유사한 경우에 같은 방식으로 성공을 거둔 그였다. 그는 '조금 이야기했으며' '조금 친절을 보였다.' 그래서 그는 이제 기세케 시의원과 마찬가지로 그 푸른 집에 규칙적으로 드나들었다. 시의원이 이런 일을 알고서도 양해해 주고 있는지는 물론 의심스러운 일이다. 하지만 분명한 사실은 기세케 시의원은 자기 부인한테 들이는 돈만큼 여기에다 지출해야 했지만 크리스티안은 여기서 즐기고 기분 전환하는 데 돈 한푼 들이지 않았다는 것이다.

후고 바인셴크가 에리카와 약혼하고 나서 얼마 되지 않아서 사장인 그는 크리스티안에게 보험 회사에서 일해 보지 않겠느냐는 제안을 했다. 사실 크리스티안은 화재 보험 회사에서 두 주일 동안 근무했다. 하지만 유감스럽게도 이로써 그의 왼쪽 부위의 진통이 악화되었을 뿐만 아니라 어딘지 알 수 없는 다른 부위도 아파 왔다. 게다가 사장은 아주 불같은 성미의 상관이라서 어쩌다가 그가 실수를 저지르기라도 하면 '얼간이'라고 부르기를 주저하지 않았다. 그래서 크리스티안은 이 직장을 다시 그만두지 않을 수 없었다.

하지만 페르마네더 부인은 행복한 나날을 보냈다. 이 지상의 생활에 이따금 좋은 면도 있구나 생각할 정도로 그녀의 기분은 쾌활해졌다. 사실 이번 주 들어 그녀는 다시 활짝 피어났다. 그녀의 왕성한 활동, 다양한 계획들, 집을 구하는 문제와 열에 들떠 혼수를 장만하는 일들이 흡사 자신이 처음 결혼할 때를 상기시켜 주었다. 그래서 그녀는 마치 되젊어진 듯 무한한 희망과 기쁨에 사로잡히게 되었다. 처녀 시절의 우아한 교만함이 그녀의 표정과 움직임에 되살아났다. 그렇다, 즐거운 기분을 억제하지 못하고 마구 노출시킴으로써 그녀는 '예루살렘의 밤' 내내 주위의 분위기를 흐트러뜨렸다. 그래서 레아 게르하르트조차 조상 전래의 책을 내려놓고 영문을 모르는 채 눈을 동그랗게 뜨고 귀머거리 특유의 놀란 눈초리로 방 안을 둘러보았다.

에리카는 어머니와 떨어져서는 살 수 없었다. 사장의 양해를 얻어, 아니 그의 소망에 따라 안토니는 당분간 바인솅크 집에 살면서 아무것도 모르는 에리카를 위해 그녀의 살림살이를 옆에서 돌보아 주기로 결정되었다. 그리하여 그녀의 마음속에서는 일찍이 느껴 보지 못한 귀중한 감정이 샘솟아 났다. 벤딕스 그륀리히나 알로이스 페르마네더와 같은 남자는 이 세상에 없는 것처럼 느껴졌다. 그녀가 여태껏 살아오면서 겪은 실패, 환멸이나 고통이 마치 무(無)가 되어 녹아 없어지는 것 같았다. 그리고 이제 또 한 번 처음부터 새로운 희망을 품어도 될 것 같았다. 그녀는 바라 마지않던 남자를 선사해 준 하느님께 감사하라고 에리카에게 타일렀다. 반면에 어머니인 그녀 자신은 진심으로 선택한 첫사랑을 의무와 이성의 제단에 바치지 않을 수 없었다고 했다. 사실 그녀가 사장의 이름과 함께 기쁨에 겨워 떨리는 손으로 가문 일지에 기입한 것은 에리카의 이름이었다. 하지만 엄밀히 말하자면 진짜 신부는 토니 부덴브로크 자신이었다. 또 한 번 익숙한 솜씨로 휘장이나 양탄자를 검토하고, 또 한 번 가구 잡지와 혼수 잡지를 샅샅이 뒤지며, 다시 한번 고상한 집을 둘러보고 빌리는 일을 하는 사람은 바로 토니 자신이었던 것이다! 또다시 경건하고 널찍한 부모의 집을 떠나서 이혼한 여자라는 낙인에 종지부를 찍은 사람은 바로 토니였다. 고개를 쳐들고 새로운 인생을 시작할 수 있는 가능성이 또 한 번 열렸다. 그녀는 일반의 주의를 환기시키고 가문의 위신을 드높이겠다는 계산을 했다. 그게 하나의 헛된 꿈이었던가? 모닝 가운이 시야에 나타난 것이다! 그녀 자신과 에리카를 위한 옷자락이 넓은 부드러운 천으로 된 모닝 가운 두 벌은 목선에서부터 옷자락 끝까지 벨벳 리본이 열을 지어 촘촘히 달려 있었다!

몇 주일이 훌쩍 지나갔다. 그리고 에리카의 약혼 시절은 막바지에 다다르고 있었다. 젊은 신랑 신부는 몇몇 가정만 찾아보았다. 사장은 진지한 성품에다 사교적인 일에는 미숙한 사무적인 사람인지라 시간적 여유가 있을 때는 잘 아는 집안 식구들을 찾아보는 데 전념하기로 마음먹었기 때문이다. 약혼식은 토마스, 게르다, 신랑 신부, 프리데리케, 헨리에테, 피피 부덴브로크와 그 밖에 시의원과 가까운 몇몇 친구들이 참석한 가운데 어부 골목의 넓은 응접실에서 열렸다. 이때에도 사장은 에리카의 드러난 목덜미를 두드리는 기상천외한 행동을 저질렀다. 그리고 결혼식이 임박했다.

옛날 그륀리히 부인이 도금양을 달았던 때처럼 결혼식은 주랑에서 열렸다. 종 만드는 사람들의 거리에 살며 상류 가정에 드나들던 슈투트 부인은 신부의 흰 새틴 드레스에 주름을 잡고 녹색 장신구를 달아 주면서 도왔다. 부덴브로크 시의원은 크리스티안의 친구인 기세케 시의원의 도움을 받으며 신부와 함께 입장했다. 에리카의 옛 기숙사 친구 두 명이 신부의 들러리 역할을 맡았다. 후고 바인셴크 사장은 위풍당당하고 남자답게 보였다. 그는 임시로 마련한 제단으로 향하는 길을 따라서 걸어왔다. 너울거리는 면사포를 쓴 신부 앞에서 프링스하임 목사는 두 손을 턱밑에 깍지 낀 채 특유의 환한 표정을 띠고 장중하게 의식을 거행했다. 모든 게 법도에 따라 품위 있게 진행되었다. 두 사람이 반지를 교환하고 쥐 죽은 듯이 조용한 가운데 그윽하고 밝은 소리로 "네." 하고 대답하자(둘 다 약간 쉰 목소리로) 페르마네더 부인은 과거와 현재 및 미래에 압도당한 듯 왈칵 울음을 터뜨렸다. 그녀의 울음은 아직도 어릴 때처럼 조심성 없이 터져 나오는 노골적인 울음이었다. 반면에 부덴브로크 여인들은 이런 기회가 있으면 으레 그러듯이 약간 쌉쓰레한 미소를 지었다. 피피는 이날을 축하하기 위해서 코안경에다 금팔찌를 끼고 나왔다. 하지만 최근 들어 예전보다 몸이 훨씬 더 작아진 테레제 바이히브로트, 즉 세세미는 어머니의 작은 초상화가 담긴 타원형 브로치를 가는 목에 달고 있었다. 그녀가 말하는 확고부동한 어조에는 내적인 깊은 감동이 숨겨져 있었다. "행복하거라, 애야!"

그런 다음 벽 융단 뒤의 흰 신상들이 변함없이 태연한 자세로 내려다보는 가운데 견실하고도 장엄한 피로연이 열렸다. 연회가 끝날 무렵에 신랑 신부는 몇몇 대도시로 신혼여행을 떠나려고 자리에서 사라졌다. 때는 사월 중순 무렵이었다. 그리고 다음 이 주 동안에 페르마네더 부인은 실내 장식가 야콥스의 지원을 받아 그들의 걸작품 중 하나를 완성했다. 그것은 널찍한 2층 방을 우아하게 단장하는 일이었다. 세를 얻은 그집은 빵집 골목의 중간 지점에 위치하고 있었다. 신혼여행에서 돌아오는 신혼부부를 환영하기 위해 그 방은 온통 꽃으로 장식되어 있었다.

이리하여 토니의 세 번째 결혼 생활이 시작되었다.

그렇다, 이러한 표현이 적절하다고 할 수 있었다. 어느 목요일에 바인셴크가 없는 자리에서 시의원 자신이 이런 표현을 썼더니 페르마네더 부인은 그리 싫어하는 눈치가 아니었다. 사실 살림은 토니가 도맡아 꾸려 갔지만 그에 대한 기쁨과 자긍심도 그녀의 몫이었다. 하루는 하겐슈트룀가의 율헨 묄렌도르프와 어쩌다가 거리에서 맞부딪치게 되자 그녀는 도전적이고 승리한 듯한 눈빛을 띠면서 율헨을 쏘아보았다. 그러자 묄렌도르프 부인이 먼저 인사하고야 말았다. 새집을 보려고 친척들이 오면 그녀는 이곳저곳을 보여 주었고, 그녀의 표정과 태도에서 드러나는 기쁨과 자긍심은 진지하고 엄숙한 표정으로 바뀌었다. 그러면 에리카 바인셴크는 마치 손님처럼 놀란 표정을 하면서 그곳에 나타나곤 했다.

그녀는 모닝 가운의 긴 옷자락을 뒤에 질질 끌면서 어깨를 약간 추켜올리고 머리를 뒤로 젖힌 자세를 취했다. 벨벳 레이스를 특히 좋아했던 그녀는 열쇠를 채울 수 있는 바구니를 팔에 안고 있었다. 그 안에는 벨벳 레이스가 들어 있었다. 안토니 부인은 찾아온 친척들한테 가구며 휘장이며 투명한 도자기며 번쩍거리는 은제 도구며 사장이 산 커다란 유화를 보여 주었다. 그것은 음식물을 그린 정물화나 여인들의 나체 그림들이었다. 그게 후고 바인셴크의 취미였다. 토니의 동작은 하나하나가 이렇게 말하는 것 같았다. "이것 보세요, 난 인생에서 세 번째 결혼 생활에 들어간 거라고요. 이 집은 그륀리히하고 살던 집만큼이나 고상하잖아요. 그리고 페르마네더하고 살던 집보다는 훨씬 더 고상하고요!"

늙은 영사 부인은 회색과 검은 무늬가 있는 실크 옷을 입고 와서 밝은 눈으로 이곳저곳을 둘러보았다. 그녀한테서는 파촐리 향내가 은은하게 풍겼다. 그녀는 딱히 감탄하는 행동은 보이지 않고 그냥 만족해하는 모습을 보였다. 시의원은 아내와 아이를 데리고 왔다. 그는 토니가 행복에 빠져 만족해하자 게르다와 함께 기뻐했다. 시의원은 토니가 너무나 좋아하는 어린 하노한테 건포도가 든 빵과 포트와인을 마구 먹이려 하자 간신히 그녀를 말렸다. 부덴브로크 딸들이 와서 이구동성으로 모든 게 너무 아름답다고 말했다. 물론 자기들처럼 변변치 못한 사람들은 이런 데서 살 형편이 되지 못한다고 했다. 불쌍한 클로틸데도 왔다. 바싹 마르고 참을성 있는 그녀는 음울한 표정을 하고 있었다. 남한테 노리갯감이 되는 그녀는 커피를 네 잔이나 마셨다. 그러면서 그녀는 질질 끄는 목소리로 친절하게 모든 것을 칭찬했다. 클럽에 아무도 없을 때면 크리스티안도 가끔 들렀다. 그는 베네딕트주를 들면서 자기가 지금 샴페인과 코냑 대리점을 맡으려 한다고 말했다. 그게 쉽고 재미있는 일이라고 생각한다는 것이다. 자기가 주인이 되어 이따금씩 장부 정리나 약간 하면서 순식간에 30탈러를 벌 수 있다는 것이다. 이러면서 그는 시립 극장에 근무하는 첫 애인한테 꽃다발을 선물하려고 페르마네더 부인한테서 5실링을 빌렸다. 그리고 무슨 연상 작용으로 그러는지는 모르겠지만 '마리아'와 런던의 '악덕' 이야기를 하고, 작은 상자 속에 넣어져 발파라이소에서 런던으로 여행한 옴에 걸린 개 이야기를 하기 시작했다. 이제 발동이 걸린 그는 활기차고 익살맞게 그런 이야기를 한바탕 쏟아 놓음으로써 주위 사람들을 재미있게 만들었다.

그는 감격한 사람처럼 열에 들떠 이야기했다. 그는 영어, 스페인어, 저지 독일어 및 함부르크어로 말했다. 그는 칠레에서 본 칼부림 사건이며 화이트채플에서 겪은 도둑 사건을 들려주었다. 그러다가 불현듯 풍자적인 노랫가락이 생각났던지 남이 흉내 내기 어려운 표정을 지으며 노래하고 이야기했다. 그는 손을 움직이며 그림 같은 재주를 선보였다.

나는 아주 느릿느릿
넓은 광장으로 걸어갔다네.
어떤 어여쁜 아가씨가

내 앞을 걸어갔다네.

아주 우아한 모습의 아가씨였네.

뒷모습이 프랑스 여자 같았네.

아주 멋진 옷을 입고 있었지.

"이봐요, 아가씨." 하고 내가 말했네.

"팔짱을 끼고 같이 걸어도 되겠어요?"

그녀는 예쁜 얼굴을 돌리며

나를 바라보면서 말했네.

"이봐요, 댁에 가서 혼자 즐기세요!"

그리고 이 노래가 끝나자마자 그는 렌츠 곡마단 이야기로 넘어갔다. 그가 영국의 어릿광대들이 등장하는 어떤 장면을 재현할 때는 마치 모두들 현장에 있는 듯한 느낌을 받을 정도였다. 벌써 커튼 뒤에서는 "문을 열어요!" 하고 일상적으로 외치는 소리가 사람들 귀에 들렸다. 그것은 곡마단장과 실랑이를 벌이는 소리였다. 그러고는 보기에 딱하게 사투리로 영어와 독일어를 섞어 가며 그가 알고 있는 모든 레퍼토리를 읊어 댔다. 어떤 남자가 자다가 그만 쥐를 삼켜서 하는 수 없이 수의사한테 갔더니 그가 말하기를 이번에는 고양이도 삼키라고 충고했다는 것이었다. '젊은 여자처럼 정정하고 건강한 우리 할머니'에 관한 이야기도 나왔다. 할머니는 역으로 가는 도중에 갖가지 모험을 겪는다. 마침내 역에 도착해 보니 정정하고 건강한 할머니 코앞에서 기차가 출발한다는 이야기다. 그러고는 마지막에 가서 의기양양한 모습으로 "오케스트라!" 하고 말을 끝맺었다. 그런데 음악이 연주되지 않자 그는 그제야 정신을 차린 듯 깜짝 놀라는 표정을 지었다.

그런 다음에 그는 갑자기 말문을 닫았다. 그의 얼굴이 변했고 그의 동작은 맥이 풀린 듯했다. 그는 움푹 들어간 둥글고 작은 눈으로 불안한 듯이 심각한 표정을 지으며 주위를 두리번거리기 시작했다. 그는 손으로 왼쪽 부위를 쓸어내렸다. 마치 그는 내부의 기분 나쁜 소리에 귀 기울이는 것 같았다. 그는 리큐어 술을 또 한 잔 마셨다. 다소 기분이 좋아진 그는 또 한 번 이야기를 하려고 시도하다가 풀이 죽은 목소리로 중단했다.

이때 누구보다도 좋아하면서 재미있게 이야기를 듣고 있던 페르마네더 부인은 마음 편한 기분으로 동생을 따라 계단으로 갔다. "잘 가, 대리점 아저씨!" 그녀가 말했다. "연애쟁이! 바람둥이! 늙은 얼간이! 또 놀러 와!" 그녀는 그의 뒤에서 큰 소리로 목청껏 웃어 젖히고는 방으로 되돌아갔다.

하지만 크리스티안 부덴브로크는 그런 데는 개의치 않았다. 그는 그런 것을 건성으로 흘려 넘겼다. 딴 데 신경이 팔려 있었기 때문이다. 그는 마음속으로 '크비시사나'로 가야겠다고 생각했다. 모자를 비스듬하게 쓴 채 그는 수녀 흉상이 달린 지팡이를 짚고 뻣뻣한 발걸음으로 약간 다리를 절면서 느릿느릿 계단을 내려갔다.

2

　페르마네더 부인이 어느 날 밤 열 시경에 어부 골목 집의 2층에 나타난 것은 1868년 봄이었다. 부덴브로크 시의원은 올리브색 가구가 비치된 거실 중앙의 둥근 탁자에 혼자 앉아 있었다. 천장에 드리운 커다란 가스등이 방을 환하게 비추고 있었다. 그는 몸을 탁자에 약간 굽히고 《베를린 주식 신문》을 펴 놓고 읽고 있었다. 그는 왼손 집게손가락과 가운뎃손가락 사이에 담배를 끼우고 있었고 코에는 금테 코안경을 끼고 있었다. 얼마 전부터 그는 글을 읽을 때 코안경을 착용해야 했다. 그는 여동생이 식당을 통해 걸어오는 발소리를 들었다. 그는 코안경을 벗어 들고 긴장한 표정으로 어둠 속을 바라보았다. 이윽고 토니가 커튼 사이에서 밝은 공간에 모습을 드러냈다.

　"아, 너였구나. 어떻게 지내니? 벌써 쾨펜라드에서 돌아왔어? 친구들은 잘 지내던?"

　"잘 있었어, 톰! 아름가르트는 아주 잘 있어. 오빠 혼자 여기 있어?"

　"그래, 무척 보고 싶었다. 난 오늘 저녁은 교황처럼 혼자 식사해야 했어. 융만은 하노를 보느라 이리저리 뛰어다니는 통에 나하고 같이 있을 틈이 없다. 게르다는 카지노에 갔어. 타마요가 거기서 바이올린을 연주한대. 크리스티안이 그녀를 데려갔어."

　"어머나! 어머니처럼 말하네. 그래, 내가 요전에 지적했잖아. 게르다와 크리스티안이 사이 좋게 지낸다고."

"나도 그렇게 생각해. 걔가 여기서 죽 지내는 동안 그녀는 그 애에게 호감을 갖기 시작한 모양이야. 걔가 아픔을 호소할 때도 그녀는 주의 깊게 들어 주지. 어쨌든 걔가 그녀를 즐겁게 해 주는 건 사실이야. 최근에 그녀가 나한테 이런 말을 했어. '그는 시민이 아니에요, 토마스! 그는 당신보다도 더 시민이 아니에요!'."

"시민…… 시민이라, 톰? 쳇, 이 넓은 세상에 오빠보다 더 훌륭한 시민은 없는 것 같은데……."

"아니, 게르다가 그런 의미로 한 말은 아니야! 옷 좀 벗어라, 토니. 얼굴이 아주 좋아 보이는구나. 시골 공기가 좋던?"

"너무너무 좋았어!" 그녀는 외투와 연자주색 실크 리본이 달린 작은 모자를 벗으며 말했다. 그러고는 품위 있는 자세로 탁자 옆의 안락의자에 앉았다. "위장도 좋아지고 잠도 잘 들고, 요즘 모든 게 좋아졌어. 신선한 우유랑 소시지와 햄을 먹으니 가축과 곡식처럼 쑥쑥 자라게 되지. 게다가 신선한 꿀도 먹었어. 난 항상 꿀을 최고의 음식물 중 하나로 생각해 왔어. 그건 순수한 자연산이야! 꿀꺽 삼켜 보면 알지! 그래, 아름가르트는 정말 친절했어. 그 애는 기숙사 시절의 우정을 생각하고 날 초대해 줬어. 폰마이붐 씨도 역시 친절했어. 그들은 계속 나보고 몇 주일 더 있으라고 간절히 부탁했어. 하지만 에리카는 내가 없으면 어쩔 줄 몰라 쩔쩔매잖아. 그리고 지금은 어린 엘리자베트 때문에 특히 그래."

"아, 아기는 잘 자라니?"

"고마워, 톰. 좋아지고 있어. 다행히도 넉 달 된 아이치고는 그럭저럭 괜찮은 편이야. 비록 프리데리케, 헨리에테와 피피는 오래 살지 못할 거라고 했지만 말이야."

"그리고 바인셴크는? 그는 아버지가 된 것을 어떻게 생각해? 목요일 말고는 통 볼 수가 없어서……."

"그 사람은 항상 그렇지, 뭐! 그는 착실하고 부지런한 남자잖아. 어떤 의미에서는 남편의 전형이라고도 할 수 있어. 그는 술집 같은 데 드나들지 않고 일이 끝나면 곧장 집으로 오거든. 그리고 시간이 나면 우리와 함께 보내지. 하지만 문제가 하나 생겼어. 우리끼리니까 솔직히 털어놓을게. 그는 에리카보고 늘 명랑하게 웃고 떠들라고 요구해. 자기가 지친 몸을 이끌고 집에 오면 아내가 쾌활한 표정으로 맞아 주면서 자기를 즐겁고 명랑하게 해 주었으면 좋겠대. 게다가 그가 덧붙이기를 세상에 여자라는 것은……."

"바보같이!" 시의원이 중얼거렸다.

"뭐라고? 그런데 좋지 않은 것은 에리카가 다소 우울해한다는 사실이야, 톰. 나한테서 배운 것임에 틀림없어. 그 애는 이따금 말없이 심각한 표정을 지으며 곰곰이 생각에 잠길 때가 있어. 그럴 때면 걔 남편은 야단을 치면서 발칵 성을 내는 거야. 솔직히 말하면 그의 말이 항상 부드러운 것은 아니야. 그가 좋은 가문 출신의 남자가 아니라고 생각될 때가 자주 있어. 그는 소위 말하는 좋은 교육을 받지 못한 것 같아. 그래, 솔직히 고백하겠어. 내가 뢰펜라드로 떠나기 며칠 전에 이런 일이 일어났어. 그가 수프 그릇의 뚜껑을 바닥에 내팽개쳤지 뭐야. 너무 짜다는 거야."

"너무 심하군!"

"아니, 그렇지 않아. 그렇다고 해서 그를 악평하고 싶지는 않아. 우리 모두 부족한 점이 많지. 그는 유능하고 건실하고 근면한 사람이야. 그런 말은 당치도 않아. 아니야, 톰. 겉은 거칠지만 속은 부드러운 남자야. 이 지상의 삶에서는 그게 가장 나쁜 건 아니야. 그보다 더 슬픈 일이 있어서 여기에 온 거야. 아름가르트가 나와 단둘이 있을 때 몹시 슬피 울었어."

"무슨 말이야! 폰마이붐 씨가?"

"그래, 톰. 내가 말하고자 하는 점이 바로 그거야. 지금 여기 앉아서 그냥 떠들어 대고는 있지만 실은 오늘 저녁 아주 심각하고 중요한 일이 있어서 여길 찾아왔어."

"그래? 폰마이붐 씨한테 어떤 문제가 있길래?"

"랄프 폰마이붐은 매력적인 남자야, 토마스. 하지만 그는 지주의 자식으로 아무와도 잘 어울리는 경솔한 사람이야. 그는 로스토크와 바르네뮌데에서 노름을 했대. 그리고 그가 진 빚은 바닷가의 모래알처럼 많대. 푀펜라드에 몇 주일 있어서는 그 말을 도저히 믿을 수 없을 거야! 그의 저택은 아주 훌륭하고 아무것도 부족한 것이 없어. 우유나 소시지나 햄도 충분하고. 이렇게 좋아 보이는데도 어떤 때는 실제 상황을 잴 수 없는 경우가 있어. 요컨대 그들은 실제로는 말할 수 없이 안타까운 상태에 있어, 톰. 아름가르트가 가슴이 미어질 듯이 흐느끼면서 나한테 죄다 고백했어."

"너무 안됐구나."

"그렇게 말하는 것은 당연하지. 하지만 내가 이미 어렴풋이 예상했듯이 문제는 그들이 나를 아무 뜻 없이 그냥 초대한 것은 아니라는 사실이야."

"어째서?"

"그걸 말하려는 참이야, 톰. 폰마이붐 씨는 돈이 필요해. 그것도 많은 액수의 돈이 당장 필요해. 내가 그의 아내와 오래전부터 아는 친구 사이이고 내가 오빠의 동생이라는 것을 그가 알고 있어서 할 수 없이 자기 아내한테 부탁한 모양이야. 그래서 아름가르트가 나한테 부탁한 거야. 무슨 말인지 알겠어?"

시의원은 오른쪽 손가락 끝으로 머리를 이리저리 긁적거리면서 얼굴을 약간 찡그렸다.

"내 생각은 이렇다." 그가 말했다. "내 생각이 틀리지 않는다면 너의 심각하고 중요한 일이란 결과적으로 푀펜라드의 수확물에 대한 선불을 달라는 거구나. 하지만 내 생각으로는 너와 네 친구는 사람을 잘못 골랐어. 우선 첫째로 난 폰마이붐 씨와 여태껏 거래 관계를 맺은 일이 없어. 그리고 이것은 오히려 다소 특이한 관계로 연결될 소지가 있어. 둘째로 증조할아버지 때부터 지금까지 우리는 사실 이따금 시골 사람들한테 선불을 치른 적이 있었어. 그럴 때는 그들의 인격이나 그 밖의 사정으로 어떠한 확실성이 보장되는 경우였어. 하지만 지금 네가 폰마이붐 씨의 인격이나 사정을 아무리 좋게 이야기해도 이 경우에는 그러한 확실성이 없다고 말해야겠어."

"오빠는 잘못 생각하고 있어. 난 오빠 생각을 떠 보려고 했는데 오빠는 잘못 생각했어. 여기서 문제 되는 것은 선불이 아니야. 마이붐한테는 3만 5000마르크가 필요해."

"젠장!"

"3만 5000마르크야. 두 주 내에 지불 만기가 된대. 그는 위기일발의 상태에 있어. 분명히 말하자면 그는 지금 당장 팔아치워야 한대."

"이삭도 나기 전에 팔아 치워? 저런, 불쌍한 사람 다 봤나!" 코안경을 탁자에 내려놓고 만지작거리면서 시의원이 머리를 흔들었다. "하지만 그건 우리의 상황으로 볼 때 아주 이례적인 경우인 것 같은데." 그가 말했다. "그런 거래가 주로 헤센에서 일어난다고 들었는데. 거기엔 적지 않은 시골 사람들이 유대인의 수중에 놀아나고 있다는구나. 불쌍한 폰마이붐 씨가 그런 부류의 고리대금업자들 덫에 걸려들었는지 누가 알겠니."

"유대인? 고리대금업자?" 페르마네더 부인이 깜짝 놀라 소리쳤다. "하지만 우린 오빠에 관해 이야기하고 있어, 오빠에 관해!"

갑자기 토마스 부덴브로크는 코안경을 앞의 탁자에 던졌다. 그러자 그것이 신문지를 따라 미끄러졌다. 그는 갑자기 상체를 여동생 쪽으로 홱 돌렸다.

"나에 관해?" 그는 소리 나지 않게 입술만 달싹거리면서 물었다. 그러고는 큰 소리로 이렇게 덧붙였다. "자러 가라, 토니! 너무 피곤하겠다."

"그래, 톰. 밤에 우리가 흥겨운 기분이 되기 시작하면 이다 융만이 우리한테 그런 말을 했지. 하지만 분명하게 말하지만 난 지금 그 어느 때보다 정신이 말똥말똥하고 생기에 넘쳐. 내가 이 밤중에 안개 낀 거리를 헤치고 온 것은 아름가르트의 부탁, 그러니까 간접적으로 랄프 폰마이붐의 부탁을 말하기 위해서야."

"네가 이런 부탁을 하게 된 것은 너의 순진함과 마이붐의 속수무책 때문인 줄로 안다."

"속수무책? 순진함? 무슨 말인지 모르겠어, 토마스. 유감스럽지만 난 결코 그렇지 않아! 오빠가 선행을 하는 동시에 일생 일대의 거래를 할 기회가 제공된 거야."

"아니, 뭐라고? 토니, 제정신으로 말하는 거니!" 시의원은 그렇게 소리치고 안절부절못하면서 몸을 뒤로 젖혔다. "용서해다오. 하지만 네 순진한 생각이 사람을 화나게 할 수도 있는 거야! 네가 나한테 말할 수 없이 체면 깎이는 일을 하도록 충고하고 불순한 책략을 쓰도록 하고 있다는 사실을 알고 있기나 하니? 내가 혼탁한 물에서 고기를 잡아야 하겠니? 한 인간을 잔인하게 착취해야겠니? 그 지주의 곤궁한 점을 이용해서 아무 방어 능력이 없는 자의 뺨을 갈겨야 하겠니? 일 년 치 농산물을 반값에 넘기도록 압력을 넣어 내가 엄청난 폭리를 취해야겠니?"

"아, 오빠는 이 일을 그렇게 생각하는구나." 페르마네더 부인이 움츠러들며 생각에 잠겨 말했다. 그러다가 다시 힘을 내어 말을 계속했다. "사태를 그렇게 볼 필요가 없어, 전혀 그럴 필요가 없어! 그한테 강요한다고? 오빠한테 간청한 사람은 그였어. 그한테는 꼭 돈이 필요해. 그는 문제를 우호적으로 해결하고 싶은 거야. 살짝 아무도 몰래 말이야. 그래서 그는 우리와 관계할 통로를 찾아낸 거야. 내가 그의 집에 초대받은 것도 그 때문이었어!"

"요컨대 그는 나와 우리 회사의 성격을 잘못 파악한 거야. 나한테는 나대로의 전통이 있어. 우리는 백 년 동안 그런 거래는 하지 않았어. 그리고 나도 그런 책략을 쓰면서 일을 시작할 생각은 없어."

"물론 오빠한테는 오빠 나름의 전통이 있어. 그에 대해서는 누구보다 존경해! 확실히 아버지라면 이런 일을 하지 않았겠지. 당치도 않은 이야기지. 누가 그런 주장을 하겠어? 하지만 내가 아무리 우둔해도 오빠가 아버지와 전혀 다르다는 것은 알고 있어. 오빠가 사업을 떠맡으면서 아버지와는 전혀 다른 바람이 불게 했어. 오빠는 그동안에 아버지라면 안 했을 일을 많이 했어. 그 이유는 오빠가 젊고 오빠한테 기업가 정신이 있기 때문이지. 하지만 요 근래 들어 오빠가 잇따른 불운을 겪으면서 의기소침해진 것이 아닌가 하는 생각이 들어. 그리고 오빠가 현재 이전처럼 다시 커다란 성공을 거두지 못하고 있다면 그것은 오빠가 너무 조심스럽고 양심적이기 때문이야. 그래서 좋은 기회가 와도 그냥 놓쳐 버리고 마는 거야."

"아, 제발 나를 자극하지 말아 다오!" 시의원은 날카로운 목소리로 말하며 얼굴을 돌려 외면했다. "우리 다른 얘기를 하자꾸나!"

"그래, 오빠는 흥분해 있어. 그야 내가 잘 알지. 오빠는 처음부터 그랬어. 바로 그 때문에 난 오빠가 모욕당했다고 느끼는 것이 부당하다는 걸 보여 주려고 계속 말했던 거야. 하지만 오빠가 흥분한 이유를 따져 보면 근본적으로는 그 일을 할 생각이 전혀 없었던 것은 아니기 때문이야. 내가 비록 우둔한 여자이긴 하지만 내 경험이나 다른 사람들의 경우를 볼 때 어떤 사람이 어떤 제안을 받고 그토록 흥분하고 기분 나빠하는 것은 자신의 거절에 확신을 품지 못하고 마음속으로는 그 일을 한번 해 볼까 하는 생각이 있기 때문이야."

"예리한 지적이군." 시의원은 담배 필터 부분을 짓이겨 깨물면서 그렇게 말하고는 입을 닫았다.

"예리하다고? 쳇, 그렇지 않아. 그건 내가 인생에서 얻은 가장 간단한 경험에 불과해. 하지만 그 말은 그만해, 톰. 난 강요하지 않겠어. 내가 어떻게 그런 일을 하라고 오빠를 설득할 수 있겠어? 아니야, 나한테는 그럴 능력이 없어. 난 어리석은 여자일 따름이야. 안됐지만……. 그런 데는 개의치 않아. 나는 그 일에 아주 관심이 있어. 한편으로는 마이붐을 생각하면 놀랍고 슬프지만 다른 한편으로 오빠를 생각하면 즐거워. 내 생각에 오빠가 얼마 전부터 다소 의기소침해진 것 같아. 옛날에는 하소연도 하고 그랬지만 이제 다시는 그러질 않아. 시절이 좋지 않아 때때로 돈을 잃기도 하지. 그런데 지금 나는 다시 하느님의 자비로 상황이 개선되었고 어느 때보다도 행복을 느끼고 있어. 그리고 난 이런 생각을 했어. 이제 오빠한테 좋은 일이 생길 것이다. 한 건 올릴 거다. 그리하여 그는 불운을 만회함으로써 아직은 요한 부덴브로크 상사에서 행운이 완전히 떠난 것이 아님을 사람들에게 보여 줄 수 있다. 만약 그렇게 되면 일을 중개해 준 것을 나는 자랑스럽게 생각할 거야. 왜냐하면 오빠도 알다시피 나의 꿈과 동경은 가문의 이름을 빛내는 데 이바지하는 거잖아. 그만하겠어……. 그럼 이것으로 문제는 해결된 셈이야. 하지만 그럼에도 불구하고 마이붐이 다른 누구한테 입도 선매해야 한다는 사실을 생각하면 화가 나는 거 있지, 톰. 그가 이 도시에 와서 둘러보면 살 사람이 나서겠지. 벌써 구했을지도 몰라. 그리고 그 장본인은 교활한 헤르만 하겐슈트룀일 거야."

"아, 그래, 그라면 이런 일을 거부하지 않겠지." 시의원이 씁쓸하게 말했다. 그러자 페르마네더 부인은 세 번 연달아 같은 말을 반복했다. "그것 봐, 그것 봐, 그것 봐!"

갑자기 토마스 부덴브로크는 머리를 흔들며 화난 듯이 웃기 시작했다.

"어리석은 짓이야. 우리는 여기 앉아 뜬구름 잡는 식의 이야기를 진지하게 나누고 있구나. 적어도 네 경우에는. 내가 알기로는 난 여태껏 무엇이 도대체 문제가 되는지, 폰마이붐 씨가 무엇을 팔아야 하는지를 너한테 묻지도 않았다. 또 푀펜라드에 대해 전혀 아는 바도 없고……."

"물론 오빠는 그곳에 가 봤어야 했어!" 그녀가 열성적으로 말했다. "여기서 로스토크까지는 그리 멀지 않아. 거기서 푀펜라드까지는 엎어지면 코 닿을 거리야! 그가 팔 게 뭐냐고? 푀펜라드의 땅은 비옥해. 확언하건대 1000부대 이상의 밀이 나와. 하지만 더 정확한 것은 나도 잘 몰라. 호밀, 귀리나 보리는 어떠냐고? 각각 500부대 정도 되지 않을까? 그건 모르겠어. 내가 말할 수 있는 것은 모든 게 상당하다는 것이야. 하지만 숫자를 자세히 말해 줄 수는 없어, 톰. 난 바보야. 물론 그곳에

가 보는 게 좋을 텐데."

한참 동안 침묵이 흘렀다.

"그에 대해 이러쿵저러쿵할 가치가 없어." 시의원이 짧고 단호하게 말했다. 그는 코안경을 벗어 조끼 주머니에 집어넣고 상의 단추를 채웠다. 그는 일어서서 민첩하고 힘찬 동작으로 아무 부담 없이 방 안을 이리저리 거닐기 시작했다. 그는 그 문제에 대해 곰곰 생각하는 모습을 일부러 전혀 보이지 않았다.

그런 다음 그는 탁자 옆에 멈추어 섰다. 그는 여동생 쪽으로 몸을 약간 굽히고 집게손가락 끝을 구부려 가볍게 탁자를 두드리면서 이렇게 말했다. "언젠가 너한테 이야기해 줄게, 토니. 내가 이 일에 대해 어떻게 처신할지 말이야. 난 네가 귀족에 약하다는 것을 알고 있어. 특히 메클렌부르크 지역의 귀족한테 말이야. 그러나 이들 귀족이 호되게 당한다고 해서 괘념치 말기를 바란다. 너도 알다시피 그들 중에는 상인들을 별로 대수롭지 않게 여기는 자들이 있어. 서로가 서로를 필요로 하고 있지만 말이야. 어느 정도는 일반화된 일이지만 거래할 때 생산자들은 중간 상인들을 무시하는 경향이 있지. 요컨대 그들은 상인 대하기를 마치 행상하는 유대인 대하듯 한단 말이야. 사람들은 그런 유대인들한테 낡은 옷들을 팔면서 그들을 속여 넘겼다고 생각하지. 난 그들과 거래하면서 대체로 그 귀족들한테 도덕적으로 열등한 착취자의 인상은 심어 주지 않았다고 자부해. 나는 그들 중에서 나보다 훨씬 더 끈질긴 사람도 만난 적이 있었어. 하지만 어떤 사람의 경우에는 사교적으로 좀 가까워지려면 모종의 대담한 행동이 필요한 때도 있었지. 너도 그 이름을 들어 봤겠지만 폰그로스포펜도르프 씨가 그런 사람이야. 난 수년 전부터 슈트렐리츠 백작과 여러 번 거래를 맺어 왔어. 그는 멋지게 하고 다니는 남자인데 사각 안경을 끼고 다니지. 난 그가 왜 몸에 상처를 내고 다니는지 알지 못하겠더구나. 그는 윗부분이 젖힌 래커칠한 장화를 신고 금테 손잡이가 달린 말채찍을 들고 다니지. 그는 반쯤 입을 열고 눈은 반쯤 감은 채 아주 높은 곳에서 나를 내려다보는 듯한 습관을 갖고 있어. 그의 집을 처음 방문할 때 나는 온갖 정성을 다했어. 나는 사전에 연락을 취한 후에 그한테로 갔지. 하인의 안내를 받아 그의 서재에 들어갔어. 슈트렐리츠 백작은 책상에 앉아 있더군. 내가 허리를 굽히자 그는 안락의자에서 반쯤 일어서면서 같이 인사하더군. 그는 편지의 마지막 줄을 쓰고는 나를 훑어보더니 그걸 건네주었어. 그리고 그의 물품에 대한 협상에 들어갔지. 나는 소파에 몸을 기댄 채 팔짱을 끼고 다리를 꼬고서 편한 기분으로 있었지. 대화를 하며 오 분 정도 서 있었어. 그리고 오 분 지나서는 탁자 위에 앉아 다리를 허공에서 가볍게 건들거렸지. 우리는 계속 협상을 해 나갔어. 그리고 십오 분이 경과한 후에 그는 아주 우아하게 손을 흔들며 이렇게 말했어. '의자에 앉으시지 않겠어요?' '왜요?' 내가 말했지.

'오, 그럴 필요 없어요! 진작부터 앉아 있으니까요.'"

"그렇게 말했어? 정말 그렇게 말했어?" 완전히 넋이 나간 듯 페르마네더 부인이 소리쳤다. 그녀는 그만 이전 일은 거의 다 잊어버리고 말았다. 그리고 이 이야기에 완전히 빠져 있었다.

"진작부터 앉아 있다니! 그거 참 걸작인데!"

"그런데 그 백작의 태도가 이때부터 완전히 달라지지 않겠니. 내가 찾아가면 두 손을 내밀며 막 앉으라는 거야. 그 후부터는 그와 친구가 되어 버렸지 뭐야. 그런데 내가 뭣 때문에 이런 이야기를 하는지 아니? 그래, 너한테 물어보자. 그의 수확물을 몽땅 사고 파는 거래를 하면서 그가 나한테 의자에 앉으라고 권하는 것을 잊어버린다면 그한테 그런 식으로 가르칠 마음이나 권리 그리고 자기 확신이 있다고 할 수 있겠니?"

페르마네더 부인은 아무 말이 없었다. "좋아." 그녀가 말했다. "오빠 생각이 옳겠지. 이미 말했듯이 난 강요하는 건 아니야. 내 요점은 오빠가 해야 하는 일과 하지 말아야 하는 일이 무언지 알아야 한다는 거야. 내가 좋은 의도로 한 말이라는 것을 오빠가 이해하기만 하면 그것으로 족해! 잘 자, 톰! 아니, 잠깐 기다려. 먼저 하노한테 입맞춤을 하고 착한 이다한테 작별 인사를 해야겠어. 언젠가 다시 한번 들를게."

그리고 그녀는 방을 나섰다.

3

그녀는 발코니를 오른쪽에 두고 3층으로 통하는 계단을 올라갔다. 흰색과 금색이 섞인 난간을 따라 곁방을 통과했다. 복도 쪽으로 열려 있던 그 문으로부터 왼쪽으로 둘째 출구에 시의원이 옷을 갈아입는 방이 있었다. 여기서 그녀는 바로 맞은편에 있는 문의 손잡이를 조심스럽게 돌리고 안으로 들어갔다.

그 방은 아주 넓었고 창에는 커다란 꽃이 수놓인 주름진 커튼이 드리워 있었다. 벽은 텅 비어 있다시피 했다. 융만의 침대 위에는 검은색 액자에 든 커다란 판화가 있었는데 거기엔 자코모 마이어베어의 오페라에 나오는 인물들이 그려져 있었다. 이것 말고는 영국식 채색 인쇄물밖에 없었다. 머리가 노란색인 아이들이 붉은 아기 옷을 입고 있는 그것은 밝은 벽 융단에 핀으로 고정되어 있었다. 이다 융만은 방 한가운데 커다란 접이식 책상에 앉아 하노의 양말을 깁고 있었다. 그 충직한 프로이센 여자는 이제 사십 줄에 들어서 있었다. 그녀는 아주 일찍부터 머리가 세기 시작했지만 매끌매끌한 정수리에는 아직도 희어지지 않은 짙은 색 바탕에 희끗희끗한 머리가 드문드문 있었다. 그리고 그녀의 반듯한 몸매는 아직도 뼈대가 굵고 건장했다. 그녀의 갈색 눈은 이십 년 전과 마찬가지로 맑고 싱싱했으며 피로해 보이지 않았다.

"안녕, 이다!" 페르마네더 부인은 소리를 죽이고 즐거운 어조로 말했다. 오빠가 들려준 이야기에 그녀의 기분이 최고로 좋아졌기 때문이다. "어떻게 지내, 이 할망구야?"

"아니, 이런, 토니, 할망구라니? 이 늦은 시각에 웬일이니?"

"그래, 오빠를 만나러 왔어. 사업상 한시도 지체할 수 없는 일이 있어서……. 유감스럽게도 일이 수포로 돌아가고 말았어. 그 애는 자?" 그녀가 턱으로 왼쪽 벽면에 붙어 있는 조그만 침대를 가리키면서 물었다. 푸른 이불이 덮인 머리맡에는 높은 문이 있었는데 그것은 부덴브로크 시의원 부부의 침실로 통하는 문이었다.

"쉿." 이다가 말했다. "그래, 지금 자고 있어." 그래서 페르마네더 부인은 발끝으로 살금살금 침대로 가서 조심스럽게 커튼을 들추고는 허리를 굽혀 잠자고 있는 조카의 얼굴을 유심히 들여다보았다.

어린 요한 부덴브로크는 반듯이 누워 자고 있었다. 하지만 기다란 갈색 머리카락에 둘러싸인 그의 조그만 얼굴은 방을 향하고 있었다. 베개 속에서 쌔근거리는 숨소리가 나지막하게 들렸다. 소맷부리가 길고 넓어 손가락이 잠옷 밖으로 살짝만 내밀어져 있었다. 한쪽 손은 가슴 위에 놓여 있고 다른 쪽 손은 옆의 누빈 이불 위에 놓여 있었다. 이따금 하노의 굽은 손가락들이 움찔움찔 가볍게 움직였다. 반쯤 열린 입술은 마치 무슨 말인가 하려는 것처럼 달싹달싹 약하게 움직였다. 가끔씩 조그만 얼굴의 아래에서 위로 고통스러운 움직임이 일어났다. 턱을 덜덜 떠는 것을 시작으로 입부분으로 경련이 번지더니 연약한 콧구멍도 경련으로 가볍게 떨렸다. 그러고는 좁은 이마의 근육이 움직였다. 기다란 눈썹도 눈언저리에 드리운 푸르스름한 그림자를 은폐할 수 없었다.

"꿈을 꾸고 있구나." 페르마네더 부인이 감동한 듯 말했다. 그녀는 몸을 굽혀 아이의 따뜻한 뺨에 정성스럽게 입맞춤을 하고 꼼꼼하게 커튼을 다시 정리했다. 그리고 다시 탁자가로 갔다. 이다는 노란 불빛이 어른거리는 가운데 짜깁기용 받침공에 양말을 씌우고는 구멍난 곳이 있는지 살피고 그것을 메우기 시작했다.

"양말을 깁고 있구나, 이다. 참 이상해. 난 이다가 다른 일을 하는 모습을 상상할 수 없단 말이야!"

"그래, 그래, 토니. 그 애가 학교에 다니면서부터 양말이란 양말은 죄다 해어져 버린단 말이야!"

"하지만 그 애는 아주 조용하고 순한 애가 아닌가?"

"그래, 그래. 하지만……."

"학교 가는 건 좋아해?"

"아니, 그렇지 않아, 토니! 나한테서 배우는 걸 더 좋아하지. 그리고 나도 그랬으면 해, 토니. 나처럼 어릴 때부터 그 애를 잘 아는 선생님이 있겠니? 그분들은 그 애를 어떻게 가르쳐야 할지 모른단 말이야. 하노는 주의가 산만해. 또 금방 싫증을 느끼지."

"가련하게도! 맞은 적도 있어?"

"아니, 그런 적은 없어! 말도 안 돼. 그들은 그렇게 가혹할 수 없을 거야! 요한이 그들을 쳐다보는 모습을 보면……."

"하노가 처음 학교 가던 날 어땠어? 울었어?"

"그래, 울었어. 툭하면 울어. 크게 운 것은 아니었지만 속으로 울었어. 그러고는 제 아빠의 상의에 매달리려고 했어. 그냥 집에 있게 해 달라고 계속 떼를 쓰는 거야."

"그런데 우리 오빠가 그 애를 데리고 갔지? 그래, 참 어려운 순간이라고 생각돼, 이다. 옛날 일이 마치 어제 일처럼 눈에 선해! 나도 울고불고했지. 분명히 말하지만 난 사슬에 매인 개처럼 울부짖었지. 나로서는 정말 힘들었어. 왜냐고? 바로 하노처럼 집에 있는 것이 좋았기 때문이지. 귀한 집 아이들은 모두 울었다는 생각이 퍼뜩 드는데. 다른 아이들은 전혀 아무렇지도 않다는 듯 눈을 동그랗게 뜨고 우릴 보면서 히죽히죽 웃는 거야. 아니! 저 애가 왜 저래, 이다?"

그녀는 손을 움직이다 말고 깜짝 놀라 침대 쪽으로 몸을 돌렸다. 거기서 고함 소리가 들려 그들의 대화가 중단되었다. 그 소리는 다음 순간 더욱더 고통스럽고 자지러지는 음성으로 되풀이해서 들려왔다. 그러다가 세 번, 네 번, 다섯 번 연달아서 들려왔다. "아, 아, 아!" 그가 절망적으로 항거하며 격분해서 크게 외치는 소리였다. 필시 무슨 끔찍한 사건을 봤거나 그러한 사건이 일어났음에 틀림없었다. 다음 순간 요한 부덴브로크는 침대 위에 반듯이 섰다. 그는 알아들을 수 없는 목소리로 중얼거리면서 독특한 금갈색 눈을 둥그렇게 뜨고 초점을 잃은 채 허공을 응시했다. 그것은 마치 이 세상과는 다른 세상을 응시하는 것 같았다.

"아무것도 아니야." 이다가 말했다. "꿈을 꾼 모양이야. 아, 어떤 때는 저보다 훨씬 더 심할 때도 있어." 그녀는 아주 차분하게 일거리를 옆에 놓고 둔중한 발걸음으로 성큼성큼 하노한테 다가갔다. 그녀는 그윽한 목소리로 진정시키면서 그를 다시 눕히고 이불을 덮어 주었다.

"그래, 그저 꿈일 뿐이야." 페르마네더 부인이 같은 말을 했다. "이제 깼니?"

하노의 눈은 퀭하니 열려 있고 입술이 계속 움직이고 있었지만 결코 깬 것이 아니었다.

"뭐라고? 그래. 그래. 우리 수다는 그만 떨기로 하자. 너 뭐라고 그랬니?" 이다가 물었다. 페르마네더 부인도 하노가 입속에서 불안하게 중얼거리는 소리를 듣기 위해 옆에 바짝 다가섰다.

"난…… 내…… 정원에…… 들어……갈 테야……." 하노가 무거운 혀를 움직여 말했다. "내 양파에 물을 줄 거야."

"시를 암송하고 있는 거야." 이다 융만이 머리를 흔들면서 설명했다. "그래, 그래! 그만 자자, 하노야!"

"등이 굽은 조그만 남자가…… 저기에 서서…… 재채기를 하기 시작한다……." 하노는 이렇게 말하고 한숨을 쉬었다. 그러더니 갑자기 그의 표정이 변했다. 눈을 반쯤 감고 머리를 베개 위에서 이리저리 움직였다. 그러고는 고통스러운 목소리로 나지막하게 말을 이었다.

달빛이 비치는데,
아이가 운다.
종이 열두 시를 친다,
모든 환자를 신이 도와주라고!

그는 이런 말을 하면서 흐느껴 울기 시작했다. 속눈썹에서 눈물이 솟아올라 천천히 뺨을 타고 흘러내렸다. 그러고 나서 그는 잠이 깼다. 그는 이다를 껴안고 젖은 눈으로 사방을 둘러보더니 '토니 고모'를 보고 만족한 듯이 뭐라고 중얼거렸다. 그러고는 약간 몸을 뒤척이더니 다시 조용히 잠이 들었다.

"이상하네!" 이다가 다시 탁자에 앉자 페르마네더 부인이 말했다. "그게 무슨 노래야? 이다?"

"교과서에 나와 있는 거야." 융만이 대답했다. 「소년의 마술 피리」라는 시야. 이상한 시지. 요즈음 그걸 배우고 있는 모양이야. 그 애는 그 조그만 남자에 대해 많이 이야기했어. 넌 그 시를 아니? 아주 끔찍한 시야. 곱사등이 남자는 아무 데나 나타나서 냄비를 찌그러뜨리고 잼을 먹어 치우며 나무를 훔치지. 물레방아가 못 돌게 하고 사람들을 비웃지. 그리고 마지막에 가서는 자기를 위해 기도해 달라고 부탁하는 거야! 그래, 그것이 그 애 마음에 든 거야. 하노는 날이면 날마다 그걸 생각했어. 그 애가 뭐라고 말했는지 아니? 두세 번 이렇게 말했어. '이다, 꼽추가 나빠서 그러는 게 아니야, 나빠서! 슬퍼서 그러는 거야. 그런데 그 때문에 그는 점점 더 슬퍼지는 거야. 사람들이 그를 위해서 기도해 주면 그는 더 이상 그런 일을 할 필요가 없을 텐데.' 오늘 저녁 게르다가 음악회에 가기 전에 하노한테 잘 자라고 말하자 그 애는 꼽추를 위해서도 기도해야 되는지 엄마한테 묻더군."

"그래서 그렇게 기도했어?"

"소리 내서 하지는 않았지만 아마 마음속으로 했을 거야. 「유모의 시계」라는 다른 시에 관해서는 도무지 말하지 않고 그냥 울기만 했어. 하노는 툭하면 눈물을 흘려. 그러고는 그치지 않고 한없이 우는 거야."

"대체 무엇이 그리 슬픈 걸까?"

"난들 어떻게 알겠어. 앞부분밖에 모를 때는 자면서 훌쩍거렸어. 그리고 나중에는 세 시가 되면 간이 침대에서 일어나는 마부를 생각하면서도 울었어……."

페르마네더 부인은 그 말을 듣고 감동해서 웃고는 다시 심각한 표정을 지었다.

"하지만, 이다, 난 이다한테 말해야겠어. 좋지 않은 일이야. 매사에 그렇게 마음을 쓰는 것은 좋지 않다고 생각해. 마부는 세 시면 일어나지. 마부야 원래 그래야 하는 사람 아닌가! 내가 알기로 하노는 만사를 너무 심각한 눈으로 보고 그걸 가슴에 담아 두는 경향이 있는 것 같아. 그래서 그의 몸과 마음이 소진되는 거야. 그라보와 한번 진지하게 의논해 보는 게 좋을 것 같아. 그래 봤자 결과는 뻔하겠지." 그녀는 머리를 젖히고 팔짱을 낀 채 신경질적으로 방바닥을 발끝으로 톡톡 차면서 말했다. "그라보는 나이가 들었어. 그것은 차치하고서라도 그는 선량하고 우직한 남자로 정말 착실한 사람이야. 나는 의사라는 점에서는 그의 자질을 높게 평가하지 않아, 이다. 내가 잘못 생각한 거라면 하느님이 날 용서해 주시겠지. 그래서 예를 들자면 하노의 불안, 밤중에 화들짝 놀라는 버릇, 꿈을 꾸면서 지르는 비명……. 그라보는 그게 무슨 병인지 알고 있어. 라틴어로 말하면 파보르 녹투르누스, 즉 그건 몽유병이라는 거야. 젠장, 물론 그것은 시사하는 바가 많지. 아니야, 그는 호인으로 가족의 좋은 벗이지. 하지만 그가 빛이 되어 주지는 못해. 특출한 사람은 어릴 때부터 무언가 다른 점을 보여 주지. 그라보는 사십팔 년간을 함께 살아왔어. 그때는 젊었지. 하지만 여태껏 그가 흥분한 모습을 본 적이 있어? 자유와 정의, 특권과 전횡이 무너지는 데 대해서? 그는 학자야. 당시 대학과 언론에 대한 전례 없는 연방법이 개정되었을 때 그는 완전히 무관심한 태도를 취했으리라 확신해. 그의 행동은 언제나 조금도 틀을 벗어나거나 도를 넘는 경우가 없어. 그의 온순하고 긴 얼굴은 언제나 그대로야. 그러고는 비둘기 고기와 프랑스 빵을 처방하지. 좀 심하다 싶으면 알테아즙 한 스푼을 처방하고……. 잘 자, 이다. 아, 아니야, 난 그와 전혀 다른 의사도 있다고 생각해! 게르다를 보지 못해서 유감인데……. 그래, 고마워. 복도에 아직 불이 켜져 있구나. 잘 자."

페르마네더 부인이 거실에 들어가서 오빠한테도 잘 자라는 인사를 하려고 지나가면서 식당으로 통하는 문을 열어 보니 사방에 환하게 불이 켜져 있었다. 토마스는 뒷짐을 진 채 방 안을 이리저리 거닐고 있었다.

4

혼자 남은 시의원은 다시 탁자에 앉아 코안경을 쓰고 읽던 신문을 계속 보려고 했다. 하지만 이 분도 못 되어 신문에서 눈을 뗐다. 그는 오랫동안 자세를 바꾸지 않고 커튼 사이 정면으로 보이는 응접실의 어둠 속을 꼼짝 않고 응시하고 있었다.

혼자 있을 때의 그의 얼굴은 아까와는 전혀 딴판으로 변해 있는 것이 아닌가! 보통 때는 의지의 명령에 순종하느라 끊임없이 긴장하고 있던 입과 뺨의 근육이 아무렇게나 풀어져 있었다. 오랫동안 인위적으로 붙잡아 매 두었던 철저하고 친절한 힘찬 표정에서 가면이 벗겨진 듯 피로에 지쳐 괴로워하는 얼굴이 드러났다. 초점을 잃고 멍하니 어떤 대상을 응시하던 흐리멍덩한 눈은 붉게 충혈되어 눈물을 흘리기 시작했다. 자신을 속이려는 시도를 할 용기가 없는 그의 머리를 무겁고 혼란스럽게 가득 채우고 있는 갖가지 생각들 중에서 그는 오직 한 가지 절망적인 생각만을 단단히 붙잡을 수 있었다. 그것은 마흔둘이 된 토마스 부덴브로크가 기진맥진해 녹초가 되어 있다는 생각이었다.

그는 천천히 크게 숨을 가다듬으면서 손으로 이마와 눈을 문질렀다. 담배가 몸에 해롭다는 것을 알고 있었지만 기계적인 동작으로 다시 담배에 불을 붙였다. 그러고는 연기를 내뿜으면서 하염없이 어둠 속을 응시했다. 긴장이 풀린 그의 고통스러운 얼굴과 우아하게, 아니 거의 군인처럼 화장한 모습이 얼마나 대조적이었던가! 향수를 뿌린 길게 뻗은 콧수염, 세심하고 말끔하게 면도한 뺨과 턱의 수염, 드문드문해지기 시작한 머리카락을 되도록 은폐한 주도면밀한 조발! 연약한 관자놀이에서 기다란 머리카락이 귀 양쪽으로 굽이치며 뒤로 넘겨져 있고, 좁은 정수리와 귀 너머에는 옛날처럼 곱슬곱슬한 머리카락이 길게 뒤덮은 것이 아니라 짧게 깎여 있었다. 이 지점이 허옇게 센 것을 남이 보지 못하게 하기 위해서였다. 그 자신이 이러한 대조를 느꼈다. 그의 능동적이고 탄력적인 활동성과 피곤에 지친 창백한 얼굴 사이의 모순을 도시의 어느 누구나 감지하고 있다는 것을 그는 잘 알고 있었다.

그렇다고 해서 그가 시에서 예전보다 덜 중요하고 덜 필요한 사람이 되었다는 것은 결코 아니다. 친구들은 거듭 같은 말을 했다. 또 적들은 부덴브로크 시의원이 시장의 오른팔이라는 사실을 부인할 수 없었다. 랑할스 시장은 그의 전임자 외버디크보다도 더욱더 그 점을 강조했다. 하지만 '요한 부덴브로크' 상사가 예전만 못하다는 사실은 이제 항간에 공공연하게 나도는 진실인 것 같았다. 슈투트는 낮에 비곗국을 먹으면서 아내한테 그러한 사실을 이야기하게 되었다……. 토마스 부덴브로크는 그 사실에 대해서 괴로워했다.

그런데도 불구하고 사람들이 그렇게 수군거리게 만드는 데 가장 기여한 장본인은 바로 다름 아닌 그 자신이었다. 그는 여전히 부자였다. 1866년에 겪은 막대한 손해를 포함하여 어떠한 손해도 그의 회사의 존립에 심각한 타격을 가하지는 않았다. 하지만 그의 행복과 성공이 지나갔다는 생각은 외적인 사실 때문이라기보다도 오히려 내적인 진실에 근거하고 있었다. 그러한 생각이 그로 하여금 의기소침해하고 망설이게 만들었다. 물론 그는 예전처럼 손님을 초대하고 그들이 기대하는 일련의 음식을 대접했다. 하지만 그는 예전과는 달리 돈에 집착하기 시작했으며 사적인 생활에서는 인색하다고 할 정도로 돈을 아끼기 시작했다. 그는 많은 돈을 들여 새 집을 지은 것을 수도 없이 후회했다. 그가 느끼기로는 그 집은 그에게 오로지 불운만을 가져다주었다. 여름에 여행을 가기로 한 계획이 취소되었다. 해변이나 산으로 가는 대신에 시내의 유원지에 놀러 가기로 했다. 그의 아내나 하노와 함께 하는 식사는 조촐하게 차리라고 거듭 엄하게 분부했다. 그것은 높고 사치스러운 천장에다 참나무로 만든 화려한 가구가 비치된, 널마루가 깔린 널찍한 그의 식당과는 우스운 대조를 이루었다. 오랫동안 일요일에만 후식이 나왔다. 그의 우아한 외모는 예나 다름없었다. 하지만 그의 집에서 오랫동안 하인 생활을 한 안톤은 이젠 시의원이 겨우 이틀에 한 번 내의를 갈아입는다는 소식을 부엌에서 말할 수 있게 되었다. 빨래를 자주 하면 리넨이 상하기 때문이라는 것이다. 그는 이 밖에도 여러 가지 사항을 알고 있었다. 그는 자기가 해고될 것이라는 사실도 알고 있었다. 게르다는 그것에 반대했다. 이렇게 큰 집을 정리하는 데는 세 명의 하인도 부족할 정도라는 것이다. 그래도 아무 소용이 없었다. 토마스 부덴브로크가 시의회로 갈 때면 으레 마부석에 앉아 동행했던 안톤은 얼마간의 사례금을 받고 그 집에서 나가게 되었다.

그러한 조처들은 침체를 겪고 있는 사업의 진행 과정과 일치하는 것이었다. 젊은 토마스 부덴브로크가 한때 사업을 활성화시켰던 새롭고 싱싱한 정신은 더 이상 감지되지 않았다. 얼마 안 되는 자본금으로 사업에 함께 참여하고 있으나 어떤 일에도 별다른 영향력이 없었던 동업자, 프리드리히 빌헬름 마르쿠스에게는 천성적인 기질로 볼 때 독창성이 부족했다.

여러 해가 지나는 동안에 그의 행동은 점점 더 좀스러워졌고 그것은 유별난 괴벽으로까지 발전했다. 그는 콧수염을 쓰다듬고 헛기침을 하며 조심스럽게 곁눈으로 바라보면서 시가 끝을 잘라 돈지갑 속에 집어넣는 데 십오 분의 시간을 허비했다. 저녁이면 가스등의 불빛으로 사무실이 구석까지 환한데도 그는 늘 양초에 불을 붙여 자기 책상 위에 얹어 두었다. 그리고 삼십 분마다 자리에서 일어나 수도꼭지로 가서는 머리에 물을 끼얹었다. 어느 날 오전에 빈 곡물 부대가 그의 자리 아래에 아무렇게나 놓여 있었다. 그것을 고양이로 잘못 안 그가 고래고래 소리를 지르며 쫓아내려는 시늉을 하는 바람에 사무실에 있던 사람들이 모두 매우 재미있어했다. 그렇다, 그는 지금 지쳐 있는 그의 동업자에게 새 바람을 불어넣고 사업을 촉진할 위인이 못 되었다. 피곤한 시선으로 응접실의 어둠 속을 응시하는 지금처럼 시의원은 종종 수치감과 절망적인 초조감에 사로잡혀 상념에 빠져들곤 했다. 최근 들어 '요한 부덴브로크' 상사는 부진을 거듭하면서 보잘것없는 소규모 거래로 몇 푼 안 되는 돈벌이를 하고 있었다.

그래도 그럭저럭 좋지 않았던가? 불행도 때가 있는 법이라고 시의원은 생각했다. 우리 마음이 불행에 사로잡혀 있는 동안 흥분하지 말고 조용히 기다리며 차분히 내적인 힘을 모으는 것이 현명하지 않았던가? 무엇 때문에 지금 그에게 그런 제안을 해서 시대에 대한 그의 현명한 체념을 방해하고 그로 하여금 회의와 의심에 사로잡히게 하는가! 때가 왔는가? 이것이 무슨 신호였던가? 그가 용기를 내고 일어서서 다시 한번 해 봐야 하는가? 그는 단호하게 이러한 생각을 일축했다. 하지만 토니가 떠나간 이후로 모든 일이 정말 해결된 셈이었던가? 그런 것 같지는 않았다. 그는 여기에 앉아 골똘히 생각에 잠겼기 때문이다. "우리는 어떤 제안에 대해 마음속으로 확고하게 거부하지 않을 때에만 쉽게 흥분하게 된다……." 이 조그만 토니는 정말 지독하게도 영리한 여자가 아닌가!

그는 그녀에게 무슨 대답을 했던가? 그는 그에 대해 아주 인상 깊은 그럴싸한 말을 했음을 상기했다. "불순한 조작…… 탁한 물에서 하는 낚시질…… 잔인한 사취…… 저항 능력이 없는 사람의 뺨 갈기기…… 고리대금……." 훌륭한 말이었다! 하지만 지금이 그렇게 설전을 벌일 적절한 시점인지에 관해서는 의문의 여지가 있었다. 헤르만 하겐슈트룀 영사라면 그런 생각을 품지 않았을 것이며 그런 말을 하지도 않았을 것이다. 토마스 부덴브로크가 사업가이며 행동가였던가 아니면 소심한 몽상가였던가?

아, 그렇다, 그게 문제였다. 그가 생각하기에 그것이 오래전부터 그의 문제였던 것이다! 삶은 가혹했다. 무자비하고 무정하게 진행되는 사업 활동이란 대체로 삶의 축소판이었다. 토마스 부덴브로크는 이같이 가혹한 삶을 실제로 겪으면서 그의 조상들처럼 굳건하게 두 발로 땅을 딛고 있었던가? 그는 오래전부터 그것에 대해 의심할 만한 근거를 자주 접했다! 청년 시절부터 삶에 대한 느낌을 교정해야 하는 일이 그에게 자주 있었다. 가혹한 일을 행하고 겪으면서 그것을 가혹한 일로서가 아니라 자명한 사실로 느낀다는 것, 그러한 사실을 그는 결코 완전하게 습득하지 못할 것인가?

그는 1866년에 자신에게 일어난 재난을 상기했다. 당시에 사로잡혔던 이루 말로 표현할 수 없는 고통스러운 느낌을 그는 되살려 보았다. 그는 엄청난 액수의 돈을 잃었다. 아, 참을 수 없는 일은 그것이 아니었다! 하지만 그는 그때 일생 처음으로 사업계의 잔인성을 몸소 체험해야 했다. 거기에서 부드럽고 사랑스러운 모든 좋은 감정들은 조야하고 노골적이며 제멋대로인 자기 보존이라는 본능 앞에서 맥을 추지 못했다. 거기서는 사업하다가 불행한 일을 당하면 친구, 아무리 친한 친구라 할지라도 언제 봤더냐는 식으로 전혀 거들떠보지 않으며 '불신감', 차갑게 거부하는 불신감을 표시한다. 그가 그러한 것을 몰랐던가? 그가 그에 대해 놀란다는 것이 도대체 말이라도 되는가? 나중에 마음을 굳건히 다져 먹게 되었을 때 그는 당시 잠 못 이루며 분개하고, 구역질을 내며 회복할 수 없을 만큼 마음의 상처를 받아 추악하고 후안무치한, 가혹한 삶에 반항한 것을 얼마나 부끄러워했던가?

그것은 얼마나 어리석은 일이었던가! 그가 그러한 느낌을 가질 때마다 일어난 감정의 움직임들은 얼마나 가소로운 것이었던가! 그러한 느낌이 그의 마음속에서 일어난 것 자체가 도대체 가능한 일이었던가? 그는 또 한 번 이렇게 묻기도 했기 때문이다. 자신이 실천가였던가 아니면 민감한 몽상가였던가?

아, 그는 이러한 질문을 벌써 수도 없이 던졌다. 힘차고 전도 유망한 순간과 피곤한 순간에 나오는 대답이 서로 달랐다. 하지만 그는 너무나 총명하고 솔직한지라 급기야 자기가 두 가지 요소를 아울러 지니고 있다는 사실을 자인하지 않을 수 없었다.

평생 동안 그는 남에게 활동적인 사람이라는 인상을 주었다. 하지만 그것은 괴테의 표어를 즐겨 인용하는 그의 의식적인 행위라고 말하는 게 옳지 않겠는가? 그는 예전에 많은 성공을 거두었다. 하지만 이는 그의 성찰에 힘입은 열정과 추진력에 기인하는 것이 아니었던가? 그런데 지금은 힘을 소진한 것처럼 의기소침해 있다. 신이 비록 인간에게 힘을 준다 해도 영원히 주는 것은 아니다. 그렇기 때문에 그의 위축된 마음은 견뎌 낼 수 없는 상태의 필연적인 결과, 부자연스럽고 피곤하게 하는 그의 내부적 갈등의 필연적인 결과가 아니었던가? 그의 아버지, 할아버지, 증조할아버지라면 푀펜라드의 수확물을 입도 선매했을 것인가? 그것은 아무래도 상관없다! 그것은 아무래도 상관없다! 하지만 문제는 그들은 실천가였다는 사실이었다. 그들은 자기보다 더 완벽하고, 강건하고, 공평무사하고, 자연스러운 사람이었다!

그는 커다란 불안감에 사로잡혔다. 그에게는 몸을 움직여 공간을 확보하는 것과 불빛이 필요했다. 그는 의자를 뒤로 밀어내고 응접실로 건너갔다. 방 중앙에 자리잡은 책상 위의 샹들리에에 여러 개의 가스등을 켰다. 그는 우뚝 멈춰 서서 기다란 콧수염의 뾰족한 끝을 천천히 배배 꼬았다. 그리고 특정한 물체에 시선을 주지 않고 사치스러운 방을 이리저리 둘러보았다. 거기에는 거실과 함께 집의 모든 전면이 포함되었다. 방에는 둥근 모양으로 굽어진 밝은색 가구들이 비치되어 있었다. 커다란 그랜드 피아노와 게르다의 바이올린 케이스며, 악보집이 꽂혀 있는 책꽂이며 조각된 보면대, 문 위에 새겨진 노래하는 큐피트의 얕은 양각으로 마치 방 전체가 음악실 같았다. 활 모양으로 튀어나온 창에는 종려가 가득 차 있었다.

부덴브로크 시의원은 이삼 분 동안 꼼짝도 않고 그대로 서 있었다. 그러다가 정신을 차리고 거실을 통해 식당으로 들어가 불을 켰다. 마음을 진정시키려고 그러는지 아니면 무언가를 하려고 그러는지 그는 찬장 앞에 서서 물을 한 잔 마셨다. 그런 다음 뒷짐을 지고 황급히 집의 으슥한 곳으로 발길을 옮겼다. 어두운 색 가구가 있는 '흡연실'은 징두리 널을 댄 방이었다. 그는 무심코 시가 장롱의 문을 열었다가 즉각 다시 닫았다. 그리고 카드놀이대 옆에서 놀이 카드와 채점 카드며, 그와 유사한 물건들이 들어 있는 조그만 참나무 궤의 뚜껑을 들어올렸다. 그는 뿔로 된 산가지들을 손에 쥐고 달그락거리는 소리가 나게 굴리다가 뚜껑을 탕 닫고는 다시 발길을 돌렸다.

흡연실과 맞닿은 작은 방에는 알록달록한 색깔의 조그만 창이 있었다. 거기는 미닫이로 되어 있는 몇 개의 가벼운 '유리장' 말고는 텅 비어 있었다. 그 유리장 안에 리큐어 술병이 들어 있었다. 하지만 이 방을 지나면 아주 널따란 쪽매 널마루가 있고 주홍색 커튼과 네 개의 높다란 창이 달린 방이 나왔다. 정원이 내려다보이는 이 방은 집의 전체를 볼 수 있게 해 주었다. 낮고 묵직한 소파 두 개가 비치되어 있는 그 방에는 붉은색 커튼이 걸려 있었다. 그리고 등받이가 높은 몇 개의 의자가 벽을 따라 딱딱하게 늘어서 있었다. 격자 창살이 쳐진 벽난로에는 가짜 석탄이 놓여 있었다. 번쩍거리는 붉은 종이로 줄무늬가 쳐진 그것은 마치 불이 타오르는 것처럼 보였다. 거울 앞의 대리석판 위에는 거대한 중국제 화병이 불쑥 솟아 있었다.

마치 잔치가 끝나고 마지막 남은 손님이 막 떠난 것처럼 이제 한 개의 가스등으로 사방이 온통 환하게 밝혀졌다. 시의원은 방의 길이를 한번 재 보았다. 그러고는 방 맞은편의 창가에 서서 정원을 내다보았다.

솜털 같은 구름들 사이에 조각달이 두둥실 떠 있었다. 사위가 조용한 가운데 가지가 드리운 호두나무 아래에서 졸졸 소리를 내는 분수의 물빛이 반짝거렸다. 토마스는 시선을 온통 가로막고 있는 정자 쪽을 건너다보았다. 두 개의 방첨탑이 있는 조그만 테라스는 하얗게 반짝거리고 있었다. 또 새로 파서 뒤집은 잘 손질된 화단과 잔디밭이 있었고 질서정연하게 자갈이 깔린 길이 있었다. 하지만 대칭형으로 꾸며진 이런 아기자기하고 한가로운 풍경도 그의 마음을 진정시켜 주기는커녕 그를 상심하고 화나게 만들었다. 그는 창의 손잡이 부분을 잡고 거기에 이마를 댔다. 그의 마음은 다시 고통스러운 생각으로 가득 찼다.

그는 어디로 가려는 것일까? 그는 아까 여동생한테 한 말을 돌이켜 보았다. 그렇게 말한 직후 그는 쓸데없는 말을 했다는 생각에 자기한테 화를 냈다. 그는 시골 귀족인 슈트렐리츠 백작에 관해 말했다. 그러면서 생산자가 중간 상인보다 사회적으로 우월한 지위에 있다는 의견을 간단명료하게 지적했다. 그게 적절한 표현이었던가? 아, 젠장, 그게 적절하고 적절하지 않고는 아무 문제가 되지 않는 일이었다! 하지만 그가 그러한 생각을 표현하고 숙고하고 가질 자격이 있었던가? 그가 어떻게 이러한 생각에 골몰하다가 그걸 표현하게 되었는지를 아버지나 할아버지나 어떤 동료한테 만족할 만하게 설명할 수 있었겠는가? 확고하고 투철한 직업의식을 가진 자만이 그것을 알고 이해하고 평가할 수 있는 법이다.

갑자기 뜨거운 피가 머리로 역류하는 느낌이 들었다. 벌써 오래전에 일어났던 두 번째 일을 생각하고 그는 얼굴이 벌겋게 달아올랐다. 토마스는 동생 크리스티안과 함께 몡가의 정원을 거닐고 있었다. 그는 사뭇 흥분해서 유감스럽게도 동생과 논전을 벌였다. 크리스티안은 요령부득으로 뭇사람들 앞에서 칠칠치 못한 소리를 해서 형인 자기한테까지도 폐를 끼쳤다. 그 말을 들은 토마스는 분개하고 격분해서 그에 대해 해명할 것을 요구하며 그와 대판 싸움을 벌였다. 그런데 크리스티안은 원래 상인이란 근본적으로 죄다 사기꾼이란 말을 했다. 뭐라고? 이러한 몰취미하고 품위 없는 말투와 자신이 조금 전에 여동생한테 한 내용 사이에 근본적으로 어떤 다른 점이 있단 말인가? 그는 당시에 그 말을 듣고 분격해서 격렬하게 그것에 항의했다. 하지만 이 교활한 조그만 토니가 뭐라고 말했던가? "흥분하는 사람은……."

"아니야!" 시의원이 갑자기 큰 소리로 말하며 고개를 홱 쳐들었다. 창문의 손잡이를 놓고 몸을 뒤로 빼면서 다시 큰 소리로 말했다. "결정했어!" 그러고는 혼잣말을 함으로써 생긴 불쾌한 기분을 떨치려고 헛기침을 했다. 그는 몸을 돌려 뒷짐을 지고 고개를 숙인 채 총총걸음으로 방들을 이리저리 돌아다니기 시작했다.

"결정했어!" 그가 같은 말을 되풀이했다. "결말을 지어야겠어! 난 시간을 허비하면서 멸망의 구렁텅이에 빠지고 있어. 크리스티안보다 더 나빠지겠다!" 오, 자신이 어떤 처지에 있는지 알고 있다는 것은 참으로 다행한 일이었다! 그러므로 이제 상황을 개선시키는 일만 남았다! 억지로라도 말이다! 보자꾸나…… 보자꾸나……. 그에게 어떤 제안이 들어왔더라? 수확물…… 싹도 나지 않은 푀펜라드의 수확물? "그 일을 하련다!" 그의 속삭이는 소리에 열정이 깃들어 있었다. 심지어 집게손가락을 뻗고 손을 흔들기까지 했다. "그 일을 하련다!"

그 일이야말로 흔히 사람들이 말하는 '타격'이 아니었던가? 그것은 다소 과장해서 표현하자면 4만 마르크의 자본을 배가할 수 있는 기회가 아닌가? 그렇다, 그것은 다시 일어나라는 신호이자 눈짓이었던 것이다! 그것은 시작이자 첫걸음인 셈이었다. 그것과 관련된 위험한 요소란 그의 모든 도덕적 회의를 뭉개 버리는 종류의 것이었다. 그 일이 성공한다면 그는 재기해서 다시 모험을 감행할 것이다. 그러면 성공과 영향력을 수중에 꽉 잡아 두는 법을 알게 될 것이다.

아니다, '슈트룽크 하겐슈트룀'은 불행하게도 이러한 기회를 이용해서 이익을 올리지 못할 것이다! 이런 경우에 개인적인 친분으로 우선권을 획득한 회사가 이곳에 있었다! 사실 이런 일에는 개인적인 친분이 결정적이었다. 그것은 관습에 따라 냉담하게 처리하는 일상적인 거래가 아니었다. 토니의 주선으로 발판이 마련되었듯이 그것은 오히려 신중하고 요령껏 처리해야 하는 다소 개인적인 용무의 성격을 띠고 있었다. 아, 아니다, 헤르만 하겐슈트룀은 아마 그 일을 할 적임자가 아니었을지도 모른다! 토마스는 상인으로서 시세를 이용했다. 나중에 되팔 때에도 그는 분명 시세를 이용할 줄 알 것이다! 다른 한편으로 그는 궁지에 몰린 지주한테 호의를 베풀어 주었다. 토니와 폰마이붐 부인이 친구 사이이므로 토마스만이 그런 자격이 있었던 것이다. 그럼 편지를 쓰자……. 오늘 저녁 중으로. 회사 이름이 찍힌 업무용 서류가 아니라 '부덴브로크 시의원'이라고만 찍힌 개인용 편지지로 말이다. 아주 정중한 내용으로 편지를 쓰고 추후에 한번 들러도 좋은지 물어보자. 그렇지만 이 일은 미묘한 문제였다. 땅과 바닥이 다소 미끌미끌해서 조심스럽게 행동할 필요가 있었다. 그로서는 조심하면 할수록 더 좋은 것이다!

그의 발걸음은 훨씬 더 빨라졌고 그의 호흡은 더욱더 깊어졌다. 그는 잠깐 앉았다가 벌떡 일어나서는 다시 온 방을 어슬렁거리기 시작했다. 그는 모든 일을 또 한 번 곰곰이 생각해 보았다. 마르쿠스, 헤르만 하겐슈트룀, 크리스티안과 토니를 생각해 보았으며 누렇게 익은 푀펜라드의 곡식이 바람에 나부끼는 모습을 상상해 보았다. 이러한 '타격'을 가함으로써 회사가 번창하는 모습을 그려 보았다. 그는 우려하는 마음을 죄다 떨쳐버리고 손을 흔들면서 말했다. "그 일을 해야지!"

페르마네더 부인이 식당 문을 열고 외쳤다. "잘 자!" 그는 무심코 대답했다. 게르다가 대문에서 크리스티안을 배웅하고 들어왔다. 가까이 붙은 그녀의 이상한 갈색 눈에 신비한 빛이 감돌았다. 연주를 할 때면 으레 그런 모습이 되곤 했다. 시의원은 그녀 앞에 서서 무심히 스페인의 거장과 그의 연주회에 대해 물어보았다. 그러고는 즉시 잠자리에 들겠다는 말을 했다.

하지만 그는 잠자리에 들지 않고 다시 방 안을 어슬렁거리기 시작했다. 그는 창고들인 '사자', '고래', '참나무', '보리수'를 가득 채우게 될 밀, 호밀, 귀리 및 보리가 든 부대를 생각하고 자기가 물어볼 가격을 생각해 보았다. 물론 그것은 지나친 가격이어서는 안 된다. 그는 자정에 조용히 사무실에 내려갔다. 마르쿠스의 초로 불을 밝히고 단숨에 폰마이붐한테 보내는 편지를 썼다. 열에 들뜬 묵직한 머리로 다시 읽어 보니 그가 지금까지 쓴 편지 중에서 가장 훌륭하고 재치 있는 편지로 여겨졌다.

오월 이십칠 일 전날 밤의 일이었다. 다음 날 그는 여동생한테 가볍고 익살스럽게 자신의 마음을 털어놓았다. 자기가 다방면으로 생각해 보았는데 폰마이붐 씨의 청을 거절할 수 없으며 이웃의 사기꾼한테 그 일을 넘길 수 없다는 것이었다. 같은 달 삼십 일에 그는 로스토크까지 간 다음 거기서 전세 마차를 타고 그곳으로 갔다.

다음 며칠 동안 그의 기분은 더없이 좋았다. 그의 발걸음은 경쾌하고 홀가분했으며 그의 표정은 밝고 부드러웠다. 그는 클로틸데를 보고 놀렸으며 크리스티안의 행동에 진심으로 웃었다. 토니와 농담을 주고받았으며 일요일에는 한 시간 동안이나 3층의 발코니에서 하노와 같이 놀았다. 그는 아들을 도와 붉은 벽돌로 만든 조그만 창고에 아주 작은 부대를 쌓아 올렸다. 그러면서 일꾼들처럼 분명치 않은 소리로 말을 길게 빼면서 소리쳤다. 그리고 유월 삼 일에 열린 시의회에서 세상에서 가장 지루한 사안인 세금 문제에 대해 탁월하고 재치 있는 연설을 했다. 그는 좌중의 공감을 얻었다. 그래서 하겐슈트룀 영사가 혼자 이의를 제기했다가 모두의 웃음거리가 되고 말았다.

5

부주의해서인지 아니면 고의로 그러는지는 몰라도 하마터면 시의원은 다음 사실을 간과해 버렸을지도 모른다. 가족 기록에 가장 성실하고도 헌신적으로 몰두하는 페르마네더 부인이 온 세상에 이 사실을 알리지 않았더라면 말이다. 그 기록물에 의하면 1768년 칠월 칠 일이 회사 창립일이라는 사실이 밝혀졌다. 따라서 창사 백 주년이 눈앞에 다가오게 된 것이다.

토니가 감격한 목소리로 그 사실에 대해 주의를 환기시키자 토마스는 언짢아하는 듯이 보였다. 그의 좋은 기분은 오래 지속되지 않았다. 그는 곧장 다시 침묵 속으로 빠져들었다. 이전보다 더 말이 없어졌다. 일을 하는 도중에 그는 사무실을 나와 불안한 기분으로 혼자 정원을 이리저리 거닐곤 했다. 이따금 길이 막힌 듯 우뚝 서서 손으로 눈을 가리기도 했다. 그는 아무 말도 하지 않았다. 아무런 의견도 피력하지 않았다. 대체 누구한테 말해야 하나? 토마스가 동업자인 마르쿠스한테 쾨펜라드의 거래 건을 말하자 놀랍게도 그는 일생 처음으로 화를 냈다. 그는 그 일에 참가해서 책임지기를 거절했다. 토마스는 목요일 밤에 거리에서 여동생인 토니와 헤어지며 그녀한테 자기의 심정을 털어놓았다. 그녀는 푀펜라드의 수확물에 대해 넌지시 말을 꺼냈다. 그는 손을 딱 한 번 잡았다가 급히 놓으며 나지막한 소리로 서둘러 이런 말을 덧붙였다. "아, 토니, 도로 팔아 버리고 싶은 심정이야!" 그러고는 몸을 홱 돌려 발걸음을 옮겼다. 그러자 페르마네더 부인은 아연실색해서 멍하니 서 있었다. 갑자기 손을 움켜잡는 동작은 절망감의 표현이었으며 나지막이 속삭이는 말은 오랫동안 참아 온 불안감의 표출이었다. 하지만 토니가 다음에 기회를 엿보아서 그 사안에 대해 다시 이야기하려고 하자 토마스는 더욱더 침묵으로 자신을 감쌌다. 그는 자기가 잠시 드러내 보인 나약함에 대해 치욕을 느꼈으며 이런 일을 혼자 감당할 능력이 없는 데 대해 화를 냈다.

이제 그는 성가신 듯이 힘들여 말했다. "아, 토니, 우리가 그 일을 그냥 무시해 버릴 수 있으면 좋겠는데!"

"무시한다고, 톰? 안 돼! 생각할 수 없는 일이야! 그 일을 비밀에 부칠 수 있다고 생각해? 온 도시가 이날의 의미를 망각할 수 있다고 생각해?"

"난 그것이 가능하다고는 생각지 않아. 그날의 일을 감쪽같이 숨길 수 있다면 오히려 더 좋겠다는 말이야. 현재와 미래에 만족한다면 과거를 찬양한다는 것은 즐거운 일이야. 조상과 생각이 일치하고 항상 그들의 의도대로 행동했다고 자부한다면 조상을 회상하는 일이 유쾌한 법이야. 형편이 더 좋을 때 기념일이 온다면……. 요컨대 나로서는 그것을 축하할 기분이 별로 나지 않아."

"그렇게 말해서는 안 돼, 톰. 오빠도 그렇게 생각지는 않을 거야. '요한 부덴브로크' 회사 창립 백 주년을 몰래 넘기는 일이 치욕이요, 수치라는 것을 잘 알고 있겠지! 오빠는 지금 신경이 약간 날카로워져 있을 뿐이야. 나도 그 이유를 알고 있어. 그 원인은 정말 존재하지 않지만 말이야. 하지만 그때가 되면 우리 모두처럼 즐거운 마음으로 감격할 거야."

그녀의 말이 옳았다. 그날은 몰래 넘어가지 않았다. 얼마 지나지 않아 여러 신문에 오랫동안 명성이 자자한 회사의 역사를 상세하게 요약한 기사가 창립 기념일을 고지하면서 실렸다. 하지만 이러한 기사가 없더라도 부덴브로크 가문이 사회의 주목을 받는 데는 하등 지장이 없었다. 가족 중에는 목요일 오후에 유스투스 크뢰거가 처음으로 그날이 얼마 남지 않았다는 말을 꺼냈다. 그리고 페르마네더 부인은 후식이 치워진 후 가문 일지가 든 귀중한 가죽 가방을 엄숙하게 펼쳐 들었다. 전야제로 회사의 창립자이자 하노의 증조할아버지인 고(故) 요한 부덴브로크의 생애에서 알려진 날짜와 사건들을 함께 되돌아보았다. 그가 언제 가성 천연두를 앓았고 언제 진성 천연두를 앓았으며 언제 3층에서 건조장 바닥으로 떨어졌는지 또 언제 열병으로 헛소리를 하게 되었는지에 관해 토니는 엄숙하고도 진지하게 낭독했다. 그러고도 성이 차지 않았던지 그녀는 기록상으로 부덴브로크가에서 가장 오래된 조상이 살았던 16세기까지 거슬러 올라갔다. 그는 그라바우의 시의회 의원이었다. 또 '아주 유복하게' 살았던 로스토크의 재단사는 아주 많은 자식을 낳았는데 그중에 죽은 아이들도 많았다.

"얼마나 훌륭한 분인가!" 그녀가 소리쳤다. 그러고는 오래되어 누렇게 변색되고 너덜너덜해진 편지와 축시 들을 낭독하기 시작했다.

　칠월 칠 일 아침에 축하객으로 제일 먼저 온 사람은 당연히 벤첼이었다.

　"시의원님, 백 주년이라지요!" 그가 말했다. 그런 뒤 붉은 손으로 칼과 혁지(革砥)를 부지런히 놀렸다. "그런데 유명한 가문 중 거의 절반은 내가 면도해 준다고 말할 수 있지요. 그 집 주인과 항상 제일 먼저 대화를 나누다 보면 많은 것을 알게 되지요. 돌아가신 영사님은 아침에 가장 말씀이 많은 분이기도 했지요. 그분은 저한테 이렇게 물었지요. '벤첼, 호밀에 대해 어떻게 생각하는가? 팔아야 할까, 아니면 더 오를 것 같은가?' 등등."

　"그래요, 벤첼. 당신이 없었더라면 어떻게 했을지 막막하오. 이미 여러 번 말했지만 당신 직업은 정말 너무나 매력적인 것이오. 아침에 한 바퀴 돌고 나면 당신은 누구보다도 더 아는 것이 많아지고요. 당신은 대가문의 주인 거의 대부분을 손아귀에 쥐고 있기 때문이지요. 그리고 개개인의 기분을 알고 있습니다. 그 때문에 누구나 다 당신을 부러워하게 됩니다. 그것이 매우 흥미 있는 일이기 때문이지요."

　"그것은 정말입니다, 시의원님. 하지만 시의원님 자신의 기분에 관해 말씀드리자면…… 시의원님은 오늘 아침 약간 창백해 보이는데요?"

"그래요? 맞습니다. 두통이 있어요. 내 생각으로는 그게 금방 사라질 것 같지 않군요. 오늘 또 여러 가지로 시달릴 테니까요."

"제 생각에도 그렇습니다, 시의원님. 관심이 대단합니다. 정말 대단하지요. 일이 끝나면 창밖을 한번 내다보세요. 사방에 깃발이 나부끼고 있습니다! 그리고 저 아래 어부 골목 앞에는 '불렌베버'와 '프리데리케 외버디크'가 삼각기를 달아 놓았어요."

"자, 빨리해 주구려, 벤첼. 지체할 시간이 없어서."

시의원은 여느 때와는 달리 오늘은 사무복을 입지 않고 밝은 바지에다 단추를 채우지 않은 검은 상의를 입었다. 상의 안쪽에는 피케 조끼가 드러나 보였다. 오전에는 확실히 방문객이 있을 것이다. 그는 마지막으로 거울을 흘끗 들여다보면서 기다란 콧수염의 끝을 다시 한번 인두로 매끄럽게 지졌다. 그런 뒤 짧은 한숨을 토하면서 몸을 돌리고 발걸음을 옮겼다. 춤이 시작되었다……. 이날이 빨리 지나갔으면! 혼자 남아 잠시라도 얼굴 근육을 풀 수 있다면! 종일 수많은 손님들을 접대하면서 품위 있고 예의 바르게 처신해야 한다. 모든 사람들한테 적절한 말과 적절한 어조로 말해야 한다. 정중하고, 진지하고, 친절하고, 반어적이고, 해학적이고, 관대한 말투로 진심으로……. 그리고 오후부터 밤까지 시의회 지하실에서 연회가 열렸다.

그의 머리가 아팠다는 것은 사실이 아니었다. 그는 다만 피곤했을 뿐이다. 잠에서 깨어난 직후 신경의 평화가 깨뜨려지자마자 이러한 까닭 모를 분노가 자신을 짓누르는 것을 다시 느꼈던 것이다. 무엇 때문에 거짓말을 했던가? 자신의 기분이 나쁜 데 대해 늘 양심의 가책을 느끼기라도 한 것이 아니었던 가? 무엇 때문에? 무엇 때문에? 하지만 지금은 그에 대해 생각할 시간이 없었다.

그가 식당에 들어가자 게르다가 활기찬 얼굴로 맞아 주었다. 그녀도 이미 손님들을 맞을 준비를 갖추고 있었다. 그녀는 스코틀랜드제 옷감으로 만든 매끄러운 치마에다 흰 블라우스를 입고 그 위에 얇은 아라비아식 실크 재킷을 걸치고 있었다. 그 진홍색은 숱이 많은 머리와 잘 어울렸다. 미소 지을 때 드러나는 그녀의 치아는 넓고 가지런했다. 그것은 아름다운 얼굴보다도 더 희었다. 푸르스름한 그림자가 드리운, 가깝게 붙은 신비스러운 그녀의 갈색 눈도 오늘은 미소 짓고 있었다.

"오늘 도대체 몇 시간 동안이나 서 있는지 모르겠어요. 그것만으로도 내가 축하하는 마음이 얼마나 큰지 알 수 있을 거예요."

"그것 봐요! 백 주년 기념일이 당신한테도 감명을 준 모양이구려!"

"얼마나 감명을 받았는지 모르겠어요! 하지만 아마 그것은 연회 때문에 흥분한 탓일 거예요. 얼마나 기쁜 날이에요? 저것 보세요, 이를테면." 그러면서 그녀는 정원에서 꺾어 온 꽃들로 화환처럼 엮은 식탁을 가리켰다. "이다 융만의 작품이에요. 그런데 지금 차를 마실 수 있다고 생각한다면 착각한 거예요. 응접실에서는 이미 가장 중요한 가족 구성원들이 당신을 기다리고 있어요. 그것도 축하 선물을 가지고요. 물론 나도 거기에 한몫했다고 할 수 있어요. 좀 들어 봐요, 토마스, 물론 손님들이 어울려 윤무를 추기 시작하는 것일 뿐이에요. 난 처음에는 참고 견디다가 정오쯤 돼서 물러갈 작정이에요. 청우계가 약간 떨어졌지만 아직은 하늘이 파란 게 아주 좋아 보이는군요. 문제는 깃발 때문인데…… 온 시내에 깃발이 나부끼고 있거든요. 하지만 날이 무척 더울 거예요. 이제 저리 가세요. 음식이 식겠어요. 당신이 좀 더 일찍 일어났으면 좋았을 텐데. 이제 처음으로 빈속에 신선한 자극을 주셔야겠어요.”

영사 부인, 크리스티안, 클로틸데, 이다 융만, 페르마네더 부인과 하노는 응접실에 모여 있었다. 그리고 페르마네더 부인과 하노는 가족의 축하 선물인 커다란 기념패를 힘들여 반듯이 들고 있었다. 영사 부인은 마음 깊이 감동해서 아들을 끌어안았다.

“애야, 기쁜 날이구나. 기쁜 날이야.” 그녀가 같은 말을 되풀이했다. “우린 늘 진심으로 하느님께 감사해야 한다. 주님의 은총에 대해…… 은총에 대해…….” 그녀는 울었다.

시의원은 어머니의 포옹을 받고 마음이 약해졌다. 마음속의 무엇이 그에게서 풀려나가 그를 떠나는 것 같은 기분이 들었다. 그의 두 입술이 떨렸다. 어머니의 팔에 안겨 가슴에 머리를 파묻은 그는 쓰러질 것 같은 충동에 사로잡혔다. 어머니의 보드라운 실크 옷에서 부드러운 향수 냄새가 풍겼다. 두 눈을 감고 그렇게 서서 아무것도 보지 않고 아무 말도 하고 싶지 않았다. 그는 어머니한테 입맞춤을 하고 몸을 일으키고는 동생한테 손을 내밀었다. 동생은 멍하니 얼빠진 표정으로 그와 악수했다. 동생은 연회에서 으레 그런 표정을 짓곤 했다. 클로틸데는 말을 길게 빼면서 친절하게 말했다. 융만은 납작한 가슴에 달려 있는 은제 시곗줄을 만지작거리면서 그냥 허리만 잔뜩 숙였다.

"이리 와, 톰." 페르마네더 부인이 불확실한 목소리로 말했다. "하노와 난 이제 더 이상 견딜 수 없어." 하노의 팔은 힘이 별로 없어서 기념패를 그녀 혼자 들고 있다시피 했다. 감격한 얼굴로 안간힘을 쓰고 있는 그녀의 모습은 마치 황홀한 상태에 빠진 순교자 같았다. 그녀의 눈은 젖어 있고 뺨은 몹시 발그레해져 있었다. 그리고 그녀의 혀끝은 반쯤은 절망한 듯, 반쯤은 악동 같은 모습으로 윗입술에서 바쁘게 움직였다.

"그래, 알았어!" 시의원이 말했다. "이게 대체 뭐야? 이리 와서 내려놓으렴. 그걸 벽에다 기대 놓자." 그는 기념패를 그랜드 피아노 옆의 벽에다 반듯이 세워 놓고는 가족들에 둘러싸여 그 앞에 우뚝 섰다.

조각한 검은색 호두나무 액자에는 유리 밑에 '요한 부덴브로크' 회사의 역대 대표 네 사람의 초상화가 들어 있었다. 각자의 초상화 밑에는 금박 글씨로 이름과 연도가 적혀 있었다. 창립자 요한 부덴브로크의 오래된 초상화가 유화로 그려져 있었다. 키가 큰 진지한 표정의 그 노인은 입술을 꽉 다문 근엄하고 단호한 표정으로 가슴 부분의 주름 장식을 내려다보고 있었다. 거기에는 장 자크 호프스테드의 친구인 요한 부덴브로크의 넓고 명랑한 얼굴도 있었다. 턱을 칼라 속으로 쑥

집어넣은 요한 부덴브로크 영사는 넓고 주름진 입과 심하게 굽은 커다란 코를 갖고 있었다. 종교적인 열정이 가득 담긴 밝고 활기찬 눈으로 그는 구경꾼을 바라보고 있었다. 그리고 마지막으로 토마스 부덴브로크 자신의 그림이 있었다. 다소 젊은 날의 모습이었다. 양식화된 금박 밀 이삭이 네 개의 초상화들을 나누고 있었다. 그 밑에는 역시 휘황찬란한 금박 글씨로 1768과 1868이라는 의미심장한 숫자가 나란히 적혀 있었다. 맨 위에는 후손들한테 전해져 내려온 격언이 고딕체로 적혀 있었다. "내 아들아, 낮에는 즐거운 마음으로 사업에 임해라. 하지만 밤에 편히 쉴 수 있는 사업만 해라!"

시의원은 뒷짐을 진 채 오랫동안 기념패를 들여다보았다.

"그래, 그래." 그가 갑자기 다소 조롱 띤 어조로 말했다. "아무 걱정 없이 잠을 잔다는 것은 좋은 일이지……." 그런 다음 그는 참석한 모든 가족한테 몸을 돌리고 다소 성의가 없어 보이기는 했지만 진지하게 말했다. "여러분에게 진심으로 감사드립니다! 아주 멋지고 뜻있는 선물입니다! 어디다 걸어 두는 게 좋을 것 같습니까? 사무실에 걸어 두는 게 어떻겠어요?"

"그래, 톰, 사무실 책상 위에 걸어 두는 게 좋겠어!" 페르마네더 부인이 그렇게 말하고 오빠를 끌어안았다. 그런 다음 오빠를 창으로 데리고 가서 바깥을 가리켰다.

구름 한 점 없이 푸른 여름 하늘에 두 가지 색깔의 깃발들이 집들 위에서 나부꼈다. 어부 골목은 물론이고 넓은 거리에서 항구에 이르기까지 깃발의 물결이 일렁거렸다. 항구에는 '불렌베버'와 '프리데리케 외버디크'가 자기네의 선주를 축하하는 의미로 삼각기를 잔뜩 내걸어 두었다.

"온 시내가 이래!" 페르마네더 부인이 말했다. 그녀의 목소리는 떨리고 있었다. "난 벌써 산책도 다녀왔어, 톰. 하겐슈트룀가도 깃발을 내걸었어! 쳇, 그들도 별수 없었던 모양이지. 그들의 창문을 박살 내 주고 싶어."

그는 빙그레 미소 지었다. 그녀는 오빠를 방의 탁자로 도로 데리고 갔다.

"그런데 여기 전보들이 왔어, 톰. 물론 그것들은 외지에 사는 친척들이 직접 보낸 것이야. 거래선이 보낸 것은 사무실로 왔어."

그들은 몇몇 개의 전보를 개봉했다. 함부르크에서, 프랑크푸르트에서, 아놀트선 씨와 암스테르담에 있는 그의 식솔들한테서, 비스마르에 있는 위르겐 크뢰거한테서…… 갑자기 페르마네더 부인의 얼굴이 빨갛게 달아올랐다.

"그는 나름대로 좋은 사람이야." 그녀는 이렇게 말하며 그들이 개봉한 전보 한 통을 오빠한테 내밀었다. 거기에는 '페르마네더'라고 적혀 있었다.

"하지만 시간이 없어." 시의원이 이렇게 말하며 회중시계의 뚜껑을 들어 보았다. "차를 마시고 싶은데. 같이 마시지 않을래? 나중에는 집이 시장 바닥 같을 텐데."

이다 융만한테 눈짓으로 신호를 받은 그의 아내가 그를 만류했다.

"잠깐, 토마스. 하노는 곧 개인 레슨을 받아야 하잖아요. 그애가 당신한테 시를 암송해 주려고 해요. 하노야, 이리 오너라.

여기에 아무도 없다고 생각하고, 긴장하지 말고 해 봐라!"

어린 요한은 방학 중에도 수학 과외를 받아 동급생들과 보조를 맞추어야 했다. 칠월은 여름 방학 기간이었다. 장크트게르트루트 교외 어딘가의 퀴퀴한 냄새가 나는 무더운 방에 기거하는, 붉은 수염을 기른 손톱도 깎지 않은 남자가 그를 기다리고 있었다. 하노가 도저히 외우지 못하는 구구단을 같이 연습하기 위해서였다. 하지만 하노는 그 전에 먼저 아빠한테 시를 암송해 주어야 했다. 그는 이다와 함께 그 시를 3층 발코니에서 열심히 외웠다.

하노는 브이넥의 희고 넓은 리넨 칼라에다 그 밑에 툭 튀어나오게 두꺼운 넥타이를 맨 코펜하겐식 선원 복장으로 그랜드 피아노 옆에 몸을 기대고 있었다. 가느다란 다리를 교차시키고 상체와 머리를 약간 비스듬히 기울인 채 잔뜩 겁을 먹은 그의 모습은 은연중에 우아한 면모를 풍기고 있었다. 이삼 주 전에 그의 긴 머리카락이 잘렸다. 학교의 동급생들뿐만 아니라 선생님들도 그에 대해 탐탁지 않게 여겼기 때문이다. 하지만 머리는 여전히 무성하고 부드러운 곱슬머리로 덮여 있어 관자놀이와 부드러운 이마까지 머리카락이 내려와 있었다. 그는 눈꺼풀을 아래로 내리고 있어서 긴 갈색 속눈썹 때문에 눈가의 푸르스름한 그림자가 더욱 두드러져 보였다. 그리고 꽉 다문 그의 두 입술은 약간 일그러져 있었다.

그는 무슨 일이 일어날지 잘 알고 있었다. 그는 울고 말 것이다. 그래서 시를 끝까지 암송하지 못할 것이다. 일요일에 마리아 교회에서 오르가니스트인 퓔 씨가 무언가 아주 장엄하게 오르간을 연주할 때처럼 그의 마음은 잔뜩 오그라들 것이다. 무언가를 해 보라는 요청을 받으면 그는 으레 울곤 했다. 아빠는 그의 실력과 침착한 마음가짐을 즐겨 시험해 보았다. 엄마가 긴장하지 말라는 말을 하지 않았더라면! 그것은 격려의 말이었다. 하지만 그는 그게 부적절한 말이라고 느꼈다. 그들은 서서 그를 지켜보았다. 그들은 그가 울지 않을까 하고 생각했다. 대체 그가 울지 않을 수 있었겠는가? 그는 속눈썹을 치켜올리고 시곗줄을 만지작거리는 이다의 눈을 찾았다. 그녀는 까탈스럽고 우직한 표정으로 그에게 고개를 끄덕였다. 그는 그녀한테 달려들어 둘이 함께 달아나고 싶은 심정에 사로잡혔다. 그에게는 그의 마음을 진정시키는 그녀의 나지막한 소리밖에 들리지 않는 것 같았다. "침착해라, 얘야, 암송할 필요 없어."

"자, 얘야, 한번 암송해 봐라." 시의원이 퉁명스럽게 말했다. 그는 탁자 옆의 안락의자에 앉아 기다렸다. 그는 전혀 미소를 보이지 않았다. 그는 이와 유사한 경우에 결코 미소 짓는 법이 없었다. 그는 심각하게 양미간을 찌푸리고 어린 하노의 얼굴을 찬찬히, 심지어 차가운 눈초리로 들여다보았다.

하노는 똑바로 일어섰다. 그는 그랜드 피아노의 매끄러운 표면을 손으로 문지르며 겁에 질려 주위 사람들을 흘끗 둘러보았다. 할머니와 토니 고모가 부드러운 눈길을 보내도 용기가 솟지 않는지 작은 목소리로 다소 딱딱하게 말했다. "「목동의 주일 노래」…… 울란트 작."

"그래, 얘야, 아무것도 아니잖니!" 시의원이 소리쳤다. "거기

피아노 곁에 서 있지 말고 두 손을 포개서 배 위에다 갖다 대라. 똑바로 일어서! 말을 해! 그것이 첫째 시다. 여기 커튼 옆에 서라! 그리고 이제 머리를 들고, 팔을 가지런히 내리고……."

하노는 거실의 문지방에 서서 팔을 아래로 내렸다. 아버지의 말을 따라 머리를 들었다. 하지만 속눈썹을 너무 밑으로 내리까는 바람에 아무것도 보이지 않을 지경이었다. 필시 눈에는 눈물이 잔뜩 고여 있는 것 같았다.

"오늘은 주일입니다." 그는 모기 같은 소리로 말했다. 그럴수록 아버지는 더욱 큰 소리로 아들의 말을 중단시켰다. "낭송을 할 때는 몸을 숙여 인사를 하는 법이야, 애야! 그리고 훨씬 더 큰 소리로. 다시 한번 해 봐라! 「목동의 주일 노래」……."

끔찍한 순간이었다. 시의원은 이렇게 해서 자기가 아이에게 남은 마지막 자제력을 앗아 가 버린다는 것을 잘 알고 있었다. 하지만 아이는 자제력을 잃어서는 안 되었다! 그는 현혹되어서는 안 되었다! 이럴 때는 남자답고 의젓하게 처신해야 했다. "「목동의 주일 노래」!……." 하노는 용기를 내어 냉혹하게 되풀이했다.

하지만 그게 전부였다. 그는 머리를 가슴 깊이 숙였다. 닻이 수놓인 짙은 남색 선원복의 좁은 소매 바깥으로 푸르스름한 혈관과 함께 창백하게 드러난 그의 작은 오른손은 수놓은 비단 커튼을 바르르 잡아당기고 있었다. "나는 홀로 넓은 들에 나와." 그는 이렇게 말하고는 더 이상 계속하지 못했다. 그는 시의 분위기에 사로잡혔다. 자기 연민에 압도당해 전혀 목소리가 나오지 않았던 것이다. 그리고 눈꺼풀에서 눈물이 솟아 나왔다. 어느 날 밤에 있었던 일에 대한 그리움이 왈칵 솟아올랐다. 언젠가 그는 목이 약간 아프고 미열이 있어서 침대에 누워 있었다. 이다가 그한테 와서 마실 것을 주며 애정 어린 눈길로 냉습포를 그의 이마에 대 주었다. 그는 몸을 옆으로 기울이고는 커튼에 대고 있던 손을 머리에 얹었다. 그리고 훌쩍거렸다.

"그게 무슨 꼴이야!" 시의원은 흥분해서 거친 말을 하며 일어섰다. "뭣 때문에 우는 거냐? 오늘같이 기쁜 날 나를 즐겁게 해 주려다 제대로 용기를 내지 못한 것은 눈물을 흘릴 만한 일이다만. 대체 사내가 그게 뭐니? 그래 가지고 앞으로 뭐가 되겠니? 나중에 네가 사람들한테 말을 해야 할 때마다 그렇게 눈물을 쏟을 작정이니?"

하노는 사람들한테 결코 말을 하지 않으리라고 절망적으로 다짐했다.

"오늘 오후까지 이 일을 잘 생각해 봐라." 시의원은 이렇게 말을 맺었다. 이다 융만은 그녀의 피보호자 옆에 무릎을 꿇고 앉아 눈물을 닦아 주었다. 그녀가 반은 비난 투로 반은 상냥하게 그에게 위로의 말을 해 주는 동안 시의원은 식당으로 건너갔다.

그가 급히 아침 식사를 하는 동안 영사 부인, 토니, 클로틸데와 크리스티안이 그에게서 떠나갔다. 그들은 오늘 크뢰거 가족, 바인센크 가족 및 부덴브로크의 여인들과 여기 게르다네 집에서 같이 점심을 먹기로 했다. 반면에 시의원은 싫든 좋든 시의회 지하실에서 열리는 연회에 참석해야 했다. 하지만 거기에 별로 오래 있지 않고 밤까지 자기 집에 있을 가족들을 만나 볼 생각이었다.

그는 꽃으로 장식된 식탁에 앉아 받침 접시를 받치고 뜨거운 차를 마셨다. 그리고 달걀을 급히 먹어 치우고 계단에서 담배를 몇 모금 빨았다. 이 한여름에도 털목도리를 두른 그롭레벤이 오른손엔 구둣솔을 들고 왼쪽 팔뚝엔 장화를 낀 채 콧물을 훌쩍이며 정원에서 현관으로 들어오다가 계단 발치에서 주인과 맞닥뜨렸다. 거기에는 지금 갈색 곰이 반듯이 서서 명함통을 들고 있었다.

"저, 시의원님, 백 주년이라지요. 그런데 어떤 사람은 가난하고 어떤 사람은 부자군요."

"그래, 그래, 그롭레벤, 자네 말이 옳아!" 그리고 시의원은 구둣솔을 쥔 그의 손에 동전 한 닢을 쥐여 주고는 현관을 지나 가까이에 있는 사무실의 대기실로 들어갔다. 사무실에서 성실한 눈빛의 키 큰 회계원이 다가왔다. 전 직원을 대표해서 조심스럽게 선택한 축하의 말을 전하기 위해서였다. 시의원은 두 마디의 말로 감사의 표시를 하고 창가의 자기 자리로 갔다. 자기를 위해서 이미 준비되어 있는 신문들에 눈길을 보내고 우편물을 개봉하기 시작하는데 앞쪽 현관으로 통하는 문에서 노크 소리가 들렸다. 그리고 축하객들이 나타났다.

그들은 여섯 명으로 구성된 창고 인부의 대표들이었다. 아주 우직한 모습의 그들은 입언저리를 아래로 내리고 손으로 모자를 돌리며 다리를 넓게 벌려 곰처럼 어기적어기적 걸어 들어왔다. 그들의 대표자가 씹는담배에서 나온 갈색 액체를 방에다 뱉고 바지를 추키며 대단히 흥분된 목소리로 말했다. "백 주년이군요." "앞으로 몇백 년은 가야지요." 시의원은 이번 주에 임금을 대폭 인상해 주겠다는 약속을 하고 그들을 돌려보냈다.

세무서 직원들이 와서 그들 부서의 이름으로 조세 위원장한테 축하 인사를 했다. 그들은 나가면서 두 명의 조타수가 이끄는 한 무리의 선원들과 문에서 마주쳤다. 그들은 현재 항구에 정박하고 있는 회사 소유의 선박 '볼렌베버'와 '프리데리케 외버디크'에 소속되어 있는 선원들이었다. 그리고 검은 블라우스에다 반바지를 입고 실크해트를 쓴 곡물 운송인 대표단이 왔다. 그러는 사이에 몇몇 시민들이 인사를 했다. 모직 셔츠에 검은색 상의를 입은 종 만드는 사람들의 거리에 사는 재단사 슈투트가 모습을 드러냈다. 이런저런 이웃과 꽃장수 이버젠이 축하 인사를 했다. 흰 수염에 귀고리를 하고 눈물이 그렁그렁한 눈을 한 괴상한 늙은 우체부가 나타났는데, 시의원은 기분이 좋은 날이면 그를 "우편국장님." 하고 부르곤 했다. 그는 문에 들어서자마자 이렇게 외쳤다. "시의원님, 그 때문에 온 게 아닙니다! 오늘 여기 온 손님들이 모두 선물을 받는다는 것을 알고 있습니다. 하지만 그 때문에 온 것은 아닙니다!" 그렇지만 그는 동전을 받아 들면서 고마워했다. 이런 일이 끝없이 일어났다. 열 시 반이 되자 하녀한테서 전갈이 왔는데 시의원 부인이 응접실에서 첫 손님들을 받고 있다는 것이었다.

시의원은 사무실을 나와서 급히 계단을 올라갔다. 저 위 응접실로 통하는 입구에서 그는 삼십 초 동안 거울 앞에 선 채로 넥타이를 가다듬고 잠시 손수건에서 나는 오드콜로뉴 향기를 맡았다. 몸에서 땀이 나고 있었지만 그의 얼굴은 창백했으며 손과 발은 차가웠다. 사무실에서 손님들을 맞으면서 벌써 거의 녹초가 되다시피 한 것이었다. 그는 숨을 가다듬고 안으로 들어갔다. 햇살이 가득한 방에는 백만장자인 목재상 후노이스 영사 부부, 그의 딸과 그녀의 남편인 시의원 기세케 박사가 있었다. 그들은 트라베뮌데에서 칠월을 보내다가 함께 이리로 왔던 것이다. 그들은 다른 상류 가문들처럼 오로지 부덴브로크가의 창사 백 주년을 기념하기 위해서 해수욕을 중단하고 달려왔다.

그들이 우아하고 밝은 안락의자에 앉은 지 채 삼 분도 되지 않아 고인이 된 시장의 아들인 외버디크 영사와 키스텐마커가 출신인 그의 아내가 들이닥쳤다. 후노이스 영사가 자리를 뜨려고 할 즈음에 그의 동생이 왔다. 그는 형보다 재산은 100만 마르크 정도 적었지만 그 대신에 시의원이었다.

이제 윤무가 벌어졌다. 위에 노래하는 큐피드의 부조가 있는 크고 흰 문은 잠시도 닫혀 있지 않았다. 그래서 하늘에서 내리쬐는 햇살을 가득 받고 있는 계단 쪽이 항시 훤히 내다보였다. 계단에는 손님들이 끊이지 않고 오르락내리락하고 있었다. 하지만 널찍한 응접실에는 손님들이 무리를 지어 대화를 나누고 있어서 가는 손님보다 오는 손님 숫자가 훨씬 더 많았다. 얼마 지나지 않아 방에 사람들이 꽉 차게 되어 하려는 문을 열고 닫는 일을 포기하고 문을 그냥 열어 두었다. 그래서 손님들은 쪽매 널마루를 깐 복도에도 서 있게 되었다. 남자와 여자들이 와글거리며 대화를 나누는 소리, 악수와 인사를 나누고 농담을 하며 편안한 마음으로 큰 소리로 웃는 소리가 계단부의 주랑들 사이에서 울려 퍼지며 천장과 햇살이 내리쬐는 커다란 유리창에서 공명한다. 부덴브로크 시의원은 때로는 계단 꼭대기에서 때로는 돌출창의 문지방에서 진지하고 의례적으로 중얼대는 축하 인사나 진심에서 우러나오는 축하 인사를 받는다. 깨끗이 면도한 턱을 흰 목도리로 감싸고 짧은 회색 구레나룻에 시큰둥한 외교적 표정을 짓는 우아한 모습의 땅딸막한 신사인 시장 랑할스 박사를 사람들은 대단히 공손하고 정중하게 맞이한다. 포도주 상인인 에두아르트 키스텐마커 영사와 묄렌도르프가 출신인 그의 아내, 그의 아우이자 주주로 부덴브로크 시의원의 가장 성실한 추종자이자 친구인 슈테판과 지주의 딸로 건강미가 넘쳐흐르는 그의 부인이 도착했다. 과부가 된 묄렌도르프 시의원 부인은 응접실의 소파 한가운데에 딱 버티고 앉아 있다. 반면에 그녀의 아들인 아우구스트 묄렌도르프 영사는 하겐슈트룀가 출신인 그의 아내 율헨과 함께 막 도착해서 축하 인사를 마치고 사람들 사이를 분주히 돌아다니며 인사하느라고 바쁘다. 몸이 육중한 헤르만 하겐슈트룀 영사는 계단의 난간에 몸을 기대고서 납작한 코를 통해 붉은 수염 사이로 다소 힘들게 숨을 들이쉬며 경찰서장이자 시의원인 크레머 박사와 잡담을 나누고 있다. 다소 교활하게 미소 짓는 그의 얼굴은 회색과 갈색이 섞여 있는 구레나룻으로 뒤덮여 있다. 검사인 모리츠 하겐슈트룀 박사는 함부르크 푸트파르켄가 출신의 아름다운 아내와 함께 와서 미소 지으며 틈새가 벌어진 그의 뾰족한 이를 보여 주고 있다. 늙은 그라보 박사가 부덴브로크 시의원의 오른손을 두 손으로 잡았다가 건축가인 포크트가 나타나자 곧장 물러나는 모습이 잠시 보인다. 평복을 입고 단지 기다란 프록코트로 자신의 위엄을 드러내는 프링스하임 목사는 두 팔을 활짝 벌리고 아주 환한 표정을 지으며 계단을 올라온다. 프리드리히 빌헬름 마르쿠스도 왔다. 어떤 법인 단체, 시의원, 시의회, 무역사무소를 대표하는 사람들이 연미복을 입고 나타났다. 열한 시 반이었다. 날씨가 찌는 듯이 더워졌다. 여주인인 게르다는 십오 분 전에 물러갔다.

갑자기 저 아래 출입구에서 왁자지껄하며 사람들이 큰 소리로 떠드는 소리가 들려온다. 많은 사람들이 일시에 현관문을 들어설 때 나는 것 같은 소리다. 그와 동시에 시끌벅적한 소리가 온 집 안에 쩌렁쩌렁 울린다. 모두들 난간으로 몰려간다. 응접실이며 식당이며 흡연실로 통하는 문 앞의 복도에 사람들이 가득 차서 밑을 내려다본다. 저 아래에는 열다섯 명에서 스무 명쯤으로 구성된 악대가 질서정연하게 모여 있다. 갈색 가발을 쓰고 회색의 선원 수염을 한 어떤 신사가 지휘를 한다. 그가 큰 소리로 말할 때는 누런색의 틀니가 드러난다. 무슨 일이 일어난 것인가? 페터 될만 영사가 시립 극장의 악대와 함께 들이닥친 것이다. 그가 벌써 프로그램이 든 꾸러미를 손에 쥐고 흔들면서 의기양양하게 계단을 올라오고 있는 것이다!

음이 하나로 합류하고 화음이 서로를 집어삼키며 무의미하게 만드는 이러한 엉망진창이고 무절제한 음향으로 부덴브로크가의 백 주년을 기념하는 세레나데가 시작되고 있다. 어떤 뚱뚱한 남자가 오만상을 찌푸리며 불어 대는 대형 저음 트럼펫에서 나는 엄청 큰 소리가 다른 모든 소리를 압도하고 있다. 「이제 모두 하느님께 감사드리자」라는 합창이 시작되고 그에 이어 오펜바흐의 「아름다운 헬레나」의 변주곡이 잇따른다. 그러고 나서는 여러 가지 선율을 짜맞춘 접속곡으로 민요들이 연주된다. 꽤 다양한 프로그램이다.

이것은 될만의 기발한 착상이 아니던가! 그는 축하 인사를 받는다. 연주회가 끝나기 전에 자리를 뜨려는 사람은 이제 아무도 없다. 손님들은 응접실이나 복도에 앉거나 서서 귀를 기울이며 잡담을 나눈다.

토마스 부덴브로크는 슈테판 키스텐마커, 시의원 기세케 박사 및 건축가 포크트와 함께 계단 맞은편에 서 있었다. 문이 열려 있는 흡연실 옆의 그곳은 3층으로 올라가는 계단에서 멀지 않은 곳에 있었다. 그는 벽에 몸을 기대고 이따금 불쑥 대화에 끼기도 했다. 그럴 때 외에는 아무 말 없이 난간 너머로 허공을 응시했다. 점점 더 더워져 날씨가 찌는 듯했다. 하지만 비가 올 가능성이 전혀 없지는 않았다. 내리쬐는 햇살 위에 드리우는 그림자로 판단해 보건대 하늘에 구름이 떠 있었기 때문이다. 그렇다, 이러한 그림자가 너무 자주 새로운 그림자로 바뀌면서 그 빛이 계단에 명멸하며 일렁거리는 바람에 급기야 눈이 아플 지경이었다. 금칠을 한 석고 세공, 놋쇠로 된 샹들리에와 저 아래의 금관 악기에서 나는 광채가 사라졌다가 금방 다시 번쩍거렸다. 단 한 번만 그림자가 보통 때보다 약간 더 오래 드리웠을 뿐이다. 그러는 사이에 '빛이 내리쬐는' 유리창에 무언가 딱딱한 것이 대여섯 번 가볍게 후드득거리며 부딪치는 소리가 들렸다. 그것은 의심할 여지 없이 우박이 떨어지는 소리였다. 그리고 나서는 다시 햇살이 집을 가득히 비추어 주었다.

　　정상적인 상태에서는 만사가 우리를 화나게 하고 다만 기분을 상하게 할 뿐이지만 의기소침한 상태에서는 우리를 피곤하고 무겁게 말없는 분노로 짓누르는 경우가 있다. 토마스는 어린 하노의 행동에 너무도 상심했다. 그는 이러한 연회가 그에게 불러일으키는 느낌에 매우 상심했다. 그리고 아무리 최선을 다해도 어쩔 수 없다는 느낌에 더욱더 상심했다. 몇 번이고 마음을 가다듬고 즐거운 마음을 가지려고 노력했으며 스스로에게 오늘이 기쁜 날이라는 암시를 주려고 애썼다. 오늘은 무슨 일이 있더라도 의기양양하고 즐거운 기분에 충만해 있어야 했다. 하지만 사실 악대에서 나는 소음, 사람들이 떠드는 소리, 그를 축하하기 위해서 여기에 모인 수많은 사람들의 얼굴이 그의 신경에 충격을 주었다. 그리고 과거와 그의 아버지에 대한 기억과 아울러 가끔 그의 마음속에서 일종의 약한 감동이 솟아올랐다. 하지만 그는 이러한 모든 일이 우스꽝스러우며 고통스럽다는 감정에 사로잡혔다. 음이 제멋대로인 이 저열한 음악이며 주식 시세와 음식에 대해 잡담하는 이 진부한 모임이……. 이러한 감동과 역겨움이 뒤섞인 감정이 바로 그를 절망적으로 피곤한 상태에 빠뜨렸다.

시립 극장의 프로그램이 막바지에 이르기 시작한 열두 시 십오 분 정각에 하나의 돌발 사건이 일어났다. 그렇다고 해서 흥겨운 연회가 결코 방해받거나 중단되지는 않았지만 사업의 성격상 주인이 몇 분 동안 손님들 곁을 떠날 수밖에 없었다. 음악이 막 중단된 틈을 타 사무실에서 가장 나이가 어린 급사가 당황해 어쩔 줄 몰라 하며 계단을 허겁지겁 달려 올라왔던 것이다. 그는 키가 작은 꼽추였다. 그는 낯을 붉히며 얼굴을 필요 이상으로 어깨 아래로 숙였다. 부자연스러울 정도로 길고 가는 한쪽 팔이 이리저리 마구 흔들거려서 그는 퍽 칠칠치 못한 인상을 주었다. 그리고 다른 손에는 접힌 종이가 쥐어져 있었는데 그것은 전보였다. 뛰어 올라오면서 그는 부끄러운 표정으로 주인이 어디 있는지 두리번거리며 찾았다. 저 건너편에 주인이 있는 것을 발견하자 우물우물한 소리로 미안하다고 말하며 길을 막고 있는 손님들 숲을 헤치고 나아갔다.

그에게 주의를 기울이는 사람이 아무도 없는데도 그는 쓸데없이 부끄러워했다. 사람들은 잡담을 계속하면서 그에게 눈길도 주지 않은 채 조금씩 움직여 그에게 길을 내 주었다. 그가 부덴브로크 시의원한테 굽실 인사하며 전보를 건네주는 것을 눈여겨보는 사람도 없었다. 시의원은 키스텐마커, 기세케 및 포크트한테서 약간 몸을 돌리고 그것을 읽었다. 오늘 배달되는 거의 대부분의 전보는 단지 축하 전문이었지만 집무 시간 중에 오는 모든 전보는 무슨 일이 있더라도 즉각 전달되어야 했다.

3층으로 올라가는 계단 입구의 복도는 식당 쪽에서 하인들이 이용하는 계단에까지 꺾쇠 모양으로 약간 굽어 있었다. 그 계단 옆에는 식당으로 통하는 옆문이 있었다. 3층으로 올라가는 계단 맞은편에는 부엌의 음식물을 운반하기 위해 움푹 들어간 통로가 있었다. 그리고 이 지점의 벽가에 제법 커다란 탁자가 있었는데 그곳에서 하녀가 은그릇을 닦곤 했다. 시의원은 여기서 꼽추에게 등을 돌리고 서서 전보를 개봉했다.

갑자기 그의 눈이 휘둥그레졌다. 아마 그 모습을 본 사람이라면 누구나 깜짝 놀라 뒤로 주춤 물러났을 것이다. 공기를 한 번 짧고 힘차게 들이마시는 바람에 갑자기 목이 건조해져서 그는 콜록콜록 기침을 했다.

"그래, 알았다." 하고 그는 간신히 말할 수 있었다. 하지만 뒤에서 사람들이 떠드는 소리 때문에 그의 말이 잘 들리지 않았다. 그는 하는 수 없이 "그래, 알았다." 하고 되풀이해서 말했다. 하지만 첫마디만 겨우 들릴 뿐 뒤의 소리는 거의 속삭이는 듯이 들렸다.

시의원이 꼼짝도 하지 않고 몸을 돌리지도 않고 아무런 신호도 주지 않자 그 꼽추 급사는 잠시 불안하게 망설이는 표정으로 다리의 무게 중심을 한쪽에서 다른 쪽으로 옮겼다. 그런 다음 또다시 이상한 동작으로 굽실 인사 하고는 하인들이 이용하는 계단을 통해 밑으로 내려갔다.

부덴브로크 시의원은 탁자 옆에 우두커니 서 있었다. 접힌 전보를 쥐고 있는 그의 손은 아래로 축 늘어져 있었다. 여전히 입을 반쯤 열고 숨가쁘게 호흡하면서 그는 충격을 받은 사람처럼 줄곧 멍하니 머리를 이리저리 흔들었다. 그러면서 상체는 앞뒤로 부단히 움직였다. "우박이 조금……. 우박이 조금……." 그는 알 수 없는 말을 중얼거렸다. 하지만 그러고 나서는 호흡이 차차 안정되면서 상체의 움직임도 조금 더 느려졌다. 반쯤 감은 두 눈은 거의 낙담한 것처럼 피곤한 표정을 지으며 으스름하게 흐려졌다. 그리고 힘없이 고개를 끄덕이고는 옆으로 몸을 돌렸다.

그는 식당 문을 열고 안으로 들어갔다. 머리를 숙이고 표면이 반들반들한 널찍한 바닥을 천천히 걸어갔다. 그리고 저 뒤 창가 구석진 곳의 진홍색 소파에 몸을 앉혔다. 그곳은 조용하고 시원했다. 정원의 분수에서 물이 철벙거리는 소리가 들려왔다. 파리 한 마리가 붕붕거리며 유리창 주위를 맴돌았다. 그리고 앞뜰에서 나는 소리는 약하게 들려올 뿐이었다.

피곤에 지친 그는 머리를 쿠션 위에 올려놓고 눈을 감았다. "그래 알았다, 그래 알았다." 그는 모호한 소리로 중얼거렸다. 그런 다음 숨을 내쉬며 해방된 흡족한 마음으로 다시 같은 말을 되풀이했다. "글쎄, 잘 알았다니까!"

사지의 긴장을 풀고 평화스러운 표정으로 그는 오 분 동안 그 상태로 쉬었다. 그런 다음 몸을 일으키고는 전보를 포개 접어서 상의의 가슴 안주머니에 쑤셔 넣었다. 그러고는 일어나서 손님들이 있는 곳으로 발걸음을 옮기려고 했다.

하지만 바로 그 순간 그는 속이 메스꺼워 쿠션에 도로 주저앉았다. 음악……. 되지도 않은 소음에 불과한 그 음악이 다시 시작되었다. 사분의이 박자로 된 빠른 속도의 원무였는데 드럼과 심벌즈로 리듬을 맞추고 있었다. 다른 악기들은 조금 빠르게 아니면 조금 늦게 소음에 동참했다. 아무것도 모르는 순진한 그로서는 도저히 견딜 수 없는 삐걱삐걱하는 소리, 쨍그랑하는 소리와 삑삑 하는 소리가 마구 뒤섞여 그의 귀를 괴롭혔다. 그러는 사이에 엉뚱하게 피리 소리가 중간에 끼어들었다.

6

"오, 바흐! 제바스티안 바흐, 부인!" 성 마리아 교회의 오르가니스트인 퓔이 성큼성큼 응접실을 왔다 갔다 하면서 외쳤다. 턱을 손으로 괴고 그랜드 피아노 옆에 앉아 있는 게르다는 그걸 보고 미소를 지었다. 하노는 안락의자에 앉아 두 손으로 한쪽 무릎을 싸안으며 귀를 기울였다. "틀림없습니다. 부인이 말씀하시듯이…… 바흐로 말미암아 화음이 대위법에 승리를 거두었지요. 분명히 그가 현대 화음론의 창시자지요! 그런데 어떻게 해서 그랬을까요? 어떻게 해서 그랬는지 말씀드려야 할까요? 대위법 양식이 계속 발전해서이지요. 그건 부인도 잘 아시잖아요! 그럼 이러한 발전을 가능케 한 추진 원칙은 무엇이었습니까? 화음론입니까? 오, 아닙니다! 결코 아닙니다! 대위법입니다, 부인! 제가 묻겠는데 화음론의 절대적 실험들은 그럼 무엇을 낳았던가요? 경고하는 바입니다…… 제 혀가 말을 듣는 한 화음론의 단순한 실험들을 경고하는 바입니다!"

그런 대화를 나눌 때 그는 대단한 열의를 보였다. 그리고 그는 아무런 거리낌 없이 말했다. 여기에 있으면 마치 자기 집에 있는 것처럼 마음이 편했기 때문이다. 그는 매주 수요일 오후만 되면 어김없이 문지방에 모습을 드러냈다. 그는 키가 크고 단단한 체격에다 어깨가 제법 떡 벌어진 남자였다. 그가 입고 있는 짙은 갈색 프록코트의 옷자락은 무릎까지 내려왔다. 파트너를 기다리는 동안 그는 사랑스럽게 베히슈타인 그랜드 피아노를 열고 조각된 대(臺) 위에서 바이올린 음부를 조정했다. 그런 다음에 퍽이나 만족한 표정을 지으며 머리를 한쪽 어깨로 비스듬히 기울여 잠시 부드럽고 멋있게 즉흥 연주를 했다.

그의 머리카락은 놀랄 정도로 무성하게 자라 있었다. 적갈색과 회색이 섞인, 작고 질긴 여러 무더기의 마구 헝클어진 곱슬머리 때문에 그의 머리는 이상할 정도로 크고 무거워 보였다. 그의 기다란 목에는 칼라 사이로 커다란 목젖이 불쑥 튀어나와 있었다. 두발과 같은 색의 더부룩한 콧수염은 작고 납작한 코보다 더 높이 솟아 있었다. 갈색으로 반짝거리는 그의 둥근 눈 아래의 피부는 혹이 난 것처럼 툭 불거져 있었다. 연주할 때 그의 시선은 꿈꾸듯이 사물들을 바라보는 게 마치 사물의 현상 저편에 머무는 듯이 보였다. 그의 얼굴은 별다른 인상을 주지 않았다. 그것은 적어도 강렬하고 깨어 있는 지적인 얼굴은 아니었다. 그의 눈꺼풀은 보통 반쯤 밑으로 내려와 있었다. 면도한 그의 턱은 입을 다물고 있는데도 종종 아무런 의욕도 없이 아래로 축 늘어져 있었다. 얼빠진 듯이 내적으로 닫혀 있는 연약한 그의 입은 달콤하게 선잠을 자는 사람의 표정을 하고 있었다.

하지만 이렇듯이 연약하게 보이는 외모와는 대조적으로 그

의 성격은 아주 이상하게도 근엄하고 품위가 있었다. 에드문
트 퓔은 상당한 평가를 받는 오르가니스트였다. 그가 대위법
에 박식하다는 평판은 그의 좁은 고향 도시의 장벽 안에 한
정되지 않았다. 그가 펴낸 교회 음악에 대한 소책자는 두서너
곳의 음악원에서 자습서로 추천되고 있었다. 하느님을 찬양하
는 오르간 연주가 있을 때면 이따금 그의 둔주곡과 합창곡이
연주되었다. 이처럼 그가 작곡한 음악뿐만 아니라 일요일에
마리아 교회에서 최선을 다해 연주하는 환상곡은 흠잡을 데
없이 완전무결했다. '엄밀 악장'의 도덕적·논리적 품위는 이루
말할 수 없이 당당하고 의연했다. 그의 음악의 아름다움은 이
지상의 것이 아닌 다른 세계의 것이었다. 그것이 표현하고자
하는 바는 속인이 갖는 순전히 인간적인 느낌이 아니었다. 거
기서 승리를 구가하는 것은 금욕적인 종교가 되어 버린 기교
였으며 자기 목적과 절대적인 신성함으로 고양된 능력이었다.
에드문트 퓔은 남의 마음에 드는지 안 드는지는 별로 개의치
않았으며 아름다운 선율에 관해 말하면서도 정말이지 아무
런 애정이 없어 보였다. 하지만 수수께끼 같은 말일지 몰라도
그렇다고 해서 그가 무미건조한 사람이거나 고루한 사람인 것
은 결코 아니었다. "팔레스트리나!" 하고 말할 때의 근엄한 그
의 표정은 경외감을 불러일으켰다. 하지만 그러고 나서 고풍스
러운 일련의 곡들을 연주하는 동안 그의 부드러운 얼굴은 황
홀경에 빠져 열광하는 모습이었다. 마치 그는 바로 이러한 작
업에서 모든 사건의 궁극적인 필연성을 보는 듯했으며 그의
시선은 성스러운 먼 곳에 머물러 있었다. 이 음악가의 시선이

모호하고 공허하게 보이는 이유는 그것이 우리의 언어적인 개념과 사고의 영역에 머문다기보다는 더 심원하고, 더 순수하고, 더 완전무결하고, 더 절대적인 논리의 영역에 머물기 때문이었다.

주근깨로 뒤덮인 그의 손은 크고 부드러운 게 얼핏 보기에는 뼈도 없는 것 같았다. 그의 목소리는 마치 식도에 음식이 막혀 있기라도 한 것처럼 부드럽고 공허했다. 게르다가 커튼을 열어젖히며 거실에서 나올 때면 그는 그런 목소리로 인사를 했다. "안녕하세요, 부인!"

의자에서 몸을 약간 일으키고 머리를 숙인 채 그녀가 내민 손을 공손하게 맞잡으면서 그는 피아노의 제5도 음정을 확고하고 분명하게 눌렀다. 그러면 게르다는 스트라디바리를 잡고 익숙한 솜씨로 현을 조율하기 시작했다.

"바흐의 그 G단조 협주곡 말이에요, 퓔 씨. 내 생각에는 그 아다지오가 모두 아직 제대로 되지 않는 것 같아요."

그리고 그 오르가니스트는 연주하기 시작했다. 하지만 첫째 화음이 서로 어울리기 시작하자마자 천천히 아주 조심스럽게 복도 문이 열리면서 어린 요한이 양탄자를 지나 안락의자로 살금살금 걸어가는 일이 빈번히 일어났다. 그는 거기에 앉아 두 손으로 무릎을 싸안고는 음악뿐만 아니라 대화에도 조용히 귀를 기울였다.

"그럼 하노야, 음악 좀 들어 볼래?" 게르다는 쉬는 틈에 이렇게 물어보면서 가까이 붙은 그늘진 눈으로 그를 흘끗 쳐다보았다. 연주하느라 물기가 촉촉이 배어 있는 그녀의 눈이 광채로 번득였다.

하노는 일어서서 말없이 퓔한테 인사하고 손을 내밀었다. 그는 이마와 관자놀이 부근을 부드럽고 우아하게 덮고 있는 하노의 연갈색 머리카락을 자상하고 사랑스럽게 쓰다듬어 주었다.

"잘 들어 보거라, 얘야!" 그가 부드러운 어조로 힘주어 말했다. 아이는 말할 때 움직이며 불거져 나오는 오르가니스트의 커다란 목젖을 다소 부끄러운 듯 쳐다보았다. 그러고는 민첩하고 경쾌한 발걸음으로 제자리에 가 앉았다. 그것은 대화와 연주가 빨리 다시 시작되기를 고대하는 듯한 동작이었다.

그들은 하이든의 한 악장, 모차르트의 몇 페이지, 베토벤의 소나타를 연주했다. 하지만 그런 다음 게르다가 바이올린을 옆구리에 끼고 새로운 악보를 찾는 동안 놀라운 일이 벌어졌다. 성 마리아 교회의 오르가니스트인 에드문트 퓔은 쉬운 막간곡을 연주하다가 점차 아주 특이한 양식의 음악으로 넘어갔다. 이럴 적에 먼 곳을 응시하는 그의 시선은 기쁨에 겨워 부끄러운 표정을 띠면서 환하게 빛났다. 그의 손가락 아래서 움이 트고 꽃이 피며, 음이 짜맞추어져서 노래가 시작되는 것이었다. 처음에는 나지막하게 울리다가 다시 커져서는 점점 더 분명하고도 힘차게 예술적인 대위법으로, 조상 대대로의 장엄하고 놀랄 정도로 웅장한 행진 동기로 넘어가는 것이었다. 실로 현기증이 날 정도로 올라갔다가 폭풍처럼 집어삼키고 어느 순간 다시 넘어갔다. 그러자 바이올린은 포르티시모로 화음을 맞추었다. 「장인 가수(Meistersinger)」의 서곡은 이렇게 지나갔다.

게르다 부덴브로크는 새로운 음악을 열렬하게 숭배하는 여자였다. 하지만 그녀는 처음에 퓔 씨의 격렬한 저항에 부딪혀 그의 마음을 사로잡을 수 있을지에 대해 절망적인 심정이었다.

그녀가 처음 그한테 「트리스탄과 이졸데」에 나오는 피아노 발췌곡을 악보대에 놓고 연주해 달라고 부탁하던 날 그는 이십오 소절을 연주하고 나서 벌떡 일어섰다. 그러고는 구역질이 나서 못 견디겠다는 듯이 창과 그랜드 피아노 사이를 왔다 갔다 했다.

"이건 연주하지 못하겠습니다, 부인, 저는 부인의 헌신적인 종이지만 이건 안 되겠습니다! 이건 음악이 아닙니다. 제 말을 좀 믿어 주십시오. 전 늘 음악을 제법 안다고 자부해 왔습니다! 이건 혼돈입니다! 이건 선동이요, 비방이요, 광기입니다! 이건 번개 칠 때 피어나는 향기로운 안개입니다! 이건 예술에 깃들어 있는 모든 도덕의 종말입니다! 이건 연주하지 못하겠습니다!" 이렇게 말하고 그는 다시 의자에 주저앉았다. 위아래로 목젖을 움직이고 딸꾹질과 헛기침을 하면서 다시 이십오 소절을 연주하고 나서 피아노를 닫더니 이렇게 외쳤다.

"에잇! 안 되겠어, 젠장, 이건 너무 심합니다! 용서해 주세요, 부인, 솔직히 말하자면…… 당신은 저를 후원해 주시고 몇 년 전부터 제가 이런 일을 하는 대가로 사례금을 주고 계십니다. 저의 생활은 풍족하지 못합니다. 하지만 저는 일자리를 그만두겠습니다. 이런 야비한 일을 하도록 시킨다면 이 일을 포기하겠습니다! 그리고 저기에 아이가 의자에 앉아 있습니다!

저 애는 음악을 들으려고 살금살금 들어왔습니다! 대체 저 아이의 정신을 완전히 망치기라도 하려는 겁니까?"

"필." 그녀가 말했다. "고정하시고 일을 차분히 생각해 보세요. 작곡가가 당신한테 익숙하지 않은 독특한 화음을 사용하는 바람에 당신이 혼란에 빠진 거예요. 그에 비교하면 베토벤은 순수하고, 분명하고, 자연스럽다고 당신은 생각하고 있어요. 하지만 베토벤이 구식 교양을 지닌 그의 동시대 사람들을 혼란에 빠뜨린 사실을 생각해 보세요. 그런데 이젠 바흐 자신이 화음과 명료성이 부족하다고 비난을 받고 있는 거예요! 당신은 도덕에 관해 말하고 있어요. 하지만 당신은 예술에서의 도덕을 어떻게 이해하고 계시는 거예요? 제 생각이 틀리지 않는다면 향락주의에 반대되는 것이면 모조리 도덕이라는 겁니까? 그럼 좋습니다, 지금 당신은 향락주의에 반대하고 있습니다. 바흐의 경우에도 그와 마찬가지입니다. 바흐의 경우보다 그 음악은 더 거창하고 더 의식적이며 더 심원합니다. 제 말을 믿어 주세요, 필. 그 음악은 당신이 생각하는 이상으로 당신의 깊디깊은 내면의 본질과 친숙할 겁니다!"

"죄송하지만 그건 속임수이자 궤변입니다." 필이 툴툴거리며 말했다. 하지만 결국은 그녀의 말이 옳았다. 이 음악은 근본적으로 그가 처음에 생각했던 것보다 덜 낯설었다. 그는 게르다의 부탁으로 바이올린과 화음을 맞추어 피아노로 「사랑의 죽음」을 아주 능숙하게 연주했지만 사실 「트리스탄」과 완전히 화해하지는 못했다. 그가 처음에 몇 마디로 그 진가를 인정한 것은 「장인 가수」의 몇몇 부분들이었다. 그러다가 그의 내부에서 이 예술 작품에 대한 사랑이 저항할 수 없을 정도로 거세어지기 시작했다. 그는 사랑을 고백하지 않고 그에 대해 놀라워하며 그에 대한 사랑을 부인했다. 하지만 나이 든 장인들이 자신의 임무를 다하자 그의 파트너는 그에게 능숙한 연주를 해 달라고 더 이상 까다로운 요구를 할 필요가 없게 되었다. 그러지 않아도 그는 부끄러운 듯 화가 난 듯한 기쁨의 표정을 띠고 복잡하게 얽혀 있는 시도 동기의 구성 속으로 들어갈 것이다. 하지만 연주가 끝나면 아마 엄밀 악장의 양식과 이 예술 양식이 어떠한 관계에 있는지에 관한 논쟁이 벌어질 것이다. 하루는 퓔이 말하기를 개인적으로는 그 주제가 자기한테 아무런 감동을 주지 못하지만 교회 음악을 다룬 자기의 책에 '리하르트 바그너의 교회 음악과 민속 음악에서 옛 음조를 적용하는 문제'라는 부록을 첨가시킬 필요를 느낀다고 설명했다.

하노는 두 손을 무릎에 얹고 다소곳이 앉아 있었다. 으레 그러듯이 혀로 어금니를 문지르는 바람에 그의 입이 약간 일그러졌다. 그는 눈을 동그랗게 뜨고 어머니와 퓔을 유심히 관찰했다. 그는 두 사람의 연주와 대화에 귀를 기울였다. 그는 태어나서 인생의 발걸음을 떼기 시작하자마자 음악을 아주 진지하고, 중요하고 심원한 의미를 지닌 것으로 파악하게 되었다. 그는 대화 내용을 제대로 이해할 수 없었으며 음악은 어린 이인 그가 이해할 수 있는 수준을 대체로 넘어섰다. 그렇지만 그가 늘 연주하는 자리에 와서 지루해하지 않고 몇 시간이나 그 자리에서 버틸 수 있었던 것은 신념, 사랑, 경외감 때문이었다.

그가 자기한테 감명을 주었던 음의 연결을 피아노 위에서 직접 자기 손으로 반복하는 시도를 한 것은 겨우 일곱 살 때였다. 그의 어머니는 미소를 띠고 그 모습을 지켜보면서 건반 치는 법을 말없이 열성적으로 고쳐 주었다. 그리고 한 화음에서 다른 화음으로 넘어가기 위해서 어떤 음들이 꼭 있어야 하는지를 가르쳐 주었다. 어머니가 한 말을 그는 자기의 청각으로 확인했다.

게르다 부덴브로크는 아들이 하는 것을 약간 지켜본 후에 본격적으로 피아노 지도를 받게 해야겠다는 결심을 하게 되었다.

"그 아이가 독주자로 나서기에는 적합지 않을 것 같아요." 그녀가 퀼한테 말했다. "난 그래도 대체로 만족하는 편이에요. 그 애한테는 단점이 있기 때문이에요. 난 독주자가 반주에 의존해서는 안 된다고 생각해요. 비록 아주 심각한 상황이 생길 수 있긴 하지만요. 만약 당신이 없었더라면…… 그러다간 자기가 완전한 거장이라는 착각에 빠질 위험성이 항상 다분히 있지요. 보세요, 난 나의 쓰라린 경험에서 그걸 말할 자격이 있어요. 솔직히 고백하자면 본래 고도의 음악적 능력을 지닌 자만이 독주자가 될 수 있다는 것이 나의 견해예요. 높은 음, 분절법과 음의 발생에 온 신경을 집중함으로써 다성이란 아주 모호하고 보편적인 것이라는 의식을 갖게 되면 보통 정도의 재능을 가진 사람의 경우에는 화음에 대한 감각을 망쳐 버리기 십상인 것입니다. 그와 아울러 화음에 대한 기억도 망쳐 버려서 나중에 그것을 교정하기가 무척 힘들어지는 것입니다. 나는 내 바이올린을 사랑합니다. 그리고 바이올린을 제법 능숙하게 다루게 되었지요. 하지만 솔직히 말하자면 난 피아노를 더 높게 치고 있어요. 내가 말하려는 점은 다만 이것뿐이에요. 극히 다양하고 풍부하게 음을 발생시키는 수단이자 음악적 재생산을 하는 탁월한 수단인 피아노와 친숙해지는 것이 나로서는 음악에 대한 더 친밀하고, 더 분명하고, 더 포괄적인 관계를 의미해요. 내 말을 들어 보세요, 퓔. 괜찮으시다면 당신이 그 애의 지도를 맡아 주었으면 해서요! 이 도시에 피아노 지도를 하는 사람이 두서너 명 있다는 것을 알고 있어요. 내 생각으로는 여자들인가 봐요. 하지만 그들은 단순히 피아노 교사에 불과해요. 무슨 말인지 잘 아실 거예요. 중요한 것은 악기를 다루는 연습을 하는 것이라기보다는 오히려 음악에 대한 이해를 증진시켜 주는 것이 아닐까요? 당신에게는 안심하고 맡길 수 있어요. 당신은 매사를 좀 더 진지하게 생각하는 형이에요. 당신은 그 애와 더불어 대단한 성공을 거두게 될 것입니다. 그 애의 손은 부덴브로크가의 손입니다. 부덴브로크가 사람들은 모두 9음과 10음을 칠 수 있습니다. 하지만 그들은 여태껏 그 점을 대수롭지 않게 여겨 왔어요." 그녀는 웃으면서 말을 맺었다. 그리고 퓔은 하노의 피아노 지도를 맡을 용의가 있다고 밝혔다.

이제부터 그는 게르다가 거실에 있는 동안 어린 하노를 지도하러 월요일 오후에도 왔다. 그는 보통과는 다른 방법으로 하노의 지도에 임했다. 그는 단지 피아노 연주를 가르치는 것보다는 아이가 말없이 대단한 열성을 보이는 데 더 책임감을 느꼈기 때문이다. 먼저 기초적인 것을 가르치자마자 그는 이론적인 것과 화음론의 토대를 제자가 쉽게 이해할 수 있도록 가르치기 시작했다. 그런데 하노는 척척 이해했다. 선생님은 원래부터 하노가 알고 있었던 것을 확인하는 데 불과했다.

퓔은 가급적 아이가 배우려는 열성을 진지하게 고려했다. 그는 아이의 부담을 가볍게 해 주려고 지대한 노력을 기울였다. 그것은 환상의 나래와 열성적인 재능이 시들지 않게 하기 위해서였다. 그는 음계를 연습할 때 손가락의 숙련도를 너무 엄하게 요구하지 않았다. 그것이 또한 이러한 연습의 목적인 것도 아니었다. 그가 목표해서 금방 달성한 것은 오히려 모든 음조를 분명하고도 포괄적으로 철두철미하게 조감해서 음들끼리의 친근 관계에 대해 내적이고도 포괄적으로 친숙해지는 것이었다. 그리하여 하노는 여러 가지 조합 가능성을 파악하는 데 오랜 시간이 걸리지 않았으며 건반을 마음대로 다룰 수 있게 되어 환상과 즉흥적 처리 능력을 키워 주는 직관력을 기르게 되었다. 그는 이미 너무 많은 연주를 들은 어린 제자의 정신적 욕구를 감동적이고 세밀한 감각으로 평가해 주었고 그 욕구가 진지한 양식을 지향하도록 지도했다. 그는 아이에게 진부한 소품을 연습하게 함으로써 아이가 지닌 분위기의 깊이와 장엄함을 깨뜨리지 않도록 했다. 그는 제자에게 합창곡을 연주시켰으며 한 화음에서 다른 화음으로 넘어갈 때는 반드시 이러한 결과의 법칙성을 주지시키곤 했다.

게르다는 커튼 건너편에서 수를 놓거나 독서를 하면서 이러한 수업의 진행에 자리를 함께했다.

"당신은 내 모든 기대 이상입니다." 그녀가 어떤 기회에 퓔 한테 말했다. "하지만 너무 지나친 게 아닐까요? 너무 진도를 앞서가는 것이 아닐까요? 내가 보기에 당신의 방식은 아주 창 조적인 것 같습니다. 벌써 하노는 이따금 즉흥 연주를 시도하 고 있습니다. 하지만 그 애가 당신의 방식을 따라오지 못하거 나 그 애한테 그럴 만한 재능이 없다면 죽도 밥도 안 되지요."

"그 애한테는 충분한 재능이 있습니다." 퓔은 그렇게 말하며 고개를 끄덕였다. "가끔 하노의 눈을 관찰할 때가 있습니다. 그 눈 속에 많은 것이 담겨 있습니다. 하지만 입은 꼭 다물고 있지요. 나중에 살다 보면 아마 입을 점점 더 꼭 다물게 될 텐 데……. 그 애는 말하는 법을 배워야 합니다."

그녀는 눈 밑에 심술보를 달고 적갈색 머리카락과 더부룩 한 콧수염에다 커다란 목젖이 있는 몸이 단단하게 생긴 그 음 악가를 바라보았다. 그런 다음 그녀는 그에게 손을 내밀고 이 렇게 말했다. "고마워요, 퓔. 당신은 그 방식을 좋게 생각하고 있습니다. 당신이 그 애를 위해서 얼마나 많은 일을 했는지 아 무도 모를 거예요."

그리고 하노가 자기 선생님에게 얼마나 고마워하며 그의 가 르침에 얼마나 열심히 응하는지는 그에 비길 바가 아니었다. 그는 비록 학교에서는 보충 수업을 받아야 하는 처지이고 구 구단을 이해하는 능력은 절망적이었지만 일단 피아노 앞에 앉 으면 퓔이 말하는 모든 것을 척척 이해했다. 그는 스승의 말 을 잘 알아들었으며 이전에 들은 것을 소화하는 능력은 남달리 탁월했다. 무릎까지 내려오는 갈색 프록코트를 입은 퓔은 월요일 오후면 커다란 천사처럼 팔짱을 끼고 그의 앞에 어김없이 나타나 매일매일 겪는 비참한 상황으로부터 그를 유혹해서 부드럽고, 달콤하고, 진지하게 어루만져 주는 음의 나라로 그를 데려갔다.

가끔씩 퓔의 집에서 가르침을 받을 때도 있었다. 박공으로 된 널찍하고 낡은 그의 집에는 많은 복도와 모서리가 있었다. 그 집에서 오르간 연주자는 늙은 가정부와 단둘이 살고 있었다. 가끔씩 어린 부덴브로크는 일요일에 성 마리아 교회에서 예배드릴 때 오르간 옆에 앉는 것을 허락받기도 했다. 그것은 일반 신자들과 같이 저 아래의 회당에 앉는 것과는 다른 것이었다. 신자들보다 높은 곳에, 설교대에 있는 프링스하임 목사보다 더 높은 곳에서 둘은 격렬하게 꿍꿍 울리는 소리의 한가운데에 앉아 있었다. 그 소리는 두 사람을 이 세상에서 자유롭게 풀어 주는 동시에 그 힘으로 그들을 지배했다. 하노는 자랑스러운 마음으로 행복에 겨워 스승이 음전(音栓)을 다루는 것을 열성적으로 도와주었다. 하지만 합창과 함께 오르간 곡이 끝나면, 퓔이 천천히 건반에서 손가락을 떼고 기본음과 저음만이 은은하고도 장엄하게 멎어 갈 때면, 그러다가 분위기 넘치는 음악이 그치고 설교대 위의 울림판 아래에서 프링스하임 목사가 목청을 바꾸어서 설교하기 시작할 때면 퓔이 설교하는 목사를 마구 놀리는 일이 드물지 않게 일어났다. 그는 목사의 양식화된 말투, 어둡거나 날카롭게 강세를 넣으며 길게 끄는 모음, 그의 한숨, 얼굴이 음울해졌다가 밝아졌다 하면서 계속 변하는 것을 보고 웃기 시작했다. 그러면 하노도 내심 재미있어하면서 살그머니 웃었다. 서로 마주 보거나 서로 대화를 나누지도 않으면서 둘은 저 위에서 이 설교가 상당히 어리석고 쓸데없는 소리라는 데 견해가 일치했다. 그리고 진짜 중요한 것은 목사나 신자들이 음악을 다만 예배의 효과를 높이기 위한 부수물로 보는 음악이라고 생각했다.

그렇다, 저 아래 회당에 있는 시의원들, 영사들, 시민들과 그 가족들이 자신이 행하는 일에 대해 이해가 부족한 것을 그는 항상 슬프게 생각했다. 바로 그래서 퓔은 자기의 어린 제자를 옆에 앉히는 것을 즐겨 했다. 그는 적어도 자기 제자한테만은 자신이 방금 연주한 곡이 아주 어려운 것이었음을 조용히 지적해 줄 수 있었다. 그는 기술상으로 아주 독특하기 그지없는 시도를 하기도 했다. 그는 '역행 모방'이라는 방법을 사용해서 앞뒤로 연주해도 같은 선율이 나오는 곡을 작곡하기도 했다. 이러한 근거로 완전히 뒤에서부터 연주해도 되는 둔주곡을 작곡하기도 했다. 연주를 끝내고서 그는 흐리멍덩한 표정을 하고 손을 무릎에 올려놓았다. "아무도 그 차이점을 아는 사람이 없어." 그가 절망적으로 머리를 흔들면서 말했다. 그런 다음 프링스하임 목사가 설교하는 동안 나지막이 이렇게 말했다. "이건 역행 모방이었다, 요한. 그게 뭔지 넌 아직 몰라. 그건 앞에서 뒤로 진행하는 대신에 뒤에서 앞으로 진행하는 주제의 모방이야. 아주 까다로운 방식이지. 나중에 넌 엄밀 악장에서 모방이라는 게 무얼 의미하는지 알게 될 거야. 결코 역행 수법으로 너를 괴롭히거나 너한테 그걸 강요하지는 않겠다.

그런 걸 꼭 할 필요는 없어. 하지만 그런 걸 음악적 가치가 없는 장난 짓거리라는 사람들의 말은 결코 믿지 마라. 어느 시대를 막론하고 위대한 작곡가들은 그런 방법을 시도하고 있다. 뜨뜻미지근한 사람들이나 별 재주가 없는 사람들은 그런 행위를 오만함의 결과라고 손가락질하지. 사람은 모름지기 겸손해야 한다, 요한. 이 말을 명심해라."

1869년 사월 십오 일이 하노의 여덟 번째 생일이었다. 하노는 가족이 모인 자리에서 어머니와 함께 자신이 작곡한 환상곡 소품을 연주했다. 그것은 자신이 찾아낸 어떤 곡을 이상하다 생각하고 약간 변형·발전시킨 단순한 모티프의 곡이었다. 이 사실을 퓔한테 털어놓자 그는 물론 이 곡에 대해 이런저런 비판을 가했다.

"뭐 이런 극적인 종결이 다 있니. 요한! 다른 부분과 조화가 안 되잖아? 처음에는 모든 게 아주 제대로 되었다. 그런데 나장조로 나가다가 왜 갑자기 단조의 제3음정을 지닌 넷째 음도의 4, 6도 화음으로 떨어지는 거니, 응? 그건 우스꽝스러운 일이야. 게다가 트레몰로까지도 집어넣었구나. 어디선가 배워 가지고 집어넣은 모양이지. 그건 어디서 나온 거니? 난 물론 알고 있어. 내가 네 어머니를 위해 어떤 곡을 연주할 때 들었던 거겠지. 종결 부분을 고쳐라, 애야. 그러면 아주 깔끔한 소품이 되겠구나."

하지만 하노가 가장 중시한 지점은 바로 이 단조 화음과 종결 부분이었다. 그의 어머니는 그 부분을 그대로 둔 데 대해 아주 기뻐했다. 하노가 그 악장을 되풀이하는 동안 그녀는 바이올린을 들고 최고음으로 반주를 하며 삼십이분음표의 연속음으로 종결 부분까지 최고음으로 변화시켰다. 소리가 아주 쩌렁쩌렁 울렸다. 하노는 행복감에 젖어 그녀에게 입맞춤했다. 그들은 사월 십오 일에 그 곡을 가족들 앞에서 연주했다.

영사 부인, 페르마네더 부인, 크리스티안, 클로틸데, 크뢰거 영사 부부, 바인솅크 부부, 넓은 거리의 부덴브로크 여인들, 바이히브로트 양이 하노의 생일을 축하하려고 시의원 집에 모여 오후 네 시에 점심을 먹었다. 그들은 이제 응접실에 앉아 선원복을 입고 피아노 앞에 앉아 있는 그 아이와 게르다의 이국적이고 우아한 자태를 지켜보면서 그들의 연주에 귀를 기울였다. 게르다는 먼저 G현으로 화려한 소가곡을 연주했다. 그런 다음에는 완전무결한 거장다운 솜씨로 옥구슬이 구르는 듯하고 거품이 이는 듯한 카덴차를 연주했다. 그녀가 켜고 있는 활의 손잡이 부분의 은도금 선이 가스등의 불빛을 받아 반짝거렸다.

흥분한 나머지 얼굴이 창백해진 하노는 거의 음식을 먹을 수 없었다. 하지만 지금은, 아, 이 분도 못 돼 그만 끝나고 말 자신의 연주에 너무 몰입하는 바람에 완전히 황홀경에 빠져 주변의 다른 모든 것은 잊어버리고 말았다. 이 조그만 선율 구조는 운율적 성질이기보다도 화음적 성질을 띠고 있었다. 그 아이가 받아들인 원시적이고 기초적인 음악적 방법과 이러한 수단이 강조되고 유효하게 적용된 뜻이 깊고 정열적이며 세련된 방법 사이의 대조가 이상야릇한 기분을 불러일으켰다. 머리를 앞쪽으로 비스듬히 기울이고 하노는 주도음을 강하게 부각시켰다. 그는 의자 끄트머리에 앉아 페달을 사용해서 모든 새로운 화음에 감동적인 가치를 부여하려고 애썼다. 사실 어린 하노가 어떤 효과를 노렸다면 그 결과는 감상적인 것이라기보다는 오히려 감동적인 것이었다. 하지만 그러한 효과도 전적으로 자기 자신에게 국한되었다. 지연과 강조라는 수단으로 그는 어떤 아주 간단한 화음법에 독특하고 신비스러운 의의를 부여했다.

어떤 화음, 어떤 새로운 화음, 어떤 가음(加音)에 돌연 피아니시모를 도입함으로써 놀라운 효과가 생겼다. 그러면서 하노는 눈썹을 찌푸리고 상체는 곧추세운 채 부르르 떠는 동작을 취했다. 그러다가 이제 원시적 고양력으로 전체에 월계관을 씌우는 종결 부분, 하노가 사랑해 마지않는 종결 부분에 이르렀다. 바이올린의 연속음이 은은하게 소용돌이치는 가운데 나지막하고 종소리처럼 부드럽게 E마이너 화음이 피아니시모로 떠는 소리를 냈다. 그 소리가 점점 커지면서 천천히, 천천히 부풀어 올랐다. 그러다가 하노는 돌연 포르테로 기본음을 도입하면서 불협화음인 올림 다장조로 돌아갔다. 스트라디바리가 소용돌이치는 소리를 내면서 이 올림 다장조를 내는 가운데 그는 혼신의 힘을 기울여 포르티시모가 되도록 불협화음을 증대시켰다. 하지만 그는 해결을 거부하고 자신과 청중에게 그 해결을 유예했다. 이러한 해결, 황홀하고 흡족한 기분으로 나장조로 빠져든 것은 어떤 이유에서일까? 그것은 비할 바 없는 행복이요, 한없는 감미로움이 주는 만족감이었다. 마음의 평화다! 축복이다! 하늘나라다! 아직은 아니다. 아직은 아니다! 더없는 환희를 맛보기 위해서는 아직 도저히 견딜 수 없는 유예와 지연과 긴장의 순간을 이겨 내야 했다. 물밀듯이 밀려오는 이러한 동경, 인간이 지니고 있는 모든 욕구, 이처럼 의지가 극단적으로 경련하듯 긴장하는 것을 한 번 더 마지막 한 방울까지 깡그리 맛보아야 했다. 그렇지만 그는 행복이란 다만 찰나적인 것에 불과하다는 사실을 알고 있기에 아직 소원을 성취시켜 주고 구원을 얻게 해 주는 것은 거부하고 있었다. 하노는 서서히 상체를 일으켰다. 그의 두 눈은 솥뚜껑처럼 커졌고 꼭 다문 두 입술은 부르르 떨고 있었다. 그는 몸을 움찔움찔 떨면서 코로 공기를 빨아들였다. 드디어 그는 더 이상 희열을 억제할 수 없게 되었다. 그는 희열에 사로잡혔다. 더 이상 그것을 거부하지 않았다. 근육의 긴장이 풀어졌다. 지치고 맥이 풀린 채 그의 머리는 어깨 위에 축 늘어졌다. 그는 두 눈을 감았다. 슬픈 듯 거의 고통스러운 미소, 이루 말로 표현할 수 없는 환희의 미소가 그의 입가에 어렸다. 바이올린이 연속음으로 속삭이듯 쏴쏴 하며 물결치는 소리를 내는 가운데 이제 저음을 곁들인 그의 트레몰로는 나장조로 넘어가서 돌연 포르티시모로 고조되었다가 울리는 소리 없이 짧게 끓어오르더니 뚝 그쳤다.

이 연주가 하노 자신한테 끼친 영향을 청중들한테도 전달하는 것은 불가능한 일이었다. 이를테면 페르마네더 부인은 그가 혼신의 힘으로 공들인 까닭을 조금도 이해하지 못했다. 아마 그녀는 아이가 미소를 짓고 상체를 움직이며 조그맣고 귀여운 머리를 행복에 겨워 옆으로 기울이는 것은 보았을 것이다. 이러한 광경을 보고 쉽게 감격하는 성질인 그녀는 그래도 마음 깊이 감동을 받았다.

"어쩌면 저렇게 잘할 수 있을까! 저 조그만 아이가!" 그녀가 소리쳤다. 그러면서 그녀는 거의 눈물을 흘릴 듯한 표정으로 그에게 달려가 그의 팔을 얼싸안았다. "게르다, 톰, 애는 모차르트, 마이어베어가 될 거야, 또……." 이들만큼 명성이 높은 세 번째 음악가가 선뜻 뇌리에 떠오르지 않아서 그녀는 두 손을 무릎에 포개고 녹초가 되어 멍한 시선으로 앉아 있는 조카를 끌어안고 그냥 입맞춤을 하는 것으로 마무리 지었다.

"그만 됐어, 토니, 그만 됐어!" 시의원이 나지막한 소리로 말했다. "제발 아이한테 그런 생각을 불어넣지 말아라."

7

토마스 부덴브로크는 어린 요한이 그렇게 발전해 가는 것이 내심 흡족하지 않았다.

그는 오래전에, 속물들이 아연실색해서 고개를 가로젓는데도 게르다 아놀트선을 아내로 맞아들였다. 그것은 그의 시민적 활동에 장애가 되지 않는 범위에서 여느 사람들과는 다른 특이한 취향을 과시할 필요성을 강하게 느꼈기 때문이다. 그러다가 이제 오랫동안 바랐던 자식을 얻게 되었다. 외모로 보나 체질로 보나 아버지 쪽을 많이 닮은 이 아이가 전적으로 어머니의 소유물이 되어야 하는가? 그는 훗날 자식이 자신의 일생의 사업을 더욱더 행복하고 공정하게 계승하기를 희망했다. 그런데 자식이 생활하고 활동하게 될 환경이 아버지의 생활 공간과 내적으로나 천성적으로 낯설고 적대적인 것이 되어야 한단 말인가?

게르다의 바이올린 연주는 그가 사랑하는 그녀의 이상한 눈, 숱 많은 진홍색 머리카락과 전체적으로 특이한 그녀의 외모와 잘 조화되어 토마스에게 더할 나위 없는 매력으로 작용했다. 하지만 그에게는 낯설기만 한 음악적 열정에 자식이 아주 일찍부터 전적으로 사로잡힌 것을 보는 순간, 그녀는 자기와 자식 사이를 가로막고 있는 적대적 세력이 되었다. 그의 희망은 자식을 대외적으로 강력한 추진력을 갖춘, 힘과 정복욕이 있는 진정한 부덴브로크, 실제적으로 사고하는 강건한 남자로 만드는 것이었다. 지금 같은 그의 민감한 정신 상태로 볼 때 이 적대적인 세력이 자식을 자기 집안의 적으로 만들지나 않을까 하는 느낌을 지워 버릴 수가 없었다.

그는 게르다와 그녀의 친구인 퓔이 행하는 음악과 가까워질 수 없었다. 그리고 그녀의 예술에 관한 문제에서는 지극히 배타적이며 아량이 없는 게르다 자신이 거의 잔혹할 정도로 이러한 접근을 방해했다.

그는 이제 와 짐작건대 음악이란 것이 본질적으로 자기 가족과 전적으로 무관하다고는 결코 생각지 않았다. 그의 할아버지는 플루트 불기를 즐겼다. 그 자신은 우아한 매력, 쾌활하게 만드는 활기나 조용한 우울함을 지닌 아름다운 선율에 귀기울이기를 늘 즐겼다. 하지만 만약 그가 자신의 이러한 취향을 어떠한 형태로 표현한다면 게르다는 어깨를 추스르고 동정의 미소를 띠며 분명 이렇게 말할 것이다. "그게 말이라도 될 법한 소린가요, 이봐요! 음악적 가치라고는 털끝만치도 없는 그런 걸 가지고……."

그는 이 '음악적 가치'란 말을 싫어했다. 그가 보기에 그 말은 다름 아닌 차디찬 오만함의 개념에 지나지 않았다. 그는 하노가 있는 자리에서 그에 반대하여 자기 주장을 펼치게 되었다. 그런 기회에 그가 화를 내면서 소리치는 일이 여러 번 있었다. "아, 여보, 걸핏하면 꺼내는 '음악적 가치'라는 지적은 내가 보기에는 잘난 체하는 악취미의 말인 것 같소!"

그러면 그녀는 이렇게 대꾸했다. "토마스, 당신은 영영 음악이라는 예술을 결코 이해하지 못할 거예요. 당신이 비록 지적인 사람이긴 하지만 음악이란 게 후식용 농담거리나 귀를 즐겁게 해 주는 것 이상이라는 걸 결코 알지 못할 거예요. 당신은 다른 분야에는 진부함이란 의미를 분명히 인식하고 있지만 음악에서는 그렇지 못해요. 하지만 그게 예술을 이해하는 시금석이에요. 당신이 음악을 얼마나 모르는지는 당신의 음악적 취향이 여타의 욕구나 견해와 도저히 상응하지 않는다는 점에서 알 수 있어요. 음악의 어떤 점이 당신을 즐겁게 해 주나요? 그것은 김빠진 낙관주의의 정신이에요. 만약 문학책에서 그런 요소를 발견한다면 당신은 분개하거나 화가 나서 야유를 하며 구석에 내동댕이칠 거예요. 아직 채 품지도 않은 소망의 때 이른 성취…… 아직 채 발동 걸리지도 않은 의지의 신속한 충족, 그게 세상에서 흔히 말하는 아름다운 선율이라는 거예요. 그것은 무미건조한 이상주의에 불과해요."

그는 그녀가 무엇을 말하고 있는지 이해했다. 하지만 그는 자기를 고무시키고 감동을 주는 선율이 어째서 아무런 가치가 없는 천박한 것인지에 대해서는 그녀와 견해를 같이할 수 없었으며 그런 그녀의 견해를 이해할 수 없었다. 반면 그녀의 견해에 따르면 차갑고 혼란된 인상을 주는 음악 작품이 최고의 음악적 가치를 지닌다는 것이었다. 신전 앞에 선 그에게 게르다는 그 문지방에 서서 준엄하게 손을 흔들며 비키라고 말했다. 그는 그녀가 아이를 데리고 그 속으로 사라지는 모습을 근심에 잠겨 지켜보았다.

그는 자기와 아들 사이의 거리감이 점점 더 커져 가는 것 같은 느낌을 받았지만 그러한 근심을 아무에게도 내색하지 않았다. 자식의 호의를 얻겠다는 생각은 더없이 끔찍한 것으로 여겨졌다. 낮에는 아들과 맞닥뜨릴 시간이 별로 없었다. 식사 때에나 아들에게 은근한 애정을 표시했다. 그러한 격려의 표현에는 엄격한 면이 담겨 있었다. "자, 애야." 그가 아들의 뒷머리를 톡톡 치면서 말했다. 그러고는 부인 맞은편 그의 옆자리에 앉았다. "어떻게 지내니! 잘돼 가니? 공부는? 그리고 피아노 연주는? 좋다! 하지만 너무 심하게는 하지 말아라. 그러지 않으면 다른 본분을 망각하게 되고 부활절에 낙제하게 돼." 그는 하노가 어떻게 인사하며 게르다가 어떻게 대꾸할지 가슴 죄며 조마조마하게 기다렸지만 전혀 그런 내색은 하지 않았다. 그리고 아이가 그냥 부끄러워하는 표정으로 그늘진 금갈색 눈을 자기 쪽으로 향하다가 다시 말없이 접시 위에 몸을 숙일 때 그의 마음이 고통으로 오그라 붙는 것을 눈치채게 하지 않았다. 하지만 아들의 시선이 아버지 얼굴에까지 도달하는 법은 결코 없었다.

그는 아이가 숫기 없이 어쩔 줄 몰라 하는 것을 지켜보고 끔찍한 생각에 사로잡혔다. 함께 있을 때, 가령 그릇을 치우는 동안 아이와 얼굴을 마주하고 무언가를 시험하며 사실들에 대한 실제적인 감각을 갖도록 해 주는 것이 아버지 된 도리였다. 도시의 인구가 얼마냐? 트라베강에서 위의 도시로 통하는 거리들은 무엇무엇이냐? 회사에 속하는 창고 이름들은 무엇이냐? 그것들을 또렷또렷하게 말해 봐라! 하지만 하노는 아무 대답도 하지 않았다. 아버지의 말을 거역하거나 아버지의 마음을 아프게 하려고 그러는 것은 아니었다. 그렇지만 인구가 얼마든, 거리나 창고 이름이 무엇이든 간에 보통 때는 전혀 대수롭지 않게 생각했던 것이 시험의 대상이 되자 그에게 말할 수 없는 혐오감을 불러일으켰다. 그 전에 그는 아주 명랑했으며 심지어 아버지와 잡담을 나누기까지 했다. 하지만 이제 그 대화가 약소하나마 시험의 성격을 띠게 되자 그의 기분은 영 이하로 떨어지며 그의 자제력이 완전히 소멸되고 말았다. 그의 두 눈은 으스름한 빛을 띠면서 흐려졌으며 그의 입은 낙담한 표정을 짓게 되었다. 그의 마음속에는 온통 아버지가 경솔하게 처신한 것이 고통스럽고 애석하기 짝이 없다는 생각밖에 없었다. 그러한 시험이 아무런 좋은 결과도 낳지 못한다는 것을 모르는 아버지가 그럼으로써 자신뿐만 아니라 모두의 식사를 망쳐 버린다는 것이었다. 그는 눈물이 그렁그렁한 눈으로 접시를 내려다보았다. 이다가 그의 옆구리를 찌르며 나지막이 속삭여 주었다, 거리와 창고 이름들을. 하지만, 아, 그래봤자 전혀 소용없는 일이었다! 그녀는 그를 잘못 안 것이었다. 그러니까 그는 적어도 몇 개 정도는 이름들을 제대로 알고 있었다. 그럴 마음만 먹었더라면, 사실이지 억제할 수 없는 슬픔에 사로잡히지만 않았더라면 어느 정도는 아빠의 바람을 충족시키는 일이 그리 어렵지 않았을지도 모른다. 아빠가 호되게 다그치며 포크로 나이프 무더기를 탕탕 내려치는 바람에 그의 간이 콩알만 해졌다. 그는 어머니와 이다를 흘끗 쳐다보며 말하려고 했다. 하지만 눈물을 질질 짜는 바람에 첫마디부터 목에서 막혀 버렸다. 그래서 말이 나오지 않았다. "됐어!" 시의원이 화가 나서 소리쳤다. "그만! 더 이상 듣고 싶지 않다! 아무것도 말할 필요 없어! 평생을 그렇게 말없이 멍청하게 있어라!" 이처럼 식사는 불쾌한 가운데 말없이 끝났다.

하노가 음악에 열정을 보이는 데 반대하면서 시의원이 우려하는 것은 이 꿈꾸는 것 같은 약함, 이 눈물, 이처럼 생기가 하나도 없는 성격이었다.

하노의 건강은 늘 좋지 않았다. 특히 어릴 때부터 여러 가지 고통스러운 문제를 야기한 것은 그의 치아였다. 젖니가 날 때 고열과 경련을 동반하는 바람에 거의 목숨을 잃을 뻔했다. 그리고 걸핏하면 잇몸이 붓고 거기에 종양이 생겼다. 그것이 곪으면 이다 융만이 적당한 시기에 바늘로 터뜨리곤 했다. 영구치가 나는 지금은 고통이 더욱 심했다. 하노로서는 도저히 견딜 수 없는 고통이 왔다. 이러한 고통으로 인한 고열로 잠

한숨 못 자고 끙끙거리며 울고불고하면서 밤을 보냈다. 겉으로 보기엔 어머니의 이처럼 아름답고 흰 이였지만 실상은 부드럽고 무척 약한 데다가 똑바로 나지 않고 서로를 뚫고 들어갔다. 이러한 문제를 해결하기 위해서 어린 요한은 그의 인생에 끔찍한 남자를 불러들이지 않을 수 없었다. 그는 뮐렌가에 사는 치과 의사 브레히트였다.

이 남자의 이름부터가 치근을 끌어당기고, 돌리고, 들어올릴 때 턱에서 나는 무시무시한 소리를 생각나게 했다. 그리고 브레히트의 병원 대기실에 가서 충직한 이다의 맞은편 안락의자에 웅크리고 앉아 코를 찌르는 방의 공기를 맡고 있노라면 그는 불안감에 심장이 오그라들었다. 수술실 문에서 그 치과 의사가 친절하고 섬뜩한 목소리로 "좀, 들어오지." 하면서 모습을 드러낼 때까지 그는 잡지의 그림을 보았다.

이 대기실은 이상한 매력을 지니고 있었다. 구석에 있는 새장의 한가운데에는 독살스러운 조그만 눈을 가진 화려하고 알록달록한 앵무새가 한 마리 앉아 있었다. 어떤 이유에서인지는 몰라도 그 새는 요세푸스라는 이름으로 불렸다. 그 새는 늙은 부인이 화를 내는 것 같은 목소리로 말하곤 했다. "앉으세요. 잠깐만요." 지금과 같은 상황에서는 그 말이 마치 조롱하는 소리처럼 들렸지만 하노 부덴브로크는 그 새한테서 애정과 전율이라는 묘한 감정을 느꼈다. 앵무새 한 마리, 요세푸스란 이름을 가진 말을 할 줄 아는 커다랗고 알록달록한 새! 그 새는 이다가 집에서 읽어 준 그림 동화책에서, 마법의 숲에서 뛰쳐나온 게 아니었던가? 브레히트가 문을 열면서 "좀, 들어오렴."이라고 한 말도 새는 꼭 그대로 아주 인상적으로 따라 했다. 그래서 하노는 수술실에 들어서면서 묘한 느낌을 받으며 웃게 되었다. 하노는 창가에 위치한 아주 무시무시하게 생긴 커다란 의자에 가서 앉았다. 의자 옆에는 페달을 밟아 작동시키는 기계가 있었다.

브레히트로 말하자면 그는 이 앵무새와 생긴 모습이 너무 흡사했다. 검은색과 회색이 섞여 있는 콧수염 위에 자리잡은 그의 코는 앵무새의 부리처럼 단단하게 휘었기 때문이다. 하지만 겁이 많다는 것이 그의 나쁜 점이었다. 의사라는 직책상 견뎌 내야 하는 고통도 그는 제대로 감당해 내지 못했다. "이를 빼야겠습니다." 이다한테 이렇게 말하면서 그의 안색이 창백해졌다. 그러다가 하노가 얼굴이 노래져서 식은땀을 흘리며 눈을 동그랗게 뜨고 보니 브레히트가 소매에 집게를 넣고 자기에게 다가왔다. 그의 마음 상태는 사형에 처해질 흉악범의 그것과 전혀 다를 바 없었다. 그런데 그 치과 의사의 벗겨진 이마 위에는 조그만 땀방울들이 송골송골 맺혀 있었고 그의 입도 역시 불안감으로 일그러져 있었다. 이제 끔찍한 일이 끝나자 하노는 창백한 얼굴로 오만상을 찌푸리고 울면서 덜덜 떨었다. 그가 옆쪽에 있는 푸른 접시에다 피를 뱉을 때 브레히트는 잠시 어딘가에 자리를 잡고 이마에 맺힌 땀을 닦으며 물을 약간 들이켜야 했다.

사람들은 어린 요한에게 이 남자가 그를 위해 좋은 일을 많이 해 주며 더 커다란 고통을 막아 준다고 안심을 시켰다. 하지만 하노가 브레히트한테서 받은 고통과 혜택을 비교해 봤을 때 전자가 후자를 훨씬 압도했다. 그래서 그는 이 뭘렌가에 찾아오는 것을 모든 쓸데없는 고통들 중에서 최악의 것이라고 간주하지 않을 수 없었다. 사랑니가 날 공간을 마련해 주려고 이제 막 희고 아름답고 아주 건강하게 자라난 어금니 네 개를 빼 버려야 했다. 아이가 너무 힘들어할까 봐 사 주에 걸쳐서 그 일을 수행했다. 얼마나 끔찍한 날들이었던가! 기진맥진해서 한 번 일을 무사히 견뎌 내고 나면 또다시 다음에 찾아올 일 때문에 그는 불안에 떨었다. 이러한 장기간에 걸쳐 행해진 고문은 그 정도가 너무 심했다. 마지막 이를 빼고 나서 하노는 완전히 탈진한 나머지 일주일 동안 앓아누웠다.

　게다가 이러한 치통은 그의 정신 상태뿐만 아니라 신체 기관들의 기능에도 영향을 끼쳤다. 음식물을 제대로 씹지 못하는 바람에 번번이 소화 장애에 시달리면서 그 결과로 위열이 생겼다. 이러한 위장 장애는 약할 때도 있고 강할 때도 있는 불규칙적인 심장의 고동 및 현기증과 관계가 있었다. 그런 데다가 그라보 박사가 '몽유병'이라고 칭한 이상한 증세가 약해지기는커녕 더욱 심해졌다. 거의 매일 밤 어린 요한은 한 번이나 두 번쯤 벌떡 일어나서 괴로움을 도저히 견딜 수 없다는 동작으로 손을 비비며 도와 달라고 고함을 질러 댔다. 그가 마치 화염에 휩싸여 있기라도 하듯이, 목을 조이기라도 하듯이, 무언가 이루 말할 수 없이 끔찍한 일이 일어나기라도 하듯이 말이다. 아침이면 그는 간밤의 일을 전혀 알지 못했다. 그라보 박사는 저녁에 월귤나무즙을 마셔 보라고 권했다. 하지만 그래도 전혀 소용이 없었다.

그가 겪고 있는 신체적 장애, 그가 당하고 있는 고통으로 말미암아 어린 나이에 일찍이 많은 경험을 통해 진지한 감정을 지니게 됨으로써 그는 어쩔 수 없이 조숙한 아이가 되었다. 그러한 사실이 흡사 좋은 취미를 지닌 우월한 재능에 의해 억압당하고 있는 것처럼 자주 노골적으로 드러나는 것은 아니었지만 가끔씩 우울한 우월감의 형태로 표출되었다. "좀 어떠니, 하노?" 그의 친척, 할머니, 넓은 거리의 부덴브로크 여인들이 그렇게 물었다. 그러면 그는 체념한 듯이 입을 조금 삐죽하며 푸른 선원복 칼라로 뒤덮인 어깨를 으쓱해 보이는 게 답변의 전부였다.

"학교에 가는 것은 즐겁니?"

"아뇨." 하노는 차분한 어조로 솔직하게 털어놓았다. 그와 같이 좀 더 진지한 문제에 대해서는 거짓말을 할 필요가 없다고 생각해서였다.

"아니라고? 아니! 그렇지만 사람은 모름지기 쓰고, 셈하고, 읽는 것을 배워야 해."

"그 외에 더 있지요." 어린 요한이 말했다.

그렇다, 그는 교실 천장이 고딕식으로 둥글고 회랑이 있는 구식 학교, 옛날식 수도원 학교에 다니는 것을 좋아하지 않았다. 그는 병이 나기 일쑤였으며 늘 정신이 없었다. 그의 마음은 화음 조합 문제나 아직 그 수수께끼가 풀리지 않은 어떤 음악 작품의 불가사의함에 쏠려 있었기 때문이다. 그는 그런 사실을 어머니나 퓔한테서 들었던 것이다. 이 때문에 그의 학업에는 진척이 없었다. 저학년 수업은 보조 교사나 신학교 학생이 맡았다. 그는 그들이 사회적으로 열등하고 정신적으로 억압받고 있으며 신체적으로 세련되지 못하다는 느낌을 받았다. 그래서 그들한테 처벌받을까 봐 겁이 나면서도 마음속으로는 그들에 대한 멸시의 감정이 스며들었다. 수학 선생인 티트게는 머리가 하얗게 센 조그만 남자로, 미끈미끈한 검은 상의를 입고 있었다. 그는 고인이 된 마르셀루스 슈텡겔이 가르칠 당시에도 학교에 재직하고 있었다. 그는 구제불능의 사시(斜視)를 교정해 보려고 배의 승강구처럼 둥글고 두꺼운 안경을 끼고 있었다. 티트게는 어린 요한한테 그의 아버지가 수학을 얼마나 열심히 잘했는지를 매시간 주지시켰다. 티트게는 늘 심하게 기침을 하면서 교단 바닥에 침을 뱉곤 했다.

하노와 동급생의 관계는 대체로 서먹서먹하고 피상적 성질을 띠고 있었다. 그는 그들 중 단 한 명과 사귈 뿐이었다. 학교에 간 첫날부터 맺어진 둘의 관계는 아주 굳건했다. 그 아이는 고상한 가문 출신이었지만 하고 다니는 꼴은 형편없었다. 그는 카이라는 이름을 가진 묄른 백작이었다.

둘의 체격은 엇비슷했다. 하지만 그는 하노처럼 덴마크 선원복을 입지 않고 색깔이 불명료한 초라한 양복을 입었다. 어떤 때는 단추가 없는 경우도 있었으며 옷의 엉덩이 부분에 기운 자국이 커다랗게 드러나기도 했다. 아주 짧은 소매 바깥으로 드러난 그의 손은 먼지와 흙이 잔뜩 묻어 언제나 옅은 회색을 띠었다. 하지만 그의 손은 가늘고 아주 우아하게 생겼다. 긴 손가락에 끝이 뾰족한 손톱도 길게 뻗어 있었다. 그의 머리도 손과 마찬가지였다. 원래는 순수하고 고귀한 종족의 특

172

질을 지니고 태어났지만 빗지도 않고 아무렇게나 하고 다니는 바람에 그리 깨끗하지 않았다. 중앙에 아무렇게나 가르마를 탄 적황색 머리카락은 백설처럼 흰 이마 너머로 넘기고 있었다. 이마 밑에는 움푹 들어간 담청색 눈이 예리하게 번득였으며 광대뼈가 약간 튀어나와 있었다. 섬세하게 생긴 콧구멍에다 가는 콧잔등이 약간 휘어진 그의 코는 윗입술이 약간 삐죽 나온 입과 더불어 그의 독특한 성격을 잘 말해 주었다.

하노 부덴브로크는 어린 백작을 학교에 들어가기 전에도 두서너 번 얼핏 본 적이 있었다. 그가 이다와 함께 성문을 지나 북쪽으로 산책을 하면서였다. 즉, 도시 바깥의 첫째 마을과 멀지 않은 곳 어딘가에 조그만 농가가 한 채 있었다. 아주 작은 보잘것없는 가옥으로 이름도 없었다. 지나가다 얼핏 보면 퇴비, 몇 마리의 닭, 개집 그리고 땅에 닿을 정도로 낮고 붉은 지붕을 가진 오두막처럼 허름한 건물이 보였다. 이게 그 귀족의 집이었다. 카이의 아버지 에버하르트 묄른 백작이 거기에 살고 있었다.

그는 좀체 남의 눈에 띄지 않는 괴짜였다. 그는 세상 사람들과 담을 쌓고 자기의 조그만 농장에서 닭과 개와 채소를 기르며 살고 있었다. 그는 윗부분이 젖혀진 장화를 신고 녹색 재킷을 입은 체구가 큰 남자였다. 수염은 하얗게 셌으며 머리는 대머리였고 말은 한 마리도 없는데도 손에는 승마용 채찍을 들고 있었다. 털이 무성한 눈썹 아래에는 단안경이 눈에 단단히 박혀 있었다. 묄른 백작이라는 성을 가진 사람이라곤 천지 사방에 그와 그의 아들밖에 없었다. 한때 떵떵거리며 잘살았던 그 가문의 후손들은 점점 시들고 사그라져서 없어지게 되었다. 어린 카이의 고모가 아직 한 명 살아 있었지만 그의 아버지와 아무런 교류가 없었다. 그녀는 기상천외한 가명으로 가정 잡지에 소설들을 발표했다. 에버하르트 백작에 대해서 사람들은 이런 일을 떠올렸다. 그는 장사치나 거지 같은 별별 사람들이 와서 자기를 성가시게 하는 것을 막아 보려고 성문 밖으로 이사를 온 후 제법 오랜 기간 동안 낮은 대문에다 이런 간판을 내걸어 두었다. "여기에 묄른 백작이 혼자 살고 있는데 필요한 것도 없고 살 것도 없고 줄 것도 없음." 그 간판이 효력을 발휘해서 더 이상 그를 성가시게 하는 사람이 아무도 없어지자 그는 다시 그것을 떼 버렸다.

카이한테는 어머니가 없었다. 백작 부인은 아들을 낳다가 죽었기 때문이다. 조금 늙은 어떤 여자가 집안일을 꾸려 가고 있었다. 어린 카이는 이 집에서 닭이며 개 들 사이에서 가축처럼 자라났다. 하노 부덴브로크는 이곳을 지나며 겁을 잔뜩 집어먹은 채, 카이가 집토끼처럼 양배추 사이를 뛰어다니는 것을 먼 발치에서 지켜보았다. 그는 강아지들과 맞붙어 뒹굴었고 공중제비 넘기를 하면서 닭들을 혼비백산하게 만들었다.

교실에서 그는 카이를 다시 보게 되었다. 처음에는 어린 백작의 야성적인 외모에 대한 두려운 마음이 어느 정도 지속되었지만 오랫동안 계속되지는 않았다. 확실한 본능으로 그는 카이의 세련되지 못한 겉모습의 속을 들여다볼 수 있었다. 또 확실한 본능으로 그의 흰 이마, 좁은 입, 길쭉하게 생긴 담청색 눈에 주의를 기울였다. 그의 눈은 성난 듯한 적대적인 눈초리를 하고 있었다. 하노는 동급생들 중에서 유일하게 이 아이 한테만 호감을 느꼈다. 그렇지만 하노는 너무 수줍어서 친구 하자는 말을 꺼낼 용기가 없었다. 어린 카이가 대담하게 주도 권을 잡지 않았더라면 아마 두 사람은 서로 모르고 지냈을지도 모른다. 그렇다, 카이가 맹렬한 기세로 덤벼드는 바람에 어린 요한은 처음에는 깜짝 놀랐다. 이 야성적인 친구는 우아한 옷을 입은 얌전한 하노의 환심을 사려고 눈에 불을 켜고 남자답게 맹렬한 기세로 덤벼들었다. 하노는 거기에 아무런 저항도 할 수 없었다. 사실 그 역시 하노의 공부를 도와줄 형편은 아니었다. 꿈꾸는 듯 멍하니 있는 어린 부덴브로크와 마찬가지로 아무런 구속을 받지 않고 자유를 만끽하는 그는 구구단을 끔찍이도 싫어했다. 하지만 그는 자기 것이면 뭐든지 다 하노한테 주었다. 유리구슬과 팽이 그리고 심지어는 자기의 소유물 중에서 제일 좋아하는 물건인 구부러진 조그만 양철 권총까지 주었다. 쉬는 시간이면 그는 하노의 손을 잡고 자기 집과 강아지, 닭에 대해 이야기해 주었다. 점심 시간이면 버터 샌드위치가 든 도시락을 손에 든 이다 융만이 산책을 가려고 학교 문 앞에서 늘 하노를 기다리고 있었지만 그는 하노가 가는 곳이면 어디에나 따라다녔다. 이런 기회에 그는 이 어린 부덴브로크가 집에서는 하노라는 이름으로 불린다는 것을 알게 되었다. 그래서 그는 즉각 이 별명을 머리에 단단히 기억하고 다음부터는 결코 다른 이름으로 부르지 않았다.

하루는 그가 하노에게 뮐렌발로 가지 말고 자기 집으로 가서 새로 태어난 모르모트를 구경하자고 말했다. 융만은 둘의 성화에 못 이겨 그들의 청을 들어주고 말았다. 그들은 백작이 사는 집 쪽으로 슬슬 걸어가서 퇴비, 채소, 개, 닭이며 모르모트를 구경했다. 그들은 집 안에도 들어가 보았다. 길고 낮은 방의 평평한 방바닥에서 고독에 찌든 완고한 모습의 에버하르트 백작이 조야한 책상에 앉아 글을 읽고 있었다. 그는 무뚝뚝하게 무슨 용무로 왔느냐고 물었다.

이다 융만으로서는 이런 방문을 되풀이할 생각이 들지 않았다. 그녀는 둘이 같이 있고 싶다면 차라리 카이가 하노를 방문하는 게 어떻겠느냐는 주장을 굽히지 않았다. 그래서 어린 백작은 처음으로 친구의 호화로운 집을 방문하게 되었다. 그는 하노 아버지의 집을 보고 솔직히 감탄했지만 그렇다고 해서 기죽지는 않았다. 그런 뒤부터는 뻔질나게 친구의 집을 드나들게 되었다. 이젠 겨울에 눈이 많이 쌓여 있을 때 말고는 오후에 먼 길을 되돌아가야 하는데 하노의 집에서 몇 시간 동안 놀다 가곤 했다.

그들은 3층의 커다란 아이들 방에 같이 앉아 숙제를 했다. 풀어야 할 수학 숙제가 많았다. 석판 양쪽에 더하기, 빼기, 곱하기, 나누기가 가득 채워진 숙제로, 결국은 답이 그냥 영이 되는 문제였다. 그렇지 않으면 어딘가 틀린 구석이 있는 것이다. 그 조그만 짐승을 찾아내어 없애 버릴 때까지 그들은 찾고 또 찾아야 했다. 문제 전부를 다시 쓰지 않도록 그 짐승이 너무 높은 데 있지 않기를 바랐다. 그런 다음에 그들은 독일어 문법과 비교 변화의 규칙을 공부했다. 그리고 그에 대한 간단한 예문을 그 밑에 깔끔하고 가지런히 적어야 했다. "뿔은 투명하다. 유리는 더 투명하다. 공기가 가장 투명하다." 그런 다음 그들은 받아쓰기 공책을 집어 들고 다음과 같은 문장들을 주의 깊게 연구했다. "우리의 헤트비히(Hedwig)는 사실 아주 일을 잘한다(Willig). 그러나 다락방(Estrich)의 먼지(Kehricht)는 제대로 쓸지 못한다." 이러한 문장을 받아쓰기 시키는 의도는 '이히' 발음이 나는 철자인 'ig'와 'ich'를 서로 혼동하지 않도록 하기 위해서였다. 그들은 이 작업도 철저하게 수행했다. 이제 그에 대한 교정만 하면 되었다. 그리고 공부가 다 끝나면 책 보따리를 꾸려 넣고 창문턱에 가서 앉아 이다가 글 읽는 소리를 들었다.

이 착한 영혼의 소유자는 눈을 반쯤 감은 채 낮고도 참을성 있는 목소리로 신데렐라, 두려움을 모르는 왕자며, 동화에 나오는 나쁜 요정과 라푼첼, 개구리 왕에 관해 읽어 주었다. 그 동화들은 하도 여러 번 읽은 터라 안 보고도 거의 외울 정도가 되었기 때문이다. 그러면서 그녀는 침을 바른 집게손가락으로 책장들을 기계적으로 넘겼다.

하지만 이런 가운데 이상한 일이 일어났다. 어린 카이는 책을 덮고 자신에 관한 이야기를 하고 싶다는 욕구를 느끼기 시작했다. 그것은 아주 좋은 착상이었다. 그들은 이미 책에 인쇄된 모든 내용을 알고 있었고 이다도 때때로 좀 쉬고 싶다는 생각이 들었기 때문이다. 카이의 이야기는 처음에는 간단명료했지만 그러다가 점차 더 대담하고 복잡해져 갔다. 그의 이야기의 흥미로운 점은 허황된 내용이 아닌 현실에 기초한 사실을 이상하고도 신비스럽게 들려준다는 것이었다. 하노는 아주 힘이 센 나쁜 마술사의 이야기를 특히 재미있게 들었다. 그는 요세푸스라는 이름의 천부적 재능을 타고난 잘생긴 왕자를 알록달록한 새로 변하게 해서 수중에 지니고 있으며 그의 음험한 마술로 뭇사람들을 괴롭힌다는 것이다. 하지만 아주 먼 나라에서는 선발된 영웅이 자라고 있다는 것이다. 그는 훗날 개와 닭, 모르모트로 이루어진 무적의 군대를 이끌고 마술사와 용감무쌍하게 전투를 벌인다는 것이다. 그래서 왕자뿐만 아니라 온 세상, 특히 하노 부덴브로크를 단칼에 그 마술사로부터 구해 낸다는 것이다. 그러고 나서 마법이 풀려 자유의 몸이 된 요세푸스는 자기 나라로 돌아갈 것이며 하노와 카이는 그 왕국에서 높은 자리에 오를 거라고 한다.

부덴브로크 시의원은 아이들 방을 지나치면서 가끔 두 친구가 함께 노는 것을 보았지만 둘이 서로 친하게 지내는 것을 반대하지 않았다. 둘이 서로에게 유익한 영향을 끼친다는 것을 금방 알아차렸기 때문이다. 하노는 카이를 부드럽고 순하며 고상하게 해 주었다. 하노한테 홀딱 반한 카이는 그의 흰 손을 보고 감탄했으며 융만에게 자기 손도 솔과 비누로 깨끗하게 해 달라고 했다. 그리고 하노도 그 나름대로 어린 백작한테서 활력과 야성적 기질을 받아들인다면 그것도 환영할 만한 일인 것이다. 부덴브로크 시의원은 자식이 늘 여자의 치마폭에 싸여 있으면 남성적 특질을 기르고 발전시키는 데 좋지 않다는 사실을 숨기지 않았기 때문이다.

이제 벌써 삼십 년 이상이나 부덴브로크가를 위해서 헌신적으로 봉사한 착한 이다 융만한테는 황금으로도 보답할 수 없었다. 그녀는 이전 세대의 아이들도 헌신적으로 키웠다. 하지만 그녀는 특히 하노를 팔에 끼고 다니며 애정과 보호로 꽁꽁 싸매다시피 했다. 그녀는 그를 우상처럼 사랑하면서 세상에서 그가 최고로 우대받는 특수한 위치에 있다는 소박하고 확고한 신념을 품고 때로는 터무니없는 일을 행하기도 했다. 그를 위해서 행동하는 것이 지나친 나머지 어떨 때는 놀랍고 곤혹스러울 정도로 뻔뻔스러운 행동을 서슴지 않았다. 이를테면 제과점에 들러서는 그에게 주려고 진열된 접시에 든 과자를 마구 집고 돈도 치르지 않고 나갔다. 주인이 이를 영광으로 안다는 것이다! 사람들이 잔뜩 둘러선 진열창 앞에서 그녀는 그들 면전에다 대고 서부 프로이센 방언으로 친절하지만 단호하게, 하노를 위해서 자리를 내 달라고 요청할 것이다. 그녀가 볼 때 그는 아주 특별한 존재였다. 그래서 그녀는 이 세상에 그와 교제할 가치가 있는 아이는 거의 없다고 생각했다. 어린 카이로 말하자면 그에 대한 그녀의 불신보다도 두 아이끼리의 애착이 더 강했다. 그녀도 그의 이름에는 약간 마음이 이끌렸는지도 모른다. 그녀가 하노와 같이 뮐렌발의 벤치에 앉아 있을 때 다른 아이들이 그들한테 오면 융만은 즉각 벌떡 일어나서 늦었다든가 바람이 세다든가 하는 핑계를 대며 그 자리를 떠났다. 그러면서 그녀가 어린 요한한테 둘러대는 핑계는 그로 하여금 그의 동년배 친구들이 자기만 빼고 모두 선병질이거나 '기력이 약하다'라는 생각을 갖게 하기에 꼭 알맞았다. 그렇지만 그러한 설명이 그에게 부족한 자신감과 공정성을 증강시켜 주지는 못했다.

부덴브로크 시의원은 이런 자세한 내막을 알지 못했다. 하지만 그는 자기 아들이 천성적인 기질과 더불어 외적인 영향 탓으로 당분간 그가 소망하는 방향으로 발전해 가지 않고 있다는 것은 알고 있었다. 만약 자신이 직접 자식의 교육에 관여한다면 시시각각으로 그의 정신에 영향을 끼칠 수 있을 텐데! 하지만 그에게는 그럴 시간이 없었다. 어쩌다가 그런 시도를 했다가 한심한 실패로 끝나는 바람에 부자간의 관계가 더욱 냉랭하고 서먹해지는 것을 고통스럽게 지켜볼 도리밖에 없었다. 그가 하노한테 모범으로 삼도록 제시하고 싶은 인물이 뇌리에 아른거렸다. 그 인물은 그가 어릴 때 살아 계셨던 하노의 증조할아버지였다. 그는 명민한 두뇌의 소유자로 유쾌하고 단순하며 익살스럽고 강건한 남자였다. 그는 그렇게 될 수 없었던가? 그것이 불가능한 일이었던가? 그럼 뭣 때문에 안 된다는 말인가? 그의 실제적인 삶을 소원하게 하고, 확실히 신체적 건강에 아무런 도움도 주지 않으며, 그의 정신력을 소모시키는 음악만이라도 최소한 자제하고 물리칠 수 있다면! 꿈꾸는 듯한 그의 아들은 가끔씩 책임 무능력 상태에까지 근접하지 않았던가?

어느 날 오후 하노는 식사하기 사십오 분 전에 혼자 2층에 내려왔다. 점심은 네 시에 먹었다. 그는 잠깐 동안 피아노 연습을 하다가 거실에서 한가롭게 쉬고 있었다. 반쯤 누운 상태로 그는 긴 의자에 앉아 가슴 위에 달린 옭매듭을 만지작거리고 있었다. 특정한 물체를 바라보지 않고 무심코 옆쪽으로 시선을 돌리다가 그는 어머니의 우아한 호두나무 책상 위에 가죽 가방이 열려 있는 것을 알아챘다. 그것은 가족 기록이 적혀 있는 가방이었다. 그는 팔꿈치를 소파 쿠션에 대고 손으로 턱을 괸 채 한동안 멀찌감치서 그 물건들을 관찰했다. 아빠가 오늘 두 번째 아침 식사를 들고 나서 일지를 기록한 후 계속 사용하려고 그냥 놓아둔 것이 분명했다. 몇 가지 서류가 가방에 끼워져 있고 바깥으로 나와 있는 너덜너덜한 종이는 임시방편으로 금속 자로 눌러 두었다. 여러 다양한 종이가 들어 있는 커다란 금박 공책은 열린 채로 놓여 있었다.

하노는 긴 의자에서 게으른 동작으로 미끄러져 내려와 책상 쪽으로 갔다. 공책이 펼쳐진 곳에는 부덴브로크가의 조상 계보가 적혀 있었다. 그의 아버지를 포함하여 그의 몇몇 조상들의 친필이 분명한 날짜와 더불어 괄호와 붉은 글씨로 정리되어 있었다. 한쪽 다리로 안락의자에 무릎을 꿇고 부드럽게 물결치는 담갈색 머리카락에 손바닥을 대며 하노는 한동안 그 서류를 찬찬히 들여다보았다. 그는 진지한 태도였지만 아무래도 전혀 상관없다는 듯이 비판적이고 다소 경멸적인 생각이 들었다. 그는 금과 흑단이 반반인 엄마의 펜대를 다른 손으로 만지작거렸다. 그의 시선은 아래로 옆으로 줄지어 적혀 있는 모든 남녀들의 이름을 좇아갔다. 가끔씩 구식으로 당초 무늬를 한 글씨가 나왔다. 누렇게 변색했거나 검은 잉크로 적혀 있는 그 굵은 글씨에는 금가루가 붙어 있었다. 그는 제일 밑에 아빠가 종이 위에 아주 작게 급히 휘갈겨 쓴 글씨도 읽어 보았다. 그의 부모들 이름 밑에 적힌 자신의 이름이었다.(유스투스, 요한, 카스파르, 1861년 사월 십오 일생.) 그걸 보고 조금 흥미를 느낀 그는 몸을 약간 일으켜서 역시 굼뜬 동작으로 자와 펜을 집어 들었다. 자를 그의 이름 위에 대고는 또 한 번 혼란스러운 계보 전체를 훑어보았다. 그러고는 침착한 표정으로 아무 생각 없이 멍하니, 기계적으로, 꿈꾸는 것처럼, 종이 전면에 대각선으로 깨끗하고 아름답게 쌍선을 그었다. 수학 공책의 각 면마다 그렇게 장식한 것처럼 위쪽 선은 아래쪽 선보다 더 굵게 그렸다. 그런 다음 잠시 머리를 옆으로 기울이고 찬찬히 들여다보다가 그 자리를 떴다.

식사 후에 시의원이 그를 불러서 눈썹을 찡그리며 야단을 쳤다.

"이게 무슨 짓이니? 왜 그런 일을 했어? 네가 한 짓이지?"

그는 자기가 그 일을 했는지 잠시 생각해 봐야 했다. 그런 다음 겁을 먹고 불안에 떨며 말했다. "네."

"무엇 때문에! 너 어떻게 된 거 아니니? 대답해 봐! 어쩌자고 이런 행패를 부린 거니!" 시의원이 공책을 둘둘 말아 하노의 뺨을 때리면서 소리쳤다.

뒤로 주춤 물러선 어린 하노는 손으로 뺨을 감싸면서 더듬거리며 말했다. "제 생각으론……, 제 생각으론, 더 이상 쓸 게 없을 것 같아서요……."

8

여러 신들이 벽에서 조용히 미소 지으며 내려다보는 가운데 가족들은 목요일에 모여 식사를 하면서 얼마 전부터 새로운 아주 심각한 대화를 나누게 되었다. 넓은 거리의 여인들은 그에 대해 냉랭하고 꺼림칙한 표정을 지었다. 반면에 페르마네더 부인의 표정과 동작은 아주 흥분되어 있었다. 그녀는 고개를 뒤로 젖히고 두 팔을 앞과 위로 뻗으면서 분에 못 이겨 말했다. 그녀는 특수한 경우에서 일반적인 경우로 넘어갔다. 위가 좋지 않았던 그녀는 그 때문에 신경질적으로 헛기침을 해대면서 그녀 특유의 후두음으로 나쁜 인간들에 대해 말했다. 분노한 나머지 그녀는 정나미 떨어진다는 듯 조그만 트럼펫 소리를 내뿜었다. "울보 트리슈케——!" "그륀리히——!" "페르마네더——!" 하지만 이상하게도 거기에 새로 첨가된 이름이 있었다. 그녀는 말할 수 없을 정도로 경멸하고 증오한다는 어조로 이렇게 소리쳤다. "검사——!"

그런 뒤 후고 바인셴크 사장이 언제나 그러듯이 늦게서야 식당에 들어섰다. 사업 관계로 일이 산더미처럼 쌓여 있기 때문이었다. 그는 두 주먹으로 균형을 맞추며 프록코트의 허리 부분을 보통 때와는 달리 이례적으로 활발하게 흔들면서 그의 자리로 걸어갔다. 그의 아랫입술은 뻔뻔스러운 표정을 지으며 얼마 안 되는 콧수염 아래에 자리잡고 있었다. 대화가 중단된 채 식탁에는 곤혹스럽고 무거운 침묵이 흘렀다. 시의원이 마치 사업이 정상적으로 이루어지기라도 하듯이 바인셴크 사장한테 사업이 잘되어 가느냐고 물음으로써 모두를 이러한 궁지에서 아주 간단히 구원해 주었다. 후고 바인셴크는 만사가 아주 잘 진행되어 간다고 대답했다. 달리 더 좋을 수 없을 정도로 아주 잘되어 간다는 것이다. 그러고 나서 그는 홀가분하고 즐거운 마음으로 다른 화제로 넘어갔다. 그는 평상시보다 훨씬 더 쾌활한 모습이었다. 그는 아무 거리낌 없이 주위를 휘둘러보았다. 그리고 게르다 부덴브로크의 바이올린은 어떤 상태에 있는지 몇 번이나 물었지만 대답을 얻지 못했다. 그는 아무 부담 없이 많은 잡담을 나누었다. 다만 유감스러운 점은 말을 마구 하는 바람에 자기의 이야기에 불만을 느낀 경우가 한두 번이 아니었다는 사실이다. 종종 기분이 너무 좋은 나머지 그 자리에 전혀 어울리지 않는 이야기를 늘어놓기도 했다. 이를테면 그가 한 이야기 중에 이런 일화가 있었다. 어떤 보모가 고창(鼓腸)을 앓았는데 그 때문에 그녀가 맡아 기르던 아이가 건강을 해쳤다는 이야기였다. 자기 딴에는 익살스럽게 한다고 이렇게 소리치면서 의사를 흉내 내기까지 했다. "누가 여기에 이렇게 구린내를 풍겼지! 여기에 이렇게 구린내를 풍긴 사람이 누구냐 말이야!" 그는 자기 아내의 얼굴이 벌겋게 달아오른 것을 너무 늦게 눈치챘던가 아니면 전혀 눈치채지도 못한 모양이었다. 영사 부인, 토마스와 게르다는 꼼짝도 않고 앉아 있었으며 부덴브로크 여인들은 서로 찡긋하며 의미 있는 눈짓을 교환했다. 리크헨 제버린조차 식탁의 끝자리에서 모욕당한 표정을 짓고 있었으며 그래도 늙은 크뢰거 영사는 기껏해야 나지막한 소리로 숨을 몰아쉴 뿐이었다.

바인셴크 사장이 안고 있는 문제는 무엇이었던가? 이 진지하고 활동적이며 야무진 남자, 사교를 싫어하고 겉모습이 거친 남자, 일에 대한 의무감이 대단한 남자……. 이 남자는 한

번이 아니라 연거푸 중대한 실책을 범하게 되었다. 그렇다, 그는 고소당했다. 여러 번이나 사업상 책략을 부리는 바람에 고소를 당했던 것이다. 그의 행동은 미심쩍은 것이 아니라 불순하고 범죄적인 것으로 지탄받았다. 결과를 예상할 수 없는 소송이 그를 상대로 진행 중이었던 것이다! 무엇 때문에 그런 일이 일어났던가? 여러 곳에서 대형 화재가 일어나는 바람에 회사로서는 계약상 피해자에게 막대한 보험금을 치러야 할 입장에 있었다. 바인셴크 사장은 우선 대리인을 통해 신속하고 신뢰할 만한 화재 보고를 받았다. 실상을 파악한 후 그는 술수를 써서 다른 회사에 재보험을 들어 그 회사에 손해를 전가했다고 한다. 이제 이 사건은 모리츠 하겐슈트룀 박사의 손아귀에 들어가 있었다.

"토마스." 영사 부인이 단둘이 있을 때 아들한테 물어보았다. "나한테 좀 설명해 다오. 난 도무지 뭐가 뭔지 모르겠구나. 도대체 어떻게 된 사건이냐!"

그가 대답했다. "그래요, 어머니. 솔직히 말씀드리지요. 불행하게도 일들이 정상적인 상태에 있지 않은 듯이 보입니다. 하지만 제가 보기에는 어떤 사람들이 주장하듯이 바인셴크 사장에게 죄가 있는 것 같지도 않습니다. 현대적인 거래 행위에는 상관습이라는 게 있습니다. 어머니도 아시다시피 책략이라는 상관습에 전혀 비난의 여지가 없는 것은 아닙니다. 그게 성문법에는 위배되는 것이라서 보통 사람들이 보기에는 부정직한 것으로 보이지만 사업계에서는 암암리에 그에 대한 합의가 이루어져서 통용되고 있습니다. 상관습과 악행 간의 분명한 경계선을 긋기가 곤란하지요. 마찬가지라 할 수 있지요. 바인 센크가 행한 일은 필시 처벌을 모면한 다른 동업자들의 행위보다 더 악질적이었던 모양이에요. 하지만 그 때문에 그가 무죄 석방이 될 가능성이 희박해 보여요. 대도시에서는 혹시 그럴지도 모르지만요. 하지만 여기선 모든 게 친족 관계나 개인적 동기에 의존하고 있거든요. 그가 변호사를 선임하는 문제를 좀 더 잘 생각했어야 하는데 말입니다. 이 도시에는 모든 어려운 문제를 해결하고 매우 미심쩍은 사건에 정통한 탁월한 변호사, 확신을 심어 주는 뛰어난 변론술을 지닌 명민한 두뇌의 소유자가 없습니다. 그 반면에 이곳 법률가들은 서로 관계를 맺고 있습니다. 공통의 이해관계나 점심 식사나 분명한 친인척 관계로 서로 밀접한 관계를 맺고 있습니다. 그래서 서로에 대한 배려를 하고 있습니다. 내 견해로는 바인센크가 이곳에 살고 있는 변호사를 선임하는 게 현명한 처사였을 겁니다. 하지만 그가 어떻게 행동했습니까? 그로서는 그것이 필요하다고 생각했습니다. 저는 그가 필요하다고 생각했을 거라고 말하겠습니다. 그런데 베를린에서 온 변호사한테 사건을 의뢰한 것 자체가 그의 양심을 의심하게 만드는 대목입니다. 브레스라우어 박사, 그는 정말 악당에다 교활한 능변가로 법률 문제에 닳고닳은 인간입니다. 그는 그저 그런 수많은 부정직한 파산자의 변론을 맡아 무죄로 만들었다는 평판이 자자합니다. 그자는 이제 엄청난 수수료를 받고 그 일을 맡아 역시 대단히 교활하게 나올 게 뻔한 이치입니다. 하지만 그게 소용 있을까요? 이곳의 씩씩한 법률가들은 그 낯선 남자에게 영광이 돌아가는 것을 막으려고 온 힘을 기울여 저항할 것으로 생각됩니다. 그리고 법정은 하겐슈트룀 박사의 변론에 훨씬 더 호감을 가질 겁니다. 그리고 증인들은 어떨까요? 그의 회사 직원들은 그에게 별로 호의적이지 않을 것으로 생각됩니다. 우리처럼 그에게 호의적인 사람들도 그의 외모가 거칠다고 말하지 않습니까? 물론 그 자신도 그렇게 말합니다만 그 때문에 그는 많은 친구들을 사귀지 못했습니다. 요컨대, 어머니, 저로서는 불길한 예감이 듭니다. 일이 불행하게 끝나면 물론 에리카가 문제지요. 하지만 제가 볼 때는 토니가 제일 충격을 받을 겁니다. 하겐슈트룀이 그 사건을 맡고 회심의 미소를 지었다는 그애의 말이 맞습니다. 그것은 우리 모두와 관계되는 일입니다. 일이 명예롭지 못한 쪽으로 결말나면 우리 모두가 타격을 받는 것입니다. 바인셴크는 우리와 한자리에서 식사를 하는 한 가족이기 때문이지요. 저야 이 고비를 무사히 넘길 수 있습니다. 저는 어떻게 처신해야 하는지를 알고 있어요. 공적으로는 그 사건과 하등 관계가 없는 듯이 행동해야지요. 브레스라우어가 저한테 관심을 보이더라도 저는 법정에 나가서는 안 됩니다. 제가 모종의 영향력을 행사하려고 한다는 비난을 듣지 않으려면 저는 그 사건에 철저히 무관심하게 대응해야 합니다. 그러나 토니는요? 사위가 유죄 판결을 받으면 그 애가 얼마나 타격을 받을지는 생각하고 싶지 않습니다. 그 애는 비방이며 시기며 음모에 맞서 격렬하게 저항하겠지요. 여러 번이나 불행한 일을 겪은 그 애를 정말 못 견디게 하는 것은 당연히 최후로 획득한 이 명예로운 위치, 딸의 떳떳한 지위가 사라지게 되지 않을까 하는 불안감이지요. 아, 그녀가 바인셴크의 무죄를 강하게 주장하면 할수록 더욱더 그에 대한 의심을 품지 않을 수 없게 됩니다. 하지만 물론 그에게 죄가 없을지도 모릅니다, 확실히, 우리로서는 기다려 보는 수밖에 없습니다, 어머니. 토니와 에리카 부부를 요령 있게 대해야지요. 하지만 저로서는 예감이 불길해요."

상황이 이러한 가운데 성탄절이 다가왔다. 어린 요한은 매일 한 장씩 뜯는 달력의 도움으로 두근거리는 가슴을 안고 그 무엇과도 비교할 수 없는 그날이 오기를 손꼽아 기다렸다. 이다가 만들어 준 그 달력의 마지막 장에는 크리스마스트리가 그려져 있었다.

그날을 알리는 전조들이 점점 더 많아졌다. 강림절이 되자마자 벌써 할머니의 식당 벽에는 알록달록한 사람 크기의 산타클로스 그림이 걸렸다. 어느 날 아침에 하노는 그의 이불이며 양탄자며 옷가지에 보들보들한 금가루가 뿌려져 있는 것을 발견했다. 그리고 며칠이 지난 어느 날 오후에 아빠는 거실에서 긴 의자에 누워 신문을 읽고 하노는 게록의 시집 『종려나무 잎』에 실린 「마녀 엔도르」라는 시를 읽고 있었다. 매년 같은 일이 벌어졌지만 이번에는 그 방식이 아주 놀랄 정도로 색달랐다. 어떤 '노인'이 나타나서 '어린아이가 있는지 묻는다고' 했다. 그 노인은 정중히 안으로 모셔졌다. 거친 면이 바깥으로 향한 긴 모피 외투를 입은 그가 발을 질질 끌며 들어왔다. 그의 옷에는 금가루와 눈송이가 붙어 있었다. 모자도 모피로 되어 있고 얼굴은 검었지만 수염은 희디희었다. 수염과 비정상적으로 굵고 짙은 눈썹에는 반짝반짝 빛나는 장식용 금박들이 뿌려져 있었다. 매년 그러듯이 그는 투박한 목소리로 왼쪽 어깨에 짊어진 자루는 기도할 줄 아는 착한 어린이들 거라고 설명했다. 거기에는 사과와 금박 입힌 호두가 들어 있다고 했다. 반면에 오른쪽 어깨에 있는 자루는 나쁜 어린이들 거라고 했다. 그자가 바로 산타클로스였다. 물론 그는 진짜 산타클로스가 아니고 실은 이발사 벤첼이 아빠의 모피를 뒤집어쓰고 나타난 것이었다. 하지만 그는 진짜 산타클로스를 방불케 했다. 대단히 놀란 하노는 올해에도 주기도문을 암송했다. 한두 번쯤 그는 초조한 나머지 무의식적으로 울먹이는 소리를 냈다. 그런 후에 그는 그 노인이 깜박 잊고 놓아두고 간, 착한 어린이를 위한 자루에 손을 집어넣는 것이 허락되었다.

방학이 시작되었다. 성탄절 기간에 반드시 보여 드려야 하는 성적표를 보고도 아빠는 별로 문제 삼지 않았다. 벌써 커다란 식당은 신비스럽게 닫혀 있었고 아몬드를 넣은 과자와 생강이 든 케이크가 식탁에 준비되어 있었다. 벌써 바깥의 시내에는 성탄절 분위기가 무르익어 있었다. 눈이 내렸고 추위가 왔다. 이탈리아의 배럴 오르간 연주자들이 능숙하게 연주하는 슬픈 곡조가 살을 에는 맑은 공기에 울려 퍼졌다. 그들은 성탄절을 맞아 벨벳 재킷과 검은 콧수염을 하고 찾아온 것이었다. 진열창에는 성탄절용 물건들이 휘황찬란하게 뽐내고 있었다. 광장의 높은 고딕식 분수 주변에 화려한 축제처럼 성탄절 장이 섰다. 거기서는 죽 늘어서 있는 크리스마스트리의 상큼한 냄새와 함께 축제의 향내가 났다.

드디어 십이월 이십삼 일 밤이 왔다. 그와 더불어 어부 골목에 위치한 집의 식당에서는 선물이 오갔다. 가족끼리 주고받은 이 선물은 아직 시작이요, 개시요, 서막에 불과했다. 성탄절 전야제는 멩가에 있는 영사 부인의 주관하에 열렸다. 여기에는 전 가족이 참석하게 되어 있어 이십사 일 늦은 오후에는 목요일에 모이는 구성원들이 모두 모였다. 게다가 케텔젠 부인이나 테레제 바이히브로트뿐만 아니라 비스마르에 사는 위르겐 크뢰거도 풍경실에 모습을 드러냈다.

뺨과 눈이 불그스레 충혈된 늙은 영사 부인은 회색과 검은색 줄의 무거운 실크옷을 입고 은은하게 파촐리 향내를 풍기면서 서서히 몰려드는 손님들을 맞이하고 있었다. 말없이 끌어안을 때 금팔찌에서 쩔그럭하는 소리가 나지막하게 들렸다. 이날 따라 말은 없었지만 그녀는 말할 수 없이 가슴을 떨며 흥분하고 있었다. "아니, 어머니, 왜 그렇게 떠세요!" 시의원이 게르다와 하노와 함께 도착해서 말했다. "모든 게 착착 잘 진행되어 갈 겁니다." 하지만 그녀는 세 사람 모두한테 입맞춤을 하면서 속삭였다. "주 예수를 위해서야. 그리고 저세상으로 간 네 아버지를 위해서지."

사실 고인이 된 영사가 정해 놓은 신성한 성탄 축하 프로그램은 충실히 지켜져야 했다. 그날 밤을 심오하고 진지하고 정열적인 즐거운 분위기가 충만하도록 품위 있게 진행해야 한다는 책임감 때문에 그녀는 안절부절못하고 분주하게 돌아다녔다. 이미 마리아 교회의 소년 성가대가 모여 있었던 주랑에서 리크헨 제버린이 트리나 선물이 쌓인 탁자를 마지막으로 손질하고 있던 식당으로, 또 선물을 받으려는 목적으로 몇몇 낯선 불쌍한 노인들이 쭈뼛쭈뼛 당황해하며 서 있던 복도로 부산히 움직였다. 그녀는 다시 풍경실에 들어가 말없이 곁눈질을 하면서 쓸데없이 와자지껄 떠들지 못하게 했다. 멀리서 연주하는 배럴 오르간 소리가 들릴 정도로 고요했다. 그것은 음악 시계처럼 부드럽고 분명한 음으로 눈 내린 거리를 통과해 여기까지 도달한 것이었다. 스무 명 남짓 되는 사람들이 방에 앉거나 서 있는데도 교회보다 더 조용했기 때문이다. 그래서 시의원이 아주 작은 소리로 외삼촌 유스투스한테 귓속말을 했듯이 그 분위기는 오히려 장례식을 연상시켰다.

게다가 이 엄숙한 분위기가 젊은이다운 기개로 방해받을 염려도 거의 없었다. 여기에 모인 모든 가족들의 면면을 흘긋 쳐다보기만 해도 이미 오래전에 삶에 대한 표현이 확고하게 정립된 연령에 도달했음을 충분히 알 수 있을 것이다. 시의원 부덴브로크는 빈틈없고, 활기차고, 심지어 유머러스한 표정을 지었지만 창백한 안색 때문에 그 속임수가 들통났다. 그의 부인인 게르다는 꼼짝 않고 안락의자에 앉아 몸을 뒤로 젖히고 아름다운 흰 얼굴로 위를 쳐다보고 있었다. 서로 가까이 붙어서 푸르스름한 그림자를 드리우며 이상한 빛을 발하는 그녀의 두 눈은 번쩍번쩍 빛나는 샹들리에의 유리 프리즘을 응시하고 있었다. 그의 여동생인 페르마네더 부인, 수수한 옷차림을 한 그의 조용한 사촌인 위르겐 크뢰거, 여자 사촌들인 프리데리케, 헨리에테와 피피, 이 세 자매들 중에서 앞의 둘은 더욱더 마르고 길어졌다. 그리고 피피는 전보다 더 작고 뚱뚱해 보였다. 하지만 이들의 표정은 한결같이 서로 똑같았다. 그들은 신랄하고 악의적인 미소를 지으면서 모든 사람이나 사물에 대해 회의적인 독설을 뿜어 댔다. 그들의 말은 늘상 이런 식이었다.

"정말이야? 도저히 믿을 수 없는걸……." 마지막으로 저녁 식사에만 관심이 있는 불쌍한 잿빛의 클로틸데가 있었다. 이들은 모두 마흔이 넘었고 이 집의 여주인은 오빠 유스투스 부부나 키 작은 테레제 바이히브로트와 함께 벌써 예순을 훨씬 넘기고 있었다. 그리고 슈튀빙가 출신으로 큰아버지 고트홀트의 미망인인 늙은 부덴브로크 영사 부인은 완전히 귀가 먹은 케텔젠 부인과 함께 벌써 일흔 줄에 들어서 있었다.

엄밀히 말하자면 에리카 바인센크만 꽃다운 청춘이었다. 그녀는 남편보다 훨씬 더 젊었다. 짧게 깎은 머리의 관자놀이 부근이 희끗희끗하고 가늘게 자란 콧수염이 입가에 몰려 있는 바인센크는 소파 옆에 있는 목가적인 벽의 풍경과 두드러진 대조를 이루고 있었다. 하지만 에리카가 그륀리히를 닮은 그녀의 담청색 눈으로 남편인 사장을 바라볼 때면 사람들은 그녀가 풍만한 가슴을 씰룩거리면서 소리 없이 한숨을 쉬는 것을 눈치챌 수 있었다. 상관습, 부기, 증인, 검사, 변호사, 판사에 대한 불안하고도 혼란스러운 생각을 그녀는 떨쳐 버리고 싶었다. 그렇다, 아마 방 안에 있는 사람들 모두가 이런 성탄절답지 않은 생각을 품고 있었으리라. 페르마네더 부인의 사위가 피소당한 일, 즉 가족 중의 한 명이 법률·시민적 질서와 사업 신용에 위배되는 범죄를 저지름으로써 치욕을 당하고 감옥에 갇힐지도 모른다는 의식은 모임에 어떤 낯설고 섬뜩한 인상을 부여했다. 부덴브로크 일가가 고소당한 사람과 함께 성탄절 이브를 보내다니! 페르마네더 부인은 근엄하게 위엄을 부리며 안락의자에 기대고 있었다. 넓은 거리에 사는 부덴브로크 여인들의 미소는 더욱더 냉소적인 뉘앙스를 띠었다.

그리고 아이들은? 귀한 그 후손은? 하노도 이 미지의 새로운 상황이 지닌 무시무시한 요소를 감지하고 있었던가? 어린 엘리자베트로 말하자면 그녀는 자신의 기분이 어떤지 판단할 능력이 아직 없었다. 그 아이가 공단 레이스로 잔뜩 장식한 옷을 입은 데서 페르마네더 부인의 취향을 읽을 수 있었다. 보모의 팔에 안겨 있는 그 아이는 엄지손가락을 작은 주먹 속으로 끼워넣고 혀로 빨고 있었다. 그 아이는 약간 튀어나온 눈으로 꼼짝도 않고 정면을 응시하고 있었다. 이따금 그 아이한테서 잠시 칭얼거리는 소리가 들리면 보모는 아이를 약간 흔들어 주었다. 하지만 하노는 어머니의 발끝 부분에 놓인 등받이가 없는 의자에 조용히 앉아 어머니처럼 샹들리에의 유리 프리즘을 쳐다보고 있었다.

크리스티안은 이 자리에 없었다! 그는 어디에 있었던가? 최후 순간에야 비로소 가족들은 그가 아직 오지 않았다는 것을 깨달았다. 영사 부인이 잘하는 동작, 흘러내린 머리카락을 다시 원래 자리에 갖다 두려는 것처럼 입가에서 머리까지 쓰다듬어 올리는 그녀의 동작이 더욱더 잦아졌다. 그녀는 제버린한테 급히 지시를 내렸다. 그러자 그녀는 소년 성가대를 지나 불쌍한 사람들이 서 있는 주랑을 통과해 복도 바깥으로 나가서 크리스티안 부덴브로크의 방문을 두드렸다.

그런 직후에 크리스티안이 모습을 드러냈다. 류머티스 관절염에 걸린 이래로 다리를 약간 절룩거렸던 그는 아주 평온한 표정을 지으며 바싹 마른 흰 다리로 풍경실에 들어왔다. 그러면서 그는 손으로 머리털이 없는 이마를 문질렀다.

"아이고야, 이런 일이 있나." 그가 말했다. "하마터면 깜빡 잊을 뻔했네!"

"넌 하마터면……." 그의 어머니가 따라 말하고는 어이가 없어 말문을 닫았다.

"네, 하마터면 오늘이 성탄절이라는 걸 깜빡 잊을 뻔했어요. 난 앉아서 책을 읽고 있었어요. 남미에 관한 여행책이었어요. 젠장, 난 벌써 수많은 성탄절을 봤어요……." 그가 이렇게 덧붙이면서 런던의 삼류 술집에서 성탄절 밤을 보낸 이야기를 막 시작하려고 했다. 하지만 문득 방이 절간처럼 조용한 것을 알아챈 그는 코를 찡그리며 발끝을 들고 자기 자리로 갔다.

"시온의 딸이여, 기뻐하라!" 소년 성가대가 노래했다. 그들이 바깥에서 너무 큰 소리로 법석을 떠는 바람에 시의원은 주의를 환기시키기 위해 일어서서 잠시 문가에 서 있었다. 그러자 그들은 아주 아름답게 노래했다. 저음의 오르간 반주를 받으면서 순수하게 환호하고 찬양하며 비상하는 이 밝은 목소리는 모든 사람들의 마음을 드높여 주었다. 또 그 소리는 노처녀들의 미소를 더 부드럽게 해 주었고 노인들이 자기를 성찰하고 자신의 삶을 곰곰 돌이켜보게 해 주었다. 그럴 때면 인생의 한복판에 서 있는 그들은 잠시나마 자신들의 시름을 잊었다.

하노는 지금껏 두 손으로 감싸고 있던 무릎을 풀어 놓았다. 아주 창백한 모습의 그는 등받이가 없는 의자의 술테 장식을 만지작거렸다. 그는 반쯤 입을 벌리고 덜덜 떠는 것 같은 표정을 지으며 혀로 이를 문질렀다. 때때로 그는 안도의 한숨을 쉬고 싶은 욕구를 느꼈다. 성가대가 부르는 이 종소리같이 맑은 합창이 울려 퍼지는 지금, 그의 가슴은 거의 고통스러울 정도의 행복감으로 오그라들었다. 성탄절이다. 흰 래커칠을 한 꼭 닫힌 높은 두짝문의 틈새로 전나무 향기가 들어와 그 달콤한 향료로 방 안에 기적에 대한 환상을 불러일으키게 해 주었다. 매년 그는 두근거리는 가슴으로 이해할 수 없는, 이 지상적인 것이 아닌 이런 화려한 환상을 품었다. 저 안에 뭐가 있을까? 물론 그가 바라던 것이 있을 것이다. 그는 자기가 원하는 것이 불가능하다고 미리 양해를 받지 않은 한에는 어김없이 그것을 받아 왔기 때문이다. 문을 열자마자 극장, 그가 바라 마지 않던 인형 극장이 그에게 불쑥 달려들어 그의 자리로 가는 길을 가리켜 줄 것 같았다. 그가 갖고 싶은 물건 목록의 제일 위에 굵은 글씨로 밑줄을 그어 놓은 것이 바로 인형 극장이었다. 「피델리오」를 본 이후로 사실 그는 오로지 그 생각만 하고 있었다.

그렇다, 브레히트의 치과 병원을 다닌 것에 대한 보상과 대가로 하노는 얼마 전에 처음으로 그 시립 극장에 갔다. 거기서 그는 일등석의 어머니 옆에 앉아 숨소리 하나 내지 않고 「피델리오」의 공연을 구경했다. 그때부터 그는 줄곧 오페라 장면에 대한 꿈만 꾸었으며 무대에 대한 열정에 사로잡히는 바람에 거의 잠을 잘 수 없었다. 삼촌 크리스티안처럼 극장에 자주 다닌다고 알려진 될만 영사, 중개인 고슈 같은 사람들을 거리에서 만나면 그는 한없는 선망의 눈길을 보냈다. 그들처럼 매일 저녁에 극장에 가는 행복을 맛볼 수 없을까? 일주일에 단 한 번만이라도 상연이 시작되기 전에 잠시 극장 안으로 들어가서 악기 소리를 듣고 닫힌 막이나마 구경할 수 있다면! 그는 극장 안에 있는 것이라면 뭐든지 좋아했기 때문이다. 가스 냄새, 좌석, 음악가, 막…….

그의 인형 극장은 클까? 크고 넓을까? 막은 어떻게 생겼을까? 가급적 신속하게 조그만 구멍을 뚫어야 한다. 시립 극장의 막에도 들여다보는 구멍이 있기 때문이었다. 할머니 혼자서는 모든 일을 다 할 수 없으니까 할머니하고 제버린이 「피델리오」와 같은 장식을 했을까? 당장 내일이면 어딘가에 틀어박혀 혼자 상연을 할 것이다. 그리고 벌써 등장 인물들이 노래하는 소리가 그의 뇌리에 들려왔다. 그는 음악을 통해 그 극장과 가장 긴밀하게 연결되어 있기 때문이었다.

"큰 소리로 찬양하라, 예루살렘을!" 소년 성가대의 합창이 끝났다. 둔주곡 형태로 뒤에서 나란히 따라오던 목소리들이 마지막 소절에서 평화롭고 즐겁게 합류했다. 화음의 명확한 울림이 점점 멎어 갔다. 그리고 주랑과 풍경실에는 깊은 정적이 감돌았다. 가족들은 합창이 중단되자 그에 압도되어 발밑을 내려다보았다. 바인셴크 사장만이 아무렇지도 않다는 듯이 뻔뻔스럽게 여기저기를 두리번거렸다. 그리고 페르마네더 부인은 도저히 참지 못하고 헛기침을 했다. 하지만 영사 부인은 천천히 탁자 쪽으로 걸어가서 식구들 중간에 있는 소파에 앉았다. 그 소파는 이제 옛날과는 달리 더 이상 탁자에서 멀찌감치 떨어져 있지 않았다. 그녀는 램프를 움직여 밝게 하고 커다란 성서를 집어 들었다. 색이 바랜 그 책의 금박 표면은 굉장히 넓었다. 그런 다음 그녀는 코 위에 안경을 얹고 가죽으로 된 두 개의 책 쇠를 풀었다. 거대한 그 책은 그 쇠로 닫혀 있었다. 책에 표시가 된 지점을 펼치니 엄청 커다란 활자로 인쇄된 두껍고 조야한 노르스름한 종이가 나타났다. 그녀는 설탕물을 한 모금 마시고는 성탄절 항목을 낭독하기 시작했다.

그녀는 익히 잘 알고 있는 구절을 천천히 읽었다. 폐부를 파고드는 그녀의 단순한 음성은 경건하고 조용한 가운데 분명하고 감동적이며 명랑하게 울렸다. "사람들에게 자비를!" 그녀가 말했다. 하지만 그녀가 말을 끝맺자마자 주랑에서 "고요한 밤, 거룩한 밤." 하고 삼중창이 울려 퍼졌다. 그러자 풍경실에 있던 가족들도 따라 부르기 시작했다. 그들은 다소 조심스럽게 합창에 참가했다. 가족들 중 대부분은 음악에 소질이 없었기 때문이다. 그리고 이따금 그들이 부르는 노래는 음이 틀리기도 했다. 그렇다고 해서 이 합창의 효과가 반감되지는 않았다. 페르마네더 부인은 떨리는 입술로 노래했다. 간난신고를 겪은 그녀의 가슴에 이 노래가 가장 감미롭고 고통스럽게 파고들었기 때문이다. 이 거룩한 노래가 가져다주는 잠깐 동안의 평화를 누리면서 그녀는 지난 세월을 회고해 보았다. 케텔젠 부인은 거의 아무것도 귀에 들리지 않았지만 조용히 쓰라린 눈물을 흘렸다.

그러고 나서 영사 부인이 일어섰다. 그녀는 손자 하노와 손녀 엘리자베트의 손을 잡고 방을 걸어 나갔다. 늙은 가족들은 뒤에 남았고 좀 더 젊은 사람들은 그녀 뒤를 따랐다. 주랑에는 하인들과 가난한 사람들이 모였다. 모두 함께 「오, 전나무여」를 부르기 시작했다. 크리스티안은 앞에서 꼭두각시처럼 아둔하게 한쪽 발을 들고 행진하며 "오, 전나무여." 하고 노래하면서 아이들을 웃겼다. 사람들은 얼굴에 미소를 머금고 활짝 열린 높은 두짝문을 통해 하늘을 내다보며 눈부셔했다.

전나무 가지의 약간 눌은 향기로 뒤덮인 커다란 방에는 무수히 많은 조그만 불꽃들이 반짝거리고 깜박거렸다. 흰 신상이 그려진 하늘색 벽지 때문에 커다란 방이 더욱더 환해 보였다. 저 뒤 진홍색 커튼이 드리운 창문 사이에는 거의 천장까지 닿을 정도로 높은 전나무가 서 있었다. 은종이와 커다란 흰 백합으로 장식된 그 나무의 꼭대기에는 희미한 빛을 발하는 천사가 걸려 있고 아랫부분에는 조각한 구유가 걸려 있었다. 촛불들이 마치 멀리서 빛나는 별처럼 빛의 물결을 이루면서 반짝거렸다. 거의 창문에서 문에 이르기까지 흰 천으로 덮인 탁자에는 선물들이 잔뜩 놓여 있고 탁자 위에 있는 일련의 나무들, 역시 타고 있는 초가 반짝거리는 좀 더 작은 나무들에는 과자가 달려 있었다. 벽의 가스등도 빛을 발하고 있었다. 금박을 입힌 샹들리에의 네 군데 구석마다 굵은 초들이 타고 있었다. 자리가 모자라 탁자 위에 오르지 못한 물건들과 선물들은 방바닥에 가지런히 놓여 있었다. 역시 흰 천으로 덮여 있고, 선물들이 올려져 있는 같은 방식으로 장식된 작은 나무들이 서 있는 좀 더 작은 탁자들이 두 문의 양쪽에 자리잡고 있었다. 그것은 하인들과 가난한 사람들에게 줄 선물들이었다.

불빛으로 눈이 부시고 익히 잘 아는 방이 낯설어서 사람들은 노래를 부르며 한 번 방 안을 돌고 구유를 지나 분열 행진을 했다. 그 구유 안에는 밀랍으로 만든 아기 예수가 손으로 십자가를 긋는 표시를 하는 것 같았다. 사람들은 이것저것 물건들을 구경하고는 다시 말없이 자기 자리로 돌아가 섰다.

하노는 완전히 정신이 없었다. 그는 방에 들어오자마자 눈에 불을 켜고 극장을 찾았다. 저 위 책상 위에서 위용을 뽐내고 있는 그 극장은 하노가 감히 생각할 수 없었을 정도로 무지 크고 넓어 보였다. 하지만 그의 자리가 바뀌었다. 지난해에 섰던 자리와 반대편이었다. 그래서 하노는 이 꿈결 같은 극장이 진짜 자기 것인지 어리벙벙해서 심각하게 의심하게 되었다. 게다가 무대 아래쪽의 바닥 위에는 무언가 커다란 낯선 물건이 놓여 있었다. 옷장처럼 보이는 것으로 봐서 가구인 것 같았는데 그가 바라던 품목에는 그게 포함되어 있지 않았다. 그게 그의 것이었던가?

"하노야, 이리 와서 이걸 봐라." 영사 부인이 뚜껑을 열면서 말했다. "난 네가 합창곡을 즐겨 연주하는 것을 알고 있어. 뮐씨가 너에게 그에 필요한 지시를 해 줄 거다. 계속 밟아야 해, 때로는 좀 더 약하게, 때로는 좀 더 세게……. 그리고 손을 쳐들지 말고 다만 계속 번갈아 가면서 손가락을 점차적으로 바꾸기만 하면 되는 거야."

그것은 오르간이었다. 양쪽에 금속 손잡이가 있고 알록달록한 페달과 귀여운 회전의자가 있는 갈색으로 빛나는 작고 귀여운 오르간이었다. 하노는 화음을 짚어 보았다. 부드러운 음이 울려 퍼지자 주위에 있던 사람들은 자기의 선물에서 눈을 떼며 위를 처다보았다. 하노는 자기를 부드럽게 감싸고 있는 할머니를 껴안았다. 조금 뒤에 그녀는 다른 손님들한테서 감사의 말을 들으려고 하노에게서 떨어졌다.

그는 몸을 돌려 극장 쪽으로 갔다. 그 오르간은 간절히 기대했던 하나의 꿈이었지만 지금은 오르간을 연주할 시간적인 여유가 없었다. 그는 행복하기 그지없었다. 그는 개개의 물건은 안중에 두지 않고 일단 무슨무슨 선물이 있나 하고 전체를 살펴볼 뿐이었다. 아, 저기에 프롬프터가 든 조개 모양 상자가 있었다. 그 뒤에는 붉은색과 황금색의 멋진 커튼이 둘둘 말려 올라가 있었다. 무대에는 「피델리오」의 마지막 장면이 펼쳐져 있었다. 불쌍한 죄수들은 두 손을 맞잡고 서 있었다. 소매가 엄청나게 부품한 옷을 입은 돈 피사로는 무서운 태도로 딱 버티고 있었다. 그리고 뒤에서는 검은 빌로드를 입은 장관이 사태를 좋은 쪽으로 반전시키려고 빠른 속도로 접근하고 있었다. 시립 극장을 그대로 빼다박은 듯한 그것은 오히려 진짜보다 더욱더 멋져 보였다. 하노의 귀에는 피날레인 환호하는 합창이 메아리쳤다. 그래서 그는 아직도 귀에 쟁쟁한 그 소리를 재현하기 위해서 오르간 앞에 앉았다. 하지만 그는 책을 손에 쥐려고 다시 일어섰다. 그것은 자기가 갖고 싶었던 그리스 신화 책이었다. 붉은색으로 제본된 그 책의 표지에는 금으로 만들어진 아테네상이 있었다. 그는 접시에서 캔디, 아몬드 및 생강빵을 집어 먹고는 필기도구나 공책과 같은 좀 더 자잘한 물건들을 찬찬히 들여다보았다. 그리고 펜대를 보고 있다가 잠시 정신이 깜박했다. 그 옆에는 아주 작은 유리공이 있었다. 이것을 눈앞에 갖다 대기만 하면 요술처럼 멀리 스위스 경치가 펼쳐졌다.

이제 제버린과 하녀가 차와 비스킷을 들고 이리저리 돌아다녔다. 하노는 먹고 마시면서 주위를 둘러볼 여유를 가졌다. 사람들은 탁자 옆에 서 있거나 그 옆을 이리저리 돌아다니며 잡담을 나누고 웃고 있었다. 그들은 서로에게 선물들을 보여주면서 남의 것을 보고 놀라워했다. 거기에는 도자기, 니켈, 은, 금, 나무, 실크와 천 등 갖가지 재료로 만든 물건들이 있었다. 아몬드와 잼을 대칭이 되게 배치한 커다란 생강빵과 교대로 커다란 아몬드빵이 놓여 있었다. 탁자 위에 일렬로 놓인 그 빵의 속은 촉촉하고 신선했다. 페르마네더 부인이 만들고 장식한 그 선물들, 수예 주머니, 관엽 식물을 위한 받침대, 무릎 방석은 커다란 새틴 레이스로 예쁘게 꾸며져 있었다.

이따금 손님들이 어린 요한한테 와서 팔을 그의 선원복 칼라에 대고 짐짓 반어적으로 아주 깜짝 놀랐다는 표정들을 하며 그의 선물들을 바라보았다. 그와 아울러 아이가 참 잘생겼다고 감탄하곤 했다. 크리스티안 삼촌만은 다른 어른들처럼 과잉으로 감탄하지 않았다. 어머니한테서 선물받은 보석 반지를 손가락에 긴 그는 하노의 자리를 지나치면서 그 인형 극장을 보고 무척 기뻐했다. 그의 기쁨은 조카의 그것과 조금도 차이가 없을 정도였다.

"젠장, 굉장한데!" 그는 커튼을 올렸다 내렸다 하며 무대 장면을 보려고 뒤로 한 발짝 물러나면서 말했다. "네가 원한 물건이니? 그러니까 네가 갖고 싶었던 물건이구나." 그는 잠시 이상할 정도로 심각한 표정을 지으며 아주 불안한 듯이 방 안을 둘러본 후에 불쑥 말했다. "왜? 어쩌다가 그런 생각을 하게 됐니? 「피델리오」를 보고서? 그래, 좋은 물건을 받았구나. 그런데 이제 네가 그걸 모방해 보려는 거니? 직접 오페라를 공연하려고? 그걸 보고 그렇게도 감동을 받았니? 내 말 좀 들어봐라, 얘야, 내가 충고할 게 있다. 그런 데 너무 마음을 빼앗기면 안 돼. 극장, 그런 따위에…… 그런 것은 아무짝에도 소용이 없어. 네 삼촌 말을 믿어라. 나도 늘 그런 데 정신이 잔뜩 팔려 있었다. 그 때문에 내가 요 모양 요 꼴이 되었단다. 내가 커다란 실수를 저질렀다는 걸 넌 알아야 해."

그는 조카를 진지하고 간절하게 타일렀다. 반면에 하노는 호기심 어린 눈길로 그를 쳐다보았다. 하지만 잠시 침묵이 흐른 후 그는 극장을 바라보다가 뼈가 앙상하게 여윈 얼굴이 환하게 밝아지더니 갑자기 무대 위의 한 인물을 앞으로 움직이면서 목이 쉰 떨리는 음성으로 노래했다. "쳇, 이 얼마나 흉악한 범죄인가!" 그러고 나서 그는 오르간 의자를 극장 앞으로 밀고 앉아서 오페라를 상연하기 시작했다. 그러면서 그는 노래와 몸짓으로 번갈아 가며 악단장과 연기자가 하는 행동을 했다. 그의 등 뒤에는 몇몇 가족이 모여 웃고 머리를 흔들며 재미있어했다. 하노는 대단히 만족스럽고 즐거웠다. 하지만 잠시 후에 크리스티안은 깜짝 놀라며 그만두었다. 말을 뚝 그친 그의 얼굴에는 불안하고 심각한 기색이 스쳐 지나갔다. 그는 손으로 머리와 몸 아래의 왼쪽 부위를 쓰다듬고는 코를 찡그리며 걱정스러운 표정으로 관중들 쪽으로 몸을 돌렸다.

"자, 보시다시피 이것으로 이제 다 끝났습니다." 그가 말했다. "이제 다시 처벌이 기다리고 있습니다. 우스꽝스러운 행동을 하기만 하면 나는 으레 곧장 벌을 받습니다. 그건 단순한 통증이 아니라 하나의 고통입니다. 어딘지 알 수 없는 고통 말입니다. 여기 신경이 죄다 너무 짧아서 그렇지요. 그냥 모든 신경이 너무 짧아서……."

하지만 친척들은 그의 익살과 마찬가지로 이런 하소연을 별로 진지하게 받아들이지 않고 아무런 대꾸도 하지 않았다. 그들은 그의 하소연을 별로 대수롭지 않게 치부했다. 그래서 크리스티안은 한동안 말없이 극장 앞에 앉아 생각에 잠겨 눈을 껌벅거리면서 그걸 보다가 일어섰다.

"자, 얘야, 그걸 갖고 재미있게 놀아라." 그가 하노의 머리를 쓰다듬으면서 말했다. "그렇지만 너무 과하면 안 돼. 그리고 그것 때문에 네 일을 잊어선 안 돼, 알겠지? 난 많은 실수를 저질렀다. 지금 클럽에 가야겠다. 잠깐 클럽에 들러 봐야겠습니다!" 그가 어른들한테 소리쳤다. "거기서도 오늘 성탄절을 축하할 겁니다. 안녕히들 계세요." 그러고는 뻣뻣하고 휜 다리를 이끌고 주랑을 지나 그곳을 떠났다.

오늘은 모두들 여느 때보다 일찍 점심을 먹었다. 그래서 차와 비스킷을 마음껏 먹을 수 있었다. 하지만 다과가 끝나자마자 간식으로 알갱이가 든 노란 크림이 담긴 커다란 수정 그릇이 나왔다. 그것은 달걀과 비벼서 부순 아몬드, 장미수가 든 아몬드 크림이었다. 그것은 기가 막히게 맛이 좋았다. 하지만 한 숟가락 정도를 더 먹는 바람에 모두들 지독한 소화 불량에 시달려야 했다. 영사 부인은 저녁을 먹을 수 있도록 "속을 조금 비워 놓자."라고 부탁했지만 모두들 아랑곳하지 않았다. 클로틸데는 맛을 보고 황홀해서 정신이 없었다. 그녀는 말없이 감사하는 마음으로 숟가락질을 했다. 입가심 용으로 유리잔에 담긴 포도 젤리도 나왔다. 거기에다가 건포도를 넣은 영국식 케이크를 먹었다. 사람들은 하나 둘씩 풍경실로 건너가서는 접시들이 놓인 탁자 주위에 무리 지어 앉았다.

하노는 식당에 혼자 남아 있었다. 어린 엘리자베트 바인셴크는 자기 집으로 간 반면에 그는 올해 처음으로 멩가에서 저녁 식사를 하도록 허락받았기 때문이다. 하녀들과 가난한 사람들은 선물을 받아 가지고 물러갔다. 그리고 이다 융만은 주랑에서 리크헨 제버린과 잡담을 나누었다. 하지만 교육자인 융만은 그녀와 대체적으로 적당한 거리를 유지했다. 커다란 나무에 달린 촛불들은 다 타서 꺼졌다. 그래서 이제 구유는 어둠 속에 잠겨 있었다. 하지만 탁자 위의 작은 나무에 달린 몇 개의 초들은 아직 타고 있었다. 이따금 나뭇가지에 불이 붙어 바스락거리며 타들어 가는 바람에 식당에는 지독한 냄새가 진동했다. 나무에 살랑살랑 바람이 스치면 거기에 붙어 있는 금박 조각들도 부드럽게 금속성 소리를 내며 흔들거렸다. 멀리 거리에서 차가운 저녁 공기를 뚫고 나지막한 배럴 오르간 소리가 들려올 정도로 이제 다시 사위가 정적에 잠겨 있었다.

하노는 성탄절의 향기와 소리를 마음껏 누렸다. 그는 손으로 턱을 괴고 신화 책을 보면서 과자, 아몬드, 아몬드 크림과 건포도가 든 케이크를 기계적으로 먹어 댔다. 오늘은 그러는 게 제격이었기 때문이다. 가득 찬 위로 인해 가슴 답답한 기분이 저녁의 감미로운 흥분과 뒤섞여 우울한 행복감이 들었다. 그는 제우스가 통치자가 되는 과정에서 치른 싸움들에 관해 읽었다. 그리고 이따금 거실 쪽으로 잠시 귀를 기울이기도 했다. 거기서는 클로틸데 고모의 장래 문제에 관해 자세하게 의견을 나누고 있었다.

클로틸데는 이날 밤 어느 누구보다도 행복한 여자였다. 사방에서 축하와 놀림을 받을 때마다 미소로 답하는 그녀의 잿빛 얼굴이 환하게 밝아졌다. 말하면서 기쁨에 겨워 흥분하는 바람에 그녀의 말이 끊어지곤 했다. 그녀는 결국 '요한 수도원' 에 들어가는 것으로 결말이 났다. 어떤 사람들은 그의 족벌주의에 대해 뒤에서 불평하기도 했지만 시의원은 그 일이 성사되도록 암암리에 행정위원회에서 힘을 썼다. 사람들은 이 고마운 기관에 관해 담소했다. 고상한 가문의 처녀들을 받아들이는 그 수도원은 메클렌부르크, 도버틴이나 리프니츠에 있는 기관과 유사한 것이었다. 이 기관의 설립 목적은 늙도록 어떤 집에서 지대한 공헌을 했지만 재산이 없는 처녀들의 노후를 적당히 보장해 주는 것이었다. 이제 불쌍한 클로틸데에게는 얼마 되지는 않지만 확실한 수입이 보장되었다. 그것은 해가 갈수록 늘어날 예정이었다. 그녀가 나중에 최고의 지위에 오른다면 심지어 바로 수도원 안에 조촐하나마 안락한 자기 집도 갖게 될 것이었다.

어린 요한은 잠시 어른들 틈에 있다가 곧 식당으로 되돌아갔다. 이젠 그리 밝게 빛나지도 않고 으리으리한 장식물로 인해서 처음처럼 사람을 어리둥절하고 쭈뼛쭈뼛하게 만들지도 않는 그 방은 새로운 매력을 불러일으켰다. 그것은 상연이 끝난 후 으스름한 무대 위에서 사방을 둘러보며 무대 뒤를 훔쳐보는 것 같은 이상야릇한 즐거움이었다. 그는 황금색 수술이 달린 커다란 전나무에 장식된 백합을 가까이서 관찰하고 구유에 든 동물과 사람 형상들을 손으로 만져 보며 베들레헴의 마구간 위에 떠 있는 투명한 별을 밝혀 주었던 초를 찾아보았다. 그리고 밑으로 길게 드리운 식탁보를 조금 들어올려 탁자 아래에 잔뜩 쌓여 있는 마분지와 포장지를 살펴보았다.

풍경실에서 나누는 환담도 점점 더 매력이 떨어졌다. 점차 불가피하게 어떤 무시무시한 사건이 화제에 오를 수밖에 없게 되었다. 여태껏 성탄절이라 그 말을 삼가고 있었지만 누구든 그 생각을 단 한 번이라도 안 한 사람은 없었을 것이다. 그것은 바인센크 사장의 소송 사건이었다. 후고 바인센크 자신이 그에 관해 일장연설을 했다. 그의 표정과 움직임에는 어떤 경박하고 조야한 생기가 넘쳤다. 그는 현재 성탄절이라 중단된 증인 신문에 대해 자세하게 보고하면서 재판장인 필란더 박사의 지나치게 편파적인 시각을 열렬히 비난했다. 그리고 자기와 자기신한테 유리한 증인을 변호하는 것을 그럴듯하게 여긴다는 검사인 하겐슈트룀 박사의 태도에 조소를 퍼부었다. 게다가 브레스라우어가 피고한테 불리한 진술을 아주 재치 있게 무력화했으므로 지금 형편으로 봐서는 유죄 판결은 없을 거라고 사장은 단호한 어조로 사람들을 안심시켰다. 시의원은 때때로 예의상 질문을 던지기도 했다. 어깨를 추키고 소파에 앉아 있는 페르마네더 부인은 중얼중얼하며 가끔 모리츠 하겐슈트룀한테 지독한 저주의 말을 퍼부었다. 하지만 다른 사람들은 아무 말이 없었다. 그들이 너무 입을 꼭 닫고 있어서 사장도 점차 말이 없어졌다. 저 건너 식당에 있는 하노에게는 시간이 마치 하늘나라에서처럼 후닥닥 지나가는 반면에 풍경실에서는 무겁고 숨막히는 불안한 정적이 감돌았다. 크리스티안이 여덟 시 반 정각에 클럽에서 열린 총각들과 난봉꾼들의 성탄절 축하 모임에서 돌아올 때까지도 이런 분위기가 계속되었다.

그의 입술 사이에는 차가운 담배 꽁초가 물려 있고 바싹 마른 그의 뺨은 붉게 충혈되어 있었다. 그가 식당을 거쳐 풍경실에 들어와서 이렇게 말했다. "이봐요, 식당이 너무 멋있는데요! 바인셴크, 브레스라우어도 와서 구경을 해야 하는 건데. 확실히 그는 여태껏 이런 걸 보지 못했을 거야."

영사 부인이 조용히 책망하는 듯한 눈길로 그를 흘겨보았다. 그는 왜 그러는지 영문을 알 수 없다는 표정으로 어머니를 바라보았다. 아홉 시 정각에 사람들은 식탁에 자리잡았다.

이런 경우에는 매년 그러듯이 이날 밤에는 주랑에 식탁이 차려졌다. 영사 부인은 진실한 표정을 지으며 늘 하는 식전 감사 기도를 올렸다.

예수님이시여, 오셔서 우리의 손님이 되어 주소서.
그리고 우리에게 내리신 음식을 축복해 주소서.

그러고 나서 그녀는 성탄절 밤에 늘 그러듯이 짧은 기도를
덧붙였다. 그 내용은 주로 이런 기쁜 날에 부덴브로크가처럼
행복을 누리지 못하는 모든 사람들을 생각하라고 촉구하는
것이었다. 이 기도가 끝나자 사람들은 양심의 가책을 느끼지
않고 진수성찬이 차려진 식탁에 앉아 잉어며 버터 소스며 오
래된 라인 포도주를 들기 시작했다.

시의원은 그 생선의 비늘 몇 개를 지갑에 넣었다. 그렇게 하
면 일 년 동안 지갑에서 돈이 나가지 않는다는 것이다. 하지
만 크리스티안은 그래 봤자 아무 소용이 없을 거라고 비관적
인 말을 했다. 크뢰거 영사는 그럴 필요가 없었다. 그는 얼마
안 되는 돈이지만 안전하게 투자해 놓았기 때문에 시세가 동
요해도 아무런 걱정이 없다는 것이었다. 그 노신사는 몇 년 전
부터 거의 한마디도 대화가 없었던 그의 아내와는 가급적 멀
리 떨어져 앉았다. 그녀는 런던인지 파리인지 아니면 미국 어
디인지는 정확히 몰라도 상속권을 박탈당한 채 허랑방탕하게
살아가는 아들한테 남편 몰래 돈을 보내 주고 있었기 때문이
다. 두 번째 음식이 나오면서 화제가 지금 이곳에 참석하지 못
한 가족 이야기로 넘어가자 마음이 약한 그의 아내는 눈물
을 훔치기 시작했다. 그걸 본 크뢰거 영사는 우울한 표정을 지

으며 이마에 주름살을 만들었다. 프랑크푸르트와 함부르크에 사는 가족 이야기가 화제에 올랐다. 리가에 사는 티부르치우스 목사 이야기를 하면서도 악감정은 품지 않았다. 그리고 시의원과 그의 여동생 토니는 남몰래 그륀리히와 페르마네더를 위해 건배했다. 어떤 의미에서는 그들도 결국 가족의 일원이니까.

밤, 건포도와 사과로 속을 채운 칠면조는 대대적인 찬사를 받았다. 사람들은 예전의 그것과 비교해서 말했다. 그리고 이번 요리가 지금까지 먹어 본 것 중에서 최고라는 사실이 밝혀졌다. 구운 감자, 채소 두 종류, 설탕에 절인 과일이 두 종류 있었다. 그것만 가지고도 가족 각자가 단순히 맛만 보는 차원이 아니라 식욕을 충족시킬 수 있을 정도로 많은 양의 음식이었다. 그리고 묄렌도르프 회사 제품의 오래된 적포도주가 나왔다.

어린 요한은 부모 사이에 앉아 고기 소스와 함께 흰 가슴살 한 조각을 힘들여 위에 쑤셔 넣었다. 틸다 고모처럼 많은 양을 먹을 수 없었던 그는 피곤하고 몸이 아주 거북함을 느꼈다. 그러나 어른들과 같이 식사할 수 있게 되고 또한 정교하게 접은 냅킨 위에 맛있는 파피시드 우유빵이 놓여 있는 것을 자랑스럽게 생각했다. 이전에는 크뢰거 할아버지가 세례 축하 선물로 준 조그만 금잔으로 마셨지만 지금은 그의 앞에 포도주 잔이 세 개 놓여 있었다. 하지만 그런 다음 유스투스 삼촌이 기름처럼 누런 그리스 포도주를 제일 작은 잔에다 붓고 있을 때 빨간색, 흰색, 갈색의 거품 아이스크림이 나오자 그의 식욕도 다시 살아났다. 이가 참을 수 없을 만큼 아팠지만 그는 빨간색 크림 한 개와 흰색 크림 절반을 먹어 치웠다. 마지막으로 초콜릿이 덮인 갈색 크림도 맛보았고 와플 과자를 와삭와삭 갉아 먹었고 달콤한 포도주를 홀짝홀짝 마셨다. 그러고는 입을 열기 시작한 크리스티안 삼촌의 말에 귀를 기울였다.

그는 매우 재미있게 보냈다는 클럽에서의 성탄절 축연에 대해 이야기했다. "젠장!" 그가 조니 선더스톰에 관해 말할 때마다 으레 이렇게 말했다. "그 녀석들은 스웨덴 오색주를 마치 물처럼 마셔 댔어요!"

"쳇." 영사 부인이 퉁명스럽게 말하고 눈을 내리깔았다.

하지만 그는 그런 것에 개의치 않았다. 그의 눈은 두리번거리기 시작했다. 그때의 생각과 기억이 그의 여윈 얼굴 위에 그림자처럼 휙 스쳐 지나갈 정도로 그의 뇌리에 생생했다.

"스웨덴 오색주를 너무 많이 마시면 어떻게 되는지는 모두 알고 있겠지요? 내가 말하는 것은 취하게 된다는 의미가 아니라 다음 날 어떻게 되는지입니다. 그들은 이상해지고 속은 메스꺼워집니다. 말하자면 두 가지 현상이 동시에 일어나는 거지요."

"그걸 정확히 묘사할 필요가 있겠구나." 시의원이 말했다.

"아서라, 크리스티안. 그런 이야기는 우리한테 하나도 재미없다." 영사 부인이 말했다.

하지만 그는 그 말을 일부러 못 들은 체했다. 그런 순간에는 누가 뭐라 해도 막무가내인 것이 그의 독특한 점이었다. 그는 한동안 말이 없었다. 그러다가 갑자기 그가 전달하려는 내용이 정리된 것 같았다.

"형은 이리저리 돌아다니며 불쾌한 느낌을 받아."라고 그가 말하고 코를 찡그리며 형한테로 몸을 돌렸다. "두통이 나고 속이 뒤집히게 되지. 그래, 다른 때에도 그런 일이 생길 수 있어. 하지만 형은 더럽다고 느껴." 그러면서 크리스티안은 얼굴을 온통 일그러뜨리고 두 손을 비볐다. "형은 온몸이 더럽고 깨끗하지 못하다고 느껴. 손을 씻어도 아무 소용이 없어. 축축하고 더럽게 느껴지기는 마찬가지야. 손톱에는 미끈미끈한 때가 끼게 되지. 목욕을 해도 아무 소용이 없어. 온몸이 끈적끈적하고 더럽게 느껴지지. 그래서 화가 나고 성질이 나서 구역질까지 나게 되지. 토마스, 그러한 사실을 알고 있어? 알고 있어?"

"그래, 알고 있어!" 시의원이 제지하는 손동작을 하면서 말했다. 하지만 해가 갈수록 이상하게도 크리스티안은 점점 더 요령부득으로 되어 갔다. 이렇게 대결을 벌이면 좌중의 사람들을 곤혹스럽게 만들 뿐만 아니라 오늘 밤과 같은 분위기에는 이런 일이 어울리지 않는다는 것을 그는 생각지 못하는 모양이었다. 그는 스웨덴 오색주를 지나치게 많이 마시면 어떻게 되는지를 충분히 설명했다고 느낄 때까지 계속 장황하게 묘사했다. 그러고는 점차 말이 없어졌다.

버터와 치즈를 먹기 전에 영사 부인은 또 한 번 가족들한테 간단한 말을 했다. 요 몇 년 동안 우리의 근시안적인 시각으로 봤을 때 모든 것이 소망했던 대로 이루어지지 않았더라도 우리가 감사의 마음을 가져야 할 많은 축복된 일이 있었다고 그녀는 말했다. 행복과 가혹한 시련이 교대로 일어나는 것이 바로 하느님께서 우리한테 손떼지 않고 당신의 섭리를 심오하고 현명한 의도에 따라 조종하고 있음을 보여 준다는 것이다. 그리고 우리는 초조한 나머지 감히 그 이유를 규정하려고 시도해서는 안 된다. 지금 우리는 희망을 품고 가족의 안녕과 미래를 위해 한마음으로 건배해야 한다. 그 미래란 여기 모인 연장자들이 싸늘한 흙 속에 묻혀 있게 될 그때를 말하는 것이다. 그리고 성탄절이 진정 그들의 것이 되어야 할 아이들을 위해 건배하자고 했다.

그런데 바인셴크 사장의 어린 딸은 이곳에 없었으므로 어린 하노는 할머니부터 제버린에 이르기까지 모두와 잔을 부딪치기 위해 혼자 식탁을 한 바퀴 돌아야 했다. 반면에 어른들은 서로 축배의 잔을 들었다. 그가 아버지한테 다가가자 시의원은 아들의 잔에 자기의 잔을 가까이 가져가면서 아들의 눈을 들여다보려고 부드럽게 하노의 턱을 들어 올렸다. 그는 하노와 눈길을 마주칠 수 없었다. 하노의 긴 금갈색 속눈썹이 그의 눈 아래에 푸르스름하게 드리운 그림자에까지 깊숙이 내려와 있었기 때문이다.

하지만 테레제 바이히브로트는 두 손으로 그의 얼굴을 감싸고 나지막한 소리가 나게 그의 두 뺨에 입맞춤을 했다. 그러고는 하느님이 반드시 그를 도와줄 거라면서 마음속 깊이 강조하여 말했다. "부디 행복하거라, 애야!"

한 시간 후에 하노는 그의 침대에 누워 있었다. 3층 복도에 붙어 있는 곁방에 자리한 그의 침대는 시의원의 탈의실 왼쪽에 위치하고 있었다. 그는 등을 바닥에 대고 누워 있었다. 오

늘 저녁에 이것저것을 마구 집어 먹는 바람에 그의 위는 거북
스럽기 짝이 없었다. 벌써 잠옷을 입고 방에서 나오는 착한 이
다를 그는 흥분한 눈으로 바라보았다. 그녀는 물 컵을 공중에
휘저으며 원을 그리면서 들어왔다. 그는 탄산 소다수를 꿀꺽
꿀꺽 다 마셔 버렸다. 그리고 얼굴을 찡그리며 다시 침대에 폭
고꾸라졌다.

"먹은 것을 다 토해야 할 것 같아, 이다."

"아, 말도 안 돼, 하노. 그냥 가만히 누워 있어. 그만 먹으라
고 여러 번 눈짓을 하지 않았니? 그런데도 계속 말을 안 듣고
먹어 대더니……."

"그래, 그래, 그랬으면 좋았을 것을. 언제 물건들을 갖다주
지, 이다?"

"내일 아침이야, 애야."

"그것들을 여기다 갖다줘! 당장 갖고 싶은데!"

"그래, 알았어, 하노. 우선 잠이나 폭 자거라." 그녀는 하노에
게 입맞춤을 하고 불을 끄고 나갔다.

그는 혼자 가만히 누워 탄산 소다수의 축복된 작용에 몸을
맡기고 있었다. 감고 있는 그의 눈앞에는 크리스마스트리의
휘황찬란한 광채가 다시 어른거렸다. 극장, 배럴 오르간 그리
고 신화 책이 눈에 보였으며 멀리 어디에서인가 소년 성가대
가 "큰 소리로 찬양하라, 예루살렘을." 하고 노래하는 소리가
들렸다. 모든 것이 반짝반짝 빛을 발했다. 흐리멍덩한 머리에
서 열이 느껴졌다. 반란을 일으키는 위 때문에 다소 답답하고
불안한 심장은 천천히 불규칙적으로 고동쳤다. 불쾌감, 흥분,

답답함, 피곤함과 행복감 때문에 그는 잠을 이룰 수 없었다.

내일은 테레제 바이히브로트의 집에서 세 번째 성탄절 파티가 열릴 것이다. 그는 익살스러운 연극을 기다리듯이 그걸 손꼽아 기다렸다. 테레제 바이히브로트는 지난해에 기숙사를 완전히 포기하고 뮐렌브링크에 있는 조그만 집의 2층에는 케텔젠 부인이, 1층에는 그녀 혼자 살고 있었다. 즉, 불구에다 허약한 그녀의 작은 몸 때문에 해가 감에 따라 신체적 부담이 심해졌다. 기독교적인 유순함과 순종심을 갖춘 세세미 바이히브로트는 자기가 이 세상을 하직할 날이 얼마 남지 않았다는 것을 알고 있었다. 그러한 이유에서 그녀는 벌써 몇 년 전부터 성탄절이 되기만 하면 그게 자기의 마지막 성탄절이라고 여겼다. 그래서 끔찍하게 과열된 그녀의 작은 방에서 개최한 파티를 그녀는 미력이나마 온 힘을 다해 화려하게 열려고 애썼다. 그녀는 재산이 얼마 없었기 때문에 매년 자기가 소유하고 있는 물건들 중의 일부를 새로 선물했다. 자신에게 꼭 필요하지 않은 물건을 나무 밑에 쌓아 놓았다. 자질구레한 장식품, 서진(書鎭), 바늘꽂이, 화병, 서재의 미완성 원고, 모양과 제본이 이상한 고서, 『관찰자 자신의 비밀 일기장』, 헤벨의 『독일 시』, 크룸마허의 『우화집』 등이 그런 것이었다. 하노는 이미 그녀한테서 『블레즈 파스칼의 사상』이라는 단행본을 한 권 받았는데 글씨가 어찌나 작은지 돋보기 없이는 도저히 글을 읽을 수 없을 정도였다.

붉은 포도주에 오렌지 또는 레몬과 설탕을 가미한 '비숍'이 한없이 나왔다. 세세미가 생강을 넣어서 만든 빵은 무척 맛이 좋았다. 바이히브로트 양은 매번 전력을 다하여 떨리는 마음으로 그녀의 성탄절 파티를 열었지만 번번이 무슨 고약한 사건이 터지곤 했다. 손님들을 웃게 만드는 깜짝 놀랄 만한 재앙이 일어나 여주인 자신의 말없는 열정은 고조되었다.

'비숍'이 든 주전자가 엎질러져 붉고 달콤한 액체가 온통 사방에 넘쳐흘렀다. 또는 손님들이 선물이 있는 방에 엄숙하게 들어서는 순간 장식된 크리스마스트리가 나무로 된 받침대에서 굴러 떨어지는 것이었다.

하노는 지난해에 있었던 불행한 사건을 눈앞에 그려 보면서 잠이 들었다. 그 사건은 선물을 분배하기 직전에 일어났다. 테레제 바이히브로트는 모든 모음들의 발성 위치가 뒤섞일 만큼 강한 억양으로 성탄절 구절을 낭독했다. 그런 다음 이제 간단한 연설을 하기 위해 손님들 있는 데를 지나 뒤의 문 쪽으로 걸어갔다. 등이 굽어 아주 작은 그녀는 문지방 위에 서서 늙은 두 손을 납작한 가슴 앞에 모았다. 그녀의 두건에 매달린 녹색 실크 끈이 허약한 어깨 위에 드리웠다. 그녀의 머리와 문 위의 전나무 가지 화환으로 장식된 투시화엔 "하늘에 계시는 하느님께 영광 있기를"이라는 글씨가 반짝거렸다. 그리고 세세미는 하느님의 자비에 관해 말했다. 그녀는 이번이 자기의 마지막 성탄절이라고 말했다. 그리고 사도의 말씀이 이 자리에 모인 모두가 흥겨운 마음을 갖도록 촉구했다는 말로 끝맺었다. 그러면서 그녀는 머리끝에서 발끝까지 사시나무 떨 듯 떨었다. 마치 그녀의 작은 몸 전체가 자신의 말에 동참하는 것 같았다. "기뻐하십시오!" 그녀가 머리를 옆으로 비스듬히 하고 격렬히 떨면서 말했다. "또 한 번 말하겠는데 기뻐하십시오!" 그러나 바로 이때 탁탁, 픽픽, 바스락하는 소리와 함께 그녀 머리 위의 투시화에 불이 붙었다. 그러자 바이히브로트 양은 조그만 소리로 비명을 지르고 아무도 예기치 못한 그림 같은 날렵한 동작으로 풀쩍 뛰어오르면서 머리 위에 떨어지는 불꽃을 피해야 했다.

하노는 그 여자가 풀쩍 뛰어오르는 모습을 회상해 보았다. 몇 분 동안 그는 그러한 생각에 사로잡혀 흥분된 상태에서 신경질적으로 흥겨워하며 베개에 얼굴을 파묻고 나지막이 쿡쿡 웃었다.

9

페르마네더 부인은 넓은 거리를 따라 총총걸음으로 걸었다. 그녀의 태도에는 무언가를 포기한 기색이 역력했다. 보통 때 거리에서 보이는 그녀의 당당한 태도는 거의 보이지 않았다. 누구한테 쫓기는 듯 무엇에 시달리는 듯 허둥지둥 급하기 짝이 없었다. 그래야만 흡사 얼마 남지 않은 그녀의 위엄이 유지되기라도 하듯이 말이다. 그녀는 마치 패전한 왕이 남은 부대를 이끌고 안전한 곳으로 도주하는 꼴이었다.

아, 그녀의 꼴은 말이 아니었다! 그녀의 윗입술, 예전에는 그녀의 얼굴을 그토록 예쁘게 만드는 데 일조했던 도톰하고 봉긋한 그녀의 윗입술이 지금 바르르 떨고 있었다. 그녀는 불안한 표정으로 눈을 둥그렇게 뜨고 있었다. 잔뜩 흥분해서 깜박거리는 눈도 마치 갈 길이 바쁜 듯 정면을 똑바로 응시하고 있었다. 머리카락은 무엇에 쥐어뜯긴 듯 모자 아래에 아무렇게나 비어져 나와 있었다. 그녀의 얼굴은 속이 좋지 않을 때처럼 창백하고 누르스름한 빛을 띠고 있었다.

그렇다, 요즘 들어 그녀의 위가 좋지 않았다. 가족들이 모이는 목요일에 모두 그러한 사실을 알 수 있었다. 암초를 피해 돌아가려고 하지만 화제는 으레 후고 바인셴크의 소송 이야기에 걸려 난파했다. 그렇게 몰고 가는 장본인은 어쩔 수 없이 페르마네더 부인 자신이었다. 그녀는 끔찍할 정도로 흥분해서 하느님과 모든 사람들한테 답변을 듣고 싶다고 했다. 모리츠 하겐슈트룀 검사가 어떻게 밤에 조용히 잠을 잘 수 있느냐는 것이다! 그녀로서는 그걸 이해할 수 없었다. 아마 결코 이해할 수 없을 것이다. 말을 한마디할 때마다 그녀는 더욱더 흥분했다. "덕분에 식사를 할 수 없어요."라고 말하면서 그녀는 어깨를 추켜올리고 머리를 뒤로 젖히며 모든 음식을 밀쳐 냈다. 그러고는 화가 머리끝까지 올라 맥주만 마셔 댔다. 그것은 그녀가 뮌헨에서 결혼 생활을 할 때부터 마시기 시작한 차가운 바이에른 맥주였다. 하지만 빈속에 맥주가 들어가자 위 신경이 부글부글 끓기 시작하며 가혹하게 보복했다. 그래서 식사가 끝날 무렵 그녀는 자리에서 일어나 정원이나 마당으로 내려가야 했다. 거기서 이다 융만이나 리크헨 제버린의 부축을 받으며 끔찍한 고통을 감내해야 했다. 위의 내용물은 다 비워졌다. 그러고는 몸이 고통스럽게 오그라들더니 몇 분 동안 이러한 경련 상태가 계속되었다. 더 토할 것도 없는데 그녀는 오랫동안 이러한 숨막히는 고통을 겪었다.

오후 세 시쯤이었다. 바람이 불고 비가 오는 일월이었다. 페르마네더 부인은 어부 골목의 모퉁이에 이르러 방향을 틀고 급히 내리막길을 내려가 오빠 집으로 향했다. 성급하게 문을 두드리고 나서 현관을 지나 사무실로 들어갔다. 그녀의 시선은 창가에 있는 시의원의 자리에 멈추었다. 그녀가 애원하듯이 머리를 마구 흔들자 그는 곧바로 펜을 놓고 그녀한테 다가갔다.

"무슨 일이니?" 그가 눈썹을 찡그리며 물었다.

"잠깐 할 말이 있어, 토마스. 긴박한 일이야. 잠시도 지체할 수 없어."

그는 개인 사무실의 문을 열었다. 둘이 안으로 들어간 뒤 문을 닫았다. 그리고 그는 동생한테 무슨 일이냐고 묻듯이 쳐다보았다.

"톰." 그녀는 떨리는 목소리로 말하며 모피 토시 속에 든 두 손을 꼭 쥐었다. "오빠가 우리한테 줘야겠어. 임시로 융통해 줘. 담보를, 좀 해 줘……. 우리한테는 그게 없어. 지금 당장 우리가 2만 5000마르크를 어디서 마련하겠어? 몽땅 되돌려줄게. 아, 너무 급해. 알겠지……. 일이 터졌어. 요컨대 하겐슈트룀은 당장 잡아 가두든지 아니면 2만 5000마르크 상당의 담보를 잡힐 것을 요구하고 있어. 그런데 바인솅크는 분명히 일을 크게 벌이지 않으려고 할 거야."

"정말 일이 그 지경으로 되었니?" 시의원이 머리를 설레설레 흔들면서 말했다.

"그래, 그 자식들이 일을 그렇게 만들어 놓았어!" 분노에 못 이겨 흐느끼면서 그녀는 방수포가 덮인 안락의자에 푹 고꾸 라졌다. "그들은 계속 끌고 갈 거야. 사건을 끝까지 끌고 갈 거야."

"토니." 이렇게 말하면서 그는 마호가니 책상 앞에 비스듬히 앉아 다리를 다른 쪽 다리 위에 얹고 손으로 턱을 괴었다. "솔 직히 말해 봐. 넌 아직도 그가 무죄라고 믿고 있니?"

그녀는 몇 번 흐느끼다가 나지막이 절망적으로 대답했다. "아, 아니야, 톰…… 사실 어떻게 그걸 믿겠어? 난 불행한 일 을 많이 겪었어. 내 딴에는 성실하게 노력했지만 애당초부터 그걸 믿지 않았어. 오빠도 알다시피 살다 보면 어떤 사람이 무 죄임을 믿는다는 것은 정말 어려운 일이야. 아, 아니야, 괴로 운 일이지만 난 진작부터 그의 양심을 의심해 왔어. 그리고 에 리카도 그를 믿지 못하게 되었지. 그 애가 나한테 울면서 고백 하더군. 집에서 하는 그의 행동으로 봐서 믿지 못하게 되었어. 우리는 물론 그 말은 하지 않았지. 그는 점점 더 포악해졌어. 그러면서 그는 에리카에게 더 혹독하게 명랑한 표정을 지으라 고 강요하는 거야. 그래야 자기가 기분 전환이 되어 괴로움을 잊을 수 있대. 그 애가 심각한 표정을 지으면 그는 그릇을 박 살 내는 거야. 그가 밤에 몇 시간 동안이나 제 방에 처박혀 서 류와 씨름하면서 어떤 행동을 하는지 오빠는 모를 거야. 누가 문이라도 두드리면 그는 벌떡 일어나 이렇게 소리치는 거야. '거기 누구야! 무슨 일이야!'"

침묵의 시간이 흘렀다.

"그런데 그가 죄를 지었을지도 몰라! 그가 일을 저질렀을지도 몰라!" 페르마네더 부인이 다시 말을 시작했다. 그러는 그녀의 언성이 높아졌다. "그는 자신을 위해서가 아니라 사회를 위해서 일했어. 그런데 그러다가…… 젠장, 이러한 삶을 인식하고 그에 대한 고려를 해 줘야 해, 톰! 그는 일단 결혼해서 우리의 가족이 되었어. 그는 이제 우리 가족의 일원이야. 우리 가족을 감옥에 처넣을 수는 없어, 말도 안 돼!"

그는 어깨를 추슬렀다.

"오빠는 어깨를 추스르네. 그러니까 오빠는 그 구더기 같은 놈이 건방지고 무례하게 굴어도 그저 참고 감수하겠다는 의향이야? 우린 무슨 수를 써야 해! 그가 유죄 판결을 받아서는 안 돼! 오빠는 시장의 오른팔이잖아. 대체 시의원인 오빠가 은전을 베풀 수 없다는 거야? 오빠에게 말하겠어. 사실 여기에 오기 전에 난 크레머한테 가서 애걸복걸 매달리려는 참이었어. 그는 그 일에 개입할지도 몰라. 그는 경찰서장이지."

"아니, 무슨 그런 어리석은 일을!"

"어리석다고, 톰? 그럼 에리카는? 엘리자베트는?" 그녀는 이렇게 말하며 애원하듯 양손에 끼고 있던 토시를 그를 향해 치켜들었다. 그런 다음 잠시 말이 없더니 팔을 밑으로 내렸다. 그녀의 입은 넓게 벌어지고 턱은 덜덜 떨고 있었다. 내리깐 눈꺼풀 밑에서 두 줄기 커다란 눈물이 솟아나는 가운데 그녀가 아주 나지막한 어조로 덧붙였다. "그럼 나는……?"

"오, 토니, 용기를 내!" 시의원이 말했다. 그녀가 어쩔 줄 몰라 하자 그는 마음이 움직인 듯 옆에 바짝 다가가 그녀를 위로하면서 머리카락을 쓰다듬어 주었다. "아직은 모든 게 끝난 건 아니야. 아직 그가 유죄 판결을 받은 것도 아니고. 일이 잘되어 갈 수도 있어. 그럼 일단 담보를 잡히겠어. 물론 내가 안 된다고 한 것은 아니야. 그리고 브레스라우어는 교활한 사람이니……."

그녀는 울면서 머리를 흔들었다.

"아니야, 톰. 난 일이 잘될 거라고 믿지 않아. 그들은 그에게 유죄 판결을 내리고 그를 감옥에 처넣을 거야. 그러면 에리카, 아기 그리고 나한테 어려운 순간이 오는 거지. 그녀의 지참금은 사라졌어. 혼수며 가구며 그림을 사는 데 다 써 버렸어. 그걸 판다 해도 거의 사분의 일도 건지지 못할 거야. 바인셴크는 저축해 둔 게 하나도 없어. 그가 다시 자유의 몸이 될 때까지 우리는 다시 어머니 곁으로 가야 돼. 어머니가 허락한다면 말이야. 그렇다고 해도 사정이 점점 더 악화될 거야. 그런데 우리가 도대체 어디로 간단 말이야? 우린 그냥 바위 위에나 앉을 수밖에." 그녀는 훌쩍이면서 말했다.

"'바위 위에'라고?"

"그래, 뭐 그런 표현이 있어. 비유적인 말이지. 아, 아니야, 일이 잘될 것 같지 않아. 난 너무나 많은 일을 당했어. 왜 그런 일을 당해야 하는지 모르겠어. 하지만 이제 더 이상 아무런 희망이 없어. 내가 그륀리히나 페르마네더한테 당했던 것과 같은 일을 에리카도 당할 거야. 하지만 오빠는 지금 어떤 상황에 있는지 아주 가까이서 판단할 수 있어. 그리고 어떻게 극복할지도 알고 있어. 누가 무슨 도움이 될 수 있을까? 톰, 누가 무슨 도움이 될 수 있을까, 제발 말 좀 해 봐!" 그녀가 되풀이해서 물었다. 그녀는 눈에 눈물이 그득한 채 절망적으로 머리를 끄덕였다. "난 하는 일마다 모두 실패로 끝났고 불행한 방향으로 흘러갔어. 나는 그렇게 좋은 의도를 가졌는데 말이야. 하느님은 알고 계실 거야! 난 늘 마음속으로 빌어 왔어. 인생에서 성공을 거두고 다소나마 이름을 떨치게 해 달라고……. 이젠 이것마저 실패로 돌아갔어. 이것이 마지막이야. 마지막……."

그녀는 부드럽게 달래 주는 그의 팔에 기대어 자기의 인생이 실패로 끝난 것에 대해 눈물을 흘렸다. 이제 마지막 희망마저 사라진 것이다.

일주일 후 후고 바인셴크 사장은 삼 년 육 개월의 징역형에 처해져 즉각 감옥에 갔다.

최후 변론이 있던 날 법정에는 많은 사람이 운집했다. 베를린에서 온 변호사 브레스라우어 박사의 변론은 여태껏 들어 보지 못한 훌륭한 것이었다. 중개인 지기스문트 고슈는 감격한 나머지 일주일 동안이나 쉿쉿 하며 이러한 반어, 격정, 감동에 대해서 떠들고 다녔다. 역시 그곳에 참석했던 크리스티안 부덴브로크는 클럽의 어떤 책상 뒤에 서서 신문 한 꾸러미를 마치 서류처럼 눈앞에 대고 그 변호사를 똑같이 흉내 냈다. 게다가 그는 집에서 법률가가 최고의 멋진 직업이라고 선언했다. 그 직업이야말로 자기한테 제격이라는 것이다. 문예

애호가인 검사 하겐슈트룀도 개인적인 발언을 했다. 브레스라우어의 변론이 정말 훌륭했다는 것이었다. 이처럼 그 변호사는 유명 세대로 재능이 탁월했지만 시내의 법률가들은 그의 등을 두드리며 안됐다는 말밖에 전할 수 없었다. 그들은 그의 그러한 감언이설에 속아 넘어가지 않았던 것이다.

사장이 사라지고 필요한 매각이 끝난 후 시내에서는 후고 바인셴크를 잊기 시작했다. 하지만 넓은 거리의 부덴브로크 여인들은 목요일에 식탁에 앉아 이렇게 고백했다. 그들은 그 남자의 눈을 처음 본 순간에 모든 게 무질서하고 그의 성격이 결점투성이라는 것을 단번에 알아챘다는 것이었다. 그리고 그의 결말이 좋지 않을 거라고 예감했다는 것이었다. 유감스럽게도 그들이 그런 사실에 주목했다는 우울한 고백을 해도 모두들 가만히 있을 수밖에 없었다.

9부

1

늙은 그라보 박사와 랑할스 가족의 일원으로 약 일 년 전부터 시내에서 개업하고 있던 젊은 랑할스 박사의 뒤를 따라 부덴브로크 시의원은 영사 부인의 침실에서 나와 아침 식사 방으로 들어가서 문을 닫았다.

"잠깐 기다려 주시겠어요, 여러분." 그가 이렇게 말하고 계단을 올라가 복도와 주랑을 지나 풍경실로 그들을 안내했다. 축축하고 차가운 가을 날씨라 벌써 방이 훈훈하게 데워져 있었다. "내가 얼마나 긴장하고 있는지 알고 계시겠지요. 자리에 앉으세요! 되도록 내 마음을 안심시켜 주십시오!"

"원 참, 시의원님도!" 그라보 박사가 대답했다. 그는 넥타이를 맨 턱을 편한 자세로 뒤로 젖히고 두 손으로 쥔 모자 테를 배에 대고 있었다. 반면에 랑할스 박사는 흑갈색 머리와 뾰족하게 깎은 수염에 머리카락이 빳빳하게 선 땅딸막한 신사였다. 그의 눈은 아름다웠고 얼굴 표정은 공허해 보였다. 그는 실크해트를 옆의 양탄자 위에다 내려놓고 무성하게 털이 난 이상할 정도로 작은 손을 내려다보았다. "물론 현재로서는 전혀 심각하게 불안해할 필요가 없는 것 같습니다. 제 말을 들어 보세요. 존경하는 영사 부인은 비교적 저항력이 강한 환자입니다. 경험이 많은 카운슬러의 입장에서 볼 때 저항력이란 대단히 중요합니다. 그녀의 나이를 감안할 때 정말 놀라울 정도입니다. 제가 말하고자 하는 바는……."

"그래요, 사실 나이도 나이니만큼……." 시의원은 불안하게 말하며 콧수염의 긴 끝을 감아 돌렸다.

"물론 그렇다고 해서 시의원님의 어머님께서 내일부터 다시 산책할 수 있다는 말은 아닙니다." 그라보 박사가 부드러운 음성으로 말했다. "환자가 그렇게 빨리 차도를 보이지는 않을 겁니다. 스물네 시간 전부터 염증이 실망스러운 방향으로 진행된 것은 부인할 수 없습니다. 어제 저녁의 오한은 좀 걱정스러운 것이었어요. 그리고 오늘은 옆구리에도 통증이 있었고 숨이 가쁩니다. 열도 약간 있습니다. 별로 대수로운 것은 아니지만요. 요컨대 시의원님, 말하기 곤란하지만 폐가 약간 침윤되었다는 사실만은 인정해야겠습니다."

"그럼 폐렴이란 말이오?" 시의원은 이렇게 묻고는 다른 의사 쪽으로 시선을 돌렸다.

"네. 뉴모니어(폐렴)입니다." 진지하고 단정하게 몸을 숙이며 랑할스 박사가 말했다.

"물론 오른쪽에 국한된 가벼운 폐렴입니다." 가정의가 대답했다. "정확한 부위가 어딘지 최선을 다해 찾아보겠습니다."

"그럼 심각하게 걱정할 근거가 있다는 말입니까?" 시의원은 잠자코 앉아 꼼짝도 않고 말하는 사람의 얼굴을 쳐다보았다.

"걱정이라고요? 오, 흔히 말하듯이 우리는 병의 증상을 최소화하는 데 신경 써야 합니다. 그것은 기침을 완화시키고 열을 정상으로 만드는 일입니다. 키니네를 처방했으니 이제 열은 좀 내릴 겁니다. 그리고 또 한 가지, 시의원님, 개별적인 증상에 대해 놀라지 마십시오, 아시겠죠? 호흡 곤란이 다소 심해질지도 모르고 밤에는 아마 헛소리를 하게 될지도 모르겠어요. 내일은 가래가 많이 나올지도 모르고요. 적갈색 가래에 피도 섞여 있을지 모르겠어요. 모든 게 다 예상된 일이고 지극히 합당하고 지극히 정상적인 것입니다. 그에 대비해 페르마네더 부인이 정성껏 간호하게 해 주십시오. 아 참, 그녀는 어떻습니까? 최근 들어 위가 어떤지 묻는다는 것을 깜박 잊었군요."

"늘 그렇지요. 새로운 사실은 모르겠어요. 지금은 그 문제에 신경 쓸 겨를이 없어서요."

"그야 당연하겠지요. 게다가 이런 생각이 드는군요. 시의원님 여동생은 특히 밤에 안정을 취하는 게 필요합니다. 하지만 제버린 혼자로는 아마 어려울지 모르겠군요. 간병인을 한 명 구하는 게 어떨까요, 시의원님? 시의원님이 호의적으로 생각하시는 프란체스코회 수녀들이 어떻겠어요? 수녀원장은 그런 일에 봉사하는 것을 기뻐할 겁니다."

"간병인이 필요하다고 생각합니까?"

"그게 좋을 것 같아서 제안하는 겁니다. 수녀들은 정말 고마운 사람들입니다. 그들은 노련하고 신중하게 환자들의 마음을 진정시켜 줍니다. 흔히 말하듯이 무시무시한 증상을 지닌 환자들을 말입니다. 그럼 되풀이해 말하지만 불안해하지 마세요, 시의원님. 우리가 다시 와 볼 겁니다. 와 볼 거예요. 오늘 밤에 또 한 번 와서 이야기해 드리겠습니다."

"믿고 가겠습니다." 랑할스 박사는 그렇게 말한 뒤 실크해트를 들고서 나이 많은 그의 동료와 동시에 몸을 일으켰다. 하지만 시의원은 아직 앉은 채로 있었다. 그는 아직 할 말이 남아 있었다. 그는 다른 의문점이 있어 물어보려고 했다.

"여러분." 그가 말했다. "한 가지만 더요. 내 동생 크리스티안이 신경과민이라서, 요컨대 오래 견디지 못해요. 그에게 무슨 말을 전하면 좋을지 조언을 해 주시겠어요? 집에 돌아오라고 권해 볼까요?"

"동생이 여기에 없습니까?"

"네, 함부르크에 있습니다. 잠시요. 내가 알기로는 사업 때문에요."

그라보 박사는 자기 동료한테 시선을 던졌다. 그런 다음 그는 웃으면서 손을 내저으며 말했다. "그럼 우린 그가 사업하는 것을 조용히 내버려 둬 보지요! 쓸데없이 그를 놀라게 할 필요가 있을까요? 어떤 바람직한 계기가 마련되면 와서 환자를 진정시키고 기분을 북돋워 주라고 말합시다. 현재로서는 아직 시간이 충분합니다. 아직은요……"

두 의사는 주랑과 복도를 지나 계단부에 잠시 우뚝 서서 다른 화제를 주고받았다. 정치 이야기라든가 끝날 줄 모르는 전쟁이 주는 충격과 변혁에 대해서도.

"이제 좋은 세월이 오겠지요, 어때요, 시의원님? 나라에 돈이 넘치고, 도처에 신선한 분위기가……."

시의원은 부분적으로 그 말에 동의했다. 전쟁이 터지는 바람에 러시아와의 곡물 거래가 대단히 활기를 띠게 되었다고 그가 말했다. 그리고 넓은 차원에서 볼 때 귀리 수입이 군납이라는 목적을 띠었다고 언급했다. 하지만 그 수익이 불공평하게 분배되었다고 했다.

두 의사는 갔다. 그리고 부덴브로크 시의원은 다시 발길을 돌려 환자가 누워 있는 방을 향했다. 그는 그라보 박사가 한 말을 곰곰 생각해 보았다. 그 속에 많은 의미가 함축되어 있었다. 그가 결정적인 말을 회피한 것이 분명했다. 분명하게 한 말이라곤 '폐렴'이라는 단어밖에 없었다. 랑할스 박사가 그걸 다시 의학 전문 용어로 번역하고 나서부터는 '폐렴'이라는 단어가 더 이상 위로를 주지 못했다. 영사 부인의 연령에 폐렴이라니! 의사가 두 명이나 왔다 간 사실 자체가 사람을 불안하게 하는 요소였다. 그라보는 일을 아주 가볍고도 거의 눈에 띄지 않게 처리했다. 자기는 조만간 은퇴할 생각이라고 말했다. 젊은 랑할스가 자기의 실무를 떠맡을 거니까 그라보 자신은 때때로 그를 데리고 다니며 이 집 저 집에 소개시키는 것으로 만족한다는 것이다.

어둠침침한 방에 들어설 때 시의원의 표정은 명랑했고 그의 태도는 힘이 있었다. 그는 걱정스러운 표정과 피곤한 기색을 숨기고 태연자약하게 행동하는 데 익숙해 있었다. 문을 열면서 아주 간단한 의지의 행위로 말미암아 이 가면이 거의 저절로 얼굴에서 미끄러져 떨어졌다.

페르마네더 부인은 휘장이 쳐진 높다란 침대에 앉아 어머니의 손을 잡고 있었다. 늙은 영사 부인은 베개에 몸을 기대고 들어오는 사람 쪽으로 머리를 돌렸다. 그녀는 짙은 담청색 눈으로 뭔가를 알아 내려는 듯이 그의 얼굴을 들여다보았다. 그것은 조용히 자제하는 기색이 역력한 눈빛이었으며 긴장감이 감돌 정도로 집요하게 파고드는 눈초리였다. 그가 약간 옆쪽에서 들어왔기 때문에 그녀의 눈빛은 마치 무슨 저의라도 품은 것처럼 보였다. 열 때문에 붉은 반점이 생긴 뺨이 창백한 것 말고는 그녀는 피로하거나 쇠약한 기색이 전혀 보이지 않았다. 노부인은 사실 주위 사람보다도 더 정신이 말짱했다. 무엇보다도 그것은 당사자의 문제였기 때문이다. 이러한 병을 불신한 그녀로서는 드러누워서 그냥 일이 되어 가는 대로 자신을 내맡길 기분이 전혀 아니었다.

"그들이 뭐라고 그랬니, 토마스?" 영사 부인이 너무 단호하고 활기차게 묻는 바람에 그녀의 목에서 즉각 격렬한 기침이 튀어나왔다. 입을 꼭 막고 기침을 멈추게 하려고 애썼지만 터져나오고 말았다. 그래서 손으로 입을 감싸지 않을 수 없었다.

"그들이 말하기를……." 기침이 수그러들자 그녀의 손을 쓰다듬으면서 시의원이 말했다. "며칠 안 있어 다시 일어날 거래요. 아직 그럴 수 없는 것은 기침 때문에 물론 폐가 자극을 받아서 그렇답니다. 그것이 정확히 폐렴은 아니랍니다." 그녀의 눈초리가 더욱더 날카로워진 것을 보고 그가 덧붙였다. "아직은 그렇게 나쁜 상태는 아니지만 혹시 더 악화될지도 모릅니다! 그러니까 폐가 약간 자극을 받은 상태랍니다. 그 점에서는 아마 그들의 말이 옳을지도 모릅니다. 대체 제버린은 어디 있지요?"

"약국에 갔어." 페르마네더 부인이 말했다.

"그렇군요. 그녀는 또 약국에 갔군요. 토니, 너는 금방이라도 잠들 것 같구나. 아니, 그리 오래가지 않을 거야. 하루 동안만이라도 그런 상태가 지속된다면, 간병인을 한 명 두는 게 좋지 않을까요? 지금 당장 프란체스코회 수녀원 원장한테 문의해서 한 사람 쓸 수 있는지 알아보겠어요."

"토마스." 영사 부인은 다시 기침이 터져 나올까 봐 이제 조심조심 말했다. "네가 그렇게 가톨릭만 자꾸 싸고 돌다가는 개신교 사람들을 자극하지 않겠니. 넌 가톨릭만 편애하면서 다른 쪽에는 관심을 두지 않는구나. 내가 분명히 말해 두지만 프링스하임 목사가 얼마 전에 그에 대해 아주 섭섭해하더구나."

"그래요? 하지만 그는 전혀 그럴 필요 없어요. 제가 보기에는 프란체스코회 수녀들이 개신교 사람들보다 훨씬 더 성실하고, 더 헌신적이고 희생정신이 더 강해 보여요. 개신교 여자들은 진짜가 아니에요. 그들은 기회만 닿으면 결혼하려고 할걸요. 요컨대 그들은 세속적이고, 이기적이고, 그저 평범한 사람들입니다. 프란체스코회 수녀들은 자유스럽고 아무런 무리가 없어요. 그들이 하늘나라에 더 가까이 있는 것은 확실한 사실이에요. 게다가 내가 바로 그들로부터 은혜를 입었기 때문에 그들을 선호하는 거예요. 하노가 치통으로 경련을 일으켰을 때 레안드라 수녀가 없었더라면 어쩔 뻔했습니까! 난 그녀가 어머니를 돌봐 줄 시간이 있기를 바랄 뿐입니다."

그래서 레안드라 수녀가 왔다. 그녀는 조용히 핸드백이며 숄을 내려놓고 흰 모자 위에 쓴 회색 두건을 벗었다. 허리띠에 달려 있는 로사리오 묵주에서 나지막하게 딸그락거리는 소리가 날 뿐, 그녀는 조용조용 친절하게 말하고 움직이면서 자기 일을 하기 시작했다. 그녀는 다소 까다롭고 어떤 때는 참을성을 잃기도 하는 환자를 밤낮으로 간호했다. 그러고는 그녀로서도 어쩔 수 없는 인간적인 약점에 대해 다소 부끄러운 듯이 말없이 돌아가서 다른 수녀와 교대했다. 수녀원에서 수면을 조금 취한 후에 되돌아오기 위해서였다.

누군가가 침대 옆에서 영사 부인을 계속 간호해 주어야 했다. 상태가 악화될수록 그녀의 모든 생각이나 관심은 자신의 병에 집중되었다. 그녀는 그 병에 대해 두려워하며 순진하고 노골적인 증오심을 품었다. 거의 평생 동안 부유한 생활을 누려 온 가운데 인생에 대해 조용하고, 자연스럽고, 지속적인 애정을 품고 살아온 그녀는 신심과 선행으로 가득 찬 말년을 보냈다. 무엇 때문에? 아마도 고인이 된 남편에 대한 외경심뿐만 아니라 강한 활력을 가지고 하늘과 화해하려는 무의식적인 충동 때문이 아니었을까? 한때는 삶에 집요한 애착을 보였지만 유연하게 죽음을 맞이하려는 목적 때문이 아니었을까? 하지만 그녀는 유연하게 죽을 수 없었다. 여러 번 고통스러운 체험을 했지만 그녀의 몸은 아주 꼿꼿했고 눈은 여전히 맑았다.

그녀는 맛있는 식사를 하고, 고상하고 값비싼 옷 입기를 좋아했다. 그녀 주위에서 일어나는 좋지 않은 일은 무시하거나 얼버무려 버리고, 장남이 도처에 일궈 놓은 높은 명성에 관여하기를 좋아했다. 그런데 이제 이 병, 폐렴이 파괴적 작용을 완화해 줄 사전 경고도 없이 그녀의 꼿꼿한 신체에 파고들었다. 고통이 우리의 몸을 야금야금 파먹어 가는 가운데 우리는 서서히 고통스럽게 삶 자체나 삶의 조건으로부터 소원해지게 된다. 그리고 우리 마음속에는 종말에 대한 감미로운 동경, 다른 조건이나 평화에 대한 감미로운 동경이 일어나는 것이다. 아니다, 늙은 영사 부인은 말년에 기독교적인 생활 태도를 갖게 되었지만 엄밀히 말하자면 죽을 준비를 거의 하지 않았다고 느꼈다. 이게 그녀의 마지막 병이라면 이 병이 완전히 단독으로 신체에 고통을 가하여 마지막 순간에 끔찍할 정도로 신속하게 자기의 정신을 망가뜨리고 자신을 무너뜨릴지도 모른다는 막연한 생각이 그녀를 불안하게 만들었다.

그녀는 기도를 많이 했다. 하지만 그녀는 의식이 있는 동안 철저히 자신의 상태를 감시했다. 그녀는 자신의 맥박을 느꼈고 체온을 쟀으며 기침과 사투를 벌였다. 하지만 맥박은 약했고 체온은 약간 떨어졌다가 다시 상승했다. 오한에 떨다가 고열로 헛소리를 하게 되었는데, 이는 내적인 고통과 밀접한 관계를 맺고 있었다. 피 섞인 가래를 동반하는 기침이 심해졌다. 호흡이 곤란해지자 그녀는 불안에 사로잡혔다. 하지만 사태가 이렇게 발전된 이유는 이제 오른쪽 폐엽뿐만 아니라 폐 전체로 증세가 퍼졌기 때문이다. 그렇다, 모든 것을 잘못 본 게 아니라면 벌써 왼쪽 폐에도 모종의 증세가 진행되고 있음이 분명했다. 랑할스 박사는 자신의 손톱을 바라보면서 그걸 '간염'이라고 지칭했다. 그런데 그라보 박사는 그에 대해 아무런 의견도 말하지 않았다. 열은 간단없이 환자를 쇠약하게 만들었다. 위는 음식을 거부하기 시작했다. 그녀는 서서히 그러나 쉴 새 없이 기력이 떨어져 갔다.

그녀는 살려고 발버둥쳤다. 그녀는 자신에게 제공되는 고단위 영양식을 가능한 한 열심히 섭취했다. 그녀는 약 먹는 시간을 간병인들보다 더 잘 알고 있었다. 그리고 거의 의사들하고만 대화를 나눌 정도로 병이 진행되는 것에 온 정신을 집중시켰다. 또 오로지 그들하고만 대화를 나누면서 솔직한 관심을 드러냈다. 처음으로 면회가 허락된 방문객들, 여자 친구들, 예루살렘의 밤 회원들, 사교 모임의 늙은 부인들과 목사 부인들을 그녀는 무감동하고 넋 나간 표정으로 맞아들이고는 곧 내보냈다. 그녀의 친척들은 늙은 부인이 자기들을 무관심한 태도로 대하는 것을 고통스럽게 느꼈다. 그것은 마치 그들을 무시하며 이렇게 말하기라도 하는 것 같은 태도였다. "너희는 나를 도와줄 수 없어." 그런대로 몸이 견딜 수 있을 때 들여보낸 어린 하노조차 그녀는 대충 뺨을 어루만지다가 곧 외면했다. 그것은 그녀가 이렇게 말하려는 것 같았다. "얘들아, 너희는 모두 사랑스러운 아이들이다, 하지만 나는……, 나는 아마 죽을 운명인 것 같다!" 반면에 두 의사에게만은 크나큰 관심을 가지고 따뜻하게 맞아 주면서 상세한 대화를 나누었다.

하루는 파울 게르하르트의 후손들인 늙은 게르하르트 부

인들이 나타났다. 그들은 짧은 외투와 접시형 모자를 걸치고 가난한 사람들을 방문할 때 지니는 휴대용 식량 가방을 들고 왔다. 이렇게 왔는데 차마 병든 친구를 만나지 못하도록 할 수가 없었다. 그래서 그들이 환자와 단독으로 만나도록 내버려 두었다. 그들이 침상에 앉아 환자한테 무슨 이야기를 했는지는 아무도 모른다. 하지만 그들이 나갈 때의 눈과 얼굴은 조금 전보다 더 맑고, 부드럽고, 지극히 행복한 듯 생각에 잠겨 있었다. 그리고 안에 있는 영사 부인도 마찬가지의 표정으로 아주 차분히, 평화스럽게, 이전보다 더 평화스럽게 누워 있었다. 그녀의 호흡은 느릿느릿하고 부드러웠다. 그러다가 눈에 띄게 쇠약한 모습을 보였다. 페르마네더 부인은 그들이 간 후 뒤에다 대고 지독한 말을 중얼중얼 퍼부으며 즉각 의사들을 부르러 사람을 보냈다. 두 의사가 문에 나타나자마자 영사 부인의 상태는 완전히 당혹스러울 정도로 일변해 있었다. 그녀는 깨어나 몸을 움직이며 거의 일어날 자세를 취했다. 어려운 상황에 있다가 믿고 신뢰하는 두 의사의 얼굴을 보자마자 그녀는 단숨에 꿈에서 현실의 영역으로 되돌아왔다. 그녀는 두 손을 뻗어 그들에게 내밀며 이렇게 말하기 시작했다. "잘 와 주셨어요, 여러분! 오늘이 지나면서 사태가 이렇게……."

하지만 염증이 양쪽 폐에 번졌다는 것은 이제 의심의 여지가 없는 사실이었다.

"네, 시의원님." 그라보 박사는 이렇게 말하고 토마스 부덴브로크의 두 손을 잡았다. "우린 그걸 막을 수 없었습니다. 이제 양쪽에 번졌습니다. 그건 나나 시의원님이 알고 있듯이 위험한 일입니다. 난 시의원님을 속일 생각은 없습니다. 환자의 연령과는 관계없이 이러한 상태는 심각한 일입니다. 동생인 크리스티안한테 편지를 쓰거나 전보라도 치는 게 좋을지 다시 한번 물으신다면 난 만류할 생각이 없습니다. 그런데 동생은 어떻게 지냅니까? 재미있는 양반입니다. 나는 항상 크리스티안을 정말 좋아했습니다. 아무쪼록 내가 한 말을 가지고 너무 지나친 결론은 내리지 마십시오, 시의원님! 지금 당장 위험이 닥치는 것은 아닙니다. 아, 우둔하게도 내가 그런 말을 입에 올리다니! 하지만 이런 상황에서는 어떤 일이 닥칠지 모르니까 잘 대비하고 있어야 합니다. 우린 환자로서 시의원님의 어머니에 대해 대단히 만족하고 있습니다. 우리 의사들을 잘 도와주며 우리를 곤경에 빠뜨리지 않지요. 그냥 겉치레로 하는 말이 아니라 그녀는 환자로서는 더없이 훌륭합니다! 그러니 시의원님, 희망을 가지세요! 그리고 우리는 늘 최상의 결과를 기대해야 합니다!"

하지만 가족의 그러한 희망이 작위적이고 솔직하지 못한 것으로 밝혀지는 순간이 온다. 환자한테 이미 변화가 일어났다. 그 환자의 평소 모습과는 다른 행동이 나타난다. 그의 입에서 어떤 이상한 말들이 튀어나와 우리는 어떻게 대답해야 할지 모르게 된다. 그것은 마치 삶으로 통하는 퇴로(退路)를 차단하고 그를 죽음의 길로 몰아넣는 것 같다. 그 환자가 우리가 제일 사랑하는 사람이라 하더라도 우리는 더 이상 환자가 일어나서 변화하기를 소망할 수 없는 것이다. 그런데도 불구하고 그가 그런 일을 시도한다면 그는 마치 관을 부수고 나오는 사람처럼 우리한테 섬뜩한 느낌을 줄 것이다.

시시각각으로 무시무시한 죽음의 징후가 모습을 드러냈다. 반면에 신체 기관들은 강인한 의지를 가지고 계속 활동하고 있었다. 영사 부인이 염증으로 병상에 누운 지 몇 주일이 흘러갔기 때문에 계속 누워 있다 보니 신체에 몇 군데 상처가 생기게 되었다. 그 상처는 이제 다시 아물지 않고 끔찍한 상태로 이행되었다. 그녀는 잠을 잘 수 없었다. 첫째는 고통과 기침, 호흡 곤란이 수면을 방해했기 때문이고, 둘째는 그녀 자신이 수면에 저항하며 깨어 있기를 고집했기 때문이다. 단 몇 분 동안이지만 열 때문에 의식이 마비되기도 했다. 그러나 정신이 말짱할 때에도 그녀는 이미 오래전에 사망한 사람들과 큰 소리로 대화를 나누었다. 어느 날 황혼 무렵에 그녀가 갑자기 큰 소리로, 다소 불안스럽기도 했지만 정열적인 목소리로 말했다. "여보, 사랑하는 장, 내가 가겠어요!" 이러한 대답이 얼마나 실감이 났던지 가족들은 그녀가 부른, 고인이 된 영사의 목소리를 곧 이어 들을 수 있을 거라고 믿을 정도였다.

크리스티안이 함부르크에서 도착했다. 그는 거기서 사업을 한다고 했다. 그래서 잠시만 병실에 머물다가 떠나 버렸다. 그는 이마를 문지르고 주위를 두리번거리며 말했다. "끔찍한 일이야. 끔찍한 일이야. 이젠 어쩔 수 없어."

프링스하임 목사가 나타나자 레안드라 수녀는 차가운 눈길을 보내며 영사 부인의 침상에서 목소리를 바꾸어 기도를 시작했다.

그러다가 아주 잠깐이었지만 증세가 호전되는 순간이 왔다.

열이 누그러지고 기력이 회복되는 믿기지 않는 일이 일어났다. 고통이 멎자 환자는 몇 마디 분명하고 희망찬 발언을 할 수 있었다. 주위 사람들은 기쁨에 겨워 눈에 눈물이 핑 돌았다.

"이봐, 우리는 어머니를 살려야 해. 어떤 일이 있더라도 어머니를 살려야 해!" 토마스 부덴브로크가 말했다. "어머니는 다음 성탄절을 우리와 함께 보내실 거야. 그때는 여느 때처럼 어머니가 흥분하게 해서는 안 돼."

하지만 다음 날 밤에 게르다와 그녀의 남편이 잠자리에 들자마자 페르마네더 부인으로부터 멩가로 오라는 전갈이 왔다. 환자가 위독하다는 것이었다. 차가운 비가 내리고 바람이 불었다. 바람이 유리창을 세차게 두들겼다.

시의원과 그의 부인이 두 개의 샹들리에에 꽂힌 초로 밝혀진 방에 들어섰다. 두 의사들은 이미 와 있었다. 크리스티안도 그의 방에서 불려 내려와 어딘가에 앉아 있었다. 그는 침대를 등지고 잔뜩 몸을 굽힌 채 두 손으로 이마를 짚고 있었다. 사람들은 환자의 오빠인 유스투스 크뢰거 영사가 오기를 기다렸다. 사람을 보내어 그에게도 오라고 해 두었던 것이다. 페르마네더 부인과 에리카 바인셴크는 침대의 끄트머리에 앉아 조용히 흐느꼈다. 레안드라 수녀와 제버린은 더 이상 할 일이 없어, 죽어 가는 환자의 얼굴을 슬픈 표정으로 들여다보고 있었다.

영사 부인은 여러 개의 베개를 받치고 반듯이 누워 있었다. 흐릿한 푸른색 혈관이 드러난 아름다운 손은 이제 바싹 말라 뼈만 앙상했다. 그녀는 덜덜 떨리는 손으로 누빈 이불을 끊임없이 문질렀다. 흰 나이트캡을 쓴 머리는 끔찍할 만큼 규칙적으로, 한쪽에서 다른 쪽으로 끊임없이 움직였다. 입술이 안쪽으로 들어간 것 같은 입은 호흡하려고 할 때마다 고통스럽게 열렸다가 탁 닫혔다. 쑥 들어간 눈은 도움을 청하려는 듯 갈피를 못 잡고 헤매다가 이따금 끔찍하게도 부러운 표정으로, 옷을 입을 수 있고 숨을 쉴 수 있는 주위의 어떤 가족한테 시선을 고정했다. 그들은 살아 있는 사람들이었다. 그들이 지금 할 수 있는 희생이란 죽어 가는 사람을 마냥 지켜보는 것밖에 없었다. 그리고 밤이 깊어 가도 아무런 변화가 일어나지 않았다.

"저런 상태가 얼마나 오래 계속될까요?" 토마스 부덴브로크가 나지막하게 물으며 늙은 그라보 박사를 방 뒤로 데리고 갔다. 그러는 동안에 랑할스 박사는 환자한테 막 주사를 놓아 주고 있었다. 페르마네더 부인도 입가에 손수건을 대고 오빠한테 갔다.

"그건 알 수 없어요, 시의원님." 그라보 박사가 대답했다. "오 분 이내에 하늘의 부르심을 받을 수도 있고 몇 시간 동안이나 살아 있을 수도 있습니다. 확실하게 말씀드릴 수가 없습니다. 이건 호흡 곤란으로 질식 현상이 일어나는 것입니다."

"알고 있어요." 페르마네더 부인이 말하며 손수건을 입에 댄 채 고개를 끄덕였다. 그녀의 뺨에 눈물이 주르르 흘러내렸다. "폐렴일 때 종종 그런 현상이 일어나지요. 수분을 함유한 액체가 폐포에 모여서 그러는 겁니다. 그게 악화되면 숨을 쉴 수 없게 되지요. 네, 알고 있어요."

시의원은 두 손을 앞에 포개고 높은 침대를 쳐다보았다.

"어머님이 그런 끔찍한 고통을 당해야 하다니!" 그가 속삭이듯 말했다.

"아닙니다!" 그라보 박사도 역시 나지막이 말했지만 무척 권위적인 음성이었다. 그리고 그는 부드럽고 기다란 얼굴에 단호한 표정으로 주름을 만들었다. "그렇지 않습니다. 제 말을 믿어 주십시오, 그렇지 않습니다! 의식이 아주 흐릿합니다. 여러분이 지금 보고 있는 것은 대부분 반사 운동들입니다. 제 말을 믿어 주십시오."

그러자 토마스는 이렇게 대답했다. "하느님, 도와주소서!" 하지만 영사 부인의 눈을 보면 그녀가 의식이 있고 모든 것을 느끼고 있음을 누구라도 알 수 있을 것이다.

다시 사람들은 자리에 앉았다. 크뢰거 영사도 도착했다. 그는 T 자형 지팡이에 의지해 몸을 굽힌 채 충혈된 눈으로 침대 곁에 앉았다.

환자는 더 심하게 몸을 움직였다. 죽음에 직면한 이 환자는 머리끝에서 발끝까지 끔찍한 불안, 말할 수 없는 고통, 피할 수 없는 고독감과 절망감으로 가득 찼다. 그녀의 눈, 애원하고 하소연하며 무언가를 찾는 듯한 이 불쌍한 눈은 베개 위에서 사각대는 소리를 내며 머리를 돌릴 때 간혹 가슴이 찢어지는 듯한 표정을 지으며 닫혔다가 눈동자의 조그만 실핏줄들에 핏발이 벌겋게 설 정도로 다시 크게 열렸다. 그래도 그녀는 의식을 잃지 않았다!

세 시가 지나자 크리스티안이 자리에서 일어났다. "이제 더 이상은 안 되겠어." 이렇게 말한 다음 그는 문으로 가는 길목에 위치한 가구들을 짚고 다리를 절룩거리며 나갔다. 게다가 에리카 바인셴크뿐만 아니라 제버린도 환자가 내는 단조로운 고통의 소리가 마치 자장가라도 되는 양 의자 위에서 잠이 들었다. 선잠을 자는 그들의 얼굴은 장밋빛 홍조를 띠고 있었다.

네 시 정각이 되자 상태가 점점 악화되었다. 사람들은 환자를 일으키고 이마에 맺힌 땀을 닦았다. 당장에라도 호흡이 끊어질 것 같았다. 사람들은 더 불안해졌다. "잠들게 해 줘!" 그녀가 갑자기 말을 토해 냈다. "수면제를 좀……!" 하지만 그들은 환자를 잠들게 해 줄 수 없었다.

갑자기 그녀는 마치 다른 사람들이 듣지 못한 질문을 자기만 듣기라도 한 듯 다시 그에 대해 대답하기 시작했다. "그래, 장, 이제 더는 안 돼!" 그에 이어 이렇게 말했다. "그래, 클라라, 내가 갈게……!"

그런 다음 다시 죽음과의 사투가 시작되었다. 그것이 죽음과의 사투였던가? 아니다, 이제 죽음 편에 서서 삶과 사투를 벌이고 있었다. "가고 싶어……." 숨가쁜 소리였다. "안 되겠어. 잠들게 해 줘! 여러분, 자비를 베풀어 주세요! 잠들게 해 줘요!"

"자비를 베풀어 달라."라는 이 말에 페르마네더 부인은 더 큰 소리로 울었고 토마스는 나지막하게 신음했다. 그러면서 그는 잠시 손으로 머리를 감싸쥐었다. 하지만 의사들은 자신의 의무를 알고 있었다. 이런 상황에서 그들의 의무는 환자가 가능한 한 오랫동안 목숨을 부지하도록 하는 것이었다. 이럴때 마취제를 쓰면 아무런 저항도 못 하고 바로 정신이 마비될지도 모른다. 의사들의 임무는 이 세상에 죽음을 데려오는 것이 아니라 어떠한 대가를 치러서라도 삶을 보존하는 것이었다. 이러한 법칙에는 어떤 종교적이고 도덕적인 이유가 자리잡고 있었다. 그 의사들은 대학에 다닐 때 그에 관해 많은 교육을 받았다. 그러나 지금 이 순간에는 그런 것을 염두에 두지 않았다. 그래서 그 반대로 여러 가지 수단을 써서 심장을 강화시켰다. 그리고 여러 번이나, 심지어 구토를 하게 해서 잠시나마 환자의 호흡을 수월하게 해 주기까지 했다.

다섯 시 정각에 투쟁은 극에 달했다. 발작을 일으킨 영사 부인은 눈을 커다랗게 뜨고 팔을 거칠게 내둘렀다. 마치 어떤 의지할 만한 대상이나 누군가가 그녀한테 내밀고 있는 손을 붙잡으려고 하는 것 같았다. 그리고 이젠 사방의 공중에다 대고 자기만 들은 어떤 소리에 계속 답변을 해댔다. 그 소리는 점점 더 많아지고 간절해지는 것 같았다. 먼저 간 남편이나 딸뿐만 아니라 그녀의 부모들, 시부모들과 먼저 저세상에 간 다른 여러 친척들이 어딘가에 있는 것처럼 보였다. 그러면서 그녀는 고인들의 이름으로 여겨지는 이름들을 하나하나 불러댔다. 방 안에 있는 사람들에게는 귀에 익지 않은 이름들이었다. "그래!" 하고 소리치면서 그녀는 몸을 이리저리 뒤척였다. "지금 갈게…… 즉각…… 지금 당장…… 그래…… 안 되겠어…… 여러분, 수면제 좀…….."

다섯 시 반이 되자 잠시 조용한 시간이 찾아왔다. 그러다가 고통으로 일그러진 그녀의 늙은 얼굴이 갑자기 경련하듯 실룩거리더니 말할 수 없이 기쁜 표정에서 무척이나 부드럽고 심오한 표정으로 넘어갔다. 그녀는 전광석화처럼 팔을 내뻗었다. 그렇게 신속하게 말하는 걸로 봐서 그녀는 무슨 소리를 듣자마자 즉각적으로 대답하는 것 같았다. 그녀는 절대적으로 복종하겠다는 듯이 큰 소리로 외쳤다. 거기에는 불안과 애정으로 가득 찬 한없이 유순한 태도와 헌신적인 자세가 담겨 있다. "내가 왔어······!" 그러고는 숨을 거뒀다.

모두들 소스라치게 놀랐다. 그게 무슨 일이었던가? 누가 불렀기에 그렇게 금방 따라갔던가?

누군가가 창의 커튼을 내리고 촛불을 껐다. 그러는 동안 그라보 박사는 부드러운 표정으로 죽은 사람의 눈을 감겨 주었다.

어렴풋이 가을 아침이 밝아 오는 가운데 모두들 오들오들 떨고 있었다. 레안드라 수녀는 화장대의 거울을 천으로 가렸다.

2

페르마네더 부인이 영안실에서 기도를 하는 모습이 열린 문으로 보였다. 그녀는 침대 부근의 의자 옆에서 혼자 무릎을 꿇고 있었다. 그녀가 입은 상복(喪服)이 그녀 주위의 바닥에 퍼져 있었다. 그녀는 두 손을 꼭 맞잡고 머리를 숙인 채 뭐라고 중얼거렸다. 그녀는 오빠와 올케가 아침 식사 방에 들어서는 소리를 들었다. 방 가운데에 우뚝 서서 그들은 마지못해 기도가 끝나기를 기다렸다. 그렇다고 해서 그녀가 기도를 특별히 빨리 끝내지는 않았다. 마지막에 가서 그녀는 헛기침을 하고 엄숙한 동작으로 천천히 옷을 걷어올렸다. 그러고는 일어서서 전혀 당황한 기색 없이 아주 위엄 있는 태도로 친척들한테로 갔다.

"토마스." 그녀의 목소리는 약간 딱딱한 느낌을 주었다. "제 버린 말인데, 돌아가신 어머니가 배은망덕한 인간을 먹여 살렸던 것 같아."

"어째서?"

"난 그녀 때문에 화가 단단히 났어. 난 자제력을 갖고 냉정을 유지하려고 했어. 그런데 이 여자가 오늘처럼 고통스러운 날에 그처럼 상스럽게 행동해서 우리를 약올릴 권리가 있는 거야?"

"어떻게 행동했길래?"

"우선 그녀는 화가 날 정도로 탐욕스럽기 짝이 없어. 그녀는 옷장으로 가서 어머니의 실크 옷을 꺼내서는 팔 위에 걸치고 물러나려고 하는 거야. '리크헨.' 하고 내가 말했어.

'그걸 갖고 어디 가려고?' '영사 부인이 나한테 주겠다고 약속했어요!' '제버린!' 나는 이렇게 말하고 그러한 행동이 너무 성급하다는 것을 점잖게 일깨워 주었어. 그게 바람직한 행동이라고 생각해? 그녀는 실크 옷들뿐만 아니라 내의도 잔뜩 꺼내 들고 나갔어. 그렇다고 해서 내가 그녀와 치고받고 싸울 수는 없잖아, 안 그래? 그리고 그녀 혼자만이 아니라 하녀들도 그랬어. 옷가지와 리넨이 가득 든 광주리를 들고 집 밖으로 나갔어. 그들은 내가 보고 있는 가운데 물건들을 나누어 가지는 거야. 제버린이 옷장 열쇠를 갖고 있기 때문이지. '제버린 양!' 하고 내가 말했어. '열쇠는 내가 갖고 있어야겠어.' 그러자 그녀가 뭐라고 대답한 줄 알아? 그녀는 으레 그러듯이 또렷한 말로 설명했어. 자기는 내 하녀가 아니기 때문에 내가 자기한 테 이러쿵저러쿵 말할 권리가 없다는 거야. 자기는 나한테 고 용되어 있는 게 아니기 때문에 나갈 때까지 열쇠는 자기가 갖 고 있겠다는 거야!"

"은그릇장 열쇠는 네가 갖고 있니? 됐어. 다른 것은 그냥 내 버려 두지. 가정이 해체되면 그런 일은 불가피한 거야. 마지막 에 가서는 가정의 규율이 다소 느슨해지는 거지. 난 지금 문 제를 일으키고 싶지 않아. 그 흰 리넨은 낡은 데다가 흠집이 있어. 아직 뭐가 남아 있는지 좀 보기로 하지. 목록을 갖고 있 니? 책상 위에? 됐어. 당장 가서 살펴보자."

그리고 그들은 침실로 들어가 안토니가 고인의 얼굴에 덮 인 흰 천을 들어낸 후 잠시 침대 옆에 나란히 섰다. 영사 부인 은 오늘 오후에 저 건넌방에서 입을 예정이었던 실크 옷을 이 미 입고 있었다. 그녀가 숨을 거둔 지 스물여덟 시간이 흘렀 다. 의치를 뺐기 때문에 입과 뺨은 노인처럼 쑥 들어가 있었 다. 턱은 거칠고 무표정하게 위로 솟아 있었다. 그들은 무정할 만치 꼭 감은 눈꺼풀을 바라보면서 이 얼굴에서 어머니의 모 습을 찾아내려고 고통스레 애를 썼다. 노부인이 일요일에 쓰 는 두건 아래로 정갈하게 가르마를 탄 적갈색 머리카락이 살 아 있을 때처럼 드리워 있었다. 넓은 거리의 부덴브로크 여인 들은 올 때마다 그걸 보고 재미있어했다. 누빈 이불 위에는 꽃들이 어지러이 흩어져 있었다.

"벌써 무척 화려한 화환들이 왔는데." 페르마네더 부인이 나지막하게 말했다. "모든 가정에서……, 아, 죄다 보낸 모양이야! 난 모든 것을 복도에 갖다 놓게 했어. 게르다와 톰도 이따가 봐야 할 거야. 그것은 가슴이 찢어질 듯이 아름답거든. 이정도 크기의 새틴 레이스 말이야."

"홀은 어떻게 돼 가고 있지?" 시의원이 물었다.

"곧 끝날 거야, 톰. 준비가 거의 다 됐어. 실내 장식가 야콥스가 무척 고생을 했어. 또 그……." 그녀는 잠시 목이 메어 말을 잇지 못했다. "관도 조금 전에 왔어. 그러나 지금은 천을 벗겨 둬야 해." 그녀는 이렇게 말하면서 흰 천을 조심스럽게 벗기고 제자리에 갖다 두었다. "여긴 춥지만 아침 식사 방은 약간 따뜻할 거야. 게르다, 내가 도와줄게. 그런 좋은 외투를 걸치고 나다닐 때는 조심해야 돼. 입맞춤해도 돼? 너는 나를 별로 좋아하지 않지만 난 너를 좋아하잖아. 아니야, 모자를 벗어도 네 머리가 엉망으로 되지는 않을 거야. 머리카락이 참 아름답구나! 어머니 머리카락도 젊을 때는 그렇게 아름다웠어. 너처럼 그렇게 멋있지는 않았지만 한때는 그런 시절이 있었지. 내가 태어났을 때 어머니는 정말 아름다웠지. 그리고 지금은……. '우린 모두 썩어 부패하게 마련이다.'라고 그롭레벤이 늘 하는 말은 맞지 않아. 그는 아주 단순한 사람이야. 그래, 톰, 주요 목록이 여기 있어."

그들은 곁방에 들어가 둥근 탁자에 둘러앉았다. 시의원이 손에 든 서류에는 가장 가까운 상속인들한테 분배될 물품 목록이 적혀 있었다. 페르마네더 부인은 오빠의 얼굴에서 시선을 떼지 않았다. 그녀는 긴장되고 흥분한 표정으로 오빠를 바라보았다. 그녀의 마음속에는 피할 수 없는 심각한 문제가 떠나지 않고 있었다. 그녀의 생각은 불안스럽게 온통 거기에 쏠리고 있었다. 곧 얼마 안 있어 그 문제가 입에 올려질 것임에 틀림없었다.

"내 생각으로는⋯⋯." 시의원이 입을 열었다. "일반적 원칙에 따라 유물을 분배하는 게 좋겠어, 그러니까⋯⋯."

그의 부인이 그의 말을 가로막았다.

"미안해요, 토마스, 내 생각으로는⋯⋯. 크리스티안, 그는 대체 어디 있지?"

"그래, 저런, 크리스티안!" 페르마네더 부인이 소리쳤다. "깜박 잊고 있었구나!"

"맞아." 시의원은 이렇게 말하고 서류를 내려놓았다. "대체 그에게 오라고 안 했나?"

페르마네더 부인이 초인종 줄을 당기러 갔다. 하지만 바로 그때 크리스티안이 문을 열고 들어왔다. 그는 꽤 급하게 들어오는 바람에 조금 소리가 나게 문을 닫았다. 그러고는 눈썹을 찡그린 채 움푹 들어간 작고 둥근 눈으로 특정인을 보지는 않고 이리저리 두리번거리며 우뚝 멈추어 섰다. 그는 무성하게 자란 불그스름한 콧수염 아래로 입을 불안하게 열었다 닫았다 했다. 그는 불쾌하고 화가 난 듯이 보였다.

"모두들 여기 있다고 들었어." 그가 퉁명스럽게 말했다. "무슨 일이 있으면 나한테 알려야 할 것 아니야."

"막 알리려는 참이었어." 시의원이 무관심하게 대답했다. "그만 앉거라."

하지만 그러면서 그의 두 눈은 크리스티안의 셔츠에 달린 흰 단추를 뚫어지게 바라보았다. 그 자신은 흠잡을 데 없는 상복 차림을 하고 있었다. 넓고 검은 보타이를 맨 칼라에다 검은색 상의 바깥으로 번쩍거리는 흰 셔츠에는 그가 늘 달고 다니던 금 단추 대신에 검은색 단추가 달려 있었다. 크리스티안은 그런 시선을 눈치챘다. 그는 의자를 끌어당겨 앉으면서 손을 가슴에 대고 이렇게 말했다. "내가 흰 단추를 달고 있는 것은 알고 있어. 아직 검은 단추를 사지 못했어. 아니, 오히려 그걸 단념했다고 할 수 있지. 난 최근 들어서는 치약을 사려고 가끔 5실링을 빌리곤 했고 성냥불을 켜고 잠자리에 들어야 했어. 그 책임이 전적으로 나한테 있는지는 잘 모르겠어. 게다가 검은 단추가 이 세상에서 중요한 문제는 아니야. 나는 겉치레를 좋아하지 않아. 난 결코 거기에 가치를 부여하지 않아."

그가 말하는 동안 게르다는 그를 빤히 들여다보았다. 그러고는 나지막한 소리로 웃었다. 시의원이 이렇게 지적했다. "마지막에 한 말을 언제까지 지키나 두고 보자."

"그래? 그건 아마 형이 더 잘 알고 있을 텐데. 내 말은 그런 일을 중시하지 않는다는 의미일 뿐이야. 난 이곳저곳을 다니며 다양한 사람들이 다양한 풍습으로 살아가는 것을 보았어. 게다가 난 성인이야." 그가 돌연 큰 소리로 말했다. "난 마흔네 살이야. 내 일은 내가 할 거야. 그리고 내 일에 남이 간섭하는 것을 용서하지 않을 거야."

"네가 무언가 못마땅한 게 있는 모양이구나." 시의원이 놀라서 말했다. "그 단추에 관해서는 내 기억이 틀리지 않는다면 아무 말도 하지 않았어. 상복은 네 마음대로 하려무나. 다만 아무것에도 구애받지 않는다는 네 생각이 나한테 감명을 주었다고는 생각지 말아라."

"난 형한테 감명을 줄 생각은 조금도 없어."

"톰…… 크리스티안……." 페르마네더 부인이 말했다. "우린 그런 가시 돋친 설전은 듣고 싶지 않아. 오늘…… 여기 옆에서…… 계속해, 토마스. 그럼 유물들은 나눠 주는 거지? 그것만이 옳은 일이야."

토마스는 하려던 일을 계속했다. 그는 좀 큰 물건부터 분배하면서 식당의 상들리에나 현관 입구에 있는 커다란 조각된 궤와 같은 자기 집에 필요한 물건에는 자신의 이름을 기입했다. 페르마네더 부인은 그 일에 대단한 열성을 보였다. 어떤 물건에 대한 미래의 소유자가 다소 미심쩍게 생각되기만 하면 그녀는 눈에 불을 켜고 소리쳤다. "그건 내가 갖고 싶었는데……." 그녀는 자기의 희생심에 온 세상이 감사해야 할 의무가 있는 듯한 표정을 지었다. 그녀는 자신과 딸, 손녀를 위해서 가구를 대부분 가졌다.

크리스티안은 가구 몇 점, 고가의 화려한 탁상시계 그리고 심지어 배럴 오르간을 받고 만족해했다. 하지만 은그릇이며 식탁용 흰 천이며 다양한 식기 세트를 분배하기 시작하자 그는 놀랍게도 하나라도 더 차지하려고 혈안이 되었다.

"그리고 나는? 그리고 나는?" 그가 물었다. "나를 절대 빠뜨리면 안 돼."

"누가 너를 빠뜨린대? 너한테는…… 이것 봐, 너한테는 벌써 은쟁반과 함께 찻잔 일체를 주기로 했어. 일요일에 쓰는 금도금 그릇만 우리가 사용하기로 했어. 그리고……"

"매일 쓰는 양파 무늬 그릇은 내가 가졌으면 싫어." 페르마네더 부인이 말했다.

"그럼 나는?" 크리스티안이 화를 내며 소리쳤다. 그는 때때로 발칵 성을 낼 때가 있었다. 그럴 때면 그의 뺨이 더 말라 보여 얼굴이 아주 이상한 모습으로 되었다. "나도 식기를 갖고 싶단 말이야! 나한테 돌아오는 숟가락과 포크가 대체 몇 개난 말이야? 그것 봐, 내 몫은 거의 없잖아!"

"하지만 대체 그걸 가지려고 하는 이유가 뭐야? 넌 그걸 사용하지도 않을 거잖아! 알다가도 모르겠구나. 그런 물건들은 가족이 계속 사용하는 게 더 좋겠는데……"

"그렇지만 어머니에 대한 추억으로 갖고 싶다는 거야." 크리스티안이 도전 조로 말했다.

"이봐." 시의원이 더는 참지 못하고 대답했다. "난 농담하고 싶은 기분이 아니야. 하지만 네 말로 판단하건대 어머니에 대한 추억으로 수프 그릇을 옷장에 진열해 두겠다는 것 같은데? 제발 우리가 너를 속여 넘기려고 한다는 생각은 하지 말아라. 결과적으로 네가 손해를 봤다는 생각이 들면 다른 걸 더 가지면 될 것 아냐. 식탁용 흰 천 같은 것 말이야."

"난 돈은 필요 없어. 리넨 제품과 식기가 필요해."

"도대체 왜 그래?"

크리스티안이 그 이유를 말하자 게르다 부덴브로크가 급히 그한테로 몸을 돌리고 이해할 수 없다는 표정을 지으며 그를 빤히 쳐다보았다. 시의원은 급히 코안경을 벗어 들고 그의 얼굴을 빤히 응시했다. 페르마네더 부인은 심지어 두 손을 포개고 있었다. 그의 말인즉 이러했다. "단도직입적으로 말하면 난 조만간 결혼할 생각이야."

그는 나지막하고도 신속하게 이 말을 했다. 그는 마치 탁자 건너편에 있는 형한테 무엇을 던지기라도 하는 듯한 손동작을 했다. 그런 다음 그는 몸을 뒤로 젖히고 흡사 모욕이라도 당한 듯 뚱한 표정과 이상야릇하게 넋 나간 표정을 지으며 눈을 불안하게 두리번거렸다. 꽤 오랫동안 침묵의 시간이 흘렀다. 이윽고 시의원이 말문을 열었다. "내 말하겠는데, 크리스티안, 왜 진작 그런 말을 안 했어? 물론 전에 한 번 어머니한테 무모하게 제의한 그 계획이 아니라 현실적이고 실현 가능한 계획이라면 말이야."

"전에 말했던 그 이야기야." 크리스티안이 누구를 딱히 바라보지 않고 좀 전과 같은 표정을 지으며 말했다.

"하지만 그건 안 돼. 그럼 어머니의 죽음을 기다렸다는 말이잖아."

"신중히 생각해서 내린 결정이야. 형은 이 세상에서 혼자만 사리분별이 있다고 생각하는 것 같아."

"어째서 네가 그런 말을 하는지 모르겠구나. 더구나 네가 그런 생각을 품다니 놀라울 따름이다. 어머니가 돌아가신 지 하루도 못 되어 너는 어머니한테 불복종하겠다고 선언하는 것 같은 표정을 짓고 있구나."

"말이 나왔으니 말인데, 중요한 점은 내가 무슨 일을 하든 이젠 어머니가 눈도 깜박하지 못할 거란 사실이야. 지금 안 되면 일 년이 지나도 안 되는 거야. 제기랄, 토마스, 어머니 생각이라 해서 무조건 옳은 건 아니야. 하지만 난 어머니의 관점에서 사물을 보았고 어머니가 살아 계시는 한 그 점을 중요하게 생각했어. 어머니는 연세가 많으신 분으로 지나간 세대의 사람이야. 인생관도 지금 사람들과는 달라."

"너한테 분명히 말하지만 어머니의 인생관은 결혼 문제에 관한 한 나와 똑같아."

"그에 대해서는 개의치 않아."

"넌 바로 그 때문에 괴롭힘을 당할 거야."

크리스티안이 그를 쳐다보았다.

"아니야!" 그가 소리쳤다. "내가 할 수 없다고? 내가 그녀에게 할 수 없다고 말한다고 생각해 봐! 난 내가 무슨 일을 하는지 알고 있어. 난 성인이란 말이야."

"아, 네가 '성인'이라는 것은 다만 겉모습일 따름이야! 넌 네가 해야 할 바를 전혀 모르고 있어."

"천만에! 첫째로 난 신사답게 행동해. 형은 세상일을 모른단 말이야! 여기에 토니와 게르다가 같이 있어. 우린 그에 관해 상세한 얘기를 나눌 수 없어. 하지만 나한테 책임감이 있다고 말했잖아! 마지막 아기, 어린 기젤라 말이야."

"난 기젤라고 뭐고 알지도 못하고 알고 싶지도 않아! 내 확신은 네가 속았다는 거야. 하지만 어쨌든 넌 네가 마음에 두고 있는 어떤 인간한테 이전과 마찬가지로 법적인 책임밖에 없는 거야."

"인간이라고, 토마스? 인간이라고? 형은 그녀를 잘못 보았어! 알리네를……."

"입 닥쳐!" 부덴브로크 시의원이 벼락같이 고함을 질렀다. 이제 두 형제는 탁자 맞은편에서 서로를 노려보고 있었다. 토마스는 창백한 얼굴을 하고 분노로 몸을 떨었다. 눈꺼풀이 갑자기 벌겋게 충혈된 크리스티안은 움푹 들어간 작고 둥근 눈을 부라리며 치뜨고 격분해서 입도 딱 벌렸다. 그래서 그의 바싹 마른 볼이 쑥 들어가 보였다. 눈 아래에는 붉은 반점이 몇 개 보였다. 게르다는 상당히 조롱하는 듯한 표정을 지으며 둘을 번갈아 쳐다보았다. 토니가 두 손을 비비며 애원하듯 말했다. "하지만 톰…… 하지만 크리스티안…… 어머니가 옆에 계신단 말이야!"

"넌 염치도 없구나." 시의원이 말을 계속했다. "네가 감히 그럴 수 있니? 아니, 이 자리에서, 이런 상황에서 그 이름을 들먹이다니, 그것도 자제하지 못한단 말이니! 네 요령부득은 비정상적이고 병적이야."

"내가 왜 알리네의 이름을 거론해서는 안 되는지 모르겠어!" 크리스티안이 너무 이례적으로 흥분하자 게르다는 그를 점점 더 주의 깊게 바라보았다. "형이 듣는 바와 같이 그 이름을 부르겠어. 난 그녀와 결혼할 생각이야. 난 가정, 휴식 그리고 평화가 그립기 때문이야. 난 거절하겠어. 그것이 내가 하고 싶은 말이야. 난 형이 옆에서 이러쿵저러쿵 참견하는 것을 거절하겠어! 난 자신의 일은 스스로 처리하는 자유인이야."

"참 바보 같기는! 유언장을 개봉하는 날 넌 자신이 그와 얼마나 관계가 먼 인간인지 알게 될 거다! 네가 이미 3만 마르크를 진작에 날린 것처럼 어머니의 유산을 날리지 못하도록 배려를 해 두었다. 네 남은 재산은 내가 관리할 거다. 너한테는 매월 생활비만 지급할 거라는 점을 분명히 밝혀 둔다."

"어머니가 이러한 조처를 취하도록 한 장본인이 누군지는 아마 형 자신이 가장 잘 알 거야. 하지만 어머니가 형보다 나와 더 가깝게 지내고 나와 더 형제적 감정을 느낀 다른 사람한테 사무실을 주지 않은 게 놀라울 따름이야." 크리스티안은 이제 완전히 이성을 상실했다. 그는 무엇을 어떻게 말해야 할지 몰랐다. 그는 탁자 위에 몸을 굽히고, 굽은 집게손가락 끝으로 계속 탁자를 쿵쿵 쳤다. 콧수염이 곤두선 그는 충혈된 눈으로 형을 올려다보았다. 형은 형 나름대로 반듯이 서서 창백한 얼굴로 눈꺼풀을 반쯤 내리깔고 동생을 내려다보았다.

"형의 가슴은 온통 나에 대한 차가움과 악의와 경멸로 가득 차 있어." 크리스티안이 말을 막 퍼부었다. 그의 목소리는 공허한 쇳소리로 울렸다. "내가 기억하는 한 형은 나를 늘 차갑게 대했고, 그 바람에 난 형 앞에서는 언제나 얼어붙었어. 그래, 그건 아주 이상한 표현일지도 모르겠어. 하지만 그렇게 느낀 걸 어떡해? 형은 나를 뿌리치고 있어. 나를 보기만 하면 뿌리치곤 해. 나를 제대로 쳐다보는 일도 거의 없어. 대체 무슨 권리로 그러는 거야? 형도 인간인 만큼 약점이 있단 말이야! 형은 부모가 볼 때 늘 더 나은 아들이었어. 하지만 형이 정말 나보다 훨씬 더 부모와 가까우려면 부모의 기독교적 사고방식도 좀 받아들여야 할 거야. 형이 나한테 이미 형제로서의 정은 사라졌다 하더라도 기독교적인 사랑만이라도 있어야 되지 않겠어? 하지만 나를 찾아오지도 않는 걸 보면 그런 사랑조차 없는 게 분명해. 내가 류머티스 관절염으로 함부르크의 병원에 누워 있을 때 형은 한 번도 나를 찾아오지 않았어."

"나한테는 너의 병보다 더 심각한 문제가 있었어. 그것도 나 자신의 건강 문제로 말이야."

"그렇지 않아, 토마스, 형은 아주 건강해! 형의 건강이 내 건강보다 훨씬 더 낫지 않다면 이렇게 오랫동안 여기에 앉아 있을 수 없을 거야."

"어쩌면 내가 너보다 더 아플지도 몰라."

"형이 아프다고…… . 아니야, 훨씬 더 건강해! 토니! 게르다! 형이 나보다 더 아파! 뭐라고? 형이 함부르크의 병원에서 류머티스 관절염으로 죽을 뻔하기라도 했어? 형은 일이 조금만 제대로 안 풀려도 머리가 빠개질 듯이 아프잖아! 혹시 형의 왼쪽 신경이 죄다 너무 짧기라도 해? 전문가들의 말에 따르면 바로 내가 그렇다는 거야! 어둑어둑해질 무렵 형이 방에서 나올 때 실은 그 자리에 아무도 없는데도 어떤 남자가 소파에서 형에게 고개를 끄덕이는 일이 생긴다면 어떡할 거야?"

"크리스티안!" 페르마네더 부인이 화가 머리끝까지 올라 소리쳤다. "무슨 말을 하는 거야! 젠장, 무얼 갖고 그렇게 싸우는 거야? 더 아픈 게 무슨 큰 자랑이라고 말이야! 그게 중요한 문제라면 게르다와 나도 한마디 거들어야겠어! 그리고 옆에 어머니가 계신단 말이야!"

"넌 아무것도 몰라, 이 멍청아." 토마스 부덴브로크가 열을 내어 소리쳤다. "이런 모든 반감이 생긴 게 다 네 게으름과 자학 같은 악덕의 결과이자 산물이란 말이야! 일을 해 봐라! 신세한탄일랑 그만하고! 네가 미쳐 버린다고 해도 난 눈물 한 방울 안 흘릴 거다. 분명히 말해 그런 일은 결코 일어나지 않겠지만 말이다. 왜냐하면 그건 너 자신 탓이니까, 오로지 너 자신……."

"아니, 형은 내가 죽는다 해도 눈물 한 방울 안 흘릴 거야."

"넌 죽지 않아." 시의원이 경멸 조로 말했다.

"내가 죽지 않는다고? 오냐, 안 죽을게! 그래, 둘 중에 누가 먼저 죽는지 보자! 일을 하라고? 그러나 할 수 없다면? 젠장, 이제 내가 오랜 시간 동안 일을 할 수 없다면? 장시간 같은 일을 하다간 죽고 말 거야! 형이 일을 할 수 있었고 지금도 할 수 있다면 기뻐할 것이지 남을 추궁하지는 말아. 그럴 가치가 없는 거야. 신은 어떤 사람한테는 힘을 주지만 다른 사람한테는 그러지 않아. 하지만 형은 힘을 부여받았어." 그는 탁자 위에 몸을 굽힌 채 얼굴을 더욱더 찡그리고 탁자를 점점 더 강하게 두드리면서 계속 말했다. "형은 독선적이야. 하지만 그것은 내가 말하려는 바도 아니고 형을 비난하려는 것도 아니야. 하지만 어디서 시작해야 할지 모르겠어. 내가 말할 수 있는 것이 천 가지는 돼. 하지만 그것은 마음속에서 하고자 하는 이야기의 백만분의 일도 안 돼! 형은 인생에서 한자리를 쟁취했어, 명예로운 직위를. 이제 그런 위치에 있다 보니 조금이라도 마음을 혼란시키고 균형을 해치는 것이라면 죄다 의식적으로 냉혹하게 배척하는 거야. 왜냐하면 형한테는 균형이 가장 중요한 거니까. 하지만 그게 가장 중요한 것은 아니야, 토마스. 하느님 앞에서는 그게 결코 중요한 것이 아니야! 형은 이기주의자야, 바로 그래! 형이 나를 욕하고 다그치고 호통쳐도 난 형을 좋아해. 하지만 말을 안 하는 게 난 제일 싫어. 무슨 말을 건네도 갑자기 벙어리가 된 듯 입을 꾹 다물고 물러나는 것이 제일 싫어. 모든 책임을 회피하고는 고상하고 온전하게 처신하며 남을 궁지에 몰아넣는 것 말이야. 형한테는 동정심도 사랑도 겸손함도 없어, 아!" 그는 마치 온 세상을 거부하기라도 하듯이 두 손을 머리 뒤로 가져갔다가 다시 앞으로 내뻗으며 갑자기 소리쳤다. "난 요령, 사리분별, 균형, 태도, 품위 같은 걸 생각하면 신물이 나. 죽도록 신물이 나!" 마지막에 한 말은 마음속에서 우러나온 진정한 감정이었다. 역겹고 넌더리가 난다는 듯이 내뱉는 게 정말 상대를 꼼짝 못 하게 하는 힘을 지니고 있었다. 그래서 토마스는 약간 움찔해서 한동안 말없이 피곤한 표정을 지으며 방바닥을 내려다보았다.

"난 너처럼 되려고 하지 않았기 때문에 현재의 내가 되었어." 마침내 그가 입을 열었다. 그의 목소리는 떨리고 있었다. "내가 너를 마음속으로 싫어한다면 그것은 너로부터 나 자신을 보호할 필요가 있었기 때문이야. 너라는 존재와 본질은 나에게 위험한 것이었어. 그건 정말이야."

그는 잠시 말을 끊었다가 짧고 확고한 어조로 다시 말을 이었다. "게다가 우리는 주제와 무관한 이야기를 하게 되었어. 넌 내 성격에 관해 일장연설을 했어. 다소 혼란스러운 연설이지만 어쩌면 진실의 핵을 내포하고 있을지도 모르겠다. 하지만 지금 문제의 관건은 내가 아니라 너란 말이야. 넌 결혼할 생각을 하고 있다. 난 가급적 너를 철저히 설득해서 네가 계획하고 있는 일이 성사되지 않도록 하고 싶다. 첫째로 네 자본에 대한 이자가 아주 소액이라는 점이다."

"알리네가 제법 모아 둔 게 있어."

시의원은 침을 꿀꺽 삼키고 감정을 자제했다.

"음…… 모아 둔 게 있다고. 그럼 넌 어머니의 유산을 그 여자가 저축한 돈과 섞을 생각이구나."

"그래. 난 가정을 갖고 싶어. 그리고 아플 때 날 동정해 주는 사람이 필요해. 게다가 우리는 서로 아주 잘 통해. 우린 둘 다 인생에서 약간 상처를 입은 사람들이야."

"게다가 그 여자 아이들을 양자로 삼거나 호적에 올릴 생각이니?"

"물론이지."

"그럼 네가 죽은 후 재산이 그쪽으로 넘어가게?" 시의원이 이 말을 하자 페르마네더 부인은 그의 팔에 손을 얹고 애원하듯이 속삭였다. "토마스, 어머니가 옆에 누워 계셔!"

"그래." 크리스티안이 대답했다. "그야 뭐, 당연한 일이지."

"그렇게는 못 할걸!" 시의원이 소리치면서 벌떡 일어났다. 크리스티안도 몸을 일으키고는 의자 뒤로 가서 한 손으로 그걸 붙잡았다. 턱을 가슴 쪽으로 누르고 반쯤은 겁먹은 듯, 반쯤은 격분한 듯 형을 쳐다보았다.

"그렇게는 못 할 거다." 토마스 부덴브로크는 화가 나서 거의 제정신을 잃고 같은 말을 되풀이했다. 그는 창백한 얼굴로 부르르 떨면서 경련하듯 몸을 홱 움직였다. "내 눈에 흙이 들어가기 전에는 절대 안 된다. 맹세한다. 그러니 정신차리고 조심해! 불행한 일, 어리석은 일, 비열한 일로 막대한 액수의 돈을 잃었다. 그런 데다가 어머니한테서 물려받은 재산의 사분의 일을 그 여자와 그녀의 사생아들한테 갖다 바치려고 하다니 말이 될 법한 일이니! 안 그래도 또 다른 사분의 일은 벌써 티부르치우스한테 날아가지 않았니! 화냥년과 친척 관계를 맺고 그녀의 아이들한테 우리 성을 부여하지 않더라도 넌 우리 가문에 치명적인 불명예를 안겨 주었어. 그것을 금한단 말이야, 알겠어? 그것을 금한다는 거야!" 그는 방이 쩌렁쩌렁 울릴 정도로 고함을 질렀다. 페르마네더 부인은 소파의 모서리에 쪼그리고 앉아 눈물을 짜냈다. "내 말을 감히 어기려고 하지 말아라, 충고한다! 지금까지는 단지 너를 경멸하고 무시해 왔다. 하지만 네가 나한테 도전적으로 나오고 그러다가 최악의 상황을 자초하다간 호된 맛을 볼 줄 알아라! 분명히 말하지만 조심해! 더 이상 인정사정 보지 않을 거야! 난 너한테 금치산자 선고를 내리게 하겠어. 너를 가두어 넣고 파멸시켜 버릴 것이다! 파멸이야! 무슨 말인지 알겠어?!"

"그럼 내가 말해야겠어." 크리스티안이 말하기 시작했다. 이제 설전이 벌어졌다. 아무런 주제도 없는 파멸적이고 무가치하고 통탄할 만한 설전이었다. 말로 서로를 모욕하고 피를 흘리게까지 하는 설전이었다. 크리스티안은 형의 성격을 다시 거론하기 시작했다. 옛날로 거슬러 올라가 형의 이기심을 증거해 주는 곤혹스러운 몇몇 일화들을 들추어냈다. 크리스티안은 그 일들을 잊지 못하고 늘 마음에 담고 다니며 쓰라리게 생각했다. 그에 대해 시의원은 경멸과 협박으로 응수하다가 십 분도 안 돼 뉘우쳤다. 게르다는 머리를 손으로 가볍게 괴고 으스름한 눈빛과 무어라고 규정지을 수 없는 표정을 지으며 둘을 관찰했다. 페르마네더 부인은 절망적인 심정으로 계속 같은 말을 되풀이했다. "어머니가 옆에 계신단 말이야. 어머니가 옆에 계신단 말이야……."

마지막 설전을 벌이면서 방 안을 이리저리 움직이던 크리스티안은 마침내 전장을 벗어났다.

"그래 좋아! 두고 보자!" 그가 소리쳤다. 더부룩하게 자란 콧수염과 충혈된 눈을 하고 상의 단추를 열어젖힌 그는 내려뜨린 손에 손수건을 들고 있었다. 그는 분을 못 이겨 씩씩거리면서 문 쪽으로 다가가 나간 뒤 문을 쾅 닫았다.

갑자기 정적이 감도는 가운데 시의원은 잠시 반듯이 섰다가 동생이 사라진 쪽을 바라보았다. 그런 다음 그는 말없이 자리에 앉았다가 다시 몸을 조금 움직여 서류를 손에 쥐고는 남은 일을 마저 해치웠다. 그러고 나서 몸을 뒤로 젖히고 콧수염의 뾰족한 끝을 손가락으로 배배 꼬면서 생각에 잠겨 들었다.

페르마네더 부인은 너무 불안해서 심장이 쿵쿵 뛰었다! 이제 중대한 문제가 더 이상 미뤄질 수 없는 처지였다. 그녀는 말을 하고 그는 대답을 해야 했다. 하지만 아, 그가 지금 경건하고 부드러운 마음을 지닐 기분이었던가?

"그런데…… 톰……." 그녀는 처음에는 자기의 무릎을 내려다보다가 머뭇머뭇 그의 표정을 살피면서 말을 시작했다. "그 가구…… 물론 오빠가 충분히 생각하고 내린 결정이겠지만……. 에리카랑 손녀랑 나한테 속하는 것들은…… 그냥 여기에 놔두고…… 우리와 함께…… 요컨대…… 이 집 말이야, 그게 어떻겠어?" 그녀는 이렇게 묻고는 남몰래 두 손을 비볐다.

시의원은 즉각 대답을 하지 않았다. 콧수염을 배배 꼬고 슬픈 표정을 지으며 한동안 생각에 잠겼다. 그런 다음 안도의 한숨을 쉬고는 눈을 치켜떴다.

"이 집?" 그가 말했다. "이건 물론 우리 모두의 것이다. 너와 크리스티안 그리고 나 말이야. 그리고 우스운 말이지만 티부르치우스 목사의 것이기도 하지. 클라라의 유산에는 그의 몫도 포함돼 있으니까 말이야. 나 혼자서는 그에 대한 결정을 내릴 수 없고 모두의 찬성이 필요한 거야. 하지만 이 집을 가급적 빨리 팔아 치울 거라는 사실은 명백해." 그는 어깨를 추스르며 결론을 내렸다. 그와 동시에 그의 얼굴에는 자신의 말에 깜짝 놀란 듯한 표정이 스쳤다.

페르마네더 부인은 머리를 푹 숙이고 있었다. 그녀는 굳게 잡고 있던 두 손을 풀었다. 갑자기 사지에 힘이 쭉 빠지는 기분이 들었다.

"우리의 찬성이라고!" 잠시 후에 그녀는 슬픈 듯이, 심지어 다소 쓰라린 기분으로 같은 말을 되풀이했다. "오빠는 스스로 옳다고 생각하는 일은 뭐든지 하는 사람이잖아. 다른 사람들은 결국 그에 찬성하지 않고는 못 배길 거야! 하지만 우리가 한마디한다면, 부탁해도 된다면……." 그녀는 힘없이 말을 이어 갔다. 그녀의 윗입술이 바르르 떨리기 시작했다. "이 집! 어머니의 집! 우리 부모의 집 말이야! 우리가 행복하게 살았던 집을! 우리가 팔아야 한다고?"

시의원은 다시 어깨를 추슬렀다.

"안 그래도 너처럼 그런 데 신경을 쓰지 않았던 건 아니야. 하지만 그건 우리의 감상적인 생각일 따름이지 합당한 반대 이유가 되지 못해. 어떻게 해야 할지는 자명하다. 우리한테는 꽤 큰 부동산이 있어. 그걸로 이제 무얼 할 것인가? 몇 년 전에 아버지가 돌아가신 이후로 뒤채가 몽땅 무너졌어. 당구실에는 고양이 가족이 집세도 내지 않고 살고 있어. 가까이 접근하면 바닥이 무너질지도 몰라……. 그래, 나한테 어부 골목의 집이 없다면! 하지만 난 집이 있어. 그럼 어떻게 해야 할까? 차라리 그 집을 팔아 버릴까? 네 생각을 말해 봐라! 누구한테 팔지? 내가 들인 돈의 대략 절반을 잃을지도 모른다. 아, 토니, 우리한테는 부동산이 충분히 있어. 그것만 해도 너무 많아! 창고에다 큰 집이 두 채야! 투자된 자본이 부동산의 가치와 전혀 균형이 안 맞아. 안 돼, 팔아 버려, 팔아 버려!"

하지만 페르마네더 부인은 오빠의 말을 듣지 않았다. 몸을 잔뜩 숙이고 깊이 생각에 빠진 채 그냥 앉아 젖은 눈으로 허공을 응시했다.

"우리 집!" 그녀가 중얼거리며 말했다. "우리가 이 집에 들어오던 때의 기억이 생생해. 우린 그때보다 더 커지지 않았어. 대

가족이 여기서 살았지. 호프스테드 아저씨가 시를 낭송했지. 그의 시는 서류 가방에 들어 있었고…… 난 그 시를 외울 수 있어. 비너스 아나디오메네……. 그 풍경실! 그 식당! 낯선 손님들!"

"그래, 토니, 할아버지가 이 집을 구입할 때 언젠가는 후손이 여기를 떠나야 할 거라는 생각도 했을 거야. 그들은 재산을 축내고 이 집을 포기해야 했어. 그들은 모두 죽거나 영락해 버렸어. 일에는 다 때가 있는 법이야. 그래도 우리가 아직은 당시의 라텐캄프가보다는 더 낫다는 사실을 기뻐하고 하느님께 감사하자. 우린 그들보다는 더 유리한 상황에서 여기를 떠나게 되는 거야."

토니가 목이 메어 흐느끼는 바람에 그는 말을 잇지 못했다. 그녀는 오랫동안 고통스럽게 흐느껴 울었다. 페르마네더 부인은 너무나 슬픈 나머지 뺨 위로 주르르 흘러내리는 눈물을 닦을 생각조차 하지 못했다. 그녀는 몸을 잔뜩 숙이고 엎어져 있었다. 힘없이 무릎에 올려져 있는 손에 뜨거운 눈물이 떨어져도 그녀는 눈치채지 못했다.

"톰." 그녀가 말했다. 우는 바람에 목이 메어 목소리가 잘 나오지 않았지만 잠시 후 부드럽고 감동적인 목소리로 단호하게 말했다. "지금 내 기분이 어떤지 모를 거야. 오빠는 모를 거야. 내 인생은 순조롭지 못했어. 내 인생은 꼴이 말이 아니었어. 생각할 수 있는 최악의 상황이 모두 나를 덮쳤어. 무엇 때문에 내가 그런 경우를 당해야 하는지 알다가도 모르겠어. 하지만 난 그륀리히며 페르마네더며 바인셴크며 모든 불행을 다

감수했어. 나는 내 인생이 산산조각이 나도 그때마다 낙담하지 않았기 때문이야. 나에게는 무엇보다도 인생의 간난신고를 피해 마음 놓고 들어가 쉴 수 있는 소위 안전한 항구가 있었어. 바인센크가 감옥에 들어가게 되어 모든 게 풍비박산이 된 지금도 그래. 내가 '어머니, 들어가 살아도 돼요?' 하고 물으면 어머니는 '그래, 애야, 오너라.' 하시지. 우리가 어려서 '전쟁놀이'를 할 때 궁지에 몰리면 '한 번'은 그리로 달아날 수 있게 조그만 경계 지역을 꼭 만들어 두었지. 그 안에 들어가면 싸움을 멈추고 일단 조용히 쉴 수 있었어. 어머니의 이 집이 내 인생이라는 전장에서 '한 번' 쉴 수 있는 곳이었어, 톰, 그런데 이제, 그런데 이제……, 팔아 버린다니……."

그녀는 몸을 뒤로 젖히고 얼굴에 손수건을 댄 채 흐느껴 울었다. 그는 그녀의 한쪽 손을 잡아당기고는 자신의 손과 맞잡았다.

"그래, 토니, 나도 알고 있어. 나도 다 알고 있어! 하지만 지금은 우리가 좀 이성적으로 생각할 필요가 있어. 좋으신 어머니는 저세상으로 가셨어. 다시 어머니를 불러올 수는 없어. 그러니 이 집을 유휴 자본으로 방치하는 게 무의미하게 되었어. 나로서는 그럴 수밖에 없지 않겠니. 이 집을 임대 주택으로 만들까? 여기에 모르는 사람들이 산다고 생각하면 기분이 언짢겠지. 하지만 그게 더 나을 거야. 너도 함께 사는 게 아니고 너와 네 가족은 아담하고 예쁜 집을 구하면 된다. 이를테면 성문 밖 어딘가에 말이다. 아니면 여기에 세 들어 사는 사람들과 함께 사는 것이 더 낫지 않을까? 그리고 너한테는 많은 가족이 있다. 게르다와 나, 넓은 거리에 사는 부덴브로크 사람들, 크뢰거네와 바이히브로트 양도, 우리와 교제하는 것을 좋아하는지 알 수 없는 클로틸데 말고도. 수녀원에 들어간 뒤로 그녀는 약간 제외된 상태잖아."

그녀가 한숨을 내쉬는데 반쯤은 웃음처럼 들렸다. 그녀는 장난치다가 토라져서 뾰로통해진 아이처럼 몸을 돌리고 손수건으로 눈물을 찍어 냈다. 그러다가 결연한 표정으로 얼굴을 돌리고 반듯이 앉아서는 성격과 위엄을 드러내 보일 때 으레 그러듯이 머리를 뒤로 젖혔다. 그러면서 턱은 가슴 쪽으로 누르려고 했다.

"그래, 톰." 그녀가 말했다. 그녀는 울어서 퉁퉁 부은 눈으로 창문 쪽을 바라보며 진지하고 냉정한 표정으로 눈을 깜박거렸다. "나도 사리분별을 하려고 해. 아니, 이미 하고 있어. 오빠날 용서해 줘야 해. 오빠도 게르다도, 내가 눈물을 흘린 데 대해서 말이야. 그럴 수 있는 일이지 뭐. 그게 내 취약점이야. 하지만 겉으로만 그럴 뿐이야. 근본적으로는 내가 인생에 단련된 여자라는 사실을 잘 알고 있잖아. 그래, 톰, 유휴 자본 문제는 나도 알고 있어. 나에게도 그 정도의 분별력은 있어. 난 오빠가 옳다고 생각한 일은 뭐든지 한다는 사실을 거듭 말하고 싶을 뿐이야. 오빠는 우리를 위해서 생각하고 행동해야 해. 게르다와 나는 여자니까. 그리고 크리스티안은, 그에게 하느님의 가호가 있길 바라! 우린 오빠한테 반대할 수 없어. 우리가 제시할 수 있는 것은 반대 이유가 아니라 감상에 불과하기 때문이야. 그건 명백한 사실이야. 누구한테 팔 건데, 톰? 곧 일을 해치울 작정이야?"

"그래, 그걸 내가 어떻게 알겠냐마는……. 더군다나 이미 오늘 아침에 고슈와 몇 마디 나누었다. 그 늙은 중개인 고슈 말이야. 내가 보기에 그는 그 일을 맡는 것을 꺼리는 것 같지는 않더구나."

"그게 좋을지도 모르겠어, 톰. 지기스문트 고슈한테는 물론 약점이 있어. 작가 이름은 생각나지 않는데……그가 스페인 작품을 번역한다고 떠벌리고 다니는 게 좀 이상해. 오빠도 그렇게 생각하겠지. 하지만 그는 벌써부터 아버지의 친구였고 아주 정직한 사람이야. 그리고 그는 용기 있는 사람으로 알려져 있어. 여기서 중요한 점은 집을 사고 파는 문제가 아니라 어떤 임의의 집 그 자체가 중요하다는 것을 그는 파악할 거야. 얼마에 내놓을 생각이야, 톰? 최소한 10만 마르크는 돼야 하지 않을까, 어때?"

"하지만 10만 마르크는 최소한의 가격이야, 톰!" 토마스와 게르다가 계단을 내려가고 있는데 토니가 문에 손을 대고 또 한 번 같은 말을 했다. 그런 다음 그녀는 혼자 남아 방 한가운데 가만히 서 있었다. 축 내려뜨린 두 손은 손바닥을 아래로 향한 채 서로 맞잡고 있었다. 그녀는 커다란 눈으로 어찌할 바를 모르고 주위를 두리번거렸다. 머리에는 검은 레이스로 장식된 모자가 얹혀 있었다. 그녀는 머리를 계속 가볍게 흔들면서 생각에 잠겨, 천천히 점점 더 깊숙이 어깨 위로 기울였다.

3

어린 요한은 할머니의 시신에게 작별을 고하러 가야 했다. 그의 아버지가 그러도록 지시했다. 그는 무서웠지만 못 하겠다는 말은 하지 못했다. 영사 부인이 죽음과 사투를 벌이던 다음 날 시의원은 식사 중에 부인에게 크리스티안이 환자가 최악의 상황에 있을 때 그곳을 떠나 잠을 자러 갔다고 혹독하게 비난했다. 일부러 아들이 들으라고 한 소리 같았다. 그러자 게르다가 이렇게 대답했다. "그건 그의 신경 탓이에요." 하지만 시의원은 하노가 알아채도록 그에게 흘끗 눈길을 보내며 그가 미안하다는 소리조차 하지 않았다고 부인에게 준엄하게 맞받아쳤다. 돌아가신 어머니가 그때 너무 괴로워해서 그는 아무런 고통 없이 그 자리에 앉아 있는 것조차 부끄러울 지경이었다는 것이다. 더구나 어머니가 사투를 벌이는 광경을 봄으로써 생기는 마음의 고통을 잊으려고 비겁하게 그 자리를 떠날 생각을 한다는 것은 말도 안 된다는 것이다. 이런 이유로 하노는 열린 관에 가서 작별 인사를 하고 오라는 아버지의 말을 감히 거역할 수 없다는 결론을 내리게 되었다.

장례식 전날 그가 아버지, 어머니와 함께 주랑에서 그곳에 들어갔을 때 그 커다란 방은 성탄절 때처럼 그에게 이상한 느낌을 주었다. 거기에는 은제 샹들리에와 화분에 담긴 식물이 교대로 반원을 그리고 있었다. 검은 주각(柱脚) 위에는 토르발센의 대리석 예수상이 잎사귀에서 나는 암녹색 빛을 받으며 희게 번쩍거렸다. 그것은 전에는 바깥 복도에 있던 것이었다.

사방 벽에서는 검은 천이 바람에 나부끼며 하늘색 벽지와 흰 신상들이 미소 짓는 모습을 가리고 있었다. 신상들은 이 방에서 사람들이 기분 좋게 좋은 음식을 먹을 때면 위에서 내려다보곤 했다. 어린 하노는 온통 검은색 옷을 입고 있는 친척들에 둘러싸여 있었다. 선원복을 입은 그는 소매 둘레에 넓은 검은색 상장(喪章)을 달고 있었다. 그의 감각은 수많은 꽃과 화환이 발산하는 향기에 몽롱하게 취해 있었다. 그리고 그와 더불어 나지막이 숨을 들이쉴 때마다 다른 낯선 향기가 섞인 것을 느낄 수 있었다. 하지만 그 향기 역시 이상야릇하게 친근한 느낌을 주기도 했다. 어린 요한은 관 옆에 서서 꼼짝도 하지 않는 물체를 바라보았다. 흰 새틴으로 둘러싸인 그 물체는 그의 앞에서 엄숙하고 장엄하게 드러누워 있었다.

그건 할머니가 아니었다. 그 물체는 흰 실크 리본이 달린 사교용 모자를 쓰고 있었다. 그 밑에 그녀의 적갈색 머리가 드러나 보였다. 하지만 그 뾰족한 코, 안쪽으로 들어간 입술, 툭 튀어나온 턱, 맞잡고 있는 깨끗한 손은 이제 그녀의 것이 아니었다. 그것들은 차갑고 딱딱한 인상을 주었다. 그것은 이런 식으로 치장해서 다소 섬뜩한 느낌을 주는 낯선 밀랍 인형이었다. 그는 금방이라도 진짜 할머니가 나타날 것 같아 풍경실을 바라보았다. 하지만 그녀는 나타나지 않았다. 할머니는 죽었다. 죽음이 그녀를 영원히 낯선 밀랍 인형으로 바꾸어 놓았다. 그래서 그녀의 눈꺼풀과 입술은 서먹서먹한 느낌이 들도록 무정하게 꼭 다물고 있다.

그는 왼쪽 다리가 휴식을 취하도록 오른쪽 무릎을 굽히고 서서 발끝을 약간 들고 균형을 유지하고 있었다. 그리고 한 손으로는 가슴의 선원식 옭매듭을 만지고 다른 손은 힘없이 축 내려뜨리고 있었다. 머리카락이 관자놀이로 곱슬하게 내려온 그의 머리는 옆으로 기울어 있었다. 찌푸린 눈썹 아래로 푸르스름한 그림자를 드리운 금갈색 눈은 못마땅한 표정을 지으며 골똘히 생각에 잠겨 시신을 실눈으로 들여다보았다. 그는 머뭇거리며 천천히 숨을 쉬었다. 숨 쉴 때마다 낯설기도 하고 동시에 이상하게 친근하기도 한 향기를 맡기 위해서였다. 꽃에서 나는 모든 향기에서 항상 그런 냄새가 나는 것은 아니었다. 그 향기를 맡을 때 그는 더욱더 눈썹을 찌푸렸다. 그리고 그의 입술은 잠시 바르르 떨렸다. 드디어 그는 한숨을 쉬었다. 하지만 그 한숨이 마치 눈물 없는 흐느낌처럼 들리는 바람에 페르마네더 부인은 몸을 숙여서 그한테 입맞춤하고 그를 데리고 갔다.

시의원과 그의 부인이 페르마네더 부인, 에리카 바인셴크와 함께 몇 시간 동안 풍경실에서 도시 사람들의 애도를 받은 후 크뢰거가 출신의 엘리자베트 부덴브로크는 땅에 묻혔다. 프랑크푸르트나 함부르크에 사는 친척들이 도착했다. 그들은 멩가의 집에서는 마지막으로 손님으로서의 환대를 받았다. 홀, 풍경실, 주랑 및 복도가 위문을 온 사람들로 가득 찼다. 성 마리아 교회의 프링스하임 목사가 촛불이 타고 있는 가운데 관의 머리맡에 위엄을 갖추고 반듯이 서 있었다. 말끔히 면도한 그의 얼굴에 떠오르는 표정은 음울한 광기와 부드러운 변용 사이를 오갔다. 그는 주름진 넓은 칼라를 하늘로 향하게 하고 두 손은 턱 바로 밑에 깍지 긴 채 조사(弔辭)를 낭독했다.

그는 쩌렁쩌렁 울리는 소리로 고인의 특성들인 고귀함과 겸
손함, 명랑함과 경건함, 선행과 부드러움을 찬양했다. 그는 예
루살렘의 밤과 주일학교를 언급했다. 그는 영생을 누릴 고인
의 부유하고 복된 오랜 지상 생활을 찬양하면서 그 특유의
사투리로 또 한 번 찬란하게 빛을 발하게 했다. 마지막에 가
서 '종말'이라는 단어에 모종의 수식어가 필요해서 그는 '부드
러운 종말'이라고 말했다.

페르마네더 부인은 이 순간에 자신과 모든 조문객을 위해
서 품위를 잃지 않고 체통을 지켜야 한다는 사실을 잘 의식
하고 있었다. 그녀는 딸 에리카, 손녀 엘리자베트와 함께 목사
바로 옆의 가장 눈에 잘 띄는 상석에 자리잡고 있었다. 그녀
옆에 화환으로 장식된 관의 머리 부분이 있었다. 반면에 토마
스, 게르다, 크리스티안, 클로틸데, 어린 요한과 의자에 앉아 있
는 늙은 크뢰거 영사는 이등급의 친척과 마찬가지로 눈에 덜
띄는 자리에 앉는 것으로 만족했다. 그녀는 어깨를 약간 추켜
세우고 맞잡은 양손에 가장자리가 검은 색인 고급 삼베 손수
건을 쥐고 반듯이 서 있었다. 장례식에서 이렇게 제일 중요한
역할을 맡은 데 대해 그녀는 자긍심이 대단했다. 그래서 때때
로 고통을 완전히 억누르고 잊기까지 했다. 온 시내가 주시하
고 있다는 점을 의식해서 그녀는 대체로 눈을 내리깔고 있다
가 때때로 조문객들을 흘끗 둘러보지 않을 수 없었다. 하겐슈
트룀가 출신인 율헨 묄렌도르프도 그녀의 남편과 함께 참석
했다는 것을 알아챘다. 그렇다, 묄렌도르프가, 키스텐마커가,

랑할스가, 외버디크가, 이들 모두가 참석해야 했던 것이다! 토니 부덴브로크가 부모 집을 떠나기 전에 그들은 또 한 번 여기에 모여 그륀리히, 페르마네더, 바인셴크와의 불미스러운 과거에도 불구하고 그녀를 위로하며 힘을 북돋워 주었던 것이다!

그리고 프링스하임 목사는 조사를 낭독함으로써 죽음이 가져다준 상처를 들쑤셨다. 그는 참석한 모든 사람들의 눈앞에 죽은 사람의 모습이 어른거리게 만들었다. 그는 저절로는 아무도 눈물을 흘리지 않았을 그 자리에서 사람들이 눈물을 쏟게 만드는 방법을 터득하고 있었다. 반면에 감동을 받은 사람들은 그에게 감사했다. 그가 예루살렘의 밤 이야기를 꺼내자 고인의 모든 친구들이 흐느끼기 시작했다. 그러나 아무것도 듣지 못했던 케텔젠 부인만은 예외였다. 그녀는 귀머거리 특유의 멀뚱멀뚱한 표정을 지으며 정면을 응시했다. 그리고 파울 게르하르트의 후손들인 게르하르트 자매는 손에 손을 잡고 맑은 눈빛으로 구석에 서 있었다. 그들은 친구가 죽은 것을 기뻐했다. 그들은 질투와 시기라는 것을 몰랐기 때문에 그녀를 부러워하지 않았다.

바이히브로트 양은 내내 짧고 강하게 자기 코를 톡톡 쳤다. 하지만 넓은 거리에 사는 부덴브로크 여인들은 울지 않았다. 그들은 울고불고하는 여자들이 아니었다. 보통 때보다 덜 빈정대는 모습으로 그들은 죽음의 치우침 없는 공정성에 대해 적이 만족해하는 표정을 지었다.

프링스하임 목사가 마지막으로 "아멘."이라고 하자 검은 삼각모를 쓴 네 명의 운반인이 들어와 관에 손을 댔다. 조용한

걸음이었지만 검은 외투가 뒤로 불룩해질 정도로 빠른 걸음
이었다. 임시 고용인으로 일하는 일꾼들인 그들은 모든 사람
들에게 알려져 있었다. 그들은 일류 가정에서 연회를 베풀 때
면 무거운 접시들을 날라다 주고 복도에서 마개가 달린 유리
병에 든 묄렌도르프의 적포도주를 마셨다. 그러나 일류나 이
류 가정에서 장례식이 있을 때도 그들은 없어서는 안 될 존재
들이었다. 그들은 이런 일을 아주 민첩하게 해치웠다. 남은 가
족들이 보는 가운데 낯선 사람들이 관을 들고 영원히 시신을
치우는 이 순간을 요령 있고 신속하게 처리해야 한다는 것을
그들은 잘 알고 있었다. 두서너 번의 소리 없이 신속하고 힘있
는 동작으로 그들은 관을 어깨에 둘러멨다. 끔찍한 그 순간을
사람들이 채 지각하기도 전에 꽃으로 뒤덮인 관은 벌써 아무
거리낌 없이 자로 잰 듯한 템포로 그곳을 벗어나 주랑을 통해
사라졌다.

여자들은 악수하기 위해 페르마네더 부인과 그녀의 딸 주
위로 조심스럽게 몰려들었다. 그러면서 그들은 눈을 내리깔고
이런 경우에 해 주는 말을 많지도 적지도 않게 중얼거리며 말
했다. 반면에 남자들은 마차가 있는 곳으로 막 내려가려는 참
이었다.

검은색 옷의 기다란 행렬이 이어졌다. 그 행렬은 회색의 축
축한 거리를 따라 성문 바깥의 공동묘지까지 천천히 움직였
다. 잎사귀가 다 떨어진 가로수에 차가운 가랑비가 내리고 있
었다. 반쯤 벌거벗은 수풀 뒤로 장송 행진곡이 울려 퍼졌다.
사람들은 질척거리는 길을 지나 관을 따라갔다. 한참 가다 보

니 부덴브로크가 조상 대대로의 묘소가 있는 작은 숲의 가장자리에 커다란 사암 십자가로 장식된 고딕식 명패가 우뚝 솟아 있었다. 촉촉하게 젖은 푸른 잔디로 사방이 둘러싸인 시커먼 묘혈 옆에는 가문의 문장이 조형적으로 조각된 무덤의 석조 덮개가 놓여 있었다.

거기에는 새로운 망자를 받아들이기 위한 준비가 갖추어져 있었다. 최근에 시의원의 감독하에 거기에서 아주 오래된 몇 개의 부덴브로크 조상 유골들이 옆으로 치워졌다. 음악이 울려 퍼지는 가운데 관은 짐꾼들의 끈에 매여 직사각형의 구덩이 위에 떠 있다가 '쿵' 하는 소리와 함께 아래로 떨어졌다. 토시를 착용한 프링스하임 목사가 다시 설교하기 시작했다. 그는 열려 있는 무덤 위에서 맑은 소리로 감동적이고도 경건하게 말했다. 참석한 사람들은 허리를 굽히거나 슬픈 듯이 머리를 옆으로 기울인 채 서늘하고 고요한 가을 공기를 마시고 있었다. 마침내 그는 구덩이 위에 몸을 숙이고 이름과 성을 부르며 망자에게 말을 걸었다. 그리고 십자가를 긋고는 망자를 축복했다. 그가 말을 멈추자 검은색 옷을 입은 남자들 모두가 묵념을 하려고 모자를 벗어 얼굴 앞에 갖다 댔다. 이때 태양이 삐죽 모습을 드러냈다. 더 이상 비가 오지 않았다. 나무나 잡목에서 똑똑 떨어지는 빗방울 소리와 더불어 이따금씩 새가 우아하고 짧게 지저귀는 소리가 들렸다. 그 소리는 무슨 일이냐고 묻는 듯이 들렸다.

그리고 사람들은 망자의 아들들과 오빠의 손을 다시 한번 잡고 위로의 말을 건넸다.

토마스 부덴브로크의 두꺼운 검은색 외투에는 가는 빗방울이 은방울처럼 송골송골 맺혀 있었다. 그는 동생 크리스티안과 외삼촌 유스투스 사이의 좁은 길에 서 있었다. 그는 최근 들어 몸이 약간 좋아지기 시작했다. 그가 늙었음을 보여주는 유일한 징표는 세심하게 외모를 손질한 데서 엿보일 따름이었다. 뾰족하게 말아 올린 콧수염이 우뚝 솟아 있는 그의 두 뺨은 둥글둥글한 모습이었다. 하지만 희끄무레한 두 뺨은 창백한 게 핏기가 없어 죽은 듯이 보였다. 약간 충혈된 그의 눈은 조문객들의 얼굴을 지친 표정으로 정중하게 바라보았다.

4

일주일 후에 부덴브로크 시의원의 개인 사무실에는 책상옆의 가죽 안락의자에 작은 백발노인이 앉아 있었다. 매끈하게 면도한 그 노인의 머리카락은 이마와 관자놀이에까지 내려와 있었다. 그는 구부정한 자세를 하고 두 손으로 T 자형 흰색 지팡이를 짚고 있었다. 그는 뾰족하게 튀어나온 턱은 두 손위에 얹고, 입술은 심술궂게 꼭 다물고 입언저리는 밑으로 잡아 뺀 채 시의원을 아래에서 위로 쳐다보았다. 밉상스럽게 쳐다보는 그의 시선은 음험하기 짝이 없었다. 그래서 시의원이왜 그런 사람과의 접촉을 피하지 않는지 의아스러울 정도였다. 하지만 토마스 부덴브로크 시의원은 별다른 동요의 기색을 보이지 않고 몸을 뒤로 젖히고 앉아 있었다. 그는 마치 아무런 악의가 없는 평범한 시민을 대하듯 이 음흉하고 악마 같은 인간과 이야기를 주고받았다. 요한 부덴브로크 상사의 대표와 중개인 지기스문트 고슈는 멩가의 오래된 집을 얼마에 내놓을지 상의하고 있었다.

오랜 시간이 소요되었다. 시의원은 고슈가 제안한 2만 8000탈러라는 액수가 너무 적다고 생각했기 때문이다. 그 중개인은 이 금액에다 한 푼이라도 더 얹는다는 것은 어처구니없는 미친 짓이라고 하늘에 대고 맹세했다. 토마스 부덴브로크는 집이 중심가에 위치해 있고 대지가 무척 넓다는 말을 했다. 하지만 중개인 고슈는 낮고 옹골찬 목소리로 쉭쉭 하는 소리를 내며 입술을 찡그리고 끔찍한 몸짓을 했다. 그러면서 자기가 무척 위험천만한 일을 떠맡는다고 상세한 부연 설명을 했다. 그것은 흡사 생동감이 넘치는 한 편의 시라고 일컬을 수 있을 정도였다. 쳇! 언제, 누구한테, 얼마에 이 집을 다시 넘길 수 있다는 말인가? 그런 집을 사겠다고 나서는 사람이 수백 년에 대체 몇 명이나 있을까? 내일 열차 편으로 인도의 어떤 부호가 뮈헨에서 와서 부덴브로크가의 저택을 사려고 한다는 것을 가령 존경해 마지않는 친구이자 후원자인 시의원이 약속할 수 있겠는가? 자기는 그러고 한없이 죽치고 앉아 있다가 파멸할 거라는 것이다. 다시는 재기할 기회를 갖지 못하고 결정적으로 파멸할 거라는 것이다. 자기 인생은 끝이 나고 결국 무덤 속에 들어갈 것이기 때문이라는 것이다. 자기가 한 말에 고양된 그는 둔중한 목소리로, 이승을 헤매는 죽은 사람의 넋과 관의 뚜껑 위에 떨어지는 흙덩이에 관한 이야기를 또 덧붙였다.

그렇지만 시의원의 기분은 만족스럽지 못했다. 그는 그 대지를 여러 부분으로 나눌 수 있다고 말하고 동생들에 대한 자신의 책임감을 강조하면서 3만 탈러는 받아야겠다는 주장을 굽히지 않았다. 그러다가 불안감과 기대감이 교차하는 가운데 핵심을 찌르는 고슈의 대꾸에 다시 귀를 기울였다. 장장 두 시간 동안 논쟁을 벌이는 가운데 고슈는 자기가 쓸 수 있는 술수는 다 부렸다. 그는 흡사 혼자서 이중 연기를 하는 것 같았다. 그는 짐짓 악인처럼 연기했다. "동의하십시오, 시의원님, 젊은 후원자 양반. 8만 4000마르크에 말이오……. 이 늙은이가 정직하게 제안하는 거요!" 그가 감미로운 목소리로 말했다. 그러면서 머리를 비스듬히 기울인 채 무섭게 찡그린 얼굴에 천진난만한 미소를 띠며 커다란 흰 손을 앞으로 쭉 뻗었다. 기다란 그의 손가락은 덜덜 떨고 있었다. 하지만 그러한 행동은 사기고 배반이었다! 누구라도 그가 위선적인 가면을 쓰고 있다는 것을 눈치챘을 것이다. 가면의 배후에서 그 악당은 추악한 얼굴을 하고 히죽히죽 웃고 있었다.

결국 토마스 부덴브로크는 생각할 시간을 달라고 부탁했다. 그런 일은 일어날 것 같지 않지만 2만 8000탈러를 받아들이기 전에 동생들과 상의를 해야 한다는 것이다. 그러고 나서 그는 화제를 다른 데로 돌려 고슈의 사업이 잘되어 가는지와 그의 개인적인 건강에 관해 물었다.

고슈가 하는 일은 잘되어 가지 않았다. 그는 멋지게 팔을 휘휘 내저으며 자기가 행복한 사람이라는 억측은 하지 말라고 했다. 그는 늙고 노쇠해서 이미 말했던 대로 무덤에 들어갈 날이 얼마 남지 않았다. 저녁에 그로크 잔을 입으로 가져가면서 그 절반은 엎질러 버릴 정도로 그의 팔은 마구 부들부들 떨렸다. 욕을 퍼붓고 저주해도 아무 소용이 없었다. 더 이상 의지가 승리를 구가하지 못했다. 어찌 됐든 간에! 그는 인생을 다 살았다. 그렇다고 해서 아주 가련한 삶은 아니었다. 그는 열린 눈으로 세상을 바라보았다. 혁명과 전쟁이라는 소용돌이가 지나갔다. 그의 가슴도 그 파도에 휩쓸렸다. 말하자면 그렇다는 것이다. 쳇! 제기랄, 그 역사적인 시의회가 열리고 있는 동안 그가 시의원의 아버지인 요한 부덴브로크 영사 곁에 서서 성난 폭도와 맞섰을 때는 다른 시절이었다! 그 얼마나 끔찍한 경험이었던가. 아니다, 그의 인생은 결코 가련하지 않았다. 내적으로도 마찬가지였다. 제기랄, 그는 힘들을 의식하고 있었다. 포이어바흐가 말한 바대로 그 이상(理想)이 주는 힘을 느꼈다. 그리고 지금도 그는 그 힘을 느끼고 있었다. 그의 영혼은 빈궁하지 않았고 그의 가슴은 늘 젊었다. 그는 위대한 체험을 할 능력을 갖추고 그의 이상을 위해서 성실하고 열심히 살아갈 것이다. 그건 과거에도 그랬고 앞으로도 그럴 것이다. 분명코 무덤에까지 그러한 이상을 짊어지고 갈지도 모른다! 하지만 이상이라는 게 성취되고 실현될 수 있는 성질의 것이던가? 결코 그렇지 않다! 우리가 별을 동경한다고 해서 거기에 도달하기를 바라는 것은 아니다. 하지만 희망이…… 아, 성취가 아니라 희망이 인생에서 가장 값진 것이다. "매력적인 희망은 적어도 죽는 날까지 우리를 유쾌한 길로 인도한다." 그것은 라로슈푸코가 한 말이다. 정말 아름다운 말이 아닌가? 아, 물론 그가 존경하는 친구이자 후원자는 그런 것을 알 필요가 없었던 것이다! 행복이 그의 이마 부근에서 맴돌 정도로 실생활의 파도가 어깨 높이 찰랑거리는 사람은 그런 말을 염두에 둘 필요가 없었다. 하지만 혼자 고독에 파묻혀 어둠 속에서 꿈꾸는 사람에게는 그런 말이 필요했던 것이다!

"시의원님은 참 행복하십니다." 그는 한쪽 손을 시의원의 무릎에 얹고 몽롱한 시선으로 시의원을 쳐다보면서 뜬금없이 그렇게 말했다. "아, 제발! 그걸 부인하지 마십시오. 그건 불경한 말이 될 겁니다. 시의원님은 행복하십니다! 양팔에 행복이 담겨 있습니다! 힘찬 팔을 뻗어 행복을 쟁취했습니다. 힘찬 손으로!" 그는 '팔'이라는 단어를 그렇게 빨리 되풀이하기가 싫었던지 '손'으로 고쳐 말했다. 그런 다음 그는 말문을 닫았다. 시의원이 그렇지 않다며 체념적으로 대답해도 그 말은 듣지도 않고 암울하게 꿈꾸는 듯한 표정을 지으며 계속 시의원의 얼굴을 들여다보았다. 갑자기 그는 몸을 일으켰다.

"쓸데없는 이야기를 많이 나눈 것 같습니다." 그가 말했다. "우리가 여기서 만난 이유는 집 문제 때문이었습니다. 시간은 돈입니다. 쓸데없이 시간을 허비하지 맙시다! 제 말 좀 들어 보십시오. 시의원님이니까! 제 말 이해하시겠지요?" 고슈는 다시 아름다운 상념에 젖어드는 듯이 보였다. 하지만 그는 다시 정신을 차리고 힘차고 단호한 동작을 하면서 이렇게 외쳤다. "2만 9000탈러……, 그 집을 8만 7000마르크에 파시지 그래요! 그게 헐값인 줄 아오?"

그리고 부덴브로크 시의원은 이에 동의했다.

예상했던 대로 페르마네더 부인은 터무니없는 헐값이라고 생각했다. 그녀가 그 집에 대해 갖고 있는 추억을 감안해 본다면 100만 마르크는 돼야 직성이 풀렸을 것이다. 하지만 그녀는 오빠가 알려 준 그 숫자에 재빨리 익숙해졌다. 그녀의 생각이나 노력은 무엇보다도 미래의 계획에 의해 좌우되었기 때문이다.

그녀는 수많은 훌륭한 가구들이 자기 몫으로 떨어진 것을 진심으로 기뻐했다. 당장은 아무도 그녀를 부모 집에서 쫓아낼 생각을 하지 않았지만 그녀는 자기 식구가 살 새 집을 구하거나 빌리기 위해 백방으로 알아보았다. 이별은 힘든 것인지 모른다. 확실히 그 생각을 하면 눈에 눈물이 고였다. 하지만 다른 한편으로 개혁이나 변화에 대한 전망도 그 나름대로 매력이 있었다. 그것은 좀 다르긴 하나 네 번째 살림이라 할 수 있었다. 다시 여러 거실을 둘러보았고 다시 실내 장식가 야콥스와 상의했으며 다시 가게를 돌면서 커튼이나 계단용 양탄자를 보러 다녔다. 그녀의 가슴은 또다시 방망이질 쳤다. 인생의 단련을 받은 이 늙은 여자의 가슴이 정말로 높이 뛰놀았던 것이다!

이런 식으로 사 주, 오 주, 육 주가 흘렀다. 겨울이 왔다. 첫눈이 내리고 난로에서는 바스락거리는 소리가 났다. 부덴브로크 식구들은 이번 성탄절은 어떻게 보낼까 하고 우울하게 생각했다. 그때 돌연 어떤 극적인 일이 벌어졌다. 그야말로 깜짝 놀랄 만한 사건이었다. 세인의 관심을 끌 만하고 또 끌었던 극적인 전기가 마련되었다. 사건이 일어난 것이었다. 그 소식을 듣고 페르마네더 부인은 일을 하다 말고 갑자기 몸이 얼어붙은 듯 꼼짝도 하지 못했다!

"토마스." 그녀가 말했다. "내가 미친 걸까? 혹시 고슈가 헛소리를 한 걸까? 도저히 있을 수 없는 일이야! 그건 너무 황당무계하고 도저히 생각할 수 없는 일이야, 너무……." 그녀는 말을 멈추고 두 손을 관자놀이에 갖다 댔다. 하지만 시의원은 어깨를 추슬렀다.

"이봐, 아직 결정된 것은 아니야. 하지만 그럴 가능성이 있다는 거야. 곰곰 생각해 보면 도저히 생각할 수 없는 일은 아니라는 것을 알게 될 거야. 그다지 놀랄 일이라고는 생각지 않아. 고슈한테 그 말을 들었을 때는 나도 움찔 놀랐어. 그러나 그게 생각할 수 없는 일이었을까? 어째서 그렇다는 말이야?"

"난 그런 꼴을 보고는 살 수 없어." 그녀는 이렇게 말하고 의자에 앉아 꼼짝도 하지 않았다.

무슨 일이 일어났다는 말인가? 벌써 구매자가 나타났든지 그 집에 관심을 표명하고 좀 더 자세한 내용을 알아보기 위해서 상의하고 싶다는 소망을 드러낸 사람이 나타났다는 말이었다. 그리고 그 장본인은 바로 거상이자 포르투갈 국왕의 영사인 헤르만 하겐슈트룀이었다.

페르마네더 부인은 처음 그 소문을 듣고 온몸이 마비되는 느낌을 받았다. 그녀는 머리를 한 대 얻어맞은 듯한 충격을 받았다. 그런 일은 도저히 있을 수도, 믿을 수도 없는 일이었다.

하지만 이제 그러한 소문이 점차 현실로 드러나게 되었다. 헤르만 하겐슈트룀이 멩가의 문 앞에 찾아왔을 때 그녀는 다시 정신을 차렸다. 그녀는 다시 살아났다. 그녀는 항의하지 않고 반항했다. 그녀는 분노에 찬 신랄한 말을 생각해 냈다. 그녀는 그 말을 횃불이나 도끼처럼 마구 휘둘러 댔다.

"그건 안 돼, 토마스! 내가 살아 있는 한 그건 안 돼! 개를 팔 때도 새 주인이 어떤 사람인지 살펴보는 거야. 그런데 어머니 집을! 우리 집을! 그 풍경실을!"

"도대체 왜 안 된다는 거니?"

"왜 안 되냐고? 기가 막혀서, 왜 안 되냐니! 그 뚱뚱한 사나이를 태산이 가로막고 있어, 토마스! 태산이 말이야! 하지만 그에게는 그것이 보일 리가 없지! 그는 그걸 개의치 않아! 그는 그런 걸 느낄 위인이 아니야! 그는 짐승 같은 인간이야. 태곳적부터 하겐슈트룀가는 우리의 적수야. 그 늙은 힌리히는 할아버지와 아버지를 속여 왔어. 헤르만이 여태껏 오빠에게 딴죽을 걸지 않은 까닭은 그럴 기회가 없었기 때문이야. 어릴 때 난 큰길가에서 그의 뺨을 갈긴 적이 있었어. 그럴 만한 이유가 있었기 때문이지. 그랬다고 그의 잘난 여동생 율헨은 나를 할퀴고 야단이었어. 그야 어릴 때니까 그럴 수도 있겠지. 하지만 우리가 불행한 일을 당하면 그들은 조롱하며 고소해했어. 하긴 그들이 고소해한 건 주로 나 때문이었지. 그건 하느님의 뜻이었어. 하지만 그 헤르만 영사가 오빠의 사업에 얼마나 해를 끼치고 얼마나 뻔뻔하게 오빠를 앞질렀는지 제대로 알아야 해. 그건 오빠가 나보다 더 잘 알고 있잖아. 마지막으로 에리카가 결혼을 잘하자 그는 방해에 방해를 거듭했어. 급기야 그들은 에리카의 남편을 저 지경으로 만들고 감옥에 처넣어 버렸어. 고양이 같은 그 오빠, 악마 같은 그 검사가 말이야. 그들은 이제 뻔뻔스러운 일을 하려고 해. 감히 거리낌 없이 말이야.”

“토니, 내 말을 들어 봐라. 첫째로 우리는 이 일에 이러쿵저러쿵 참견할 입장이 아니야. 우린 고슈와 계약을 체결했어. 그가 누구와 거래를 하든 그것은 그의 자유야. 하지만 결과적으로 일이 이렇게 된 게 운명의 장난이라는 점은 나도 인정해.”

“운명의 장난이라고? 그래, 오빠식으로 말한다면 그럴 테지! 하지만 내가 볼 때는 얼굴을 주먹으로 맞는 듯한 치욕이야. 실상은 그런 거야! 그게 무슨 의미인지 생각해 보지 않았어? 오빠, 그게 무슨 의미인지 생각 좀 해 보라니까! 그건 부덴브로크가는 끝났다, 결정적으로 망해서 물러난다는 의미야. 그리고 그 자리에 하겐슈트룀 가가 시끌벅적한 소리를 내며 들어앉는다. 안 돼, 토마스. 난 이런 연극에 동참하지 않을래! 이런 불쾌한 일에 난 결코 손대지 않을래! 이 집을 보러 올 테면 오라지. 난 그를 결코 이 집에 들여놓지 않을 테야. 그 점은 장담할 수 있어! 난 딸하고 손녀와 같이 여기 앉아서 방문을 걸어 잠그고 그가 못 들어오게 할 거야.”

“그게 현명한 처사라고 생각한다면 그렇게 하려무나. 그런데 그 전에 사회적 체면을 지키는 데 그게 현명한 처사인지 잘 생각해 보아라. 네가 그런다고 해서 하겐슈트룀 영사가 눈 하나 깜짝할 줄 아니? 어림도 없는 일이다, 토니. 그는 기뻐하지도 화내지도 않고 놀라워할 뿐이야. 냉정하고 아무렇지도 않게 놀라워할 뿐이야. 문제는 네가 그에 대해 품고 있는 느낌을 그도 너와 우리에 대해 품고 있을 거라고 전제하는 거야. 토니, 그건 착각이야! 그는 너를 결코 미워하지 않아. 뭣 때문에 너를 미워하겠니? 그는 아무도 미워하지 않아. 성공을 거두어 행복해진 그는 명랑하고 호의적으로 세상을 바라보고 있단 말이야. 그 점만은 틀림없어. 네가 아무리 도전적이고 오만하게 나온다 해도 그는 거리에서 너를 만나면 아주 상냥하게 인사할 거라고 내가 이미 수도 없이 말하지 않았니. 그는 의아하게 생각할 거다. 이 분 동안 그는 조용히 약간 비웃음을 띠고 놀라워할 거다. 물론 아무도 그 남자의 마음의 평정을 깨뜨릴 수 없을 거야. 넌 왜 그를 헐뜯는 거니? 그가 나보다 사업에 앞서고 이따금 공적인 일에 나와 맞서 그의 주장을 관철시킨다면 그것은 그가 나보다 더 유능한 사업가고 더 훌륭한 정치가라는 사실을 말해 주는 것에 불과해. 너처럼 그렇게 골을 내서 비웃을 이유가 전혀 없단 말이야! 다시 집 문제로 되돌아오자면 이 오래된 집은 이미 진작부터 우리 가족한테 실질적 의미가 없어져 버렸어. 점차 내가 사는 집이 더 중요해졌어. 내가 이런 말을 하는 까닭은 어쨌든 너를 위로하기 위해서야. 다른 한편으로 하겐슈트룀 영사가 어떻게 해서 이집을 살 마음을 품었는지는 불을 보듯 뻔한 일이야. 그들은 성공을 거두고 가족이 불어나고 있어. 그들은 묄렌도르프가와 사돈을 맺었어. 그리하여 명실상부하게 돈과 명성을 얻게 된거야. 그런데 그들에게는 외부적으로 과시할 것이 없었던 거야. 여태까지는 아무 생각 없이 지냈지. 역사적인 재가, 소위 말하자면 정통성…… 그들은 이제 그런 것을 갖고 싶은 모양이지. 이런 집으로 이사 오면서 그런 것을 얻고 싶은 거야. 두고 봐, 그 영사는 여기 있는 것을 모두 그대로 보존할 거야. 개축도 하지 않고 대문 위의 '주님이 잘 보살펴 주시리라!'라는 팻말도 그대로 놓아둘 거야. 그렇지만 '슈트룽크 하겐슈트룀' 상사가 그처럼 비약적인 발전을 한 것은 주님 때문이 아니라 오로지 영사 자신 때문이라는 사실을 사람들은 당연히 인정해야 할 거야."

"좋아, 톰! 아, 오빠가 그에 관해 험담하는 것을 들으니 얼마나 기분이 좋은지 모르겠어! 내가 원하는 게 바로 그거야! 내가 오빠의 머리를 지녔다면 그에게 넘겨주지 않을 텐데 말이야. 하지만 이젠 오빠 형편이 이러니……."

"너도 알다시피 내 머린 실제로 별 쓸모가 없어."

"오빠 형편이 그렇다고 내가 말했잖아. 오빠는 이 일을 마치 남의 일처럼 태연하게 말하면서 하겐슈트룀의 행동 양식을 나에게 설명하고 있어. 아, 마음대로 말해. 하지만 오빠 몸속의 마음은 나의 것과 똑같아. 마음속으로도 그렇게 태연하지는 않겠지! 오빠는 나의 하소연에 대답하고 있는 거야. 아마 스스로를 위로하는 것에 지나지 않겠지."

"토니, 지금 네 말은 주제넘은 거야. 내가 어떻게 '행동'하느냐 하는 것은 너와 상관이 있어! 하지만 내가 어떻게 생각하느냐 하는 것은 네가 상관할 일이 아니야."

"한 가지 사실만 좀 말해 줘, 애원할게, 톰. 그게 혹시 열에 들뜬 환각 증세 아니야?"

"바로 그래."

"악몽은?"

"왜 아니겠니?"

"우스꽝스럽기 짝이 없는 코미디 같은 거?"

"됐다! 그만하자!"

그리고 하겐슈트룀 영사가 멩가에 나타났다. 예수회 모자를 손에 들고 몸을 굽힌 채 음험하게 주위를 둘러보는 고슈와 함께 그는 나타났다. 명함을 건네주고 유리문을 열어 준 하녀를 지나치고 영사 뒤를 따라 고슈는 풍경실로 들어갔다.

헤르만 하겐슈트룀은 위풍당당한 증권거래소 직원 같은 대도시풍의 사람이었다. 그는 털의 길이가 30센티미터쯤 되는 두껍고 묵직한 모피 코트를 입고 있었다. 단추가 채워지지 않은 그 외투 속에서 질긴 영국제 황록색 겨울 양복이 보였다. 그는 무척 뚱뚱한 남자였다. 턱뿐만 아니라 아래쪽 얼굴이 완전히 두 겹이었다. 금빛 수염을 짧게 깎아도 그런 사실을 숨길 수 없었다. 머리를 말끔히 깎은 탓에 그는 이마나 눈썹을 약간만 움직여도 굵다란 주름이 생겼다. 여느 때보다도 더 납작해 보이는 윗입술 위의 코는 콧수염 속에서 힘들게 숨을 쉬었다. 때때로 다량의 공기를 받아들이기 위해 입이 열리면서 코를 도와주어야 했다. 그리고 그것은 혀가 위턱과 목구멍에서 서서히 떨어지면서 나는 쩝쩝 하는 부드러운 소리와 연관이 있었다.

페르마네더 부인은 익히 잘 아는 이 소리를 듣고 얼굴이 하애졌다. 그녀는 그 소리에서 소시지를 채워 넣은 레몬빵과 슈트라스부르크산 거위 간 요리의 환영을 떠올렸다. 그리하여 하마터면 그녀는 차디찬 위엄을 잃을 뻔했다. 정갈하게 가르마를 탄 머리에 상모(喪帽)를 쓰고 훌륭한 검은 옷을 입은 그녀는 팔짱을 끼고 어깨를 약간 추스른 채 소파에 앉아 있었다. 레이스를 단 치마는 위로 잔뜩 추켜올려져 있었다. 두 남자가 들어오자 그녀는 무관심하고 조용한 어조로 오빠한테 무어라고 지적했다. 시의원으로서도 이 순간에 그녀를 궁지에 몰아넣고 싶은 마음은 추호도 없었을 것이다. 시의원이 손님들을 맞으러 방 한가운데까지 가는 동안에 그녀는 그대로 앉아 있었다. 그는 중개인 고슈를 반갑게 맞이하고 영사와 정중하게 인사를 교환했다. 그러자 토니도 일어나서 두 사람한테 동시에 절도 있게 몸을 숙였다. 그런 다음 그녀는 말이나 손으로 이렇다 할 과도한 열성을 보이지 않고 자리에 앉으라는 오빠의 요구에 그냥 응했다. 게다가 그녀는 꼼짝도 않고 무관심한 표정으로 두 눈을 거의 감은 채 앉아 있었다.

그들이 자리에 앉고 나서 처음 일 분이 경과하는 동안 영사와 중개인이 교대로 말했다. 고슈는 배후에 분명 음험한 의도를 깔고 있으면서 역겹게도 짐짓 겸손한 척 방해한 걸 부디 용서해 달라고 부탁했다. 하겐슈트룀 영사가 마침 집을 사겠다는 의향을 갖고 있어서 집을 한번 둘러보러 왔다는 것이다. 그러자 영사는 또 한 번 다른 말로 같은 뜻을 되풀이해서 말했다. 페르마네더 부인은 그의 목소리를 듣고 또 소시지를 넣은 레몬빵을 상기했다. 그렇다, 사실 그에게 그런 생각이 들었던 것이다. 그러자 곧장 그게 그의 소망이 된 것이다. 고슈가 이 거래로 많은 이익을 남기려고 하지 않는다면 그는 자신과 가족의 소망이 성사될 수 있으리라 생각했다. 참! 참!…… 이제 그는 이 거래에 관계한 모두가 만족하도록 일을 처리할 것을 의심치 않는다고 했다.

자유롭고 걱정 없는 그의 태도는 느긋하고 처세술이 좋았다. 페르마네더 부인은 그의 이런 태도에 감명을 받지 않을 수 없었다. 더구나 그는 말을 할 때마다 거의 항상 정중하게 몸을 그녀한테로 향했다. 그는 심지어 마치 죄송하다는 어조로 이런 생각을 품게 된 이유를 털어놓았다. "공간입니다! 더 많은 공간이 필요해서입니다!" 그가 말했다. "모래 거리의 우리 집은…… 부인과 시의원님께서는 믿지 않으실지도 모르지만, 너무 협소하기 짝이 없어서 어떤 때는 더 이상 꼼짝 못 할 지경입니다. 회사를 말하는 게 결코 아닙니다. 그건 당치도 않은 말입니다. 가족만 모이기에도 너무 협소합니다. 후노이스가, 묄렌도르프가, 동생 모리츠 식구 말입니다. 모두 모이면 앉을 틈도 없이 바글바글합니다. 그러니 왜 넓은 집이 필요한지 충분히 이해하시겠지요?"

약간 화라도 난 듯이 말하지만 그의 제스처와 표정은 마치 이런 말을 하는 것 같았다. "여러분은 잘 아실 겁니다. 난 그런 상황을 감내할 필요가 없습니다. 멍청한 일이지요. 그런데 다행히도 이런 상황을 타개해 줄 돈도 마침 있으니……."

"그런데 난 기다리려고 했지요." 그가 말을 계속했다. "체어리네와 봅이 집을 필요로 할 때까지 말입니다. 그러면 일단 우리 집을 그들한테 내주고 우린 더 큰 집으로 옮겨 가려고 했습니다. 그런데 아시다시피." 그는 잠시 말을 멈췄다. "내 딸 체어리네와 검사인 동생의 장남 봅이 수년 전부터 약혼한 상태입니다. 이제 더는 결혼식을 미룰 수 없는 형편이지요. 길어 봤자 이 년 정도나……. 그들은 젊으니까 그런 만큼 좋습니다! 요컨대 내가 왜 그들을 기다리느라고 때마침 생긴 좋은 기회를 놓쳐야 한다는 말입니까? 그건 분별없는 생각이겠지요."

모두들 그의 말에 동의했다. 잠시 대화는 가족 이야기로 넘어가 얼마 남지 않은 결혼 이야기에 머물렀다. 당시만 해도 시내에서 사촌끼리의 실속 있는 결혼은 그다지 이례적인 일이 아니었기 때문이다. 그래서 아무도 그에 대해 반감을 보이지 않았다. 사람들은 젊은 부부의 신혼여행까지 포함해서 그들의 계획에 관해 물었다. 그들은 리비에라나 리자 등지로 갈 생각이라고 했다. 그들의 기분은 그랬다. '왜 그런 생각을 품지 않겠는가?' 더 어린 아이들 이야기도 나왔다. 영사는 느긋하고 편안한 마음으로 어깨를 추스르며 홀가분하게 그들에 관해 말했다. 그에게는 아들과 딸을 합해 자식이 다섯 있었고 동생 모리츠에게는 넷이 있었다. 그렇다, 다행히도 그들은 모두 건강하게 자라고 있었다. 대관절 그들이 건강하게 자라지 못할 이유가 있겠는가, 그렇지 않은가? 요컨대 그들은 행복하게 지냈다. 그런 다음 그는 다시 가족이 불어나서 집이 협소하다는 이야기로 돌아왔다. "그래, 여기는 좀 다른걸!" 그가 말했다. "여기로 오면서 이미 그런 사실을 알 수 있었어요. 이 집은 정말이지 진주와 같습니다. 우리 집과 크기를 비교한다면 말입니다. 참! 참! 여기의 벽 융단만 해도……. 부인, 솔직히 고백하자면 전 말하는 동안 내내 이 벽 융단에 감탄하고 있습니다. 정말 매력적인 방입니다! 여태껏 여러분이 이런 환경에서 죽 살아왔다는 것을 생각하면……."

"네, 하지만 몇 번 중단된 적도 있었어요." 페르마네더 부인이 그녀 특유의 후두음으로 말했다. 때때로 그녀의 뜻대로 그런 소리가 나올 때도 있었다.

"네, 중단된 적이 있었다는 말씀이지요." 영사가 상냥하게 미소 지으며 되풀이해서 말했다. 그런 다음 그는 시의원과 고슈한테로 시선을 돌렸다. 둘이 막 대화를 나누려고 하는 참이라서 그는 의자를 페르마네더 부인의 소파 곁으로 바짝 끌어당기고 그녀한테 몸을 숙였다. 그러자 그의 코에서 나오는 둔중한 숨소리가 그녀의 코 바로 밑에서 들렸다. 몸을 돌려 그의 호흡을 외면하기에는 그가 너무 공손한지라 그녀는 뻣뻣이 몸을 곧추세우고 앉아 눈꺼풀을 내리깔고 그를 내려다보았다. 하지만 그녀가 마지못해 그런 부자연스러운 자세를 취하고 있다는 것을 그는 전혀 눈치채지 못했다.

"어떻습니까, 부인?" 그가 말했다. "우린 전에 언젠가 이미 서로 거래를 맺은 걸로 생각되는데요? 당시에는 물론 과자나 사탕 같은 것에 불과했지만요. 그렇죠? 그런데 지금은 집 한 채가……."

"전 생각나지 않는데요." 페르마네더 부인은 이렇게 말하고 목을 더 뻣뻣이 세웠다. 그의 얼굴이 무례하게도 견딜 수 없을 정도로 가까이 다가왔기 때문이다.

"생각나지 않는다고요?"

"네, 솔직히 말하면 사탕 같은 것은 전혀 생각이 안 나요. 굵은 소시지를 넣은 레몬빵 같은 것은 눈에 아른거리지만, 다소 역겨운 도시락용 빵하고요. 그게 내 것인지 댁 것인지는 모르겠어요. 우린 그때 어린애들이었어요. 하지만 지금 집 문제는 전적으로 고슈 씨의 일이지요."

그녀는 오빠한테 재빨리 감사의 시선을 보냈다. 그가 동생이 처한 안타까운 상황을 눈치채고 영사한테 먼저 집을 한번 둘러보는 게 어떻겠냐고 제안해서 그녀를 도와주었기 때문이다. 그들은 그러기로 하고 잠시 페르마네더 부인과 헤어졌다. 다 둘러보고 나서 다시 그녀를 만나 보기로 하고……. 그런 다음 시의원은 두 손님을 데리고 식당을 지나 밖으로 나갔다.

그는 그들을 계단 위아래로 데리고 다니면서 2층 복도 옆의 방들과 3층 방들을 보여 주었다. 그리고 1층의 부엌과 지하실도 보여 주었다. 보험 회사 직원들이 일하고 있는 시간이라서 사무실에는 들어가지 않았다. 새로 온 사장에 대해 그들은 몇 마디 대화를 나누었다. 하겐슈트룀 영사가 두 번이나 연달아서 그가 아주 정직한 사람이라고 말해도 시의원은 그에 관해 묵묵부답이었다.

그들은 반쯤 눈이 녹은 황량한 정원을 지나면서 '정문' 쪽을 흘끗 바라보았다. 그러고는 담벼락 사이로 난 좁은 포장도로를 따라 참나무가 있는 뒤뜰을 지나 뒤채로 가려고 세탁장이 있는 앞뜰로 되돌아왔다. 여기에 있는 모든 것은 오래된 나머지 그냥 소홀히 방치되어 있었다. 뜰의 포석(鋪石) 사이에는 풀과 이끼가 무성하게 자라고 계단은 완전히 허물어 있었다. 당구실에는 고양이 가족이 살고 있었는데, 문을 열어도 별로 동요하는 기색이 아니었다. 그들은 바닥이 꺼질까 두려워서 거기에 들어가지는 않았다.

하겐슈트룀 영사는 분명 머릿속으로 이런저런 생각을 하며 여러 가지 계획을 하고 있는 모양이었지만 별로 말을 하지 않았다. 그는 시큰둥하게 성에 차지 않는다는 듯이 "음, 그렇군요……"라는 말만 계속했다. 이 말은 자기가 이 집 주인이 되면 이 모든 것을 모조리 그대로 둘 수는 없다는 암시를 주었다. 같은 표정을 지으며 그는 단단하고 평평한 점토 바닥 위에도 잠시 서서 텅 빈 다락방을 올려다보았다. "음, 그렇군요……." 그가 같은 말을 되풀이했다. 그는 녹슨 철제 갈고리가 끝에 달린 못 쓰게 된 두꺼운 철사를 이리저리 약간 흔들어 보았다. 그것은 수년 전부터 방 한가운데에 꼼짝도 않고 걸려 있었다. 그러고는 즉시 발길을 돌렸다.

"네, 이렇게 수고해 주셔서 대단히 감사합니다, 시의원님. 이제 다 둘러본 모양이군요." 그가 말했다. 그러고는 앞쪽 건물을 향해 아까 온 길을 급히 되돌아가면서 거의 아무 말도 하지 않았다. 나중에 두 손님이 풍경실에 가서 다시 자리에 앉지 않고 페르마네더 부인한테 작별을 고한 후 토마스 부덴브로크가 계단을 내려가서 현관까지 그들을 바래다줄 때도 그는 마찬가지였다. 하지만 그들이 헤어진 후 거리에 나서면서 하겐슈트룀 영사가 함께 온 중개인 쪽으로 몸을 돌리자마자 두 사람이 뭐라고 활발하게 대화를 나누기 시작하는 모습이 보였다.

시의원은 풍경실로 되돌아왔다. 거기에는 페르마네더 부인이 창가에 반듯이 앉아 커다란 대바늘 두 개로 손녀인 어린 엘리자베트의 검은색 치마를 뜨고 있었다. 그러면서 이따금 옆쪽의 '감시경'으로 시선을 던졌다. 토마스는 두 손을 바지 주머니에 찔러넣은 채 한동안 이리저리 거닐었다.

"그래, 이제 그 중개인한테 일을 맡겨 버린 거야." 그가 말했다. "일이 어떻게 되는지 기다리기만 하면 돼. 그는 집을 통째로 사서 앞채에 살면서 뒤채는 다른 용도로 활용할 거야."

그녀는 오빠를 쳐다보지 않고 상체를 계속 곧추세운 채 뜨개질을 멈추지 않았다. 멈추기는커녕 대바늘을 놀리는 속도가 더욱 빨라졌다.

"그는 꼭 살 거야, 그것도 통째로." 그녀가 예의 후두음으로 말했다. "그가 안 살 이유가 뭐가 있겠어, 안 그래? 사실 그게 분별력 있는 생각은 아닐지도 모르지."

그녀는 이제 수예용 코안경 너머로 눈썹을 치켜올리고 흘겨보았다. 하지만 결코 뜨개질을 멈추지는 않았다. 대바늘은 정신없이 빠른 속도로 달가닥거리는 나지막한 소리를 내며 부지런히 움직이고 있었다.

성탄절이 왔다. 영사 부인이 저세상으로 가고 나서 처음 맞는 성탄절이었다. 성탄절 전야제는 시의원의 집에서 치렀다. 넓은 거리의 부덴브로크 여인들이나 연로한 크뢰거 부부는 참석하지 않았다. 이제 정규적인 '어린이날' 모임도 끝났을뿐

더러 영사 부인을 기려 참석하는 모든 사람들에게 선물을 나누어 주고 싶은 마음도 없었기 때문이다. 다만 에리카 바인센크며 어린 엘리자베트와 페르마네더 부인, 크리스티안, 수녀원의 클로틸데, 바이히브로트만 초대되었다. 바이히브로트는 성탄절에 그녀의 뜨거운 작은 방에서 예전처럼 선물 나누어 주는 일을 그만두지 않았다. 그러다가 언젠가 불행한 일을 당한 적이 있었지만 말이다.

멩가에서 합창을 하고 신발이나 양모 옷감을 받아 갔던 빈민들 모습도 보이지 않았고 소년 합창대도 없었다. 간단히 응접실에서 「고요한 밤, 거룩한 밤」을 불렀다. 그러고 나서 테레제 바이히브로트는 그런 일을 별로 달갑게 여기지 않은 시의원 부인 대신 아주 또박또박한 음성으로 성탄절 구절을 낭독했다. 그런 다음 그들은 약한 소리로 「오, 전나무여」의 첫 구절을 부르면서 죽 연결된 방을 지나 커다란 방으로 건너갔다.

사람들이 기뻐해야 할 특별한 이유가 없었다. 환희에 넘치는 얼굴을 한 사람은 아무도 없었고 대화에도 활기가 없었다. 무슨 말을 나눈단 말인가? 세상에는 즐거운 일이 많지 않았다. 식구들은 돌아가신 어머니 생각을 했고 집을 파는 문제에 관해 대화를 나누었다. 그리고 페르마네더 부인이 홀스텐 성문 밖의 보리수가 우거진 지대에 살기 좋은 집을 빌렸는데, 사람들은 빛이 잘 드는 그 집에 관해 이야기를 나누었다. 또 후고 바인센크가 감옥에서 나오면 어떤 일이 벌어질지에 관해서도 대화를 나누었다. 그러는 사이에 어린 요한은 피아노 앞에 앉아 퓔과 함께 연습한 피아노 곡을 몇 곡 연주했다. 또는 어머니의 반주를 해 주다가 약간 틀리기도 했지만 모차르트의 소나타를 멋진 가락으로 연주하기도 했다. 사람들은 그를 칭찬하고 입맞춤을 해 주었다. 하지만 최근 들어 그의 장이 좋지 않아 창백하고 피곤해 보였기에 이다 융만이 그를 데리고 가서 쉬게 해 주어야 했다.

크리스티안조차 아침 식사 방에서 격렬한 말다툼이 있은 후에는 도통 말이 없어졌고 우스갯소리도 하지 않았다. 결혼 얘기는 다시는 입에 올리지 않았다. 형과는 예전처럼 그리 명예롭지 않은 관계가 계속되었다. 그는 눈을 두리번거리며 잠깐 찾아와서 그의 왼쪽 부위에 '통증'이 있다는 사실을 참석자들한테 새삼 일깨워 줌으로써 동정을 얻으려고 했다. 그리고 이른 시각에 클럽에 찾아갔다가 저녁 무렵에야 되돌아왔다. 오랜 관행에 따라 모두들 같이 저녁 식사를 했다. 그런 다음 부덴브로크 일가는 성탄절 전야제를 보냈다. 모두들 그럭저럭 즐거운 시간을 가졌다.

1872년 초에 고인이 된 영사 부인의 가정이 해체되었다. 하녀들은 뿔뿔이 흩어졌다. 페르마네더 부인은 가사의 주도권을 둘러싸고 자신과 줄곧 다투어 왔던 제버린과 헤어지게 되어 하느님께 감사했다. 그녀는 영사 부인한테서 물려받은 실크옷들과 여러 가지 옷감을 가지고 갔다. 멩가에는 가구 운반 마차가 서 있었다. 그리고 옛집의 이삿짐들을 나르기 시작했다. 커다란 무늬가 새겨진 궤, 금칠이 된 샹들리에와 이제 시의원 부부의 소유가 된 여타의 물건들은 어부 골목으로 옮겨졌다. 크리스티안은 자기 가족과 함께 클럽 부근의 방이 세 개

딸린 독신자용 숙소로 이사했다. 그리고 페르마네더 부인과 에리카 가족은 보리수가 우거진 지대의 햇빛이 잘 드는 집으로 이사했다. 그것은 제법 고상한 집이라고 할 수 있는 아담하고 귀여운 집이었다. 번쩍거리는 구리로 된 문패에는 이런 우아한 글씨가 씌어 있었다. "페르마네더 부덴브로크, 미망인."

하지만 뎅가의 집이 텅 비자마자 바로 일군의 인부들이 그곳에 나타났다. 그들이 뒤채를 허물기 시작하자 모르타르 먼지가 공기를 혼탁하게 만들었다. 그 집은 이제 결국 하겐슈트룀 영사의 수중으로 넘어갔다. 그가 그 집을 샀던 것이다. 그의 공명심은 그 집을 획득하는 데 있었던 것 같았다. 그는 지기스문트 고슈가 브레멘으로부터 매매 제안을 받자 지체 없이 그보다 더 많은 돈을 주겠다고 했다. 그는 이제 그 집을 슬기롭게 활용하기 시작했다. 사람들은 이미 오래전부터 그의 그러한 수완에 놀라워하곤 했다. 이미 연초에 그는 가족을 데리고 앞채로 이사했다. 그는 거기에 있는 모든 것을 가능한 한 옛날 그대로 두었다. 물론 필요한 경우 그때마다 조금씩 고치거나 어떤 것은 즉시 현대식으로 바꾸기는 했다. 이를테면 오래된 초인종 줄을 없애고 집의 초인종 장치를 모두 전기식으로 바꾸었다. 하지만 뒤채는 곧장 헐어 버렸다. 그 자리에 깔끔한 모습의 새 건물이 우뚝 솟아 났다. 공간이 넓고 높았던 그 건물의 앞면은 창고나 가게를 내 주려고 빵집 골목 쪽을 향해 있었다.

페르마네더 부인은 앞으로 어떤 일이 있어도 다시는 옛집에 가보지 않겠다고 오빠한테 거듭 맹세했다. 하지만 그러한 약속을 지키는 것은 불가능했다. 그녀의 발걸음은 어쩔 수 없이 아주 싸게 나온 가게나 뒤채의 진열창을 지나치거나 이제는 "주님이 보살펴 주시리라!"라는 팻말 아래 헤르만 하겐슈트룀 영사라는 이름이 붙어 있는 박공지붕의 위풍당당한 다른쪽 전면을 지나치기도 했다. 하지만 그런 다음 페르마네더부덴브로크는 큰길에서 뭇사람들이 보는 가운데 큰 소리로 울기 시작했다. 그녀는 노래하는 새처럼 머리를 뒤로 젖힌 채 눈에 손수건을 대고는 항의와 하소연이 뒤섞인 심정을 토로했다. 그러고는 행인들이 보든 말든 딸의 주의에도 아랑곳없이 눈물을 펑펑 쏟았다.

그녀는 어릴 때처럼 아무 부끄럼 없이 목 놓아 울었다. 그녀는 인생의 온갖 험한 간난신고를 겪은 몸이었지만 아직도 그런 면모를 간직하고 있었다.

10부

1

울적한 기분에 빠질 때면 토마스 부덴브로크는 종종 자신의 존재에 대해, 또는 단순하고 우직한 소시민적인 동시대의 다른 시민들보다 자기 자신을 더 높이 평가할 자격이 있는지에 대해 자문해 보았다. 젊은 날 꿈에 부풀었던 활동력이며 활기찬 이상주의는 이제 온데간데없었다. 연기하며 일하고 일하면서 연기하는 것, 반쯤은 진지하게 반쯤은 장난스레 설정한 야심을 품고 사람들이 겨우 비유적인 가치만 인정할 뿐인 목표들을 추구하는 것, 그러한 명랑하고 회의적인 타협심과 재기발랄한 모호함을 지니기 위해서는 많은 신선함과 유머 그리고 커다란 용기가 필요한 것이다. 하지만 토마스 부덴브로크는 이루 말할 수 없이 피곤하고 지겨운 심정이었다.

그는 자기가 이룩해야 할 목표를 달성했다. 그는 자신이 인생의 정점을 벌써 오래전에 지나쳤음을 잘 알고 있었다. 그가 말했듯이 평범하고 저급한 삶에 어떤 정점이라는 것이 있다고 할 수 있다면 말이다.

순전히 사업상의 일에 국한해 말하자면 대체로 그의 재산은 상당히 줄어들었고 회사는 하강 국면을 맞이하고 있었다. 그렇지만 어머니한테 물려받은 유산에다 멩가의 집과 부동산에 대한 그의 몫을 더하면 그는 아직도 60만 마르크 이상의 재산가였다. 하지만 회사의 운영 자금은 시의원이 푀펜라드의 수확물을 거둬들일 때 하소연했듯이 쥐꼬리만 한 장사를 하면서 몇 년 전부터 말라붙어 버렸다. 그리고 그때 받은 타격으로 상황이 개선되기는커녕 오히려 악화일로를 걷고 있었다. 그런데 이제 모든 게 활기차게 움직이고 모두 승리의 기쁨을 구가하는 지금, 도시가 관세 동맹에 가입한 후부터 몇 년 안 되어 소규모 거래에서 어마어마한 대규모 거래로 발전한 지금 '요한 부덴브로크' 상사는 시대의 그러한 성과물에서 어떤 이점을 취하기는커녕 답보 상태를 거듭하고 있었다. 회사 대표는 누군가가 사업이 잘되느냐고 물으면 피곤하게 손을 내저으며 "아, 별 재미가 없습니다그려."라고 말했다. 하겐슈트룀가의 막강한 적수이자 그와 가까운 친구인 어떤 남자는 토마스 부덴브로크가 주식 시장에서 이젠 겨우 장식적인 역할밖에 못한다는 발언을 했다. 그리고 시의원이 외모를 주도면밀하게 손질하는 것을 빗대어 말한 이 농담을 듣고 시민들은 기막히게 딱 들어맞는 말이라고 찬탄하며 폭소를 터뜨렸다.

시의원이 유구한 회사의 전통을 지키기 위해 열정적으로

일을 했지만 불운을 겪고 내적으로 기력이 소진하는 바람에 의기소침해 있었다면 시의회에서의 그의 출세에도 더 이상 넘을 수 없는 외적인 선이 그어져 있는 셈이었다. 몇 년 전에 시의원에 선출된 것이 그가 도달할 수 있는 최고의 지위였다. 그 자리를 지키고 관직을 그대로 차지하고는 있었지만 그것이 고작이었다. 현재와 옹색한 현실만 있을 뿐 어떤 미래나 야심만만한 계획 같은 것은 더 이상 없었다. 사실 그는 다른 사람이 그의 자리에 있었을 경우보다도 더 광범위하게 그의 세력을 시에 떨칠 수 있었다. 그리고 그의 적들도 그가 시장의 '오른팔' 격이라는 사실을 부인하기 어려웠다. 그렇지만 토마스 부덴브로크가 시장이 될 수는 없었다. 그는 사업가지 전문가는 아니었기 때문이다. 그는 인문계 학교를 나오지 않았고 법률가가 아니었으며 더군다나 대학 교육을 받지 않았던 것이다. 하지만 오래전부터 여가 시간이면 역사책이나 문학 책을 읽으며 보냈던 그는 정신적인 면이나 이해력 그리고 내적·외적인 교양에서 주위의 어느 누구보다도 우월하다고 느끼고 있었다. 제대로 정규 교육을 받지 못했다고 해서 자기가 태어난 좁은 지역에서 최고의 지위에 오를 수 없다는 것에 대해 그는 치미는 분노를 억제할 수 없었다. "우린 얼마나 바보 같았는지." 하고 그는 친구이자 숭배자인 슈테판 키스텐마커한테 말했다. 하지만 여기서 우리라는 단어는 자기 자신만을 의미했다. "우린 너무 일찍 사무실에 들어온 나머지 학교를 마치지도 못했단 말이야!" 그러면 슈테판 키스텐마커는 이렇게 대답했다. "그래, 그건 정말 자네 말이 맞아! 그런데 왜 그런 말을 하는 거야?"

시의원은 이제 그의 개인 사무실의 커다란 마호가니 책상에서 대개 혼자 일했다. 우선 거기서는 그가 손으로 머리를 괴고 눈을 감은 채 골똘히 생각에 잠겨도 아무도 그를 볼 염려가 없어서였다. 하지만 그보다 더 중요한 이유는 헝클어진 머리에다 잘난 체하는 마르쿠스가 맞은편에서 계속 새로 물건들을 정리하며 수염을 쓰다듬는 바람에 그가 창가의 자기 자리에 앉아 있을 수 없었기 때문이다.

세월이 흐름에 따라 번잡한 형식에 집착하는 늙은 마르쿠스의 괴벽은 점점 도가 지나쳐 완전히 광적으로 변해 갔다. 하지만 최근에 와서 토마스 부덴브로크를 거의 견딜 수 없이 화나고 불쾌하게 만든 것은, 놀랍게도 자신한테서도 가끔 그와 유사한 점이 나타나는 것을 깨닫게 된 사실이었다. 그렇다, 예전에는 좀스러운 것은 모두 혐오해 마지않던 그도 옹색한 인간으로 변모해 간 것이다. 물론 그것이 그 자신의 것이라기보다는 어떤 다른 사람의 기질이나 성격에서 비롯된 것으로 여겨졌지만 말이다.

그의 내부는 공허했다. 그에게는 마음을 동하게 하는 계획이 없었고 기쁘고 만족스럽게 헌신할 만한 매력적인 일이 없었다. 하지만 그의 활동력, 노심초사하는 그의 성격, 그의 활동성에는 언제나 일 자체를 좋아하는 조상들의 자연스러운 면모와는 근본적으로 판이한 점이 있었다. 즉, 무언가 인위적인 요소, 정신적인 압박, 근본적으로는 마취제 같은 점이 있었다. 그것은 그가 늘 피우는 작지만 독한 러시아제 담배와도 같은 것이었다. 그에게는 늘 담배가 떠나지 않았으며 그는 이전보다 더 그것에 탐닉하고 있었다. 그는 자질구레한 것을 무수히 날려 보내는 담배의 손아귀에 들어가 고문을 당하는 신세가 되었다. 그는 수만 가지의 사소한 일들에 시달렸다. 그래 봤자 그 대부분은 그의 집이나 외모 손질과 관련된 것에 불과했다. 그는 그런 것에 염증을 내며 물리쳤고 그의 머리는 그러한 일을 지탱할 기력이 없었다. 그러한 것을 너무 지나치게 생각하며 많은 시간을 낭비하느라 그는 정상적인 상태가 아니었다.

시내에서는 그의 이런 행동을 '허영'이라고 부르는 사람이 점점 더 많아졌다. 그는 이런 지적에 대해 벌써 오래전부터 부끄러워하기 시작했지만 그런 습관을 떨쳐 버리지 못했다. 그는 요즈음 잠에서 깨어나도 머리가 무거운 게 맑지 않았다. 잠옷을 입고 이발사인 늙은 벤첼이 있는 분장실에 가는 순간부터 하루 일과를 시작할 정도가 되었다고 느낄 때까지는 무려 한 시간 반이나 걸렸다. 요즈음에는 아홉 시에 이발사한테 갔지만 예전에는 그보다 훨씬 더 일찍 갔다. 그러고 나서 차를 마시러 2층으로 내려갔다. 그의 분장 절차는 번잡하기 짝이 없었다. 그는 욕실에서 찬물로 샤워하는 것부터 마지막 절차에 이르기까지 모든 세세한 순서를 하나하나 밟아 나갔다. 양복에 묻은 먼지를 일일이 털어 내고 마지막으로 수염 끝을 인두로 지져 빳빳하게 고정시켰다. 그리고 이러한 무수한 손동작과 몸놀림을 늘 기계적으로 되풀이하는 순간마다 그는 절망에 빠지곤 했다. 그렇지만 그로서는 의식적으로 분장실을 떠날 수 없었고 이러한 일을 그만두거나 대충 아무렇게나 처리할 수 없었다. 그것은 그가 남에게 신선하고 차분하고 완전 무결한 느낌을 주는 것을 상실할까 우려해서였다. 그렇지만 단 한 시간도 못 되어 그러한 효과가 사라지는 바람에 할 수 없이 다시 새로 단장해야만 했다.

그는 입 밖에 내서 말하지는 않았지만 가급적 모든 일에 돈을 절약했다. 하지만 의상을 구입하는 문제에서만은 그러지 않았다. 그는 함부르크의 최고 일류 재단사한테서 옷을 맞추어 입었으며 그것을 보존하고 보충하는 데는 결코 돈을 아끼지 않았다. 다른 방으로 통하는 것처럼 보이는 어떤 문 뒤의 널찍한 공간이 의상실의 벽 쪽으로 나 있었다. 굽은 나무로 만들어진 옷걸이가 일렬로 죽 늘어서 있는 그곳에는 철 따라 모든 종류의 사교 모임에 입고 갈 재킷, 턱시도, 프록코트, 연미복이 걸려 있었다. 그리고 몇몇 개의 의자 위에는 정성스레 주름을 잡은 바지들이 잔뜩 쌓여 있었다. 또한 머리카락이나 수염을 손질하기 위한 빗, 솔과 여러 도구들이 갖추어져 있는 대형 거울이 부착된 옷장에는 여러 종류의 내의들이 보관되어 있었는데, 그것들은 수시로 바뀌고 세탁되며, 소모되고 보충되었다.

그는 아침에 이 작은 방에서 장시간을 보낼 뿐만 아니라 온갖 연회, 시의회의 온갖 회의, 온갖 공적인 집회가 있기 전에도 장시간을 보냈다. 요컨대 사람들한테 모습을 보여야 할 때, 심지어는 매일 집에서 아내, 어린 요한 그리고 이다 융만과 함께 식사하기 전에도 늘 그랬다. 그리고 외출할 때면 깨끗한 내의로 갈아입었다. 무척이나 우아한 그의 양복, 깨끗하게 씻은 얼굴, 콧수염에 바른 포마드 냄새, 그가 행군 양칫물이 주는 톡 쏘는 상큼한 미각이 그에게 만족감과 안도감을 주었다. 이는 빈틈없이 준비한 복장으로 분장하고 무대에 나서는 배우와 같았다. 정말 그랬다! 토마스 부덴브로크가 살아가는 방식은 배우의 그것과 전혀 다를 바 없었다. 하지만 배우의 전체 삶이란 아무리 하찮고 일상적인 소소한 일일지라도 단 하나밖에 없는 작품이 되는 것이다. 그 작품은 혼자 지내며 긴장을 푸는 얼마 안 되는 짧은 시간을 제외하고는 늘 팽팽한 긴장을 요구하며 사람을 소진시킨다. 그에게 요구되는 어떤 열렬한 관심이 결여되는 경우 그의 내면은 너무 빈곤하고 황폐해져 거의 끊임없이 어떤 알 수 없는 분노에 시달리게 된다. 그래서 어떠한 대가를 치러서라도 품위를 유지하고, 수단과 방법을 가리지 않고 자신의 허약함을 은폐하고, '체면'을 지키기 위해서 혹독하게 내적인 의무감이나 무서운 집념에 매달리게 되는 것이다. 그의 삶의 방식은 이렇게 해서 결정되는 것이다. 작위적으로, 의식적으로, 억지로 이런 행동을 취하게 됨으로써 사람들 사이에서 그가 하는 말이며 동작이며 아무리 사소한 행동 하나하나조차 힘들고 소모적인 위선 짓거리가 되고 마는 것이다.

이럴 때 이상하고 작은 일들이 나타나게 되었다. 그것은 그 자신마저 놀랍고도 언짢은 심정으로 자신에게서 감지하는 독특한 욕구들이었다. 자기 자신은 아무런 역할을 수행하지 않고 남의 시선이 미치지 않는 곳에서 남몰래 다른 사람들을 관찰하기를 좋아하는 사람들과 달리, 그는 뒤에서 빛을 받으며 어둠 속에 있으면서 훤히 드러난 다른 사람들을 보는 것을 좋아하지 않았다. 오히려 얼굴에 빛을 받아 눈이 어질어질해지더라도 자기는 사랑받는 공인으로 혹은 활기찬 사업가나 회사 대표로 혹은 공적인 연설가로 대중한테 영향을 끼치며 그들을 어둠 속에 있는 단순한 집단으로 보기를 좋아했다. 이것만이 그에게 차별 의식과 자신감을 주었고 자기 연출이라는 맹목적인 도취감을 주었다. 이러한 상황에서 그는 성공을 거두었다. 그렇다, 사실 그의 행동에서 드러나는 이러한 도취적인 상태가 바로 그로서는 가장 견딜 만한 것이 되었다. 그는 와인 잔을 손에 쥐고 탁자에 앉아 사랑스러운 표정을 지으며 호감이 가는 제스처와 사람들을 명랑하게 해 주는 재치 있는 말투로 축배를 들 때만큼은 창백한 안색에도 불구하고 예전의 토마스 부덴브로크로 되돌아갈 수 있었다. 그로서는 아무 일도 하지 않고 가만히 앉아 있을 때 침착성을 유지하는 것이 훨씬 더 힘들었다. 그러면 그의 내부에서 피곤하고 역겨운 감정이 솟아올라 두 눈이 흐릿해지며 얼굴 근육을 지탱하고 머리 자세를 유지하는 것이 불가능해졌다. 그의 마음속에는 단하나의 소망만이 자리 잡게 되었다. 그것은 이러한 처절한 절망감에 자신을 내맡기고 가만히 방으로 들어가 서늘한 베개를 베고 눕는 것이었다.

페르마네더 부인은 어부 골목에서 저녁을 먹었다.(그녀는 유일한 손님이었다.) 그녀의 딸도 초대받았지만 오후에 감옥에 있는 남편한테 면회를 갔기 때문이다. 이럴 때 으레 그랬듯이 그녀는 피곤한 데다 기분이 썩 좋지 않았다. 그 때문에 그녀는 집에 남아 있었다.

안토니 부인은 식사 중에 후고 바인셴크에 관해서 말했다. 사위의 심정은 극도로 우울할 거라고 했다. 그러고는 어느 정도 성공할지의 전망과 더불어 시의원한테 사면원을 낼지의 여부에 대한 문제가 제기되었다. 이제 세 사람의 친척은 거실 중앙의 커다란 가스등 아래 둥근 탁자 둘레에 자리 잡았다. 게르다 부덴브로크와 그녀의 시누이는 수예를 하며 마주 앉아 있었다. 얼굴이 희고 아름다운 시의원 부인은 허리를 굽히고 실크에 수를 놓았다. 가스등 불빛을 받은 그녀의 짙은 머리카락이 어둠 속에서 빨갛게 불타 오르는 것 같았다. 그리고 페르마네더 부인은 꼼꼼하게 손가락을 놀려 놀랄 만큼 빨갛고 커다란 새틴 레이스를 아주 작은 노란 바구니에 달았다. 그것은 그녀의 친구한테 생일 선물로 줄 예정이었다. 코 위에 아주 비스듬히 걸려 있는 코안경은 본래의 목적을 제대로 수행하지 못했다. 시의원은 식탁 옆의 비스듬한 등걸이와 쿠션이 있는 넓은 안락의자에 다리를 꼬고 앉아 신문을 읽었다. 그러면서 그는 이따금 러시아제 담배 연기를 빨아들였다가 다시 콧수염을 통해 담회색 연기를 내뿜었다.

때는 따뜻한 어느 여름날 일요일 저녁이었다. 열려 있는 높은 창을 통해 들어온 미지근하고 다소 축축한 공기가 방에 가득 찼다. 식탁에서 내다보면 마주 보고 있는 집들의 회색 박공 지붕 너머로 아주 천천히 이동하는 구름 사이로 별들이 보였다. 건너편에 있는 이버젠의 조그만 꽃가게에는 아직 불이 켜져 있었다. 저 위쪽의 조용한 거리에서 연주되는 배럴 오르간에서는 많은 실수가 저질러졌다. 아마도 마부 당크바르트의 조수가 연주하는 모양이었다. 때때로 바깥에서 시끄러운 소리가 났다. 한 무리의 선원이 서로 팔짱을 낀 채 노래를 부르고 담배를 피우며 지나갔다. 항구의 수상한 접객업소에서 나온 뒤 잔뜩 흥에 겨워 더 수상한 곳으로 가는 모양이었다. 그들의 거친 목소리와 쿵쾅거리는 발소리가 골목에서 점차 사라졌다.

시의원은 신문을 옆 탁자 위에 놓고 코안경을 조끼 주머니에 넣고는 손으로 이마와 눈을 문질렀다.

"약해, 너무 약해, 이 신문은!" 그가 말했다. "신문을 볼 때마다 할아버지가 무미건조하고 찰기 없는 음식을 보고 말씀하신 것이 생각난단 말이야. 혀를 창 밖으로 쑥 내밀고 있는 것 같은 맛이야. 삼 분만 지루하게 보면 끝이지. 아무 내용도 없어."

"그래, 정말로 그래, 톰!" 페르마네더 부인이 일감을 내려놓고 코안경 사이로 오빠를 물끄러미 바라보면서 말했다. "거기에 무슨 내용을 실어야 하겠어? 난 아무것도 몰랐던 아주 어린 시절부터 이렇게 말해 왔어. 이곳 신문의 내용이 형편없이 빈약하구나! 내가 그 신문을 보는 이유는 사실이지 다른 신문을 구할 수 없기 때문이야. 하지만 무역상 모모 영사가 은혼식 연회를 할 계획이라는 기사를 보고도 난 하나도 감동받지 않아. 그와는 다른 신문인 《쾨니히스베르크 일월 신문》이나 《라인 신문》을 읽어야 해. 그러면 우리는 아마……."

그녀가 말을 중단했다. 그녀는 신문을 손에 집어 들고 또 한 번 접었다. 말을 하면서 그녀는 무시하듯이 칼럼을 대충 훑어보았다. 그러다가 그녀의 시선은 사오 행가량 되는 어떤 짧은 기사에 고정되었다. 그녀는 말없이 한 손으로 안경을 붙잡고 기사를 끝까지 읽었다. 그녀의 입이 서서히 벌어졌다. 그러다가 외마디 비명을 질렀다. 그러면서 두 손바닥으로 뺨을 감싸며 팔꿈치를 바깥 쪽으로 한껏 벌렸다.

"이럴 수가! 아니, 이럴 수가!…… 아니, 게르다…… 톰…… 오빠는 이걸 보지 못했구나!…… 끔찍한 일이야!…… 불쌍한 아름가르트! 그 애한테 이런 일이 일어나다니……."

일을 하고 있던 게르다는 고개를 들었고 토마스는 깜짝 놀라 몸을 동생 쪽으로 돌렸다. 그리고 심한 충격을 받은 페르마네더 부인은 덜덜 떨리는 후두음을 내며 불길한 어조로 기사를 크게 읽었다. 로스토크발 기사였다. 푀펜라드 농장 주인인 랄프 폰마이붐이 간밤에 저택 서재에서 권총 자살을 했다는 것이다. "자살 동기는 금전상의 압박 때문인 것으로 여겨진다. 폰마이붐 씨는 세 자녀와 부인을 남기고 갔다."라고 그녀는 끝맺었다. 그런 다음 신문을 무릎에 내려놓고 머리를 뒤로 젖힌 채 아무 말 없이 어쩔 줄 몰라 하면서 하소연하는 시선으로 오빠와 올케를 바라보았다.

토니가 신문을 읽는 동안 토마스 부덴브로크는 그녀한테서 시선을 거두고 그녀 옆의 커튼 사이로 응접실의 어둠 속을 건너다보았다.

"권총으로?" 이 분 정도 침묵의 시간이 흐른 후 그가 물었다. 다시 약간의 침묵이 흐른 후 그는 나지막한 어조로 천천히 비웃듯이 말했다. "그래, 그래, 귀족이란 게 그렇단 말이야!"

그러고 나서 그는 다시 생각에 잠겨 들었다. 손가락으로 콧수염 끝을 돌리는 속도는 흐리멍덩하고 초점 없는 그의 멍한 시선과 묘한 대조를 이루었다.

그는 동생이 탄식하는 소리나 앞으로 아름가르트의 삶이 어떻게 될지에 관해 그녀가 추측하는 말에도 아무런 주의를 기울이지 않았다. 또한 그는 두 눈 간격이 좁은 게르다가 자기쪽으로 몸을 틀지 않고 눈언저리에 푸르스름한 그림자가 드리운 눈으로 무언가 알아 내려는 듯이 자기를 뚫어져라 쳐다보는 것도 의식하지 못했다.

2

토마스 부덴브로크는 자신의 여생을 피곤하고 언짢은 시선으로 바라보았지만 어린 요한의 장래마저 그와 같은 시선으로 바라볼 수는 없었다. 그의 가문 의식, 유전으로 물려받고 배워서 익숙해진, 과거는 물론이고 미래도 지향하는 관심, 가문의 친밀한 역사에 대한 경건한 그의 관심이 그걸 저지했다. 여동생이나 심지어 넓은 거리에 사는 부덴브로크 여인들 같은 도시의 일가 친척들이 그의 아들한테 보이는 애정 어린 혹은 호기심 어린 기대가 그의 생각에 영향을 끼쳤다. 그는 그 개인으로 봐서는 아무런 희망도 미래도 없지만 어린 상속자를 대하면 늘 유능함, 실제적이고 공평무사한 일, 성공, 돈벌이, 힘, 부와 명예라는 미래에 대한 꿈이 되살아난다고 흐뭇한 표정으로 말했다. 그렇다, 이러한 한 부문에서만이 차디차고 인위적인 그의 삶은 훈훈하고 솔직한 걱정, 두려움, 희망으로 가득 찬 것이 되었다.

그가 늙어 언젠가 조용히 과거를 회고해 보면서 옛 시절, 하노의 증조할아버지 때와 같은 시절이 다시 오는 것을 목격할 수 있겠는가? 이러한 희망이 전혀 터무니없는 것이었던가? 그는 음악을 원수처럼 생각했다. 하지만 도대체 정말로 그게 그토록 심각한 문제였던가? 아들이 악보 없는 즉흥 연주를 선호하는 것으로 보아 비범한 재능을 타고났다는 사실은 인정되지만 퀼한테 정규 교육을 받아도 그는 결코 탁월한 진전을 보이지는 못했다. 음악은 아무 문제가 아니었다. 그것은 어머니의 영향일 뿐이었다. 어린 시절에 이러한 영향이 과도했다는 것은 전혀 놀랄 일이 아니었다. 하지만 아버지도 그 나름대로 아들한테 영향을 끼쳐 그를 어느 정도 자기 쪽으로 끌어들이고 남성적인 힘을 통해 지금까지의 여성적인 영향을 중화시킬 기회가 왔다. 시의원은 그런 기회를 절대 놓치지 않겠다고 단단히 벼르고 있었다.

하노는 이제 열한 살이 되었다. 그는 부활절에 그의 어린 친구 묄른 백작과 마찬가지로 수학과 지리 재시험을 치르고 간신히 4학년에 올라갔다. 그가 실업 학교에 갈 거라는 것은 두말할 필요가 없었다. 그가 사업가가 되어 언젠가는 회사를 떠맡아야 하는 것은 자명한 사실이었기 때문이다. 장래의 직업에 애착을 느끼느냐는 아버지의 질문에 그는 "네." 하고 대답했다. 다소 기어 들어가는 목소리로 간신히 "네." 하고 말할 뿐이었다. 무슨 덧붙이는 말이라도 있으면 시의원은 추가적인 질문 공세로 좀 더 강한 확신을 심어 주려고 했지만 대체로 아무런 성공을 거두지 못했다.

부덴브로크 시의원한테 아들이 둘 있었다면 그는 차남을 틀림없이 인문계 학교에 넣어 대학에 보냈을 것이다. 하지만 회사에는 후계자가 필요했다. 게다가 어린 아들이 쓸데없이 그리스어를 배우는 수고를 면하게 해 준다면 자신이 호의를 베푸는 것이라고 생각했다. 그는 실업 학교에 다니는 것이 따라가기가 더 수월하다고 생각했다. 그리고 때로 이해력이 떨어지고 꿈꾸듯이 멍한 때가 있으며 몸이 약해서 학교를 자주 빠질 수밖에 없는 하노로서는 실업 학교를 다녀야 별로 힘 안들이고 좀 더 빠르고 명예롭게 진급할 수 있을 거라고 생각했다. 어린 요한 부덴브로크는 훗날 자기에게 부여된 사명과 가족들이 그에게 기대하는 사명을 완수하려면 무엇보다 늘 몸에 신경을 쓰는 한편 합리적으로 가꾸고 단련해서 허약한 몸을 튼튼하고 강건하게 만들어야 한다는 사실을 잊지 말아야 했다.

그는 이제 갈색 머리를 옆쪽으로 가르마 타고 흰 이마에서 비스듬히 뒤로 빗어 넘겼다. 그런데 부드러운 곱슬머리는 관자놀이 위로 자꾸 흘러내렸다. 긴 갈색 속눈썹과 금갈색 눈을 가진 요한 부덴브로크는 학교나 거리에서 코펜하겐식 선원복을 입고 다녔지만 금발에 강청색 눈을 한 스칸디나비아형의 친구들 사이에서 늘 약간 이국적으로 보였다. 그는 최근 들어 몸이 꽤 튼튼해졌다. 하지만 검은 양말을 신은 그의 다리와 불룩하게 누비질한 암청색 소매에서 삐져나온 두 팔은 소녀의 팔처럼 가늘고 연약했다. 그리고 어머니처럼 그의 눈언저리에는 여전히 푸르스름한 그림자가 드리워 있었다. 특히 그가 옆을 바라볼 때 두 눈은 겁먹고 거부하는 표정을 띠었다. 반면에 그의 입은 여전히 슬픈 듯이 꽉 닫혀 있었다. 또는 곰곰이 생각에 잠겨, 그는 안 좋다고 생각하는 이를 혀끝으로 문지르고 입술을 약간 비죽 내밀며 오들오들 떠는 것 같은 표정을 지었다.

이제 연로한 그라보 박사의 실무를 대신 떠맡아 부덴브로크가의 가정의 역할을 하는 랑할스 박사의 말에 따르면 하노가 안색이 창백하고 기력이 약한 데는 그 나름대로 뜻깊은 원인이 있다고 했다. 이는 아이의 유기체가 유감스럽게도 무척이나 중요한 적혈구를 충분히 만들어 내지 못하기 때문이었다. 하지만 이러한 열악한 상황을 해결할 아주 탁월한 방법이 있었다. 랑할스 박사는 대구 간, 노란색에 기름지고 차진 좋은 대구 간을 다량으로 복용하라고 처방했다. 그것을 도자기 숟가락으로 매일 두 번 복용하라고 했다. 시의원이 단호히 당부했고 이다 융만은 이것을 제대로 지키려고 정성을 다했다. 처음에는 간을 입에 넣자마자 하노는 토해 버렸다. 하노의 위는 좋은 대구 간을 감당할 수 없는 것 같았다. 하지만 그는 점차 거기에 익숙해져 갔다. 하노가 그걸 꿀꺽 삼키고 바로 숨을 참으며 호밀빵을 입에 넣고 씹으면 구역질이 약간 진정되었다.

다른 모든 증상은 랑할스 박사가 손톱을 보면서 말했듯이 적혈구가 부족한 데서 오는 후유증으로 '부차적인 현상'이었다. 하지만 그는 이런 부차적인 현상과도 처절한 격투를 벌여야 했다. 치아를 치료하고, 때우고, 필요한 경우 뽑기 위해서는 방앗간 거리에 사는 브레히트와 그의 요세푸스를 찾아가면 되었다. 소화를 돕는 것으로는 피마자 기름이 있었다. 한 숟갈을 입에 넣으면 미끈미끈한 도마뱀처럼 목 안으로 미끄러져 들어가는 끈끈하고 질 좋은 은빛 피마자 기름이 있었다. 그걸 먹고 나면 삼 일 동안은 깨어 있을 때나 잠을 잘 때 목구멍에서 그 냄새와 맛이 사라지지 않았다. 아, 이 모든 치료법이 왜 그리 죽기보다 싫고 역겨웠던지! 한번은 하노가 많이 아파서 자리에 누워 있었는데 심장 박동이 아주 불규칙했다. 그러자 딱 한 번 랑할스 박사는 다소 신경질을 내며 약을 처방해 주었다. 그래서 어린 요한은 너무너무 기분이 좋고 기뻤다. 그것은 비소 알약이었다. 이 조그맣고 달콤한 알약을 먹고 기분이 좋아진 하노는 그 맛을 못 잊어 그 뒤로 계속 그 약을 달라고 졸랐다.

대구 간과 피마자 기름은 좋은 식품이었다. 그러나 어린 요한이 스스로 자신의 본분을 다하지 않는 한 그런 식품만으로는 그를 유능하고 강인한 남자로 키울 수 없다는 데 랑할스 박사와 시의원의 견해가 완전히 일치했다. 이를테면 체육 선생 프리체가 지도하는 '체육 활동'이 있었다. 여름이면 매주 한 번씩 야외에 나가 성터에서 벌이는 체육 활동은 도시의 청소년들한테 용기, 체력, 민첩성 및 침착성을 함양하는 계기를 마련해 주었다. 하지만 그런 건전한 오락 활동을 꺼리는 하노가 말도 안 하고 뚱한 표정을 지으며 아주 노골적으로 거부하자 시의원은 어이가 없어 혀만 끌끌 찰 뿐이었다. 무엇 때문에 그는 나중에 함께 활동하면서 살아갈 동년배의 친구들과 아무런 교감을 갖지 못하는 것일까? 무엇 때문에 그는 자라다 만 것 같은 이 조그만 카이와만 늘 어울리는 걸까? 물론 그는 착한 아이였지만 그래도 무언가 미심쩍은 구석이 있는 존재였으며 미래의 친구로 사귀기에는 부적당한 아이였다. 모름지기 남자란 자기와 함께 자라고, 자기가 그들의 평가에 평생 동안 의존하게 되는 주위 사람들의 신뢰나 존경을 처음부터 받아야 한다. 하겐슈트룀 영사한테는 열두 살과 열네 살이 된 믿음직스러운 두 아들이 있었다. 그들은 뚱뚱하고 튼튼하며 원기 발랄했다. 그들은 주위의 숲에서 정기적으로 싸움질을 벌였고 학교에서는 체육을 제일 잘했으며 물개처럼 헤엄을 잘 쳤다. 또한 담배를 피우는 등 무슨 짓이라도 벌일 아이들이었다. 그들은 두려움의 대상인 동시에 인기가 있고 존경을 받았다. 다른 한편으로 그들의 사촌들인 모리츠 하겐슈트룀 검사의 두 아들은 체격이 연약하고 성격이 부드러워 정신적인 영역에 두각을 드러내는 모범 학생들이었다. 그들은 공명심이 있고, 겸손하고, 조용하고, 근면하고, 아주 조심스러웠으며 항상 일등을 하고 최고 점수를 받겠다는 야심에 차 있었다. 그들은 목적을 달성해서 그들보다 멍청하고 게으른 동급생들의 존경을 한 몸에 받았다. 하지만 선생님들은 차치하고라도 동급생들은 하노를 어떻게 평가했던가? 그는 기껏해야 중간 정도의 학생에 지나지 않았고 게다가 겁쟁이였다. 그는 길에서 용기, 힘, 민첩성이나 활기가 있는 아이만 만나면 겁이 나서 길을 비켜 주려고 했다. 그리고 부덴브로크 시의원이 3층 발코니를 지나 그의 의상실로 갈 때면 거기에 붙어 있는 세 방 중 가운뎃방에서 배럴 오르간 소리나 카이가 비밀스럽게 소곤소곤 들려주는 이야기 소리가 들렸다. 하노는 이제 다 컸기 때문에 이다 융만하고 자지 않고 자기 방인 그 가운뎃방에서 잤다.

카이도 훈련이니 법적인 질서니 하는 것을 끔찍이 싫어해서 '체육 활동'을 달가워하지 않았다. 그럴 때면 남의 시선이 자기한테 쏠리기 때문이었다. "아니야, 하노." 그가 말했다. "난 안 갈 테야. 넌 어쩔래? 젠장, 남의 웃음거리가 되기 싫단 말이야." 그는 '젠장' 같은 표현법을 아버지한테서 배웠다. 그러면 하노는 이렇게 대답했다. "만약 프리체 씨한테서 단 하루라도 땀 냄새나 맥주 냄새가 안 나는 날이 있다면 한번 고려해 보겠어. 자, 그런 말 그만하고 우리 계속하자. 네가 늪에서 주워 온 그 반지 얘기가 끝나려면 아직 멀었어." "좋아." 카이가 말했다. "하지만 내가 신호를 보내면 넌 연주해야 돼." 그리고 카이는 이야기를 계속했다.

그의 말을 액면 그대로 믿기로 한다면 그는 얼마 전 어느 무더운 밤에 어디인지 모르는 낯선 곳에서 미끈미끈하고 깊이를 알 수 없는 깊디깊은 낭떠러지 속으로 미끄러져 들어갔다. 도깨비불 같은 것이 희미하게 나풀거리는 그 기슭에서 그는 검은 늪을 발견했다. 거기에서는 공허하게 뿌걱뿌걱 하는 소리가 나면서 끊임없이 은빛 거품이 솟아올랐다. 거품 하나가 물가에 일었다가는 금방 꺼지기를 되풀이하더니 반지 모양이 되었다. 그는 위험을 무릅쓰고 오랫동안 애쓴 끝에 그것을 손으로 낚아챌 수 있었다. 그러자 그것은 다시는 터지지 않고 반들반들하고 단단한 바퀴 모양으로 손가락에 끼워졌다. 당연히 이 반지의 신묘한 성질을 믿은 그는 그것의 도움으로 미끈미끈하고 가파른 낭떠러지를 다시 올라왔다. 그리고 그는 거기서 멀지 않은 곳에서 불그스름한 안개가 낀 가운데 쥐 죽은 듯 감시가 물샐틈 없는 고요한 시커먼 성을 발견하고 그 성 안으로 밀치고 들어갔다. 그 성 안에서 그는 계속 기적처럼 반지의 도움을 받고 구원을 받았다. 바로 이 이상하기 짝이 없는 순간에 하노는 배럴 오르간으로 달콤한 소리를 내며 화음을 맞추었다. 이 이야기를 무대에 옮기는 데는 그다지 큰 어려움이 없어 그것은 음악 반주에 맞춰 인형 극장에서 상연되었다. 하노는 아버지가 대놓고 엄하게 명령할 때만 '체육 활동'에 참가했다. 그럴 때면 어린 카이도 함께 따라갔다.

그것은 강 아래 아스무센 씨의 목조 건물에서 겨울이면 스케이트를 타고 여름이면 냇물에서 몸을 씻으며 노는 것과 다를 바 없었다. "목욕! 수영!" 랑할스 박사가 말했다. "사내란 목욕하고 수영을 해야 해!" 그리고 시의원은 이러한 견해에 전적으로 동의했다. 하지만 하노가 목욕이나 스케이트, 체육 활동을 꺼리는 데는 그 나름대로 사정이 있었다. 그러한 일이라면 눈에 불을 켜고 달려드는 하겐슈트룀의 두 아들 때문에 하노는 금방 따돌림을 당했던 것이다. 그들은 할머니의 집에서 살고 있었지만 힘으로 그를 기죽게 하고 괴롭히는 일이라면 결코 기회를 놓치는 법이 없었다. 그들은 '체육 활동'을 하는 하노를 꼬집고 비웃었다. 그들은 그를 아이스 링크의 눈더미로 밀쳤고 수영장에서는 물속에서 뭐라고 시끄러운 소리로 위협하면서 그의 옆으로 다가왔다. 하노는 달아나려고 하지 않았다. 하긴 그래 봤자 아무 소용이 없었을 테니까. 소녀 같은 팔을 가진 하노는 물이 배까지 차는 꽤 흐릿한 수면 여기저기에, 가령 수초 같은 녹색 식물들이 떠다니는 물속에 서 있었다. 그리고 눈썹을 찌푸리고 입술을 약간 찡그리며 우울한 표정으로 시선을 떨군 채 둘을 바라보았다. 그들은 기다란 거품을 일으키며 성큼성큼 그들의 먹이를 향해 다가왔다. 하겐슈트룀의 두 아들의 팔에는 울퉁불퉁한 근육이 있었다. 그들은 두 팔로 하노를 꽉 붙들고 물속에 집어넣었다. 그는 더러운 물을 꽤 많이 삼키고 오랫동안 몸을 이리저리 틀어 가며 숨을 쉬려고 발버둥쳤다. 그는 단 한 번 약간이나마 복수를 할 수 있었다. 어느 날 오후 두 형제가 물속에서 그를 붙잡고 있을 때 그중 한 명이 갑자기 비명을 지르며 살진 한쪽 다리를 들어 올렸다. 그의 다리에서 굵은 피가 뚝뚝 떨어졌다. 그런데 그의 옆에서 카이 묄른 백작이 모습을 드러냈다. 그가 어떻게 입장료를 마련해 가지고 뜻밖에도 물밑으로 헤엄쳐 와서는 하겐슈트룀의 두 아들 가운데 동생의 다리를 깨물었던 것이다. 그는 마치 성난 강아지처럼 있는 힘을 다해 그의 다리를 깨물었다. 그의 파란 두 눈은 젖은 채 흘러내린 불그스름한 금발 사이로 반짝거리고 있었다. 어린 백작은 그런 행위를 하고 나자 기분이 좋지 않았다. 그래서 그를 혼내 준 뒤 수영장에서 나갔다.

하겐슈트룀 영사의 힘센 아들은 다리를 절룩거리며 집으로 돌아갔다.

부덴브로크 시의원이 아들을 건강하고 강인하게 만드는 원칙은 영양제와 각종 신체 단련이었다. 그러나 그는 아들한테 정신적으로 영향을 끼치고 앞으로 그가 살 실제 세계에서 자기가 경험한 생생한 인상들을 심어 주는 데도 그에 못지않게 신경을 썼다.

그는 앞으로 아들이 활동할 분야에 데리고 가서 사람들을 소개하기 시작했다. 그는 업무와 관련된 일로 아래쪽 항구에 갔을 때 부두에서 부두 노동자들과 덴마크어와 저지 사투리를 섞어 잡담을 나누는 동안 아들이 옆에 서 있게 했다. 창고의 조그맣고 컴컴한 사무실에서 지배인들과 회의를 하거나 바깥에서 공허하게 길게 끄는 음성으로 소리치며 부대를 곡물 창고로 나르는 남자들한테 지시를 내리기도 했다. 토마스 부덴브로크 자신에게는 항구의 이 좁은 세계, 버터, 생선, 물, 타르, 기름칠한 쇠 냄새가 나는 배와 곳간과 창고 사이의 세계가 어려서부터 가장 사랑스럽고 재미있는 곳이었다. 그렇지만 아들은 저절로 그런 데 흥미를 갖고 즐거운 마음을 가질 수 없기에 신중하게 그러한 감정이 일어나도록 해야 했다. 그럼 코펜하겐에 다니는 증기 기선들 이름이 무엇이었던가? 나야덴…… 할름슈타트…… 프리데리케 외버디크……. "적어도 이런 것들은 알고 있겠지, 얘야. 이것도 다 공부야. 또 다른 것들도 알아 둬야지. 그래, 저기서 곡물을 나르는 사람들 중에는 너와 같은 이름을 가진 사람들이 몇 있단다, 얘야. 그들도 네

할아버지 이름을 따서 세례를 받았기 때문이지. 그리고 그들의 아이들 이름이 내 이름과 같은 경우도 많다. 그리고 네 엄마의 이름도 그렇지. 우리는 해마다 그들한테 약간의 선물을 주지. 그리고 다음 창고는 그냥 빨리 지나치면서 사람들과 말을 하지 않아. 거기서는 말을 해서는 안 돼. 그건 경쟁자의 것이거든."

"하노야, 가겠니?" 어느 때 그가 말했다. "우리 회사의 새 배인데 오늘 오후에 진수식을 한단다. 난 그 배에 세례를 줄 거야. 갈 생각이 있니?"

그리고 하노는 그럴 의향이 있다는 표시를 했다. 그는 같이 가서 아버지가 세례를 주는 말을 듣고 뱃머리에다 샴페인을 터뜨리는 것을 지켜보았다. 그리고 녹색 비누를 발라 측면이 미끈미끈한 배가 높이 거품을 뿜으며 물속으로 미끄러지는 모습을 서먹서먹한 시선으로 뒤쫓았다.

견진 성사가 행해지는 부활절 직전의 어느 일요일이나 일월 일 일이면 부덴브로크 시의원은 마차를 타고 집집마다 돌아다니며 사회적인 책무를 다했다. 그의 부인은 그런 기회가 있으면 으레 신경 쇠약이니 편두통이니 하면서 기피했으므로 그는 하노에게 같이 가자고 했다. 하노도 이런 일에는 기꺼이 따라나섰다. 그는 마차에 올라 아무 말 없이 아버지 옆의 객실에 앉아 있었다. 그러면서 그는 아버지가 경쾌하고, 요령 있고, 다양하고, 조심스러운 태도로 사람들을 대하는 것을 조용히 관찰했다. 그는 아버지가 놀랍게도 육군 중령이자 구역 사령관인 폰린링겐의 어깨를 잠시 팔로 감싸는 것을 지켜보았다.

사령관은 헤어지면서 이렇게 찾아와 주신 것을 무한한 영광으로 생각한다고 말했다. 다른 곳에서도 유사한 표현이 나오자 아버지는 조용하고 진지하게 받아들였다. 그리고 세 번째 장소에서는 되레 아버지가 반어적으로 과장된 답례를 했다. 이 모든 의례적인 말과 거동은 잘 숙달된 것이었다. 그는 분명 아들이 감탄하도록 즐거운 마음으로 그런 행동과 말을 했다. 그는 이렇게 하는 게 다 교육적 효과가 있을 것으로 기대했다.

하지만 어린 요한은 자기가 보아야 할 것 이상을 보았다. 수줍은 기색의 금갈색 눈, 푸르스름한 그림자가 드리운 그의 눈은 너무 잘 보았다. 그는 이상하고 고통스러운 통찰력으로 그것을 보았다. 그는 아버지가 남을 대할 때 보이는 자신만만하고 정중한 태도와 더불어 그런 행동이 얼마나 끔찍하게 힘든 일인지도 간파했다. 사람을 만난 후에는 말이 더 없어지고 얼굴이 더 창백해진 아버지는 눈꺼풀 아래 붉게 충혈된 두 눈을 지그시 감고 마차의 구석에 몸을 기대었다. 그러다가 다음 집 문지방을 넘어서면 바로 그 얼굴에 가면이 씌워지면서 늘 피곤에 지친 바로 그 몸에 갑자기 새로운 탄력이 생기는 것을 보고 그는 마음속으로 끔찍한 느낌이 들었다. 요한이 볼 때는 아버지가 그렇게 등장하고, 말하고, 처신하고, 작용하고, 행동하는 것이 다른 사람과 공유하고 다른 사람한테 관철시키려고 하는 실제적 이해관계를 순진하고, 자연스럽고, 반쯤은 무의식적으로 주장하는 것으로 보이지 않고, 일종의 자기 목적이자 의식적이며 인위적인 노력으로 비쳤다. 그럴 적에 마음과 마음이 솔직하고 단순하게 교감하는 대신 끔찍할 정도로 까다롭고 사람의 힘을 소진시키는 노련한 수완이 그러한 태도와 거동에 숨어 있음에 틀림없었다. 언젠가 그가 공적인 집회에 나와서도 뭇사람들의 시선이 쏠리는 가운데 같은 식으로 말하고 거동할 거라는 데 생각이 미치자 하노는 불안하고 역겨운 감정에 몸서리치며 눈을 감았다.

아, 토마스 부덴브로크는 자기의 인격이 아들한테 그러한 영향을 끼치기를 기대한 것은 아니었는데! 그의 모든 생각은 다름 아닌 공평무사함, 가차 없음 그리고 실제 생활에 대한 단순한 감각을 일깨우는 데 향해 있었다.

"너는 인생을 즐기면서 살 것 같구나, 애야." 하노가 식후에 두 번째 후식이나 커피 반 잔을 달라고 부탁하자 그가 말했다. "넌 유능한 사업가가 되어 돈을 많이 벌어야 해! 그럴 거지?" 그러면 어린 요한은 그저 "네." 하고 대꾸할 뿐이었다.

때때로 일가 친척이 시의원 집에 식사 초대를 받아 안토니 고모나 크리스티안 삼촌이 옛날 습관대로 불쌍한 클로틸데 고모를 놀리느라 그녀처럼 길게 말을 빼면서 겸손하고 친절하게 그녀와 대화를 시작하곤 했다. 그럴 때면 하노는 보통 때와 달리 독한 레드 와인에 취해 그도 잠시 이러한 말투를 흉내 내며 클로틸데 고모를 놀리는 일이 있었다. 그러면 부덴브로크 시의원은 웃음을 터뜨렸다. 마음에서 우러나오는 흥겨운 너털웃음이었다. 그것은 어떤 인간이 아주 흥겨워서 진정으로 만족감을 느낄 때 터져 나오는 웃음이었다. 그렇다, 그는 아들에게 용기를 북돋워 주느라 자기도 직접 놀리는 일에 동참하기 시작했다. 사실 그는 몇 년 전부터 불쌍한 친척을 그렇게 대해 왔다. 그가 협소하고, 겸손하고, 바싹 마르고, 늘 배가 고픈 클로틸데보다 자신의 우월함을 주장하는 것은 지당한 일로, 어떤 위험 요소도 없었다. 누구나 그런 행위가 무해하다고 생각했지만 한편으로 그는 그것을 비열하다고 느꼈다. 그는 역겨운 감정, 절망적으로 역겨운 감정을 느꼈다. 어떤 상황을 인식하고 통찰하는 데도 그 상황을 뻔뻔하게 이용하는 것이 가능하다는 것을 다시금 참을 수 없을 때면 그는 그런 역겨운 감정을 매일매일의 실제 생활에서 그의 소심한 천성에 대립시켜야 했다. 그런데 어떤 상황을 뻔뻔하게 이용하는 것이 실제 생활에서의 유능함이라고 그는 스스로에게 말했다.

아, 어린 요한이 이러한 유능한 징표를 조금만 드러내도 그는 얼마나 기뻐하고, 얼마나 행복해하고, 얼마나 희망에 들떠 감격했던가!

3

부덴브로크 일가는 예전에는 여름이면 늘 멀리 여행을 다녀오곤 했지만 몇 년 전부터 그것을 포기했다. 지난봄에 시의원 부인이 암스테르담의 늙은 친정 아버지를 방문해서 오랜만에 그와 이중주를 하고 싶다고 했을 때 그녀의 남편은 탐탁지 않게 여기면서도 할 수 없이 동의했다. 하지만 주로 하노의 건강을 염려해서 게르다, 어린 요한과 융만은 매년 여름 방학이면 규칙적으로 트라베뮌데의 휴양지에서 묵었다.

해변에서의 여름 휴가라! 그게 얼마나 즐거운 일인지 대체 어느 누가 제대로 이해하겠는가? 지루하고 근심뿐인 단조로운 학교 생활을 마친 후 사 주 동안 근심 걱정을 훌훌 털고 평화롭게 세상에서 벗어나 해조 냄새와 부드럽게 부서지며 들려오는 파도 소리에 둘러싸여 있는 기분을. 처음에 방학이 시작될 때는 그게 언제 끝날까 싶을 정도로 사 주라는 기간이 한없이 길고 멀게만 느껴지며 그러한 끝을 입 밖에 낸다는 것은 신을 모독하는 무례하기 짝이 없는 일로 치부되었다. 어린 하노는 선생님이 수업을 끝내며 어떻게 이런 말을 할 수 있는지 도저히 이해할 수 없었다. "이 부분은 방학을 마치고 나서 계속할 것이다." 방학을 마치고 나다니! 번쩍거리는 양모 코트를 입은 그 이해할 수 없는 남자는 그걸 고대하는 모양이었다! 대체 그게 무슨 생각이람! 이 사 주의 저편에 있는 모든 것은 얼마나 멀리 뿌옇게 떨어져 있었던가!

좁다란 중간채로 연결된 두 채의 스위스식 집은 제과점이었는데, 휴양원의 본채와 일직선을 이루고 있었다. 좋든 나쁘든 하루 전에 성적표를 보여 주는 일을 무사히 마치고 짐을 싸서는 마차를 타고 이곳으로 와서 그중 한 방에서 첫날 밤을 보낸 후 잠에서 깨어났을 때의 기분이란! 그의 신체에서 솟아오르는, 그의 심장을 오그라들게 하는 막연한 행복감에 그는 깜짝 놀랐다. 그는 눈을 뜨고서 깔끔하고 아담한 방에 있는 고풍스러운 가구들을 흐뭇한 기분으로 샅샅이 둘러보았다. 그는 잠시 잠에 취해 어질어질한 행복감을 맛보았다. 그리고 자기가 사 주라는 어마어마한 기간 동안 트라베뮌데에 묵으러

와 있다는 것을 깨달았다. 그는 흥분하지 않았다. 그는 좁고 노란 나무 침대에 등을 대고 가만히 누워 있었다. 침대 시트는 너무 오래되어 약하고 흐늘흐늘했다. 가끔 눈을 감고 천천히 그리고 깊이 숨을 들이쉴 때마다 그는 가슴이 행복에 겨워 마구 뛰노는 것을 느꼈다.

방에는 줄무늬가 있는 블라인드 사이로 어스름한 햇빛이 들어왔다. 반면에 주위는 아직 조용했고 어머니나 이다 융만은 자고 있었다. 저 아래에서 종업원이 휴양원의 자갈을 고르는 소리가 규칙적으로 평화롭게 들려왔다. 파리가 붕붕거리며 블라인드와 창문 사이에서 집요하게 창유리로 달려들었다. 그리고 줄무늬가 있는 리넨 위에 파리의 그림자가 기다란 지그재그 선을 이루며 이리저리 날아다니는 모습이 보였다. 고요한 광경이다! 자갈을 고르는 쓸쓸한 소리와 파리가 단조롭게 붕붕거리는 소리! 부드럽게 살아 있는 이 평화 속에 어린 요한의 마음은 곧장 소중한 감정으로 충만되었다. 그것은 잘 가꾸어진 한적한 해수욕장이 주는 고요하고 특이한 느낌이었다. 그는 세상사와 떨어진 한적한 분위기를 그 무엇보다도 좋아했다. 아니다, 다행스럽게도 여기에는 지상에서의 비례법과 문법을 대변했던 번쩍거리는 양모 코트를 입은 사람이 오지 않았다. 여기로 오려면 돈이 많이 들기 때문이었다.

불현듯 기쁨에 겨워 그는 침대에서 벌떡 일어나 맨발로 창으로 달려갔다. 그는 흰 래커칠이 된 갈고리를 풀면서 블라인드를 걷어올리고 한쪽 문을 열었다. 그리고 휴양원의 자갈길과 장미 화단을 넘어 달아나는 파리를 바라보았다. 반원형의 회양목에 둘러싸인 음악당은 호텔 맞은편에 텅 빈 채 조용히 서 있었다. 등대라는 이름을 따라 등원(燈原)이라 명명된 벌판이 오른쪽으로 툭 튀어나와 있었다. 그것은 희끄무레한 구름이 뒤덮인 하늘에 넓게 펼쳐져 있었다. 낮게 자란 풀은 황량한 지면에서 중단되었고, 그에 이어서 높고 거친 해변 식물이 자라고 있으며, 그다음에는 모래사장이 펼쳐져 있었다. 거기에는 나무로 된 작은 개인용 정자와 비치 의자가 바다를 향해 일렬로 늘어서 있었다. 저 멀리 초록빛 바다가 아침 햇살을 받으며 평화롭게 반들반들하고 곱슬곱슬한 줄무늬를 이루고 있었다. 코펜하겐에서 오는 증기 기선 한 척이 항로를 표시하는 붉은색 부표들 사이를 지나갔다. 그것이 '나야덴'인지 '프리데리케'인지 '외버디크'인지는 알 필요가 없었다. 그래서 하노 부덴브로크는 다시 은은한 행복감에 취해 바다에서 밀려오는 향긋한 공기를 깊이 들이마셨다. 그리고 애정 어린 시선으로 바다에 말없이 감사의 인사를 보냈다.

그리고 이로써 처음에는 영원한 축복처럼 생각되었던 이 얼마 안 되는 이십팔 일 중의 첫날이 시작되었다. 처음 이삼 일은 너무나 빨리 지나갔다. 테라스 위나 저 아래 놀이터 앞에 서 있는 커다란 밤나무 아래서 아침을 먹었다. 거기에는 커다란 그네가 달려 있었다. 종업원이 편 식탁보에서 나는 방금 세탁한 상큼한 냄새며 얇고 보드라운 종이 냅킨이며 이국적인 빵이며 집에서 사용하는 뼈로 된 것이 아닌 보통의 티스푼으로 금속 컵에 담아서 먹는다는 사실, 이 모든 것이 어린 요한을 감격시켰다.

이어서 진행되는 모든 일과는 자유롭고도 수월하게 짜여 있었다. 더없이 한가롭고 안락한 생활을 방해하는 것은 아무 것도 없었고, 세심하게 배려해서 짠 일정에 근심 걱정이 끼어들 소지는 전혀 없었다. 저 위에서 휴양원 밴드가 아침 곡을 연주하는 동안 하노는 오전 내내 시간을 백사장에서 보냈다. 비치 의자에 비스듬히 누워 쉬면서 몸을 더럽히지 않는 부드러운 모래로 꿈결같이 재미있는 놀이를 즐겼다. 아무 힘도 들이지 않고 고통도 없이 주위를 두리번거리며 망아의 경지에 빠져든 두 눈은 초록빛 망망대해 너머를 바라보았다. 그곳으로부터 아무런 방해 없이 자유롭게 쏴쏴 하는 부드러운 소리와 함께 강력하고, 신선하고, 야성적이고, 맛있는 냄새를 풍기는 미풍이 불어왔다. 귓전을 감싸는 그 미풍은 쾌적한 현기증을 불러일으켰다. 그는 약하게 마비되면서 시공과 한정된 모든 것을 떠나 조용히 그리고 행복하게 의식이 몽롱해져 갔다. 그리고 아스무센의 풀장에서보다 여기서 헤엄치는 것이 더 신났는데 여기에는 해조가 없기 때문이었다. 바닷물을 휘저을 때마다 수정같이 맑은 담녹색 물에서 거품이 일어났다. 바닥은 끈적끈적한 널빤지가 아니라 부드러운 느낌을 주는 올록볼록한 모래로 되어 있어 발바닥을 간지럽혀 주었다. 그리고 하겐슈트룀 영사의 아들들은 멀리, 아주 멀리 노르웨이나 티롤에 있을 것이다. 영사는 여름이면 멀리 휴양 여행을 떠나는 것을 즐겼다. 왜 그러지 않겠는가?

하노는 몸에서 열이 나게 할 생각으로 백사장을 따라 갈매기 바위나 해안 사원이 있는 데까지 산책을 했고 비치 의자에 앉아 간식을 먹었다. 그리고 정식을 먹기 위해 옷을 갖춰 입기 전에 한 시간쯤 쉬려고 방으로 올라갔다. 정식을 먹는 것은 유쾌한 일이었다. 지금이 한창 해수욕 철이라서 부덴브로크가와 잘 아는 많은 가족들, 많은 사람들이 이리로 왔다. 함부르크 말고도 심지어 영국이나 러시아에서 온 손님들이 휴양원의 커다란 홀에 가득 찼다. 검은 옷을 입은 어떤 신사가 조그맣고 화려한 탁자에 앉아 은빛 접시에 담긴 수프를 먹으라고 권했다. 네 가지 코스의 요리가 나왔다. 음식 맛이 좋고 향긋한 게, 어쨌든 집에서 먹는 것보다 더 성대하게 차려진 요리였다. 기다란 식탁의 여러 군데에서는 샴페인을 마시고 있었다. 가끔 시내에서 혼자 오는 신사들이 있었다. 일주일 내내 일에 얽매이고 싶어 하지 않는 사람들이다. 그들은 즐거운 시간을 보내며 식사를 마치고는 룰렛 게임을 즐겼다. 딸을 집에 두고 온 페터 될만 영사가 쩌렁쩌렁 울리는 저지 독일어로 거리낌 없이 우스운 이야기를 늘어놓자 함부르크에서 온 부인네는 너무 웃다가 기침을 해대며 잠깐 멈춰 달라고 부탁하기도 했다. 늙은 경찰서장인 크뢰머 시의원하고 크리스티안 삼촌과 동창생인 기세케 시의원도 왔다. 그도 역시 가족이 없는지라 크리스티안이 치러야 할 돈을 대신 모조리 내 주었다.

나중에 어른들이 제과점의 천막 지붕 아래서 음악을 들으며 커피를 마시는 동안 하노는 사원의 계단 앞에 있는 의자에 앉아 지칠 줄 모르고 귀를 기울였다. 그것이 그의 오후 일정이었다. 휴양원에는 오락 사격장이 하나 있었다. 스위스식 집들의 오른쪽에는 말과 나귀, 소가 사는 마구간이 있었다. 사람들은 저녁 예배 시간이면 향긋한 냄새가 나고 거품이 이는 따끈한 우유를 마셨다. 앞줄에 늘어선 집들을 따라 마을로 산책을 가기도 하고 보트를 타고 프리발로 가기도 했으며 백사장에서 호박(琥珀)을 찾기도 했다. 놀이터에서는 크로케 경기에 참가하기도 하고, 식사 시간을 알려 주는 커다란 종이 걸려 있는 호텔 뒤 수목이 무성한 언덕의 벤치 위에서는 이다 융만이 책을 낭독하게 했다. 그렇지만 가장 현명한 일은 해변으로 되돌아가 아직 으스름한 빛이 남아 있을 때 얼굴을 수평선으로 향하고 제방의 끝에 앉아 있는 것이었다. 그러고는 미끄러져 지나가는 큰 배를 향해 손수건을 흔들며 작은 물결들이 바위에 부딪치며 내는 나지막한 소리에 귀를 기울였다. 사방이 온통 포근하고도 웅장하게 쏴쏴 하는 소리에 휩싸였다. 그 소리는 어린 요한한테 다정하게 말을 걸며 아주 편안하게 눈을 감으라고 구슬렸다. 하지만 이다 융만은 이렇게 말했다. "하노야, 이리 오려무나. 가야겠다. 저녁 먹을 시간이야. 여기서 이러고 있다가 잠이 들면 죽게 돼." 바다에 갔다 오고 나면 그의 마음이 얼마나 진정되고 얼마나 편안해지고 얼마나 푸근해졌던가! 그리고 나서 그는 방에서 우유나 맥아 추출물을 곁들여 빵을 먹었다. 반면에 그의 어머니는 더 있다가 휴양원의 일광욕실에서 좀 더 많은 사람들과 같이 저녁을 먹었다. 오래돼서 얇아진 리넨 이불을 덮고 눕자마자 편안해진 가슴이 부드럽고 규칙적으로 고동치는 가운데 그는 잠 속으로 빠져들었다. 저녁 연주회의 약한 선율을 들어도 그는 놀라지도 않고 열도 나지 않았다.

그 주일 동안 시내에서 사무 보는 것을 중단한 몇몇 다른 신사들과 함께 시의원이 일요일에 가족들 곁에 나타났다가 월요일 아침까지 머물렀다. 정식에 곁들여 아이스크림과 샴페인이 나오고, 당나귀를 타기도 했고, 돛단배를 타고 대해로 나갈 수도 있지만, 어린 요한은 이 일요일을 그리 좋아하지 않았다. 해수욕장의 고요하고 격리된 분위기가 방해받기 때문이었다. 이곳 분위기와 전혀 어울리지 않는 도시 사람들이 오후가 되면 휴양원이나 백사장에 모여들어 커피를 마시거나 음악을 듣거나 해수욕을 했다. 이다 융만은 그들을 가리켜 '선량한 중산층 하루살이들'이라고 불렀다. 이 말에는 호의적인 태도와 아울러 경시하는 의미가 담겨 있었다. 그래서 하노는 차라리 문을 걸어 잠그고 방 안에 틀어박혀 요란하게 차려입은 이 훼방꾼 떼거리가 어서 빨리 돌아가 주기를 기다렸다. 그러다가 월요일이 되어 다시 모든 것이 정상을 되찾으면 그는 기뻤다. 그와 육 일간이나 떨어져 있었던 아버지의 눈, 일요일 내내 비판적인 눈길을 보내며 탐지하던 그 눈이 다시 없어지자 그는 날아갈 듯이 기뻤던 것이다.

십사 일이 후딱 지나갔다. 하노는 자신뿐만 아니라 귀를 기울이려고 하는 모두에게 아직 미카엘 축일의 전 기간만큼 시간이 많이 남아 있다고 자신 있게 말했다. 하지만 이는 자신에게 위안을 주기 위한 거짓말이었다. 이제 방학의 절반이 지나서 끝을 향해 빠른 속도로 내리막길을 달리고 있었기 때문이다. 너무도 빨리 지나가는 바람에 그는 그러지 못하도록 매시간을 붙들어 매고 싶을 지경이었다. 그리고 행복한 순간을 아무렇게나 허비하지 않으려고 바다 공기도 천천히 들이마셨다.

하지만 시간은 무정하게 흘러갔다. 비가 오다가 햇살이 비치고, 해풍이 불다가 육풍으로 바뀌고, 날씨가 온화하다가 찌는 듯이 무덥기도 했다. 바다로 나갈 수 없을 정도로 뇌우를 동반한 비바람이 휘몰아쳐 마치 이런 상태가 영원히 계속될 듯이 보이기도 했다. 북동풍이 불어 만이 온통 흑옥색 물결로 뒤덮이는 날들이 있었다. 그러면 백사장은 해조, 조개, 해파리로 뒤덮이며 파도가 정자를 위협했다. 그러면 들쑤셔진 흐릿한 바다는 온통 거품으로 뒤덮였다. 크고 거센 물결이 두려움을 안겨 줄 정도로 가차 없이 조용히 굴러와서 당당하게 스러졌다. 물결은 암녹색의 금속성 광택을 내뿜으며 둥근 모습을 이루었다가 미친 듯이 날뛰고, 철썩하는 소리를 내고, 쉭쉭 하는 소리를 내고, 벽력 같은 소리를 내며 백사장을 덮쳤다. 어떤 때는 서풍이 불어 바다를 몰아 내는 날도 있었다. 그러면 아기자기한 굴곡을 이룬 해저면이 멀리까지 그 모습을 드러내 사방 천지에 모래톱이 벌거벗은 형상을 노출했다. 반면에 비가 억수같이 쏟아지는 날이면 하늘, 땅, 바다의 경계가 모호해지며 세찬 비바람이 휘몰아쳐 유리창을 때렸다. 유리창에는 빗물이 빗방울 정도가 아니라 아예 하천을 이루며 흘러내려 바깥을 내다볼 수 없었다. 그럴 때면 하노는 대개 휴양실의 소형 피아노 앞에서 시간을 보냈다. 그것은 사실 왈츠나 스코틀랜드 원무를 추는 사교 무도회 때 약간 망가져, 집에 있는 그랜드 피아노처럼 곱고 환상적인 음을 내지 않았다. 그 피아노에서는 약하고 깩깩거리는 소리가 나기는 해도 그런 대로 오락적인 효과는 거둘 수 있었다. 또 어떤 때는 꿈결 같고, 화창하고, 바람이 잔잔하고, 아주 따사로운 날이 있었다. 그런 날에는 푸른 파리들이 햇볕 속에서 붕붕거리며 벌판을 날아다녔고 거울같이 잔잔한 바다에는 미풍도, 어떤 움직임도 없었다. 이제 휴가가 삼 일 남았을 때 하노는 자신과 주위의 모든 사람한테 아직 성령 강림제 휴가만큼 시간이 넉넉하게 남아 있다고 분명히 밝혔다. 아무도 이러한 계산법에 이의를 제기할 수 없었지만 정작 그 자신은 그걸 믿지 않았다. 진작부터 그의 마음은 번쩍거리는 양모 코트를 입은 그 사람의 말이 옳다는 사실에 사로잡혀 있었다. 즉, 사 주는 결국 끝이 나고 그들이 그만둔 곳에서부터 계속 진도를 나가겠다는 그의 말이…….

그날이 왔다. 짐을 실은 마차가 휴양원 앞에 서 있었다. 하노는 이른 아침에 바다와 백사장에 작별 인사를 했다. 그리고 이제 팁을 받은 종업원, 음악당, 장미 화단과 이 모든 여름날에 작별을 고했다. 그리고 호텔 종업원들의 인사를 받으며 마차는 서서히 움직이기 시작했다.

그들은 시내로 통하는 가로수 길을 통과하고 도로변의 집들을 따라 달렸다. 하노는 머리를 마차 모서리에 대고 이다 융만 사이로 창 밖을 내다보았다. 눈이 맑고 흰 머리에 뼈가 불거진 그녀는 뒷자리의 하노 맞은편에 앉아 있었다. 아침 하늘은 희끄무레한 구름으로 덮여 있었다. 트라베강에는 바람의 영향으로 잔잔한 물결이 일었다. 때때로 빗방울이 유리창을 두드리기도 했다. 도로변의 집들을 벗어나면서 보니 마을 사람들이 대문 앞에 앉아 그물을 수선하고 있었다. 아이들이 맨발로 따라오면서 호기심 어린 눈길로 마차를 관찰했다. 그들은 계속 따라오지 않고 멀리 그대로 있었다.

마차가 마지막 집을 벗어나자 하노는 등대를 다시 한번 보려고 몸을 숙였다. 그리고 몸을 뒤로 기대고 눈을 감았다. "내년에 다시 오자, 하노야." 이다 융만이 저음으로 위로의 말을 했다. 하지만 이 말에 그의 턱이 떨리고 긴 속눈썹에서 눈물이 솟아날 뿐이었다.

그의 손과 얼굴은 바닷바람과 햇볕에 그을어 갈색으로 변했다. 하지만 그를 해수욕장에 보내 더 튼튼하고 원기 있게, 더 팔팔하고 저항력 있게 만들려고 했다면 그러한 목적은 안타깝게도 실패로 돌아갔다. 이러한 절망적인 사실을 그는 잘 알고 있었다. 사 주 동안이나 바다를 숭배하고 평화로운 분위기에 둘러싸여 있어서 그의 마음은 훨씬 더 유약해지고, 버릇이 나빠지고, 더 꿈꾸는 것같이 되고, 예민해질 뿐이었다. 그래서 티크게 씨의 비례법을 보면 더 자신이 없어졌고 연도와 문법 규칙을 암기할 생각을 하면 절망적인 심정이 되어, 그만 책들을 내던지고 깊은 수면에 빠져들고 싶은 심정이었지만 어떻게 그럴 수 있겠는가. 다음 날 아침에 시달릴 생각을 하고, 끔찍한 암송 시간에 벌어질 재앙이며 적대적인 하겐슈트룀가 아들들과 아버지가 그에게 제기하는 요구 사항들을 생각하면 도저히 그럴 수는 없는 노릇이었다.

하지만 상쾌한 아침의 귀갓길은 그를 다소 들뜨게 했다. 차도에는 물이 흥건하게 고여 있었고 숲에서는 새들이 지저귀고 있었다. 그는 카이의 모습과 그를 다시 볼 생각을 했고 퓔과 피아노 시간, 그랜드 피아노와 자신의 배럴 오르간을 생각했다. 게다가 내일은 일요일이었다. 첫 등교일은 내일모레라 아직 아무 걱정이 없었다. 아, 단추를 채우는 구두에 아직 백사장의 모래가 있는 것이 느껴졌다. 그는 자기를 언제까지나 마차 속에 있게 해 달라고 늙은 그롭레벤한테 부탁하고 싶었다. 양모 코트를 입은 그 남자며 하겐슈트룀가 아들들이나 다른 모든 것과 다시 시작해야 하는가. 다시 옛날의 상황으로 돌아왔다. 그는 이전처럼 어려움에 봉착하면 늘 바다와 휴양원을 상기하려고 했다. 또 신비스러운 선잠을 자면서 누워, 제방에 부딪쳐 부서지며 먼 곳에서 들려오는 물결 소리를 들으려고 했다. 밤의 적막 속에서 자그마한 물결 소리를 조금만 생각해도, 어떤 어려움이 닥쳐도 의연하고 흔들림 없이 대처할 수 있을 것만 같았다.

이제 나루터가 나왔다. 이스라엘 마을의 가로수 길, 예루살렘산 그리고 성터가 나왔고 마차는 성문에 도달했다. 그 오른쪽 옆에는 바인셴크가 갇혀 있는 감옥의 담벼락이 우뚝 솟아 있었다. 마차는 부르크가를 따라 굴러가서 코베르크를 지나고 넓은 거리를 통과했다. 그리고 급경사를 이루는 어부 골목에서는 제동을 걸어 천천히 내려갔다. 저기에 돌출 창과 흰 여신상이 있는 붉은 정면이 보였다. 그들이 오후의 따뜻한 거리에서 서늘한 석조 현관으로 발을 들여놓자 시의원이 펜을 손에 든 채 사무실에서 나와 그들을 맞이해 주었다.

어린 요한은 남몰래 눈물을 흘리며 서서히, 서서히 바다 없이 지내는 법과 불안해하며 지겹기 짝이 없는 하루하루를 보내는 법을 익혀 갔다. 또 하겐슈트룀가 아들들을 떠올릴 때마다 늘 카이, 퓔 그리고 음악을 생각하며 스스로를 위로했다.

넓은 거리의 부덴브로크 여인들이나 클로틸데 고모는 하노를 보자마자 방학을 마치고 학교에 가는 맛이 어떠냐고 물어왔다. 그러면서 그가 처한 상황을 잘 이해한다는 듯이 짓궂게 눈을 찡긋했다. 거기에는 아이들과 관계되는 일이면 모두 되도록 우스꽝스럽고 피상적으로 다루어야 한다는 어른들 특유의 이상한 오만함이 깃들어 있었다. 그런데 하노는 이러한 질문에 꿋꿋이 견뎠다.

시내에 돌아온 지 이삼 일이 지나자 가정의인 랑할스 박사가 해수욕의 영향을 진단하려고 어부 골목에 나타났다. 그는 시의원 부인과 비교적 장시간 상의한 후에 하노에게 옷을 반쯤 벗게 하고 상세히 검사했다. 랑할스 박사는 손톱을 들여다보면서 하노의 '현 상태'를 진찰한다고 했다. 박사는 하노의 빈약한 근육 조직이며 가슴 너비며 심장 기능을 진찰하고 그의 몸 컨디션 전반에 대해 질문을 던졌다. 마지막으로 집에 가서 분석하기 위해 하노의 가는 팔에 주사기를 꽂아 피를 뽑았다. 그는 대체로 그다지 만족하는 기색이 아닌 것 같았다.

"꽤 많이 탔구나." 의사가 앞에 서 있는 하노를 팔로 껴안으면서 말했다. 그는 검은 털이 난 작은 손으로 하노의 어깨를 어루만지면서 시의원 부인과 융만을 올려다보며 말했다. "그런데 여전히 얼굴이 너무 우울해 보이는군요."

"바다에 대한 향수 때문에요." 게르다 부덴브로크가 그렇게 지적했다.

"그래, 그래. 거기가 그렇게 좋았니?" 랑할스 박사가 공허한 눈으로 어린 하노의 얼굴을 들여다보면서 물었다. 하노의 얼굴이 하얘졌다. 랑할스 박사가 분명히 답변을 기대하고 물어본 이 질문의 뜻은 무엇이었을까? 세상에는 양모 코트를 입은 남자들이 수없이 많다 해도 하느님 앞에 불가능한 일은 아무것도 없다는 열광적인 확신을 통한 광적이고 환상적인 희망이 그의 마음에서 피어올랐다.

"네……." 그가 눈을 커다랗게 뜨고 박사를 빤히 바라보며 대답했다. 하지만 랑할스 박사의 질문에는 별다른 저의가 없었다.

"이제 해수욕을 하고 좋은 공기를 쐰 효과가 곧 나타날 거다. 곧 나타나고말고!" 그가 어린 요한의 어깨를 두드리고 앞으로 밀면서 말했다. 그리고 시의원 부인과 이다 융만한테 머리를 끄덕였다. 그것은 모든 것을 잘 아는 의사가 우월한 위치에서 호의적으로 격려하듯 머리를 끄덕인 것이었다. 이럴 때 사람들은 그의 눈과 입술에 신경을 집중하곤 했다. 그는 진찰을 끝내고 일어섰다.

바다에 대한 그의 향수를 누구보다도 잘 이해해 준 사람은 안토니 고모였다. 마음속의 상처는 서서히 치유되었다. 그러나 가혹한 일상 생활에서 조금만 상처를 받아도 그것은 다시 화끈거리며 피를 흘리기 시작했다. 안토니는 하노가 트라베 강구에서 있었던 이야기를 하는 것을 즐겨 들어 주었다. 그리고 그녀는 그가 그리운 마음으로 그곳을 찬미하자 마음을 열고 동감해 주었다.

"그래, 하노." 그녀가 말했다. "진실이라는 것은 영원히 진실한 거야. 트라베뮌데에서 휴가를 보내는 것은 멋진 일이지! 난 무덤에 들어가는 날까지 아무것도 몰랐던 어린 시절에 거기서 보낸 여름날을 기쁜 마음으로 회상할 거야. 난 내가 좋아하고 아마 그들도 나를 좋아한 사람들 집에서 살았어. 지금은 비록 늙은 부인이지만 당시 나는 예쁜 말괄량이이자 생기 넘치는 소녀였기 때문이야. 너에게 말하지만 그들은 선량한 데다가 충직하고 마음씨 착하고 솔직한 사람들이었어. 게다가 그들은 내가 나중에 그보다 더 나은 사람을 찾아볼 수 없을 정도로 현명하고 지혜롭고 감동적인 사람들이었어. 그래, 그들과의 교제는 정말 감동적이었어. 나는 인생관이나 지식 면에서 내 평생을 위해 많은 것을 배웠어. 만약 중간에 어떤 다른 일이 방해하지 않았더라면 멍청했던 난 그들한테서 아마 더 많은 이득을 얻었을 거야. 요컨대 인생이란 다 그런 거지만. 내가 그때 얼마나 멍청했는지 말해 줄까? 난 해파리에서 알록달록한 별을 끄집어낼 수 있다고 생각했단다. 손수건에 해파리를 잔뜩 담아 집으로 가져와서 그걸 햇볕이 드는 테라스에 깨끗이 내다 말렸지. 나중에 보니 그것들은 모두 증발해 버리고 말았어. 그렇다면 별들은 남아 있어야 하지 않겠니? 그래, 좋아. 계속할게. 나중에 살펴보니 널따랗게 흥건히 젖은 곳이 있지 않겠니. 거기에서는 다만 썩은 해조 냄새만 날 뿐이었어······."

4

1873년 초 시의회는 후고 바인센크의 사면원을 받아들였다. 그래서 그는 만기 출소를 육 개월 앞두고 감옥에서 나왔다.

만약 페르마네더 부인이 솔직히 말했다면 이런 사실에 그녀는 전혀 기뻐하지 않았음을 시인해야 했을 것이다. 그리고 언젠가 그랬던 것처럼 이제 만사가 끝장났다고 하더라도 차라리 그걸 더 기쁘게 생각했을 것이다. 그녀는 딸과 손녀와 함께 보리수 지대에서 평화롭게 살고 있었다. 그리고 어부 골목이나 기숙사 친구인 아름가르트 폰마이붐, 처녀 때 성이 실링이었던 그녀와 교류하고 있었다. 그녀는 남편이 죽은 뒤 시내에서 살았다. 안토니는 자기가 태어난 고향 도시 말고는 제대로 품위 있게 살 만한 곳이 아무 데도 없다는 사실을 진작부터 알고 있었다. 그녀는 뮌헨 시절을 회상하면서 위가 자꾸 더 약해지고 예민해지며 휴식에 대한 욕구가 점점 더 커짐을 느꼈다. 그래서 그녀는 늘그막에 다시 한번 통일된 조국의 대도시나 심지어 외국으로 이주할 생각은 눈곱만큼도 없었다.

"얘야." 그녀가 딸한테 말했다. "너에게 진지한 질문을 해야겠다! 아직도 네 남편을 진심으로 사랑하니? 그가 지금 어디를 간다 해도 딸과 함께 그를 따라갈 정도로 그를 사랑하니? 불행히도 그가 여기서 살 형편이 안 되는 경우에 말이다."

그러자 원래 성이 그륀리히인 에리카 바인센크는 모든 가능성을 내포한 눈물을 흘리면서 토니 자신이 언젠가 비슷한 상황에 직면해 함부르크의 저택에서 아버지한테 대답했던 것과 똑같이 의무적으로 대답했다. 그래서 이별할 날이 가까워 왔음을 고려하지 않을 수 없었다.

바인센크 사장이 감옥에 갇힐 때와 거의 똑같을 정도로 끔찍한 날이 왔다. 페르마네더 부인은 사위를 사방이 막힌 마차에 실어 감옥에서 데리고 왔다. 그녀는 그를 보리수 지대의 자기 집으로 데리고 갔다. 그는 당황해하고 어쩔 줄 몰라 하며 아내와 아이를 만나고 나서 그를 위해 준비해 둔 방에 머물렀다. 그리고 감히 거리에 나갈 엄두도 내지 못했을뿐더러 대체로 가족과 같이 식사도 하지 못하고 아침부터 밤까지 담배만 피워 댔다. 머리가 하얗게 세어 버린 그는 완전히 겁보가 되어 있었다.

감옥 생활을 했어도 그의 육체적 건강은 조금도 나빠지지 않았다. 후고 바인센크는 강인한 체질을 타고났기 때문이다. 하지만 그의 정신 상태는 가엾기 짝이 없었다. 사실 이 남자는 기껏해야 주위에 있는 그의 동료들 대부분이 아무 거리낌 없이 날이면 날마다 저지르는 행위를 했을 뿐이다. 만약 잡히지만 않았더라면 필경 그가 머리를 빳빳이 들고 아무렇지도 않게 양심의 거리낌 없이 자기 길을 갔을 것이다. 하지만 그가 민사 사건으로 인해 법정에서 유죄 판결을 받고 삼 년 징역형을 선고받아 정신적으로 완전히 파산했음을 보는 것은 정말 끔찍한 일이었다. 그는 법정에서 확신에 차서 단언했다. 그리고 회사와 자신의 이익과 명예를 걸고 기도한 그의 대담한 술수가 사업계에서는 관행으로 통용된다고 전문가들이 입증해 주었다. 하지만 법률가들의 견해로는 이러한 사건은 도저히 이해할 수 없었다. 전혀 다른 개념과 세계관을 갖고 살았던 그들은 사기죄라는 명목으로 그에게 유죄 판결을 내렸다. 공권력의 비호를 받은 이러한 판결은 그의 자존심을 여지없이 구겨 놓아, 그를 감히 남의 얼굴조차 쳐다볼 수 없을 지경으로 만들어 버렸다. 그의 힘찬 발걸음이며 프록코트의 허리 부분을 흔들면서 걷던 박력 있는 걸음걸이, 두 주먹으로 균형을 잡으며 두 눈을 이리저리 굴리던 태도, 배운 게 없고 아는 것이 없어도 질문이나 이야기를 당당하게 늘어놓던 팔팔한 기세는 모두 사라지고 말았던 것이다! 가족들로서는 그가 그토록 의기소침하고 겁먹고 자신 없어 하는 모습을 보는 것은 정말 끔찍한 노릇이었다.

후고 바인셴크는 여드레에서 열흘 동안 그저 줄창 담배만 피워 대다가 신문을 읽고 편지를 쓰기 시작했다. 그러고 나서 또 여드레에서 열흘쯤 지나자 그는 런던에서 새 출발을 하는 게 어떻겠느냐는 식으로 모호하게 말을 꺼냈다. 하지만 일단은 혼자 거기로 가서 개인적으로 일을 처리하고 싶고, 일이 본궤도에 오르면 처자식을 자기 곁으로 부르겠다는 것이다.

그는 에리카의 배웅을 받으며 사방이 막힌 마차를 타고 역으로 가서 다른 친척은 아무도 만나지 않고 떠났다.

며칠 후 함부르크에서 보낸 그의 편지가 아내한테 도착했다. 그 편지에 따르면 그는 성공할 때까지는 처자식을 부르지 않을 것이며 심지어 아무런 기별도 보내지 않을 결심을 했다는 것이다. 그리고 후고 바인셴크의 행방은 이것으로 영영 끝이었다. 그 이후로 그에 관한 소식을 들은 사람은 아무도 없었다. 그런 일에 정통하고 사려 깊은 실행력을 갖춘 페르마네더 부인은 나중에 여러 번 사위와 접촉하려고 시도해 보았다. 악의로 처자식을 버린 자는 충분한 이혼 소송감이라고 그녀는 의미심장한 표정으로 설명했다. 하지만 그는 감감 무소식이었다. 그래서 에리카 바인셴크는 어린 엘리자베트를 데리고 여전히 보리수 지대의 햇빛이 잘 드는 어머니 집에서 지내게 되었다.

5

어린 요한을 세상에 나오게 한 시의원 부부의 결혼은 대화의 소재로서 그 매력을 상실한 적이 한 번도 없었다. 부부 모두에게 확실히 어떤 극단적인 면과 수수께끼 같은 면이 있었듯이 이 결혼 자체도 확실히 상궤를 벗어난 의문스러운 성격을 지니고 있었다. 여기서 외부로 드러난 얼마 안 되는 사실들은 차치하고 약간 그 이면으로 들어가 어느 정도 사실들의 배후를 규명하는 것은 실로 어려운 일이겠지만 그럴 만한 보람이 있는 과제로 보였다. 그래서 사람들은 거실이나 침실에서, 클럽이나 카지노에서, 심지어 증권거래소에서조차도 게르다와 토마스 부덴브로크에 대해 아는 것이 적으면 적을수록 그만큼 더 많은 말을 했다.

둘은 어떻게 해서 서로 만났을까? 그리고 둘의 관계는 어떠할까? 사람들은 십팔 년 전에 당시 서른 살이었던 토마스 부덴브로크가 갑작스러운 결정을 한 사실을 회상했다. 그는 당시에 "이 여자가 아니면 아무하고도 결혼하지 않겠다."라고 말했다. 게르다도 아마 비슷한 입장이었음에 틀림없었다. 암스테르담에서 살던 그녀가 스물여섯 살이 되도록 모든 남자의 구혼을 뿌리치다가 유독 이 남자의 구혼만은 즉각 받아들였기 때문이다. 그러므로 사람들은 그들이 소위 연애 결혼을 했다고 생각했다. 그들로서는 납득하기 어려운 일이었지만 게르다가 가지고 온 30만 마르크는 결혼하는 데 부차적인 역할만 수행했을 것으로 생각했다. 하지만 둘 사이에 애당초부터 소위 사랑이라고 하는 것은 거의 느껴지지 않았다. 오히려 둘 사이의 관계는 처음부터 부부 사이치고는 극히 이례적이라고 할 만큼 깍듯하고 정중한 예의 바른 모습을 보였다. 그러나 불가사의하게도 서로 내적으로 소원하고 서먹서먹한 관계가 아니라 말은 안 하지만 서로 깊이 이해하고 친숙한 관계였다. 둘은 늘 서로를 배려하고 관대하게 대하는 것 같았다. 해가 가도 그 점은 조금도 달라지지 않았다. 다만 달라진 점이라면 둘 사이의 얼마 되지 않는 나이 차가 눈에 띄게 드러나기 시작했다는 사실이었다.

두 사람을 보면 폭삭 늙은 데다 이미 약간 비대해진 남자가 젊은 여자를 데리고 산다는 느낌이 들었다. 사람들은 토마스 부덴브로크가 노쇠해 보인다는 것을 알 수 있었다. 비록 그가 끈질기게 모양을 내고 다듬어도 그것은 다소 우스꽝스러운 허영으로 비칠 뿐 그에게 적합한 유일한 말은 노쇠했다는 표현이었다. 반면에 게르다는 십팔 년 동안 결혼 생활을 했어도 변한 데라곤 하나도 없었다. 흡사 그녀는 외적으로 발산하는 자신의 본질인 신경질적인 차가움 속에 자신을 저장해 둔 것 같았다. 진홍색 머리카락은 옛날 그대로였다. 아름다운 흰 얼굴도 여전히 균형이 잘 잡혀 있었고 몸매는 날씬하고 지극히 우아했다. 조금 작고 가까이 붙은 갈색 눈 언저리에는 여전히 푸르스름한 그림자가 드리워 있었다. 이 눈은 신뢰할 수 없었다. 바라보는 눈초리가 이상했다. 가령 눈에 무슨 문자가 씌어 있는지 아무도 해독할 수 없었다. 그녀의 본질은 차갑고, 소극적이고, 폐쇄적이고, 말이 없고, 배타적인 것이었다. 단지 자신의 음악에만 체온을 발산하는 것 같았던 그 부인은 막연한 의혹을 불러일으켰다. 사람들은 인간의 성정에 대한 다소 케케묵은 옛이야기를 끄집어내어 그것을 부덴브로크 시의원 부인한테 적용했다. 잔잔한 물이 깊을 때가 많았다. 어떤 사람들은 여우보다 더 교활했다. 그리고 그들은 전반적인 사실을 좀 더 상세히 알고 이해하기를 원했으므로 그들의 한정된 상상력은 결국 아름다운 게르다가 늙어 가는 남편을 속이고 있지 않느냐 하는 추측을 하게 되었다.

그들은 잔뜩 주시하고 있었다. 그리하여 얼마 오래가지 않아 그들은 게르다 부덴브로크가 폰트로타 소위와의 관계에서 부드럽게 말하면 정숙함의 한계를 넘어섰다는 데 의견의 일치를 보았다.

라인란트 태생인 르네 마리아 폰트로타는 시내에 주둔하는 어떤 보병 대대의 소위였다. 붉은 칼라는 검은 모발과 대비되어 잘 어울렸다. 옆으로 가르마를 탄 머리는 흰 이마로부터 높고, 숱이 많고, 곱슬곱슬한 정수리에서 오른쪽 뒤로 빗어 넘기고 있었다. 그는 몸이 크고 신체가 강건해 보였지만 말하는 태도나 매너를 볼 때 전체적인 외양과 동작은 전혀 군인 같은 인상을 주지 않았다. 그는 반쯤 열어젖힌 군복의 단추 사이에 한 손을 끼우거나 뺨을 손등으로 받치며 앉아 있기를 좋아했다. 그의 인사에는 아무런 절도가 없었다. 발뒤꿈치를 갖다 붙이는 소리도 들리지 않았다. 그는 근육질의 몸에 붙어 있는 군복을 마치 평복처럼 기분 내키는 대로 아무렇게나 다루었다. 입언저리에 비스듬히 나 있어 뾰족하게 말아올릴 수 없을 것 같은 그 젊은이의 콧수염은 군인답지 않은 그의 전체 인상을 더욱 강화했다. 무엇보다도 그에게서 가장 이상야릇한 부위는 눈이었다. 특이한 광채를 발하는 그의 커다란 눈은 너무 검어서 마치 깊이를 알 수 없는, 이글거리는 심연처럼 보였다. 사물이나 얼굴을 바라볼 때의 진지하고 몽상적인 그 눈은 희미한 광채를 발하고 있었다.

의심할 나위 없이 그는 마지못해 혹은 좋아하지도 않으면서 군에 들어왔다. 신체는 강건했지만 군대 근무가 적성에 맞지 않아 동료들한테 인기가 없었다. 그는 관심이나 즐거움을 그들과 공유할 수 없었다. 그 젊은 장교들은 얼마 전에 원정을 나가서 승리를 거두고 돌아온 터였다. 그는 동료들 사이에서 불유쾌하고 극단적인 별종으로 취급받았다. 말이나 사냥, 도박이나 여자도 좋아하지 않는 그는 산책도 혼자서 했다. 그의 모든 관심은 오로지 음악에 향해 있었다. 그는 여러 종류의 악기를 연주했기 때문이다. 이글거리는 눈을 한 그는 군인답지 않은 동시에 단정치 못했고 배우 같은 태도로 오페라나 연주회에는 빠짐없이 참석했다. 반면에 그는 클럽이나 카지노에 드나드는 것은 경멸했다.

좋든 싫든 간에 그는 직책상 명문가에 드나드는 의무만은 회피하지 않았다. 하지만 그는 다른 집의 초대는 거의 거부하고 오직 부덴브로크가에만 드나들었다. 사람들 생각으로 그건 너무 지나쳤다. 시의원도 너무 지나치다고 생각했다.

토마스 부덴브로크의 마음속이 어떠했는지는 아무도 알 수 없었고 또한 알려고 해서도 안 되었다. 그런데 그의 분노와 증오와 무력감을 세상 사람들한테 숨긴다는 것은 얼마나 어려운 일이었던가! 사람들은 그를 조금씩 우스꽝스럽게 생각하기 시작했다. 그러나 시의원이 남의 웃음거리가 되지 않으려고 얼마나 절절매는지 그들이 조금이라도 알고 있다면 그들은 아마 동정심을 느끼고 그러한 감정을 억제했을지도 모른다. 시의원은 그들이 그러한 생각을 하기 오래전부터 그러한 가능성을 인식하고 예감하고 있었다. 그의 허영, 뭇사람들이 조소하는 이 '허영'도 상당 부분 바로 이런 걱정 때문에 비롯되었다. 당황스럽게도 세월이 흘러도 한결같은 게르다의 미모와 그 자신의 외모 사이에 점점 더 불균형이 심화되는 현상을 제일 먼저 인식한 사람은 바로 그 자신이었다. 그런데 이제 폰트로타가 그의 집에 드나들면서부터 그는 남은 마지막 힘을 다해 그런 우려를 이겨 내고 은폐해야 했다. 그가 이러한 우려를 한다는 것이 세상에 알려지면 그의 이름은 뭇사람들의 비웃음거리가 될 것이 틀림없기 때문이었다.

게르다 부덴브로크와 그 괴상한 젊은 장교는 당연히 음악 분야에서 서로 공감대를 발견했다. 폰트로타는 피아노, 바이올린, 비올라, 첼로뿐 아니라 플루트를 탁월한 솜씨로 연주했다. 어떤 때는 폰트로타의 당번병이 첼로 케이스를 등에 메고 사무실 창의 푸른 가리개를 지나 집 안으로 사라짐으로써 그의 방문이 임박했다는 사실이 미리 통고되기도 했다. 그러면 토마스 부덴브로크는 사무실에 앉아 부인의 남자 친구가 집 안으로 들어가는 것을 직접 볼 때까지 기다렸다. 그리고 그의 머리 위 응접실에서는 노래하고 안타까워하고 엄청난 소리로 환호하며, 흡사 맞잡은 두 손을 경련하듯 하늘을 향해 뻗는 것처럼 큰 파도 같은 화음이 물결쳤다. 그러고는 혼란스럽고 모호한 황홀경이 지난 후 약하게 흐느끼다가 밤의 침묵 속으로 가라앉았다. 하지만 그들은 구르고 날뛰고, 울고, 환호하고, 서로 끓어오르며 껴안고는 자기들 하고 싶은 대로 이해할 수 없는 행위를 할지도 모른다! 더 곤혹스럽고 정말 고통스러운 것은 그다음에 오는 침묵의 순간이었다. 저 위 응접실에서는 오랫동안, 아주 오랫동안 아무 소리도 나지 않았다. 너무 쥐 죽은 듯이 조용해서 섬뜩한 마음이 일 정도였다. 천장에서는 발소리 하나 들리지 않았다. 의자 옮기는 소리도 들리지 않았다. 그냥 아무 소리도 없고 말없는, 음험하고 은밀한 정적이었다. 토마스 부덴브로크는 거기에 그러고 앉아 있었다. 그는 너무 전전긍긍한 나머지 때때로 나지막이 신음을 토했다.

그가 두려워한 것이 무엇이었던가? 사람들은 폰트로타가 또 한 번 그 집에 들어가는 것을 보았다. 그리고 그들은 마치 직접 본 것처럼 눈으로 다음 장면을 그려 보았다. 위에서는 아름다운 부인이 정부와 연주뿐만 아니라 그 이상의 일을 벌이는 동안 아래 사무실에서는 늙어 가는 남자가 뚱한 표정으로 앉아 있는 모습을……. 그렇다, 그들에게는 그렇게 생각되었다. 그는 그러한 사실을 알고 있었다. 그렇지만 그는 '정부'라는 단어가 폰트로타를 지칭하는 말로는 썩 적합하지 않다는 것도 알고 있었다. 아, 그를 그렇게 부르고 파악해도 되었다면, 그를 아무것도 모르는 경박하고 평범한 젊은이로 이해하고 경멸할 수 있었다면 차라리 얼마나 행복했을까. 자신에게 부여된 정상적인 오만함의 몫을 얼마간 예술에 쏟아부어 여자들의 환심을 사는 부류의 젊은이 말이다. 그가 그를 그런 인간으로 낙인찍지 않으려고 한 게 아니었다. 그는 오로지 이러한 목적을 위해 그의 조상의 본능을 마음속에 불러 일깨웠다. 한 곳에 뿌리박고 절약하며 사는 상인들은 모험을 즐기고, 변덕스럽고, 사업상으로 믿을 수 없는 군인 계층에 대해 불신의 감정을 품고 있었다. 마음속으로뿐만 아니라 대화할 때도 그는 늘 폰트로타를 무시하는 투로 '소위'라고 불렀다. 하지만 그는 이러한 호칭이 젊은이의 본질과 조금도 부합되지 않는 표현이라는 것을 스스로 너무나 잘 알고 있었다.

토마스 부덴브로크가 두려워한 것이 무엇이었던가? 아무것도 아니었다. 이름 붙일 만한 아무것도 아니었다. 아, 손으로 만질 만한 것, 간단한 것이나 잔인한 그 무엇이라도 있다면 그에 대항해서 자신을 방어할 텐데! 그는 저 바깥 사람들이 사물에 품는 상(像)의 소박함을 부러워했다. 하지만 손으로 머리를 괴고 여기에 앉아서 고통스럽게 귀를 기울이고 있는 동안 그는 '기만'이니 '간통'이니 하는 단어가 저 위에서 벌어지는 연주나, 심연처럼 조용한 상황을 일컫는 적절한 표현이 아니라는 것을 너무나 잘 알고 있었다.

때때로 그는 바깥의 회색 박공과 통행인들을 내다보며, 앞에 걸려 있는 기념패, 즉 백 주년 기념 선물과 조상들의 초상화에 눈을 고정시키고 가문의 역사를 생각해 보면서 혼잣말로 이제 모든 게 끝장났다고 중얼거렸다. 그리고 지금 일어나고 있다고 하는 사태만은 여지껏 없던 일이라고 중얼거렸다. 그렇다, 그의 인격이 조소거리가 되고, 그의 이름이며 가정 생활이 남의 입방아에 오르내리며, 말도 안 되는 중상모략을 당하는 일만은 없었던 것이다. 하지만 이러한 생각은 그의 기분을 좋게 해 주었다고 할 수 있다. 모욕적인 수수께끼나 그의 가문의 명예를 먹칠하는 불가사의한 스캔들을 생각하느라 골머리를 앓는 것에 비하면 그것은 생각이나 말로 표현할 수 있는 단순하고 평이하며 건전한 생각으로 여겨졌기 때문이다.

그는 더 이상 참을 수 없어 안락의자를 뒤로 밀치고 사무실을 나와 집 안으로 올라갔다. 어디로 가야 할까? 응접실에 가서 폰트로타를 아무 선입견 없이 다소 깔보듯이 맞이하고는 저녁 식사를 권해야 할까? 그는 이미 여러 번 그런 권유를 했지만 소위는 정중하게 사양했다. 시의원으로서는 그 소위가 자기를 전적으로 피하고 거의 모든 공식적인 초대를 거부하며 오로지 시의원 부인과 자유로운 사적인 교제만을 고수하는 것이 도저히 견딜 수 없는 노릇이었다.

기다려야 할까? 어디 흡연실에 가서 그가 갈 때까지 기다려야 할까? 그러고 나서 게르다한테 가서 자신의 속마음을 털어놓고 그녀의 말을 들어 볼까? 그녀에게 말을 시키거나 속마음을 털어놓는 것은 불가능했다. 무슨 말을 한단 말인가? 그녀와의 유대는 이해와 고려와 침묵으로 맺어졌다. 그녀의 면전에서 또 한 번 웃음거리가 될 필요는 없었다. 질투심을 보이는 것은 저 바깥 사람들이 바라는 대로 스캔들을 선언하고 큰 소리로 떠드는 꼴이 될지도 모른다. 그는 질투심을 느꼈던가? 누구한테? 무엇에 대해? 아, 결코 그렇지 않다! 질투라는 강한 단어는 행동을 의미했다. 아마 그것은 그릇되고 우매한, 하지만 단호하고 결정적인 행동을 유발하는 것이었다. 아, 아니다. 그는 약간의 불안을 느꼈을 뿐이다. 이러한 모든 상황에 직면하여 다소 곤혹스럽고 초조한 불안을 느꼈다.

그는 오드콜로뉴로 이마를 씻으려고 의상실로 올라갔다. 그런 다음 어떻게 해서라도 응접실의 침묵을 깨 보려고 2층으로 내려갔다. 하지만 그가 흰 문의 짙은 금색 손잡이를 잡는 순간 사납게 끓어오르며 음악이 다시 시작되었다. 그래서 그는 물러섰다.

그는 하인이 이용하는 계단을 이용해 1층으로 내려가 복도와 서늘한 현관을 지나 정원까지 갔다가 되돌아왔다. 그는 복도에 서서 박제된 곰을 만지작거렸고 주계단의 층계참에서는 금붕어 어항을 만지작거렸다. 어디 가서 쉴 기분이 아니었다. 그는 치욕과 분노에 떨며 귀 기울인 채 엿듣고 있었다. 은밀하기도 하고 공공연하기도 한 이러한 스캔들 때문에 두려운 나머지 그는 풀이 죽어 갈피를 못 잡고 있었다.

한번은 사위가 조용한 가운데 3층 난간에 몸을 기대고 밝은 계단부를 통해 아래쪽을 내려다보는데, 자기 방에서 나온 어린 요한이 발코니 계단을 내려와 복도를 지나왔다. 이러저러한 용무로 이다 융만한테 가는 모양이었다. 아들은 책을 손에 들고 벽을 따라 슬금슬금 지나가면서 눈을 내리깔고는 나지막한 소리로 인사하며 아버지를 지나치려고 했다. 하지만 시의원이 그에게 말을 걸었다.

"하노야, 지금 무얼 하고 있니?"

"공부하고 있어요, 아빠. 이다한테 가서 제가 번역한 것을 보여 주려고 해요……."

"그래? 내일은 뭘 할 거니?"

하노는 여전히 속눈썹을 내리깔고 바짝 긴장한 채 또박또박 분명하고 침착한 대답을 하려고 황급히 침을 꿀꺽 삼키고 나서 대꾸했다. "우린 네포스[2]를 예습해야 하고 회계 계정을 정서하는 것 말고도 프랑스어 문법, 북아메리카의 강들이며…… 독일어 작문 교정……."

그는 그다음 말을 잇지 못하고 단호하게 억양을 내린 데 대해 불행하게 생각하며 입을 다물었다. 이제 더 이상 무슨 말을 해야 할지 몰랐기 때문이다. 그의 모든 답변은 돌연 어정쩡하게 끝을 맺었다. "더 이상은 없어요." 그가 위는 쳐다보지도

---

2) 코르넬리우스 네포스(기원전 100?~기원전 25?)는 로마의 역사가로 키케로와 친교를 맺으면서 『위인전』 등의 저작을 남겼다.

않고 되도록 단호하게 말했다. 하지만 그의 아버지는 그런 데는 별로 주의하지 않는 것 같았다. 그는 두 손으로 하노의 책을 들고 있지 않은 쪽 손을 잡고 만지작거렸다. 대답한 말에 대해서는 이렇다 할 반응을 보이지 않고 필경 넋 나간 사람처럼 아무 생각 없이 천천히 하노의 부드러운 손목을 만지작거렸다. 그는 아무 말이 없었다.

그러다가 갑자기 원래 대화와는 아무 관련이 없는 말이 하노의 귀에 들려왔다. 그런 나지막하고 불안에 떠는, 거의 애원하는 것 같은 아버지의 목소리를 그는 여태껏 들어 본 적이 없었다. "이제 소위가 엄마 곁에 있은 지 두 시간이나 되지. 하노야……."

이 말을 들은 어린 요한은 금갈색 눈을 커다랗게 치켜뜨고 지금까지와는 달리 맑고 사랑스러운 눈길로 아버지의 얼굴을 올려다보았다. 그의 밝은 눈썹 아래의 눈꺼풀은 충혈되어 있었고 약간 부은 듯한 흰 뺨에는 뾰족하게 감아올린 기다란 콧수염의 끝이 우뚝 솟아 있었다. 그가 얼마나 이해했는지는 하느님만 아실 것이다. 하지만 한 가지 사실만은 확실했다. 둘의 시선이 서로 맞닿은 이 순간 양자 간의 모든 서먹서먹한 감정과 차가운 감정, 모든 강요와 오해가 봄눈 녹듯 사라졌다는 것을 둘 다 느꼈다. 지금 토마스 부덴브로크에게는 원기, 유능함 그리고 생기 있는 맑은 눈동자가 중요한 것이 아니라 두려움이나 고민을 떨쳐 버리는 일이 중요했다. 그런 점에서 그는 아들의 신뢰와 헌신을 확신할 수 있었다.

그는 그런 사실을 알아차리지 못했으며 알려고 애쓰지도

않았다. 이즈음 그는 예전보다 더 엄하게 하노가 장래에 활동적인 직업을 갖기 위한 사전 연습을 하도록 몰아붙였다. 그는 아들의 정신력을 시험했고 자신이 고대하는 직업에 관심이 있음을 분명히 밝히도록 촉구했다. 그리고 아들이 싫어하는 기미나 피곤해하는 기색을 조금이라도 보이면 버럭 역정을 냈다. 마흔여덟 살인 토마스 부덴브로크는 앞으로 자신의 여생이 얼마 안 남았다는 것을 알고 임박한 죽음을 고려하기 시작했기 때문이다.

그의 육체적 건강은 하루가 다르게 나빠져 갔다. 식욕 부진과 불면증, 현기증과 오한 같은 증상들이 점점 더 심해졌다. 그래서 여러 번이나 랑할스 박사와 상의를 해야 했다. 하지만 그는 의사의 처방을 준수할 수 없었다. 요 몇 년 동안 나태에 빠져 사업 활동을 등한히 한 결과 그의 의지력은 그럴 정도에 이르지 못했던 것이다. 매일 밤, 아침에 일찍 일어나서 차를 마시기 전에 규정된 산책을 하리라고 굳게 마음먹지만 아침마다 아주 늦게까지 잠을 자기 시작했다. 실제로 이러한 결심을 실행한 적은 두서너 번밖에 없었다. 그리고 매사가 늘 그런 식이었다. 늘 의지를 바짝 긴장시키고도 아무런 성공이나 만족을 얻지 못하자 그는 자존심이 상해 자포자기하는 심정에 빠지게 되었다. 그는 톡 쏘는 맛이 나는 조그만 러시아제 담배가 주는 마취적인 향락을 도저히 포기할 수 없었다. 그는 이미 젊은 시절부터 매일 많은 양의 담배를 피워 왔다. 그는 맥빠진 얼굴을 들이대고 단도직입적으로 랑할스 박사한테 이렇게 말했다. "이것 보시오, 박사. 내가 담배를 못 피우도록 하는 것은 당신의 의무입니다. 아주 수월하고 유쾌한 의무입니다, 진실로! 금지 사항을 지키는 것은 내가 할 일입니다! 부디 지켜봐 주십시오. 아닙니다, 우린 함께 내 건강을 염려하고 있어요. 하지만 그 역할 배분이 불공평합니다. 나한테 너무 많은 몫이 할당되어 있군요! 웃지 마십시오. 농담이 아닙니다. 너무 외롭습니다. 한 대 피워야겠네요. 피워도 되겠습니까?"

그리고 그는 의사한테 자기의 툴라산 담배를 내밀었다.

그의 모든 기력이 쇠했다. 하지만 그 미미한 노력마저 오래 지속되지 못하고 자신의 죽음이 가까워 왔다는 확신만이 더 강고해졌다. 그는 이상한 예감 같은 환상으로 고통을 겪었다. 이제 다시는 가족과 같이 앉아 있지 못하고 어떤 알 수 없는 먼 곳으로 가서 그들을 내려다볼 것이라는 느낌이 식사 중에도 몇 번이나 그를 엄습했다. "나는 죽을 것이다."라고 그는 스스로에게 말했다. 그는 몇 번이나 하노를 불러 이렇게 위로했다. "난 네가 생각하는 것보다 일찍 죽을지도 모른다, 내 아들아. 그럼 네가 내 자리를 이어받아야 한다! 나도 젊은 나이에 그랬단다. 네가 무관심해서 아빠가 괴롭다는 것을 이해하겠니? 이제 마음속으로 결심을 했니? '네―네―' 하는 것은 대답이 아니야, 또 대답을 않는구나! 너한테 그럴 용기와 의향이 있는지 내 물어보겠다. 너한테 돈이 많아서 아무것도 할 필요가 없으리라고 생각하니? 네가 갖고 있는 것은 아무것도 아니야, 있다 하더라도 아주 적어. 전적으로 너 스스로의 수단과 방법으로 어려움을 타개해 나가야 해! 네가 살려거든, 그것도 잘살려거든 일을 해야 할 거다. 고되게, 열심히, 나보다 더 열심히······."

하지만 문제는 그것뿐만이 아니었다. 그가 괴로워하는 것은 더 이상 아들과 가문의 장래에 대한 걱정만이 아니었다. 다른 새로운 고민이 그를 덮쳐 사로잡고는 지친 그의 마음을 극한까지 몰아 댔다. 즉, 그의 현세적인 종말이 더 이상 먼 장래에나 있을 이론적이고도 하찮은 필연성이 아니라 손으로 붙잡을 수 있을 정도로 가까이 있다고 생각되었다. 그래서 그에 대한 직접적인 준비 조처를 취할 필요가 있다고 생각한 그는 골똘히 생각하고, 자신의 존재를 탐색하고, 죽음이나 저세상의 문제와 자기의 관계를 살피기 시작했다. 그리고 이러한 종류의 시도를 하자마자 당장 그 결과로, 죽음을 맞이하기에는 자신의 정신이 치유할 수 없을 만큼 미성숙하고 그럴 자세가 갖추어져 있지 않다는 사실이 밝혀졌다.

그는 그의 아버지가 실제적인 사업 의욕과 잘 연결시켰고 만년에 가서 그의 어머니도 받아들였던 그 편협한 신앙이나 광적인 성서주의와 항상 소원한 관계를 유지했다. 그는 오히려 평생 동안 할아버지처럼 그것에 대해 세속적인 회의를 보여 왔다. 하지만 요한 할아버지의 안일하고 피상적인 성격은 그의 깊고 재기 넘치는 형이상학적인 욕구를 충족시킬 수 없었다. 그는 영원과 불멸이라는 문제에 대해 역사적인 대답을 해서 자기가 선조들 속에 살아 있었고 후손들 속에서도 살아 있을 거라고 스스로에게 말했다. 이러한 견해는 그의 가문 의식, 족장 의식, 그의 역사적 경건성하고만 일치하는 것이 아니었다. 이러한 견해가 그의 활동, 명예심과 그의 모든 삶의 태도를 뒷받침하고 강화해 주었다. 그러나 죽음을 목전에 둔 지금 그것이 스러지고 없어졌음이 드러났다. 그래서 단 한순간도 마음의 동요 없이 죽음을 맞이할 태세를 갖는 것이 불가능했다.

비록 토마스 부덴브로크가 간혹 가톨릭에 이끌릴 때도 있었지만 그의 마음은 진지하고 깊은 책임감, 스스로 고통을 느낄 정도로 엄격하고 가차없는 책임감으로 충만해 있었다. 그것은 열성적인 진짜배기 신교도가 갖는 책임감이었다. 아니다, 지고하고 궁극적인 것에 대해서는 외부로부터의 도움, 중개, 면죄, 마취제 및 위로가 있을 수 없었다! 누구나 혼자서 너무 늦기 전에 수수께끼를 풀어야 했고, 자기 힘으로 분명한 준비 자세를 취하고 뜨겁고 열심히 일해야 했다. 그러지 않으면 자포자기하여 저세상으로 가야 했다. 토마스 부덴브로크는 실망하고 희망을 잃은 채 외아들한테서 얼굴을 돌렸다. 그는 아들을 보고 다시 젊어져서 힘차게 계속 살아가고 싶었다. 그리고 두려움과 초조함 속에서 그를 위해 틀림없이 어딘가에 있을 진리를 찾아 헤매기 시작했다.

때는 1874년 한여름이었다. 진한 남색 하늘에는 둥그스름한 은백색 구름이 우아하게 대칭을 이룬 정원 위를 떠가고 있었다. 호두나무 가지에서는 무언가를 묻듯이 새들이 지저귀고 있었고 키가 훌쩍한 자줏빛 아이리스 화환에 둘러싸인 분수가 물을 튀기고 있었다. 유감스럽게도 라일락 냄새는 시럽 냄새와 뒤섞였다. 부근에 있는 설탕 공장에서 내뿜는 그 냄새는 따뜻한 바람에 실려 이동해 왔다. 시의원이 이제 정규 근무 시간에도 종종 사무실을 떠나 뒷짐을 진 채 정원을 이리저리 거닐며 자갈을 고르고 분수의 진흙을 건져 내거나 장미 가지에 버팀목을 세우는 것을 보고 직원들은 놀라움을 금치 못했다. 한쪽 눈썹이 다소 치켜 올라간 그의 얼굴은 이런 일을 할 때 진지하고 조심스러워 보였다. 하지만 그의 생각은 어둠 속에서 계속 자신의 고단한 오솔길을 걷고 있었다.

때때로 그는 조그만 테라스 위의 포도 덩굴로 완전히 둘러싸인 정자에 앉아 딱히 무엇을 보는 것도 아니면서 정원 너머로 자기 집의 붉은 뒷벽 쪽을 바라보았다. 공기는 따뜻하고 감미로웠다. 그리고 마치 사방에서 평화로운 소리가 그에게 달래듯 말을 걸며 자장가를 불러 잠재우려고 하는 것 같았다. 고독과 침묵과 공허한 내면을 응시하는 데 지쳐 그는 이따금 두 눈을 감았다가 곧장 정신을 차리고는 흠칫 놀라 황급히 평화를 내쫓기도 했다. 그는 사뭇 큰 소리로 "나는 생각해야 한다." 라고 중얼거렸다. 너무 늦기 전에 모든 것을 정리해야 한다.

하루는 이곳 정자의 라탄 흔들의자에 앉아 꼬박 네 시간이나 어떤 책을 읽으면서 그는 점점 더 고조되는 감동에 사로잡혔다. 그가 그 책을 구하려고 하기도 했지만 그것이 그의 수중에 들어온 경위에는 다분히 우연도 개재되어 있었다. 그는 아침 간식을 든 후 흡연실에서 담배를 입에 물고 있다가 그 책을 발견했다. 그것은 책장 외진 구석의 으리으리한 장정 뒤에 감춰져 있었다. 그는 몇 년 전에 서점에서 저렴한 가격에 아무 생각 없이 구입한 사실이 생각났다. 누르스름한 얇은 종이로 된 꽤 두툼한 그 저서는 인쇄나 제본이 조잡했다. 그것은 어느 유명한 형이상학 체계[3]의 2부였다. 그 책을 가지고 정원에 온 그는 이제 완전히 거기에 몰두해서 책갈피를 한 장 한 장 넘겨 갔다.

그는 무어라고 표현할 수 없는 커다란 만족감에 사로잡혔다. 그는 훨씬 우월한 위치에 있는 정신이 생, 그토록 강력하고 잔혹하며 조소적인 그 생을 제압하고 지배해서 유죄 판결을 내리는 것을 보고 비할 데 없는 만족감을 느꼈다. 그것은 생의 한기와 가혹함에 직면하고 늘 치욕에 휩싸여 양심의 가책을 받으며 자기의 고민을 은폐해 오다가, 경사스럽게도 갑자기 위대한 현자의 도움으로 고뇌하는 것에 대한 원칙적인 정당성을 획득한 자의 만족감이었다. 생각할 수 있는 온갖 세계들 중에서 최상의 세계라는 이 세계를 가리켜, 주인 되는 유희 정신은 조소적으로 그것이 생각할 수 있는 최악의 세계임을 입증했다는 것이다.

그는 모든 것을 이해할 수는 없었다. 그에게는 원칙과 전제가 불분명했다. 그러한 독서에 익숙지 않은 그의 정신은 어떤 사고의 경로는 따라갈 수 없었다. 하지만 바로 광명과 암흑이 교대로 나타나고 둔감한 몰이해, 막연한 예감과 돌연한 형안이 교대로 나타나서 그는 숨 막힐 지경이었다. 그래서 그는 책에서 눈을 떼거나 의자에 앉은 위치를 바꾸지도 않고서 시간 가는 줄 모르고 책에 빠져들었다.

그는 처음에는 어떤 페이지는 읽지도 않고 성급히 앞으로

---

3) 쇼펜하우어의 『의지와 표상으로서의 세계』를 말한다.

나아가면서 무의식적으로 요점, 본질적으로 중요한 지점만을 찾아서 읽었다. 즉, 중요한 절(節)이나 그의 마음을 사로잡은 절만을 우선적으로 펼쳐 들었다. 그런 뒤에야 분량이 많은 장(章)에 들어가 처음부터 끝까지 철자 하나 빼놓지 않고 통독했다. 그는 입술을 꼭 다물고 눈썹을 치켜올린 채 생의 어떠한 자극에도 꿈쩍하지 않을 정도로 죽은 사람처럼 완벽하게 진지한 표정을 지었다. 이 장의 제목은 '죽음과 우리의 존재 자체의 불멸성과 그것의 관계에 대하여'였다.

네 시 정각에 하녀가 정원으로 와서 식사하라고 알렸을 때는 몇 줄 남기지 않고 거의 다 읽은 상태였다. 그는 머리를 끄덕이고 남은 문장을 다 읽고는 책을 덮으며 주위를 둘러보았다. 그는 자신의 존재 전체가 엄청나게 확대된 느낌과 심원하고 묵직하게 취한 상태에 충만되어 있는 느낌을 받았다. 그와 동시에 그의 감각은 몽롱해져, 무언가 말할 수 없이 신기하고 매혹적인 것과 축복을 가져다주는 것에 완전히 도취되어 있음을 느꼈다. 그것은 희망에 들뜬 첫사랑에의 동경을 상기시키는 것 같은 감정이었다. 하지만 그가 떨리는 차가운 손으로 그 책을 정원에 있는 책상 서랍에 보관했을 때 이상한 압박감과 불안한 긴장감에 사로잡힌 그의 뜨끈뜨끈한 머리는 마치 그 속에서 무언가가 터져 버리기라도 할 듯이 논리적 사고 능력을 상실하고 있었다.

이것은 무엇이었던가? 그는 집으로 들어가 주계단을 오르고 식당의 가족 옆에 앉으며 자문했다. 나에게 무슨 일이 일어났는가? 내가 무슨 소리를 들었는가? 도시의 시의원이자 '요한 부덴브로크' 곡물 회사 대표인 나, 토마스 부덴브로크한테 무슨 말이 들려왔던가? 그것이 나에게 온 메시지였던가? 내가 그걸 감내할 수 있을까? 난 그것이 무엇이었는지 모르겠어. 내가 아는 사실이란 다만 나같이 빈약한 두뇌의 소유자한테는 그것이 너무 과하다는 사실뿐이야.

하루 종일 그는 이렇게 취한 듯 묵직하고 멍하게 압도된 상태로 보냈다. 그리고 밤이 왔다. 묵직한 머리를 더 오래 어깨 위에 지탱하고 있을 수 없어서 그는 일찍 잠자리에 들었다. 그는 세 시간 동안 깊은 잠을 잤다. 지금까지 그 어느 때보다도 더 깊이 잠을 잤다. 그런 다음 그는 가슴에 사랑이 움트는 사람이 혼자서 깰 때 그러듯이 화들짝 놀라면서 돌연 잠에서 깨어났다.

그는 자신이 커다란 침실에 혼자 있다는 것을 알았다. 게르다는 이제 이다 융만의 방에서 잠을 자기 때문이었다. 이다는 최근에 어린 요한과 좀 더 가까이 있고 싶어서 세 개의 발코니 방들 중 하나로 옮겨 갔다. 두 개의 높은 창의 커튼이 꼭 닫혀 있었기 때문에 주위는 칠흑 같은 어둠이 지배하고 있었다. 깊은 정적과 부드럽게 내리누르는 무더위 속에서 그는 등을 바닥에 대고 누워 어둠 속을 쳐다보았다.

그런데 갑자기 암흑이 그의 면전에서 찢기고 한밤의 부드러운 장벽이 딱 갈라지며 자신이 측량할 수 없을 만치 깊고 멀리 바라볼 수 있는 천리안을 지닌 것처럼 생각되었다. "나는 살 것이다!" 토마스 부덴브로크는 큰 소리로 말했다. 그리고 그럴 때 자신의 가슴이 내적인 흐느낌으로 부들부들 떨고 있는 것 같은 느낌을 받았다. 이것은 내가 살 것이라는 징표다! 그것은 살아 있을 것이다. 그리고 그것이 내가 아니라는 것은 하나의 기만일 뿐이다. 죽음이 정정해 줄 오류일 따름이다. 그 것이야, 그것이야! 무엇 때문에? 그리고 이런 질문을 하는 가 운데 밤은 다시 그의 눈앞에서 문을 탕 닫아 버렸다. 그는 다 시는 그 이상의 것을 조금도 보거나 알거나 이해하지 못했다. 그는 자신을 더 깊숙이 베개 속에 파묻었다. 그에게 방금 모 습을 드러낸 그 한 줌의 진리로 인해 그는 완전히 정신이 어질 어질해지고 몸이 녹초가 되었다.

그리고 그는 조용히 누워 또 한 번 마음의 눈이 떠지는 순 간이 오게 해 달라고 기도하고 싶은 유혹을 느끼면서 열렬히 기다렸다. 다시 그런 순간이 왔다. 두 손을 맞잡고 감히 꼼짝 할 엄두도 내지 못한 채 가만히 누워 들여다보았다.

죽음이란 무엇이었던가? 그에 대한 대답은 빈약한 말로도 요란스러운 말로도 나타나지 않았다. 그는 그것을 마음속으 로 느끼고 가슴 깊이 소유했다. 죽음이란 축복이었다. 다만 은 총의 순간에만 그 깊이를 잴 수 있을 깊디깊은 축복이었다. 죽 음은 한없이 고통스러운 미로를 헤매다가 제 길을 찾아 귀향 하는 것이었다. 그것은 중대한 결함을 교정해 주는 것이며 더 없이 역겨운 굴레와 한계에서 벗어나는 것이었다. 그리고 안타 까운 불행한 사건을 원상 복구 하는 것이었다.

종말이자 해체라고? 이러한 하찮은 개념에 소스라치게 놀 라는 사람은 측은하기 짝이 없다! 무엇이 끝나고 해체된단 말 인가? 이 육신…… 인격이며 개성, 이러한 둔중하고, 다루기 힘들고, 결점투성이고, 증오할 만한 장애물은 다른 더 나은 그 무엇이 되는 것을 막고 있는 것이다!

모든 인간이 실수로 잘못 태어난 것은 아니었을까? 모두 태어나자마자 고통스러운 감금 상태에 들어간 것은 아니었을까? 감옥이다! 감옥이다! 도처에 한계와 굴레가 있지 않은가! 인간은 죽음이 그를 고향으로 데려가고 굴레에서 벗어나게 해 줄 때까지 개성이라는 격자 창살을 통해 아무런 희망도 없이 외부 상태라는 성벽을 응시하면서 살아간다.

개성! 아, 존재함이라는 것, 인간이 할 수 있고 가지고 있는 모든 것은 빈약하고, 회색이고, 불충분하고 지루한 것 같다. 반면에 존재하지 않고, 인간이 할 수 없고, 갖고 있지 않은 바로 그것을 인간은 동경 어린 선망의 눈초리로 바라보는 것이다. 그 선망이 증오로 변할까 두려워서 사랑으로 변화하는 것이다.

나는 세상의 모든 것을 성취해 낼 수 있는 씨와 싹과 가능성을 내 안에 지니고 있다. 내가 여기에 있지 않다면 어디에 있을 수 있을까? 내가 내가 아니라면 나는 누구며 무엇이며 어떻게 존재할 수 있을까! 개인으로서 나라는 현상이 나로서 끝나지 않고 나의 의식이 내가 아닌 모든 사람들의 의식과 구별되지 않는다면 말이다! 유기체! 충동적인 의지의 맹목적이고 지각 없는 유감스러운 분출! 이 의지가 떨고 동요하는 지성이라는 작은 불꽃에 의해 아쉬운 대로 그럭저럭 밝혀지는 감옥에서 시들어 가기보다는 시공을 초월한 밤 속에서 자유롭게 떠다닐 수 있다면 정말 더 좋았을 것을!

내 아들 속에서 계속 살아가기를 나는 희망했는가? 나보다 더 약하고, 더 불안해하고, 더 동요하는 인격 속에서 말이다. 유치하고 오도된 어리석음이다! 나에게 아들이란 무엇이어야 하는가? 나에게는 아들이 필요 없다! 내가 죽는다면 어디에 있을 것인가? 하지만 그것은 불을 보듯 뻔하고 간단한 일이다! 여지껏 나라고 말했고 말하고 있고 말할 그 모든 사람들 속에서 난 존재할 것이다. 하지만 특히, 더 가득 찼다고, 더 힘차다고, 더 즐겁다고 말하는 사람들 속에서…….

세상 어디선가 한 아이가 자신의 능력을 발전시킬 재능을 갖추고 튼튼하고 복스럽게 자라고 있다. 해맑고 순수하게, 잔혹하고 활기차게 자라고 있다. 그 아이는 그 시선이 행복한 사람들의 행복을 배가하고 불행한 사람들을 더없이 불행하게 하는 사람들 중의 하나이다. 그는 내 아들이다. 그는 나 자신이다. 얼마 안 있어 곧…… 죽음이 가엾은 망상에서 나를 벗어나게 해 주는 순간 난 나 자신도 아니고 그도 아닌 것이다.

난 여지껏 이 순수하고 잔혹하며 드센 생을 증오해 왔던가? 어리석은 오해다! 난 그것을 감당할 수 없어서 나 자신만을 증오했을 뿐이다. 하지만 난 너희를 사랑한다. 난 너희 모두, 행복한 너희 모두를 사랑한다. 나 자신이라는 협소한 감옥에 갇혀 있음으로 해서 너희와 절연된 상태에 있는 나는 얼마 안 있어 그런 상태가 끝날 것이다. 곧 너희가 사랑하는 것이 내 속에 있게 될 것이고 너희에 대한 나의 사랑은 자유로워져 너희와 함께 너희 속에 있게 될 것이다. 너희 모두와 함께, 너희 속에!

그는 울었다. 이 세상의 어떤 고통스러운 감미로움과도 비교할 수 없을 행복감에 고양된 듯이 기뻐 어쩔 줄 몰라 얼굴을 베개에 파묻고 몸을 떨며 울었다. 어제 오후부터 취하고 몽롱한 상태로 그를 충만시킨 것과, 한밤중에 그의 마음을 흥분시키고 싹트는 사랑처럼 그를 일깨운 것은 바로 이것이었다. 그는 이제 그것을 이해하고 인식할 수 있게 되었다. 단어나 그에 잇따르는 사고 속에서가 아니라 돌연 그의 마음의 눈이 환하게 떠짐으로써 그렇게 되었다. 그러자 그는 곧 자유로워져 곧장 구원을 받게 되었으며 모든 자연적인 한계나 굴레뿐만 아니라 인위적인 한계나 굴레로부터도 벗어나게 되었다. 그가 의도적으로, 의식적으로 갇혀 살아온 고향 도시의 장벽들이 열림으로써 그가 젊은 시절에 이곳저곳을 조금씩 보았던 세계, 전 세계를 바라볼 수 있게 되었다. 이제 죽음이 그 모두를 보여 주겠다고 약속한 것이다. 시공, 그러니까 역사라는 기만적인 인식 형식, 후손 속에서 영광스럽고 역사적으로 존속하겠다는 우려 섞인 생각, 얼마 안 가 결국 역사적으로 해체되고 분해될 것에 대한 두려움, 이 모든 것은 그의 정신을 자유롭게 해 주었다. 이 모든 것은 그가 항구적인 영원을 이해하는 것을 더 이상 방해하지 못했다. 시작도 끝도 없었다. 다만 무한한 현재만 있을 뿐이었다. 고통스러울 정도로 감미롭고, 충동적이고, 동경 어린 시선으로 생을 사랑했던 내부의 그 힘, 그 힘이 볼 때 '그'라는 개인은 실패작에 불과했지만 그 힘은 이 현재에 접근하는 길을 늘 발견해 낼 수 있을 것이다.

　　"난 살 것이다!" 그는 머리를 베개에 파묻고 나지막이 속삭이며 울었다. 다음 순간에는 무엇 때문에 우는지 더 이상 알 수 없었다. 그의 머리는 활동을 중지하고 있었고 그의 비전은 사그러들었다. 갑자기 그의 내부에는 다시 침묵 속의 암흑만 존재할 뿐이었다. 하지만 그 순간이 되돌아올 것이다!라고 그는 스스로에게 확약했다. 내가 그것을 소유하지 못했던가? 마치 마취된 듯 잠에 곯아떨어지고 있다고 느끼면서 그는 이 모든 것을 낳은 그 세계관 전부를 철저하고 영구히 자신의 것으로 할 때까지 이 엄청난 행복을 결코 놓치지 않고 온 힘을 모아 배우고 읽고 공부해야겠다고 맹세했다.

하지만 그럴 수 없었다. 다음 날 아침에 깨어나는 순간, 이미 그는 어제의 극단적인 정신 상태에 대해 다소 부끄러운 감정을 느꼈고 이런 아름다운 계획이 실행될 수 없을 것 같다는 예감을 가졌다.

그는 늦게 일어났다. 그는 즉시 시의회의 토론에 참석해야 했다. 중소 무역 도시의 박공 집이 늘어선 좁은 거리에서 사업 활동을 하고 공적·시민적 생활을 하느라 그의 정신과 힘은 또 한 번 소모되었다. 그는 늘 그런 불가사의한 독서를 다시 하리라 마음먹고서 그날 밤의 체험이 정말 지속적으로 유효할지의 여부를 자문하기 시작했다. 그리고 그가 죽음의 길에 들어선다 하더라도 그 체험이 실제적으로 뜻을 굽히지 않을지에 대해 자문하기 시작했다. 그의 시민적 본능이 그에 반기를 들고 일어섰다. 그의 허영심도 들고 일어섰다. 그것은 불가사의하고 우스꽝스러운 역할에 대한 두려움 때문이었다. 그는 진실로 이러한 것들을 보았는가? 그것들이 '요한 부덴브로크’ 상사의 대표인 토마스 부덴브로크 시의원 자신에게 어울리는 것이었는가?

그는 수많은 보물을 숨기고 있었던 그 이상한 책에 다시 시선을 던지지 못했다. 하물며 그 위대한 저서의 나머지 권을 구입할 생각은 엄두도 내지 못했다. 그는 갈수록 점점 더 꼼꼼하고 신경질적으로 외모를 관리하는 데 하루 일과의 대부분을 허비했다. 오만 가지의 하찮고 일상적인 자질구레한 일에 시달리느라 의지가 너무 쇠약해져 시간을 합리적이고 효과 있게 배분하지 못했다. 그는 그런 자질구레한 일들을 정리하고 처리하느라 골머리를 앓았다. 그리고 기억할 만한 가치가 있는 그날 오후의 사건이 있고 대략 이 주일이 지난 후 그는 모든 것을 포기하고 하녀에게 정원의 책상 서랍에 무질서하게 나뒹굴고 있는 어떤 책을 당장 위로 갖고 올라가서 책장에 갖다 놓으라고 지시했다.

높고 궁극적인 진리를 갈망하여 손을 뻗었던 토마스 부덴브로크는 결국 자신이 어린 시절에 믿고 사용한 개념들이나 비유들로 힘없이 되돌아왔다. 그는 방황하면서 인류의 아버지인, 인격을 지닌 하느님을 상기했다. 최후의 날에 심판을 행하실 하느님은 우리를 대신해서 고난을 당하고 피를 흘리기 위해 자신의 인격적인 부분을 지상에 보냈다. 그러고 나서 영원이 흘러가는 중에 의로운 자들은 그분의 발치에서, 이 눈물의 골짜기인 속세에서 겪은 고난에 대한 보상을 받을 것이다. 다소 모호하기도 하고 다소 불합리하기도 한 이 모든 이야기, 이해가 아니라 맹목적 순종을 요구한 이 이야기는 궁극적인 불

안의 날이 오면 인간에게 어린이 같은 확고한 신념을 갖게 해
줄 것이다. 정말로 그럴까?

아, 이런 점에서도 그의 마음은 평화를 얻지 못했다. 가문
의 명예, 부인, 아들, 그의 이름, 가족 문제로 고심하는 이 남
자, 자신의 몸을 인위적으로 애써 우아하고 반듯이 올곧게 유
지하는 이 늙은 남자는 이제 자기 앞에 본격적으로 제기된 문
제를 두고 여러 날 동안 고심했다. 그것은 이제 죽은 후에 영
혼이 직접 하늘나라로 올라갈지 아니면 우선 육체가 부활하
고 아울러 축복이 내려질지에 관한 것이었다. 그러면 영혼은
여태껏 어디에 머물러 있었던가? 학교나 교회에서 누가 그 문
제에 대해 그에게 가르쳐 준 적이 있었던가? 인간을 그렇게
무지한 상태에 방치해 두다니 얼마나 무책임한 짓인가? 그는
프링스하임 목사를 찾아가서 조언과 위로를 받을 생각을 했
다. 하지만 남에게 웃음거리가 될까 겁이 나서 마지막 순간에
단념하고 말았다.

마침내 그는 다 포기하고 모든 것을 하느님의 뜻에 맡겼다.
하지만 영혼의 문제를 정리하는 일이 불만족스러운 결과에
이르자 그는 오랫동안 품어 온 계획을 실행에 옮기기 위해 적
어도 한 번은 자신이 지상에서 해야 할 과제를 양심적으로 처
리할 결심을 했다.

하루는 점심 식사를 마치고 나서 어린 요한은 부모들이 커
피를 마시는 거실에서 아버지가 어머니한테 무슨 말을 전달
하는 소리를 들었다. 오늘 변호사 모모 박사가 와서 아버지와
함께 유언장을 작성할 거라는 말이었다. 유언장을 작성하는

문제를 언제까지고 연기할 수 없다는 것이다. 나중에 하노는 응접실에서 한 시간 동안 피아노 연습을 했다. 그 후에 복도를 지나가려고 하다가 주계단을 올라오는 아버지와 검고 긴 외투를 입은 신사하고 마주쳤다.

"하노야!" 시의원이 짧게 말했다. 그러자 어린 하노는 우뚝 서서 침을 꿀꺽 삼키고 나지막한 소리로 황급히 대답했다.

"네, 아빠……."

"난 이분과 중요한 일을 해야 한다." 아버지가 말을 이었다. "이 문 앞에 좀 가 있겠니?" 그는 손으로 흡연실 쪽을 가리켰다. "그리고 아무도 들어오지 못하게 해라, 알겠니? 누구도 절대 우리를 방해해선 안 돼."

하노는 거기에 서서 한 손으로 가슴 위의 선원식 옭매듭을 잡고 혀로 시원찮은 이를 문질렀다. 그리고 방 안에서 약하게 들려오는 심각한 목소리에 귀를 기울였다. 그는 관자놀이에 담갈색 모발이 곱슬곱슬하게 드리운 머리를 옆으로 기울였다. 그리고 양미간을 모으고 푸르스름한 그림자가 드리운 금갈색 눈을 깜박이면서 골똘히 생각에 잠겨 성가신 표정으로 옆을 바라보았다. 그는 할머니의 관 옆에서 그 꽃 냄새와, 낯선 동시에 이상하게도 친숙한 향기를 들이마실 때 지었던 것과 아주 비슷한 표정을 지었다.

이다 융만이 와서 말했다. "하노, 얘야. 왜 여기서 이러고 서 있는 거니?"

등이 굽은 수습생이 손에 전보를 들고 사무실에서 나오며 시의원이 어디 있는지 물었다.

그럴 때마다 어린 하노는 문 앞에서 닻을 수놓은 푸른 선원식 소맷부리 속에 든 팔을 수평으로 내뻗고 머리를 흔들며 잠시 침묵의 순간을 가진 후 나지막하고도 확고한 어조로 말했다. "아무도 들어가서는 안 돼. 아빠가 유언장을 작성하고 계셔."

6

가을에 랑할스 박사는 자신의 아름다운 눈을 여자들처럼 굴리면서 말했다. "시의원님, 신경입니다. 모두가 오직 신경 탓입니다. 그리고 가끔씩 혈액 순환도 약간 좋지 않을 때가 있습니다. 충고를 하나 해도 될까요? 올해는 좀 쉬셔야겠습니다! 여름 동안 일요일에 몇 번 바다 공기를 쐰 것은 별 도움이 되지 못했습니다. 구월 말이니 트라베뮌데는 아직 영업을 하고 있을 겁니다. 휴양객들이 어느 정도 있겠지요. 시의원님, 거기 가셔서 백사장에 좀 앉아 계십시오. 이 주일이나 삼 주일쯤 지내면 많은 차도가 있을 겁니다."

그러자 토마스 부덴브로크는 "네." 하고 대답한 뒤 "아멘."이라고 덧붙였다. 그가 가족들한테 그런 결심을 말하자 크리스티안이 같이 가게 해 달라고 간청했다.

"나도 같이 갈래, 토마스." 그가 간단히 말했다. "설마 반대하지는 않겠지." 시의원은 그에게 반대하는 입장이었지만 또한 번 "응." 하고 대답한 뒤 "아멘."이라고 덧붙였다.

크리스티안에게는 이제 예전보다 시간이 더 많이 남아돌았다. 그는 건강이 좋았다 나빴다 해서 그의 마지막 상업 활동인 샴페인과 코냑 대리점도 그만둘 수밖에 없다고 생각했다. 황혼 녘에 소파에 앉아 있는 그에게 고개를 끄덕이는 어떤 남자의 환상은 다행히 되풀이되지 않았다. 하지만 그의 왼쪽 부위에 생긴 주기적인 '고통'은 더 악화되어 갔다. 그와 더불어 다른 참기 힘든 수많은 고통이 생겼다. 그는 그런 증세를 면밀히 관찰하고, 가는 곳마다 코를 찡그리며 그에 관한 이야기를 늘어놓았다. 예전에 여러 번 그랬듯이 식사 중에 식도 근육이 말을 잘 듣지 않을 때가 간혹 있었다. 그러면 그는 음식이 목에 걸린 상태로 그냥 앉아 움푹 들어간 작고 둥근 눈으로 주위를 두리번거렸다. 예전에 여러 번 그랬듯이 그는 혀, 식도, 사지와 심지어 사고 능력마저 마비될까 봐 막연하긴 하지만 이겨 내기 어려운 공포감에 시달렸다. 사실 마비된 부분은 하나도 없었지만 그 공포감은 더욱 악화된 것이 아니었을까? 하루는 커피를 준비하면서 성냥불을 요리 기구 위에 붙이는 대신에 뚜껑이 열린 술병 위에 붙인 이야기를 상세히 늘어놓았다. 그래서 하마터면 자기는 물론이고 다른 식구와 이웃 사람들까지도 끔찍한 참변을 당할 뻔했다는 것이다. 이런 이야기가 갈수록 도를 지나쳤다. 그가 자신의 상태를 남에게 이해시키려고 갖은 애를 써서 아주 상세하고 강렬하게 들려주는 이야기는 모두가 끔찍이도 비정상적인 내용이었다. 최근에 와서 그는 그러한 사실을 알아챈 모양이었다. 그래서 일기와 기분 상태에 따라 어떤 날은 창이 열려 있는 것을 보면 무모하고 소름끼치는 충동을 느껴 뛰어내리고 싶은 생각에 사로잡혔다. 그것은 억제할 수 없는 야성적인 충동으로, 어처구니없고 절망적인 일종의 만용이었다! 가족이 어부 골목에 모여 식사를 한 어느 일요일에 그는 손발을 동원하고 전력을 다해 열린 창으로 기어가 창문을 닫은 사실을 들려주었다. 하지만 이 대목에서 모두들 비명을 질렀다. 아무도 그다음 내용을 들으려고 하지 않았다.

그는 이런 이야기와 그와 유사한 이야기를 하면서 모종의 소름끼치는 쾌감을 느끼는 것 같았다. 하지만 자기가 직접 목격하지 못했고 확인하지 못한 사실, 그의 무의식에 남아 있어서 점점 악화된 것은 이상할 정도로 그에게 분별력이 결여되어 간다는 점이었다. 해가 갈수록 그는 점점 더 분별력을 잃어 갔다. 그는 기껏해야 클럽에서나 들려줄 만한 일화를 가족들한테 이야기할 정도로 사태가 악화되었다. 하지만 바야흐로 신체적인 상태에 대한 그의 의식이 마비되기 시작했다는 직접적인 징표들도 나타났다. 그는 자기의 영국제 양말이 얼마나 질기게 만들어졌는지 또한 자기 다리가 얼마나 바싹 말랐는지 자기와 우호적인 입장에 있는 형수 게르다한테 보여 줄 의향으로 그녀의 면전에서 풍성한 격자무늬 바지를 무릎 부위까지 걷어 올렸다. "자, 보세요, 얼마나 말랐는지…… 눈에 띄게 이상하지 않아요?" 그는 코를 찡그리고 흰 양모 바지 속의 뼈마디가 앙상하고 바깥으로 많이 휜 다리를 보여 주며 걱정스럽게 말했다. 그의 바싹 마른 무릎은 보는 사람이 연민의 정을 느끼게 했다.

앞서 말한 것처럼 그는 모든 상업 활동을 중단했다. 하지만 클럽에서 보내지 않는 낮 시간은 다양한 방식으로 채우려고 했다. 그는 아무리 장애 요인이 있어도 활동을 완전히 그만두지는 않았음을 뚜렷이 드러내기를 좋아했다. 그는 어학 실력을 늘렸고 실제적인 최종 목표는 없지만 학문적인 이유로 최근 들어 중국어를 배우기 시작했다. 그는 이 주일 동안 열심히 중국어를 배웠다. 지금은 그에게 너무 힘든 일로 보였던 영독 사전을 '보완'하는 일에 몰두하고 있었다. 하지만 어느 정도 기분 전환이 필요했고 급기야 시의원이 동행해 주는 것이 바람직한 일로 여겨짐에 따라 시내에서 사업을 계속할 수 없게 된 것이었다.

형제는 해변으로 갔다. 가는 동안 빗방울이 마차의 덮개를 두들겼다. 길은 빗물이 가득 괴어 마치 웅덩이를 방불케 했다. 둘은 거의 아무 말도 없었다. 크리스티안은 무슨 이상한 소리라도 들은 듯 두 눈을 두리번거렸다. 토마스는 외투를 뒤집어 쓰고 오들오들 떨며 앉아 있었다. 피곤해 보이는 그의 두 눈은 충혈되어 있었다. 그리고 길게 뻗어 있는 콧수염의 끝은 희끄무레한 뺨에 뻣뻣하게 솟아 있었다. 이렇게 그들은 오후에 휴양지로 들어갔다. 물에 흠뻑 젖은 자갈 때문에 마차 바퀴에서 삐걱거리는 소리가 났다. 늙은 중개인 지기스문트 고슈가 본채의 테라스에 앉아 그로크주를 마시고 있었다. 그는 이로 쉭쉭하는 소리를 내며 일어섰다. 그리고 트렁크를 위로 옮기는 동안 그들도 뭔가 따뜻한 것을 마시려고 그의 옆자리에 가서 앉았다.

고슈는 휴양원에 늦게까지 남아 있었다. 어떤 영국인 가족, 독신인 네덜란드 여자와 역시 독신인 함부르크 남자 같은 몇몇 사람들도 거기에 있었다. 그들은 식사를 하기 전에 추측건대 낮잠을 자는 모양이었다. 사방이 쥐 죽은 듯이 고요하고 다만 빗방울 듣는 소리만 들렸기 때문이다. 그들을 자게 놔두자! 고슈는 낮에 잠을 자지 않았다. 그는 밤에 몇 시간만이라도 눈을 붙일 수 있으면 다행으로 여겼다. 그는 건강이 좋지 않았다. 그는 사지가 떨리는 것을 막기 위해 이처럼 오랫동안 휴양을 해야 했다. 제기랄! 그는 그로크주 잔을 잡을 수 없을 지경이었다. 그리고 더 커다란 문제는 글도 제대로 쓸 수 없어서 로페 데베가 전집을 번역하는 일이 안타까울 정도로 진척이 없다는 사실이었다. 그의 기분은 대단히 울적했다. 그리고 신을 모독하는 험담을 해도 즐겁지 않기는 매한가지였다. "그대로 놓아두지!"라고 그는 말했다. 이것이 그가 즐겨 사용하는 문구가 된 것 같았다. 그는 늘 그 말을 되풀이했으며 어떤 때는 전혀 연관 관계도 없이 그 말을 사용했기 때문이다.

그럼 시의원은? 그의 상태는 어떠했는가? 그 신사들은 얼마나 오래 머무를 생각이었는가?

아, 신경이 안 좋으니 랑할스 박사가 휴양하라고 해서 이리로 왔다고 토마스 부덴브로크는 대답했다. 그는 날씨가 이처럼 좋지 않은데도 의사의 말을 따랐다고 했다. 의사의 말이 두려운데 뭔들 못 하겠느냐는 것이다. 그는 정말 약간 비참한 기분을 느꼈다. 그의 건강이 좀 더 나아질 때까지 그들은 아마 여기에 있을 것이다.

"네, 나도 건강이 썩 좋지 않습니다." 크리스티안은 토마스가 자기 이야기만 하자 질투와 분노에 차서 말했다. 토마스가 방을 잡으려고 떠나자 크리스티안은 고개를 끄덕이는 그 남자며 술병이며 열린 창에 관해 이야기하기 시작했다.

비가 멎지 않았다. 비는 지면을 파헤쳤고 빗방울이 해면에 튀기며 춤추었다. 바다는 남서풍에 밀려 백사장에서 물러갔다. 모든 것이 회색에 휩싸였다. 그림자나 유령선처럼 지나가는 배들은 희미한 수평선에서 사라졌다.

그들은 식사할 때만 낯선 손님들과 만났다. 방수 외투를 입은 시의원은 고무 덧신을 신고 중개인 고슈와 산책을 했다. 그동안에 크리스티안은 제과점에서 바의 여종업원과 스웨덴 오색주를 마셨다.

오후에 해가 모습을 드러낼 것 같은 순간이 두서너 번 있었다. 시내에서 얼굴이 익은 몇몇 사람이 식사 시간에 모습을 드러냈다. 그들은 가족들과 떨어져 휴일을 즐기고 있었다. 크리스티안의 동창생인 시의원 기세케 박사와 페터 될만 영사가 그들이었다. 될만 영사는 후녀디야노시 워터를 들입다 마셔 몸을 망쳐 버렸기 때문에 안색이 안 좋아 보였다. 반코트를 입은 그 신사들은 더 이상 음악 소리가 들리지 않는 음악당 맞은편에 위치한 제과점의 천막 지붕 아래에 자리잡았다. 그들은 커피를 마셨고 다섯 코스의 요리를 소화했다. 그러면서 가을을 맞아 황량한 휴양원을 바라보며 잡담을 나누었다.

도시에서 일어난 사건들, 많은 지하실이 잠겨 낮은 지대에 위치한 주민들은 보트를 타고 다녀야 했던 지난번 홍수 이야

기며 항구의 창고가 탄 화재 사고, 시의원 선거가 화제에 올랐
다. '슈튀르만과 라우리첸, 식민지 상품 도매상'의 알프레트 라
우리첸이 지난 주에 시의원으로 선출되었다. 부덴브로크 시의
원은 그 결과에 동의하지 않았다. 그는 칼라 달린 외투를 입
고 앉아 담배를 피우며 이러한 특별한 화제에만 몇 마디 거들
뿐 대체로 가만히 있었다. 그는 자신이 라우리첸한테 표를 던
지지 않았다고 말했다. 덧붙여 라우리첸이 존경받을 만한 사
람이고 탁월한 상인이라는 점은 확실하며 의심의 여지가 없
다. 하지만 그는 중산층, 단지 훌륭한 중산층이고 그의 아버지
는 비린내 나는 청어를 큰 통에서 꺼내 직접 하녀한테 건네주
었다. 그런데 이제 그 소매점 주인을 시의회에 맞아들였다는
것이다. 토마스 부덴브로크의 할아버지는 장남이 결혼해서
조그만 가게를 열었다는 이유로 아들과 사이가 틀어졌다는데
말이다. 당시의 법도가 그러했다는 것이다. "그런데 지위가 낮
아지고 있어. 그래, 시의원의 사회적 지위가 바야흐로 땅에 떨
어지려고 해. 시의회는 민주화되고 있어. 이보게, 기세케. 좋지
않은 일이야. 사업 능력이 모든 것을 말해 주는 것은 아니야.
내 생각에 우린 더 많은 것을 요구해야 돼. 왕발에다 뱃사람
얼굴을 한 알프레트 라우리첸이 회의실에 앉아 있는 꼴을 생
각하면 분통이 터져. 왜 그런지 몰라도 그게 싫단 말이야. 그
것은 모든 양식 개념에 반하는 것으로 요컨대 조야한 취향인
거야."

하지만 기세케 시의원은 약간 기분이 상했다. 그도 말하자
면 소방서장의 아들에 불과했기 때문이다. 아니, 공적에 따라

영광을 주라는 말도 있지 않은가! 공화파가 그런 생각을 가졌다고 한다. "게다가 담배를 너무 많이 피워서는 안 됩니다, 부덴브로크. 그러다간 바다 공기를 쐬어도 아무런 효과를 보지 못합니다."

"그래, 이제 끊어야지." 토마스 부덴브로크가 말했다. 그는 타다 남은 담배를 휙 던져 버리고 두 눈을 감았다.

다시 쏟아지기 시작한 비 때문에 시야가 흐릿한 가운데 활기 없는 대화가 계속되었다. 시내에서 최근에 일어난 스캔들인 수표 위조 사건이 화제에 올랐다. '필립 카스바움' 회사의 대표인 거상 카스바움은 이제 감옥에 갇혀 있다. 사람들은 전혀 흥분하지 않았다. 그들은 카스바움의 행위가 어리석다고 말하고 껄껄 웃고는 어깨를 추슬렀다. 시의원 기세케 박사는 그래도 그 거상이 유머를 잃지 않았다고 이야기했다. 감옥에 들어간 카스바움은 즉각 자기 방 화장실에 거울을 설치해 달라고 요구했다는 것이다. "난 여기서 몇 년 동안 있을 거니까." 그가 말했다. "그러니 거울이라도 하나 있어야겠어!" 그는 크리스티안 부덴브로크나 안드레아스 기세케처럼 고인이 된 슈텡겔의 제자였다.

그 신사들은 표정은 일그러뜨리지 않고 코만 움직이며 다시 껄껄 웃었다. 지기스문트 고슈는 그로크주를 주문했는데 그의 어조는 이런 표현을 담고 있는 것 같았다. 이런 고약한 인생살이가 무슨 소용이 있는가? 될만 영사는 화주(火酒) 한 병을 달라고 했다. 그리고 크리스티안이 스웨덴 오색주를 다시 마시고 싶어 하자 기세케 시의원은 둘이 마실 분량을 시켰다. 얼마 안 있어 토마스 부덴브로크는 다시 담배를 피우기 시작했다.

대화는 계속 맥빠지고 활기 없이 아무렇게나 진행되었다. 식사를 하고 술을 마신 데다가 비가 내리는 탓에 분위기가 묵직해져, 대화는 회의적이고 될 대로 되라는 식이었다. 그들은 사업 이야기, 개개인의 이런저런 사업 이야기를 나누었다. 하지만 이런 화제에도 사람들은 열을 올리지 않았다.

"아, 요즘은 도통 사는 재미가 없단 말이야." 토마스 부덴브로크는 답답한 가슴으로 말하고는 구역질이 나는 듯 머리를 등걸이에 기댔다.

"그럼 자네 될만은 어떤가?" 기세케 시의원이 묻고 하품을 했다. "완전히 취했군그래, 어때?"

"아니 땐 굴뚝에 연기 날까?" 영사가 말했다. "난 며칠에 한 번씩 사무실에 들러. 머리는 짧으니까 금방 빗을 수 있지."

"어쨌든 중요한 거래는 다 '슈트룽크 하겐슈트룀' 상사가 장악하고 있어." 중개인 고슈가 음울한 표정으로 지적했다. 그는 팔꿈치로 멀찍이 앞의 탁자를 짚고 고약하게 생긴 백발의 머리를 손으로 괴었다.

"똥덩어리한테는 속수무책이지." 될만 영사가 일부러 상스러운 표현을 썼다. 그런 절망적이고 냉소적인 표현을 듣자 모두들 기분이 더 우울해졌다. "자, 그럼 부덴브로크, 자네는 지금 뭘 하고 있나?"

"아니." 크리스티안이 대답했다. "난 이제 더 이상 아무것도 할 수 없어." 그리고 좌중을 지배하는 분위기를 읽은 그는 아무 스스럼 없이 그런 분위기를 더 심화하고 싶은 욕구를 느꼈다. 그는 갑자기 모자를 이마 아래로 내려오게 비스듬하게 걸치고 발파라이소의 그의 사무실과 조니 선더스톰에 관해 이야기하기 시작했다. "참 찌는 듯이 덥네. 젠장! 일하라고? 안됩니다, 사장님도 아시다시피, 사장님!" 그러면서 그들은 사장 얼굴에 담배를 뿜어 댔지. 젠장! 뻔뻔스럽게 도전적인 나태함과 악의 없이 빈둥거리는 나태함을 표현하는 그의 표정과 동작은 가히 남이 흉내 낼 수 없을 정도로 탁월했다. 그러나 그의 형은 아무런 감동이 없는 표정이었다.

고슈는 그로크주를 입으로 가져가려고 했다. 그는 쉭쉭 소리를 내며 그것을 탁자 위에 올려놓고는 말을 듣지 않는 자신의 팔을 주먹으로 쾅쾅 내리쳤다. 그리고 다시 유리잔을 들어올리다가 내용물을 반쯤 흘리고 말았다. 그래서 화가 난 그는 나머지를 단숨에 쭉 들이켜 버렸다.

"아, 그렇게 떨면서, 고슈!" 될만이 소리쳤다. "그러다가 내 꼴이 되고 맙니다. 지랄 같은 후녀디야노시, 나로 말할 것 같으면 매일 술을 안 마시면 뒈질 것 같습니다. 그런데 술을 마시면 정말 뒈질 지경입니다. 단 하루라도 점심 식사를 마칠 수 없다면 어떻게 되는지 아십니까? 내 말은 음식이 위에 들어간 후에 말입니다." 그는 몸의 좋지 않은 상태에 대해 몇 가지 상세한 실례를 들어 가며 말했다. 크리스티안 부덴브로크는 끔찍이도 지대한 관심을 가지고 코를 찡그리며 경청했다. 그리고 자신이 겪는 '통증'을 인상 깊게 묘사하며 그에 대답했다.

빗줄기가 다시 굵어졌다. 빽빽한 빗방울이 수직으로 땅에 떨어졌다. 그 빗소리가 휴양원의 정적을 황량하고 절망적으로 가득 채웠다.

"그래, 인생이란 섞은 거야." 많이 취한 기세케 시의원이 말했다.

"난 더 이상 이 세상에 살고 싶지 않아." 크리스티안이 말했다.

"그대로 놓아둬!" 고슈가 말했다.

"저기 피켄 달베크가 오는군." 기세케 시의원이 말했다.

마구간 주인인 그녀는 우유통을 들고 옆을 지나가다가 그 사람들을 보고 미소를 보냈다. 사십 줄에 들어선 그녀는 몸이 풍만한 뻔뻔스러운 여자였다.

기세케 시의원은 야성적인 눈길로 그녀를 쳐다보았다.

"아주 풍만한데!" 그가 말했다. 될만 영사가 여기에다 음란한 농담을 덧붙였다. 그러자 신사들은 코를 움직이며 다시 키득키득 웃었다.

그러고는 대기하고 있던 종업원을 불렀다.

"이 병을 다 마셨네, 슈뢰더." 될만이 말했다. "그에 걸맞게 돈도 치르겠네. 언젠가는 말이야. 그런데 자네 크리스티안은? 아, 자네 것은 기세케가 내겠지."

하지만 이 순간 토마스 부덴브로크 시의원이 기운을 냈다. 칼라가 달린 외투를 입고 무릎에 손을 얹은 그는 입가에 담배를 문 채 대화에는 거의 끼지 않고 앉아 있었다. 하지만 그가 갑자기 몸을 일으키며 날카롭게 말했다. "크리스티안, 너 돈이 없니? 그럼 빌려줄게."

사람들은 우산을 받쳐 들고 산책이라도 할 요량으로 천막 지붕 바깥으로 빠져나왔다.

페르마네더 부인이 이따금 오빠를 찾아왔다. 그럴 때면 둘은 갈매기 바위나 해안 사원으로 산책을 갔다. 그러면서 토니 부덴브로크는 무슨 이유에서인지 몰라도 매번 감동적인 분위기와 막연한 선동적인 분위기에 빠져들었다. 그녀는 되풀이해서 모든 사람들의 자유와 평등을 강조하면서 신분이라는 계급 질서를 즉각 비난했다. 특권과 자의를 거칠게 비방하며 공적에 따라 영광이 주어져야 한다고 힘주어 말했다. 그러고는 자기의 인생에 관한 이야기를 늘어놓았다. 화술이 좋은 그녀가 오빠를 가장 즐겁게 해 주었다. 이 행복한 여자는 땅 위를 걷는 한, 한 번도 감정을 억제하거나 하고 싶은 말을 삼킬 필요가 없었다. 인생에서 받은 어떤 모욕이나 아부도 그녀는 숨기는 법이 없었다. 행복이건 슬픔이건 그녀는 모든 것을 진부한 표현으로 유치하게 호들갑을 떨며 좔좔 쏟아 놓았다. 그렇게 해야 그녀는 직성이 풀렸다. 위는 별로 좋지 않았지만 마음은 홀가분하고 자유로웠다. 왜 그런지는 알 수 없었다. 그녀는 말할 수 없는 비밀로 고민하는 일이 없었고 어떤 말 못 할 체험도 그녀를 한숨짓게 하지 못했다. 그래서 과거의 아픈 경험에도 불구하고 아무런 그늘이 없었다. 그녀는 자신의 운명이 파란만장하고 고약하다는 것을 알았다. 그렇지만 그녀에게는 힘들거나 고달파한 흔적이 남아 있지 않았다. 마음속으로는 자신의 그러한 운명을 믿지 않았다. 하지만 누구나 다 그렇게 알고 인정했기 때문에 그렇게 떠벌리고 아주 진지한 표정으로 그런 말을 하면서 그걸 이용하고 있었다. 그녀는 욕을 퍼부었다. 그녀는 너무 분개한 나머지 그녀의 인생, 즉 부덴브로크 가문의 명예를 더럽힌 그 사람들의 이름을 외쳐 댔다. 그런 사람들의 수는 세월이 흐름에 따라 자꾸 불어났다. "울보 트리슈케!" 하고 외쳤다. "그륀리히! 페르마네더! 티부르치우스! 바인셴크! 하겐슈트룀 검사! 제버린! 흉악한 사기꾼들이야, 토마스. 하느님이 언젠가 그들을 벌하실 거야. 난 그런 믿음을 갖고 살아!"

그들이 해안 사원으로 올라가는데 벌써 날이 어둑어둑해지기 시작했다. 가을이 깊었기 때문이다. 그들은 만 쪽으로 나 있는 어떤 방에 서 있었다. 거기서는 휴양원의 목욕실에서처럼 나무 냄새가 났다. 거칠게 만들어진 벽은 금언이며 머리글자며 하트며 시구로 뒤덮여 있었다. 그들은 나란히 서서 젖은 녹색 커튼과 돌로 된 좁은 해변 기지 너머로 흐릿하게 물결치는 바다를 건너다보았다.

"넓은 범위의 파도……." 토마스 부덴브로크가 말했다. "줄줄이 잇따라 왔다가는 부서지고, 왔다가는 부서지고, 황량하게 끝도 목적도 없이 헤매면서. 하지만 그것은 단순하고 필연적인 것처럼 마음을 진정시키고 위로해 준다. 난 점점 더 많이 바다를 사랑하는 법을 배웠어. 예전에 내가 산을 더 좋아한 이유는 아마 그게 더 멀리 있어서 그랬을 거야. 이제 다시는 그리로 가고 싶지 않아. 두렵고 부끄러운 생각이 들어. 그곳은 너무 자의적이고, 너무 불규칙적이고, 너무 다양해. 확실히 그 앞에 그만 쓰러지고 싶은 심정이야. 바다의 단조로움을 선호하는 사람들은 어떤 부류의 인간일까? 그들은 내면적인 문제에 너무 오래, 너무 깊이 얽혀 들어간 사람들일 거야. 그들이 외면적인 문제에 대해 요구하지 않는 것은 무엇보다 한 가지 사실 때문이야. 그건 단순성이지. 사람들은 해변의 백사장에서는 조용히 쉬게 되지만 산에서는 용감하게 등반할 수밖에 없지. 이러한 차이가 있지만 그것은 피상적인 면에 불과해. 진정한 차이는 사람들이 양자에 바치는 시선에 달려 있지. 모험심, 결의, 용기로 충만된 자신 있고 힘찬 행복한 눈은 봉우리와 봉우리를 휘젓고 다니지. 하지만 어찌할 바를 모르는 이런 신비한 숙명론으로 파도가 밀어닥치는 망망대해에서 으스름하고 절망적이며 사정을 잘 아는 눈은 꿈을 꾸는 거지. 그 눈은 언제 어디에선가 우울한 혼란 속을 깊이 들여다본 적이 있었어. 건강과 병이란 그런 차이야. 사람들은 자신의 생명력을 시험하려고 들쭉날쭉하게 솟아 틈이 벌어진 현상들의 불가사의한 다양성 속으로 대담하게 기어올라 들어가지. 그렇지만 여지껏 그 생명력이 소모된 적은 없었어. 그리고 사람들은 내면의 혼란으로 인해 피곤함을 느끼지만 외부적으로 바다라는 단순한 광활함에서 평화를 느끼는 거야.”

페르마네더 부인은 마음이 위축되고 편치 않아서 아무 말도 하지 않았다. 모임에서 갑자기 어떤 좋고 진지한 이야기가 나올 때 성격이 단순한 사람들이 그러듯이 말이다. 그런 말은 좀 안 했으면 좋겠는데! 하고 그녀는 생각했다. 그러면서 그와 눈이 마주치는 것을 피하려고 그녀는 아주 먼 데를 바라보았다. 그리고 그녀는 아무 말이 없는 가운데 오빠한테 부끄러워한 것에 용서를 구하는 심정으로 그의 팔을 자기 팔 속으로 끌어당겼다.

7

겨울이 오고 성탄절이 지나갔다. 때는 1875년 일월이었다. 모래와 재를 섞어 단단히 밟아 다져진 보도를 뒤덮은 눈이 차도의 양쪽에 산더미처럼 쌓여 있었다. 그러나 눈은 온도가 올라감에 따라 점점 회색으로 변하고 틈새가 벌어져 구멍이 많이 생겼다. 축축하게 젖은 포장도로는 더러웠다. 회색 박공에서 물이 뚝뚝 떨어졌다. 하지만 저 위 새파란 하늘에는 구름 한 점 없었다. 수억의 빛 원자가 수정처럼 창공에서 너울거리며 춤추는 것 같았다.

시의 중심지는 생기 넘쳤다. 토요일이라 장이 서는 날이기 때문이었다. 시청 아케이드의 첨두 홍예 아래서는 도축업자들이 가게를 차리고 피 묻은 손으로 저울에 무게를 달았다. 분수 주위의 광장에는 어시장이 있었다. 거기에는 털이 반쯤 벗겨진 방한 토시를 낀 뚱뚱한 여자들이 화로에 발을 녹이며 앉아 있었다. 그들은 물에 젖은 차가운 물고기들을 지키며, 돌아다니는 하녀들이나 주부들에게 투박한 말투로 물건을 사라고 권했다. 그들에게는 속을 위험이 없었다. 그것이 싱싱한 물건임을 자신 있게 말할 수 있었다. 커다랗고 통통한 물고기들은 아직도 거의 다 살아 있었어였다. 몇몇 물고기들은 형편이 좋아 좁은 틈을 비집고 헤엄치며 다녔다. 하지만 아무리 용감해도 물통 안에서 언제까지나 살아 있을 수는 없었다. 어떤 물고기들은 눈알을 딱 부릅뜨고 아가미를 여닫으며 도마 위에 누워 모진 목숨을 연명하느라 고통스러워했다. 그것들은 몸통을 바둥거리고 절망적으로 꼬리를 흔들었다. 마침내 생선 장수가 그것을 움켜쥐고 피 묻은 날카로운 칼로 우지끈 소리를 내며 목을 잘랐다. 길고 굵은 장어가 몸을 꼬고 뒤틀며 기괴한 모양을 만들었다. 깊은 물통 안에는 발트해에서 잡은 가재들이 시커멓게 우글거렸다. 이따금 억센 넙치가 경련하듯 몸을 뒤틀고 절망적으로 불안해하며 도마에서 풀쩍 뛰어 바깥으로 뛰쳐나갔다. 미끈미끈한 포장도로는 오물로 더러워져 있었다. 그래서 여주인은 후닥닥 달려가 본분을 망각한 물고기를 호되게 야단치며 다시 잡아와야만 했다.

정오가 되자 넓은 거리는 사람들로 북적거렸다. 가방을 등에 둘러멘 학생들이 와자지껄 웃고 떠들며 반쯤 녹은 눈으로 눈싸움을 했다. 좋은 가문 출신의 젊은 상인 수습생들이 손에 서류 가방을 들고 제법 의젓한 태도로 지나갔다. 그들은 덴마크식 선원 모자를 쓰거나 우아한 영국풍 복장을 하고 있었다. 그들은 실업 학교를 무사히 빠져나온 것을 즐거워하는 것 같았다. 회색 수염을 기른 침착한 표정의 대단히 존경받는 시민들이 산책용 지팡이를 짚으며 걸어갔다. 흔들림 없는 국수적·자유주의적 성향의 표정을 지으며 그들은 조심스럽게 광택이 나는 시청의 전면을 건너다보았다. 그 정문은 보초 두 명이 지키고 있었다. 보초 외투를 걸친 두 보병은 어깨에 총을 둘러메고 그들에게 할당된 구역을 순찰하고 있었다. 그들은 냉담한 표정으로 눈이 녹아 질척이는 진창길을 밟으며 걸었다. 그들은 입구 앞 중간 지점에서 서로 만나 얼굴을 쳐다보며 대화를 교환하고 나서 다시 양쪽으로 갈라져 자기 구역으로 걸었다. 때때로 반코트의 칼라를 추켜올리고 두 손을 주머니에 찌른 장교가 접근해 오면 각자 자기 초소 앞으로 가서 자신의 몸 위아래를 점검하며 부동자세를 취했다. 그 장교는 아마 어떤 아가씨 꽁무니를 따라오면서 동시에 다른 양갓집 규수한테 한눈을 팔았을 것이다. 회의를 마치고 나오는 시의원들한테 그들이 경례를 하기까지 아직 많은 시간이 남아 있었다. 회의를 시작한 지 이제 겨우 사십오 분밖에 되지 않았다. 아마 그들은 그 전에 교대할지도 모른다.

하지만 그때 갑자기 보초 한 명이 건물 내부에서 짧고 신중하게 '쉿' 하는 소리가 나는 것을 들었다. 바로 그 순간 정문에서 시청 직원 울레펠트의 붉은 프록코트가 반짝거렸다. 그는 예복에 대검을 차고 삼각모를 쓴 채 잰걸음으로 급히 나타났다. 그는 나지막하게 "주의!" 하고는 황급히 다시 안으로 들어갔다. 그와 동시에 안에서는 바닥을 쿵쿵 울리며 발걸음들이 가까이 다가오는 소리가 들렸다.

두 보초는 발뒤축을 가지런히 모으고 경례를 했다. 목을 빳빳이 세우고 가슴을 앞으로 내밀었다. 총은 다리 옆에 세우고 몇 번 신속한 동작으로 총을 움직이더니 부동자세를 취했다. 그들 사이로 중키에 못 미치는 신사가 모자를 살짝 쳐들면서 꽤 신속한 발걸음으로 걸어 나왔다. 밝은 눈썹 중 하나를 약간 치켜올린 그의 희끄무레한 뺨에는 길게 뻗은 콧수염 끝이 솟아 있었다. 토마스 부덴브로크 시의원은 오늘 회의가 끝나려면 한참 멀었는데 시청을 나서고 있었다.

그는 오른쪽으로 방향을 틀지 않았다. 그러니까 집으로 가는 길로 들어선 것이 아니었다. 꼿꼿하고, 흠잡을 데 없이 깔끔하고 우아하게 넓은 거리를 따라서 특유의 약간 빠른 걸음으로 걸었다. 그러면서 계속 사방으로 인사를 해야 했다. 그는 윤이 나는 흰 가죽 장갑을 끼고 지팡이를 왼팔에 쥐고 있었다. T 자형 지팡이의 손잡이는 은으로 되어 있었다. 그의 털옷의 두꺼운 옷깃 사이로 흰 넥타이가 보였다. 얼굴은 면밀하게 손질하고 치장했지만 밤새 한숨도 못 잔 사람처럼 보였다. 지나가는 여러 사람들은 충혈된 그의 눈에서 갑자기 눈물이 솟고 입술을 이상하게 찌푸리며 조심스레 꼭 닫은 것을 보았다. 때때로 그는 입에 침이라도 괸 듯 목 뒤로 꿀꺽 삼켰다. 그리고 뺨과 관자놀이 근육의 움직임으로 봐서 그가 턱을 앙다물고 있음을 알 수 있었다.

"어쩐 일이야, 부덴브로크, 회의를 빼먹다니? 이건 뉴스거린데!" 방앗간 거리 입구에서 누군가가 예기치 않게 그한테 말했다. 갑자기 그의 앞에 나타난 사람은 그의 친구며 숭배자인 슈테판 키스텐마커였다. 그는 공적인 문제에서 늘 그의 의견을 추종하는 사람이었다. 둥글게 깎은 회색 수염이 그의 뺨을 온통 뒤덮고 있었다. 그의 눈썹은 무척 짙고 기다란 코에는 수많은 땀구멍이 드러나 보였다. 그는 떼돈을 벌고 나서 몇 년 전에 와인 사업에서 물러났다. 이제 동생 에두아르트가 제힘으로 사업을 꾸려 가고 있었다. 그런 후부터 그는 이렇다 할 직업 없이 생활해 나갔다. 그는 이렇게 살아가는 것을 다소 부끄럽게 생각해서 늘 무척 할 일이 많은 사람처럼 행세했다. "녹초가 되었어!"라고 말하며 그는 인두로 곱슬곱슬하게 만든 회색 정수리를 손으로 문질렀다. "원 세상에, 사람이 다 녹초가 되다니!" 그는 아무 할 일도 없으면서 몇 시간 동안이나 무슨 중요한 일이 있는 사람처럼 증권거래소에 서 있었다. 그는 수많은 별 볼 일 없는 감투를 쓰고 있었다. 최근에 그는 시립 수영장 사장이 되었다. 그는 선서자로, 중개인으로, 유언 집행자로 부지런히 직무를 수행하며 이마에 맺힌 땀방울을 닦아 냈다.

"회의 시간이잖아, 부덴브로크." 그가 되풀이해서 말했다. "그런데 이렇게 산책을 해?"

"아, 자네구먼." 시의원이 마지못해 입술을 움직이며 나지막한 소리로 말했다. "몇 분 동안 눈도 뜰 수 없었어. 아파 미칠 것 같았어."

"어디가 아픈데?"

"치통이야. 어제부터 그랬어. 간밤에 한숨도 못 잤어. 오늘 오전엔 회사에서 할 일이 있었고 그다음에는 회의가 있어서 아직 의사한테 못 가 봤어. 이젠 도저히 참을 수 없어서 브레히트한테 가는 길이야."

"대체 어떤 이[齒]야?"

"여기 왼쪽 아래 어금니야. 물론 썩은 이지. 아파서 견딜 수 없어. 잘 가, 키스텐마커! 난 급해서, 알겠지……."

"뭐, 난 안 바쁜 줄 알아? 눈코 뜰 새 없이 바빠. 잘 가! 완쾌를 바라네! 뽑도록 해! 당장 뽑아 버려, 그게 최고야."

토마스 부덴브로크는 턱을 앙다물고 계속 걸어갔다. 물론 그래서 사태가 더 악화되었지만 말이다. 송곳으로 찌르는 듯, 불로 지지는 듯이 아팠다. 왼쪽 어금니 때문에 아래턱 전부가 참을 수 없을 정도로 아팠다. 달구어진 망치로 환부를 내리치는 것 같았다. 그래서 얼굴이 불덩어리 같아지며 눈에서는 눈물이 솟아났다. 밤에 잠을 못 자서 그의 신경은 금방이라도 터질 것만 같았다. 말을 할 때 목소리가 갈라지지 않도록 신경을 곤두세워야 했다.

그는 방앗간 거리에서 황갈색 페인트가 칠해진 집 안으로 들어섰다. 그 집의 2층으로 올라가니 문의 놋쇠 간판에 '치과 의사 브레히트'라는 글씨가 보였다. 그는 문을 열어 준 하녀를 보지도 않았다. 훈훈한 공기가 감도는 복도에는 비프스테이크와 양배추 냄새가 났다. 안내를 받아 대기실에 들어서니 코를 톡 쏘는 냄새가 진동했다. "잠깐만 앉아 계셔요!" 늙은 여자가 외치는 소리가 들렸다. 그것은 요세푸스였다. 그 새는 대기실 뒤쪽의 번쩍거리는 새장에 앉아 조그맣고 독살스러운 눈으로 그를 비스듬히 음험한 눈초리로 쏘아보았다.

시의원은 둥근 탁자에 가서 앉고는 『나는 나뭇잎』이라는 책의 익살스러운 내용을 보면서 고통을 잊으려고 했다. 하지만 구역질이 나서 책을 덮었다. 그래서 차가운 T 자형 은제 지팡이의 손잡이를 뺨에 갖다 대고 화끈거리는 눈을 감고 끙끙 앓았다. 주위는 모든 게 조용했다. 요세푸스만이 격자 새장 안에서 삐거덕 빠드득 하는 소리를 내며 무언가를 갉작거렸다. 브레히트는 바쁜 일도 없으면서 사람을 한동안 기다리게 하는 것을 자신의 의무로 알았다.

토마스 부덴브로크는 급히 일어나서 조그만 탁자에 놓인 유리병에 든 물을 컵에 따라 마셨다. 물에서 클로로포름 냄새와 맛이 났다. 그는 복도로 통하는 문을 열고 잔뜩 약이 올라 자기가 아프니 급한 일이 없으면 브레히트 씨가 좀 빨리 와 주었으면 좋겠다고 소리쳤다. 그런 직후에 콧수염이 허옇게 센 남자가 수술실로 통하는 문에 나타났다. 매부리코인 그 치과의사의 이마에는 머리털이 하나도 없었다. "이리 좀." 그가 말했다. "이리 좀!" 요세푸스도 따라 소리쳤다. 시의원은 웃지도 않고 따라 들어갔다. 심각한 상황이란 걸 직감한 브레히트의 안색이 창백해졌다.

둘은 급히 밝은 방을 통과해서 앉는 자세를 조절할 수 있는 커다란 의자로 갔다. 두 개의 창 가운데 한쪽 창 옆에 있는 그 의자는 머리가 닿는 부위에는 쿠션이 있고 녹색 벨벳 천으로 만든 팔걸이가 있었다. 의사가 자리에 앉는 동안 토마스 부덴브로크는 통증을 간단히 설명하고 머리를 뒤로 젖힌 채 두 눈을 감았다.

브레히트가 나사로 의자를 약간 고정하더니 작은 거울과 작은 쇠막대로 이를 살폈다. 그의 손에서는 아몬드 비누 냄새가 났고 숨을 쉴 때마다 비프스테이크와 양배추 냄새가 났다.

"뽑아야겠습니다." 잠시 후에 말하고 나서 그의 안색은 더욱 창백해졌다.

"그러시죠." 시의원은 이렇게 말하고 눈꺼풀에 질끈 힘을 주었다.

침묵의 시간이 흘렀다. 브레히트는 한쪽 벽장에서 뭔가 준비를 하면서 기구들을 끄집어냈다. 그런 다음 다시 환자 옆으로 다가왔다.

"약을 좀 바르겠습니다." 그가 말했다. 그는 즉시 결심을 실행에 옮기기 시작했다. 그는 잇몸에다 톡 쏘는 냄새가 나는 액체를 잔뜩 발랐다. 그러고 나서 나지막이 부드러운 목소리로 잠자코 입을 크게 벌리라고 부탁했다. 그리고 그의 작업이 시작되었다.

토마스 부덴브로크는 양손으로 팔걸이의 벨벳 쿠션을 힘껏 붙잡았다. 그는 집게의 감촉을 거의 느끼지 못했다. 그런 다음 입 안에서 우지끈 하는 소리가 들렸고 더불어 머리 전체를 압박하는 고통이 점점 더 걷잡을 수 없이 심해지는 것을 느끼면서 한편으로는 모든 게 최상으로 진행 중이라고 생각하려 했다. 안녕! 하고 그는 생각했다. 이제 더는 안 돼. 참을 수 없을 정도로 고통이 한없이 커지며 극한에 이르렀다. 뇌수 전체를 갈기갈기 찢는 듯한 미칠 것 같은 고통은 인간으로서 참을성의 한계를 넘어섰다. 그러나 그는 결국 그러한 고통을 극복해냈다. 이제 난 기다려야 한다.

삼사 초의 시간이 흘렀다. 브레히트가 부르르 떨면서 혼신의 힘을 다해 애를 쓰는 것이 토마스 부덴브로크의 온몸에 고스란히 전달되었다. 그는 자리에서 약간 위로 올려졌다. 치과 의사의 목에서 나지막하게 그르렁거리는 소리가 들렸다.

갑자기 우지끈 뿌드득 하는 소리와 함께 목이 부러질 것 같은 끔찍한 충격과 타격을 받았다. 그는 황급히 눈을 떴다. 압박은 사라졌으나 머리가 띵했다. 턱을 잘못 건드리는 바람에 불에 덴 것처럼 미칠 것 같은 고통이 엄습했다. 그는 이것으로 목적한 효과를 달성한 것이나 문제를 완전히 해결한 것이 아니라 사태를 악화시키기만 해서 파국이 앞당겨졌음을 또렷이 직감했다. 브레히트는 물러갔다. 기구를 넣어 두는 벽장에 몸을 기대고 있는 그의 얼굴은 죽은 사람처럼 보였다. 그리고 그는 이렇게 말했다.

"치관(齒冠)이…… 제 생각에는……."

토마스 부덴브로크는 옆에 있는 푸른 접시에다 피를 뱉었다. 잇몸이 상처를 입었기 때문이다. 그는 반쯤 의식을 잃고 물었다. "무슨 말입니까? 치관이 어떻다는 겁니까?"

"치관이 부러졌어요. 시의원님…… 그게 우려돼서요. 이가 무척 좋지 않습니다. 하지만 실험을 감행하는 것이 제 의무였습니다."

"이제 어떻게 하죠?"

"모든 걸 저한테 맡기십시오, 시의원님."

"어떻게 할 작정인가요?"

"치근을 뽑아야 합니다. 지레를 써서…… 그 숫자는 4입니다."

"4요? 그럼 네 번이나 대고 돌려야 합니까?"

"유감스럽게도."

"자, 오늘은 이만합시다!" 시의원은 이렇게 말하며 급히 일어서려고 했다. 그러나 어지러워서 앉은 채로 머리를 뒤로 젖혔다.

"선생님, 제게 불가능한 것을 요구해서는 안 됩니다." 그가 말했다. "다리에 힘이 하나도 없습니다. 하여튼 이번에는 이것으로 끝입니다. 저기 창문을 좀 잠시 열어 주시겠습니까?"

브레히트는 그의 말을 들어주었다. 그런 다음 이렇게 대꾸했다. "내일이나 모레 시간 나는 대로 다시 들러 주시면 좋겠는데요. 수술은 그때까지 연기하는 게 좋겠고요. 솔직히 고백하자면. 잠시라도 고통을 완화시키려면 이를 헹구고 잇몸에 약을 바르는 게 좋을 듯싶습니다."

그는 이를 헹구고 잇몸에 약을 발랐다. 그런 다음 시의원은 병원을 나섰다. 브레히트가 문까지 바래다주었다. 백지장처럼 얼굴이 창백해진 그 의사는 젖 먹던 힘까지 동원해 안됐다는 듯 어깨를 추슬렀다.

"잠깐만요, 제발!" 그들이 대기실을 지나치자 요세푸스가 소리쳤다. 그리고 그 앵무새는 토마스 부덴브로크가 계단을 이미 내려갔을 때 다시 한번 외쳤다.

지레를 써서…… 그래, 그래, 그건 내일 일이지. 이제 어떡하지? 집에 가서 쉬며 잠을 청해야지. 미칠 것 같은 신경의 통증은 사라진 것 같았다. 입 안이 화끈거리며 묵직하게 얼얼할 뿐이었다. 집에 가서 그러니까……. 그리고 그는 천천히 거리들을 지나쳤다. 사람들의 인사에는 그냥 기계적으로 대응했다. 마치 자신이 어떻게 느끼는지를 곰곰이 생각하기라도 하듯이 그는 정신이 나가고 넋이 빠진 것 같았다.

그는 어부 골목에 도착해서 왼쪽 보도로 내려가기 시작했다. 스무 걸음쯤 가자 구역질이 그를 엄습했다. 그는 저 건너 술집에 가서 코냑을 마셔야겠다고 생각하며 차도를 건넜다. 대략 중간 정도 갔는데 마치 그의 뇌수가 무슨 충격을 받은 것 같은 현상이 일어났다. 어떤 거역할 수 없는 힘에 의해 점점 더 빠른 속도로 처음에는 커다란 원을 그리다가 점점 더 작은 원을 그리며 빙빙 도는 것 같았다. 그리고 마침내 이루 말할 수 없는 엄청난 힘으로 이 원의 돌처럼 단단한 중심점에 처박혔다. 그는 반원을 그리다가 팔을 내뻗으며 비에 젖은 포도에 처박혔다.

거리가 급경사의 내리막길이어서 그의 상체가 발보다 훨씬 낮은 곳에 위치했다. 얼굴이 땅에 부딪치는 바람에 사방에 피가 낭자했다. 그의 모자는 차도 저 아래로 굴러떨어졌다. 그의 털외투는 진흙과 눈 녹은 물이 뒤섞여 엉망진창이었다. 윤이 나는 흰 장갑을 낀 그의 손은 쫙 펴진 채 웅덩이 속에 들어가 있었다.

거리를 지나던 몇몇 사람들이 다가와서 그를 일으킬 때까지 그는 그 상태로 누워 있었다.

8

페르마네더 부인은 한 손으로 치맛자락을 거머쥐고 다른 손으로 커다란 갈색 방한 토시를 뺨에 누르면서 주계단을 올라왔다. 그녀는 걷는다기보다는 오히려 쓰러지고 무언가에 걸려 넘어지곤 했다. 모자는 아무렇게나 걸치고 있었고 뺨은 발갛게 달아올랐다. 약간 위로 올라간 윗입술에는 조그만 땀방울이 송골송골 맺혀 있었다. 그녀는 아무와도 만나지 않았는데도 급하게 뭐라고 말을 계속했다. 그녀의 속삭이는 소리는 이따금 갑자기 불안을 표출하는 분명한 음으로 나왔다. "아무 일도 아닐 거야." 그녀가 말했다. "별일 아닐 거야. 하느님이 설마 그러시려고……. 그분은 자기가 하는 일을 알고 계셔. 난 그걸 확신해. 분명히 대단한 일이 아닐 거야. 아, 주여, 날이면 날마다 기도하겠나이다." 그녀는 불안한 나머지 쓸데없는 말을 종알거리며 3층 계단으로 뛰어 올라갔다. 그리고 복도를 지나갔다.

곁방의 문은 열려 있었다. 올케가 그녀한테 다가왔다.

게르다 부덴브로크의 아름답고 흰 얼굴은 공포와 구역질로 처참하게 일그러져 있었다. 양미간이 좁고 푸르스름한 그림자가 드리운 갈색 눈은 깜박거리면서 분노와 당황과 혐오의 눈빛을 하고 있었다. 페르마네더 부인이 오는 것을 보자 급히 눈짓을 하고 팔을 뻗으며 그녀를 와락 껴안았다. 그녀는 머리를 시누이의 어깨에 파묻었다.

"게르다, 게르다, 무슨 일이야!" 페르마네더 부인이 소리쳤다. "무슨 일이 일어났어! 이게 무슨 뜻이야! 넘어졌다고? 의식을 잃고? 오빠가 어떻게 됐어? 하느님은 그런 최악의 상황을 원치 않으실 거야. 제발 좀 속 시원히 말해 줘."

하지만 그녀는 금방 답변을 듣지 못했다. 그 대신 게르다의 온몸이 공포에 사로잡혀 있는 것을 느꼈다. 그다음 그녀의 어깨에서 나지막이 속삭이는 소리가 들려왔다.

"사람들이 그를 데리고 왔을 때……." 그 소리는 이렇게 들렸다. "그가 어떤 모습이었는지! 그는 평생 동안 몸에 먼지 하나 안 묻혔지. 아, 마지막을 그런 꼴로 장식해야 한다는 것은 치욕이요, 수치야!"

소리를 죽여 소곤소곤 말하는 소리가 그들의 귀에 들려왔다. 의상실 문이 열렸다. 흰 앞치마를 두르고 손에 사발을 든 이다 융만이 문턱에 서 있었다. 그녀의 두 눈은 벌겋게 충혈되어 있었다. 그녀는 페르마네더 부인을 알아보고 길을 터 주기 위해 머리를 떨구고 뒤로 물러섰다. 그녀의 턱에 주름이 잡히며 떨리고 있었다.

토니와 게르다가 침실로 들어가자 꽃무늬가 수놓인 높다란 창의 커튼이 공기의 움직임에 따라 나풀거렸다. 석탄산, 에테르 그리고 다른 약품 냄새가 그들의 코를 찔렀다. 붉은 누빈 이불에 덮인 토마스 부덴브로크가 옷을 다 벗고 수놓은 잠옷만을 입은 채 널따란 마호가니 침대에 드러누워 있었다. 반쯤 뜬 그의 두 눈은 초점을 잃고 헤매고 있었다. 엉망진창으로 흐트러진 콧수염 아래의 입술은 잘 돌지 않는 혀로 무슨 말을 하려는 듯 달싹거리고 있었다. 이따금 목에서는 그르렁거리는 소리가 났다. 젊은 랑할스 박사가 그의 앞에 몸을 굽히고 얼굴에서 피 묻은 붕대를 떼 낸 후 침대용 탁자 위에 놓인 작은 접시에 담가 두었던 것으로 교체했다. 그리고 환자의 가슴에 귀를 대며 맥박을 들어 보았다. 침구를 놓아두는 침대 발치의 둥근 의자에는 어린 요한이 앉아 선원식 옭매듭을 매만지며 골똘히 생각하는 표정으로 아버지가 내는 소리에 잔뜩 귀 기울이고 있었다. 더러워진 시의원의 옷가지들은 저쪽 의자 위에 아무렇게나 걸쳐져 있었다.

페르마네더 부인은 침대 옆에 쪼그리고 앉아 차갑고 무거운 오빠의 손을 붙잡았다. 그리고 그의 얼굴을 들여다보았다. 하느님이 자기가 한 일을 알았는지 몰랐는지는 몰라도 하여튼 그가 '최악'의 상태에 있음을 그녀는 파악하기 시작했다.

"톰!" 그녀가 애통해하는 소리로 불렀다. "날 알아보겠어? 어떻게 된 거야? 우릴 떠나려는 거야? 그렇지만 우릴 떠나고 싶지 않을걸? 아, 안 되고말고!"

그는 대답 비슷한 말을 하나도 하지 못했다. 그녀는 도움을 청하는 듯 랑할스 박사를 쳐다보았다. 그는 거기에 서서 아름다운 눈을 내리깔고 다소 뽐내는 듯한 표정으로 하느님의 의지를 표현했다……

이다 융만은 무슨 도울 일이라도 있으면 도와주려고 다시 들어왔다. 얼굴이 길고 온화한 늙은 그라보 박사도 직접 나타나서 모두와 악수하고는 머리를 떨면서 환자를 관찰했다. 그러고는 랑할스 박사가 먼저 했던 것과 똑같은 행동을 보였다. 이 소식이 바람같이 빠른 속도로 온 시내에 좍 퍼졌다. 저 아래 현관에서 계속 벨이 울렸다. 환자의 용태를 묻는 문의가 침실에까지 밀어닥쳤다. 아무런 차도가 없었다, 아무런 차도가……. 모두들 똑같은 답변을 들었다.

두 의사의 견해로는 어쨌든 밤에 환자를 돌볼 수녀를 데려와야겠다는 것이었다. 레안드라 수녀를 데리러 보냈다. 그리고 그녀가 왔다. 들어오는 그녀의 얼굴에는 놀라거나 당황해하는 기색이 하나도 없었다. 이번에도 그녀는 가죽 가방, 두건과 어깨에 걸친 옷을 조용히 옆에 내려놓고 부드럽고 친절하게 움직이며 자신의 일을 시작했다.

어린 하노는 몇 시간 동안이나 침구를 놓는 의자에 앉아 모든 것을 지켜보며 아버지가 목을 그르렁거리는 소리에 귀를 기울였다. 그는 원래 수학 과외 수업을 받으러 가야 했다. 하지만 이 정도의 일이면 양모 코트를 입은 그 남자도 아무 말 못하리라고 생각했다. 학교 숙제도 잠시 생각났지만 그것도 우습게 치부해 버렸다. 때때로 페르마네더 부인이 그의 곁에 와서 꼬옥 껴안을 때면 그는 눈물을 주르르 흘렸다. 하지만 그는 대개 눈물을 흘리지 않고 골똘히 생각에 잠겨 거부하는 듯한 표정을 지으며 눈을 깜박거렸다. 그러면서 낯선 동시에 이상하게 친근한 향기를 맡으려는 듯 불규칙적으로 신중하게 숨을 들이쉬었다.

네 시경에 페르마네더 부인은 결단을 내렸다. 그녀는 랑할스 박사에게 곁방으로 자기를 따라오라고 했다. 그녀는 팔짱을 끼고 머리를 뒤로 젖히면서도 턱은 가슴 쪽으로 내리누르는 자세를 취했다.

"박사님." 그녀가 말했다. "한 가지 사실이 당신의 권한 내에 있습니다. 그걸 알고 싶습니다! 진상을 바른대로 말씀해 주세요, 네? 난 인생에 단련된 여자입니다. 난 진실을 감내하는 법을 배웠습니다, 정말입니다. 우리 오빠가 내일까지 살겠습니까? 솔직하게 말해 주세요!"

그러자 랑할스 박사는 눈을 딴 데로 돌리고 자기 손톱을 바라보면서 페르마네더 부인의 오빠가 밤 동안 살아 있을지 아니면 수분 내로 숨을 거둘지 잘 알 수 없다며 인간적인 무력감을 토로했다.

"그럼 제가 무슨 일을 해야 할지 알겠군요." 그녀는 이렇게 말하고 밖으로 나가 프링스하임 목사를 모시고 오라고 했다.

그는 제대로 제복(祭服)도 갖추지 않고 칼라도 하지 않은 채 기다란 가운만 걸치고 나타났다. 그는 레안드라 수녀를 냉랭한 눈길로 흘끗 쳐다보더니 침대 옆에 마련된 그의 자리에 앉았다. 그는 환자에게 정신을 차리고 자기의 말을 들으라고 부탁했다. 하지만 이러한 시도가 아무런 성과를 거두지 못하자 그는 직접 하느님을 향해 양식화된 프랑켄 지방 발음으로 기도했다. 그는 목소리를 변조해서 때로는 어둡게 때로는 갑자기 강하게 발음했다. 그럴 때 그의 얼굴에는 음울한 광기와 부드러운 변용이 교대로 나타났다. 그는 'r' 발음을 독특하게 입천장에서 굴리면서 매끄럽게 냈다. 어린 요한은 그 소리를 듣고 그가 틀림없이 방금 커피와 버터빵을 먹고 왔다고 단정하게 되었다.

그는 자기나 여기 있는 사람들이 이 사랑스럽고 소중한 사람을 살려 달라고 조르지 말자고 말했다. 그를 하느님 곁으로 데려가는 것이 그분의 고귀한 뜻이기 때문이라는 것이다. 그래서 그에게 구원의 은총을 내려 달라고만 간구하자고 했다. 그리고 그는 어린 경우에 하는 두 가지 기도를 효과적으로 하고 일어섰다. 그가 게르다 부덴브로크와 페르마네더 부인의 손을 잡고, 두 손으로 어린 요한의 머리를 잡고는 일 분 동안 슬픔과 아픔에 몸을 떨면서 속눈썹을 떨군 채 그를 쳐다보았다. 그는 융만한테 인사하고 레안드라 수녀를 다시 한번 냉랭하게 흘끗 쳐다보고는 그 자리를 떠났다.

잠시 집에 갔다가 돌아온 랑할스 박사는 모든 것이 그대로임을 알았다. 그는 간병인과만 몇 마디 주고받더니 다시 가 버렸다. 그라보 박사도 또 한 번 들러서 부드러운 얼굴로 진행 상황을 지켜보다가 갔다. 토마스 부덴브로크는 초점을 잃은 눈으로 계속 뭐라고 입술을 놀리며 그렁거리는 소리를 냈다. 날이 어둑어둑해졌다. 바깥에는 겨울의 저녁놀이 약간 보였다. 그 빛이 창으로 들어와 의자 어딘가에 걸려 있던 그의 지저분한 옷가지들을 비추어 주었다.

다섯 시 정각에 페르마네더 부인은 경솔하게도 자신의 감정에 휩쓸렸다. 침대 옆의 올케 맞은편에 앉은 그녀는 돌연 후두음을 내며 두 손을 맞잡고 큰 소리로 노래를 부르기 시작했다. "주여, 오소서." 그녀가 노래했다. 모두들 아무런 감동 없이 그녀의 노래를 들었다. "주여, 오셔서 그의 고통을 거두어 주소서. 발과 손을 튼튼히 해서 죽음의 길로 인도해 주소서." 하지만 그녀는 너무 가슴 깊이 간구하는 바람에 자기가 내는 말에만 신경을 쓴 나머지 자기가 그 노래를 끝까지 알지 못하는 것은 염두에 두지 않았다. 그래서 셋째 소절에 가서 안타깝게도 중단할 수밖에 없었다. 그녀는 목청을 올리며 노래를 맺고는 더욱더 위엄 있는 태도를 취하며 끝을 보충했다. 모두들 난 처해서 어쩔 줄 몰라 했다. 어린 요한이 너무 심하게 헛기침을 해서 마치 신음 소리처럼 들렸다. 그 뒤에는 숨소리 하나 들리지 않는 가운데 오직 토마스 부덴브로크가 고통스럽게 목을 그르렁거리는 소리만 들릴 뿐이었다.

옆방에 식사를 차려 놓았다는 하녀의 말은 하나의 구원과도 같았다. 사람들이 게르다의 침실에서 수프를 먹기 시작하는데 레안드라 수녀가 문에 나타나서 친절하게 무슨 신호를 보냈다.

시의원은 숨을 거뒀다. 그는 두서너 번 나지막하게 흐느끼는 소리를 내다가 멈추고는 더 이상 입술을 움직이지 않았다. 그에게 일어난 변화라고는 그것뿐이었다. 그의 두 눈은 벌써부터 죽어 있었던 것이다.

몇 분 후에 현장에 나타난 랑할스 박사는 시신의 가슴에 검은 청진기를 갖다 대고 비교적 오랫동안 귀를 기울였다. 그러고는 진찰 결과를 솔직하게 말했다. "네, 운명했습니다."

레안드라 수녀는 창백하고 부드러운 약지로 조심스럽게 죽은 사람의 눈꺼풀을 덮어 주었다.

그러자 페르마네더 부인은 침대 옆에서 무릎을 꿇고 누빈 이불에 얼굴을 파묻은 채 큰 소리로 울었다. 그녀는 아무런 거리낌 없이 내부의 감정을 약화하거나 억누르지 않고 그녀의 행복한 천성의 뜻에 따라 감정이 폭발하는 대로 자신을 내맡겼다. 얼굴은 눈물로 뒤범벅이 됐지만 마음을 굳게 먹고 홀가분해진 심정으로 마음의 안정을 완전히 유지했다. 그녀는 일어서서 지체 없이 신속하게 부고를 내야겠다고 마음먹었다. 그녀는 어마어마한 양의 우아한 카드로 부고를 알리라고 일렀다.

크리스티안이 모습을 드러냈다. 그는 시의원이 쓰러졌다는 소식을 클럽에서 듣고 부리나케 달려왔던 것이다. 하지만 그는 끔찍한 광경을 보는 것이 두려워서 성문 밖으로 멀리 산책을 가는 바람에 아무도 그를 발견할 수 없었다. 그런데 이제 그가 모습을 나타낸 것이다. 그는 형이 숨을 거두었다는 것을 이미 현관에서 알았다.

"그럴 수 없어!"라고 말하며 그는 눈을 두리번거리고 다리를 절면서 계단을 올라갔다.

그런 다음 그는 누나와 형수 사이의 침상 맡에 서 있었다. 그는 거기에 벗겨진 머리에 쑥 들어간 뺨을 하고, 드리운 콧수염에 바싹 마른 휜 다리로, 약간 참담한 표정으로, 마치 의문 부호처럼 서 있었다. 그는 움푹 들어간 작은 눈으로 말없이 냉랭하고 초연하게, 인간적 판단으로는 접근하기 어려운 태도로 형의 얼굴을 들여다보았다. 토마스의 입언저리는 다소 경멸적인 표정으로 아래로 내려와 있었다. 크리스티안이 죽는다 해도 자기는 눈물 한 방울 흘리지 않을 거라고 동생을 비난했던 바로 그가 죽은 것이다. 그는 한마디 말도 없이 그냥 죽었다. 그는 고상하고 온전하게 침묵 속으로 물러갔다. 그는 생전에 자주 그랬듯이 다른 사람들은 창피를 당하도록 무정하게 방치해 두었던 것이다! 하여튼 그가 동생의 통증, '고통', 그 끄덕이는 남자, 술병, 열린 창문에 대해 늘 경멸적인 태도를 취한 것이 잘한 일이었는가 아니면 잘못한 일이었는가? 지금은 그런 게 문제가 아니었고 그런 질문 자체가 무의미했다. 제멋대로이고 예상할 수 없는, 편파적인 죽음이 그를 특별 취급하고, 정당화시켜 주고, 그를 받아들이고 포용해서 존경할 만한 대상으로 만들어 주었다. 그래서 명령하듯이 그에게 보편적인 경외감과 관심을 부여해 주었다. 반면에 죽음은 크리스티안을 업신여기고 배척하며 아무도 진지하게 여기지 않는 무수한 익살과 술수를 사용해 그를 우롱했다. 토마스 부덴브로크가 동생에게 이 순간보다 더 외경심이 생기도록 한 적은 여지껏 없었다. 그러한 성공은 결정적인 것이었다. 오로지 죽음만이 우리의 고통을 다른 사람들이 존중하도록 해 준다. 아무리 하찮은 고통일지라도 죽음을 통해서 존중의 대상이 된다. 크리스티안은 '형이 이겼어, 내가 무릎을 꿇겠어.' 하고 생각했다. 돌연 그는 서투른 동작으로 무릎을 꿇고 누빈 이불 위에 드리운 차가운 손에 입을 맞추었다. 그런 다음 그는 뒤로 물러서서 눈을 두리번거리며 방 안을 이리저리 거닐기 시작했다.

늙은 크뢰거 부부, 넓은 거리의 부덴브로크 여인들, 늙은 마르쿠스와 같은 다른 방문객들도 모습을 나타냈다. 불쌍한 클로틸데도 왔다. 바싹 마른 잿빛 얼굴을 한 그녀는 침상에 서서 무감동한 표정을 지으며 마 연사로 만든 장갑을 낀 두 손을 맞잡았다. "내가 울지 않는다고 해서 나를 차가운 여자라고는 생각지 말아, 토니, 게르다. 나한테는 더 이상 눈물이 없어." 그녀가 한없이 말을 빼면서 하소연하듯 말했다. 그녀는 아무 희망도 없이 무미건조하게 우두커니 그러고 서 있었다. 하지만 그녀가 한 말이 진실임은 분명했다.

드디어 모두들 어떤 노파를 위해 자리를 비워 주었다. 그녀는 이가 다 빠져 입을 오물거리는 보기 흉한 늙은 여자였다. 그녀는 레안드라 수녀와 함께 시신을 씻기고 옷을 갈아입혔다.

게르다 부덴브로크, 페르마네더 부인, 크리스티안과 어린 요한은 커다란 가스등 아래에 있는 거실 중앙의 둥근 탁자에 둘러앉아 밤 늦도록 부지런히 일했다. 부고를 보내야 할 사람들의 명단을 작성해서 봉투에 주소를 쓰는 것이 중요한 문제였다. 간혹 누군가에게 문득 생각이 떠올라 새 이름을 추가하기도 했다. 시간이 촉박해서 하노도 일을 도와야 했다. 그의 글씨는 깔끔하고 읽기 쉬웠다.

집 안과 거리는 조용했다. 드물게 발소리가 크게 들렸다가 사라졌다. 가스등에서 나지막하게 지지직 하는 소리가 났다. 누군가가 어떤 이름을 중얼거렸다. 바스락거리는 종이 소리가 났다. 때때로 모두들 서로를 바라보며 무슨 일이 일어났는지 상기했다.

페르마네더 부인은 부지런히 글씨를 썼다. 하지만 그녀는 오 분마다 펜을 내려놓고 맞잡은 손을 입 높이까지 들고서 탄성을 발했다. "도저히 실감할 수 없어!" 그녀가 그렇게 외쳤다. 그러면서 자기 앞에 닥친 일이 서서히 실감이 나기 시작한다는 것을 암시했다. "하지만 이제 모든 게 끝났어!" 그녀는 말할 수 없는 절망감에 빠져 예기치 않게 그렇게 소리쳤다. 그러고는 큰 소리로 울면서 팔을 올케의 목에 감았다. 그리고 그녀는 다시 힘을 내서 일을 하기 시작했다.

크리스티안은 불쌍한 클로틸데와 사정이 비슷했다. 아직 눈물을 흘리지 않은 그는 그 때문에 약간 계면쩍어했다. 수치감이 다른 모든 감정을 압도했다. 그는 늘 자신의 기묘한 사정에 사로잡혀 있는 바람에 녹초가 되어 둔감해졌던 것이다. 그는 이따금 일어서서 손으로 대머리를 쓰다듬으며 착 가라앉은 목소리로 이렇게 말했다. "그래, 끔찍하게 슬프군!" 이것은 자신한테 한 말이었다. 그는 강하게 자신을 꾸짖음으로써 어떻게든 눈물이 나게끔 해 보려고 애를 썼다.

갑자기 모두를 어안이 벙벙하게 만든 사건이 일어났다. 어린 요한이 웃음을 터뜨린 것이었다. 그는 글을 쓰다가 야릇하게 들리는 어떤 이름을 발견하고 웃음을 참을 수 없었다. 그는 그 이름을 다시 한번 말하고 코를 실룩거리며 몸을 앞으로 굽혔다. 몸을 떨고 흐느끼면서 도저히 그칠 줄을 몰랐다. 처음에는 그가 운다고 생각할 수도 있었다. 하지만 그런 게 아니었다. 어른들은 당황해서 도저히 믿을 수 없다는 시선을 보냈다. 그러자 어머니는 하노에게 가서 자라고 했다.

9

이 하나 때문에, 부덴브로크 시의원이 이 하나 때문에 죽었다는 소문이 시내에 퍼졌다. 하지만 빌어먹을 이 하나 때문에 죽을 수는 없는 노릇이었다! 그에게는 통증이 있었다. 브레히트 씨가 치관을 부러뜨렸다. 그런 후에 그는 거리에서 그냥 쓰러져 버렸다. 그와 같은 일을 들어 본 적이 있는가?

그런 일이 그에게 일어났지만 이제 그런 것은 아무래도 상관없었다. 이제 해야 할 중요한 일은 화환, 그것으로 명예를 얻을 수 있고 신문에 날 만한 값비싼 대형 화환을 보내는 문제였다. 그것으로 화환을 보낸 그들이 충성스럽고 지불 능력이 있는 사람들이라는 것을 알 수 있었다. 화환이 왔다. 사방에서 화환이 쇄도했다. 법인들뿐만 아니라 가문이나 개인한테서도 왔다. 월계수 화환, 향기가 진한 화환, 은으로 만든 화환, 나비 매듭의 리본이나 도시의 꽃으로 만든 화환, 검은 글씨로 쓰인 헌사와 금 문자가 새겨진 화환들이 쇄도했다. 그리고 야자수 잎사귀, 엄청난 야자수 잎사귀…….

꽃가게들은 엄청난 수입을 올렸다. 그중에서도 부덴브로크 시의원의 집 맞은편에 있는 이버젠의 꽃가게가 가장 재미를 보았다. 이버젠 부인은 그날 여러 번 현관에서 초인종을 누르고 모모 시의원, 모모 영사 및 직원 일동이 보낸 다양한 형태의 화환을 가져왔다. 한번은 그녀가 위에 잠깐 올라가서 시의원을 봐도 되겠느냐고 물었다. 좋다는 대답을 들은 그녀는 융단을 따라 주계단으로 올라갔다. 그러면서 말없이 으리으리한 계단부에 시선을 보냈다.

그녀는 계단을 올라갔다. 여느 때처럼 그녀는 희망에 넘쳐 있었기 때문이다. 그녀의 외모는 대체로 세월이 흐름에 따라 평범해졌다. 하지만 그녀의 가늘고 검은 눈과 말레이인 같은 광대뼈는 여전히 매력적이었다. 그래서 젊은 시절에는 그녀가 무척 예뻤으리라고 짐작할 수 있었다. 그녀는 토마스 부덴브로크가 관에 들어 있는 응접실로 안내받았다.

그는 가구가 치워진 넓고 밝은 방의 한가운데에 누워 있었다. 그는 흰 실크로 덮인 관에 흰 실크 옷을 입고 흰 실크 천으로 덮여 있었다. 월하향, 제비꽃 그리고 다른 무수한 꽃 향기가 뒤섞여, 엄숙한 방은 코를 마비시킬 정도였다. 반원을 그리는 은촛대로 둘러싸인 머리맡의 얇은 망사가 놓인 주각 위에는 토르발센의 그리스도 대리석 조각이 서 있었다. 꽃장식, 화환, 꽃바구니, 꽃다발이 벽이며 방바닥이며 누빈 이불 위에 잔뜩 놓여 있었다. 야자수 잎사귀들이 사자의 발 위로 기울어져 관 옆에 놓여 있었다. 그의 얼굴에는 군데군데 생채기가 나 있고 특히 멍이 든 코는 으깨져 있었다. 하지만 그의 머리는 산 사람처럼 빗질되어 있었다. 벤첼이 다시 한번 인두로 다린 콧수염은 그의 흰 얼굴에 기다랗게 우뚝 솟아 있었다. 그의 머리는 약간 옆으로 향해 있고 맞잡은 두 손 사이에는 상아 십자가가 꽂혀 있었다.

이버젠 부인은 문가에 선 채 눈을 깜박거리며 관 쪽을 건너다보았다. 너무 울어서 코감기에 걸린 페르마네더 부인이 온통 검은 옷을 걸치고 거실에서 나와 현관의 커튼 사이로 나타나서는 그녀에게 좀 더 가까이 다가오라고 했을 때에야 비로소 그녀는 용기를 내어 쪽매 널마루가 깔린 바닥 위에서 약간 앞으로 전진했다. 그녀는 두 손을 불룩 튀어나온 배에 포개고 서서 가늘고 검은 눈으로 식물, 촛대, 나비 매듭, 흰 실크 천과 토마스 부덴브로크의 얼굴을 바라보았다. 아기를 출산하고 나서 창백하고 허예진 그녀의 얼굴에 떠오른 표정을 묘사하는 것은 어려운 일일지도 모른다. 드디어 그녀가 이런 말을 했다. "네……." 그녀는 한 번, 딱 한 번 잠시 애매하게 흐느끼고는 발길을 돌렸다.

페르마네더 부인은 이처럼 조문객이 찾아오는 것을 좋아했다. 그녀는 이런 일을 성가시게 생각하기는커녕 조문객들이 몰려와서 오빠의 죽은 껍데기에 충성을 표시하는 것을 지칠 줄 모르고 열성적으로 지켜보았다. 그녀는 후두음으로 몇 번씩이나 신문에 난 기사를 읽었다. 신문은 창사 백 주년 때 그의 공로를 찬양했듯이 둘도 없는 그런 인물의 죽음을 아쉬워했다. 그녀는 게르다가 응접실에서 맞이한 모든 조문객들을 거실에서 만나 보았다. 조문객들이 끊임없이 들이닥쳐 그 수효는 헤아릴 수 없을 정도였다. 더없이 고상하게 치를 예정이었던 장례 문제에 관해 그녀는 여러 사람들과 협의를 했다. 그녀는 이별 장면을 마련했다. 그녀는 사무실 직원들에게 올라오라고 해서 사장이 마지막 떠나는 길이니 인사를 하도록 했다. 그런 다음에는 창고 인부들을 불렀다. 발이 무척 큰 그들은 널마루 위에 몰려서서 몹시 충직한 표정을 지으며 입언저리를 밑으로 내리고는 화주와 씹는 담배와 육체 노동의 냄새를 풍겼다. 그들은 모자를 돌리며 으리으리한 관을 바라보면서 처음에는 다소 놀라워하더니 차츰 지루해했다. 마침내 그중의 한 사람이 용기를 내어 이제 그만 돌아가자고 하자 다들 발을 질질 끌며 그의 뒤를 따랐다. 페르마네더 부인은 몹시 기분이 좋았다. 그녀의 주장으로는 그중에 몇몇은 울어서 거친 수염 위로 눈물이 흘러내렸다는 것이다. 그건 사실이 아니었다. 그런 일은 일어나지 않았다. 하지만 그녀는 그런 장면을 직접 보고 행복을 느꼈다.

그리고 장례일이 왔다. 공기가 통하지 않게 밀폐 처리된 금속관은 꽃으로 뒤덮여 있었다. 촛대 위에서는 초들이 타고 있었다. 집은 사람들로 가득 찼으며 사방에서 몰려온 애도객으로 둘러싸였다. 프링스하임 목사가 관의 머리 쪽에 위엄 있게 똑바로 섰다. 그러면서 그는 표정이 풍부한 얼굴을 마치 접시 위에 올린 듯 넓은 칼라에 기대고 있었다.

고도로 숙련된 임시 고용인인 민첩한 혼혈인이 일꾼과 주인 사이에서 장례식 행사를 주관했다. 그는 실크해트를 손에 들고 사뿐사뿐 계단 밑으로 내달려서는 긴박한 표정을 지으며 현관 너머로 속삭이는 소리로 말했다. 거기에는 제복을 입은 세무 공무원, 블라우스에 반바지와 실크해트 차림의 곡물 운반인이 방금 전에 들이닥쳤다. "방들은 꽉 찼지만 복도에는 아직 자리가 약간 있습니다."

그리고 일순 고요해졌다. 프링스하임 목사가 연설하기 시작했다. 음조를 바꾼 기교적인 그의 음성이 낭랑하게 온 집안에 가득 찼다. 하지만 그가 저 위 그리스도 형상 옆에서 얼굴 앞에 갖다 댄 손을 벌리고 축복을 내리는 동안 저 아래 집 앞에는 하얀 겨울 하늘 아래 네 마리의 말이 이끄는 장례 마차가 서 있었다. 그에 이어 다른 마차들이 거리 밑으로 강에까지 길게 줄지어 늘어서 있었다. 집 대문의 맞은편에는 폰트로타 소위가 이끄는 한 소대의 군인들이 총을 발밑에 놓고 이 열로 서 있었다. 팔에 대검을 찬 그는 이글거리는 눈으로 돌출창을 올려다보았다. 많은 사람들이 창 주위나 보도에 늘어서서 목을 쭉 빼고 있었다.

드디어 현관에 어떤 움직임이 있었다. 소위의 나지막한 호령 소리가 들렸다. 군인들은 철커덕 소리를 내면서 부동자세를 취했다. 트로타가 대검을 밑으로 내리자 관이 나타났다. 검은 외투와 삼각모를 쓴 네 명의 남자들이 조심스럽게 관을 대문 쪽으로 들고 나왔다. 호기심 어린 눈으로 지켜보고 있는 사람들 머리 너머로 바람에 실려 꽃 내음이 날아왔다. 그와 더불어 장례 마차의 지붕에 달린 깃털 장식이 바람 때문에 구겨졌다. 그리고 바람은 강 저 밑에까지 늘어서 있는 모든 말들의 갈기를 부풀게 했으며 마부와 조수가 쓰고 있는 검은 모자의 레이스를 끌어당겼다. 아주 드문드문 눈송이 몇 개가 커다란 곡선을 그리며 하늘에서 천천히 떨어졌다.

장례 마차의 말들은 온통 검은 천을 두르고 있어서 불안해하는 눈만 빠끔히 보일 뿐이었다. 말들은 검은 옷을 입은 네 명의 마부에 이끌려 천천히 몸을 움직였다. 군인들이 그 뒤를 따랐다. 그리고 하나둘씩 다른 마차들이 그 뒤에 합류했다. 크리스티안 부덴브로크는 목사와 함께 첫째 마차에 올라탔다. 어린 요한은 함부르크에서 온 영양 상태가 좋아 보이는 친척과 함께 탔다. 그리고 길게 뻗어 있는 슬프고도 장엄한 행렬의 앞에서 토마스 부덴브로크를 실은 마차가 서서히, 서서히 방향을 틀기 시작했다. 집집마다 게양한 조기가 바람에 파닥거렸다. 직원 일동과 곡물 운반인들은 행렬을 따라 걸어갔다.

공동묘지로 가는 길에는 애도하는 사람들이 줄지어 뒤따랐다. 관이 십자가, 조상(彫像), 교회와 벌거벗은 수양버들을 지나 부덴브로크가의 산소에 가까워지자 이미 대기하고 있던

의장병이 다시 부동자세를 취했다. 수풀 뒤에서는 둔중한 선율의 장송 행진곡이 조용히 울려 퍼졌다.

그리고 다시 가문의 문장이 조형적으로 부조된 묘지의 대리석 판이 치워졌다. 벌거벗은 조그만 수풀의 가장자리에서 도시의 신사들이 벽으로 둘러싸인 구덩이 주위에 둘러섰다. 이제 토마스 부덴브로크가 그 속에 파묻혀 조상들 곁으로 돌아갔다. 공로와 재산이 있는 이 신사들은 고개를 떨구거나 슬퍼하며 머리를 옆으로 기울이고 거기에 서 있었다. 그리고 그들 중에는 흰 장갑을 끼고 넥타이를 맨 시의원들의 모습도 눈에 띄었다. 저 멀리 공무원들, 곡물 운반인들, 사무실 직원들 및 창고 인부들이 떼 지어 오는 모습이 보였다.

음악이 멎고 목사가 기도를 했다. 추운 날씨 속에 축복의 기도가 끝나자 모두들 고인의 동생이나 아들과 다시 한번 악수할 채비를 갖추기 시작했다.

느릿느릿 지루하게 사람들이 분열 행진을 시작했다. 크리스티안 부덴브로크는 조의를 표하는 모든 사람들을 이런 행사 때마다 늘 그랬듯이 반쯤은 멍하고 반쯤은 당황한 표정으로 대했다. 금단추가 달린 두꺼운 피코트를 입은 어린 요한은 아무도 쳐다보지 않고 푸르스름하게 그림자가 드리운 눈을 밑으로 향하고 있었다. 그리고 신경질적인 표정으로 얼굴을 찡그리며 바람과 반대 방향으로 머리를 비스듬히 숙였다.

11부

1

우리는 이런저런 사람을 떠올리며 그가 어떻게 잘 지내는지 곰곰이 생각해 볼 때가 있다. 그런데 그가 이제 더는 거리에 나다니지 않고 더 이상 그의 목소리가 귀에 들리지 않으며, 그가 영원히 무대에서 사라져서 성문 바깥 어디엔가 땅에 묻혀 있다는 생각이 불현듯 떠오를 때가 있다.

큰아버지 고트홀트의 미망인으로 슈튀빙가 출신의 부덴브로크 영사 부인이 세상을 떠났다. 한때 가족 간의 격렬한 분란의 원인이었던 그녀에게도 죽음은 속죄와 변용의 관을 얹어 주었다. 그녀의 세 딸들인 프리데리케, 헨리에테와 피피는 이제 친척들의 조문에 모욕당한 듯한 표정을 지을 권리가 있다고 느꼈다. 그들은 이렇게 말하려는 것 같았다. "그것 보라니까, 너희의 박해 때문에 어머니가 돌아가셨잖아!" 하지만 영사 부인은 노령으로 사망했다.

케텔젠 부인도 안식을 얻었다. 최근 몇 년 동안 그녀는 통풍을 앓다가 조용하고 간단하게 어린아이처럼 저세상으로 갔다. 여전히 가끔 사소한 합리주의적 논박에 대항해서 투쟁해야 했던 학식이 많은 여동생은 그것을 부러워했다. 그녀는 점점 더 몸이 굽고 작아졌지만 체질이 좀 더 강인한 탓에 이 고약한 세상에 얽매여 있었다.

페터 될만 영사도 세상을 하직했다. 그는 재산을 몽땅 탕진하고 급기야 후녀디야노시 과음으로 쓰러졌다. 그는 딸에게 매년 200마르크의 연금을 남겼다. 그러면서 그는 요한 수도원에 딸을 받아 주도록 요청하고 사회가 될만이라는 이름에 자비를 베풀어 달라고 부탁했다.

유스투스 크뢰거도 저세상으로 갔다. 그것은 애석한 일이었다. 이젠 아무도 마음 약한 그의 아내의 행동을 저지할 사람이 없었기 때문이다. 그녀는 마지막 남은 은붙이까지 팔아서 세상 어디선가 허랑방탕한 생활을 하고 있을 탕아 야코브한테 돈을 보냈다.

크리스티안 부덴브로크도 마찬가지로 고향 도시에서 종적을 감췄다. 그는 더 이상 성안에 머무르지 않았다. 시의원인 형이 죽고 나서 딱 일 년이 되었을 때 그는 함부르크로 이사를 갔다. 거기서 그는 하느님과 사람들 앞에서 이미 오래전부터 밀접한 관계를 유지해 온 알리네 푸보겔과 결혼식을 올렸다. 아무도 그를 막을 수 없었다. 사실 어머니 유산에서 나오는 이자의 절반은 벌써 함부르크로 넘어갔다. 그 유산은 미리 소모되지 않는 한 죽은 시의원의 유언장에 따라 친구인 슈테판 키스텐마커가 관리하고 있었다. 하지만 크리스티안은 모든 면에서 자기 마음대로 했다. 그의 결혼 소문이 나자마자 페르마네더 부인은 함부르크의 알리네 푸보겔 부인에게 매우 적대적인 장문의 편지를 썼다. 그 편지는 독기 어린 단어로 잔뜩 씌어 있었다. 페르마네더 부인은 "부인!"이라는 호칭으로 시작된 그 편지에서 면밀하게 독기 품은 단어를 써서 앞으로 수신자뿐만 아니라 그 자식들도 친척으로 받아들이지 않을 것이라고 선언했다.

키스텐마커는 유언장의 집행자이자 부덴브로크가의 재산 관리인이었고 어린 요한의 후견인이었다. 그는 이러한 지위를 명예롭게 생각했다. 그들은 그에게 매우 중요한 임무를 부여했다. 그럼으로써 그가 증권거래소에서 과로의 표시로 자기 머리를 쓰다듬으며 모든 사람들에게 자신이 녹초가 되었다고 말할 자격을 부여해 주었다. 그리고 그는 수고한 대가로 정확하게 수익의 2퍼센트를 받았다. 그런데도 그는 직무를 제대로 수행하지 못해 얼마 못 가 게르다 부덴브로크의 불만을 사게 되었다.

그런데 청산 작업에 들어가서 회사가 사라질 운명에 처했다. 그것도 일 년 이내라는 것이다. 이것은 시의원이 유언으로 남긴 결정이었다. 페르마네더 부인은 이것에 대해 심한 동요를 보였다. "그럼 요한은, 어린 요한은, 하노는?" 그녀가 물었다. 그녀의 오빠가 아들이자 하나밖에 없는 상속인을 무시하고 그를 위해 회사를 살릴 생각을 안 했다는 사실에 그녀는 무척 실망하며 괴로워했다. 이어받을 직계 후손이 있는데도 명예로운 회사의 간판, 4대에 걸쳐 내려온 가문의 문장을 포기하고 역사를 마감해야 할 것을 생각하고 그녀는 오랫동안 눈물을 흘렸다. 하지만 회사가 문을 닫는다고 해서 가문이 끝장나는 것은 아니라고 스스로를 위로했다. 그리고 그녀의 조카가 자기의 고귀한 직무를 이행하기 위해 새로운 다른 사업을 시작할 거라고 위로했다. 그 직업으로 조카는 아버지의 명성을 고스란히 유지하고 가문을 다시 꽃피울 것이다. 조카가 증조할아버지와 닮은 점이 많은 게 아무런 이유가 없지는 않을 것이다.

회사의 청산 작업은 키스텐마커와 늙은 마르쿠스의 지도하에 이루어졌다. 그 진행 과정은 한심스럽기 짝이 없었다. 주어진 기한이 너무 짧았다. 그 기한은 문자 그대로 엄정하게 지켜져야 했으므로 시일이 너무 촉박했다. 해결해야 할 일들은 너무 급히, 아주 불리한 방식으로 처리되었다. 잇달아서 성급하고 불리한 조건으로 하나하나 매각되었다. 창고와 저장된 곡물은 막대한 손해를 보고 팔았다. 키스텐마커의 과도한 열성이 망치지 않은 것은 늙은 마르쿠스의 태만함이 망치는 식이었다. 마르쿠스에 대해서는 이런 소문이 자자했다. 그는 겨울철에 외출하기 전에 반코트나 모자뿐만 아니라 지팡이까지 난롯가에서 따뜻하게 데운다고 했다. 그리고 언젠가 경기가 좋아진다 해도 분명 그 기회를 놓치고 말 것이다. 요컨대 손해에 손해가 거듭되었다. 토마스 부덴브로크는 장부상으로 65만 마르크의 재산을 남기고 갔다. 그런데 유언장이 공개된지 일 년 후에 보니 도저히 그만한 액수가 안 된다는 사실이 밝혀졌다.

막대한 손해를 보고 청산했다는 출처가 불분명한 과장된 소문들이 나돌았다. 그리고 게르다 부덴브로크가 큰 집을 매각할 생각이라는 소식으로 그 소문이 더 부풀려졌다. 부덴브로크가의 재산이 녹아 없어져서 그녀가 그럴 수밖에 없을 거라는 놀랄 만한 소문이 나돌았다. 그래서 미망인이 된 시의원 부인이 처음에는 놀라워하고 의아해하다가 점점 더 자신의 살림살이를 언짢게 느끼기 시작했다는 이야기가 도시에 점점 퍼졌다.

하루는 그녀가 몇몇 수공업자와 납품업자 들한테서 많은 액수의 돈을 계산해 달라는 무례한 강요를 받았다고 시누이한테 말하자 페르마네더 부인은 한동안 꼼짝 않고 있다가 그만 집이 떠나갈 정도로 커다랗게 웃음을 터뜨렸다. 게르다 부덴브로크는 너무 분개한 나머지 어린 요한과 함께 도시를 떠나 늙은 아버지가 계시는 암스테르담으로 가서 그와 함께 바이올린 이중주를 하겠다는 모호한 결심 같은 것을 털어놓을 정도였다. 하지만 페르마네더 부인은 이 말을 듣고 발칵 화를 내면서 그따위 소리는 당분간 입 밖에 내지도 말라고 소리쳤다.

예상했던 대로 페르마네더 부인은 오빠가 지은 집을 팔겠다는 계획에 대해서도 항의했다. 그녀는 이것이 좋지 않은 인상을 불러일으킬지도 모른다는 우려의 말을 했다. 그리고 가문의 위신이 다시 떨어질지도 모른다고 하소연했다. 하지만 그녀는 토마스 부덴브로크의 사치스러운 취미였던 널찍하고 호화스러운 집에 계속 살면서 그것을 유지한다는 것이 무의미하다는 사실은 인정해야 했다. 그리고 게르다의 소망대로 성문 밖의 전원에 조그맣고 편리한 빌라를 얻는 것이 좋으리라는 점도 인정해야 했다.

고슈, 중개인인 지기스문트 고슈가 세상을 하직할 날이 다가왔다. 그의 늙은 나이는 몇 시간 동안이나 수족을 떨게 한 어떤 엄청난 사건으로 조명되었다. 그가 게르다 부덴브로크의 응접실을 둘러보며 그녀의 맞은편 안락의자에 앉아 서로 눈을 마주 보고 집의 가격을 흥정하게 되었다. 눈처럼 새하얀 머리가 얼굴 위로 흘러내리는 그는 흉측하게 튀어나온 턱을 들고 그녀의 얼굴을 아래에서 위로 빤히 올려다보았다. 그래서 그는 완전히 등이 굽은 사람처럼 보였다. 그는 쉭쉭 하는 소리를 냈지만 냉정하게 사무적으로 말했다. 그의 마음이 무척 동요하고 있다는 흔적은 어디에도 보이지 않았다. 그는 자청해 그 집을 떠맡겠다고 나섰다. 그는 손을 내뻗고 음험한 미소를 흘리며 8만 5000마르크를 내겠다고 제안했다. 그것은 받아들일 만한 액수였다. 이러한 거래에서는 어느 정도의 손실은 불가피한 일이었기 때문이다. 하지만 키스텐마커의 견해를 들어 보아야 했다. 게르다 부덴브로크는 계약을 체결하지 않은 채 그를 보내야 했다. 그런데 키스텐마커는 자기의 활동에 어떠한 간섭도 허용하지 않을 의향이라는 것이 드러났다. 그는 고슈가 부른 액수를 깔보고 비웃었다. 자기는 그보다 훨씬 더 많이 받을 수 있다고 장담했다. 그리고 그는 오랫동안 그렇게 맹세했지만 일단 어떻게 해서든 종결을 짓기 위해 7만 5000마르크를 받고 나이가 지긋한 독신 남자한테 그 집을 넘겨줄 수밖에 없었다. 그 남자는 멀리 여행을 갔다가 돌아온 후 이 도시에 정착할 생각이라고 했다.

키스텐마커는 편리하고 아담한 새 빌라를 사는 일도 주선해 주었다. 그 집은 좀 비싸게 구입한 것 같았다. 하지만 성문 밖의 밤나무 거리에 위치한 그 집은 어여쁜 화원과 텃밭으로 둘러싸여 있어 게르다 부덴브로크의 소망에 부응했다. 시의원 부인은 1876년 가을에 아들과 하인들 그리고 가재 도구 일부를 가지고 그 집으로 이사했다. 가재도구 중 일부는 페르마네더 부인의 하소연으로 그녀에게 돌아갔고 나머지는 늙어가는 새 주인한테 그냥 넘겨줘야 했다.

그것 말고도 다른 변화가 있었다! 사십 년 동안 부덴브로크가에서 살았던 이다 융만은 그 집에서 나와 친척들 곁에서 만년을 보내려고 서프로이센의 고향으로 돌아갔다. 진실을 말하자면 그녀는 시의원 부인한테서 쫓겨난 것이었다. 그 착한 영혼의 소유자는 이전 세대가 성장해서 그들을 감당할 수 없게 되자 곧장 어린 요한을 찾아내 돌보고 보살펴 주었다. 그녀는 그에게 그림 동화를 들려주었고 딸꾹질로 사망한 그녀의 삼촌 이야기를 들려주었다. 하지만 이젠 요한도 더 이상 어린 애가 아니었다. 열다섯 살이 된 그는 섬약한 소년이었지만 더 이상 그녀의 도움을 필요로 하지 않았다. 게다가 그녀는 그의 어머니와 이미 오랫동안 상당히 불편한 관계에 있었다. 그녀는 자기보다 훨씬 나중에 이 집에 들어온 게르다 부덴브로크 부인을 애당초부터 한 가족으로 보지 않고 그 가치를 대단찮

게 여겼다. 그리고 다른 한편으로 그녀는 세월이 흐름에 따라 나이 든 하녀라는 자부심으로 주제넘게 월권을 행사하기 시작했다. 그녀는 자신을 대단히 중요한 존재로 평가하고 살림살이를 이것저것 간섭하면서 여주인의 감정을 거슬렀다. 그러다가 도저히 참을 수 없는 상황이 되어 격앙된 말다툼이 벌어지게 되었다. 페르마네더 부인은 커다란 집들과 가구들 문제로 그랬던 것처럼 그녀를 열렬히 변호했지만 늙은 이다는 집을 나가야 했다.

그녀는 어린 요한과 작별을 고해야 할 순간이 오자 오열했다. 그는 그녀를 끌어안고 두 손을 그녀의 등에 올렸다. 그는 한쪽 다리로 균형을 잡고 다른 발은 끝을 세웠다. 그는 예의 곰곰이 생각하는, 내면을 향하는 눈길로 그녀가 떠나는 것을 지켜보았다. 그는 푸르스름한 그림자가 드리운 금갈색 눈으로 할머니의 시신이나 아버지의 임종 그리고 커다란 집이 해체되는 것을 볼 때나 그와 유사한 종류의 집안일과 관련되는 체험을 할 때 그와 같은 눈길을 보였다. 그의 견해로는 늙은 이다가 집을 떠나는 것은 자신이 겪은 다른 파멸 과정들과 한 가닥으로 연결되는 사건이었다. 이는 파멸이자 종말이고 해체이자 붕괴였다. 그와 같은 사건은 그에게는 더 이상 낯선 광경이 아니었다. 그것은 참으로 이상한 일이었다. 곱슬곱슬한 담갈색 머리카락과 늘 약간 찌푸린 입술을 가진 그는 머리를 치켜들어 우아한 콧날개가 예민하게 열릴 때면 자기를 에워싸고 있는 대기와 산소를 조심스럽게 냄새 맡고 있는 듯 여겨졌다. 그는 오래전 할머니의 관 옆에서 풍겼던, 온갖 꽃 냄새로도 막을 수 없었던 이상하게 친숙한 그 냄새가 나기를 기다렸다.

페르마네더 부인은 올케를 찾아갈 때마다 조카를 곁에 오게 해서 부덴브로크가의 과거와 미래에 대한 이야기를 들려주었다. 그들은 하느님의 은총 다음으로 어린 요한에게 많은 신세를 지게 될 거라는 것이다. 현재가 암울해질수록 그녀는 부모와 조부모의 집에서 살았던 시절이 얼마나 고상했던지를 입에 침이 마르도록 늘어놓았다. 또 그녀는 증조할아버지가 사두마차를 타고 외국으로 간 사실을 들려주었다. 하루는 그녀가 격심한 위경련에 시달렸다. 프리데리케, 헨리에테, 피피가 이 도시에서 알짜 중의 알짜는 하겐슈트룀가라고 이구동성으로 주장했기 때문이다.

크리스티안에 관한 슬픈 소식이 들려왔다. 결혼이 그의 건강에 좋지 않은 영향을 끼친 모양이었다. 그는 점점 더 심하게 섬뜩한 망상과 강박 관념에 시달리게 되었다. 아내와 의사의 권유로 그는 이제 정신 병원에 수용되었다. 그는 그곳에 있고 싶지 않다고 한탄하는 편지를 가족들한테 보냈다. 그리고 자기한테 너무 엄하게 대하는 그 병원에서 해방되고 싶다는 간절한 소망을 피력했다. 하지만 사람들은 그가 그곳에 그대로 있게 했다. 그에게는 아마 그게 최상이었을 것이다. 하여튼 그의 아내는 결혼이 가져다준 실용적·이상적 이점을 고스란히 누리면서 신경 쓸 필요 없이 아무런 방해도 받지 않고 이전과 같은 자유 분방한 삶을 계속 영위해 나갈 수 있게 되었다.

2

태엽을 감아 둔 자명종 시계에서 정확한 시간에 시끄러운 소리가 났다. 그것은 찌르릉거리는 소리보다 더하게 덜커덩거리면서 깨지는 듯한 쉰 소리를 냈다. 너무 오래되어 낡고 닳았기 때문이다. 하지만 태엽을 잔뜩 감아 놓았기 때문에 너무 오랫동안, 끔찍할 정도로 오랫동안 소리를 냈다.

하노 부덴브로크는 마음속 깊이 소스라치게 놀랐다. 아침마다 바로 귓가의 침실용 탁자 위에서 심술궂기도 하고 충실하기도 한 소음이 줄기차게 들리는 바람에 분노와 탄식, 절망감으로 그의 내장이 오그라들었다. 하지만 겉으로는 아무런 동요도 없이 침대에 그냥 누운 채 어렴풋한 아침 꿈에 쫓기며 눈만 번쩍 떴다.

차가운 겨울 날씨에 방은 완전히 칠흑 같았다. 아무것도 눈에 보이지 않아 시곗바늘은 볼 수 없었지만 여섯 시라는 것은 알았다. 어젯밤에 시계의 자명종을 여섯 시에 맞춰 놓았기 때문이다. 어제…… 어제라……. 그가 신경을 곤두세운 채 불을 켜고 침대에서 일어나느냐 마느냐 하는 문제로 투쟁을 벌이며 꼼짝 않고 누워 있는 동안 어제 그의 마음을 충만시켰던 모든 것이 서서히 의식에서 되살아났다.

일요일이었다. 그는 며칠 동안 잇달아 브레히트 씨한테 학대를 당한 후 그 보상으로 어머니와 함께 시립 극장에 가서 「로엔그린」을 구경했다. 그는 일주일 전부터 그 생각에 사로잡혀 그날 밤을 손꼽아 기다리며 지내 왔다. 다만 그런 종류의 축제 같은 흥겨운 일이 있기 전에는 항시 수많은 불쾌한 일들이 가로막고 있다가 마지막 순간까지 그에 대한 자유롭고 흥겨운 기대를 망쳐 버리는 것이 유감스러울 뿐이었다. 하지만 드디어 토요일이 되어 그 주일은 학교에 가지 않아도 되었다. 그리고 브레히트 씨의 기계는 그의 입에서 마지막으로 고통스러운 소리를 내면서 그의 이를 갈았다. 이제 모든 장애물이 제거되고 극복되었다. 학교 숙제는 일요일 밤 이후에 하기로 간단히 결심했기 때문이다. 월요일은 무엇을 의미했던가? 과연 월요일이 오기는 올 것 같았던가? 일요일 밤에 「로엔그린」을 보기로 되어 있다면 누가 월요일이 오리라 믿겠는가? 그는 월요일 이른 아침에 일어나 이 지긋지긋한 일을 해치우려고 마음먹었다. 그것으로 충분한 일이었던 것이다! 이제 그는 홀가분한 마음으로 이리저리 돌아다니며 마음속으로 기쁜 일을 생각하고, 피아노 앞에서 꿈을 꾸며 모든 성가신 일들을 잊어버렸다.

그러다가 그 행복이 현실이 되었다. 감격과 희열, 남모를 공포와 전율, 갑작스러운 내적인 흐느낌, 끊임없는 열광적 도취와 더불어 행복감이 그에게 밀려왔다. 물론 오케스트라의 값싼 바이올린으로 서곡을 연주하기에는 다소 무리가 있었다. 그리고 턱과 뺨에 온통 금빛 수염이 가득한 뚱뚱하고 우쭐대는 남자가 보트를 타고 앞으로 쑥쑥 나오고 있었다. 하노의 옆좌석에는 후견인인 키스텐마커도 참석했다. 그는 이런 식으로 이 아이의 정신을 흐트러뜨리고 해야 할 의무를 회피하게 한다고 투덜댔다. 하지만 그도 변용된 감미롭고 장엄한 음악을 들으면서 그러한 생각이 달아나 버렸다.

드디어 끝이 났다. 노래 부르며 어렴풋이 빛나는 행복이 끝나고 무대의 불이 꺼졌다. 머리가 지끈지끈한 가운데 정신을 차리고 보니 다시 자기 방에 돌아와 있었다. 다만 몇 시간 동안의 잠이 그로 하여금 우울한 일상생활과 단절시켜 주었음을 알아챘다. 그런데 돌연 그는 완전히 의기소침한 기분에 사로잡혔다. 이는 그에게 흔히 일어나는 친숙한 감정이었다. 아름다움이란 얼마나 사람의 마음을 아프게 하고, 치욕과 동경 어린 절망감에 얼마나 깊이 내동댕이치는지 그리고 일상생활에서 필요한 용기와 유용성을 얼마나 갉아먹는지를 그는 다시 새삼스럽게 느꼈다. 그는 산처럼 짓누르는 엄청난 절망감에 압도당했다. 그에게 부담을 주는 개인적인 근심보다 이러한 사실이 더 심한 것임에 틀림없다고 그는 또 한 번 스스로에게 말했다. 처음부터 그의 영혼을 무겁게 한 그러한 부담이 언젠가는 그 영혼을 질식시킬 것임에 틀림없었다.

그다음 그는 자명종을 제대로 맞춰 놓고 잠을 잤다. 다시는 깨어나고 싶지 않을 때처럼 깊이, 죽은 듯이 잠을 잤다. 그러다가 이제 월요일이 되었다. 그리고 여섯 시였다. 그런데 그는 공부를 하나도 하지 않았던 것이다!

그는 일어나서 침실용 탁자에 촛불을 켰다. 하지만 살을 에는 추위에 팔과 어깨가 마구 덜덜 떨리기 시작해서 그는 금방 이불 속으로 다시 기어들었다.

시곗바늘은 여섯 시 십분을 가리키고 있었다. 아, 지금 일어나서 공부를 한다는 것은 부질없는 짓이었다. 할 게 너무 많왔다. 거의 매시간 공부할 게 있어서 한 과목만 시작해 봐야 아무 소용이 없었다. 그리고 그가 맞춰 놓은 시간이 이럭저럭 지나가 버렸다. 어제 그에게 일어난 일이 그토록 확실한 것이었듯이 오늘도 라틴어와 화학 시간에 그의 차례가 돌아올 것인가? 분명 예상할 수 있는 일이었다. 그렇다, 인간의 선견지명으로 볼 때 그럴 수 있는 일이었다. 최근 오비디우스 시간에는 알파벳의 마지막 글자들로 시작되는 이름들이 호명되었다. 추측건대 오늘은 A와 B부터 시작될 것이다. 하지만 그렇다고 절대적으로 확신할 수는 없는 노릇이었고 전혀 의심의 여지가 없는 것은 아니었다! 모든 규칙에는 예외라는 게 있는 법이다! 젠장, 때로는 우연이라는 것이 있지 않은가! 그리고 그가 강박 관념에 시달리며 이런 터무니없는 생각을 하는 동안 여러 가지 생각들이 서로 마구 뒤섞여 희미해졌다. 그리고 그는 다시 잠이 들었다.

춥고 황량한 이 작은 공부방에는 고요한 가운데 촛불이 일렁거리고 있었다. 침대 위에는 동판화인 「시스티네 마돈나」[4]가 걸려 있었다. 방에는 가운데에 위치한 접이식 책상, 무질서하게 책들이 마구 꽂혀 있는 책꽂이, 다리가 딱딱한 마호가니 책상, 배럴 오르간과 조그만 세면대가 갖추어져 있었다. 성에가 낀 창에는 블라인드가 감아올려져 있어서 햇살이 일찍부터 비집고 들어왔다. 하노 부덴브로크는 뺨으로 베개를 누르며 잠들어 있었다. 입을 벌리고 속눈썹을 잔뜩 내린 채 열렬

---

4) 라파엘이 그린 성모상.

하고 고통스럽게 잠에 취한 표정을 짓고 있었다. 또 곱슬곱슬하고 부드러운 그의 금갈색 머리카락은 관자놀이를 뒤덮고 있었다. 그리고 침실용 탁자에서 타고 있는 촛불은 서서히 주황색을 잃어 갔다. 유리창의 얼음 표면을 통해 뿌연 아침 햇살이 희미하게 방을 들여다보고 있었기 때문이다.

일곱 시가 되자 그는 다시 화들짝 놀라며 잠에서 깨어났다. 이제 이 시간도 다 지나가 버렸다. 일어나서 하루를 맞을 준비를 해야 한다. 그걸 모면할 방법은 전혀 없었다. 학교 수업이 시작되는 시간까지 얼마 남지 않았다. 시간이 촉박해서 이제 준비고 뭐고 할 여유가 없었다. 그런데도 그는 계속 누워 있었다. 춥고 어두컴컴한 가운데 따뜻한 침대에서 할 수 없이 일어나, 엄하고 무서운 선생들한테 가서 궁지와 위험에 빠져야만 한다는 사실 때문에 그는 한없는 분노와 슬픔 그리고 비탄에 빠졌다. 아, 딱 이 분만 더 자면 안 될까? 그는 애정이 철철 넘치는 소리로 베개한테 애원했다. 그리고 나서 돌연 그는 순전히 반항심에서 자신에게 오 분이나 더 허용하고 눈을 감은 채 있었다. 때때로 한쪽 눈을 뜨고 절망적인 심정으로 시곗바늘을 바라보았다. 바늘은 우둔하게 아무것도 모르는 채 한 치의 오차도 없이 제 갈 길을 가고 있었다.

그는 일 곱시 십 분에 일어나서 방 안을 이리 뛰고 저리 뛰기 시작했다. 초는 계속 타고 있었다. 햇빛만으로는 아직 충분치 않아서였다. 성에를 입김으로 불고 밖을 보니 안개가 짙게 깔려 있었다.

이루 말할 수 없이 몸이 덜덜 떨렸다. 너무 추워서 때때로 그의 전신이 고통스럽게 전율했다. 손가락 끝이 얼얼하게 화끈거렸다. 그게 퉁퉁 부어 있어서 손톱 솔로도 어떻게 할 수 없었다. 상체를 씻는데 손이 거의 마비가 되어 스펀지가 손에서 굴러 바닥으로 떨어졌다. 그는 한동안 땀 흘리는 말처럼 입김을 모락모락 내며 어쩔 줄 몰라 멍하니 그러고 서 있었다.

드디어 그는 가쁜 숨을 몰아쉬며 슬픈 눈으로 접이식 책상 옆에 서서 가죽 가방을 집어 들었다. 절망 중에도 그에게 남아 있던 정신력을 총동원해 오늘 수업에 필요한 책들을 가방에 집어넣었다. 그는 서서 진지한 표정으로 허공을 응시하며 불안스럽게 중얼거렸다. "종교…… 라틴어…… 화학……." 그리고 잉크 얼룩이 묻고 훼손된 판지철을 같이 쑤셔 넣었다.

그렇다, 어린 요한은 이제 제법 키가 커졌다. 그는 열다섯이 넘은지라 이젠 코펜하겐식 선원복을 입지 않고 푸르고 흰 무늬의 넥타이를 맨 담갈색 신사복을 입었다. 그의 조끼에는 할아버지한테서 물려받은 길고 가는 금 시곗줄이 보였다. 그리고 약간 넓지만 관절이 부드러운 오른손의 넷째 손가락에는 녹색 보석이 박힌 세습 인장 반지가 끼워져 있었다. 그것도 이젠 그의 것이 되었다. 그는 두툼한 겨울 털외투를 입고 모자를 쓰고는 책가방을 홱 잡아챘다. 촛불을 끄고 계단을 달음박질쳐서 1층으로 내려갔다. 속을 채운 박제된 곰을 지나 오른쪽으로 돌아 식당으로 들어갔다.

새로 들어온 하녀인 클레멘티네는 벌써 식당에 나와 아침을 다 차려 놓고 있었다. 이마에 머리카락이 드리운 그 여윈 소녀는 코가 뾰족하고 눈은 근시였다.

"몇 시나 됐지?" 시간을 아주 정확히 알면서도 그가 이 사이로 물었다.

"여덟 시 십오 분 전이야." 그녀가 대답했다. 통풍에 걸린 듯이 보였던 가늘고 붉은 손으로 그녀는 벽시계를 가리켰다. "자, 가야 할 시간이야, 하노." 그와 더불어 김이 모락모락 나는 코코아 잔을 주며 그에게 빵 바구니랑 버터, 소금과 삶은 달걀을 담은 컵을 내밀었다.

그는 다시는 아무 말이 없었다. 롤빵을 받아 들고 서서 모자를 머리에 쓰고 가방을 옆구리에 끼우며 코코아를 꿀꺽 삼키기 시작했다. 뜨거운 음료를 마시자 브레히트가 치료한 바로 그 어금니가 끔찍하게 아파 왔다. 그는 그중 절반은 받지 않았다. 달걀도 거들떠보지 않고 입을 찡그리며 "안녕."이라고 말하는 것 같은 나지막한 소리를 냈다. 그러고는 달음박질치며 학교로 갔다.

그가 앞뜰을 통과했을 때는 여덟 시 십 분 전이었다. 그는 조그만 붉은 빌라를 뒤로하고 오른쪽의 겨울 가로수 길을 따라 달리기 시작했다. 이제 십 분, 구 분, 팔 분밖에 안 남았다. 그런데 길은 멀었다. 안개 때문에 이윽고 그의 형체가 시야에서 사라졌던 것이다! 그는 작은 가슴으로 온 힘을 다해 이 짙고 차가운 안개를 들이마셨다가 다시 내쉬었다. 뜨거운 코코아를 마셔 따끔거렸던 이를 혀로 문질렀다. 다리 근육이 제대로 말을 안 들어 무리하게 힘을 주었다. 그는 땀으로 목욕을 했지만 그런데도 사지가 으슬으슬 떨리는 것을 느꼈다. 옆구리가 쑤시기 시작했다. 아침을 얼마 안 먹었는데도 이렇게 달리니 위에서 폭동이 일어났다. 속이 메스꺼웠다. 그리고 그의 심장은 무섭게 떨고 끊임없이 팔딱거리면서 그를 숨차게 하는 신체 기관일 따름이었다.

성문, 성문 밖에 겨우 왔는데 여덟 시 사 분 전이었다! 그는 식은땀을 흘리며 궁지에 몰려 격심한 고통과 메스꺼움을 느끼면서 거리를 지나는 동안 혹시 다른 학생이 보이지 않을까 하고 사방을 살펴보았다. 아니다, 아니다, 아무도 없었다. 모두들 학교에 갔다. 그때 여덟 시를 알리는 종소리가 울리기 시작했다! 사방의 탑에서 안개를 뚫고 종소리가 들려왔다. 성 마리아 교회의 종도 이 순간을 축하하기 위해 「이제 모두 하느님께 감사드리자」를 연주했다. 그 엉터리 연주에 하노는 절망감으로 진저리를 쳤다. 선율이 엉망진창이고 실수투성이였다. 하지만 그게 무슨 상관이람! 그렇다, 그는 지각이었다. 그것은 이제 더 이상 의심의 여지가 없었다. 학교 시계는 약간 늦었지만 그래도 그는 지각이었다. 이는 분명한 사실이었다. 그는 옆을 지나가는 사람들의 얼굴을 뚫어져라 바라보았다. 사무실이나 자기 가게로 가는 그들은 전혀 서두르지 않았다. 아무것도 그렇게 강요하지 않았다. 몇몇 사람들은 그가 부러워하며 하소연하는 눈길을 보내자 궁지에 빠진 그를 찬찬히 뜯어보며 미소 지었다. 그는 이러한 미소를 보자 제정신이 아니었다. 아무 근심 없는 그들은 무슨 생각을 하고 사태를 어떻게 판단했는가? 그는 그들의 야비한 미소에 소리치고 싶은 심정이었다. 내심 그들은 닫힌 앞마당의 뜰에 자빠져 죽는 게 차라리 낫다고 생각했을지도 모른다.

월요일 예배를 알리는 신호로 귀청을 찢을 듯 요란한 벨소리가 계속 그의 귓전을 때렸다. 그는 두 개의 철제문으로 중단된 길고 붉은 담벼락까지 아직 스무 보 정도 떨어진 지점에 있었다. 그 담은 앞쪽의 교정과 거리를 갈라놓고 있었다. 그는 더 이상 빨리 걷거나 달려갈 힘이 없어서 그냥 상체를 앞으로 쏠리게 했다. 그러면서 두 다리는 좋든 싫든 넘어지는 것은 막아야 했다. 그는 이렇게 비틀비틀하고 기우뚱거리며 앞으로 나아갔다. 그런데 겨우 정문에 이르렀을 때는 이미 종소리가 완전히 멎어 있었다.

거친 수염이 난 노동자풍의 땅딸막한 수위인 슐레밀은 막 문을 닫으려는 참이었다. "자……" 하고 말하며 그는 부덴브로크 학생을 미끄러져 들어가게 해 주었다. 혹시 그가 구원받을지도 몰랐다. 아무도 모르게 교실에 들어가 체육관에서 거행되는 예배가 끝날 때까지 거기서 남몰래 기다려야 했다. 그리고 아무렇지도 않은 듯 시치미를 딱 떼고 있어야 했다. 그는 가쁘게 숨을 몰아쉬며 녹초가 된 채 식은땀을 흘렸다. 그는 붉은 벽돌이 깔린 교정을 지나 알록달록한 유리창이 끼워져 있는 예쁜 문을 밀고 안으로 들어갔다.

여기 학교에 있는 것은 모든 게 새롭고 깨끗하며 아름다웠다. 시대가 무르익었다. 지금 세대의 아버지들이 학업에 전념했던 구식 수도원 학교의 썩어 문드러진 회색 부분들은 밀어 허물어 버리고 그 자리에 높고 화려한 새 건물을 지었다. 전체적인 양식은 그대로 보존되었다. 복도와 회랑은 웅장한 고딕식 둥근 천장으로 되어 있었다. 조명과 난방, 교실의 면적과

밝기, 교무실의 아늑함, 화학, 물리, 제도 시간을 위한 실제적인 방의 시설 면에서는 새 시대답게 아주 편리하게 갖추어져 있었다.

기진맥진한 하노 부덴브로크는 벽을 따라 살금살금 걸으며 주위를 살폈다. 아니다, 다행히 아무한테도 들키지 않았다. 멀리 복도에서 학생들과 선생님들이 체육관으로 몰려가며 와글거리는 소리가 들려왔다. 거기서 한 주일 동안 진행될 공부를 위해 신앙심을 좀 돈독히 하려는 것이었다. 여기 앞쪽은 사위가 쥐 죽은 듯 조용했다. 리놀륨이 깔린 넓은 계단으로 통하는 길도 텅텅 비었다. 조심스럽게 발끝을 들고 숨을 죽인 채 긴장해서 귀를 기울이며 위로 살그머니 올라갔다. 그가 다니는 실업 학교 2학년 교실은 계단 맞은편의 2층에 있었다. 문은 열려 있었다. 그는 제일 높은 계단에서 허리를 숙이고 기다란 복도를 따라 소리 없이 급히 세 발짝을 옮겨 교실로 들어갔다. 복도 양편에는 입구에 도자기 팻말이 걸린 여러 교실들이 잇달아 있었다.

교실은 비어 있었다. 세 개의 넓은 창에는 아직 커튼이 닫혀 있었다. 천장에서 드리운 가스등은 조용히 불타고 있었다. 세 줄로 늘어선, 밝은색 2인용 나무 의자 위로 푸른 등갓이 빛을 비추고 있었다. 의자들 맞은편의 흑판 뒤에 선생님의 교탁이 컴컴한 가운데 말없이 교훈적으로 서 있었다. 벽의 아랫부분에는 노란 널빤지를 대 놓았고 그 위의 석회벽에는 지도 몇 장을 붙여 놓았다. 교탁 옆 칠판걸이에는 또 하나의 칠판이 서 있었다.

하노는 교실 중간쯤에 있는 그의 자리로 가서 가방을 서랍에 넣고 딱딱한 자리에 앉았다. 그는 비스듬한 책상 위에 두 팔을 포갠 뒤 그 위에 머리를 얹고 엎드려 이루 말할 수 없는 안도감에 휩싸였다. 이 황량하고 가혹한 방은 지긋지긋하고 증오스러웠다. 그리고 수많은 위험이 닥칠 위협적인 오전 일과가 그의 가슴을 무겁게 내리눌렀다. 그렇지만 우선은 안전하게 몸을 숨기고 어떤 일이 닥칠지 두고 볼 일이었다. 첫 교시인 발러스테트 씨의 종교 시간에도 별다른 일이 없었다. 저 윗벽의 둥근 통풍구에서 조그만 종잇조각이 바르르 떠는 걸로 봐서 따뜻한 공기가 안으로 밀려 들어오는 모양이었다. 그리고 가스등에서 나는 열로 교실 공기가 따뜻했다. 아, 여기서 팔다리를 쭉 뻗고 추위에 곱은 축축한 사지를 녹일 수 있었다. 쾌적하고 빽적지근한 열기가 머리로 타고 올라와 귀를 웡웡거리게 하며 눈이 스르르 감기게 했다.

갑자기 등 뒤에서 무슨 소리가 들리는 바람에 그는 흠칫 놀라 황급히 뒤를 돌아보았다. 그러자 저기 제일 뒷자리에 카이 묄른 백작의 상체가 모습을 드러냈다. 그 소년은 기어나와 몸을 드러내며 일어나서는 먼지를 털어 내려고 두 손을 가볍게 탁탁 맞부딪쳤다. 그러고는 환한 표정을 지으며 하노 부덴브로크한테 걸어왔다.

"아, 하노구나!" 그가 말했다. "난 네가 올 때 선생인 줄 알고 저기 숨었어!"

그는 변성기에 막 들어선 듯 말을 할 때 목소리가 갈라졌다. 하지만 하노는 아직 그렇지 않았다. 카이는 하노와 키가 비슷하게 자랐지만 그것 말고는 옛 모습 그대로였다. 그는 여전히 가끔 단추가 떨어지고 엉덩이 부분에 커다란 기운 자국이 있는 색깔이 모호한 양복을 입고 있었다. 여전히 그의 손은 깨끗하지 않았지만 가늘고 아주 고상한 모양이었다. 길고 가느다란 손가락의 손톱은 끝이 뾰족했다. 그리고 머리 가운데에 조잡하게 가르마를 탄 붉고 노란 두발은 여전히 눈같이 흰 반듯한 이마에 흘러내리고 있었다. 그 아래에 깊고 날카로운 담청색 눈이 빛나고 있었다. 아주 소홀히 하는 몸단장과 정교한 골격을 지닌 그의 얼굴의 순종성 사이의 대조가 예전보다 더 두드러지게 눈에 띄었다. 그의 코는 살짝 휘었고 윗입술은 약간 삐죽 내밀고 있었다.

"그래 나야, 카이." 하노가 입을 찡그리고 말했다. 그러면서 한 손으로 가슴 부분을 쓰다듬었다. "왜 그렇게 나를 놀라게 하니! 왜 이 위에 있는 거야? 왜 숨었어? 너도 지각했니?"

"천만에." 카이가 대답했다. "학교에 온 지는 오래됐어. 하지만 월요일 오전에 학교 오는 것을 좋아하는 사람이 누가 있겠니? 그건 너도 잘 알잖아, 하노. 아니야, 난 그냥 장난삼아 여기에 남은 거야. 신심이 깊은 그 선생이 감독을 했어. 그는 학생들을 예배 보러 몰고 가는 것을 나쁘게 생각지 않아. 그래서 난 그의 등 뒤에 바짝 따라붙었어. 그 신비주의자가 몸을 돌려 주위를 둘러볼 때마다 난 그의 등 뒤에 바짝 붙어 그가 발걸음을 옮길 때까지 그대로 있었어. 그렇게 해서 난 위에 남을 수 있었어. 그런데 넌?" 그는 동정하듯 말하며 부드럽게 몸을 움직여 하노 옆자리에 앉았다. "넌 달려왔구나! 가련하게도! 마치 무엇엔가 쫓기는 모습이야. 머리카락이 관자놀이에 달라붙어 있질 않나……." 그는 책상에서 자를 집어 들고 그 걸로 하노의 머리카락을 진지하고 정성스레 펴 주었다. "그럼 늦잠을 잔 모양이구나? 아, 그리고 난 여기 아돌프 토텐하웁트의 자리에 앉아 있어." 그는 말을 중단하고 주위를 둘러보았다. "일등으로 빛나는 신성한 자리지! 지금 이 순간은 어쩔 수 없을걸. 그래, 늦잠을 잔 모양이구나?"

하노는 다시 책상에 두 팔을 대고 그 위에 얼굴을 올렸다. "어젯밤에 극장 구경을 갔더랬어." 그가 무거운 한숨을 쉬고 나서 말했다.

"그래 옳아, 그걸 잊었구나. 재미있었니?"

카이는 아무 대답도 듣지 못했다.

"어쨌든 넌 행복한 놈이구나." 그가 설득 조로 말을 이었다. "내 말 들어 봐, 하노. 난 여지껏 극장이라는 델 한 번도 가 보지 못했어. 그리고 적어도 몇 년 안에는 그 안에 들어가 볼 가능성도 전혀 없어."

"하지만 그 후유증이 심각해." 하노가 우울하게 말했다.

"그래, 안 그래도 어떤 상황인지 짐작이 간다." 그리고 카이는 몸을 숙여 걸상 옆 바닥에 놓여 있던 친구의 모자와 외투를 집어 들고 조용히 복도로 나갔다.

"그럼 넌 그 변형 시구를 제대로 암기하지 못했겠네?" 그가 다시 들어와서 물었다.

"그래." 하노가 말했다.

"지리 즉석 시험 준비는 했니?"

"아무것도 안 했어. 그리고 아무것도 아는 게 없어." 하노가 말했다.

"그럼 화학이나 영어도 못 했겠구나! 좋아! 우린 마음의 친구고 전우야!" 카이는 분명 마음이 홀가분해진 것 같았다. "우린 같은 배를 탔어." 그가 명랑하게 말했다. "토요일에는 다음 날이 일요일이기 때문에 공부를 못 했어. 그리고 일요일에는 경건한 신앙심 때문에…… 아니야, 부질없는 일이야. 말하자면 그보다 나은 다른 할 일이 있어서였지, 물론." 그는 느닷없이 진지하게 말했다. 그 순간 그의 얼굴은 가벼운 홍조를 띠었다. "그래, 아마 오늘은 즐거운 날이 될 수 있을지도 몰라, 하노."

"또 나쁜 점수를 받게 되면……." 어린 하노가 말했다. "그럼 난 낙제야. 라틴어 시간에 내 차례가 돌아오면 그땐 확실해. B자부터 할 차례야, 카이. 그건 어떻게 막을 도리가 없어."

"내 말 좀 들어 봐! 카이사르가 무슨 말을 했지? '위험이 항시 내 뒤를 위협했다. 하지만 그들이 내 앞을 보게 되면…….'" 하지만 카이는 끝까지 암송하지 못했다. 그도 기분이 무척 좋지 않은 모양이었다. 그는 교탁으로 가서 팔걸이의자에 앉아 아까보다 더 음울한 표정을 지으며 흔들거리기 시작했다. 하노 부덴브로크는 여전히 팔베개를 하고 그의 이마에 시선을 고정했다. 둘은 한동안 아무 말 없이 그러고 마주 앉아 있었다.

갑자기 어디선가 멀리서 희미하게 웅성거리는 소리가 들리다가 금세 왁자지껄하는 소리로 바뀌더니 이윽고 위협적으로 우르르 몰려오는 소리가 들렸다.

"떼거리야." 카이가 격분해서 말했다. "젠장, 이렇게 후딱 끝낼 게 뭐람! 십 분이나 더 일찍 끝났지 뭐야."

그는 교탁에서 내려와 몰려오는 아이들 틈에 섞이려고 문으로 갔다. 하노는 한동안 머리를 쳐들고 입을 찡그린 채 그냥 앉아 있었다.

그들이 몰려왔다. 훌쩍훌쩍 들이마시는 소리, 발을 구르는 소리, 와자지껄한 남자 아이들 목소리, 높은 목소리 그리고 변성기 소년들이 내는 새된 목소리가 계단 너머로 복도를 지나 이 방까지 들려왔다. 방은 갑자기 생기와 움직임 그리고 소음으로 가득 찼다. 스물다섯 명가량 되는 그들, 실업 학교 2학년생인 하노와 카이의 동급생들이 몰려왔다. 그들은 손을 바지 주머니에 넣거나 팔을 흔들거리며 어슬렁어슬렁 자기 자리로 걸어와서 성경책을 펼쳤다. 어떤 아이들의 모습은 유쾌하고, 밝고, 건강한 반면 어떤 아이들은 의심스럽고 수상쩍은 인상이었다. 키가 크고 튼튼한 악동들은 상인이 되거나 선원이될 아이들로, 아무런 걱정 근심이 없는 아이들이었다. 같은 연령의 아이들을 훨씬 앞지르는 야심가들인 작은 아이들은 암기 과목에서 눈부신 성적을 냈다. 그런데 반에서 일등인 아돌프 토텐하웁트는 모르는 게 없었다. 그는 여지껏 어떤 질문에도 대답을 못 한 적이 없었다. 그것은 한편으로는 그가 조용히 열성적으로 노력하기 때문이었고 다른 한편으로는 선생들이 행여나 그가 모를 만한 질문은 피하기 때문이었다. 그것이 그들을 고통스럽게 하고 자격지심을 느끼게 했을지도 모른다. 아돌프 토텐하웁트가 대답을 못 하는 것을 그들이 봤다면 인간적 완전성에 대한 그들의 믿음에 동요가 일어났을지도 모른다. 금발이 매끄럽게 달라붙은 그의 머리에는 우툴두툴한 혹이 눈에 확 띄었고 눈동자는 검은색으로 둘러싸인 회색이었다. 그의 기다란 갈색 손은 깨끗하게 솔질한 재킷의 짧은 소매 바깥으로 튀어나와 있었다. 그는 하노 부덴브로크 옆자리에 앉아 부드럽고 다소 음흉하게 미소 지었다. 그는 하노에게 아침 인사를 하며 유행하는 은어를 자연스럽게 사용했다. 그것은 단어를 대담하고 너저분한 모음으로 왜곡하는 식이었다. 주위의 아이들이 소곤소곤 잡담하고, 준비하고, 하품하고, 웃는 동안 그는 말없이 출석부를 점검하기 시작했다. 그러면서 말할 수 없이 정확한 자세로 가느다란 손가락을 뻗어 펜을 잡았다.

이 분이 지나자 밖에서 발소리가 크게 들렸다. 앞줄에 앉았던 아이들은 서둘지 않고 자리에서 일어났다. 그 뒤의 이런저런 아이들도 그들의 예를 따랐다. 다른 아이들은 하던 일을 멈추지 않고 계속했다. 그들은 발러스테트 선생님이 모자를 벗어 문 옆에 걸어 두고 교탁으로 가는 것을 눈치채지 못했던 것이다.

호감이 가는 사십 대의 뚱뚱한 남자인 그는 머리카락이 거의 없는 대머리였고 턱과 뺨의 불그스름하고 누런 수염도 짧게 깎여 있었다. 혈색은 장밋빛이었고 축축하게 젖어 있는 입술 주위는 짐짓 감격한 모습과 안락한 관능이 섞인 표정이었다. 그는 수첩을 집어 들고 말없이 그것을 넘겼다. 하지만 교실이 시끄러워 그는 머리를 들고 팔을 교탁 위로 뻗었다. 그의 얼굴이 서서히 암적색으로 부풀어 올라 수염이 연노랑색으로 변하는 동안 그는 약한 흰 주먹을 위아래로 몇 번 힘없이 움직였다. 그럴 때 그의 입술은 삼십 초 동안 그냥 실룩실룩 움직이다가 결국 침울한 어조로 신음하듯 짧게 "자……."라는 말을 내뱉을 뿐이었다. 그리고 그다음에 무슨 말로 야단을 쳐야 할까 애써 생각하다가 다시 수첩 쪽으로 시선을 옮겼다. 얼굴이 정상으로 돌아오더니 그는 만족한 기색을 보였다. 이것이 발러스테트 선생의 생각이었다.

그는 한때 성직자가 되려고 했다. 하지만 말을 더듬는 버릇과 안락한 생활을 탐하는 세속적인 성향 때문에 차라리 교육가가 되기로 방향을 바꾸었다. 독신인 그는 얼마간의 재산이 있었다. 손가락에는 조그만 보석 반지를 끼고 다녔고 식도락과 음주벽이 있었다. 그는 동료 교사들과는 직업상으로만 교제했을 뿐 주로 도시의 미혼 상인들이나 주둔군의 장교들과 교제하는 클럽 회원으로, 매일 두 번씩 일류 음식점에서 식사를 했다. 새벽 두세 시에 시내 어디선가 좀 큰 학생들과 만나면 그는 얼굴이 부풀어 올랐다. 그는 '안녕'이란 말을 끄집어내며 이 일을 서로 비밀로 하자고 했다. 하노 부덴브로크는 그를 전혀 두려워할 필요가 없었고 그한테 질문을 당한 적도 거의 없었다. 그 선생은 그의 삼촌인 크리스티안과 아주 순수한 인간적인 면에서 서로 공감대를 형성하고 있었기 때문에 학교 일로 그 조카와 충돌을 빚는 일을 달가워하지 않았다.

또 한 번 그는 "자……." 하고 말하며 교실을 둘러보았다. 조그만 보석 반지를 낀 약하게 주먹 쥔 손을 움직이며 그는 수첩을 들여다보았다. "펠레만. 개요를 말해 봐요."

교실 어디선가 펠레만이 일어섰다. 그가 일어났는지조차 거의 알아챌 수 없었다. 그는 실력 있는 작은 아이들 중 하나였다. "개요." 그가 나지막이 얌전하게 말했다. 그러면서 그는 불안한 표정으로 미소 지으며 머리를 앞으로 내밀었다. "「욥기」는 세 부분으로 나누어집니다. 첫째는 주님의 징계와 고난을 당하기 전 그의 상태입니다. 일 장 일 절부터 육 절까지입니다. 둘째는 고난 그 자체와 그때 벌어지는 일들입니다. 장은……."

"좋았어, 펠레만." 발러스테트가 그의 말을 중단시켰다. 그가 겁을 먹고 고분고분 말을 잘 듣자 선생님은 감격한 듯했다. 그리고 그의 수첩에 좋은 점수를 기입했다.

"하인리히, 계속해 봐요."

키가 큰 악동들 중 하나인 하인리히는 아무것도 걱정하지 않는 아이였다. 그는 가지고 놀던 자루 달린 칼을 주머니에 찔러넣고 시끄럽게 일어나서 아랫입술을 내밀었다. 그리고 거칠고 조야한 남자의 음성을 내며 헛기침을 했다. 얌전한 펠레만 다음에 그의 차례가 된 것이 학생들 모두 불만이었다. 학생들은 나지막한 소리를 내며 타고 있는 가스등 아래 따뜻한 교실에서 꾸벅꾸벅 졸며 꿈을 꾸고 있었다. 모두들 일요일을 보내느라 피곤했다. 그들 모두 안개 낀 차가운 아침에 한숨을 내쉬고 이를 덜덜 떨며 따뜻한 침대에서 빠져나왔던 것이다. 조그만 펠레만이 한 시간 내내 소곤소곤 속삭여 주었으면 모두에게 좋았을 것이다. 반면에 하인리히는 문제를 야기할 것임에 틀림없었다.

"전 이거 배울 때 결석했는데요." 그가 거친 음성으로 대답했다.

발러스테트의 얼굴이 부풀어 올랐다. 그는 약한 주먹을 움직이며 입술을 달싹거렸다. 그리고 눈썹을 치켜올리고 젊은 하인리히의 얼굴을 빤히 노려보았다. 그의 암적색 머리는 분노와 싸우느라 덜덜 떨고 있었다. 드디어 그는 "자……."라는 말을 내뿜을 수 있었다. 그것으로 둑이 터지고 일이 해결되었다. "그래 가지고 자넨 결코 성적을 얻을 수 없어요." 그에게서 술술 말이 나왔다. "자네는 항상 죄송하다는 말을 준비하고 있어요, 하인리히. 자네가 지난 시간에 아팠다 하더라도 요 며칠 동안 빼먹은 수업을 충분히 보충할 수 있었을 것 아닌가. 첫째가 고난 이전의 상태고 둘째가 고난 그 자체를 다루고 있다면 마지막으로 셋째는 앞서 말한 고난과 시련 이후를 다루고 있다는 것은 뻔한 일이 아닌가. 그런데 자네는 제대로 하려는 열성이 없어. 그리고 몸이 약하지도 않으면서 걸핏하면 몸이 아프다는 핑계를 대고 빠져나갈 궁리만 하고 있어. 이래 가지고는 성적이 향상되고 나아질 생각은 꿈에도 하지 않는 게 좋아요, 하인리히. 앉아요. 바서포겔, 계속해 봐요."

낯가죽이 두껍고 반항적인 하인리히는 헛기침을 한 번 하더니 삐거덕거리며 자리에 앉았다. 그는 앉자마자 뻔뻔스럽게 짝꿍한테 속삭이며 자루 달린 칼을 도로 끄집어냈다. 바서포겔 학생이 일어섰다. 그는 눈이 충혈되고 들창코에 귀는 쫑긋했으며 손톱은 하도 깨물어 짓이겨져 있었다. 그는 기어 들어가는 애처로운 목소리로 '개요'를 마쳤다. 그리고 우즈라는 지방에 사는 남자, 욥과 그에게 일어난 사건에 관해 이야기하기

442

시작했다. 그는 앞 학생의 등 뒤에 구약 성서를 펴 놓은 채 아무렇지도 않은 표정으로 깊이 생각하는 시늉을 하며 그걸 읽었다. 그리고 벽의 한 점을 골똘히 응시했다. 그는 콜록콜록 기침을 하고 진땀을 흘리며 읽은 부분을 더듬더듬 어색하게 현대 독일어로 번역했다. 그의 외모는 결코 호감이 가는 편이 아니었다. 그런데도 발러스테트는 그가 아주 열심히 노력했다고 극구 칭찬했다. 바서포겔 학생은 대부분의 선생들이 그와 그의 공로를 즐겨 칭찬했기 때문에 행복했다. 선생들이 그를 칭찬하는 것은 비록 그의 얼굴은 못생겼지만 그렇다고 그에게 결코 부당하게 나쁜 점수를 주지는 않는다는 것을 바서포겔과 선생들 스스로 및 학생들에게 보여 주기 위해서였다.

종교 시간은 이렇게 진행되었다. 여러 학생들이 호명을 당해 우스라는 지방에 살던 남자, 욥에 관한 지식을 드러내 보여야 했다. 불의의 사고를 당한 거상 카스바움의 아들인 고트리프 카스바움은 최근 들어 집안 형편이 말이 아닌데도 아주 좋은 점수를 받았다. 그는 욥에게 양 7000마리, 낙타 3000마리, 소 500마리, 나귀 500마리와 그 밖에 많은 하인이 있었음을 정확히 알고 있었기 때문이다.

이제 선생님은 성경책을 펼쳐도 좋다고 했다. 하지만 대부분의 학생들은 이미 책을 펼치고 있었다. 그리고 그들은 계속 읽어 갔다. 상세한 설명을 할 필요가 있다고 생각되는 지점에 이르면 발러스테트는 얼굴이 부풀어 오르며 "자……." 하고 말했다. 그리고 보통 준비를 많이 해 와서, 의문이 가는 부분에 대해 보편적이고 도덕적인 고찰이 가미된 조그만 강연을 했다. 그의 강연에 귀를 기울이는 학생은 아무도 없었다. 방에는 평화와 졸음의 분위기가 만연했다. 난로를 계속 켜 놓은 데다 가스등의 영향으로 교실이 벌써 상당히 더워졌다. 그리고 스물다섯 명이 내뿜는 호흡과 발산하는 체온으로 공기가 꽤 혼탁해졌다. 그러한 온기, 가스등에서 나는 은은한 소리, 선생님이 단조롭게 글을 낭독하는 소리가 지루해하는 학생들의 머리에 파고들어 그들을 흐리멍덩한 꿈의 나라로 데려갔다. 카이 묄른 백작은 귀족적이나 깨끗하지 않은 손으로 머리를 괸 채 성경책 말고도 에드거 앨런 포의 『이해할 수 없는 사건들과 비밀스러운 행위』라는 책을 앞에 펴 놓고 읽었다. 하노 부덴브로크는 뒤로 몸을 젖힌 채 맥없이 입을 헤 벌리고 초점을 잃은 뜨거운 눈으로 「욥기」를 바라보았다. 책의 줄과 활자는 거무스름한 것들이 오글오글 모여 있는 형상으로 가물가물해져 갔다. 때때로 성배 모티프나 결혼식 장면이 그의 뇌리에 떠오를 때면 서서히 눈꺼풀을 내리고 내적인 흐느낌이 솟는 것을 느꼈다. 그리고 마음속으로 무사하고 평화로운 아침 시간이 이 상태로 영원히 계속되었으면 좋겠다고 기도했다.

그렇지만 사물들의 질서가 그러하듯 1교시가 끝났다. 귀청을 찢는 요란한 종소리가 복도를 통해 울려 퍼져 따뜻한 교실에서 몽롱하게 꾸벅꾸벅 조는 스물다섯 명의 정신이 번쩍 들게 했다.

"그만!" 발러스테트가 말했다. 그리고 그는 학생 기록부를 건네받고 이 시간에 자신의 직무를 이행했다는 표시로 거기에다 사인을 했다.

성경책을 닫은 하노 부덴브로크는 부르르 떨면서 기지개를 켜고 초조한 기색으로 하품을 했다. 하지만 팔을 내리고 사지의 긴장을 풀고 나서는 마음을 다소 진정시키려고 서둘러 힘들여서 심호흡을 하며 숨을 가다듬어야 했다. 그의 심장은 잠시 동요되어 자신의 직무를 약하게나마 거부했기 때문이다. 이제 라틴어 시간이 왔다. 그는 도움을 청하며 카이에게 곁눈질을 했다. 아직 시간이 끝난 줄 전혀 모르는 것 같은 그는 여전히 개인적으로 보는 책에 몰두해 있었다. 하노는 대리석 모양 무늬의 마분지로 커버를 한 오비디우스의 책을 가방에서 꺼내 오늘 암기하기로 된 시구를 펼쳤다. 아니다, 그것들을 암기하려고 노력해 보았자 아무런 소용이 없었다. 연필로 밑줄을 그어 수직 방향으로 다섯 줄씩 번호가 죽 매겨진 이 검은 줄들은 절망적으로 암담하고 낯설어 보였다. 그는 그 의미를 제대로 파악할 수 없었다. 그런데 어떻게 단 한 줄이라도 그걸 암송할 수 있겠는가. 그리고 오늘 이 시간에 대비해 준비해 온 아이들도 그중의 한 문장도 해독해 낼 수 없었다.

"'데시데란트, 파툴라 요비스 아르보레, 글란데스'가 대체 무슨 뜻이니?" 그는 옆자리에서 학생 기록부를 작성하고 있는 아돌프 토텐하웁트한테 몸을 돌려 절망적인 목소리로 물었다. "그건 모두 쓸데없는 소리야! 순전히 사람을 골탕먹이려고⋯⋯."

"뭐라고?" 토텐하웁트는 이렇게 말하고 계속 썼다. "주피터 나무의 도토리⋯⋯ 그건 떡갈나무야⋯⋯ 그래, 나도 잘 모르겠어⋯⋯."

"토텐하웁트, 내 차례가 되면 나한테 좀 말해 줘!" 하노는 이렇게 부탁하고 책을 앞으로 밀쳤다. 그는 반에서 일등인 토텐하웁트가 시큰둥한 듯 무관심하고 냉랭하게 고개를 끄덕이자 음울한 표정으로 의자 옆으로 빠져나와 일어섰다.

상황이 변했다. 발러스테트는 교실에서 나가고 그 대신 이제 흰 수염이 드문드문 난 작고 허약하며 수척한 남자가 교탁 옆에 반듯한 몸가짐으로 서 있었다. 밖으로 젖힌 좁은 옷깃 바깥으로 그의 붉은 목이 두드러지게 드러났다. 그는 흰 털이 난 한쪽 손으로 실크해트를 거꾸로 들고 있었다. 그는 학생들 사이에서 '거미'라고 불렸는데 실제 이름은 휘코프였다. 그는 쉬는 시간 동안 복도 감독을 맡았기 때문에 교실들도 함께 책임져야 했다. "가스등을 끄도록 해요! 창문을 열고!" 목소리에 가급적 잔뜩 힘을 주어서 명령했다. 그는 어색할 정도로 힘찬 제스처를 쓰며 마치 손잡이를 돌리듯 팔을 공중에 휘둘렀다. "그리고 모두들 저 아래 바깥에 나가 신선한 공기를 마시도록, 되도록 신속히!"

가스등이 꺼지고 커튼이 위로 올라가자 흐릿한 햇빛이 방을 가득 채웠다. 그리고 안개를 머금은 차가운 공기가 넓은 창문을 통해 밀려 들어왔다. 그리고 학생들은 휘코프 교수 옆을 지나 입구로 몰려갔다. 다만 그 일등인 학생만은 이 위에 남도록 허락받았다.

하노와 카이는 문 옆에서 만나 편리하게 만든 계단 저 밑으로 나란히 내려가 세련된 양식의 현관을 지나갔다. 둘은 아무 말이 없었다. 하노는 안타까울 정도로 비참해 보였다. 그리고 카이는 생각에 잠겨 있었다. 넓은 교정에 이르러 둘은 다양한 연령의 동급생 무리 속에서 이리저리 거닐기 시작했다. 학생들은 축축한 붉은색 석판 위에서 왁자지껄 소리치며 뒤섞여 움직였다.

뾰족한 금빛 수염을 기른 젊은 선생님이 이 밑에서 감독을 하고 있었다. 우아한 신사인 그는 골더너 박사였다. 그는 홀슈타인과 메클렌부르크 출신 귀족인 부유한 지주 자제들을 받아들이는 소년 기숙사를 맡고 있었다. 그는 자신이 보호하게 된 이 봉건적인 젊은이들의 영향으로 동료 교사들과는 완전히 다른 식으로 우아하게 외모를 가꾸었다. 그는 알록달록한 실크 넥타이를 맸고, 맵시 있는 상의와 구두 밑창 아래를 끈으로 묶은 연한 색깔의 바지를 입고 있었다. 그리고 다양한 색상의 수실이 달린, 향수를 뿌린 손수건을 휴대하고 다녔다. 그처럼 겸손한 사람한테는 우아한 외모가 본시 어울리지 않는 법이었다. 이를테면 거대한 그의 발은 단추를 채우는 끝이 뾰족한 구두와 절묘한 부조화를 이루었다. 그가 자신의 뭉툭하고 붉은 손을 공공연히 자랑하는 것은 도저히 이해가 되지 않았다. 그는 두 손을 끊임없이 비비고 서로 맞잡으며 사랑스러운 듯 찬찬히 들여다보았다. 그는 머리를 뒤로 비스듬히 젖히고 다니는 버릇이 있었다. 눈을 깜박거리고 코를 찡그리며 입은 반쯤 벌린 채 마치 이렇게 말하기라도 하려는 듯 늘 얼굴을 찌푸렸다. "대체 이게 또 무슨 일이야?" 그렇지만 그는 너무 고상한 사람이라서 가령 교정에서 일어나는 모든 사소한 위반 사항을 특별히 봐주었다. 그는 이런저런 학생들이 마지막 순간을 위해 대비하려고 책을 가지고 저 아래로 내려가는 것을 봐주었다. 그는 기숙생들이 수위인 슐레밀에게 돈을 주어 과자를 사 오게 하는 것을 봐주었다. 두 명의 3학년 학생이 사소한 힘겨루기를 하다가 급기야 치고받는 사태로 번져 주위에 즉각 전문가들의 시합장이 형성된 것을 봐주었다. 그리고 저 아래에서 이러이러한 식으로 학생답지 않게 비겁하거나 불명예스러운 성향을 노출시킨 학생을 다른 학생들이 강제로 펌프로 끌고 가서 치욕스러운 모습을 보인 그에게 물을 뿌리려고 한 사건도 봐주었다.

이리저리 거니는 카이와 하노 주위에서 시끄럽게 날뛰는 친구들은 씩씩하고 다소 버릇없는 아이들이었다. 전쟁에서 승리해 되젊어진 조국의 공기를 맡고 자라난 사람들은 거친 남성적 도덕률에 충성을 바쳤다. 사람들은 너절한 동시에 과감한 은어, 기술적 표현으로 가득 넘치는 은어로 말했다. 음주와 흡연 능력, 신체적 힘, 운동 능력이 아주 높은 평가를 받았다. 가장 경멸받는 악덕은 유약한 것과 멋부리는 행위였다. 외투 옷깃을 올리고 가다가 발각되는 자는 누구나 펌프로 끌려가는 수모를 당해야 했다. 또한 거리에서 지팡이를 짚고 가다가 남의 눈에 띄면 그는 체육관에서 모욕적이고 고통스럽게 공개적인 징계를 당해야 했다.

하노와 카이가 나누는 대화는 차갑고 축축한 공기를 가득 채우는 시끌벅적한 소리 가운데 낯설고 특이한 것이었다. 둘의 우정은 오래전부터 전교에 좍 퍼져 있었다. 선생들은 거기서 불순하고 반항적인 냄새를 맡았기 때문에 못마땅해하면서도 참고 있었다. 그리고 그들의 본질을 간파할 능력이 없었던 동급생들은 당황해하며 일종의 반감을 품고 그들을 인정하는 데 익숙해졌다. 또 이 두 친구의 견해를 그대로 인정하면서 그들을 무법자나 이상야릇한 괴짜로 간주하는 데 익숙해졌다. 게다가 카이 묄른 백작은 그한테서 풍기는 야성과 고삐 풀린 반항심 덕으로 다른 아이들의 존경을 받았다. 하지만 하노 부덴브로크로 말하자면 아무나 두들겨 패는 커다란 하인리히조차 맵시 있고 겁이 많다고 해서 그에게 손을 댈 생각을 하지 못했다. 그것은 그의 부드러운 머리카락, 섬세한 팔다리, 음울하고 소심하며 냉랭한 그의 눈빛이 막연히 두려워서였다.

"난 겁이 나." 하노가 교정의 한쪽 벽가에 멈추어 서서 담벼락에 기댄 채 카이한테 말했다. 그리고 오싹해하는 동작으로 하품을 하면서 재킷을 더 단단히 여몄다. "난 무지 겁이 나, 카이. 그래서 온몸이 아파. 만텔자크 씨가 정말 그렇게 무서운 사람이니? 좀 말해 줘! 이 지긋지긋한 오비디우스 시간이 어서 지나갔으면! 학생 기록부에 나쁜 점수를 받은 걸로 기재되어 낙제를 당한다면 만사 오케이겠는데! 그건 두렵지 않아. 그와 관련된 추문이 두려운 거야."

카이는 생각에 잠겨 들었다. "이 로더릭 어셔는 내가 여태껏 본 사람 중에서 가장 놀랄 만한 인물이야!" 그가 재빨리 단도직입적으로 말했다. "난 아까 내내 그걸 읽었어. 나도 언젠가 그런 훌륭한 이야기를 쓸 수 있다면!"

사실 카이는 글쓰기에 몰두하고 있었다. 그가 오늘 아침에 학교 공부보다 더 나은 일이 있다고 말한 것도 바로 이걸 두고 하는 말이었다. 어린 소년인 그는 이야기를 들려주는 방식에서 벗어나 문필가적인 시도를 하게 되었다. 최근에 그는 대단히 환상적인 모험 이야기의 형태로 동화적인 작품을 완성했다. 거기서는 모든 것이 어둠침침한 빛을 받으며 이글거렸다. 그것은 이글거리는 금속과 불가사의한 불꽃이 작열하는 가운데 지구에서 가장 심원하고 신성한 공장과 인간의 영혼이라는 공장에서 펼쳐지는 이야기였다. 그리고 거기에서 자연과 영혼의 근원적인 힘이 특이한 방식으로 뒤섞이고 서로 작용해서, 변화되고 정화되었다. 그것은 잔잔한 열정이 담긴 내적이고 오묘한 언어, 다소 터무니없고 동경 어린 언어로 씌었다.

하노는 이 이야기를 잘 알고 있었고 아주 좋아했다. 하지만 지금은 카이의 작품이나 에드거 앨런 포에 관해 이야기할 기분이 아니었다. 그는 다시 하품을 했다. 그러고 나서 얼마 전에 피아노를 치다가 생각해 낸 모티프를 혼자 흥얼거리는 동시에 한숨을 지었다. 이게 그의 버릇이었다. 그는 가끔 한숨을 쉬었고 시원찮게 작동하는 심장을 좀 활발히 움직이게 하려는 절박한 필요에서 깊은 심호흡을 하곤 했다. 그리고 어떤 음악적 주제, 자신이나 남이 작곡한 어떤 선율에 따라 숨을 내쉬는 버릇이 있었다.

"저길 봐, '주 예수'가 오시잖아!" 카이가 말했다. "자신의 정원에서 유유히 산책하는걸."

"산뜻한 정원이야." 하노는 이렇게 말하며 웃음을 터뜨렸다. 그는 신경질적인 웃음을 그칠 수 없었다. 그는 손수건을 입에 대고 카이가 '주 예수'라고 칭한 저 건너쪽을 바라보았다.

그는 불리케 교장이었다. 학교의 지도자가 정원에 나타난 것이었다. 테가 넓은 검은 모자를 쓴 그는 아주 키가 큰 남자였다. 그의 수염은 짧고 배는 불룩 튀어나왔으며 바지는 너무 짧았다. 그리고 깔때기 모양의 소맷부리는 늘 깨끗하지 못했다. 그는 화가 나 견딜 수 없다는 표정으로 팔로 펌프 쪽을 가리키며 석판 위를 급히 서둘러 걸었다. 물이 흐르고 있었던 것이다! 많은 학생들이 펌프 꼭지를 잠금으로써 죄과를 면해 보려고 그의 앞으로 우르르 몰려들었다. 하지만 그런 다음에도 그들은 오랫동안 그러고 서서 당황한 표정을 지으며 펌프와 교장을 번갈아 바라보았다. 교장은 얼굴을 붉히고 급히 달려오는 골더너 선생 쪽으로 몸을 돌려 낮고 둔중하게 떨리는 목소리로 그를 다그쳤다. 그는 입 속에서 웅얼거리는 분명치 않은 발음으로 훈시를 했다.

이 불리케 교장은 무서운 사람이었다. 그는 하노의 아버지와 삼촌이 그 밑에서 공부했던 쾌활하고 성품이 어진 전임 교장의 뒤를 이어 교장이 되었다. 이전 교장은 1871년 초에 사망했다. 그래서 그때까지 프로이센 김나지움의 교수로 있던 불리케 박사가 교장으로 초빙되었다. 그와 더불어 새로운 정신이 구식 학교에 불어닥쳤다. 여지껏 고전적 교양을 조용하고 한가롭게 즐거운 이상주의로 추구하며 그것을 명랑한 자기 목적으로 간주하던 곳에서 이제 권위, 의무, 힘, 복무, 직업적 성공이 최고의 가치로 부각되었다. 그리고 불리케 교장이 축사에서 위협적으로 내세운 기치는 '우리 철학자 칸트의 정언 명령'이었다. 이 학교는 프로이센적인 엄격한 복무 정신이 강압적으로 지배하는 국가 속의 국가가 되었다. 그래서 선생들뿐만 아니라 학생들도 승진과 권력자한테 잘 보이는 데만 신경을 쓰는 공무원이 된 듯한 느낌을 받았다. 새 교장이 부임해 온 직후 가장 탁월하다고 할 수 있는 위생적이고 미적인 원칙 하에 건물을 새로 짓고 시설을 새롭게 했다. 그리고 모든 일이 물 흐르듯이 원만하게 진행되어 갔다. 하지만 해결되지 못한 문제가 남아 있었다. 그것은 현대적 편리함을 덜 갖췄던 구식 학교에 좀 더 많은 선량함, 정감, 명랑함, 호의, 아늑함이 있었으며, 그 학교가 더 호감이 가고 더 축복스러운 기관이지 않았나 하는 점이었다.

불리케 교장 개인에 관해 말하자면 그는 수수께끼 같고 모호하고 고집불통이고 질투심이 많은 인물로, 구약 시대의 하느님처럼 공포의 대상이었다. 화를 낼 때뿐만 아니라 미소 지을 때도 그는 끔찍했다. 그의 수중에 들어 있는 엄청난 권위로 말미암아 그는 소름이 돋게 할 정도로 변덕스럽고 예측 불가능한 존재로 변해 갔다. 그가 농담을 하는데 감히 누가 웃으면 다른 사람을 섬뜩하게 만드는 재주가 있었다. 그를 두려워하는 사람들은 그의 앞에서 어떻게 처신해야 할지 몰라 쩔쩔 맸다. 그를 숭배하고 그의 앞에서는 연신 굽실대는 것이 상책이었다. 그러지 않으면 그는 분노로 남을 겁먹게 하고 정당함을 가장한 자기주장으로 다른 사람을 찍소리 못 하게 만들었다.

카이가 그에게 부여한 이름은 그 자신과 하노 부덴브로크만 사용했다. 그들은 동급생들이 제대로 이해하지 못하고 늘 그러듯이 냉랭한 시선으로 멍하니 쳐다볼까 봐 남 앞에서는 그 호칭을 삼갔다. 아니, 그들 둘이 같은 반 친구들과 통하는 것은 하나도 없었다. 다른 아이들이 즐겨 품었던 일종의 적대 감과 복수심조차 둘에게는 생경한 것이었다. 그리고 둘은 다른 아이들 사이에 흔히 통용되는 별명도 철저히 무시했다. 그런 유머에는 감동하지도 심지어 미소 짓지도 않았다. 가냘픈 휘코프 교수를 '거미'라고 부르고 발러스테트 교사를 '앵무새'라고 부르는 것은 너무 진부하고 무미건조하며 위트가 없었다. 그들이 국가에 강제 복무한 데 대한 손해 보상치고는 너무 빈약한 말이었던 것이다! 그렇다, 카이 묄른 백작은 그보다 입이 더 험했다! 그러나 하노는 올바른 시민적 관습을 좇아 선생님들 이름 뒤에 '씨'를 붙였다. '발러스테트 씨', '만텔자크 씨', '휘코프 씨'와 같이 말이다. 그 결과 오히려 거부적이고 반어적인 냉담함과 조소 어린 거리감과 낯설게 하는 효과가 나타났다. 그들은 '교사단'이라고 말하고 쉬는 시간 내내 즐거워했다. 그 말로 그들은 실제로 현존하는 어떤 피조물, 역겹고 환상적으로 생긴 어떤 무시무시한 괴물을 떠올렸다. 그리고 그들은 대체로 '시설'이라는 용어를 썼다. 그것은 하노의 삼촌 크리스티안이 들어가 있는 정신 병원과 같은 이미지를 강조하려는 것이었다.

주 예수가 출현해 잠시 모두를 완전히 공포의 도가니에 빠뜨리는 바람에 카이는 무척 기분이 좋아졌다. 그는 석판 여기저기에 흩어진 버터빵 종이를 이리저리 가리키며 무서운 얼굴로 뭐라고 웅얼거렸다. 카이는 하노를 데리고 선생들이 2교시 수업을 하려고 교정을 가로질러 들어가는 문들 중 어떤 문 쪽으로 갔다. 그리고 눈이 붉고 창백하며 초라한 행색의 신학교 학생들 앞에서 잔뜩 몸을 굽혀 인사하기 시작했다. 마침 6, 7학년 학생들이 뒤뜰로 가려고 그들 옆을 지나고 있었다. 그는 지나치다 싶을 정도로 몸을 굽히고 두 팔은 밑으로 내렸다. 그러고는 그 가난한 학생들을 헌신적인 눈길로 아래에서 위로 쳐다보았다. 그런데 그때 머리가 하얗게 센 수학 선생인 티트게 씨가 책 몇 권을 등 뒤에 들고 손을 떨면서 나타났다. 구제 불능의 사시인 그는 누런 안색에 굽은 등을 하고 침을 뱉었다. 그러자 카이는 듣기 좋은 목소리로 말했다. "안녕하세요, 송장 선생님." 그러고는 맑고 날카로운 시선으로 공중 어딘가를 쳐다보았다.

그 순간 귀청을 찢는 벨소리가 울렸다. 그러자 학생들은 즉각 사방에서 현관 쪽으로 몰려들기 시작했다. 하지만 하노는 벌어진 입을 닫지 못하고 계속 웃고 있었다. 그가 계단에서도 너무 심하게 웃는 바람에 그와 카이를 둘러싼 동급생들은 의아하다는 눈초리로, 심지어는 그와 같은 천박한 작태가 약간 역겹다는 듯 그의 얼굴을 들여다보았다.

교실 안이 갑자기 잠잠해졌다. 만텔자크 박사가 들어오자 모두 일제히 일어섰다. 그는 담임이었다. 담임한테 존경을 표시하는 게 예의였다. 그는 몸을 굽히고 모두들 일어섰는지 보려고 목을 들며 뒤의 문을 닫았다. 모자를 못에 걸고 재빨리 교탁으로 가면서 머리를 위아래로 까딱까딱 움직였다. 그는 교탁 앞에 자리를 잡고 잠시 창문 바깥쪽을 내다보았다. 그러면서 커다란 인장 반지를 낀 집게손가락을 옷깃과 목 사이로 뻗어 이리저리 움직였다. 중키의 남자인 그의 성긴 머리카락은 하얗게 셌고 위엄 있는 수염은 곱슬곱슬했으며 툭 튀어나온 청록색 눈은 근시였다. 두 눈은 도수 높은 안경알 뒤에서 번쩍거렸다. 그는 부드러운 회색 옷감으로 만든 프록코트의 단추를 열고 있었다. 그는 짧고 쭈글쭈글한 손으로 코트 허리 부분의 보들보들한 촉감을 느끼기를 좋아했다. 우아한 골더너 박사에 이르기까지 모든 선생들의 바지가 다 그렇듯이 그의 바지는 너무 짧았다. 그래서 아주 넓고 반짝반짝 광이 나는 장화의 다리 부분이 보일 정도였다.

갑자기 그는 창에서 시선을 돌려 잠잠한 학생들을 응시하며 호의적인 한숨을 작게 내쉬었다. "그래, 그래!"라고 말하면서 그는 몇몇 학생들한테 정답게 미소 지었다. 그의 기분이 좋다는 것은 명백한 사실이었다. 학급에 안도의 분위기가 휩쓸고 지나갔다. 모든 문제는 만텔자크 박사의 기분이 좋은지 좋지 않은지에 달려 있었다. 학생들은 그가 무의식적으로 조금도 자기비판 없이 자기의 기분에 모든 것을 내맡긴다는 것을 알고 있었기 때문이다. 그는 아주 예외적으로 무한정 순진하고 불공평한 성격의 소유자였다. 그리고 그의 총애는 행운 자체 만큼이나 소중하고 변덕스러웠다. 그에게는 늘 총애하는 두서너 명의 학생이 있었다. 그는 그들을 '너'라고 호칭하며 허물없이 이름을 불렀다. 그러면 그들은 마치 천국에 사는 것과 같았다. 그들은 하고 싶은 말을 거의 다 할 수 있었다. 그것은 그런대로 괜찮은 일이었다. 그리고 수업이 끝나면 만텔자크 박사는 그들과 아주 인간적으로 잡담을 나누었다. 아마 방학이 끝난 후라고 생각되는데, 하루는 무슨 연유인지는 몰라도 그들의 지위가 추락하고, 박탈당하고, 철폐되고, 타기되고 대신 다른 학생의 이름이 불렸다. 만텔자크 박사는 이 행운아들이 즉석 시험에서 실수를 저지르면 가볍고 정답게 쓰다듬곤 했다. 그래서 그들이 아무리 많은 실수를 저질러도 그들의 노트는 깨끗한 상태를 유지했다. 반면에 다른 아이들의 노트에는 묵직하고 무정한 펜이 휘갈겨져 있고 붉은 잉크가 넘쳐흘렀다. 그래서 그것들은 꼴 보기 싫고 난잡한 인상을 주었다. 그리고 그는 실수들을 헤아리지 않고 자기가 노트에 소모한 붉은 잉크의 양에 따라 점수를 매겼기 때문에 자기가 총애하는 아이들은 커다란 이득을 보았다. 그는 이러한 행위가 부당하다는 것을 조금도 깨닫지 못하고 완전히 정상적이라고 여겼으며 그게 편파적이라고는 전혀 생각하지 않았다. 슬프게도 누군가가 거기에 항의를 할 만한 용기를 가진다면 그는 앞으로 그의 총애를 받을 전망을 완전히 상실하게 되는 것이었다. 그리고 이러한 희망을 포기하는 학생은 아무도 없었다.

이제 만텔자크 박사가 다리를 꼬고 서서 수첩을 넘기기 시작했다. 하노 부덴브로크는 몸을 앞으로 굽히고 앉아 책상 밑에서 손을 비벼 댔다. B부터 시작할 차례였던 것이다! 바야흐로 그의 이름이 불리면 그는 일어서서 한 줄도 읊지 못할 것이다. 그러면 담임의 기분이 아무리 좋다 하더라도 추문, 끔찍하고 시끄러운 파국이 있게 될 것이다. 일 초 일 초가 피를 말리는 순간이었다. '부덴브로크'…… 이제 그의 이름이 불릴 것이다.

"에드가!" 만텔자크 박사가 말하며 수첩을 덮었다. 그러면서 집게손가락을 거기에 끼웠다. 그리고 이제 모든 것이 아주 정상적으로 진행되고 있다는 듯 교탁에 앉았다.

뭐, 어찌 된 거야? 에드가? 그는 저기 창가에 앉은 뚱뚱한 뤼더스였다. 그건 원래 순서와는 전혀 달리 첫 글자가 L이었다! 아니, 그게 가능한 일이었던가? 만텔자크 박사는 오늘 기분이 너무 좋아서 그냥 총애하는 아이의 이름을 불렀을 뿐이었다. 그리고 오늘 순서가 어떻게 되는지는 전혀 개의치 않았다.

그 뚱뚱한 뤼더스가 일어섰다. 그는 찌푸린 얼굴과 무감동한 갈색 눈을 가지고 있었다. 그는 좋은 자리에 앉아 있어 마음만 먹으면 수월하게 읽어 낼 수 있었겠지만 너무 게을러서 그렇게도 하지 않았다. 자기가 천국에 있다고 너무 자신만만하게 느낀 그는 간단히 대답했다. "어제 머리가 아파서 공부를 못 했는데요."

"오, 넌 나를 궁지에 빠뜨리려는 거니, 에드가?" 만텔자크 박사가 슬프게 말했다. "황금 시대의 시구를 말하지 않을 거니? 참으로 애석한 일이구나, 얘야! 머리가 아팠니? 그럼 수업 시작할 때 호명하기 전에 미리 말해 줘야지. 얼마 전에도 머리가 아프지 않았니? 그에 대한 무슨 방도를 마련해야지, 에드가. 그러지 않으면 퇴보할 위험성도 배제할 수 없어. 팀, 자네가 대신 해 봐요."

뤼더스는 자리에 앉았다. 이 순간 그는 뭇 학생들로부터 증오의 표적이 되었다. 학생들은 담임의 기분이 상한 것을 뚜렷이 알 수 있었다. 그리고 아마 다음 시간부터는 뤼더스가 총애를 상실할 거라고 생각했다. 팀은 제일 뒷자리에서 일어섰다. 그는 외모가 시골풍인 금발 소년으로 담갈색 재킷을 입고 손가락은 짧고 뭉툭했다. 그는 진지하고 우둔한 표정으로 입을 깔때기 모양으로 벌리고 펴진 책을 급히 제 위치에 고정했다. 그러면서 긴장한 표정으로 정면을 바라보았다. 그런 다음 그는 고개를 떨구고 길게 음을 빼며 말이 막힌 가운데 단조롭게 낭독하기 시작했다. 그것은 마치 아이가 입문서를 읽는 모습과 같았다. "아우레아 프리마 사타 에스트 아에타스⋯⋯."

만텔자크 박사가 오늘 파격적인 순서로 호명했음은 분명했다. 그리고 누가 가장 오랫동안 불리지 않았는가 하는 것은 전혀 개의치 않았다. 이젠 더 이상 하노가 호명당할 위험성이 없어 보였다. 다만 억세게 운이 없는 경우 그런 사태가 벌어질 수 있을 따름이었다. 그는 카이와 행복한 시선을 교환하면서 사지의 긴장을 약간 풀고 마음을 놓기 시작했다.

팀의 낭독이 갑자기 중단되었다. 만텔자크 박사는 낭독자의 낭송을 제대로 알아듣지 못해서인지 혹은 몸을 움직이고 싶어서인지 교탁에서 일어나 한가롭게 교실을 어슬렁거렸다. 그러다가 손에 오비디우스의 책을 들고 팀 옆에 바짝 다가왔다. 그러자 눈에 띄지 않게 신속히 책을 옆으로 치운 팀이 이제 어쩔 줄 모르게 되었다. 깔때기 모양인 그의 입이 탁 닫히면서 성실하고 파란 눈에 당황한 빛을 띠며 담임을 바라보았다. 그러고는 더 이상 한마디도 내뱉지 못했다.

"자, 팀." 만텔자크 박사가 말했다. "갑자기 벙어리가 된 거니?"

그러자 팀은 머리를 긁적이고 이리저리 눈을 굴리며 가쁘게 숨을 쉬었다. 그리고 드디어 멋쩍게 미소를 지으며 말했다. "선생님이 옆에 계시니 너무 당황이 돼서요, 박사님."

만텔자크 박사도 미소 지었다. 그는 기분 좋게 미소 지으며 말했다. "자, 정신을 가다듬고 계속해 봐요." 그러고는 교탁으로 되돌아갔다.

그러자 팀은 정신을 가다듬었다. 그는 다시 책을 앞으로 꺼내 펴고는 마음의 평정을 얻으려는 듯 교실을 빙 둘러보았다. 그런 다음 머리를 내리고 제정신을 찾았다.

"좋아요." 팀이 낭송을 끝내자 담임이 말했다. "공부 많이 했군요. 그건 의심의 여지가 없어요. 다만 리듬 감각이 너무 결여되어 있어요, 팀. 말의 연결 발음은 잘 이해하고 있어요. 하지만 6운각은 제대로 읽지 못했어요. 학생이 전체를 산문처럼 암기하지 않았나 하는 인상이 드는군요. 하지만 이미 말했듯이 열심히 공부했어요. 최상의 노력을 했어요. 그리고 항상 분투하면서 노력하는 사람은……. 앉도록 해요."

팀은 환한 얼굴로 의기양양하게 자리에 앉았다. 그리고 만텔자크 박사는 그의 이름 밑에 아주 만족할 만한 점수를 주었다. 하지만 이때 선생님뿐만 아니라 팀 자신이나 전체 학생들도 진심으로 팀이 정말 훌륭하고 부지런한 학생이라고 생각했다는 점이 이상야릇했다. 팀이 좋은 점수를 받을 만하다는 데는 전적으로 의견이 일치했던 것이다. 하노 부덴브로크도 같은 생각을 품었다. 물론 마음속으로는 어쩔 수 없이 그런 생각에 반감을 품기는 했지만 말이다. 그는 어떤 이름이 불릴까 하고 다시 잔뜩 긴장하여 귀를 기울였다.

"뭄메!" 만텔자크 박사가 말했다. "다시 한번! 아우레아 프리마……?"

그러므로 뭄메였다! 다행히도 하노는 이제 안심해도 좋으리라! 세 번째 학생까지 암송할 시간이 없을 것이다. 다음 시간에나 B 자 차례가 돌아올 것이다.

뭄메가 일어섰다. 키가 크고 창백한 안색의 그는 두 손을 덜덜 떨고 있었다. 그의 둥근 안경은 무척 컸다. 그는 눈병이 있는 데다가 지독한 근시라서 선 채로 앞에 놓인 책도 읽을 수 없을 정도였다. 그는 공부를 할 수밖에 없어서 공부를 했다. 하지만 그는 안타까울 정도로 재주가 없는 데다가 그 외에 설마 오늘 호명당하리라고는 생각하지 않았기 때문에 거의 아는 게 없어 첫마디부터 말문이 막혀 버렸다. 만텔자크 박사가 그를 거들어 주었다. 두 번째는 좀 더 날카로운 음성으로, 세 번째는 매우 화가 난 음성으로 거들어 주었다. 그래도 뭄메가 전혀 아무 말도 못 하자 담임은 화가 나 극도로 흥분 상태에 빠졌다.

"이건 전적으로 불충분한데, 뭄메! 앉아요! 자넨 슬프게 됐어, 알겠지, 이 얼간아! 우둔하고 게으른 게 너무 지나쳐."

뭄메는 풀썩 주저앉았다. 그의 얼굴은 불행해 보였다. 그리고 이 순간 교실에서 그를 멸시하지 않는 사람은 아무도 없었다. 또 한 번 하노 부덴브로크의 속에서는 역겨운 감정, 일종의 구토증이 일어나 그의 목구멍을 조여 댔다. 하지만 동시에 앞으로 어떤 일이 벌어질지를 정신 바짝 차리고 지켜보았다. 만텔자크 박사는 뭄메의 이름 뒤에 나쁜 점수를 휘갈겨 쓰고는 눈썹을 찡그리며 그의 수첩을 살펴보았다. 화가 난 그는 원래의 일정으로 넘어가 누가 그날 순서인지 살펴보았다. 그건 보나 마나 한 일이었다! 그리고 하노가 이런 불길한 생각에 완전히 사로잡혀 있을 때 바로 그의 이름이 들려왔다. 마치 악몽을 꾸는 것처럼 그의 이름이 들려왔다.

"부덴브로크!" 만텔자크 박사는 '부덴브로크'라고 말했다. 그 울림이 아직 공중에 남아 있었다. 그런데도 하노는 그러한 현실을 믿지 않았다. 귀에서 윙윙거리는 소리가 들렸다. 그는 그대로 앉은 채로 있었다.

"부덴브로크 군!" 만텔자크 박사는 이렇게 말하고 툭 튀어나온 청옥색 눈으로 그를 노려보았다. 그의 눈은 도수 높은 안경알 뒤에서 번쩍거리고 있었다. "자네가 한번 해 보겠어요?"

좋다, 그럼 그렇게 해야 한다. 일이 그렇게 되고야 말았다. 그의 예상과는 전혀 다르게 진행되었지만 이제 그는 모든 것을 잊어버리고 정신을 차리게 되었다. 혹 선생님이 큰 소리로 으르렁거릴 것인가? 그는 일어서서 자기가 시구 공부하는 것을 '잊어버린' 데 대해 어처구니없고도 우스꽝스럽게 사과의 말을 하려는 참이었다. 그때 그는 갑자기 앞자리 학생이 책을 펴서 그에게 들이미는 것을 알아차렸다.

한스 헤르만 킬리안이라는 이름의 앞 학생은 머리에 기름기가 많고 어깨가 넓은 갈색 피부의 조그만 친구였다. 장교 지망생인 그는 비록 요한 부덴브로크를 좋아하지 않았지만 동료애가 충만해서 그를 궁지에 빠뜨리려고 하지 않았다. 심지어 그는 집게손가락으로 시작해야 할 지점까지 가리켰다.

그래서 하노는 그쪽을 보면서 읽기 시작했다. 그는 눈썹과 입술을 찡그리고 법전이나 아무런 강요 없이 그들 자유 의지로 진실과 정의를 처음으로 꽃피웠던 황금 시대에 관해 더듬 더듬 읽기 시작했다. "처벌과 공포는 존재하지 않았다." 그는 라틴어로 말했다. "청동 서판에는 어떠한 협박의 글귀도 씌어 있지 않았고 청원하는 사람들은 판사의 표정을 두려워하지 않았다." 그의 표정에는 고통스럽고 진저리 난다는 기색이 역력했다. 그는 일부러 뒤죽박죽으로 잘못 읽었다. 킬리안의 책에 연필로 표시된 몇 군데의 연결 발음을 의도적으로 무시해 버렸다. 그는 짐짓 많은 실수를 저지르고 말이 막히며 힘들여 읽고 있다는 인상을 주었다. 그러면서도 그는 담임이 모든 것을 눈치채고 당장 그한테 달려올지도 모른다는 각오를 계속하고 있었다. 앞에 펴진 책을 읽는다는 은밀한 쾌감 때문에 그의 피부는 쿡쿡 쑤시는 것 같은 느낌이 들었다. 하지만 그는 혐오감에 가득 차서 일부러 되도록이면 악랄하게 속였다. 그럼으로써 속이는 행위를 덜 비열하게 만들기 위해서였다. 그런 다음 그는 아무 말이 없었다. 너무 잠잠해서 그는 감히 고개를 들지 못했다. 이러한 정적은 끔찍한 것이었다. 그는 만텔자크 박사가 모든 것을 보았음에 틀림없다고 확신했다. 그의 입술은 백지처럼 하얗게 질렸다. 이윽고 담임은 한숨을 쉬며 이렇게 말했다.

"오, 부덴브로크, 좋아요! 이번만은 자네에게 고전적으로

'그대'라고 해도 되겠지요! 자네가 어떤 일을 해 왔는지 알고 있어요? 자네는 아름다움을 조롱하며 문화 파괴자, 야만인처럼 행동해 왔어요. 자네, 부덴브로크는 미적 감각이 없는 피조물이에요. 그 코를 보면 알 수 있어요! 누군가가 나한테 자네가 내내 기침을 했느냐 아니면 고상한 시구를 읊었느냐고 묻는다면 난 오히려 전자를 택하겠어요. 팀이 보여 준 선율 감각은 보잘것없지만 자네에 비하면 그는 천재고 음유 시인이지. 앉아요, 불행한 학생. 자네가 공부를 한 것만은 틀림없어요. 그러니 나쁜 점수는 줄 수 없어요. 자넨 아마 힘껏 노력했겠지요. 이봐요, 자네가 음악을 좋아하고 피아노를 친다고 하지 않았어요? 어떻게 그럴 수 있지요? 어쨌든 됐어요, 앉아요. 자네가 열심히 공부한 점은 좋아요."

그는 수첩에 그럭저럭 괜찮은 점수를 기입했다. 그리고 하노 부덴브로크는 자리에 앉았다. 아까는 팀이 음유 시인이었던 것처럼 지금은 자기가 그런 것으로 생각되었다. 그는 만텔자크 박사의 말에 포함된 칭찬이 정말 지당하다고 느끼지 않을 수 없었다. 그는 이 순간 자기가 다소 재주는 없지만 부지런한 학생이란 견해를 진지하게 수긍했다. 그는 그것을 비교적 영광스럽게 생각했다. 그리고 한스 헤르만 킬리안 말고는 모든 동급생들이 같은 생각을 하고 있음을 그는 분명히 느꼈다. 다시 그의 내부에서 다소 역겨운 감정이 일어났다. 하지만 그 일의 내막을 곰곰이 반추하기에는 너무 기진맥진해 있었다. 그는 창백한 안색으로 부르르 떨며 눈을 감고 무력증에 빠져들었다.

그렇지만 만텔자크 박사는 수업을 계속했다. 그는 학생들에게 예습해 오라고 한, 새로운 시구에 들어갔다. 그리고 페터젠을 호명했다. 싱싱하고 활발하고 자신에 찬 늠름한 태도로 페터젠이 일어섰다. 그는 감히 격전을 벌일 각오를 하고 호전적인 자세를 취했다. 하지만 그가 몰락할 거라는 사실은 숙명적이었다! 그렇다, 근시인 그 불쌍한 뭄메가 당했던 것보다도 더 끔찍한 파멸이 일어나지 않고는 수업 시간이 흘러가지 않을 것이다.

페터젠은 그가 전혀 볼 필요가 없는 책의 다른 쪽 페이지를 이따금 흘끗흘끗 보면서 번역했다. 그는 그러한 행동을 아주 요령 있게 해냈다. 그는 그곳이 방해가 되는 듯이 행동했다. 그는 손을 그 위에 갖다 대고 자기를 괴롭히는 먼지나 그와 유사한 것을 털기라도 하듯이 후 불었다. 그런데 이제 끔찍하기 짝이 없는 일이 벌어지고 말았다.

만텔자크 박사가 급기야 느닷없이 격렬한 움직임을 보였다. 그러자 페터젠도 마찬가지로 행동했다. 바로 그 순간 담임은 그의 자리를 떠나 허겁지겁 교탁에서 아래로 돌진해 왔다. 그리고 성큼성큼 멈추지 않고 페터젠한테 걸어왔다.

"자네, 책에 번역한 답을 써 놓았지?" 그가 옆에 서서 말했다.

"답이라뇨…… 저…… 아뇨……." 페터젠이 더듬거리며 말했다. 그는 이마 위에 고수머리를 한 금발의 미소년이었다. 그리고 무척이나 아름다운 파란 눈은 불안하게 깜박거리고 있었다.

"책에 답을 써 놓지 않았다고?"

"네…… 선생님…… 박사님…… 답을요? 정말 답이 없어요. 잘못 생각하셨어요. 저를 잘못 의심하셨어요." 페터젠은 평소와 달리 부자연스럽게 말했다. 불안한 나머지 그는 담임한테 충격을 주려는 의도로 단어를 아주 신중하게 선택해서 말했다. "전 속이지 않아요." 그가 아주 급박하게 말했다. "전 항상 정직했어요. 일평생 동안요!"

하지만 만텔자크 박사는 그의 슬픈 사건에 대해 너무 확신하고 있었다.

"자네 책을 줘 봐요." 그가 차갑게 말했다.

페터젠은 그의 책에 꼭 달라붙었다. 그는 맹세하듯 두 손을 들고 제대로 돌아가지 않는 혀로 이렇게 선포했다. "제발 제 말을 좀 믿어 주세요. 선생님…… 박사님…… 책에는 아무것도 없습니다. 저한테는 답이 없어요. 전 속이지 않았어요. 전 항상 정직했어요."

"책을 이리 달라니까." 담임은 되풀이해서 말하며 발을 쾅쾅 굴렀다.

그러자 페터젠은 맥이 풀리며 그의 얼굴은 완전히 잿빛으로 변했다.

"좋습니다."라고 말하고 그는 책을 내밀었다. "여기 있습니다. 네, 이 속에 답이 있습니다! 여기에 꽂혀 있는 것을 직접 보십시오! 하지만 전 그걸 사용하지 않았습니다!" 갑자기 그가 공중에다 대고 소리쳤다.

하지만 만텔자크 박사는 절망감에서 우러나온 이런 터무니없는 거짓말을 건성으로 들었다. 그는 '답'을 꺼내 들고 마치 악취 나는 오물이라도 되는 양 바라보더니 주머니에 집어넣었다. 그리고 오비디우스의 책을 도로 페터젠의 자리에 내던졌다. "학생 기록부." 그가 둔중한 목소리로 말했다.

아돌프 토텐하웁트는 충실하게 학생 기록부를 가져왔다. 그리고 페터젠은 속임수를 쓴 죄로 나쁜 점수를 받았다. 그 결과 그는 오랫동안 미움을 받게 되어 부활절에 진급을 하지 못할 운명에 처해졌다. "자네는 학급의 오점이야." 만텔자크 박사는 다시 한번 이렇게 말하고는 교탁으로 되돌아갔다.

페터젠은 자리에 앉았다. 그리고 그는 징계를 받았다. 그의 옆 학생이 그와 조금 떨어져 앉는 것을 아이들은 똑똑히 보았다. 모두들 구역질, 연민, 공포의 감정을 가지고 그를 관찰했다. 그는 현장에서 들켰기 때문에 구렁텅이에 빠지고 쓸쓸하게 완전히 버림받았다. 페터젠에 대해서는 단 하나의 견해만이 존재했다. 그것은 그가 정말로 '학급의 오점'이라는 사실이었다. 팀과 부덴브로크의 성공이나 불쌍한 뭄메의 불행이 그대로 인정되고 받아들여졌듯이 그 사건 역시 아무런 이의 없이 인정되고 받아들여졌다. 그리고 그 스스로도 그와 같이 행동했다.

건전하고 올곧은 체질을 지닌 이 스물다섯 명의 젊은 학생들 중에서 인생에 강하고 유능한 자는 이 순간에 벌어진 사태를 현실 그대로 파악하고 그로 인해 모욕을 당한 느낌을 갖지 않았다. 그리고 모든 것이 자명하고 질서 정연하다고 생각했다. 하지만 우울하게 곰곰이 생각하며 한 점을 지향한 아이도 있었다. 요한은 한스 헤르만 킬리안의 넓은 등을 응시했다.

그리고 푸르스름한 그림자가 드리운 그의 금갈색 눈은 완전히 혐오, 저항, 공포로 가득 찼다. 하지만 만텔자크 박사는 수업을 계속했다. 그는 다른 학생, 즉 아돌프 토텐하움트를 호명했다. 오늘은 미심쩍은 아이들을 시험할 기분이 싹 가셨기 때문이다. 그다음에 호명된 아이는 준비를 제대로 하지 않아서 '파툴라 요비스 아르보레, 글란데스'가 무슨 말인지도 몰랐다. 그 때문에 부덴브로크가 그것을 말해야 했다. 만텔자크 박사가 그한테 물었기 때문이다. 그는 위를 쳐다보지 않고 나지막이 말했다. 그러자 선생님은 고개를 끄덕이는 것으로 대답을 대신했다.

그리고 학생들의 발표가 끝나자 수업은 흥미를 상실하게 되었다. 만텔자크 박사는 어떤 우수한 학생에게 자력으로 계속 번역해 보라고 시키고는 다른 스물네 명과 마찬가지로 주의 깊게 경청하지 않았다. 그들은 다음 시간의 수업 준비를 시작했던 것이다. 이번 시간은 이제 아무래도 상관없었다. 아무도 발표한 데 대한 성적이 매겨지지 않았고 아무리 열성적으로 노력해도 그에 대한 평가를 받지 않았다. 이제 수업이 끝날 시간이 다 됐다. 수업이 끝났다. 종이 울렸다. 그것은 하노를 위한 종소리였다. 심지어 그는 좋은 점수를 받지 않았던가.

"자." 카이가 화학실로 통하는 고딕식 복도를 지나면서 동급생들이 있는 가운데 이렇게 말했다. "카이사르의 이마를 보다니 웬일이냐, 하노! 일찍이 없었던 행운이야!"

"난 기분이 안 좋아, 카이." 어린 요한이 말했다. "난 결코 행운을 바라지 않아. 기분이 메스꺼워."

그리고 카이는 자기가 하노의 입장이라 해도 마찬가지였을 거라고 생각했다.

화학실은 원형 극장식으로 의자가 뒤로 갈수록 높아지게 배열된, 천장이 둥근 건축물이었다. 거기에는 기다란 실험용 탁자가 하나 있고 플라스크로 가득 찬 유리 찬장 두 개가 있었다. 방 공기는 다시 점점 더워지면서 탁해졌다. 게다가 그 방은 방금 전에 실험을 하면서 배출된 황화수소로 가득 차는 바람에 도저히 참을 수 없는 악취를 풍겼다. 카이는 창문을 열어젖히고 정서된 아돌프 토텐하웁트의 공책을 훔쳐서 오늘해 와야 할 과제물을 급히 베끼기 시작했다. 하노와 다른 몇몇 학생들도 같은 행동을 했다. 그리고 한참 있다가 종이 울리고 마로츠케 박사가 나타났다.

그는 하노와 카이가 이름 붙였듯이 '속이 깊은' 선생이었다. 그는 중키에다 머리카락이 흑갈색인 남자로 안색은 무척 노랬다. 이마에는 커다란 혹이 두 개 나 있고 수염과 머리카락은 뻣뻣하고 끈적끈적했다. 그는 늘 밤을 새우고 몸을 안 씻은 사람처럼 보였다. 하지만 실제로는 아마도 그렇지 않았을 것이다. 그는 자연 과학을 가르쳤지만 원래 전공은 수학이었다. 그는 이 분야에 독창적인 사고를 가진 사람으로 간주되었다. 그는 성서의 철학적인 구절을 즐겨 인용했다. 때때로 꿈꾸는 듯한 좋은 기분일 때 그는 1, 2학년 학생들 앞에서 신비스러운 저술가들이 쓴 책을 이상하게 해석해 주곤 했다. 그 외에도 그는 예비역 장교였고, 게다가 그러한 사실에 감격하고 있었다. 군인인 동시에 공무원인 그가 불리케 교장한테 제일 잘 보였다. 그는 다른 어떤 선생들보다도 규율을 중시했다. 그는 부동자세를 취하고 있는 학생들을 비판적인 눈빛으로 찬찬히 뜯어보며 짧고 날카로운 대답을 요구했다. 신비주의와 과단성이라는 이러한 혼합은 다소 서로 어울리지 않았다.

그는 정서된 공책을 검사했다. 마로츠케 박사는 공책마다 손가락으로 톡톡 치며 돌아다녔다. 그럴 때 숙제를 하지 않은 어떤 학생들이 엉뚱한 책이나 옛날 것을 내보여도 그는 이것을 눈치채지 못했다.

그러고 나서 수업을 시작했다. 아까 오비디우스 시간에 그랬던 것처럼 스물다섯 명의 젊은이들은 이제 기회가 닿으면 붕소, 염소, 스트론튬에 대해 열심히 공부했음을 드러내 보여야 했다. 한스 헤르만 킬리안은 칭찬을 받았다. 그는 $BaSO_4$, 즉 중정석(重晶石)이 가장 널리 사용되는 위조 재료라는 것을 알았기 때문이다. 그 외에도 그는 장교 지망생이라서 더욱더 총애를 받았다. 하노와 카이는 거의 아무것도 알지 못했다. 그래서 마로츠케 박사의 학생 기록부에 기재된 그들의 점수는 형편없었다.

시험과 심문 그리고 성적 기재가 끝나자 화학 시간에 대한 관심도 전반적으로 소멸된 거나 진배없었다. 마로츠케 박사는 몇몇 실험을 해서 탁탁 소리가 나게 하고 색깔 있는 증기가 피어오르게 하기 시작했다. 하지만 그런 행위는 그저 시간을 때우기 위한 것으로 보였다. 드디어 그는 다음 시간에 해 와야 할 과제물을 받아쓰게 했다. 그리고 종이 울렸다. 이렇게 해서 셋째 시간도 끝났다.

오늘 호되게 당한 페터젠에 이르기까지 모두들 이제 기분
이 좋았다. 이제 가장 재미있는 시간이 오기 때문이었다. 그
시간에는 어떤 영혼도 겁을 먹을 필요가 없었다. 그 시간에는
마구 장난을 치며 재미있게 즐길 수 있었다. 젊은 문헌학자인
수습 교사 모더존이 가르치는 영어 시간이었다. 그는 몇 주 전
부터 카이 묄른 백작의 표현을 빌리자면 이 '시설'에 와서 수
습 교사 노릇을 하고 있었다. 그는 이제 계약상의 객연(客演)
을 다 마쳐 가고 있었다. 하지만 그가 정식 고용될 전망은 희
박해 보였다. 그의 수업 시간은 너무나 즐겁게 지나갔다.

몇몇 학생들은 화학실에 남아 있었다. 그리고 다른 학생들
은 교실로 올라갔다. 하지만 이제 밖에서 오들오들 떨 필요
가 없었다. 저 건너 복도에서는 쉬는 시간인데도 벌써부터 모
더존이 감독을 하고 있었기 때문이다. 그는 감히 학생들을 저
밑으로 내몰지 못했다. 더군다나 그를 맞아들이기 위한 준비
가 행해지고 있었다.

넷째 시간을 알리는 종이 울려도 교실은 조금도 조용해지
지 않았다. 모두들 이제 곧 벌어질 무도회를 잔뜩 기대하며 잡
담을 하고 웃었다. 묄른 백작은 두 손으로 머리를 괴고 로더
릭 어셔 이야기에 몰두해 있었다. 하노는 조용히 앉아 교실에
서 벌어지는 광경을 지켜보고 있었다. 몇몇 아이들은 동물 소
리를 흉내 냈다. 닭 우는 소리가 공기를 찢었다. 저 뒤에서는
바서포겔이 앉아 꼭 돼지처럼 꿀꿀거렸다. 이 소리가 그의 속
에서 나왔다는 사실을 믿을 수 없었다. 칠판에는 추하게 생긴
사팔뜨기 팀이 커다란 분필로 그린 그림이 눈에 확 띄었다. 그

런 다음 모더존이 교실에 들어왔는데, 아무리 애를 써도 문을 닫을 수 없었다. 굵은 전나무 솔방울이 틈새에 박혀 있었기 때문이다. 그래서 아돌프 토텐하웁트가 그것을 빼내야 했다.

수습 교사 모더존은 작고 볼품없는 남자였다. 그는 걸을 때 한쪽 어깨를 비스듬히 기울이고 얼굴은 떨떠름한 표정으로 찌푸렸다. 검은 콧수염은 숱이 얼마 없었다. 그는 말할 수 없이 당황했다. 그는 반짝이는 두 눈을 깜박거리며 숨을 들이쉬고 마치 무슨 말을 하려는 듯 입을 열었다. 하지만 그는 무슨 말을 해야 할지 알지 못했다. 문에서 세 발짝 걸었을 때 그는 딱총을 밟았다. 마치 다이너마이트가 터진 것처럼 요란한 폭음이 나는 이상한 딱총이었다. 그는 소스라치게 놀랐다가 궁지에 몰려서도 미소를 지었다. 그리고 마치 아무 일도 일어나지 않은 듯이 행동하며 중간 열 의자 앞에 가서 섰다. 그러면서 으레 그러듯이 허리를 비스듬히 굽히고 손바닥으로 제일 앞의 책상을 짚었다. 하지만 여기가 그가 제일 좋아하는 지점이라는 것은 잘 알려져 있었다. 그래서 이곳에다 잉크를 발라 놓았기 때문에 모더존은 이제 작고 볼품없는 손을 더럽히게 되었다. 그는 마치 그걸 눈치채지 못한 것처럼 행동하며 검게 물든 손으로 뒷짐을 졌다. 그는 눈을 깜박거리며 약하고 부드러운 음성으로 말했다. "교실에 질서가 없어서 아쉽군요."

하노 부덴브로크는 이 순간에 그를 좋아하게 되었다. 그는 어쩔 줄 몰라 하며 찡그리고 있는 그의 얼굴을 꼼짝도 않고 들여다보았다. 바서포겔의 꿀꿀거리는 소리는 더 커지며 더 자연스러워졌다. 그런데 갑자기 유리창에 다량의 딱총이 터지며 되튀겼다가 타닥 소리를 내며 교실 안으로 도로 떨어졌다.

"우박이다." 누군가가 크고 또렷한 소리로 말했다. 모더존은 이걸 믿는 것 같았다. 그가 즉각 교탁으로 가더니 학생 기록부를 달라고 했기 때문이다. 이것이 누군가의 이름을 기입하려고 한 행동은 아니었다. 그는 이미 이 반에서 대여섯 시간 수업을 했지만 몇 명 말고는 아직 학생들 이름을 외지 못했다. 그래서 학생 기록부를 보고 임의대로 학생들 이름을 부를 수밖에 없었다.

"페더만." 그가 말했다. "그 시를 좀 암송해 봐요."

"결석인데요!" 각양각색의 목소리가 일시에 터져 나왔다. 그런데 페더만은 자기 자리에 당당하게 앉아서 아주 노련하게 온 교실에 딱총이 날게 했다.

모더존은 눈을 깜박거리며 다른 이름을 불렀다. "바서포겔!" 그가 말했다.

"죽었어요!" 페터젠이 되지도 않는 억지 익살을 부리며 외쳤다. 그러자 발을 구르고 꿀꿀거리고 꼬꼬댁거리고 조소 어린 폭소를 터뜨리며 모두들 바서포겔이 죽었다고 되풀이했다.

모더존은 또 한 번 눈을 깜박거리고 주위를 둘러보며 떨떠름한 표정으로 입을 찌푸렸다. 그런 다음 다시 학생 기록부를 들여다보았다. 그러면서 이제 자기가 호명하려는 학생의 이름을 작고 볼품없는 손으로 가리켰다.

"펠레만." 그가 자신 없는 소리로 말했다.

"그만 미쳐 버렸는데요." 카이 묄른 백작이 분명하고 확고하게 말했다. 점점 소란해지면서 이 말도 인정받았다.

그러자 모더존이 일어나서 시끄러운 가운데 소리쳤다. "부덴브로크, 자네는 벌칙을 받을 거네. 또 웃으면 나쁜 점수를 받을 거야."

그런 다음 그는 다시 앉았다. 사실 부덴브로크는 웃었다. 그는 카이의 농담을 듣고 도저히 참을 수 없어서 나지막하지만 격렬하게 웃었다. 그는 카이의 농담이 좋았다고 생각했다. 특히 '그만'이라는 표현이 그의 마음을 휘저어 놓았다. 하지만 모더존이 그를 향해 호통치는 바람에 그는 웃음을 멈추고 조용하고 음울하게 수습 교사를 쳐다보았다. 그는 이 순간 그의 모든 것을 보았다. 그의 수염은 빈약한 솜털에 지나지 않아서 사방의 피부가 투명하게 비쳐 보였다. 그리고 그의 반짝거리는 갈색 눈은 아무런 희망이 없어 보였고 손목 관절 부분의 셔츠 소매가 진짜 소맷부리처럼 길고 넓어서 마치 토시를 두 짝 끼고 있는 것처럼 보였다. 또 완전히 절망에 빠진 그의 가련한 면모를 보았다. 하노는 또한 그의 내부도 들여다보았다. 하노 부덴브로크는 모더존이 이름을 아는 거의 유일한 학생이라고 할 수 있었다. 그는 계속 질서를 부르짖고 벌칙을 명하고 폭군화하는 데 하노의 이름을 이용했다. 그가 부덴브로크 학생을 알게 된 이유는 그가 남달리 조용히 행동했기 때문이다. 이러한 온순한 성품을 이용해 그로 하여금 끊임없이 권위를 느끼도록 한 것이다. 반면에 억세게 반항하는 아이들한테는 감히 자기의 권위를 주장할 수 없었다. 모더존에게는 우아한 면이 결여되어 있어서 연민의 정도 일어나지 않는다고 하노는 생각했다. '난 모더존 당신을 괴롭히고 이용하는 데 동참하지 않을 겁니다. 그게 잔인하고 추악하고 비열하다는 생각이 들기 때문입니다. 그런데 당신의 응답은 어떻습니까?' 하지만 그래, 그래, 언제 어디서나 상황은 매한가지라고 그는 생각했다. 그의 내부에서 공포와 메스꺼움이 솟아올랐다. '그런데 내가 당신을 이렇게 역겹도록 또렷이 꿰뚫어 봐야 하다니!'

마침내 죽지도 미치지도 않은 학생이 있어 영국 시를 암송하겠다고 나섰다. 그것은 「원숭이」라는 제목의 유치한 작품이었다. 그것은 대체로 선원이나 상인 등 실생활에서 활동하기로 마음먹은 젊은이들이 암기하도록 요구되는 시였다.

　원숭이, 작고 즐거운 친구,
　그대는 자연의 어릿광대…….

그 밖에 많은 구절이 있었다. 카스바움 학생은 책을 보고 그걸 낭독했다. 하지만 학생들은 모더존에 대해서는 조금도 자제할 필요가 없었다. 그래서 소음이 점점 더 심해졌다. 발을 가만히 있지 않고 먼지투성이의 교실 바닥을 마구 비볐다. 꼬꼬댁하는 닭 소리, 꿀꿀거리는 돼지 소리가 났고 딱총이 날아다녔다. 스물다섯 명은 무질서의 극치를 달렸다. 열여섯, 열일곱 살 청소년들의 본능이 마음껏 발산되었다. 외설적인 그림이 그려진 종이들이 마구 돌아다녔다. 그리고 아이들은 그걸 보고 음탕하게 낄낄댔다.

갑자기 교실이 조용해졌다. 카스바움도 낭송을 멈췄다. 모더존조차 일어나서 귀를 기울였다. 어떤 매력적인 일이 일어

474

났다. 교실 뒤에서 우아하고 맑은 종소리가 들려와 갑자기 정적에 잠긴 공간에 감미롭고, 우아하고, 정겹게 흘러들었다. 누군가가 가져온 장난감 시계였다. 영어 시간 중간에 거기서 "그대 내 가슴에 안겨."라는 소리가 나왔다. 하지만 그 귀여운 선율의 울림이 멎자마자 아주 끔찍한 사건이 벌어졌다. 그것은 돌풍처럼 잔인하고 예기치 않게 학생들을 덮쳐 그들을 완전히 압도하고 온몸을 마비시켰다.

노크도 없이 갑자기 문이 확 열렸다. 커다랗고 무시무시한 사람이 들이닥치며 웅얼거리는 소리를 내뿜었다. 그리고 옆으로 한 발짝 옮겨 의자 중앙에 섰다. 그는 '주 예수'였다.

모더존은 얼굴이 하얗게 질려 의자를 교탁 아래로 잡아당기고 그것을 자기의 손수건으로 닦았다. 학생들은 일제히 벌떡 일어섰다. 그들은 부동자세를 취하고 차렷자세로 경례를 했다. 그들은 지나칠 정도로 헌신적이고 열성적인 자세를 보이며 혀를 깨물었다. 깊은 정적이 감돌았다. 누군가가 너무 긴장을 한 나머지 한숨을 쉬었다. 그다음 다시 모두들 조용해졌다.

불리케 교장은 경례하는 학생들을 유심히 살펴보았다. 그러고 나서 팔을 들고 마치 피아노 건반을 두드리려는 사람처럼 쫙 펼친 손가락을 밑으로 내렸다. 깔때기 모양의 그의 소맷부리는 깨끗하지 못했다. "너희는 앉거라." 그의 입에서 최저음의 목소리가 나왔다. 그는 누구한테나 '너'라고 호칭했다.

학생들은 의자 위에 주저앉았다. 모더존은 덜덜 떨리는 손으로 팔걸이의자를 끌어당겼다. 그리고 교장은 교탁 옆에 앉왔다. "수업을 계속하도록." 그가 말했다. 너무나 소름 끼치게 들린 그 소리는 마치 "어떻게 하는지 좀 보자꾸나!"라고 말하는 것 같았다.

그가 무엇 때문에 나타났는지는 분명했다. 모더존은 그의 앞에서 교수 능력을 시험받아야 한다. 또 학생들이 여섯, 일곱 시간 동안 그에게서 무엇을 배웠는지 보여 주어야 한다. 그것은 모더존의 생존 및 장래와 직결되는 문제였다. 그 수습 교사는 다시 교탁에 서서 「원숭이」 시를 되풀이하려고 누군가를 호명하면서 슬픈 눈길을 보냈다. 그리고 지금까지는 학생들만 시험받고 평가받았지만 이제 교사도 같은 처지에 놓였다. 아, 그것은 양쪽 모두에게 불행한 일이었다! 불리케 교장의 출현은 하나의 기습이었다. 두서너 명 말고는 아무도 준비하지 못했다. 그렇다고 해서 한 시간 내내 아돌프 토텐하웁트에게만 물을 수도 없는 노릇이었다. 교장의 면전에서 「원숭이」 시 낭송이 끝나자 형편이 애처롭게 되었다. 다음은 『아이반호』 강독 차례였는데 그것을 약간이나마 번역할 수 있는 사람은 카이 묄른 백작밖에 없었다. 그는 그 소설에 개인적인 관심이 있었기 때문이었다. 다른 학생들은 헛기침하고 어쩔 줄 몰라 하며 더듬더듬 헤매고 있었다. 하노 부덴브로크도 호명되었지만 한 줄도 나갈 수 없었다. 불리케 교장은 콘트라베이스의 가장 낮은 현을 격렬하게 뜯는 것 같은 소리를 냈다. 모더존은 잉크가 묻어 더러워진 작고 볼품없는 두 손을 비비며 안타깝다는 듯 되풀이해서 말했다. "평소에는 잘했는데! 평소에는 잘했는데!"

종이 울리자 그는 다시 같은 말을 반복했다. 그것은 반쯤은 학생들에게, 반쯤은 교장에게 하는 절망적인 소리였다. 하지만 '주 예수'는 끔찍한 표정으로 그의 의자 앞에 팔짱을 끼고 서서 매정하게 고개를 가로저으며 학생들 머리 위를 골똘히 응시했다. 그런 다음 그는 학생 기록부를 가져오라고 해서 발표 능력이 불만스럽거나 완전히 형편없었던 예닐곱 명의 학생들 이름 옆에 태만하다는 죄목으로 하나하나 나쁜 점수를 기입했다. 모더존의 점수는 기록할 수 없었다. 하지만 그는 학생들보다 훨씬 더 참혹한 입장에 처해졌다. 그는 핏기 없는 얼굴로 망연히 그러고 서 있었다. 하노 부덴브로크도 나쁜 점수를 받은 학생들에 속했다. "너희의 장래는 끝장났어." 하고 불리케 교장이 또 말했다. 그리고 그는 사라졌다.

종이 울리고 수업이 끝났다. 그런 일이 일어나고 말았다. 그렇다, 항상 만사가 그랬다. 가장 불안해할 때는 마치 그걸 비웃기라도 하듯이 일이 제법 잘되어 갔다. 하지만 나쁜 일이 생기리라고 꿈에도 생각지 않을 때는 불행한 일이 들이닥쳤다. 부활절에 하노가 진급하는 것은 이제 결정적으로 불가능해졌다. 그는 일어서서 피곤한 눈을 하고 혀로 아픈 어금니를 문지르며 교실에서 나갔다.

카이가 그한테 다가가 팔로 어깨를 감쌌다. 둘은 함께 교정 저 밑으로 내려갔다. 흥분한 동료들은 이례적인 그 사건에 대해 서로 토론을 벌였다. 그는 불안하고 사랑스러운 눈길로 하노의 얼굴을 들여다보았다. "미안해, 하노. 나도 번역하지 말고 그냥 잠잠히 있다가 나쁜 점수를 받을 걸 그랬어! 그런데 비열하게도……."

"'파툴라 요비스 아르보레 글란데스'가 무슨 말인지 내가 아까도 말하지 않았니?" 하노가 대답했다. "이젠 지난 일이야, 카이. 신경 쓰지 마. 어쩔 수 없는 일이야."

"그래, 그건 사실이라고 생각해. 그러니까 그 '주 예수'는 네 장래를 망칠 거야. 그럼 넌 단념하는 수밖에 없어, 하노. 헤아리기 어려운 그의 의지가 그렇다면 할 수 없는 일이야. 성공이란 얼마나 감미로운 말이니! 모더존 씨의 직업적 성공도 이제 물거품이 되었어. 그는 다시는 선생이 되지 못할 거야, 불쌍하게도! 그래, 보조 교사나 교사는 있어도 스승은 없다는 걸 넌 알아야 해. 그건 쉽게 이해할 수 없는 말이야. 그건 인생에 성숙한 어른들만 이해할 수 있어. 보통 사람들은 누가 교사인지 아닌지는 말할 수 있겠지. 그런데 누가 스승이 될 수 있는지 난 이해할 수 없어. 주 예수나 마로츠케 박사한테 가서 그 문제를 토론할 수 있겠지. 그럼 무슨 일이 일어날까? 그들의 직업에 대해 그들 자신보다 훨씬 더 고상한 견해를 피력한다면 그들은 모욕당했다고 느껴 반항했다는 이유로 처벌을 내릴 거야. 뭐, 관두자. 그들은 낯가죽이 두꺼운 족속들이니까."

그들은 교정을 거닐었다. 하노가 나쁜 점수 받은 것을 잊게 해 주려고 카이가 최선을 다하는 말에 하노는 기분 좋게 귀 기울였다.

"봐라, 여기에 교문이 있는데 그게 열려 있어. 저 바깥은 거리야. 만약 우리가 밖에 나가서 보도를 이리저리 돌아다닌다면 어떻게 될까? 쉬는 시간이라 아직 육칠 분 정도 시간이 있어. 그리고 우린 시간에 맞춰 돌아올 수 있겠지. 하지만 그런 일은 불가능하지. 무슨 말인지 알아듣겠니? 여기의 문은 열려 있어. 격자 창살도 장애물도 없이 문턱만 있을 뿐이야. 그렇지만 단 일 초라도 밖에 나간다는 것은 불가능해. 그런 생각 자체도 불가능해. 이제, 그런 생각 그만하기로 하자! 하지만 다른 예를 들어 볼게. 우리는 시간을 말할 때 '지금은 약 열한 시 반이다.'라고 절대 말하지 않아. 그 대신에 '다음은 지리 시간이야.'라고 말하지! 난 모든 사람들한테 '그게 인생인가?' 하고 묻겠어. 모든 게 왜곡되어 있어. 아, 우리 시설을 사랑스럽게 포옹하고 계시는 하느님, 우리를 좀 풀어 주소서!"

"그런데 그다음은 어떻게 되겠어? 아니야, 그때 가서도 마찬가지일 거야! 어떻게 해야 한단 말이야? 여기서는 적어도 보살핌을 받고 있어. 우리 아버지가 돌아가신 뒤로 슈테판 키스텐마커 씨와 프링스하임 목사가 날이면 날마다 내가 무슨 일을 하려는지 묻는 역할을 맡았어. 난 모르겠어. 난 아무 대답도 할 수 없어. 난 모든 게 다 두려워……."

"아니야, 그렇게 겁먹어서는 안 돼! 넌 음악을 하니까……."

"내 음악이 무슨 상관이야, 카이? 그것과는 아무 상관이 없어. 내가 순회 여행을 하며 연주를 해야겠어? 첫째는 그들이 그러도록 허락하지 않을 것이고 둘째로는 나에게 그럴 능력이 없을 거야. 난 거의 아무것도 할 줄 몰라. 혼자서는 고작해야 즉흥 연주나 조금 할 수 있을 뿐이란 말이야. 그리고 순회 여행은 정말이지 끔찍하다는 생각이 들어. 네 사정은 달라. 너한테는 더 많은 용기가 있어. 넌 여길 돌아다니며 모든 것을 비웃고 거기에 저항할 힘이 있어. 넌 글을 쓰려고 하고 사람들한 테 아름답고 이상야릇한 얘기를 들려주려고 해. 그건 무언가 보람 있는 일이야. 그리고 넌 반드시 이름을 떨칠 수 있을 만큼 재주가 있어. 그건 무엇 때문일까? 넌 더 쾌활하지. 수업 중에 우리는 때때로 서로를 바라봐. 모두들 만텔자크 씨의 눈을 속였지만 그중에 페터젠만 걸려들어 나쁜 점수를 받았던 아 까처럼 말이야. 우린 같은 생각을 하고 있어. 하지만 넌 인상을 찡그리며 의기양양해하지. 난 그게 안 돼. 난 곧장 피곤을 느껴. 잠이나 자며 더 이상 아무것도 알고 싶지 않아. 난 죽고 싶어, 카이! 아니야, 난 아무 쓸모 없어. 난 아무것도 바라는 게 없어. 난 이름을 떨치고 싶은 생각조차 없어. 마치 부당한 일이라도 되듯이 그게 두려워! 나한테서 아무것도 나올 수 없 다는 것은 확실해. 최근에 견진 성사를 하고 나서 프링스하임 목사가 누구한테 말하기를 나를 포기해야 한다는 거야. 난 망 하는 가문에서 태어났대.”

“그가 그런 말을 했어?” 카이가 잔뜩 긴장하여 관심 있게 물었다.

“그래, 그는 함부르크의 한 정신 병원에 있는 삼촌 크리스 티안을 두고 한 말이야. 그의 말은 물론 옳아. 눈 딱 감고 나 를 포기해야 해. 그럼 난 그에 대해 감사해할 텐데! 나에게는 이런저런 근심이 많아. 그리고 나한테는 만사가 힘들어. 내가 손을 베었거나 어디가 아프다고 생각해 봐. 그건 다른 사람이 면 일주일이면 나을 상처일 거야. 그런데 난 사 주나 걸려. 상 처가 낫지 않고 곪아 버려 악화되지. 그럼 난 이루 말할 수 없는 고통을 겪게 돼. 최근에 브레히트 씨는 내 치아가 아주 끔찍한 상태라고 말했어. 이미 어떻게 손을 쓸 수도 없을 정도로 썩고 망가졌다는 거야. 지금 형편이 그래. 내가 서른, 마흔 살이 되면 뭘로 씹어 먹지? 난 전혀 희망이 없어."

"그렇구나."라고 말하고 카이는 발걸음을 좀 더 빨리했다. "이제 네 피아노 연주 이야기 좀 들어 보자. 난 지금 어떤 놀랄 만한 작품을 쓰려고 해, 놀랄 만한 작품을……. 아마 이따가 미술 시간에 시작할 거야. 넌 오늘 오후에 연주할 거니?"

하노는 잠시 아무 말이 없었다. 어떤 흐릿하고 혼란스럽고 뜨거운 것이 그의 시야에 들어왔다.

"그래, 아마 연주하겠지." 그가 말했다. "해서는 안 된다 하더라도 말이야. 연습곡과 소나타를 연습하고 나서 마쳐야 해. 아마 연주하겠지. 상황이 더 나빠진다 하더라도 어쩔 도리가 없어."

"더 나빠진다고?"

하노는 말이 없었다.

"난 네가 뭘 연주하는지 알고 있어." 카이가 말했다. 그리고 나서 둘 다 아무 말이 없었다.

그들은 둘 다 이상한 연령이었다. 카이는 얼굴이 너무 붉어졌다. 그는 머리는 내리지 않고 땅을 내려다보았다. 하노는 창백하게 보였고 무척 심각한 표정이었다. 그리고 어슴푸레하게 흐려지는 눈을 옆으로 향하고 있었다.

슐레밀 씨가 종을 울렸다. 그래서 둘은 교실로 올라갔다.

지리 시간이 되어 즉석 시험이 치러졌다. 헤센나사우 영역에 대한 아주 중요한 시험이었다. 붉은 수염의 남자가 연미복을 입고 들어왔다. 그의 얼굴은 창백했다. 땀구멍이 숭숭 뚫려 있는 손에는 솜털조차 보이지 않았다. 그는 재치 있는 선생인 뮈잠 박사였다. 그는 때때로 폐출혈로 시달렸다. 그는 자신이 괴로워하는 만큼 재치 있다고 여겨서 늘 반어적으로 말했다. 그의 집에는 하이네, 그 병든 오만한 시인과 관련된 서류며 자료를 모은 수집물들이 있었다. 이제 그는 헤센나사우의 경계선을 칠판에다 그렸다. 그리고 우울하고 조소 어린 미소를 흘리며 그곳의 중요한 특징을 공책에 써 넣으라고 지시했다. 그는 학생들뿐만 아니라 헤센나사우까지도 조롱하려는 것 같았다. 하지만 그것은 아주 중요한 즉석 시험이어서 학생들은 두려워하고 있었다.

하노 부덴브로크는 헤센나사우에 대해 별로 아는 것이 없었다. 아니 전혀 없다고 할 수 있었다. 그는 아돌프 토텐하웁트의 공책을 훔쳐보려고 했다. 그러나 탁월하고 고통스러운 그의 반어에도 불구하고 잔뜩 긴장하여 학생들의 일거수 일투족을 감시하고 있는 그 하인리히 하이네는 그걸 즉각 알아채고 이렇게 말했다. "부덴브로크 씨, 자네더러 책을 덮으라는 요구를 하고 싶은 유혹에 빠지게 하지 말게. 하지만 그게 자네에겐 고마운 일로 생각될까 봐 걱정되는군. 자네 일이나 계속하게나."

이러한 지적에는 두 가지 위트가 담겨 있었다. 첫째는 뮈잠 박사가 하노를 '씨'라고 호칭한 것이고, 둘째는 '고마운 일'이라는 말이었다. 하지만 하노 부덴브로크는 자기 공책을 내려다보며 골똘히 생각을 계속했다. 그러다가 급기야 거의 아무 것도 못 쓰고 텅 빈 공책을 제출했다. 그러고 나서 그는 다시 카이와 함께 바깥으로 나갔다.

이제 오늘 겪어야 할 어려운 일은 다 지나갔다. 나쁜 점수를 받지 않고 무사히 하루를 넘긴 행운아들은 마음이 홀가분할 것이다. 그런 사람은 드레게뮐러 씨가 감독하는 밝고 커다란 미술실에 앉아 이제 아무 부담 없이 즐거운 마음으로 그림을 그릴 수 있었다.

미술실은 넓고 환했다. 벽 가장자리에 고대 예술품의 석고상이 서 있었다. 그리고 커다란 벽장에는 갖가지 통나무와 장난감 가구들이 있었다. 그것들도 역시 모델로 쓰이고 있었다. 땅딸막한 드레게뮐러의 턱과 뺨에는 둥그스름한 모양으로 수염이 자라고 있었다. 값싸고 매끄러운 갈색 가발은 목덜미 부분이 툭 튀어나와서 그것이 가발임을 누구나 알게 해 주었다. 그에게는 가발이 두 개 있었는데 한 개는 머리카락이 길었고 다른 한 개는 짧았다. 그는 수염을 깎았을 때는 짧은 가발을 사용했다. 그 외에 그에게는 몇몇 우스꽝스러운 특성이 있었다. 그는 '연필'이라고 말하는 대신에 '연'이라고 말했다. 그 밖에도 그는 가는 곳마다 기름과 술 냄새를 팍팍 풍기고 다녔다. 그가 석유를 마신다고 말하는 사람도 있었다. 그에게 미술이 아닌 다른 과목을 가르칠 기회가 주어질 때 그는 가장 신이 났다. 그럴 때면 그는 비스마르크의 정치에 관해 강연했다. 그러면서 그는 인상 깊게 코에서 어깨에 이르기까지 나선형의 원운동을 하며 몸짓을 했다. 그리고 사회민주주의에 대해 증오와 공포심을 가지고 말했다. "우린 단결해야 합니다!" 그는 말을 잘 안 듣는 학생들의 팔을 움켜잡으며 그렇게 말하곤 했다. "사회민주주의가 코앞에 다가왔습니다!" 그는 경련하는 듯한 동작에 사로잡혔다. 그는 한 학생 옆에 앉아 지독한 술 냄새를 풍기며 자기의 인장 반지로 학생의 이마를 톡톡 두드렸다. 그러면서 이런 말들을 내뿜었다. "원근법!" "투영!" "연!" "사회민주주의!" "단결!" 그러고 나서 급히 나가 버렸다.

카이는 이 시간에 새로운 문학 작품을 썼다. 하노는 마음속으로 오케스트라 전주곡을 연주하는 생각을 했다. 그런 뒤 수업이 끝나고 학생들은 가방을 가지고 밑으로 내려갔다. 열린 교문을 통해 그들은 밖으로 나가 집으로 향했다.

하노와 카이는 같은 길을 따라갔다. 바깥 근교의 조그만 빌라에 이르기까지 그들은 책을 옆구리에 끼고 같이 갔다. 그다음에 어린 묄른 백작은 아버지가 사는 집까지 먼 길을 혼자서 걸어가야 했다. 그는 반코트도 입지 않았다.

아침에 안개가 잔뜩 끼어 있던 하늘에서 눈이 내렸다. 크고 부드러운 눈송이가 내려 길이 진창으로 변했다. 그들은 부덴브로크가의 작은 문에서 서로 헤어졌다. 하지만 부덴브로크가 앞뜰의 중간까지 갔을 때 카이가 되돌아와서 그의 목을 팔로 감쌌다. "낙심하지 마. 그리고 연주하지 않는 게 차라리 낫겠어!" 그가 나지막이 말했다. 그런 다음 부랑아 같은 그의 날씬한 형체가 눈보라 속으로 사라졌다.

하노는 복도에서 곰이 앞으로 내밀고 있는 접시 위에 책들을 내려놓고 어머니한테 인사하려고 거실로 들어갔다. 그녀는 긴 의자에 앉아 노란 표지의 책을 읽고 있었다. 그가 양탄자 위를 걸어가는 동안 그녀는 눈언저리에 푸르스름한 그림자가 드리운, 가까이 붙은 갈색 눈으로 그를 맞았다. 그가 어머니 앞에 서자 그녀는 두 손으로 아들의 머리를 잡고 이마에다 입맞춤을 했다.

그는 클레멘티네가 아침 식사를 차려 주는 자기 방으로 올라가서 몸을 씻고 식사를 했다. 식사를 끝내고 나서 그는 조그맣고 독한 러시아제 담배 한 갑을 탁자에서 집어 들고 담배를 피우기 시작했다. 그는 이제 아무렇지도 않게 담배를 피웠다. 그런 다음 배럴 오르간 앞으로 가서 다소 까다롭고 엄밀한 바흐의 푸가를 연주했다. 그리고 드디어 두 손을 머리 뒤에 깍지끼고 창 밖으로 눈을 돌려 소리없이 어지럽게 떨어지는 눈송이를 바라보았다. 보이는 것이라곤 그것밖에 없었다. 졸졸거리는 물소리가 나는 분수는 이제 더 이상 그의 창 아래에 있지 않았기 때문이다. 이웃집의 회색 벽이 시야를 가로막고 있었다.

네 시 정각에 점심을 먹었다. 게르다 부덴브로크와 하노, 클레멘티네 세 명밖에 없었다. 나중에 하노는 응접실에서 연주를 준비하며 그랜드 피아노 옆에서 어머니를 기다렸다. 그들은 베토벤의 소나타 작품 24번을 연주했다. 아다지오에 이르러 바이올린은 천사의 음성 같은 소리를 냈다. 그런데도 게르다는 뭔가 마음에 들지 않는지 악기를 턱에서 내려놓고 못마땅한 표정으로 바라보며 가락이 맞지 않는다고 말했다. 그녀는 연주를 그만두고 쉬려고 위층으로 올라갔다.

하노는 응접실에 혼자 남았다. 그는 좁은 베란다로 통하는 유리문으로 갔다. 그리고 몇 분 동안 진창이 된 앞뜰을 바라보았다. 그러다 갑자기 한 발짝 뒤로 물러서더니 크림색 커튼을 문 앞으로 세차게 잡아당겼다. 그러자 방은 누르스름한 빛을 띠며 어두컴컴해졌다. 그리고 그는 그랜드 피아노로 다가갔다. 거기서 또 한동안 서 있었다. 막연하게 어떤 한 점을 골똘히 응시하고 있는 그의 시선이 서서히 어둑어둑해지고 희미해지며 어렴풋이 녹아내렸다. 그는 피아노에 앉아 즉흥 환상곡을 연주하기 시작했다.

그는 간단한 모티프의 곡을 연주했다. 그것은 한 소절 반의 멜로디 된 보잘것없는 미완성 단편이었다. 그리고 그는 처음으로 그 자신도 믿을 수 없는 엄청난 힘을 발휘해 하나하나가 다 저음으로 울리게 했다. 그것은 마치 트럼펫을 불어, 다가올 모든 것의 원천과 결말을 일제히 명령 투로 알리는 것 같았다. 그것의 본래 의도를 파악하기란 결코 수월하지 않았다. 하지만 그가 약한 음색의 최고음으로 화음을 넣어 그 음을 되풀이하자 그것이 본질적으로 단 한 개의 해결로 구성되었음이 밝혀졌다. 그리하여 뭔가를 동경하는 듯 고통스럽게 가라앉았다가 다른 음조로 넘어갔다. 그것은 숨이 가빠지게 하는 보잘것없는 음조였다. 하지만 단호한 의지로 매우 신중하고 장엄하게 정의하고 연주함으로써 그것은 이상하고 신비스러우며 의미심장한 가치를 얻게 되었다. 그리고 이제 활발한 경과구가 시작되어 무언가를 찾고 헤매며 절분음이 끊임없이 생겼다가 사라지곤 했다. 그리고 그것은 무언가를 듣고 불안감으로 가득 차게 된 영혼의 외침처럼 찢겼다. 그렇지만 그 절분음은 침묵하지 않고 계속 다른 화음으로 묻고 하소연하고 소멸하고 요구하고 기약하면서 되풀이되었다. 그리고 절분음이 점점 더 격렬해져서 어쩔 줄 모르고 셋잇단음표로 몰렸다. 하지만 공포의 외침이 반복되며 형태를 띠게 되었고, 그것들이 한데 어울려 선율이 되었다. 그러다가 정열적이고 간절하게 울리는 취주 악기의 합창처럼 그 화음이 세차고 겸허하게 지배하는 순간이 왔다. 끊임없이 몰려오고 파도치고 헤매고 미끄러져 사라지는 소리가 멎고 정복되었다. 그리고 분쇄되어 어린이처럼 기도하는 이 합창이 확연히 알 수 있는 간단한 운율 속에서 울려 퍼졌다. 그리고 일종의 변격(變格) 종지[5]로 끝났다. 늘임표가 잇따랐다. 그리고 조용해졌다. 그런데 갑자기 아주 나지막하게, 약한 음색으로, 그 보잘것없는 첫째 모티프가 다시 나타났다. 그것은 둔중하거나 신비스러운 음형이었다. 이것이 감미롭고 고통스럽게 가라앉으며 다른 음조로 넘어갔다. 그때 엄청난 소란이 일어나며 야성적으로 흥분된 분주한 순간이 왔다. 그것은 팡파르 같은 악센트와 야성적인 단호한 표현에 지배되었다. 무슨 일이 일어났던가? 무엇이 준비되고 있었던가? 출발을 알리는 호루라기 소리 같은 것이 울려 퍼졌다. 그런 다음에는 모여서 집중되는 순간이 왔다. 좀 더 확고한 운율들이 서로 합쳐졌다. 그러자 새로운 음형이 생기며 쾌활한 즉흥곡으로 변모했다. 그것은 질풍처럼 내닫는 일종의

---

5) 버금딸림화음에서 으뜸화음으로 진행하여 악곡을 마치는 방식.

모험적인 사냥곡이었다. 하지만 그것은 흥겹지 않았다. 그 깊디깊은 곳에는 절망적인 오만불손함이 가득 차 있었다. 거기서 울려 퍼지는 신호들은 불안의 외침과 같은 것이었다. 왜곡되고 기괴해진 모든 화음들 사이에서는 번번이 절망 속을 헤매며 고통스럽고 감미로운 그 모티프, 신비스러운 첫째 모티프가 들렸다. 그리고 이젠 그 뜻과 본질을 헤아릴 수 없는 사건들이 간단없이 교체되었다. 하노가 마음대로 지배할 수 없는 음향, 운율, 화음의 모험적인 흐름이 이어졌다. 그것은 하노의 부지런한 손가락들 속에서 형상화되는 음들이었다. 그 음들은 그가 이전부터 알고 있던 것은 아니었지만 체험한 것들이었다. 그는 잠시 건반 위에 몸을 굽히고 앉아 입을 벌린 채 멀고 깊은 곳을 바라보았다. 부드러운 갈색 곱슬머리가 그의 관자놀이를 뒤덮고 있었다. 무슨 일이 일어났던가? 무슨 체험을 했던가? 여기서 끔찍한 장애물을 극복하고, 용을 살해하고, 바위를 기어오르고, 강물을 건너고, 화염 속을 통과했던가? 그리고 어떤 날카로운 웃음소리나 이해할 수 없는 축복의 약속처럼 보잘것없는 그 첫째 모티프가 휘감겨 들었다. 그러다가 이것이 가라앉아 다른 음조로 넘어갔다. 그렇다, 그것이 번번이 새로운 엄청난 긴장을 야기하는 것 같았다. 여러 옥타브를 미친 듯이 오르내리는 소리가 외침으로 끝나는 음을 좇았다. 그리고 음이 부풀어 오르며 서서히 끊임없이 상승하는 순간이 왔다. 반음계 상승하려는 투쟁과 야성적이고 저항할 수 없는 동경이 있었다. 그러다가 돌연 사람을 놀라게 하며 들이닥친 피아니시모로 갑작스레 중단되었다. 그 소리는 마치 발밑의 지면이 미끄러지며 사라지는 것 같은 감흥과 열렬한 갈망에 빠져드는 것 같은 감흥을 주었다. 한번은 먼 데서 나지막하게 경고하는 듯 간구하고 뉘우치는 기도의 첫 화음이 귀에 들릴락 말락 하는 것 같은 순간이 있었다. 하지만 곧장 물밀듯이 몰려오는 불협화음이 그것을 덮쳐 버렸다. 그 음이 모여 커다란 힘을 이루고, 구르면서 전진하고, 물러났다가 다시 기어오르고, 가라앉았다가 다시 말로 표현할 수 없는 목표를 향해 달려드는 순간이 왔다. 이 순간, 이 끔찍한 절정의 순간에 이제 종말이 와야 한다. 동경의 압박을 더 이상 감내할 수 없기 때문이었다. 그리고 더는 억누를 수 없는 순간이 왔다. 동경의 발작적인 경련을 더 이상 연장할 수 없었다. 흡사 커튼이 찢어지고, 성문이 탁 열리고, 울타리가 터지며 화염의 담벼락이 무너지는 것 같은 순간이 왔다. 구원, 해결, 성취, 완전한 만족의 순간에 접어들었다. 그리고 황홀한 환호성과 아울러 모든 것이 듣기 좋은 소리로 해결되며 감미롭게 동경하는 리타르단도에서 즉시 다른 음으로 넘어갔다. 그것은 첫째 모티프였다! 그리고 이제 축제와 승리 그리고 모든 음색으로 찬란하게 빛나는 같은 음형의 망아적인 열락이 시작되었다. 그 음은 모든 옥타브를 넘나들며 울음을 터뜨리고, 떨고, 노래하고, 환호하고, 흐느끼는 소리를 냈다. 오케스트라가 내는 것 같은 끓어오르고, 쩌렁거리고, 넘쳐흐르는 화려한 음이 옥구슬 구르는 소리로 승리를 구가했다. 거기에는 무언가 잔혹하고 둔중한 동시에 금욕적이고 종교적인 요소가 깃들어 있었다. 이러한 무(無)와 선율, 한 소절 반 길이의 짧고 유치하나 화음이 맞는 창작

물을 광적으로 숭배하는 중에 무언가 신념이나 극기 같은 것이 생겨났다. 무한정 향유하고 이용하면서 절제를 잃고 끊임없이 갈증을 호소하는 가운데 무언가 방탕한 요소가 나타났다. 그리고 탐욕 속에서 무언가 냉소적인 절망감과 아울러 열락과 몰락에의 의지 같은 것이 피어올랐다. 최후의 감미로움까지 빨아들임으로써 기진맥진하고 구역질과 넌더리가 나게 되었다. 급기야 온갖 무절제하고 방종한 시간을 보낸 후 맥이 풀려 오랫동안 나지막한 소리로 단조의 아르페지오로 졸졸 흘러갔다. 그러다가 한 음이 솟아올라 장조로 녹아내리더니 슬픈 듯 머뭇거리다가 소멸해 버렸다.

하노는 턱을 가슴 쪽으로 누르고 손을 무릎에 얹은 채 한동안 가만히 앉아 있었다. 그런 다음 일어나서는 피아노 덮개를 닫았다. 그의 안색은 너무 창백했고 무릎에는 힘이 하나도 없었으며 두 눈은 벌겋게 충혈되어 있었다. 그는 옆방으로 들어가 긴 의자 위에 몸을 뻗고 드러누웠다. 그러고는 꼼짝도 하지 않고 오랫동안 그대로 있었다.

그는 나중에 저녁을 먹고 나서 어머니와 체스를 한 판 두었는데 승자 없이 비기고 말았다. 한밤중에 그는 촛불을 켜 놓고 또 배럴 오르간 앞에 앉아 마음속으로 연주했다. 밤이라 시끄럽게 할 수 없었기 때문이다. 그렇지만 그는 내일 다섯 시 반에 일어나 아주 중요한 숙제를 할 작정이었다.

이것이 어린 요한의 삶 가운데 어느 하루의 일이었다.

3

티푸스에 걸리면 다음과 같은 증세가 나타난다.

환자의 마음이 약해지고 울적해지면서 상태가 악화되다가 급기야 곧 쓰러질 것 같은 절망적인 상태가 되고 만다. 동시에 신체적인 무기력 상태에 빠져 신체 근육뿐만 아니라 모든 내부 기관의 기능에도 영향을 끼치게 된다. 특히 중요한 것은 위에 결정적 영향을 끼쳐 음식물을 소화하지 못하게 된다는 점이다. 자고 싶어 미칠 지경이지만 극도로 피곤한데도 근심 걱정으로 잠을 푹 이루지 못해 자고 나도 몸이 찌뿌드드하다. 머리가 지끈지끈 아프고 마치 안개에 둘러싸인 듯 흐리멍덩하고 혼란스러우며 어질어질한 증세가 나타난다. 막연히 어딘지 모르게 사지가 쿡쿡 쑤시는 것 같다. 때때로 별다른 이유도 없이 코피가 터진다. 이것이 병의 초기 증세이다.

그런 다음 격렬한 오한이 일어나 온몸이 와들와들 떨리며 이가 서로 마주친다. 고열이 생겨 즉각 최고도에 달한다. 가슴과 배의 피부에는 콩알만 한 붉은 반점들이 군데군데 모습을 드러낸다. 손가락으로 눌러 없애면 사라졌다가 도로 금방 생겨난다. 맥박이 빨라져 일 분에 100회까지 뛰게 된다. 체온은 사십 도까지 올라가는데, 이게 첫째 주의 증상이다.

둘째 주에는 신체와 사지의 고통이 사라진다. 그 반면에 현기증이 무척 심해진다. 귀에서 솨솨하고 윙윙거리는 소리가 들리다가 곧 청각 장애가 일어난다. 표정이 멍청해진다. 입은 헤벌어지기 시작하며 눈은 초점을 잃고 으스름하게 흐려진다. 의식이 몽롱해지며 그저 한없이 자고 싶은 생각뿐이다. 종종 쓰러지지만 진짜 잠을 자는 게 아니라 몸이 납덩이처럼 마비된다. 그러는 사이에 열에 들떠 큰 소리로 헛소리를 해 댄다. 몸과 마음이 풀려 어쩔 줄 몰라 하는 불결한 모습은 역겹고 메스꺼운 기분을 불러일으킨다. 잇몸과 이, 혀는 거무스름한 덩어리로 뒤덮여 숨을 쉬면 악취가 풍긴다. 하복부가 부풀어 올라 꼼짝 않고 반듯이 누워 있을 수밖에 없다. 침대에만 누워 지내느라 무릎이 앙상해져 그 사이가 많이 벌어진다. 맥박과 호흡이 빨라지고 가빠지며 피상적으로 된다. 그래서 맥박은 분당 120회까지 뛰게 된다. 눈꺼풀은 반쯤 닫혀 있다. 처음엔 고열로 발그레하게 이글거리던 두 뺨은 푸르스름한 색을 띠게 된다. 가슴과 배의 콩알만 한 붉은 반점들이 점점 더 많아진다. 체온은 사십일 도까지 올라간다.

셋째 주에는 몸이 극도로 쇠약해진다. 큰 소리로 헛소리하는 증상이 없어진다. 환자의 정신이 텅 빈 밤에 가라앉아 버렸는지 아니면 그가 육체와 멀리 떨어진 깊은 곳에서 조용히 꿈을 꾸고 있는지 아무도 말할 수 없게 된다. 환자는 어떤 소리도, 표시도 내지 않는다. 신체는 죽은 듯이 무감각한 상태에 있다. 이게 위기의 시점이다.

어떤 사람의 경우에는 특수한 사정으로 인해 병을 진단하기가 매우 힘들 때가 있다. 이를테면 우울증, 무력감, 식욕 부진, 불안한 수면, 두통과 같은 병의 초기 증상이 나타난다 하더라도 환자가 여전히 평상시처럼 건강하게 돌아다니는 경우이다. 또 갑작스럽게 그런 증상이 나타나도 별로 특이한 것으로 느끼지 못하는 경우이다. 그렇지만 탄탄한 실력을 갖춘 유능한 의사, 가령 이름을 대자면 랑할스 박사, 조그만 손에 시커먼 털이 무성하고 눈이 예쁜 랑할스 박사는 그러한 증상을 보고 당장 정확한 병명을 알아낼 수 있을 것이다. 가슴과 배에 생긴 치명적인 붉은 반점을 보면 확신을 품을 수 있다. 어떤 조처를 내리고 어떤 수단을 강구해야 할지에 대해서는 아무런 의문의 여지가 없을 것이다. 그는 가급적 넓고 통풍이 잘되는 병실을 택해 실내 온도가 십칠 도를 넘지 않도록 할 것이다. 그는 절대적인 청결을 강요할 것이다. 그리고 또한 자주 몸의 위치를 바꾸어 주고 옷이며 이불을 자주 갈아 주어서 가급적 욕창이 생기지 않게 할 것이다. 어떤 경우에는 그런 조처의 효과가 얼마 못 가는 때도 있지만 말이다. 그는 리넨 조각으로 늘 입안을 청결하게 닦아 주도록 조처할 것이며 약으로 말할 것 같으면 요오드팅크와 요오드화칼륨을 이용할 것이다. 그리고 키니네와 안티피린을 처방할 것이다. 그리고 무엇보다도 위와 장이 극도로 무력한 상태이기 때문에 아주 소화가 잘되고 원기를 돋우는 음식을 섭취하도록 할 것이다. 자주 목욕을 하도록 해서 소모성 고열을 치료하도록 할 것이다. 그것도 밤낮없이 줄곧 세 시간에 한 번씩 욕조의 발치 끝에서부터 서서히 물이 식게 하는 전신욕을 하도록 할 것이다. 그리고 목욕이 끝날 때마다 급히 몸에 원기를 북돋워 주고 자극을 주는 코냑이나 샴페인을 마시도록 할 것이다.

어쩌다가 효력을 발휘할지도 모른다는 희망을 가지고 그는 이것저것 닥치는 대로 모든 수단을 써 보았다. 그렇게 해서 조금이라도 효과가 있을지는 알지 못했다. 그가 알 수 없는 단한 가지 의문이 있었기 때문이다. 그는 어둠 속에서 이것저것을 더듬으며 나아갔다. 그는 위기와 고비의 순간인 셋째 주가되도록 양자택일을 못 하고 완전히 속수무책으로 있었다. 그는 '티푸스'라고 명명된 이 병이 이번 경우에 근본적으로 사소한 불운을 의미하는지 어쩌는지 알지 못했다. 그리고 병이 전염되는 불유쾌한 경우를 방지할 수 있는지, 과학의 도움으로그 병을 퇴치할 수 있는지 알지 못했다. 그리고 간단히 말하자면 그 병의 형태가 해결의 외피를 걸치고 있는지 죽음의 외피를 걸치고 있는지도 알 수 없었다. 그리고 죽음은 또한 다른가면을 쓰고 나타날지도 모르기 때문에 그럴 경우에는 백약이 무효한 것이다.

티푸스에 걸리면 다음과 같은 증세가 나타난다. 열이 최고도로 올라 정신을 잃을 때 목숨이 환자를 부른다. 열에 들떠면 곳을 꿈꾸는 가운데 말할 수 없이 또렷한 음성이 그를 격려하며 부른다. 그의 앞으로 전진해 온 이 낯설고 뜨거운 도정, 그 그림자 속에 서늘함과 평화로움이 배어 있는 도정에서가혹하고도 싱싱하게 어떤 목소리가 그의 정신에 도달한다.인간은 밝고 명랑하고 다소 비웃는 듯한 음성으로 몸을 돌려되돌아가라는 이 경고를 귀 기울여 들을 것이다. 하지만 그는너무 멀리 가서 이미 거기가 어딘지 알 수 없는 지점까지 가고야 말았다. 그리고 그의 마음속에서는 비겁하게 다음과 같은 의무들을 소홀히 했다는 부끄러운 감정이 끓어오른다. 그것은 그가 저 멀리 등 뒤로 조소 어린 다채롭고 잔혹한 충동

을 내버리고, 그 자리를 새로워진 원기, 용기, 기쁨, 사랑, 소속
감으로 대체해야 함을 의미하는 것이다. 그렇게 되면 그가 아
무리 멀고 낯선 오솔길에서 계속 헤매고 있다 하더라도 그는
돌아와서 다시 살 수 있을 것이다. 하지만 생의 목소리를 들
은 그는 두려움과 혐오감으로 몸을 떤다. 이러한 추억, 이러한
흥겹고 도전적인 소리에 그는 머리를 절레절레 흔들고 거부하
는 몸짓으로 손을 뒤로 감추며 도망친다. 그러자 그의 앞길은
그가 빠져나올 수 있도록 열리는 것이었다. 아니, 그러면 그가
죽는다는 것은 분명한 사실이다.

4

"그건 옳지 못해, 옳지 못해, 게르다!" 늙은 바이히브로트는
아마 수백 번은 이렇게 말했을 것이다. 그녀의 목소리에는 우
려와 비난이 섞여 있었다. 그녀는 옛 제자의 거실 소파에 자
리를 잡았다. 게르다 부덴브로크, 페르마네더 부인, 그녀의 딸
에리카, 불쌍한 클로틸데와 넓은 거리의 세 부덴브로크 여인
들이 방 한가운데에 놓인 둥근 탁자에 빙 둘러앉아 있었다.
그녀의 두건의 녹색 리본들이 여전히 아기 같은 어깨 위로 흘
러내렸다. 그녀는 한쪽 어깨를 잔뜩 추키고 팔 윗부분으로 탁
자 위에서 몸짓을 했다. 그녀는 나이가 일흔다섯 살이나 되었
지만 아직도 옛날 그대로 아주 작았다.

"그건 옳지 못해. 난 그게 좋은 일이 아니라고 말하는 거야,

게르다!" 그녀가 떨리는 목소리로 집요하게 같은 말을 되풀이했다. "난 머지않아 무덤에 들어갈 몸이야. 그럴 날이 얼마 안남았어. 그런데 넌 나를…… 우리를 버리려고 해. 넌 영영 우리와 헤어지려고…… 여길 떠나 버리려고 한단 말이야. 암스테르담에 잠깐 들르는 방문이라면 몰라도…… 하지만 영영 떠나다니!" 그녀는 재치 있는 갈색 눈으로 슬픈 표정을 지으며 새처럼 작은 늙은 머리를 흔들었다. "네가 많은 것을 잃어버린 건 사실이야……."

"아니야, 그녀는 모든 것을 잃어버렸어." 페르마네더 부인이 말했다. "우린 이기심을 품어서는 안 돼요, 테레제. 게르다는 가겠대요. 그건 어쩔 도리가 없어요. 그녀는 이십일 년 전에 토마스를 따라왔어요. 그녀가 우리 모두를 늘 좋아한 것은 아니라 하더라도 우린 모두 그녀를 사랑했어요. 그래, 우린 그랬어, 게르다. 그건 부인할 수 없는 사실이야! 하지만 토마스는 더 이상 이 세상에 없어. 그리고…… 이제 아무도 없어. 우리가 그녀에게 무슨 의미가 있겠어? 우리 마음은 아프지만, 게르다, 하느님과 함께 떠나. 그리고 토마스가 죽었을 때 진작 떠나지 않은 것만 해도 난 고맙게 생각해."

어느 가을날 저녁 식사를 마친 후였다. 어린 요한(유스투스, 요한, 카스파르)은 약 여섯 달 전에 프링스하임 목사의 축복을 받으며 저 바깥의 사암 십자가와 가문의 문장 아래 수풀가에 묻혔다. 나뭇잎이 반쯤 떨어진 집 앞 가로수에서 빗방울이 듣는 소리가 후드득 들렸다. 때때로 바람이 불어와 빗방울이 유리창을 두드렸다. 여덟 명의 여인 모두 검은 옷을 입고 있었다.

게르다 부덴브로크와 작별을 하려는 조그만 가족 모임이었다. 그녀는 이 도시를 떠나 암스테르담으로 되돌아가서 예전처럼 그녀의 아버지와 이중주를 하려는 것이었다. 그녀에게는 이제 아무런 책임감도 남아 있지 않았다. 페르마네더 부인은 이러한 결심을 더 이상 만류할 수 없었다. 그녀는 그에 동의할 수밖에 없었다. 하지만 그녀의 마음속에서는 올케가 영영 떠나간다는 사실에 애석하고 안타까운 마음을 금할 수 없었다. 시의원의 미망인이 도시에 계속 남아 있는다면 페르마네더 부인은 그 사회에서 예전의 위치와 자리를 그대로 유지할 수 있을 것이며 재산을 원래대로 간직할 수 있을 것이다. 그러면 가문의 이름도 어느 정도 위신을 지킬 수 있을 것이다. 이제 토니는 늘 그랬듯이 자기가 이 지상에 머물고, 사람들이 자기를 쳐다보는 한 당당히 머리를 쳐들고 다닐 생각이었다. 그녀의 할아버지는 사두마차를 타고 외국으로 갔더랬는데…….

지나온 생애가 파란만장했는데도 불구하고, 그리고 위가 좋지 않았는데도 불구하고 그녀는 쉰 살이 된 여자로 보이지 않았다. 그러나 보들보들한 솜털로 덮인 그녀의 피부는 생기를 잃었다. 토니 부덴브로크의 예쁜 윗입술 위에는 솜털이 좀 더 많이 나 있었다. 하지만 상중에 쓰는 두건 아래 매끄러운 정수리에는 흰 머리카락이 한 오라기도 보이지 않았다.

그녀의 친척인 불쌍한 클로틸데는 이 지상의 모든 세상사를 견뎌야 한다는 듯이 게르다가 떠나가는 것을 무관심하게 차분히 지켜보았다. 그녀는 아까 저녁 식사를 할 때에도 말없이 꾸역꾸역 음식을 쑤셔 넣었다. 언제나 그랬듯 잿빛 얼굴에

빼빼 마른 그녀는 이제 함께 앉아 길게 말을 빼면서 다정한 말을 건넸다.

이제 서른한 살이 된 에리카 바인센크 역시 외숙모가 떠나는 것에 흥분할 여자가 아니었다. 그녀는 어려운 일을 겪고 나서 일찍부터 체념하며 살아왔다. 그륀리히의 눈처럼 피곤하게 쳐다보는 그녀의 푸른 눈에는 실패한 인생에 순종한다는 기색이 역력했다. 때때로 다소 하소연하는 듯한 그녀의 침착한 목소리에도 같은 의미가 배어 있었다.

큰아버지 고트홀트의 딸들인 부덴브로크 여인들은 늘 그렇듯이 언짢은 표정을 지으며 불만에 가득 차 있었다. 언니들인 프리데리케와 헨리에테는 세월이 흐름에 따라 점점 더 마르고 점점 더 냉소적으로 되었다. 반면에 쉰세 살이 된 막내 피피는 여전히 땅딸막하고 살이 쪄 있었다.

외삼촌 유스투스의 미망인인 크뢰거 영사 노부인도 초대되었다. 하지만 그녀는 기분이 언짢았다. 아마 남의 집에 입고 갈 만한 마땅한 옷이 없었던 모양이었다. 그런데 왜 그런지 확실히는 알 수 없었다.

이제 게르다의 여행 이야기며 그녀가 타고 갈 생각인 기차가 화제에 올랐다. 그리고 중개인 고슈를 시켜 가구와 함께 빌라를 판 이야기가 화제에 올랐다. 게르다는 올 때 아무것도 가져오지 않았듯이 갈 때도 빈손으로 떠나기 때문이었다.

그런 다음 페르마네더 부인이 인생에 대해 말하기 시작했다. 그녀는 인생의 가장 중요한 측면에 관해 이야기를 꺼내며 과거와 미래에 대해 고찰했다. 비록 미래에 관해서는 할 말이 거의 없었지만 말이다.

"그래, 내가 죽는다면 에리카도 다른 데로 떠나갈지도 몰라요." 그녀가 말했다. "하지만 난 다른 어디서도 배겨 내지 못해. 난 목숨이 붙어 있는 한 여기 남은 몇몇 사람들하고 같이 살 거야. 일주일에 한 번씩 식사하러들 와. 그럼 우리 가문 일지를 읽자꾸나." 그녀는 앞에 놓인 가방을 건드렸다. "그래, 게르다, 난 이 가방을 받은 걸 고맙게 생각해. 그것은 다 끝났어. 내 말 듣니, 틸다? 이젠 네가 우리를 초대해야 될지도 모르겠어. 사실 넌 우리보다 형편이 더 낫다고 할 수 있잖아. 그래, 그렇게 된 거야. 모두 애를 쓰며 내닫고 투쟁해 왔지. 그런데 넌 그러고 앉아 모든 것을 참을성 있게 기다려 왔어. 하지만 그러니까 틸다, 너는 낙타인 셈이야. 이렇게 말한다고 날 고깝게 생각하지 마."

"오, 토니?" 클로틸데가 미소 지으며 말했다.

"크리스티안과 작별 인사를 나누지 못해 섭섭해." 게르다가 말했다. 그러자 화제는 크리스티안 이야기로 넘어갔다. 그가 정신 병원에서 다시 나올 가망성은 거의 없었다. 그렇지만 그가 자유로이 돌아다닐 수 없을 정도로 그렇게 심한 것은 아니었다. 그래도 그의 아내는 현재 형편이 더없이 좋았다. 페르마네더 부인이 주장한 바에 따르면 그녀는 병원 의사와 죽이 잘 맞았다. 아마 예상하건대 크리스티안은 죽을 때까지 병원에서 나오지 못할 신세였다.

그리고 침묵의 시간이 흘렀다. 그들은 나지막하게 망설이는 소리로 최근에 일어난 사건들에 관해 이야기를 나누었다. 어린 요한의 이름이 나오자 다시 방 안에 침묵이 감돌았다. 집 앞의 빗소리만 더 세차게 들릴 뿐이었다.

하노의 마지막 병에 대해서는 말 못 할 비밀이 감도는 것 같았다. 아마 그 병이 이루 형언할 수 없을 정도로 끔찍하게 진행되었음에 틀림없었다. 목소리를 낮추어 대강대강 암시적인 말을 나누는 동안 그들은 서로를 쳐다보지 못했다. 그러다 마지막 일화를 기억 속으로 불러일으켰다. 다 해진 옷을 입은 어린 백작이 찾아왔다. 그는 사람들을 마구 헤치며 병실로 달려들었다. 하노는 친구의 목소리를 듣자 방금 전까지만 해도 아무도 몰라보더니 미소를 짓더라는 것이다. 그리고 카이는 그의 두 손에 한없이 입맞춤을 해 댔다.

"손에 입맞춤을 했다고?" 부덴브로크 여인들이 물었다.

"그래, 여러 번."

모두들 한동안 이에 대해 곰곰이 생각했다.

갑자기 페르마네더 부인이 눈물을 터뜨렸다.

"난 그 애를 너무나 사랑했어." 그녀가 흐느끼며 말했다. "내가 그 아이를 얼마나 사랑했는지 너희는 모를 거야. 너희 모두들보다도 더 사랑했어. 그래, 미안해, 게르다. 참, 넌 그 애 엄마지. 아, 그는 천사였어."

"이제야 그는 천사지." 세세미가 고쳐 주었다.

"하노, 어린 하노." 페르마네더 부인은 계속 말을 이었다. 생기를 잃은 그녀의 솜털이 난 뺨에 눈물이 흘러내렸다. "톰, 아버지, 할아버지 그리고 다른 모든 사람들! 그들은 어디 있단 말인가? 다시는 그들을 만날 수 없어. 아, 이렇게나 가슴이 아프고 슬프다니!"

"다시 만날 날이 있겠지." 프리데리케 부덴브로크가 말했다. 그러면서 그녀는 두 손을 무릎에 포개고 눈을 내리깔며 코는 허공을 향했다.

"그래, 그렇게들 말하지. 아, 어떻게 해도 위로가 안 되는 순간이 있어, 프리데리케. 하느님이 나를 벌하실지도 몰라! 그런데 한번 의심하기 시작하면 정의와 자비며 모든 것을 의심하게 돼. 인생은 우리 속에 있는 많은 것을 깨뜨리고 많은 믿음들을 파괴했어. 재회…… 그렇게 되기만 한다면……."

그때 세세미 바이히브로트가 탁자 옆에서 일어섰다. 그녀는 할 수 있는 한 최고로 키를 높였다. 그녀는 발뒤꿈치를 들고 목을 죽 뻗으며 탁자를 두드렸다. 그러자 그녀 머리 위의 두건이 마구 떨렸다.

"그렇게 된다니까!" 그녀는 있는 힘을 다해 큰 소리로 말하며 모두를 도전적으로 훑어보았다.

그녀는 거기에 서 있었다. 그녀는 평생 동안 이성의 공격에 맞서 싸운 투쟁에서 멋진 승리를 거두었다. 등이 굽고 작은 그녀는 확신에 차서 부르르 떨었다. 그녀는 영감을 받고 벌하는 조그만 예언자였다.

4대에 걸친 어느 부르주아 가문의 몰락을 다룬 『부덴브로크가의 사람들』

모든 인간이 실수로 잘못 태어난 것은 아니었을까? 모두 태어나자마자 고통스러운 감금 상태에 들어간 것은 아니었을까? 감옥이다! 감옥이다! 도처에 한계와 굴레가 있지 않은가! 인간은 죽음이 그를 고향으로 데려가고 굴레에서 벗어나게 해줄 때까지 개성이라는 격자 창살을 통해 아무런 희망도 없이 외부 상태라는 성벽을 응시하면서 살아간다……(2권, 363쪽)

토마스 부덴브로크가 쇼펜하우어의 『의지와 표상으로서의 세계(Die Welt als Wille und Vorstellung)』(1818)를 읽고 죽음에 대해 깊이 성찰하는 장면이다. 흔히 쇼펜하우어 철학 때문에 토마스가 삶에 의욕을 잃고 죽음에 이른다고 생각하기 쉽다. 하지만 그의 죽음은 소설의 구조에 통합되어 있을 뿐 흔히 알고 있듯이 쇼펜하우어 철학 때문은 아니라고 볼 수 있다. 하노와 토마스 만의 대에 와서 사업가 가문의 오랜 전통이 끊긴다는 점에서, 토마스와 그의 아들 하노의 관계는 토마스 만의 아버지와 토마스 만의 그것과 유사하다. 토마스 만은 『부덴브로크가의 사람들』보다 이 년 뒤에 나온 단편 「트리스탄」에서 작가 슈피넬이 가브리엘레 부인에게 말하듯이 "실제적이고 시민적이며 무미건조한 전통을 지닌 어느 가문이 그 명이 다할 즈음에 예술로 또 한 번 빛을 발하는 경우."[1]이다.

위대한 소설가이자 문명 비판가

토마스 만[2]은 20세기의 위대한 고전 작가이자 문명 비판가이다. 그는 건전한 삶의 세계를 동경하는 시민적 기질과 미와 정신세계를 희구하는 예술가적 기질의 대립 갈등, 조화를 문학적 과제로 삼고 근 반생 동안 그것을 추구했다. 그뿐만 아니

---

1) 토마스 만, 홍성광 옮김, 『베네치아에서의 죽음 외』, 열린책들, 2006년, 48쪽.
2) Thomas Mann(1875~1955). 북독일의 한자 동맹 도시 뤼베크에서 부유한 곡물상의 둘째 아들로 태어났다. 형 하인리히 만은 저명한 참여 소설가이자 문명 작가이다. 아버지는 시의원을 지내다가 부시장이 된 인물이었고, 어머니는 포르투갈계 남미 출신의 미인으로 음악적 재능이 뛰어났다. 그는 아버지에게서는 엄격하고 철두철미한 시민적 기질을, 어머니에게서는 예술가적 기질을 이어받았다고 볼 수 있다. 그는 19세기 말의 군국주의적이고 강압적인 학교를 싫어했다.

라 독일의 시민문화 전체의 비극적 운명을 소설에서 축소하여 보여 주었다. 그리고 1차 세계 대전 전까지 비정치적 인물로 자처하던 그는 전쟁 발발로 정치적 국면에 맞닥뜨리자 시대와 대결하는 자세를 보이면서 많은 글과 강연, 방송을 통해 시대의 정치와 문명을 신랄하게 비판했다.

토마스 만은 괴테와 마찬가지로 도시 명문가(Patrizier) 출신이다. 열여섯 살 때 아버지의 사망으로 근 100년간 이어 왔던 만(Mann) 상회가 파산하자 어머니는 뮌헨으로 이주했다. 토마스 만은 뮌헨에서 화재보험회사 수습사원으로 일하면서 틈틈이 하이네를 모방한 시와 소설을 쓰기 시작한다. 저널리스트를 지망하던 그는 회사를 그만두고 뮌헨 공과대학의 청강생이 된다. 그 후 로마에 체재하던 형의 권유로 이탈리아 로마와 그 근교의 팔레스트리나에서 일 년 남짓 머물면서 『부덴브로크가의 사람들』을 집필하기 시작한다.

토마스 만의 어머니가 뮌헨으로 이주한 후 회사를 청산한 재산의 이자로 생활을 꾸려 가며 자식들에게 매달 160~180마르크씩 보내 줌으로써 만 형제는 사회적 직업을 갖지 않고 살아갈 수 있게 된다. 이러한 사회적·경제적 자유가 바로 토마스 만의 예술적 발전에 중요한 전제조건이 되며, 그의 미학에서 아이러니로서 관심의 자유가 중요한 역할을 하게 된다. 그러다 그가 부르주아 가문과 결혼함으로써 그의 보헤미안 시절은 끝나고 표면적으로는 시민 세계로 다시 편입하게 된다.

토마스 만은 뮌헨 공과대학 청강생으로 있으면서 미학, 문학, 경제나 역사 강의를 들었다. 하지만 초기의 독서 체험이 그에게는 더 중요했다. 벌써 고등학교 때부터 그를 사로잡았던 하이네나 슈토름에서 시작하여 함순, 헤르만 바르, 폴 부르제, 입센이 그에게 중요한 영향을 끼쳤다.

1899년 로마에서 뮌헨으로 돌아와 잠시 풍자 잡지《짐플리치시무스(Simplicissimus)》의 편집을 담당한 그는 1900년에 장편 소설 『부덴브로크가의 사람들』[3]을 완성하여 이듬해에 출간했다. 1905년 뮌헨 대학의 부유한 유대계 수학 교수의 딸 카트야와 결혼한 그는 이후 자유 문필가로 살아간다. 그 후 자전적 색채가 강한 중편 『토니오 크뢰거』, 자신의 행복한 결혼 생활의 부산물인 『대공 전하』, 『베네치아에서의 죽음』이 발표되었다.

1912년 부인이 폐병 증세를 보여 스위스의 다보스 휴양원에 들어갔을 때 그는 동반자로 따라가 거기서 한 달 동안 머물렀다. 그때의 자신과 부인의 체험을 토대로 쓴 글이 장편 『마의 산』이다. 1차 세계 대전이 발발하자 그는 잠시 창작을 중단하고 평론 「어느 비정치적 인간의 고찰」을 발표하여 자신의 정치적 입장을 밝힘과 동시에 시민적 자유를 옹호했다. 그 평론에서 서구의 문명과 정치를 비판하고 독일적인 문화와 보수주의를 변호하는 논쟁적인 글을 쓴 그는 종전 후 「독일적 공화국에 관하여」에서 이러한 보수적 견해를 버리고 민주주의적 입장을 밝혀 늦게나마 시대의 추세에 보조를 맞추

---

3) 이것은 4대에 걸친 한 가문의 몰락의 역사를 그린 자전적 성격이 짙은 작품이다. 토마스 만은 이 장편 소설로 젊은 나이에 대대적인 성공을 거둔다. 1929년의 노벨 문학상도 이 작품으로 받았다.

었다. 『마의 산』 집필을 끝낸 2년 뒤 토마스 만은 요셉의 일대기에 관심을 갖고 연구하기 시작했다. 『요셉과 그의 형제들』은 1933년부터 쓰이기 시작해 10년 뒤인 1943년에 완성되었다. 여기에서 그는 플라톤 이후 서양 문화의 중심 문제였던 정신과 육체의 이원성의 조화를 모색한다.

토마스 만은 1929년에 『부덴브로크가의 사람들』로 노벨 문학상을 수상했다. 이미 몇 년 전부터 그가 받을지도 모른다는 예측이 있었지만 그래도 노벨상 수상은 그에게 뜻밖의 일이었다. 그 자신은 벌써 1927년에 노벨상을 기대했다. 1929년 11월 12월 오후에 스톡홀름에서 소식이 왔다. 5년 전에 나온 『마의 산』이 아니라 첫 장편 소설로 상을 받았다는 사실에 토마스 만은 당혹해했다. 그 후 그는 점증하는 나치의 위협을 감지하고 나치를 희화화한 『마리오와 마술사』를 발표했고, 이어 강연을 통해 나치의 위험성을 경고했다. 1933년 히틀러가 정권을 장악하자 「리하르트 바그너의 고뇌와 위대성」이라는 강연으로 히틀러의 바그너 우상화를 공격했다. 그다음 날 그는 외국으로 강연 여행을 떠난 뒤 독일로 돌아오지 않고 망명 생활에 들어가 프랑스, 스위스에서 머물렀다. 그동안 나치로부터 귀국 종용을 받았지만 응하지 않았기에 독일 시민권과 본 대학에서 받은 명예박사 학위도 박탈당했다. 1938년 미국 캘리포니아로 이주한 그는 프린스턴 대학의 객원교수가 되어 강연이나 영국 BBC 라디오 방송을 통해 반국가주의 입장을 취하며 인류의 적 나치스의 타도를 부르짖는다.

괴테, 니체와 토마스 만의 관계가 가장 방대한 작품으로 나타난 것이 1947년에 나온 『파우스트 박사』이다. 이 작품의 주제는 26년 동안이나 토마스 만의 머릿속에서 맴돌기만 한 채 작품으로 형상화되지 못하다가 괴테의 『파우스트』를 통해 내면에서 구상되었다. 1943년 5월 23일 토마스 만은 『파우스트 박사』를 쓰기 시작한다. 토마스 만은 가장 독일적인 인물이 음악가라고 생각해서 모차르트, 베토벤을 주인공으로 생각하기도 했지만 결국 철학자 니체를 음악가로 그린다.

종전 후 1948년 1월에 쓰기 시작해 1950년 10월 끝마친 작품이 『선택받은 남자』이다. 이 작품은 부친 살해와 모자상간을 다룬 『오이디푸스 왕』처럼 남매상간과 모자상간을 범하는 이중의 근친상간을 소재로 하고 있다. 『파우스트 박사』의 후속극에 해당하는 이 소설에서 토마스 만은 속죄와 은총의 문제를 다루고 있다. 전후에 그는 점증하는 동서 대립을 유화하기 위해 동서 평화회의에 참석하기도 했다. 미국이 반공 정책을 취하면서 매카시 선풍을 일으키자 이에 절망한 만은 1952년 유럽으로 되돌아왔다. 그러나 최인훈의 『광장』의 주인공 이명준처럼 동서독으로 분단된 조국 독일로 돌아가지 않고 스위스에 살면서 세계 평화와 동서독의 통일을 위해 강연 등으로 많은 활동을 하다가 1955년 80세를 일기로 눈을 감았다.

그런데 토마스 만의 사후 20년이 되던 1975년 그의 일기가 개봉되어 1877년부터 1995년까지 총 열 권으로 출간되었다. 그로 인해 토마스 만 독서에 새로운 전기가 마련되었다. 토마스 만은 일평생 일기를 썼지만 아쉽게도 모두 보존되어 있지는 않고, 1918년에서 1921년까지의 일기와 1933년에서 1955년까지의 일기만 읽을 수 있다. 토마스 만은 이미 1896년 뮌헨에서 그때까지 쓴 일기를 불태웠는데 이는 자신의 은밀한 성향을 감추기 위한 것으로 추측된다. 그 글이 자신에게 "고통스럽고 불편하게" 여겨졌기 때문이다. 그리고 1945년에 1933년 이전의 일기를 또 불태웠는데, 예외적으로 1918년에서 1921년까지의 일기는 『파우스트 박사』의 참고 자료로 쓰기 위해 남겨 두었다.

자신의 비밀을 감추기 위한 것이라면 일기를 다 불태워야 할 텐데 일부는 남겨 둔 것을 보면 세상 사람들이 그의 사후에 자신의 은밀한 과거에 대해 알기를 원한 것으로 볼 수 있다. 그 때문에 만의 일기는 일반 독자들에게 큰 관심과 반향을 불러일으켰다. 그래서 그는 다시 대중의 이목을 끌었다. 1990년대 중반에 들어 그의 전기가 여러 권 나옴으로써 토마스 만은 신화적인 껍질을 벗고 속화되었으며 남다른 성적 취향과 함께 인간적인 면모가 부각되었다. 그리하여 아셴바흐 같은 근엄한 고전 작가의 모습이 사라지고 쉽게 상처받고 성적 이중성에 고통받으며 희망 없는 짝사랑에 시달리는 나약한 인간의 모습이 우리 눈앞에 나타났다. 그로써 그는 위신과 장엄함은 잃었지만 그 대신 진실성과 인간적인 면모를 얻게 되었다. 이처럼 인어 아가씨의 말 못 할 고통을 지닌 그는 감쪽같이 위장을 잘했기에 안데르센과 그의 동화처럼 미운 오리 새끼가 되지 않고 평생 위엄과 영광을 누릴 수 있었다. 그렇다고 내면의 죄의식과 수치감까지 떨쳐 버릴 수는 없었다.

그의 작품 해석도 이제 이전과 완전히 달라졌다. 고백과 위장 사이의 진실이 파헤쳐졌고, 그의 삶과 작품에서 은밀한 동성애가 중심적 위치를 차지한다는 것이 밝혀졌다. 그는 평생 동성애에 대한 저항과 타협, 거리와 매혹 사이에서 끝없는 진자 운동을 한 셈이다. 일기는 그의 삶과 작품 해석을 위한 새로운 열쇠가 되어 그의 소설들의 심층 분석이 가능해짐으로써 토마스 만이 모더니스트로 재탄생하는 계기를 마련해 주었다.

작품의 생성

토마스 만은 『부덴브로크가의 사람들』을 원래는 장편 소설이 아니라 노벨레(Novelle)인 '민감한 늦둥이 하노의 이야기'로 구상했다. 그는 애당초 단편 소설로 이름을 알렸고, 단편 소설을 그가 앞으로 개척할 문학 장르로 여겼기 때문이다. 소설 집필은 1897년 로마에서 시작되었지만 구상은 그보다 이 년쯤 더 오래되었다. 그러나 소설을 쓰면서 어린 하노의 이야기는 '퇴화'와 '하강'이 이루어지는 한 세대 소설로, 그다음에는 네 세대의 이야기로 발전해 갔다. 글을 쓰는 과정에서 작품 규모는 점점 더 커졌고 공간과 시간도 확대되었다. 토마스 만은 가족 연대기표와 정확한 족보, 뤼베크의 사업과 시 행정, 경제사, 정치에 관한 갖가지 의문을 어머니와 친척인 마르티 영사한테 물어보았다. 그는 처음에 익살스러운 말로 사회와 세계의 관계를 웃음거리로 삼는 재미있는 소설을 계획했다. 이러한 재미는 예술가가 자신의 소재를 자유롭게 다루는 데서 생겨났다.

이렇게 해서 1897년 6월에 시작된 집필은 1900년 7월에 끝이 났다. 꼬박 3년이 걸린 셈이었다. 그러나 출판인 피셔는 65장으로 이루어진 방대한 소설을 읽는 것은 시간과 집중도 면에서 불가능하다면서 작품 분량을 절반으로 줄여 달라고 요구했다. 노벨레를 선호하던 시대에 방대한 분량의 소설이 성공하기란 쉬운 일이 아니었기 때문이다. 그러나 그 소설에 비상한 가치와 의의가 있다고 호평하는 사람도 있어서 토마스 만은 작품을 줄이지 않고 그대로 출판하기를 고집했다. 결국 피셔는 인물들 특성의 진실성, 아이로니컬하면서도 시적인 특성에 좋은 평가를 한 출판사 편집인 하이만의 말을 신용하여 책을 두 권으로 묶어 1901년 10월 첫 주에 발간했다. 이 소설은 이 년 후 한 권으로 묶은 2판이 나오면서 비로소 큰 성공을 거두었다. 이 책은 1918년까지 10만 부가 팔렸고, 1929년 노벨상을 수상하자 이듬해에 100만 부가 발간되었으며, 1975년까지 독일어 판은 무려 400만 부가 팔려 독일에서 성서 다음으로 많이 판매된 책이 되었다.

20세기 초 최고의 베스트셀러

『부덴브로크가의 사람들』은 북독일의 한자 동맹 도시 뤼베크의 4대에 걸친 부유한 사업가 가족을 그린 장편 소설로 현대 문학의 위대한 고전이 된 작품이다. 이 소설에서 토마스 만은 가족의 출생, 세례, 결혼, 이혼, 죽음, 상업적 성공, 실패를 완벽한 묘사로 재현하고 있다. 여기에는 시적 사실주의, 자연주의, 인상주의의 요소가 섞여 있지만, 이 소설은 어떤 사조에도 확고하게 속하지는 않는다. 부덴브로크가 사람들은 자신에 대해 많이 알면 알수록 그만큼 더 병약해진다. 즉 네 세대가 흘러가는 가운데 헤겔의 역사철학적인 체계인 예술-종교-철학 순서로 발전하는 것이 아니라 순진성-종교-철학-예술이라는 쇼펜하우어적인 체계가 실현되고 있다. 이 작품에는 '한 가문의 몰락'이라는 부제가 붙어 있는데, 여기서는 정치적·경제적·사회적 파멸뿐만 아니라 가문의 형이상학적인 정신적 고양(高揚)이 그려져 있다.

토마스 만의 글쓰기는 칸트와 쇼펜하우어의 엄격한 전통을 잇고 있다. 그는 9시에 작업을 시작해 12시에 마쳤다. 그 시간에 정신이 가장 맑았기 때문이다. 그 시간에는 방문객은 물론 전화도 받지 않았다. 가족에게도 그의 작업을 방해하는 것을 허용하지 않았기 때문에 아이들도 정오까지는 쥐 죽은 듯 지내야 했다. 『베네치아에서의 죽음』의 첫 문장에서 보듯이 그에게는 한 구절 한 구절이 투쟁이었고, 하나하나의 수식어가 힘겨운 결정이었다. 그래서 만은 작업 속도가 느려도 이를 악물고 한 걸음씩 나아가야 했다. 그는 이를 「산고(産苦)의 시간」 이라는 단편 소설의 제목처럼 산고의 시간에 비유하기도 했다.

그러나 결혼 전에 불규칙한 생활을 하던 시절 젊은 토마스 만의 글쓰기는 원래는 가족의 일이자 장난스러운 오락이었다. 그는 가문 소설을 가족들 앞에서 낭독했으며, 가족은 그 글을 읽고 눈물이 나도록 웃었다. 그때는 이 작품이 그토록 성공을 거두리라고는 전혀 예상치 못했다. 이 소설에서 토마스 만은 가족의 출생, 세례, 결혼, 이혼, 죽음, 상업적 성공, 실패를 완벽한 묘사로 재현하고 있다. 이 평범한 사건들은 본질적으로 똑같은 것들이지만 그것이 여러 세대에 걸쳐 일어나는 가운데 점차 다른 모습을 띠게 된다. 한 시대사 전체를 다루어 사회적 발전사를 총체적으로 형상화하는 데에 성공한 작품으로 한국 사회의 발전사를 총체적으로 형상화한 박경리의 『토지』와 비교해 볼 수 있다. 예술에 기울어짐으로써 가문의 기대를 저버린다는 점에서 이청준의 단편 「눈길」이나 「귀향 연습」과도 관련지을 수 있다. 부덴브로크 일가는 그들의 위대성을 지켜 준 본능이나 현실에 충실할 때는 번성한다. 하지만 그들의 전통이 다양한 변화를 겪으며 근본적으로 현대적인 영향에 침해받는 순간 그들의 몰락은 자명해진다. 광범위한 범위를 다루며 충실한 세부 묘사, 풍부한 휴머니즘으로 가득 찬 『부덴브로크가의 사람들』은 현대의 다른 모든 가족 소설의 수준을 뛰어넘고 있다. 실로 그것은 그런 유의 다른 대부분의 소설들의 모델이 되었다.

현대 독일 문학에서 가장 많이 읽히고 가장 잘 알려진 작품 중 하나인 『부덴브로크가의 사람들』은 현대 문학의 위대한 고전이 되었다. 이 작품은 거의 모든 나라에서 번역되어 작가에게 일찍부터 세계적인 명성을 가져다주었다. 일찍이 문학에 뜻을 둔 나머지 가업을 계승하지 못한 문학도 토마스 만은 단음절로 무미건조하게 끝나는 자신의 성(姓)인 '만' 대신 보다 북부 독일적으로 들리면서 어딘가 유서 깊고 진지한 여운을 남기는 성(姓) 하나를 찾기 시작했는데, 그것이 폰타네의 소설 『에피 브리스트』에 등장하는 부덴브록(Buddenbrock)을 약간 변형한 부덴브로크(Buddenbrook)였다.

토마스 만은 헤세와 마찬가지로 어릴 때부터 엄청난 독서를 해 왔다. 노르웨이 소설뿐만 아니라 콩쿠르 형제나 발자크, 플로베르, 모파상, 스탕달 같은 프랑스 작가, 러시아의 톨스토이, 도스토옙스키, 투르게네프의 소설, 영국의 디킨스와 새커리 역시 『부덴브로크가의 사람들』에 영향과 도움을 주었다. 특히 만은 게오르그 브라네스의 『19세기 문학의 주된 경향들』의 영향을 받아 1848년 혁명에 대한 묘사를 하며, 튀르키예의 격언인 "집이 완성되면 죽음이 찾아든다."라는 표현을 브라네스의 책에서 차용했다. 예술은 독자적인 가치를 지니는 것이 아니라 실은 기록적인 특성을 지닐 뿐이라는 브라네스의 생각도 그는 수용한다. 만은 브라네스에게서 개별 인물을 한 세대의 전형적인 대표자, 그 시대의 대리자로 형상화하는 방법도 배울 수 있었다. 그러나 만은 노르웨이 작가들의 작품에서 나타나는 사회 비판적인 성격은 받아들이지 않았다. 노르웨이 작가들의 신랄한 사회 비판은 토마스 만의 작품에서는 유머와 아이러니를 통해 완화되어 있다. 그의 작품에서는 가난한 자의 현실은 거의 다루어지지 않으며, 노동자들이 혁명을 시도하는 장면은 우스꽝스럽게 처리된다.

토마스 만은 벌써 학창 시절부터 자신을 사로잡은 하이네나 슈토름에서 시작하여 크누트 함순, 헤르만 바르, 폴 부르제, 헨리크 입센의 작품을 읽었다. 그리고 1894년 이래로 프리드리히 니체가 그에게 중요한 영향을 끼쳤다. 그에게 근본적인 영향을 끼친 쇼펜하우어 독서는 1895년 가을에 가서 이루어진다. 그는 발자크와 스탕달을 알고 있었으며, 모파상으로부터는 고독의 테마를 차용한다. 토마스 만은 뛰어난 결합 능력으로 개별적인 작품에서 빌려온 장면과 모티프, 테마 들을 빈틈없이 자신의 구상에 받아들였고, 소설, 산문, 드라마 들에서 차용한 것은 직접 혹은 간접 인용의 형태로 거의 식별할 수 없을 만치 소설에 잘 용해되었다.

토마스 만은 독일 작가들인 괴테와 실러, 프리츠 로이터, 폰타네한테서도 많은 도움을 받았다. 상트페테르부르크에서 일어난 대홍수 이야기는 괴테와 에커만의 1824년 12월 9일자 대화에서 따온 것이다. 나폴레옹에 대한 목사 분더리히의 견해는 거의 글자 그대로 괴테와의 대화에서 가져왔다. 니체의 영향은 쇼펜하우어에 비해 덜 직접적인 것으로 보이지만 폭넓고 지속적이다. 니체가 말하는 정신으로서의 삶은 소설의 결말에 묘사된 것처럼 인식과 비판, 아이러니로서의 삶이다.

「부덴브로크가의 사람들」은 유럽 시민 계급 전체의 보편적이야기로 인정을 받아 오늘날에도 유럽 전역에서 꾸준히 독자를 얻고 있다. 요한 부덴브로크 1세는 유능한 상인으로 정신적인 세계에 대해서는 그다지 이해력이 없으나 자신의 현위치에 만족하고 더 나은 내일을 위해 부단히 애쓴다. 그의 아들인 영사 부덴브로크 2세는 종교적인 인물이나 사업적 성공을 위해서는 비정한 일면이 있다. 가문이나 기업이 정점에 있을 때는 그 몰락의 징표도 아울러 지닌다. 토마스는 그 현상이 "저 하늘의 별이 가장 밝게 빛날 때는 그게 벌써 꺼지기 시작하는지 아니면 벌써 꺼졌는지 알 수 없는 것과 마찬가지"로 하늘 위의 별빛과 같다고 말한다. 비일상적이고 비시민적이며 철학적인 토마스 부덴브로크 시 참사 의원을 거쳐 하노에 이르면 냉혹한 현실로부터 몸을 숨기고 음악의 환상 세계에 파묻혀 살다가 어린 나이에 죽고 만다.

어느 부르주아 가문의 몰락

1835년 뤼베크의 요한 부덴브로크 회사와 가문은 번창 일로를 달리고 있다. 강건하고 낙천적인 요한 부덴브로크(1세)는 몇몇 가족, 친지와 함께 새로 취득한 멩가의 으리으리한 집에서 연회를 연다. 가족 중에는 그의 부인 안토아네트와 아들인 요한 부덴브로크 영사(2세), 아름답고 우아한 며느리 엘리자베트, 그들의 자식들인 토마스, 크리스티안, 토니, 빈곤한 방계 친척인 클로틸데가 그 자리에 참석한다. 요한 부덴브로크의 첫 번째 부인한테서 난 장남 고트홀트는 그의 신분에 걸맞지 않은 결혼을 해서 함부르크에 살고 있다. 1838년에 영사의 막내딸 클라라가 태어난다.

안토아네트 노부인이 사망하자 요한 부덴브로크는 급격히 몸이 쇠약해져 사업에서 손을 뗀 후 1842년에 사망한다. 그러자 고트홀트는 뤼베크로 이주한다. 그다지 예쁘지 않은 그의 세 딸은 그때부터 멩가에 무슨 모임만 있으면 참석해 질투심을 드러내 보이고 증오 섞인 말을 한다. 영사는 아버지가 사망한 직후 현명하고 활동적인 장남 토마스를 회사 일에 참여시킨다. 그는 몸은 건강하지만 약간 섬세하고 예술적인 면이 있다. 반면에 끈질기지 못하고 경솔한 성격의 크리스티안과 사치욕과 허영에다 고상한 성향을 지닌 토니는 부모에게 여러 가지 걱정을 끼친다. 그래서 영사 부부는 그녀를 일 년 동안 바이히브로트의 기숙사에 보낸다. 반면 막내딸인 클라라는 진지하고 조용하며 착실하다.

토니가 기숙사에서 돌아온 직후 함부르크 출신의 그륀리히가 부덴브로크가에 나타난다. 멋쟁이에다 알랑거리는 말을 잘하는 그는 즉각 영사 부부의 호감을 산다. 그의 사업이 번창하고 있고 이미 부덴브로크가는 기울기 시작하므로 그륀리히가 토니한테 구혼하자 영사는 그와 혼인을 맺는 게 득이 될 것 같아 그것을 좋은 기회라고 생각한다. 하지만 토니는 결정을 못 내리며 망설인다. 그녀가 일단 마음을 가라앉히려고 트라베뮌데의 슈바르츠코프 댁에 머물다가 처음으로 진정한 사랑을 체험하며 달콤한 몇 주를 보낸다. 그녀가 사랑한 남자는 충직한 수로 안내인의 아들인 의과 대학생 모르텐이다. 그는 혁명에 열광하고 구제도의 타파를 역설하는 진보적인 청년이다. 하지만 그 소식을 들은 그륀리히가 찾아와 훼방을 놓는 바람에 둘의 사랑은 깨어지고 만다. 토니는 결국 한편으로는 절망적으로 다른 한편으로는 강력한 가문 의식 때문에 구혼을 받아들이기로 결정을 내린다. 거기에는 그륀리히와 결혼함으로써 그녀가 고상한 생활을 할 수 있을 거라는 기대감이 내재해 있다. 약혼식과 결혼식은 아주 성대하게 치러진다. 그리고 결혼한 지 일 년 후 함부르크에서 둘 사이에 딸 에리카가 태어난다. 하지만 곧 그륀리히는 엉터리없는 사기꾼임이 드러난다. 그가 완전히 파산하자 영사는 토니와 손녀 에리카를 데리고 집으로 돌아오고 둘의 결혼 생활은 종지부를 찍는다. 토니는 이 모든 일을 겪으며 슬픔을 느낌과 아울러 자신의 가문에 대해 자부심을 느낀다. 이혼 후에 그녀와 아버지의 관계는 점점 더 긴밀해진다. 지나친 긴장으로 몸이 쉬 늙어 버린 영사는 병약해져 1855년 한 번의 발작으로 쓰러져 죽고 만다.

그의 아들 토마스가 회사를 떠맡으면서 분위기가 쇄신된다. 무척 부지런한 그는 매사에 정확하고 빈틈이 없다. 반면에 그의 동생 크리스티안은 점점 더 우울증과 불안에 시달리며 경거망동한다. 그는 잠시 회사 일을 보다가 토마스에게 곧 쫓겨나고 만다. 그러는 사이에 진지하고 신심이 깊은 소녀로 자란 클라라는 목사 티부르치우스와 결혼한다. 결혼 생활에서 아이도 얻지 못하고 클라라는 몇 년 뒤 뇌막염으로 죽고 만다.

토마스는 신경질적이며 예술가적인 천성을 지닌 우아한 게르다 아놀트선과 결혼한다. 토니도 꾸밈없는 소박한 뮌헨 남자 페르마네더와 다시 결혼한다. 하지만 그는 일을 하려는 생각은 없이 빈둥빈둥 놀면서 집세로 하루하루를 살아가려는 게으른 인물임이 밝혀진다. 이 결혼도 실패로 끝나 토니는 에리카를 데리고 다시 친정으로 되돌아온다. 에리카는 화재 보험 회사 사장 바인셴크와 결혼하지만 그 결혼도 불행하게 끝난다. 바인셴크는 횡령죄로 몇 년 동안 수감생활을 하다가 풀려나서는 어디론가 흔적도 없이 사라져 버린다.

토마스와 게르다 사이에서는 섬세하고 병약한 기질의 요한(하노)이 태어난다. 그러는 사이에 토마스는 시의원이 되어 어부 골목에 호화스러운 새집을 건축하고 회사의 창사 백 주년을 축하한다. 하지만 지나친 긴장과 부담감으로 몸이 망가져 일찍 늙는다. 그는 자기 자신과 성공에 대한 회의에 사로잡혀 사업에서 많은 손실을 겪는다. 그의 아들 하노는 육체적으로 뿐만 아니라 정신적으로도 극도로 섬약하고 민감해서 그를 실망시킨다.

토마스의 어머니 엘리자베트는 폐렴으로 죽음과 사투를 벌이다 힘들게 죽음을 맞이한다. 멩가의 집은 신흥 가문으로 부상한 유능하고 자유주의적인 외지인 하겐슈트룀가에 넘어간다. 반면에 크리스티안은 점점 더 내적인 문제에 깊이 빠져들다가 사업을 망치고 빚만 잔뜩 진다. 그는 어머니가 사망하자 가족의 반대를 무릅쓰고 미심쩍은 알리네 푸보겔과 결혼하나 곧 정신질환이 악화해 정신 병원에 들어가고 만다. 이 모든 일로 극도의 부담감과 긴장에 시달린 토마스는 1875년 이를 뺀

후 집으로 가는 대로에서 쓰러져 인생을 마감한다. 그의 유언에 따라 회사는 청산 절차를 밟는다. 그의 사망 후 미망인 게르다는 멩가의 큰 집을 팔고 작고 아담한 집으로 이사해 하노와 함께 살아간다. 하지만 하노는 1877년 열다섯 살의 어린 나이에 티푸스로 죽는다. 그와 함께 부덴브로크가의 남자는 모두 사라지게 된다. 그리고 게르다는 아버지가 사는 암스테르담으로 쓸쓸히 떠난다.

소설 인물 분석

뤼베크의 다른 회사들은 관세 동맹에 가입한 이후 번창하는 반면에 부덴브로크가가 몰락의 길을 걷는 이유는 무엇일까? 다만 그들이 불운을 겪은 때문인가? 사업에서 손해를 보고 지참금 문제로 손실을 당하고 유산 분배로 재산이 나뉘었지만 경제적으로는 회사가 아직 건실한 상태에 있다. 경제적 실패는 몰락의 이유가 아니라 몰락의 결과이다. 하지만 몰락의 원인은 여러 세대가 지나는 가운데 성찰적 경향이 점증한 데 있다. 부덴브로크가 사람들이 자신에 대해 더 많이 알면 알수록 그들은 그만큼 더 병약해진다. 즉 네 세대가 흘러가는 가운데 순진성-종교-철학-예술이라는 쇼펜하우어적인 체계가 실현된다.

요한 부덴브로크(1세)

요한 부덴브로크는 명랑하고 현세적이며 실천적이다. 그는 자신이나 자신의 역할에 대해 아무런 회의도 품지 않으며 그런 점에서 순진한 계몽주의자이다. 여기서 계몽주의는 비판적 이성이 아니라 극히 실천적이고 시민적인 철학을 뜻한다. 이 철학은 유능함과 업적을 중시하고 종교를 포함하여 모든 비합리적인 것을 허튼소리로 간주한다. 음악이나 시문학은 나중에 하노의 경우에서 보듯이 치명적인 질병이 아니라 사교적인 취미이다. 부덴브로크 노인이 비판하는 대상은 자신이 아니라 다른 사람들이다. 첫 번째 부인에게서 난 장남 고트홀트가 기독교 정신에 호소하는 것을 그는 공갈 협박을 해서 돈을 우려내려는 경건한 금전욕이라고 비판한다.

요한(장) 부덴브로크(2세)

장 부덴브로크는 경건하지만 그것은 장점이 아니다. 경건성이란 오히려 몰락 과정의 시작을 알리는 데카당스의 첫 조짐이다. 경건성은 그 본질상 사업에 활발하게 관심을 갖는 것을 방해한다. 그것은 이 세상이 아니라 저세상의 보물을 모을 것을 요구하고 사업가를 회의적으로 만든다. 사업과 기독교 정신 사이에는 넘을 수 없는 장벽이 존재하지만 장의 활력은 양자가 충돌할 경우 동정심을 배척하고 사업을 옹호할 정도로 탄탄하다. 이복형의 유산 요구 문제에서도 장은 아버지와 달리 이러한 지불을 거부하면 자기가 훌륭한 기독교 신자인가 하는 문제로 오랫동안 곰곰이 생각한다. 하지만 최종적으로 결론을 내리게 해 주는 단서는 냉정한 계산이다.

장은 정신사적으로 볼 때 낭만주의자이다. 낭만주의자가 으레 그러듯이 그는 계몽적 이성으로 자연을 정복하여 인위적으로 가꾸는 것에 반대한다. 그의 아버지는 정원을 프랑스식으로 예쁘게 가꾸자고 하지만 그는 자연 그대로의 야성적 모습을 지키자는 입장이다. 기독교 신자로서의 그는 엄격한 혼인 논리를 고수하는 사람이다. 하지만 사업가로서의 그는 토니의 남편 그륀리히가 파산하자 냉정하게 토니를 이혼하게 만든다. 그의 신앙심이란 그의 사업적 태도에 아무런 영향을 행사하지 못하는 속 빈 감상주의에 불과하다. 사업가로서의 그는 자신의 아버지가 산업화라고 제대로 이해하는 프랑스의 7월 왕정과 새로운 실천적 이상들에 열광한다. 하지만 기독교 신자로서의 그는 오히려 가난하고 약한 자들의 참상에 더 관심을 기울였어야 했을지도 모른다.

토마스 부덴브로크 시의원

셋째 세대의 실용주의자인 토마스는 종교적인 태도를 꺼리는 심미주의자이다. 그는 계몽주의와 낭만주의의 본질을 꿰뚫어 보기 때문에 어느 것에도 기울지 않는다. 자기 자신에 대한 믿음도 사라지기 시작한다. 그는 성공에 대해 성찰하기에 더 이상 성공을 거두지 못한다. 그의 성격과 활동에는 언제나 일 자체를 좋아하는 조상들의 자연스러운 면모와는 달리 뭔가 인위적인 요소가 있다. 근본적으로는 그는 이미 더 이상 시민이 아니라 시민의 역을 연기하는 배우일 따름이다. 낮에는 시민의 모습이지만 밤에는 비시민의 모습이다. 낮에는 군인 같은 얼굴에 화장을 하고 체면, 명예욕을 중시하며 괴테적인 실천가인 반면 밤에는 긴장 풀린 얼굴에 시문학을 좋아하는 하이네적 몽상가이다.

토마스 부덴브로크가 살아가는 방식은 배우의 그것과 다르지 않다. 배우와 같은 생활 방식은 성찰의 결과이다. 이러한 작위적인 행위를 하는 데는 많은 힘이 든다. 그렇게 되면 사람은 두뇌의 의지에 조종당한 채 진정한 존재와 육체를 배척하는 삶을 살아야 한다. 토마스가 매일 꾸미고 몸단장을 해서 조심스럽게 숨기고자 하는 이 육체는 게을러지고 너절해지고 육감적으로 되려고 한다. 하지만 토마스는 그럴 수 없었기 때문에 쉬 늙어 버린다. 토마스 부덴브로크는 이를 뽑은 후 마흔여덟의 나이로 죽는다. 사실 토마스는 이 한 개 때문에 죽는 것이 아니라 성찰과 인위적인 의지의 긴장을 통해 서서히 다년간에 걸쳐 생활력이 소진함으로써 죽는 것이다. 치과 의사 이름이 하필 브레히트인 것도 흥미롭다. 나중에 토마스 만은 작가 브레히트와 심한 갈등을 겪기 때문이다. 그는 천성적으로 볼 때 동생 크리스티안과 마찬가지로 데카당인 셈이다. 크리스티안은 이러한 천성대로 살기 때문에 그래도 살아남는다. 토마스는 이러한 천성에 맞서 살아가려고 하기에 쉬 늙어 버려 죽고 만다.

토마스와 크리스티안, 두 형제는 각기 내적 갈등을 겪지만 다른 방식으로 대응한다. 토마스의 경우에는 과도한 업무에 시달리면서 잠복해 있던 신경증적 성향이 서서히 드러나

작품 해설

는 반면, 가문의 의무로부터 자유로운 크리스티안은 어려서부터 가문의 전통적 기대와는 다른 성향을 보이며, 병적 증상을 일찌감치 드러낸다. 가정과 사회의 요구와 기대에 대해서도 두 형제는 다르게 반응한다. 토마스는 자신에게 부과되는 의무와 요구를 내면화하고 자기 착취를 하며 서서히 무너진다면, 비시민적 아웃사이더인 크리스티안은 일찌감치 시민 사회의 규범과 의무를 회피하며 신경증 증세 속에서 실패한 삶을 살아간다.

하노 부덴브로크

넷째 세대에 와서는 이러한 시민성을 연기할 가능성마저 사라지고 만다. 하노 부덴브로크는 이러한 목적에 요구되는 상인적 자질을 획득하려는 시도를 하지 않는다. 그는 병약하고 비실천적인 몽상가이다. 그는 건강한 보통 아이들과 교제하지 않고 어느 정도 반사회적이라 할 카이 묄른 백작과 사귀며 깊은 우정을 나눈다. 그는 오로지 음악, 고통, 죽음과 친근하다고 느낀다. 그는 할아버지처럼 음악을 사교적인 오락으로 간주하지 않고 고독한 도취로 간주한다. 그는 아버지가 시민으로서가 아니라 고뇌하는 자로서 아들에게 하소연할 때만 아버지를 이해한다. 그는 죽음이 찾아오자 아무런 저항도 없이 달려간다. 그는 겨우 열다섯 살밖에 되지 않았는데도 성찰은 그에게서 전반적인 것이 되었다.

하지만 하노는 아버지한테서 생활에서의 유능함이 아닌 통찰을 배운다. 학교에서의 경쟁에 그는 구역질과 혐오감을 느긴다. 그는 학교에서 발표 차례가 왔을 때 앞자리 학생이 책을 들이밀며 보게 해 줘서 선생님을 속인다. 하지만 그가 속이는 행위를 저지른 것은 그럼으로써 덜 비열해지기 위해서이다. 그는 사물의 본질에서 비열함과 역겨움을 본다. 그는 힘에의 의지를 본다. 이상적인 모든 것이 배척되고 활력과 경쟁력만 중요시된다. 하노는 수습 교사 모더존의 성격이 약해서 그를 좋아하지만 그 교사는 힘센 아이들한테는 감히 그러지 못하면서 하노에게는 권위를 느끼게 하려고 한다.

경쟁에 참여하려고 하지 않는 자는 저열함과 비열함을 너무 고통스럽게 느껴야 하기 때문에 죽을 수밖에 없게 된다. 힘에의 의지는 어디서나 진정한 현실이다. 그것을 꿰뚫어 보는 자의 의지는 이미 망가진 상태이다. 그는 시민으로서 더 이상 쓸모없는 인간이다. 통찰을 하는 사람이 살아갈 수 있는 유일한 생존 방식은 예술가의 삶이다. 하노는 그럴 정도가 되지 못한다.

소설의 끝부분에 가서 신독일 중등학교에 대한 비판이 행해진다. 극히 모호하고 간접적인 방식이기는 하지만 이 비판은 학교 개혁을 목표로 하고 있다. 토마스 만은 에세이 「아이러니와 급진주의」에서 이렇게 말한다. "이 비판은 하나의 고발이지만 사실 별 구속력이 없는 모호하게 표현된 고발이다. 제도를 체험하는 자의 본성에 따라 이 고발은 모호하게 표현되고 제약을 받는다. 이 제도는 고발하는 자의 체험을 통해 나타나고, 이 사람의 눈으로 보인다. 하지만 거기에서 무언가가 좌절된다. 하지만 사실 좌절하는 것은 좋지 않은 평가를 받는 신독일 중등학교라기보다는 오히려 몰락의 어린 왕자이자 음악으로 도피한 하노 부덴브로크이다. 그는 도무지 삶을 거부한다. 삶의 상징이자 잠정적 축도는 학교이다."[4] 예술은 어린 하노를 통해 표현된 삶의 비판이라 할 수 있다. 하노의 동급생들은 삶이 자신의 발전을 도모할 수 있다고 느낀다. 그러나 하노의 체험으로 볼 때 학교는 우스꽝스럽고, 고통스럽고, 지루하고, 혐오스러운 것으로 나타난다. 하노는 자신의 신경이 예민한 것을 인식하고 있기 때문에 자신의 체험 판단과 감정 판단을 보편타당한 것으로 간주하지는 않는다. 이러한 사실이 그의 자부심이자 겸허함이다. 그리고 이는 삶에 대한 예술가의 자부심이자 겸허함이다. 토마스 만은 예술을 통한 삶의 비판을 개량적 선전 목적으로 이용하는 것은 불충한 발상이라고 말한다.

토니 부덴브로크

이처럼 네 세대가 지나는 중에 점점 더 반성적 사고가 증가하지만 그와 대조 수단으로 부각된 인물이 토니 부덴브로크이다. 소설은 그녀와 더불어 시작하고 그녀와 더불어 끝난다. 그녀는 시종일관 변하지 않으며 끝까지 죽지 않는다. 그 이유는 그녀는 아무것도 이해하지 못하고 성찰하지 않기 때문이다. 그녀는 언제나 어린이 상태에 머무른다. 그륀리히의 정체가 드러나도 그녀는 하노처럼 인식의 구토를 느끼지 않고 견

---

4) 토마스 만, 홍성광 옮김, 『예술과 정치』, 청송재, 2021년, 81쪽.

더 낸다. "인생이란 게 그렇듯이"라는 말을 달고 사는 토니는 서술자가 독자한테 반어적으로 드러내 보이는 그녀의 역할을 전혀 알지 못한다.

하지만 그녀의 시선은 깊지 않다. 엄밀히 말하면 그녀는 사고한다고 볼 수 없고 다만 기계적으로 상투어만 구사할 뿐이다. 서술자의 시도 동기 기법으로 그녀는 유머의 대상이 된다. 통찰을 하는 토마스와 하노는 그러한 상투적인 말을 전혀 쓰지 않는다. 그러한 상투어는 활력과 건강을 말해 주는 기호인 동시에 그 사용자가 한정된 사고를 한다는 것을 말해 준다. 두 번 결혼에 실패한 토니는 사위마저 어느 날 종적을 감춤으로써 자신의 인생에 짓밟히고 유린당한다. 그녀는 처음부터 자기의 의사대로 살아갈 수 없는 운명이라서 그런 것을 이해하지 못한다. 그녀는 완전히 소외된 삶을 살아간다. 여성운동의 시각에서 볼 때 그녀에게는 해방이라는 개념이 전적으로 결여되어 있다. 그런데 인식이 없는 토니는 언제나 토마스보다 더 행복하다.

크리스티안 부덴브로크

토마스 만은 자신의 삼촌 프리드리히 만을 크리스티안의 모델로 삼았다. 『부덴브로크가의 사람들』이 성공을 거둔 후 작중인물들의 장단점이 고향 사람들의 입에 오르내리자 당시 함부르크에 살고 있던 토마스 만의 삼촌 프리드리히 만은 자신의 조카를 가리켜 "자신의 둥지를 더럽힌 한 마리 슬픈 새"라고 비난하기도 했다. 크리스티안이 소설에서 부정적으로 희화화되어 그려지기 때문이다. 어릴 때부터 크리스티안은 형인 토마스와 비교되는 것을 감수해야 한다. 처음에는 그의 재주가 긍정적인 것으로 평가된다. 하지만 그의 흉내는 장난 짓거리로 격하되고, 작가는 그를 통해 예술가성을 반어적으로 희화화한다.

크리스티안에게는 이처럼 모방 재능이 있지만 진지함과 끈기가 부족하다. 토마스는 사업을 이어받으려고 실업 학교에 다니지만 그는 인문계 학교에 다녀 학문을 하려고 한다. 그러다가 상인이 되려고 런던에 가서 수습 업무를 배운다. 하지만 그는 사업에 흥미를 잃고 회사보다 극장에 가는 것을 더 즐긴다. 그는 방랑벽이 있어 칠레에까지 간다. 아버지가 죽고 나서야 그는 뤼베크로 돌아온다.

크리스티안은 토마스의 경쟁자인 하겐슈트룀 앞에서 상인의 신분을 무시하는 발언을 해서 토마스와 승강이를 벌인다. 그는 토마스와 달리 체면을 중시하지 않는다. 그리하여 크리스티안은 회사에서 쫓겨나 함부르크로 가서 자기 사업을 하나 실패를 맛본다. 런던에 가서 다시 한번 그의 운명을 시험하나 병이 들어 다시 뤼베크로 귀환한다. 그는 왼쪽 다리에 통증을 느끼며 음식물을 삼키고 호흡하는 데에 곤란을 겪는다. 마지막에 가서 그는 모든 일을 포기하고 오로지 자기의 고통을 관찰하는 데에 전념한다.

그러면서 그는 토마스의 반대를 물리치고 어머니가 죽은 후에 미심쩍은 여자 알리네 푸보겔과 결혼하여 형과의 관계가 결정적으로 단절되고 만다. 그는 세상 물정에 어두워 알리네가 자신의 돈만을 노리고 결혼했음을 알아채지 못한다. 결혼한 직후 그녀는 크리스티안을 정신 병원에 보내 버린다. 물론 크리스티안에게 전혀 통찰력이 없는 것은 아니다. 그는 자신을 비판하면서 하노에게 자신처럼 너무 연극에 빠지지 말라고 경고한다. 그가 최종적으로 어떻게 되는지는 소설에 더 이상 언급되어 있지 않다.

게르다 아놀트선

게르다는 헤라와 아프로디테, 브륀힐데와 멜루지네, 『친화력』의 오틸리에와 『파우스트』의 헬레네를 섞어 놓은 인물이다. 그녀는 토마스의 부인이 되기 전에 바이히브로트의 기숙사에서 토니와 대화를 나누는 장면에서 이미 한 번 소설에 등장한다. 그녀는 남들처럼 피아노를 치지 않고 바이올린을 켠다. 사치와 약간의 오만함, 예술가적 경향과 우아하고 이국적인 분위기, 건강한 치아를 통해 암시되는 활력이 게르다의 특징이다. 그녀의 눈가에는 푸르스름한 그림자가 드리워 있다. 그녀는 음악으로 접근하는 사람 이외에는 어느 누구에게도 냉랭한 거리를 취한다. 토마스와 그녀의 관계도 항상 냉랭하며 사랑으로 둘이 결합되어 있다기보다는 서로 예절을 차리며 생활해 간다. 그녀는 또한 트로타 소위와의 애매한 관계에서 볼 때 도덕적인 견지에서도 미심쩍은 구석이 있다. 토마스는 게르다가 사랑하는 까다로운 음악을 이해하지 못하고 그녀는 토마스의 음악적 취향을 저속하다고 평가한다.

소설에서 제시되는 게르다의 상은 한마디로 수수께끼 같은 모습이다. 그녀는 나이가 들어서도 변함없이 아름다움을 유지한다. 쉬 늙어 버리는 남편과 달리 그녀는 늙지 않는 것 같다. 하지만 그녀의 아름다움은 토니의 발랄한 건강미와 비교해 볼 때 어딘가 병적이며 신비한 느낌을 준다. 예술가로서 그녀는 바그너를 좋아하고, 남편보다 크리스티안과 더 잘 소통한다. 그녀는 남편과 아들이 죽었을 때나 마지막에 암스테르담으로 떠날 때도 아무 말이 없다.

그녀는 토마스 만의 어머니와 비슷하지만 실제로 얼마나 닮았는지는 정확히 알 수 없다. 그녀는 「작은 프리데만 씨」에 나오는 게르다 폰린링겐과 본질과 외모에서 매우 흡사하다. 젊은 작가가 아무튼 그녀에게 매혹과 거부라는 상반된 감정을 한데 섞어 놓은 것은 틀림없다.

그 외의 인물들

소설의 주인공이 아닌 여타의 인물들은 소설에서 반어적으로, 때때로 희화적으로 그려진다. 그들은 부수적인 인물로 소설에 잠깐 등장했다가 다시 사라지고 만다.

토니의 부모는 함부르크의 상인인 그륀리히를 사윗감으로 신중하게 고른다. 가꾸지 않은 원래 그의 외모는 별로 사람에게 호감을 주는 모습이 아니다. 그륀리히는 이러한 외모를 단정한 복장과 깍듯한 예절, 돈독한 신앙심으로 메우려고 한다. 이러한 거동과 과장된 말투는 토니의 조롱감이 되어 그에게 불리하게 작용한다. 그륀리히가 토니와 결혼하려는 의도는 무엇보다도 부잣집과 결혼하여 그 지참금으로 자신의 빚을 갚고 도움을 받으려는 것이다. 이 목적을 달성하기 위해 그는 온 갖 술수를 부린다. 토니의 부모는 그가 목사의 아들이라는 점 과 그의 행실이 예의 바르다는 점에 금방 혹해 버린다. 그는 토니의 앞에 무릎을 꿇고 그녀의 동정심에 호소하며 자살하 겠다고 협박한다. 그가 하도 실감나게 연기하는 바람에 토니 의 마음이 흔들린다. 그는 토니와 결혼한 이후에도 어려움에 부닥칠 때마다 상대에 따라서 능수능란하게 다른 모습으로 연기한다. 토니가 그를 버리고 떠나 이제 더 이상 그녀를 이용 할 기회가 사라지자 그는 냉혹한 사기꾼의 면모를 드러낸다.

토니는 그륀리히와 약혼하기 전에 트라베뮌데에서 수로 안 내인의 아들인 의과 대학생 모르텐 슈바르츠코프와 사랑에 빠진다. 모르텐은 1848년 3월 혁명 전기의 정치적 견해를 대 변한다. 이로써 그는 혁명가적인 모습을 보이며 불법의 영역으 로 이행한다. 그는 신분 서열을 거부하고, 만인이 자유롭고 평 등하기를 바라며 어느 누구도 인간의 지배를 받지 않고 오로 지 법의 지배만 받기를 바란다. 그는 자신을 제3계급인 부르 주아로 느끼며 귀족을 증오한다. 모르텐이 요구하는 것은 평 등, 언론의 자유, 상공업의 자유이다. 그는 심지어 토니보고 '공주'니 '귀족'이라고 하면서 그녀를 자신의 적대 세력에 편입 시킨다. 그의 과격한 정치적 태도는 그의 어색하고 서투른 행 동과 맞지 않는다. 그가 토니에 대해 한 말도 하나의 원칙일 뿐이다. 그가 토니에게 키스를 할 때 부르주아와 귀족 간의 적 대 관계는 적어도 이 순간만은 원칙적으로만 존재할 뿐이다.

모르텐 슈바르츠코프는 소설에서 정치적으로 진보적인 입

장을 대변하는 유일한 인물이다. 반면에 토마스는 문학적인 영역에서, 게르다는 음악적인 면에서, 하겐슈트룀가는 사업상의 일에서 보수적인 뤼베크 시민의 일반적인 관점을 넘어선다. '신흥 부르주아계급'인 하겐슈트룀가의 사람들의 특징과 주요 행태는 현대 사회의 '천민자본주의자들'과 비교해 볼 수 있다.

정치적인 입장에서 모르텐과 대응되는 인물은 레브레히트 크뢰거 노인을 들 수 있다. 부덴브로크 영사의 장인인 그는 토마스의 할아버지인 요한 부덴브로크와 같은 세대에 속하는 사람이다. 레브레히트 크뢰거는 철두철미 보수적인 사람이다. 그는 커다란 저택에서 호화스럽게 살며 현재의 부귀영화를 즐긴다. 1848년 소위 폭동이 일어났을 때 그는 모든 민주화 경향에 분노를 터뜨리는 골수 보수적인 태도를 드러낸다. 그는 시의회 앞에 몰려와 소동을 벌이는 사람들을 '불한당'이라고 경멸적으로 욕한다. 그는 집으로 가는 도중 가슴에 작은 돌멩이 하나를 맞은 후 숨을 거둔다.

토니는 뮌헨 출신의 알로이스 페르마네더와 재혼한다. 그는 뤼베크 사람들과 달리 엄격하지 않고 야심이 없으며 위엄이 없다. 하지만 그는 소박하고 친절하며 솔직한 다른 특질을 지니고 있다. 돈과 사회적인 가치 평가는 그에게 그다지 중요하지 않다. 작가는 그를 통해 부덴브로크가의 생활양식과 삶의 태도를 비판하고 있다고 볼 수 있다.

페르마네더와 가장 대조적으로 등장하는 뤼베크 사람은 세세미 바이히브로트이다. 그녀는 등이 굽어 키가 책상 높이밖에 되지 않는다. 그녀의 고집스러운 독특한 생각과 그녀의 언니 케텔젠을 바라보는 시각을 작가는 이렇게 기술한다.

> 글줄깨나 읽은, 그러니까 거의 박식하다고 할 수 있는 테레제 바이히브로트는 진지하고 사소한 싸움을 겪으며 소박한 믿음, 긍정적인 신앙심과 저세상에 가면 언젠가 자신의 힘들고 미미한 삶이 보상받을 거라는 확신을 간직해야 했다. 반면에 케텔젠 부인은 무학이고 순진무구한 데다가 우직한 품성을 지녔다. 세세미는 "착한 넬리"라고 말했다. "대관절 그녀는 어린아이 같아서 결코 회의를 품는 일이 없고, 싸울 일이 없으며 그저 행복하기만 하다."(1권 116~117쪽)

이 말에는 부러움뿐만 아니라 멸시의 감정도 배어 있다. 이러한 태도는 예술가 토니오 크뢰거가 푸른 눈에 금발의 평범한 사람을 바라보는 시각과 흡사하다.

시민성의 약화

독일적인 시민성이란 근면, 업적, 생산성, 시간관념, 절약, 냉정한 유용성으로 특징지어지므로 그것은 일반적으로 게으름, 사치, 시간 낭비, 무용성으로 위협받는다. 시민적 개인의 삶은 그가 거둔 업적으로 평가받는다. 아무것도 거두지 못하는 자는 시민 사회의 무용지물인 셈이다. 시민 사회의 대응 세력들은 경제적인 의미에서 볼 때 아무 쓸모 없는 것이다. 부덴브로크가에서는 무엇보다도 병, 죽음, 사랑 그리고 음악, 바다, 형이상학, 종교, 철학이 중요한 모티프 영역들이다.

병에 걸리면 시민적인 업적의 요구가 면제된다. 그런 점에서 병은 사람을 무책임한 방식이기는 하지만 자유롭게 만든다. 특히 크리스티안은 신경이 너무 짧고 왼쪽 부위가 아프다면서 이러한 점을 이용한다. 토마스가 오히려 둘 중에서 자기가 더 환자라고 말하자 크리스티안은 격분한다. 그는 환자로서의 영예를 형에게 빼앗기지 않으려고 발버둥 친다. 하지만 그는 고통 경쟁에서도 형에게 지고 말았음을 시인해야 한다. 크리스티안은 형이 죽자 다른 그 무엇으로도 지닐 수 없었던 크나큰 외경심을 품는다. 그는 "형이 이겼어, 내가 무릎을 꿇겠어."(2권 403쪽)라고 생각하며 형의 임종 장면에서 자신의 패배를 인정한다.

시민 사회에서 죽음이란 더할 나위 없는 의문을 제시한다. 그것은 인생에서 성취한 모든 것을 무용지물로 만들어 버리기 때문이다. 토마스는 영원과 불멸이라는 문제에 대해 역사적인 대답을 해서 자기가 선조들 속에 살아 있었고 후손들 속에서도 살아 있을 거라고 스스로에게 말한다. 그것은 시민적 업적에 죽음을 넘어서는 의미를 부여하려는 것이다. 하지만 죽음을 목전에 둔 지금 그것이 스러지고 없어졌음이 드러나며 단 한 순간도 마음의 동요 없이 죽음을 맞이할 태세를 지니는 게 불가능해진다. 죽음은 업적과 형식에의 의지를 조롱하며 비웃는다. 죽음은 더럽고 구역질 나며 무형식이다. 토마스가 피를 흘리며 옷을 더럽힌 채 집에 운반되어 오자 부인 게르다는 토니에게 이렇게 말한다. "사람들이 그를 데리고 왔을 때……." 그 소리는 이렇게 들렸다. "그가 어떤 모습이었는지! 그는 평생 동안 몸에 먼지 하나 안 묻혔지. 아, 마지막을 그런 꼴로 장식해야 한다는 것은 치욕이요, 수치야!"(2권 396쪽)

부유한 부덴브로크가에서 반지를 얻은 자에게 사랑은 금지된다. 사랑하는 자도 시민성을 위협하고 회사에 손실을 끼친다. 부덴브로크가에서 사랑은 억압되거나(토니의 모르텐에 대한 사랑, 토마스의 꽃가게 점원에 대한 사랑) 사랑에 빠진 사람은 가문에서 쫓겨난다.(그의 가게와 결혼한 것이나 다름없는 고트홀트.) 고트홀트가 첫 번째 부인한테서 난 아이란 사실이 우연이라고 할 수 없다. 요한 부덴브로크는 안토아네트와의 두 번째 결혼은 존경 어린 이성적 결혼인 반면 첫 번째 결혼은 사랑으로 맺어진 결혼이다. 그렇지만 부덴브로크가의 논리에서 볼 때 고트홀트의 어머니는 죽어야 하지만, 안토아네트는 오랫동안 살아남을 수 있게 된다.

부덴브로크 가족 중에서 건강한 사람은 음악에 소질이 없다. 게르다가 폰트로타 소위와 악기를 연주하는 것은 이미 시민적 형식을 위협한다. 하지만 아직은 그것을 무너뜨리지 않는다. 하지만 하노의 음악에 대한 사랑은 그 성질상 도취, 망아, 몰락에의 욕구, 에로틱, 방종이다. 그는 바그너에 의해 영감을 받은 음악적 환상으로 일상적인 시민적 의무의 중압감에서 해방된다.

쇼펜하우어 철학과 죽음

『부덴브로크가의 사람들』은 리얼리즘 소설이자 상징주의 소설이며, 여러 가지 점에서 자연주의적 소설이기도 하다. 이 것들이 토마스 만 문학에서는 서로 교묘하게 결합하여, 루카치가 말하듯이 인간 사회의 역사적 발전의 모습을 총체성 속에서 여실히 보여 주고 있다. 이 소설은 동시에 철학적인 소설이기도 하다. 이 소설에는 초기 토마스 만의 위대한 두 스승이었던 니체와 쇼펜하우어의 견해가 담겨 있다. 이 두 철학자는 토마스 만이 죽을 때까지 지속적인 영향을 끼쳤다. 토마스 만에게 쇼펜하우어의 저서를 읽은 체험은 '영혼적 체험'이라면, 니체의 저서를 읽은 체험은 '정신적-예술적인 것'이라 할 수 있다. 그러나 쇼펜하우어 체험은 열정적-신비적인 특성도 띠고 있어서 쇼펜하우어의 철학에서 토마스 만을 감각적-초감각적으로 매료시킨 것은 에로틱한 요소였다. 그런 점에서 바그너의 트리스탄 음악과 토마스 만의 단편 「트리스탄」은 금욕적이지 않다.

쇼펜하우어가 토마스 만에게 그토록 중요했던 까닭은 『의지와 표상으로서의 세계』가 세기 말의 데카당스 분위기와는 반대적인 것을 제시해 주었기 때문이다. 즉 4대에 걸친 몰락에서 빠져나올 수 있는 철학적 근거를 제시하고 있다. 토마스 만은 철학 책에서 읽은 것, 즉 개별적인 것의 죽음은 상실이 아니라 해방이라는 인식을 자신의 소설에 곧장 도입할 수 있었다. 토마스는 죽기 직전 죽음 속에서 삶을 발견하고, 그의 개성의 속박으로부터 해탈을 구하며, 의연하고 분별력 있게 행동한다.

작품에서 사랑에 빠진 토니, 죽기 전의 토마스 그리고 물론 하노는 바다를 사랑한다. 바다는 의식을 상실하고 시공 감각이 사라지는 풍경으로 토마스 만의 형이상학의 풍경이다. 반 시민적인 바다 형이상학은 쇼펜하우어의 철학을 연상시킨다.

아무 힘도 들이지 않고 고통도 없이 주위를 두리번거리며 망아의 경지에 빠져들던 두 눈은 초록빛 망망대해 너머를 바라보았다. 그곳으로부터 아무런 방해 없이 자유롭게 쏴쏴 하는 부드러운 소리와 함께 강력하고, 신선하고, 야성적이고, 맛있는 냄새를 풍기는 미풍이 불어왔다. 귓전을 감싸는 그 미풍은 쾌적한 현기증을 불러일으켰다. 그는 약하게 마비되면서 시공과 한정된 모든 것을 떠나 조용히 그리고 행복하게 의식이 몽롱해져 갔다.(2권 329쪽)

종교와 철학도 바다 형이상학과 관계를 맺는 한 반시민적이다. 쇼펜하우어 철학은 토마스에게 에로틱하고 행복을 가져다주며 해방적이다.

그는 울었다. 이 세상의 어떤 고통스러운 감미로움과도 비교할 수 없을 행복감에 고양된 듯이 기뻐 어쩔 줄 몰라 얼굴을 베개에 파묻고 몸을 떨며 울었다.(2권 365쪽)

작품 해설

쇼펜하우어의 철학은 토마스에게 죽음을 대비하게 만든다. 토마스가 바다를 최상의 인식 도구로 삼은 것은 쇼펜하우어 한테서 배웠기 때문이리라. 토마스는 밀려왔다가는 부서지는 파도에 대해 이렇게 말한다. "하지만 그것(넓은 물결)은 단순하고 필연적인 것처럼 마음을 진정시켜주고 위로해 준다. 난 점점 더 많이 바다를 사랑하는 법을 배웠어."(2권 382쪽) 그러나 토마스는 이 체험을 아직은 확고하게 붙잡아 둘 수 없다. 다음 날에는 다시 그에게 시민성이 우월한 위치를 차지한다. 하노에 이르러서야 꿈과 음악, 바다와 무시간성을 너무나 사랑한 나머지 그는 죽음에 더 이상 저항하지 않는다. 그래서 마치 쇼펜하우어의 철학이 최종적인 발언권을 얻고 있는 것처럼 보인다. 하지만 쇼펜하우어는 죽음과 자살을 옹호하지 않았기 때문에 토마스와 하노의 죽음에의 공감은 오히려 신낭만주의 경향의 수용에 불과하다. 쇼펜하우어가 말하는 삶에의 의지의 부정은 자살이 아니라 욕망의 절제를 의미한다. 또한 토마스 만을 매료시킨 것은 쇼펜하우어 철학의 의지 부정의 구원론이나 불교적 금욕적인 요소가 아니라 에로틱하고 신비적인 요소였다. 세기 말의 데카당스 분위기와 몰락 현상에 관심을 가졌던 토마스 만은 쇼펜하우어의 철학을 통해 "죽음에 대한 열망을 고조시킨 것이 아니라 오히려 어느 정도 누그러뜨린다."[5] 소설에서 쇼펜하우어 철학은 작가가 넘어서는 한

---

5) 헬무트 코프만, 류은희 엮고 옮김, 『소설의 곡예사』, 문학과지성사, 2000년, 85쪽.

단계일 뿐이다. 토마스는 그의 책을 읽고 엄청난 감동에 사로잡히지만 곧 그 책을 치워 버린다. 며칠 후에는 그 사건이 잊혀 버리고 만다. 이로써 소설은 쇼펜하우어에서 일단 멀어진 것처럼 보인다.

니체와 바그너의 영향

『부덴브로크가의 사람들』에 니체가 미친 영향은 쇼펜하우어의 영향보다 크고 지속적이며 더 분명하다. 게다가 토마스 만은 쇼펜하우어를 읽기 전인 1894년에 니체를 먼저 읽었다. 니체와의 만남은 토마스 만의 정신의 형식에 매우 결정적이었다. 니체 체험은 일회적인 것이 아니라 니체 독서를 통해 여러 차례에 걸쳐 변화를 겪는다. 토마스 만은 니체에게서 삶의 찬미자를 보았다. 니체는 그의 시대가 삶과 얼마나 멀리 동떨어져 있는지를 보았다. 『부덴브로크가의 사람들』의 테마는 퇴화하는 삶, 하강하는 삶, 한 가문의 몰락이었다. 부덴브로크가의 사람들은 이 퇴화의 결과 행복의 포기, 개별화, 악화하는 질병을 겪는다. 상인의 본능이 점차 약해지고 파괴되는 토마스 부덴브로크와는 달리 출세가도를 달리는 하겐슈트룀가의 사람들은 생명력이 넘친다. 이러한 약점을 감추기 위해 토마스는 아들 하노에게 가면을 쓴 모습으로 비친다. "혼자 있을 때의 그의 얼굴은 아까와는 전혀 딴판으로 변해 있는 것이 아닌가! 보통 때는 의지의 명령에 순종하느라 끊임없이 긴장하고 있던 입과 뺨의 근육이 아무렇게나 풀어져 있었다. 오랫동안 인위적으로 붙잡아 매 두었던 철저하고 친절한 힘찬 표정에서 가면이 벗겨진 듯 피로에 지쳐 괴로워하는 얼굴이 드러났다."(2권 106~107쪽)

니체가 신랄하게 비판한 하강과 몰락의 조짐이 토마스를 비롯한 부덴브로크가 사람들에게서 여실히 나타나고 있다. 토마스 만은 니체의 『도덕의 계보학』을 읽고 질병의 본질을 몇 가지 알게 되었고, 그리고 질병은 현대의 기호라는 것을 경험한다. 그렇지만 토마스 만에게 건강한 삶이 최상의 가치는 아니다. 건강한 하겐슈트룀가 사람들은 난폭함과 천박성, 육식동물의 기질과 잔인성을 띠고 있다. 토마스 만은 병든 자들에 대한 니체의 공격을 뒤집어 병든 자들을 더 높은 세계의 주민으로 격상시킨다. 삶은 새롭고 긍정적인 가치라기보다는 오직 실망을 줄 뿐이지만, 질병은 사람을 민감하게 만들며, 이 새로운 민감성이 예술에서 표현된다.

토마스 만의 작품에서 삶은 자연스러움에서 예찬되는 것이 아니라 그 통속성이 폭로되고 있다. 토마스 만은 이러한 삶의 극복을 위해 아이러니라는 개념을 도입한다. 아이러니는 정신을 쟁취하고자 노력하며, 동물적이지 않고 지적이며, 우울하지 않고 재기발랄한 것이다. 토마스 만은 삶이 정신에 예속될 수 없다는 것을 알고 있었지만, 동시에 삶에 대한 정신의 아이러니컬한 지배도 보았다.

토마스 만은 바그너의 마력적인 작품에 대한 애착을 일평생 지니고 있었다. 그는 「리하르트 바그너의 고뇌와 위대성」이라는 강연문에서 바그너의 음악을 통해 즐기고 배우는 자로서 깊고 고독한 행복의 시간들, 신경과 지성의 전율과 환희로 가득한 시간들, 감동적이고 위대한 뜻을 통찰하는 시간들을 결코 잊을 수 없다고 술회한다. 하노 부덴브로크 역시 이러한 깊고 고독한 행복한 시간들을 함께 체험한다. 토마스 만은 자신의 바그너 체험을 소설에서 변형시키지만, 바그너로부터 받은 영향은 이보다 더 많다고 할 수 있다. 또한 토마스 만은 소설에서 바그너의 체험을 여러 가지로 변형시킨다. 그에게 바그너는 그 이상의 것이 있을 수 없는 최상의 도취적 삶의 실현을 의미했다. 하노가 결국 죽음을 맞는 것은 필연적이며, 티푸스 장과 바그너가 서로 연결되어 구성된 것은 의심의 여지가 없다.

토마스 만은 바그너가 「니벨룽의 반지」에서 했던 것처럼 사물의 근원에까지 거슬러 올라간다. 토마스 만은 소재의 배후를 파고들면서, 한 세대, 이어서 네 세대에 걸친 이야기를 상세하게 묘사한다. 특히 그는 개별적인 세부에서도 바그너의 「니벨룽의 반지」를 소설의 전범으로 삼고 있다. 멩가의 집은 보탄의 '신들의 성'에 해당하고, 제 몫을 지불받기를 요구하는 고트홀트는 바그너의 작품에서 자신의 보수를 바라는 거인에 상응한다. 토마스와 토니가 나누는 대화는 보탄과 브륀힐데 간의 대화와 비슷하다. 신들의 몰락은 부르주아 가문의 몰락이 된다. 이처럼 줄거리에서도 바그너 영향의 자취를 찾아볼 수 있다. 또한 토마스 만은 모티프의 반복인 주도 동기 기법 역시 바그너한테서 빌려왔다. 그는 이질적이고 상이한 암시들의 구성, 여러 영역에서 서술하는 방식, 모티프들을 동시에 앞과 뒤로 지시하는 것 그리고 기본 테마를 중심으로 한 전체 모티프의 배열 역시 바그너의 덕을 입고 있다.

바그너 음악은『부덴브로크가의 사람들』에서 토마스의 부인 게르다나 그의 아들 하노에게서 보듯이 죽음에 대한 유혹의 도취적인 체험이다. 이는 삶에 맞서는 예술의 진수들인 비시민적인 의무감 상실, 에로틱, 도취, 죽음에 대한 매혹, 쇼펜하우어적인 형이상학으로 나타난다. 토마스 만은『부덴브로크가의 사람들』,「트리스탄」이나「벨중족의 피」그리고 바그너를 다룬 여러 에세이에서 이러한 예들을 다룬다. 이처럼 그의 초기 작품들은 바그너의 악극으로부터 모티프를 얻어 몰락하는 예술가상을 그린다. 형식적인 측면에서 바그너의 음악은 만의 서사적 정신, 시도 동기, 상징적인 작품 구성, 작품의 유기적 완결성에 커다란 영향을 미쳤다. 어쨌든 청년기에 토마스 만이 바그너에게 바친 열광은 다른 작가나 시인들에게 바쳤던 것과는 도저히 비교되지 않을 정도였고 바그너에 대한 그의 사랑은 거의 맹목적이었다.

그러나 그는 1905년부터 자신의 문학의 토대를 바그너에서 점점 더 단호하게 괴테로 옮기기 시작하여, 1909년에는 정신과 예술 면에서 소위 바그너 위기를 맞는다. 이는 만이 자신과 정신적 동성애 관계에 있던 파울 에렌베르크와 결별하고 1905년 카트야 프링스하임과 결혼함으로써 시민적인 질서 속으로 편입한 것과 밀접한 관계가 있다. 이러한 외면적인 행복한 결혼 생활의 결과 1909년 자전적인 소설『대공 전하』가 나오게 되었다. 토마스 만은 바그너로부터 멀어져 가면서 괴테에게서 소박하고도 건강한 인간을 보게 되었다. 이처럼 토마스 만에게 바그너와 괴테는 서로 양립할 수 없는 대립적 성격을 지닌 예술가들이었다. 바그너는 만에게 고전적 경향과는 대비되는 바로크풍의 19세기적 인물이지만 그래도 만은 바그너 음악을 들을 때마다 매혹적인 선율에 기뻐 어쩔 줄 몰라 하며 늘 '일종의 향수와 청춘의 고통'에 사로잡히곤 했다.

몰락의 이유

부덴브로크 일가에서 몰락과 세련이 연관 관계를 맺고 있으며 양자가 동일한 진행과정이라는 것을 아무도 외면할 수 없다. 네 세대가 흘러가는 사십여 년 동안 그들은 점점 더 병적으로 되어 갔을 뿐만 아니라 더 복잡해지고 세련돼진다. 환상, 차별성 및 심리적인 형안이 증가해 감에 따라 활력과 연령이 감소해 간다. 요한 부덴브로크 노인은 고령으로 사망하지만 하노는 어린 나이에 죽는다.

그러나 부덴브로크가뿐만 아니라 라텐캄프가, 크뢰거가, 될만가, 키스텐마커가도 함께 쇠락한다. 부덴브로크가의 새 집도 원래는 라텐캄프가가 살다가 몰락하여 그 집을 팔고 이사를 갔던 것이다. 하지만 다른 가문들은 활력의 감소나 지적·음악적 세련을 겪지 않기 때문에 부덴브로크가보다 몰락의 정도가 훨씬 미미하다. 다른 가문은 딱히 그렇다고 말할 수 없지만 부덴브로크가가 쇠락하는 것은 그들의 감정과 사고력이 점차 세련되어지기 때문이다.

시의원이자 시장의 오른팔 격인 토마스는 시에서 그의 선조들이 누리지 못했던 탄탄한 정치적 지위를 차지한다. 부덴브로크가의 경제적·사회적 상황은 결코 나쁘지 않다. 사실 사업이 번창하는 것은 아니고 토마스가 상당한 재산상의 손실을 입었지만 재산을 그대로 유지할 수 있었다. 그러므로 몰락의 이유는 그보다 더 깊은 곳에 있는 것이다.

루카치는 독일 시민이 부르주아 계급으로 발전·변화해 간데서 그 이유를 찾고 있다. 토마스 만의 표현에 따르면 독일 시민은 잠깐 잠든 사이에 그러한 변화를 놓쳐 버렸다고 한다. 하지만 루카치가 볼 때 그러한 변화는 소설의 밑바탕에 깔려 있으며, 몰락해 가는 사람들은 새로운 경제적 형식에 적응해 갈 수 없었고 적응하려고 하지도 않았다. 그들은 시민으로 남아 있으면서 신흥 부르주아계급인 하겐슈트룀가에 자리를 비워 준다. 하지만 이런 주장은 반박의 여지가 있다. 소설에서 파산하는 사람들 모두가 시민은 아니며 그들 중에 많은 사람들은 자신이 부르주아 계급이지만 다른 여러 가지 이유로 파산한다. 위에서 언급한 이유들로 전체 계급의 대변자가 아닌 부덴브로크가만이 양심의 가책이 없는 부르주아계급과 확연히 구별된다. 토마스는 이례적으로 입도선매 사업에 뛰어들었다가 우박을 맞아 농사를 망치고 만다. 그러므로 그들의 몰락을 경제적인 이유 탓으로 돌리는 것은 부분적인 설명밖에 되지 못한다.

쇠락의 이유를 생물학적인 탓으로 돌리는 것도 불충분하다. 서로 가까이 사는 사람들끼리 결혼을 함으로써 몰락이 일어나는 것이 아니다. 가족 구성원들이 멀리 있는 배우자와 결혼할수록 그만큼 더 몰락이 가속화된다. 그 전 세대는 뤼베크의 문벌가에서 짝을 찾았다. 게다가 하겐슈트룀가는 친척끼리 결혼한다. 부덴브로크가는 활동 범위를 넓히려고 할 때마다 번번이 실패하고 만다. 크리스티안은 지구의 반을 돌아다니지만 결국 이것저것 다 실패하고 귀향한다. 토니는 외지에서 기반을 잡으려고 두 번이나 결혼하지만 실패한다. 클라라는 때맞춰 멀리 동프로이센에서 죽는다. 그리고 그녀의 유산은 남편한테 돌아간다. 모든 것이 그야말로 문자 그대로 가족 탓으로 환원된다. 토마스도 행복을 먼 데서 찾지만 실패로 돌아간다. 그가 토니와 대화하는 중에 암시하는 게르다의 생소함과 냉담함과 더불어 생활에 무능한 하노가 그의 의식과 희망을 앗아 간다.

셋째로 부덴브로크가 사람들이 식사를 지나치게 많이 해서 파멸을 겪게 된다는 견해가 있다. 그렇다면 부덴브로크가의 감수성과 지적인 발전은 어떻게 설명할 수 있는가? 하지만 너무 많이 마시고 죽거나 과자를 많이 먹어 당뇨병에 걸리는 경우는 오히려 부덴브로크가가 아니라 다른 가문에서 주로 일어난다. 다른 한편으로 끊임없이 먹어 대는 클로틸데는 끝까지 건강하며 멍청하다.

경제적·유전 생물학적·생리학적 이유도 몰락의 유일한 이유는 아니다. 몰락 현상은 그 병원체를 알 수 없는 병의 징후

들일 따름이다. 반면에 의지는 많은 개별적 사실들로 전체를 이루어 전체적 연관 관계를 형성하는 조직적인 힘이다. 의지가 없으면 그 현상들은 혼란스러운 상태로 남는다. 여러 현상을 하나로 묶어 몰락과 세련화를 유발시키는 일을 하는 것이 의지이다. 의지는 단지 개별사건을 단순히 더하는 총계가 아니라 자장 위의 자석처럼 조정자로 기능한다.

의지와 현상을 근본적으로 분리시킴으로써 우리는 쇼펜하우어의 사색 체계의 한가운데에 위치하게 된다. 정자에서 독서를 하는 토마스에게 그것의 중요성은 공공연한 사실이다. 그리고 이러한 사실은 여러 해석에서 상세히 파헤쳐진다. 쇼펜하우어의 경우에는 예술, 그것도 음악이 월계관을 차지한다. 이러한 테제가 규명되기 위해서는 쇼펜하우어의 사고를 간단히 요약·정리할 필요가 있겠다.

의지와 표상으로서의 세계

플라톤의 이원론과 칸트의 사물 자체와 현상이라는 이분법에서 출발하여 쇼펜하우어는 세상을 표상으로서의 세계와 의지로서의 세계라는 두 가지 점에서 고찰한다. 사물 자체로서의 의지의 세계는 합리적 인식으로는 도달할 수 없는 세계이다. 의지란 시공의 저편에 존재하고 인과성의 법칙에 종속되지 않으므로 그 자체로는 인식될 수 없다. 하지만 의지는 현상들 속에서 자신의 모습을 드러낸다.

또한 인간이 이러한 의지에 전적으로 예속되면 그의 이성은 영원히 충동과 욕망이라는 끈에 조종당하게 된다. 하지만 이제 인간의 경우에는 의식의 단계에 따라 인식이 의지에 봉사하는 것을 그만두고 자기 길을 가게 된다. 이러한 일은 여러 단계별로 일어난다. 순진한 상태에서는 순수한 의지가 지배하고, 종교에서 인간은 좀 더 높은 상태에서 자기의 욕구를 실현한다. 학문과 철학에서는 단지 개별적인 객체만을 파악할 따름이다. 예술 속에서 비로소 인간은 개별적 현상을 넘어서서 토대가 되는 이념을 고찰한다. 모든 예술 장르들이 좀 더 높아 가는 단계에서 의지의 이념을 파악하는 반면에 예술들 중에서 최고 높은 위치에 있는 음악은 의지 자체를 직접 인식한다.

이러한 예술 형이상학에서 예술가에 대한 이중적인 견해가 도출된다. 즉 예술에 대한 생각이 고도화할수록 예술가의 존재가 그만큼 더 위협받게 되기 때문이다. 한편으로 예술가의 존재는 쇼펜하우어가 단순히 자연의 대량 생산품이라 일컫는 보통 사람들보다 월등히 고상하다. 보통 사람들은 모든 개별적 현상들을 자신의 의지에 대한 그들의 내적 관계에서만 볼 수 있는 반면에 천재의 시선은 이념을 향한다. 다른 한편으로 예술가들은 개인적 의지에 무관심하고 그것을 포기함으로써 필연적으로 활기 있는 삶에 대한 욕구를 소홀히 한다. 천재란 비록 계속 의지를 지향하지 않는다 하더라도 보통 사람들보다 훨씬 더 위험한 상태에 처한다. 그리하여 지성이 보통 수준을 넘어섬으로써 비정상적인 상태나 광기로 치닫는 경우가 생길 수 있다. 인간의 경우에 인식의 정도가 서로 상이한 나머지 천재와 범인이라는 구분뿐만 아니라 인식 능력에 따라서도 어느 정도 구분 지어진다. 의식의 단계는 동일인의 경우에도 굴곡이 심하다. 인류의 역사가 우둔함, 미신, 예감에서 빠져나와 고통스러운 고도의 인식으로 상승하듯이 개개인이나 가문도 그러한 발전을 한다.

소설의 처음에 보면 우리는 부덴브로크 노인이 처세술에 능한 현명한 상인으로 건강하고 반성적 사고를 하지 않는 사람임을 알 수 있다. 그는 표상의 세계 한계 내에서 사고하며 이유율에 예속되는 개별적 현상만을 이해할 능력이 있다. 그가 자기 아들을 미워하는 이유는 그를 낳느라고 그가 진정 사랑한 첫 번째 부인이 사망했기 때문이다. 그는 사건들을 이해 가능한 인과적인 연관 관계에서만 파악한다.

의식의 여러 단계

식탁에서 나누는 장황한 대화는 부자간의 차이와 단계를 두드러지게 드러낸다. 정치에서 요한 부덴브로크는 질서를 중시하는 나폴레옹을 지지하고 장은 자유를 대변하는 루이 필립을 옹호한다. 이러한 차이는 다른 차원에서 정원을 어떻게 관리할 것인가 하는 데서도 드러난다. 아버지는 정원의 숲이 무질서하게 마구 자라는 것을 못마땅하게 생각해서 풀을 잘 가꾸고 나무를 원통과 주사위 모양으로 다듬고 싶어 한다. 그러므로 프랑스적인 정원이며 프랑스어가 그의 취향에 부합한다. 하지만 기독교적인 생각을 지닌 아들은 열렬히 나폴레옹을 비판하며 정원의 숲이 자연 그대로 무성하게 자라게 하는 것이 좋다고 말한다. 영국적인 정원에 감동하는 장의 발언에서 베르터적인 자연관이 엿보인다.

요한 부덴브로크의 합리주의가 18세기에 뿌리박고 있다면 장은 열광적으로 낭만주의를 지지한다. 하지만 아직 그의 믿음은 심미적인 특징이 아니라 기독교적인 특징을 지닌다. 그의 종교적인 특성은 나이를 먹어 감에 따라 더 뚜렷하게 드러난다. 그가 죽은 후 그의 집은 경건주의적인 사람들이 모이는 장소가 된다. 종교는 장의 의식과 환상을 확장시켜 준다. 장은 순진성과 확고부동함이 사라짐에 따라 어떤 정신적·종교적인 지주가 필요했기 때문이다. 종교는 의식의 상승인 동시에 활력이 감소하는 원인, 조짐 및 그에 대한 대용품이다.

의식화와 활력이 감소하는 과정은 종교의 단계를 넘어서서 다음 세대에 가서는 할아버지의 계몽주의를 지나 19세기적인 문제성과 맞닥뜨린다. 토마스는 쇼펜하우어와 조우하게 되며 하노는 바그너 체험에서 그 정점에 달한다. 그런 점에서 볼 때 부덴브로크가의 발전은 개별적인 현상일 뿐만 아니라 베르터에서 바그너에 이르는 낭만적인 의식화 과정을 반영한다. 경건주의자 아들 토마스는 기독교적인 신앙을 넘어서서 죽음의 형이상학에서 위안을 찾는다. 즉 종교의 자리에 철학이 대신 들어앉는다. 부덴브로크가의 마지막 자손은 급기야 음악에 완전히 빠져들어 그의 의지는 마비되고 만다.

순진성-종교-철학-예술, 한 가문의 몰락과 상승에는 이

네 개의 의식화 단계가 자리한다. 하지만 그것은 동시에 인류의 의식화 단계이자 문화 단계이기도 하다. 그리하여 네 세대가 흘러가는 가운데 역사적인 원의지가 또 한 번 모사되고 반복된다. 그러므로 부덴브로크가의 몰락은 특정한 상황의 불리한 좌표에서 설명될 수 있는 개별적인 사실이 아니고 의지의 필연적인 전개 과정인 것이다. 그리고 그것은 헤겔이 말한 단계에서가 아니라 쇼펜하우어가 생각한 단계에서 벌어진다. 부덴브로크가의 운명에는 동일한 것의 영원 회귀라는 법칙이 주도권을 행사한다.

소설에서 계절의 진행은 흥망성쇠의 순환을 상징적으로 보여 준다. 소설에는 기온, 기상, 식물의 성장, 냄새, 대기와 같은 계절의 여러 현상이 상세하게 묘사된다. 바다에 대한 상세한 묘사를 제외하고는 자연은 넓은 의미에서 계절이 바뀌는 순간에만 눈에 드러난다. 미지근한 봄날, 따뜻한 여름날, 축축한 가을 저녁 그리고 무엇보다도 성탄절은 계속적인 순간이라는 측면에서 묘사된다. 그리하여 가족의 구성원이 사망하는 경우 계절이 늘 특별한 중요성을 지니게 된다. 영사는 사람을 답답하게 짓누르는 무더운 날씨와 함께 비바람이 몰아치자 곧장 사망한다. 토마스는 겨울날에 회의를 하다 말고 이가 아파 브레히트의 치과 병원에서 이를 빼고 나오다가 넘어져 눈 녹은 진탕에 처박히고 만다. 그리하여 요한은 연초(年初)에, 장은 늦여름에, 토마스는 겨울에 그리고 하노가 연초에 죽는 것이 우연한 일은 아니다. 이로써 계절이라는 면에서도 순환이 완수된다.

토마스 만의 변화와 수용

    1975년에 토마스 만 탄생 백 주년을 맞이하여 작가들과 가진 설문 조사 결과 토마스 만은 서독에서 현재의 문학에 별반 영향력을 끼치지 못하고 있음이 드러났다. 카프카, 무질, 되블린, 브레히트와 달리 당시 후계자도 없는 것 같았다. 그의 작품을 계승하는 것이 아니라 오히려 그에 대한 반대의 분위기가 더욱 강했다. 즉 그에 대한 수용의 분위기는 결코 호의적이지 못했다. 대학생 운동의 진보적이고 해방적인, 사회 민주주의적이고 사회주의적인 이념들은 부르주아 출신인 토마스 만의 반어적인 회의주의와 상충될 수밖에 없었다. 아이러니 작가인 토마스 만에게는 당시에 요구되었던 단호한 결단력이 부족했으며, 미학가에게는 정치적 당파성이, 에고이스트에게는 사회적 감각이 결여되어 있었다. 그럼에도 그에 대한 반응이 있었다면 발터 옌스처럼 그를 진보적으로 해석하는 입장과 하뇨 케스팅이나 마르틴 발처처럼 진보의 적으로 비판하는 두 가지 입장이 있었다. 그런데 젊은 세대가 진보적으로 정치화됨으로써 토마스 만은 드물지 않게 결과가 없고 결정이 없다는 비난을 받았다.

    그리하여 양자택일의 결핍 때문에 토마스 만에서 멀어진 자는 브레히트 쪽으로 넘어갔고, 그의 작품의 완결성과 완벽성에 질려 멀어진 자는 카프카 쪽으로 넘어갔다. 게다가 그의 산문은 단어적 의미에서 능가할 수 없는 것같이 보였기 때문에 더 이상 모방할 가치가 없어졌다. 모범이 더 높게 평가될수록 모범으로서의 기능이 더 적어진다. 그러므로 그것을 넘어 뜨리고 쓰러뜨릴 수밖에 없게 된다. 그의 문학 작품이 완벽하기 때문에 역으로 그것이 별로 반향을 일으키지 않은 셈이 된다. 작가들은 새로운 단초들을 찾아야 하고, 새로운 길을 가야 하고, 새로운 테마와 형식을 시험해야 한다. 그러한 길은 그와 함께 가는 것이 아니고 그에 반대하는 길이다. 일찍이 브레히트는 토마스 만을 인위적이고 허영적이며 무익한 책을 쓰는 부르주아 작가로 칭하고 있지만 일반적으로 옛 동독에서 그는 오히려 확고한 가치평가를 받았다. 토마스 만은 의심할 여지 없이 20세기 전반부의 가장 위대한 독일 작가라는 것이다.

또한 루카치도 토마스 만을 그의 시대의 가장 위대한 시민적 작가일 뿐만 아니라 위대한 비판적 리얼리스트로서 동시대 사회의 위대한 교사라고 말한다. 그런데 동독에서 그렇게 높게 가치 평가를 한 이유에는 정치적 요소도 얼마간 개재되어 있다. 그것은 사회주의 건설 초창기에 시민적 지식 계층과의 공동 협조의 필요성이다. 토마스 만은 서독 작가들에게 별반 영향력을 행사하지 못하는 반면에 상이한 방식으로 헤르만 칸트, 볼프강 요호, 롤프 슈나이더, 막스 발터 슐츠, 프란츠 퓌만, 귄터 더브륀의 창작에 모범으로 작용한다. 동독에서 기획된 토마스 만의 상에 대한 많은 특징도 좋은 의미에서의 논란이었으며 이러한 지적도 결코 그를 폄하하는 의미는 아니었다.

1975년 이후에 잠깐 동안 토마스 만에 대한 출판물의 숫자가 급격히 줄어들면서 그에 대해 무관심해졌다. 그러나 그러는 사이에 정치화의 경향이 누그러지고 관심의 전환이 일어났다. 다시 심리적인 것이나 예술적인 것에 대한 관심이 증가했다. 사회주의 혁명이나 새로운 프롤레타리아 문화에 대한 희망이 사라졌기 때문에 오늘날 많은 사람들은 시민이라는 이념에 되돌아가 있다. 그들이 말하는 시민이란 진보나 해방이라는 의미에서의 시민이 아니라 자기비판이나 양심 탐구의 문화를 발전시켰던 시민을 의미한다. 시민의 실제적 유형은 활력 있는 정복자가 아니라 민감한 회의주의자인 것이다. 여전히 토마스 만의 독자는 시민이면서 시민의 이해관계에 동참할 수 없는, 그러면서도 다른 고향을 갖지 못하는 옆길로 빠진 시민이다.

1977년 이래 토마스 만의 일기가 공개됨으로써 그에 대한 새로운 연구가 활력을 띠게 되었다. 그로써 기념비적인 휴머니스트로서의 모습이 아니라 문제적 개인으로서의 모습이 드러난 것이다. 그에게 나르시시즘이 중심에 위치하고 있다는 사실이 밝혀지고 있다. 예술가란 모든 것을 비판한다. 그 때문에 엄밀히 말하자면 특정한 것을 비판하지 못한다. 이런 이유로 토마스 만의 작품에는 비판적인 점과 보수적인 점이 동시에 공존하는 것이다.

토마스 만의 예술적 발전에 중요한 전제조건은 생활비를 걱정하지 않아도 되는 사회적·경제적 자유이다. 그런데 그가 시민계층의 여자와 결혼함으로써 보헤미안 시절은 끝이 나고 이후로는 구속받지 않는 그의 자유로운 성향이 예술에서

만 표출된다. 그는 "정치적인 것에 나는 하등 관심이 없다."라고 1904년 2월 27일 형에게 편지를 쓰고 있다. 하지만 1차 세계 대전으로 말미암아 그의 삶에 일대 전환이 일어났다. 그러나 1914년 12월 30일에 쿠르트 마르텐스에게 보낸 편지에서 그의 입장은 아직 정치적인 것이 아니라 오히려 정치로부터의 자유를 변호하고 있다는 것이었다. 젊은 토마스 만이 『부덴브로크가의 사람들』이라는 중요한 사회 소설을 썼지만 그는 그것을 정치가나 사회학자의 입장에서 쓴 것이 아니라 미학자와 심리학자의 입장에서 썼다. 세부의 사회학적 기능이 아니라 미학적 작용의 강도가 소설의 현실 선택을 조종해 간다.

1차 세계 대전의 종말과 공화국 선포는 그에게는 경미한 쇼크였다. 맨 먼저 그는 소위 보수적 혁명이라는 형식을 대변한다. 그는 비독일적·서구적·자본주의적인 것에 대한 거부로 말미암아 러시아 혁명에 대한 공감의 의사를 보이기도 한다. 물론 도스토옙스키로부터 강한 영향을 받은 그는 공산주의를 러시아적인 영혼, 즉 무형태성과 무형식에로의 경향의 표현으로 파악한다. 뮌헨 소비에트 공화국의 운명을 그는 그것이 러시아 혁명과 닮으려는 흔적이 보이면 관심 있게 지켜보지만 그것이 서구적인, 유대적인, 국제주의적인 것으로 평가되는 한에서는 혐오한다.

토마스 만이 군주주의자에서 공화주의자로 변화하지만 공화국을 계몽적·민주적 의미에서 옹호하는 것이 아니라 노발리스, 니체, 하웁트만이나 휘트먼적인 의미에서 낭만주의적 생기론적인 전통에서 공화국을 운명, 생이나 고향으로서 옹호하고 있는 것이다. 전선은 여전히 독일의 내적인 문화 대 정치인 것으로, 다만 공화국이 문화의 편에 서 있고 우익 과격주의나 좌익 과격주의는 정치의 쪽에 서 있을 따름이다. 심층 구조에서의 그의 사고 체계는 그대로이며 변화는 다만 표면적인 현상일 따름이다.

좁은 의미에서의 시대사가 토마스 만의 초기 작품에서는 별반 드러나지 않는다. 정치적·사회적 사건들에 대한 직접적인 반응은 거의 존재하지 않는다. 젊은 토마스 만이 살고 활동했던 무대는 뮌헨 슈바빙이라는 비정치적인 예술가, 문학가의 세계였다. 하지만 『부덴브로크가의 사람들』에는 넓은 의미에서 관세 동맹, 1848년의 혁명, 보불전쟁과 같은 역사적인 배경이 중요하게 자리 잡고 있다. 그런데 경제적으로 번영하는 시민적 안정의 시기로서 1차 세계 대전 전의 평화로운 시절이 문학적 활동에 필요한 자유로운 공간을 확보해 주었다. 젊은 토마스 만은 시대의 정치적인 긴장들을 별반 감지하지 못했다. 그의 작업은 시민 계층과 국외자, 무엇보다도 예술가의 차원에서 행해진다. 사회적 문제는 그의 책에서 거의 드러나지 않는다. 산업의 세계나 노동자의 세계의 형상화는 전혀 이루어지지 않고 있다. 토마스 만의 시대 비판이 사실 중요하지 않은 것은 아니지만 그것은 확고하게 구축된 안정된 사회에 별로 위험이 될 수 없는 성질의 것이었다. 토마스 만이 사실 과격한 시대 비판적인 충동력으로 출발하지만 그것은 시민 사회를 전적으로 먼지처럼 취급하고 무시하며 물질주의적인 것으로 간주함으로써 개별적으로는 구체적인 관점이 없는 낭만적인 속물 비판의 전통선상에 서 있는 비판이다.

독자들의 허무감

어떤 가르침을 기대하고 이 장편 소설을 읽은 독자들은 1,
2권 합해 무려 1100페이지가 넘는 책을 읽고 끝에 가서 허무
감과 허전함을 느낄지도 모른다. 끝에 가서 하노에 이르기까
지 남자들은 다 죽고 크리스티안마저 정신 병원에 갇힌 마당
에 살아남은 여자들도 서로 헤어진다. 독자들에게 남는 작가
의 메시지가 아무것도 없다는 말인가? 결국 무(無)로 끝난다
는 점에서 쇼펜하우어의 『의지와 표상으로서의 세계』의 끝 문
장을 떠올리게 한다.

우리는 오히려 의지가 완전히 없어진 뒤 우리에게 남아 있는
것이 아직 의지로 충만한 모든 사람에게는 무에 지나지 않는다
는 사실을 거리낌 없이 고백한다. 그러나 이와 반대로 의지가
방향을 돌려 스스로를 부정한 사람들에게도, 우리의 그토록
실재적인 이 세계는 모든 태양이나 은하수와 더불어──무(無)
인 것이다.[6]

---

6) 아르투어 쇼펜하우어, 홍성광 옮김, 『의지와 표상으로서의 세계』, 을유문
화사, 2019년, 544쪽.

한때 루카치가 분석한 것처럼 자본주의 세계가 몰락하고 새로운 세계가 도래한다는 것을 예고해 주는 것일까? 그러나 어떤 심오한 가르침이나 메시지를 기대하는 것은 잘못일지도 모른다. 토마스 만은 4세대에 걸치는 변전 무상한 삶을 총체적으로 보여 줄 뿐이다. 부덴브로크가는 부를 축적한 다음 예술을 통해 내적으로 정신화의 길을 걸으면서 외적으로 몰락의 길을 걷는다. 이 소설은 괴테의 『빌헬름 마이스터의 수업시대』로 대표되는 독일 교양 소설의 현대적 변종이라 하겠다. 전통적인 교양 소설에서 보는 것과 달리 주인공의 교양 면에서의 성숙은 결여되어 있지만, 작품을 읽는 독자의 교양 함양에는 기여하기 때문이다.

　『부덴브로크가의 사람들』이 성공을 거둔 후 작중인물들에 대한 묘사가 고향 사람들의 입에 오르내리면서 토마스 만은 뤼베크 사람들로부터 비난을 받기도 했다. 아버지와 뤼베크 시민 사회의 기대에 부응하지 못한 토마스 만은 그들의 눈에 '쓸모없는 인간'에 불과했다. 하지만 그는 이후 노벨 문학상을 수상하고, 2차 세계 대전 중에 『파우스트 박사』를 써서 나치 죄악의 누명으로부터 독일 민족과 독일 문화를 구하는 데에 큰 기여를 하게 된다. 이처럼 시민 사회로부터 배척받고 휘파람을 불며 자신의 길을 계속 갔지만 후일 고향에 돌아가 뤼베크의 명예시민이 됨으로써 영광스러운 귀향을 한다. 둥지를 더럽힌 '하노의 금의환향'이라고 부를 만하다.

더 생각해 볼 문제들

『부덴브로크가의 사람들』은 작가가 자기 집안의 이야기를 쓴 소설로, 결국은 한 시대사 전체를 다루어 사회적 발전사를 총체적으로 형상화하는 데에 성공한 작품이다. 우리나라의 경우 한국 사회의 발전사를 총체적으로 형상화한 작품으로 염상섭의 『삼대』나 박경리의 『토지』와 비교해서 살펴볼 수 있을 것이다. 두 작품의 차이점과 공통점에 대해 생각해 보자.

과거 우리나라에도 하노 부덴브로크와 비슷한 길을 겪었던 사람들이 더러 있을 것이다. 가령 양반 가문의 몰락한 후손으로서 집안의 영광을 되찾아야 한다는 주위의 기대와 촉망을 받던 청년이 가문의 기대를 저버리고 문학에 심취하여 예술가나 작가의 길을 택하는 경우처럼 말이다. 가문에서는 아마도 명문 대학에 진학하여 사회적으로 출세의 길을 걸으라고 압박할 것이다. 우리나라의 소설 중에 이청준의 단편 「귀향 연습」이나 「눈길」을 보면 주인공이 비슷한 압박을 받는 것을 볼 수 있다. 이 점에 대해 독자들도 생각해 볼 점이 많을 것이다.

또한 이 작품의 '신흥 부르주아계급'인 하겐슈트룀가 사람들의 특징과 주요 행태를 현대 한국 사회의 '천민자본주의자들'과 비교해 볼 수 있을 것이다. 오늘날 한국에서도 땅과 부동산 투기로 벼락부자가 된 사람이 많다. 그리고 돈과 권력, 학벌과 지위는 있지만 교양은 부족한 인간들이 득세하는 것을 주위에서 쉽게 볼 수 있다. 이런 점에서 교양이란 무엇이며, 우리 사회에서 어떤 가치가 있는지 생각해 볼 점이 있을 것이다.

토마스 만의 노벨 문학상 수상 연설문
1929년 12월 10일, 스톡홀름

이제 저한테도 감사의 말씀을 드릴 순간이 왔습니다. 말할 필요도 없이 열렬히 고대하던 순간입니다. 중요한 이 순간 타고난 연설가가 아닌 사람이 으레 그러듯이 말이 감정을 거부할까 봐 두렵습니다. 저는 문필가란 무릇 타고난 연설가가 아니라고 생각합니다. 연설가와 문필가가 생산하고 영향을 주는 방식 사이에는 깊은 차이, 그러니까 정반대의 관계가 존재합니다.

그리고 특히 많은 것, 그러니까 보충을 위해 거들어 주는 인격적 작용의 결정적인 것을 미해결 상태로 두는 모든 연설의 즉흥성, 문학적 우연성, 예술적 절약의 원칙은 단호한 문필가 인격의 본능에 반하는 것입니다. 그런데 저의 경우에는 이러한 부득이한 연설에 믿음직한 희망을 그다지 주지 않는 일시적인 불리한 상황들이 추가되어야 할 것 같습니다. 스웨덴 아카데미의 여러분이 저를 위해 마련해 준 이 시끌벅적한 상황, 즉 영광스럽게도 혼란스럽고 더없이 기쁜 삶의 축제와도 같은 이 상황이 바로 그것입니다.

사실 저는 여러분이 손에 들고 수여해야 하는 명예 표창이라는 엄청난 선물을 상상도 하지 못했습니다. 저는 서사적 인간이지 극적인 천성을 지닌 인간이 아닙니다. 실타래를 차분히 풀어 나가는 것, 삶과 예술의 균형이 기본적으로 제 소망과 기질에 부합하는 것입니다. 그렇다 보니 북쪽으로부터 이러한 균형을 깨뜨리고 삶을 뒤흔드는 이 극적인 효과가 제 연설 솜씨를 평소 이상으로 제한하는 것은 결코 놀랄 일이 아닐 것입니다. 스웨덴 아카데미의 품속에서 내려진 결정이 세상으로 나간 이래로, 저는 계속 혼란스러운 축제, 매혹적인 야단법석 속에서 살아왔습니다. 그 야단법석의 영적이고 정신적인 결과는 이상하리만치 아름다운 괴테의 시를 상기하면서 가장 잘 특징적으로 보여 줄 수 있습니다. 그것은 큐피드 자신에게 향해집니다. 그리고 저는 "그대는 내 도구를 조정하고 옮겼다."라는 구절을 두고 하는 말입니다. 노벨상은 저의 서사적 가재도구를 극적으로 조정하고 옮겼습니다. 그리고 제가 질서 정연한 인간 생활에서 그 영예의 효과를 사랑의 열정의 효과에 비교한다면, 저에게 수여된 영예에 너무 친밀해지는 게 아닌가 생각됩니다.

그럼에도 지금 저한테 마구 쏟아지는 그런 영예를 좋은 표정으로 견뎌 내기란 예술가로서 얼마나 어려운 일인가요! 그럴 때 양심에 거리낌 없는 품격 있고 자기비판적인 예술가 정신이 있을까요? 이때 개인을 뛰어넘는 초개인적인 관점만이 도움이 될 수 있습니다. 특히 그러한 경우에 개인으로부터 벗어나는 것이 항상 유익합니다. "사기꾼만이 겸손하다."라는 오만한 말은 괴테로부터 유래합니다. 이것은 어떤 위선적인 거짓 도덕을 자신으로부터 물리치려고 한 매우 위대한 인물의 말입니다. 그러나 신사 숙녀 여러분, 이 말이 무조건 타당한 것은 아닙니다.

겸손함은 영리함, 지능과도 어느 정도 관련이 있습니다. 그리고 제 생각에 제가 받은 것과 같은 영예를 지나친 자부심과 교만의 원천으로 삼으려고 하는 자는 진짜 바보일지도 모릅니다. 저는 다소간 우연히 제 이름에 달린 세계적 성가(聲價)를 제 나라와 민족, 이 나라와 민족에게 헌납하는 일에 도움을 주고 있습니다. 저와 같은 사람은 마구 덜커덩거리며 세력 신장을 하던 당시보다 오늘날 독일 민족과 더 굳건하게 결속되어 있다고 느낍니다. 올해 스톡홀름의 세계적 성가는 오랜 세월이 지난 후 다시 한번 독일 정신에, 특히 독일 산문에 적용됩니다. 여러분은 상처받고 여러 가지로 이해되지 않는 이 민족의 세계와의 교감이라는 그러한 징표에 대한 민감한 감수성을 상상하기 쉽지 않을 겁니다.

이 교감의 의미를 감히 좀 더 자세히 해석해 보겠습니다. 독일에서 지난 십오 년 동안 정신적·예술적 성취는 유리한 상황의 보호를 받으면서, 영적·물질적으로 안정된 상태에서 이루어지지 않았습니다. 어떠한 작품도 안전하고 쾌적한 상태에서 무르익고 완성될 수 없었습니다. 예술과 정신이 처한 조건은 극히 첨예한 보편적 문제성의 조건, 고난과 격동과 고통의 조건이자 거의 동양적이고 거의 러시아적이라 할 수 있는 고통스러운 혼란의 조건이었습니다. 그러한 혼란 속에서 독일 정신은 서구적이고 유럽적인 원칙, 즉 형식의 명예를 지켜 냈습니다. 왜냐하면, 그렇습니다, 형식, 그것이야말로 유럽적인 명예의 문제이기 때문입니다! 저는 가톨릭 신자가 아닙니다, 신사 숙녀 여러분, 제 전통은 필경 여러분 모두와 마찬가지로 개신교적인 신에 대한 직접적인 관계입니다.

그래도 저에게는 좋아하는 성인이 있습니다. 여러분에게 그의 이름을 말하려고 합니다. 그는 성 세바스티아누스[1]입니다. 여러분도 기둥에 묶인 채 사방으로부터 검과 화살에 찔리는 젊은이, 고통 속에서도 미소를 잃지 않는 그 성인을 아실 겁니

---

1) Sanctus Sebastianus, Saint Sebastian(256~288). 프랑스 나르본 지방 출신으로 초기 기독교 역사에서 디오클레티아누스 황제에 의해 순교한 군인으로, 서양권에서 끊임없이 다루어진 성인. 축일은 1월 20일(가톨릭), 12월 18일(정교회). 군인, 운동선수 그리고 궁술가의 수호성인이자 흑사병으로 고통을 겪은 중세 유럽인들에게 인기 있는 전염병의 수호성인이 되었다. 고대 그리스인들은 태양의 신인 아폴론이 쏘는 화살로 인해 흑사병이 발병한다고 믿었는데 그는 화살을 맞고도 살아남았기 때문이다. 성 세바스티아누스는 3세기에 로마 황제 근위대 장교였다. 그는 사형 선고를 받은 두 교우를 도우려다 그리스도인임이 발각되어 사형에 처해졌으나 화살을 맞고도 숨이 끊어지지 않았고, 성녀 이레네에게 치료받고 회복된다. 기둥에 묶인 채 온몸에 화살을 맞은 그를 그린 만테냐의 「성 세바스티아누스」가 유명하다. 회복된 후에도 황제에게 기독교 박해에 관해 직언하다 결국 몽둥이에 맞아 순교했다. 로마에 유해가 묻혔으며 그 부근에 성 세바스티아누스 성당이 있다.

다. 고통 속에서의 기품, 이것이 성 세바스티아누스가 상징하는 영웅 정신입니다. 그 모습은 대담할지도 모르지만, 저는 독일 정신과 독일 예술을 위해 이 영웅 정신을 요구하고, 독일의 문학적 업적으로 얻은 세계적 영예가 이 숭고한 영웅주의를 향하는 것이라 추측하고 싶습니다. 독일은 문학을 통해 고통 속에서 기품을 증명했으며 명예를 지켜 왔습니다. 정치적으로는 고통의 무정부 상태에서 붕괴하지 않으면서, 제국을 유지하면서 말입니다. 그리고 정신적으로는 고통의 동양적 원리와 형식의 서양적 원리를 통합하면서, 고통 속에서 아름다운 것을 만들어 내면서 말입니다.

그리고 이제 마지막으로 다시 한번 여러분께 개인적으로 말씀드리겠습니다. 저는 결정이 내려진 뒤 저에게 상의하러 찾아온 최초의 사람들에게, 이 상이 북쪽, 이 스칸디나비아 영역에서 저에게 왔다는 사실이 얼마나 감동적이고 얼마나 저를 흡족하게 하는지 말했습니다. 뤼베크의 자식으로서 저는 어려서부터 생활 양식 면에서 그 영역과 많은 합일점이 있었으며, 문필가로서 북유럽의 정신과 어조에 대한 많은 문학적 동감과 경탄을 그 영역과 연결시킵니다. 젊은 시절 저는 젊은이들이 여전히 좋아하는 소설 『토니오 크뢰거』를 썼습니다. 그 소설은 남쪽과 북쪽 그리고 한 사람 속에 들어 있는 그 두 가지의 혼합을 다루고 있습니다. 숱한 갈등을 벌이지만 생산적인 혼합입니다. 남쪽은 이 이야기에서 모든 정신적이고 관능적인 모험의 총체이자 예술 정신에 담긴 차가운 열정의 총체입니다. 반면에 북쪽은 모든 온정과 시민적 고향의 총체이자 깊은 곳에 내재하는 모든 감정, 모든 내적인 인간성의 총체입니다.

그리고 이제 북유럽이라는 이 마음의 고향은 찬란한 축제로서 저를 포용하고 환영해 줍니다. 오늘은 제 생애에서 아름답고 뜻깊은 날입니다. 그리고 이날은 진정한 삶의 축제(Lebensfest)로서 스웨덴어로 의미심장하게 축제를 일컫는 말인 '축일(Högtidsdag)'입니다. 스웨덴어에서 어설프게 빌려온 이 단어를 저는 제 마지막 부탁과 결부시키겠습니다. 신사 숙녀 여러분, 이런 멋진 저녁을 갖도록 해 준 세계적으로 중요하고 복 받을 재단을 위해 감사와 축하의 마음으로 하나가 됩시다. 여러분, 좋은 스웨덴 관습에 따라 저와 함께 노벨 재단을 위해 네 번 만세를 외칩시다. 노벨 재단 만세, 만세, 만세, 만세!

작가 연보

1875년   6월 6일, 뤼베크의 부유한 곡물상 토마스 요한 하인리
         히 만의 차남으로 태어났다.

1893년   부친이 사망했다. 요한 지크문트 만 회사가 청산, 해체
         되었다.

1893년   《봄의 폭풍우(Frühlingssturm)》의 간행 위원이 됐다. 김
         나지움 11학년을 중퇴하고 뮌헨으로 이주해 화재 보험
         회사의 수습 사원으로 입사했다.

1894년   수습 사원을 그만두고 뮌헨 대학의 청강생으로 들어갔
         다. 처녀작 『타락(Gefallen)』 발표.

1895년   뮌헨 공과대학에 입학하여 2년간 수학했다.

1896년   형 하인리히와 함께 로마와 팔레스트리나로 가서 머물
         었다.

1897년	장편 『부덴브로크가의 사람들: 한 가문의 몰락 (Buddenbrooks: Verfall einer Familie)』을 쓰기 시작했다.
1898년	뮌헨으로 귀환했다. 《짐플리치시무스(Simplicissimus)》의 편집 위원이 됐다. 『키 작은 프리데만 씨(Der kleine Herr Friedemann)』 출판.
1900년	군에 복무했다.
1901년	첫 장편 『부덴브로크가의 사람들』 출판. 이 작품으로 커다란 명성을 얻고 경제적으로 점차 부유해졌다.
1903년	단편집 『토니오 크뢰거(Tonio Kröger)』, 『트리스탄(Tristan)』 집필.
1905년	뮌헨 대학 수학 교수 프링스하임의 딸 카타리나(애칭 카트야)와 결혼했다. 장녀 에리카가 태어났다.
1906년	희곡 『피오렌차(Fiorenza)』 집필. 장남 클라우스가 태어났다.
1909년	자신의 결혼 생활을 암시하는 자전적 장편 『대공 전하(Königliche Hoheit)』 집필. 바트튈츠에 별장을 구입했다. 아들 골로가 태어났다.
1910년	장편 『대사기꾼 펠릭스 크룰의 고백(Bekenntnisse des Hochstaplers Felix Krull)』 집필 시작. 딸 모니카가 태어났다.
1912년	『베네치아에서의 죽음(Der Tod in Venedig)』 집필.
1913년	여름부터 장편 『마의 산(Der Zauberberg)』 집필 시작.
1914년	뮌헨 포싱거가 1번지 저택에 입주했다. 형 하인리히에 반대하여 정신 예술의 정치화에 항의했다.

1918년   반민주주의 평론집『비정치적 인간의 고찰(Betrach-
         tungen eines Unpolitischen)』을 이 년 반쯤 쓰면서『마
         의 산』집필을 중단하고 하인리히와 소위 '형제 싸움'
         을 시작했다. 그러나 결국에는 민주주의에 대한 저항
         이 잘못임을 깨달았다. 딸 엘리자베트가 태어났다.

1919년   단편「주인과 개(Herr und Hund)」집필.

1920년   서사시『어린이의 노래(Gesang vom Kindchen)』집필.

1922년   10월「독일 공화국에 관하여(Von Deutscher Republik)」
         라는 주제로 강연하면서 민주주의자로 변신하기 시작
         했다.

1924년   『마의 산』출간. 이 책은 독일의 낭만주의적인 '죽음과
         의 공감'을 민주주의적인 '삶에 대한 봉사'로 전환함으
         로써 중년이 된 토마스 만의 세계관의 전환을 나타낸
         교양 소설이다.

1926년   『무질서와 때이른 고뇌(Unordnung und frühes Leid)』
         집필. 장편『요셉과 그의 형제들(Joseph und seine
         Brüder)』집필 시작.

1929년   『부덴브로크가의 사람들』로 노벨 문학상을 수상했다.

1930년   「독일적인 연설: 이성에 호소함(Deutsche Ansprache:
         Ein Appell an die Vernunft)」을 강연하여 시민 계급에
         게 사회민주당과 손을 잡고 나치에 대항할 것을 호소
         했다. 단편「마리오와 마술사(Mario und der Zauberer)」
         를 써서 파시즘의 정체를 폭로하고 그 최후를 예언했다.

1933년   1월, 히틀러가 총리로 임명되자 그는 2월 국외로 강연

여행을 떠난 채 망명했다.

1936년   독일 국적을 박탈당하고 아울러 본 대학 명예박사 학
위도 박탈당했다.

1937년   격월간지 《척도와 가치(Maß und Wert)》를 간행(1939년
까지)하며 독일 문화를 옹호했다.

1938년   정치 평론집 『유럽에 고함(Achtung, Europa!)』 출
간. 파시즘의 타도를 위해 휴머니즘은 전투적인 자세
를 취해야 한다고 설파했다. 이해에 미국으로 이주하
여 이 년간 프린스턴 대학의 객원교수를 지냈다. 한
편 『다가올 민주주의의 승리(Vom zukünftigen Sieg der
Demokratie)』를 15개 도시를 순방하며 강연했다.

1939년   장편 『바이마르의 로테(Lotte in Weimar)』 집필. 괴테를
주인공으로 하여 천재의 내면을 그리면서 히틀러 독재
와는 다른 괴테적인 독일을 그렸다.

1940년   단편 「바뀐 머리(Die vertauschten Kopfe)」 집필. 인도의
전설을 빌려 생과 정신의 조화적 종합의 어려움을 그
렸다. 1940년부터 1945년까지 「독일의 청취자 여러분
(Deutsche Hörer)」으로 히틀러 타도를 호소했다.

1943년   『요셉과 그의 형제들』 완간.

1944년   『법(Das Gesetz)』 집필. 미국 시민권을 획득했다.

1947년   『파우스트 박사: 친구가 이야기하는 독일 작곡가 아
드리안 레버퀸의 생애(Doktor Faustus: Das Leben des
deutschen Tonsetzers Adrian Leverkühn, erzählt von
einem Freunde)』 집필. 천재적인 작곡가가 악마와 결탁

하여 몰락하는 비극을 그려 추상적이고 신비적인 독일 혼을 파헤쳤으며, 이성과 철학주의 정신에 대한 절망적인 반항이었던 나치즘이라는 악마적인 비합리주의가 독일에 대두한 원인과 과정을 추구했다. 전후 처음으로 유럽을 여행했다.

1949년 『『파우스트 박사』의 생성 과정: 소설의 소설(Die Entstehung des Doktor Faustus: Roman eines Romans)』 집필. 17년 만에 독일을 방문하여 프랑크푸르트와 바이마르에서 괴테 탄생 200주년 기념 연설을 했다. 아들 클라우스가 자살했다.

1950년 형 하인리히 만이 사망했다.

1951년 장편 『선택받은 인간(Der Erwählte)』 집필. 근친상간의 죄를 속죄하여 은총을 받고 교황의 자리에 오르는 인물을 묘사했다.

1952년 스위스로 이주했다.

1953년 단편 「속은 여자(Die Betrogene)」 집필.

1954년 마지막 장편 『대사기꾼 펠릭스 크룰의 고백: 회고록 1부(Die Bekenntnisse des Hochstaplers Felix Krull: Memoiren erster Teil)』 출간.(결국 미완성으로 남았다.) 취리히 근교의 킬히베르크에 저택을 구입했다.

1955년 뤼베크시 명예시민 칭호 수여식에서 연설했다. 실러 사망 150주년 기념 강연 「실러 시론(Versuch über Schiller」에서 세계 평화와 독일의 통일을 염원했다. 8월 12일, 심장병으로 사망해 취리히 근교에 묻혔다.

세계문학전집 **57**

부덴브로크 가의 사람들 2

1판 1쇄 펴냄 2001년 11월 15일
1판 39쇄 펴냄 2024년 7월 18일

지은이 토마스 만
옮긴이 홍성광
발행인 박근섭, 박상준
펴낸곳 (주)민음사

출판등록 1966. 5. 19. (제 16-490호)
서울특별시 강남구 도산대로1길 62(신사동) 강남출판문화센터 5층 (우편번호 06027)
대표전화 02-515-2000 팩시밀리 02-515-2007
www.minumsa.com

© 홍성광, 2001. Printed in Seoul, Korea

ISBN 978-89-374-6057-9 04800
ISBN 978-89-374-6000-5 (세트)

세계문학전집 목록

세계문학전집은 계속 간행됩니다.